금색

KINJIKI
by MISHIMA Yukio

Copyright ⓒ 1951 The Heirs of MISHIMA Yukio All rights reserved.
Originally published in japan.
Korean translation rights arranged with The Heirs of MISHIMA Yukio, japan through
THE SAKAI AGENCY and Danny Hong Agency.
Korean translation copyright ⓒ 2022 by QQ PUBLISHING CO.

이 책의 한국어판 저작권은 대니홍 에이전시를 통한
저작권사와의 독점 계약으로 큐큐에 있습니다.
저작권법에 의해 한국 내에서 보호를 받는 저작물이므로
무단전재와 무단복제를 금합니다.

금색

미시마 유키오 지음 — 정수윤 옮김

차 례

1장 발단 • 7
2장 거울의 계약 • 40
3장 효성스런 아들의 결혼 • 59
4장 황혼녘 바라본 먼 화재의 효능 • 70
5장 구도 입문 • 88
6장 여자의 고충 • 98
7장 등장 • 121
8장 감성의 밀림 • 128
9장 질투 • 146
10장 거짓의 우연과 진실의 우연 • 157
11장 일상다반사 • 178
12장 Gay Party • 206
13장 은밀한 관계 • 215
14장 독립독보 • 232
15장 어찌할 도리 없는 일요일 • 240
16장 여행의 전후 사정 • 257

17장 마음 가는 대로 • 271

18장 보고 말았다 • 284

19장 나의 파트너 • 297

20장 아내의 재앙은 남편의 재앙 • 320

21장 늙은 추타 • 345

22장 유혹자 • 357

23장 무르익는 나날 • 387

24장 대화 • 393

25장 변화 • 405

26장 취기에서 눈뜬 여름의 도래 • 419

27장 간주곡 • 457

28장 청천벽력 • 475

29장 기회 창출의 신 • 503

30장 씩씩한 사랑 • 520

31장 정신적 및 금전적 문제 • 531

32장 히노키 슌스케가 쓰는 〈히노키 슌스케론〉 • 554

33장 대단원 • 570

일러두기

* 이 책은 新潮社에서 1964년 간행된 《禁色》을 우리말로 옮겼다.
* 본문의 주는 모두 옮긴이의 것이다.

1장

발단

 야스코는 놀러 올 때마다 가까워져서 뜰 안 등의자에서 쉬는 슌스케의 무릎 위에도 스스럼없이 앉게 됐다. 이것이 슌스케를 기쁘게 했다.
 한여름이다. 슌스케는 오전 방문객을 받지 않았다. 마음이 내키면 그 시간에 일을 한다. 일할 흥이 나지 않을 때는 편지를 쓰고, 등의자를 나무그늘로 가져가 누워 책을 읽고, 읽다 만 책을 무릎 위에 덮어둔 채 하릴없이 시간을 보내고, 종을 울려 하녀에게 차를 내오게 하고, 무슨 이유로 전날 밤 잠이 부족했으면 무릎담요를 가슴께까지 끌어 올려 잠을 청했다. 환갑하고도 다섯 해가 흘렀으나 그에게는 아직 이렇다 할 취미가 없었다. 꼭 있어야 한다는 건 아니다. 다만 취미성의 조건이라 할 만한 자신 및 타인을 향한 객관적 관계인식이 부족하다는 말이다. 극단적인 객관성 결여, 온갖 외계와 내면을 대하는 경련에 가깝도록 서투른 자세, 이런 것들이 늘그막에 그의 작품에까지 끝없는 신선함과 생기를 불어넣는 동시에 희생 또한 요구했다. 예컨대 인물의 성격충돌에서 발생하는 극적 사건이나 익살스런 묘사, 성격의 조형성 추구, 환경과 인물의 대치 등 소설이 갖는 진정한 요소가 희생됐다. 그런 탓에 대단히 인색한 평론가 두엇은 여전히 그에게 문호라는 칭호를 부여하길 주저했다.

야스코가 앉은 곳은 긴 등의자에 쭉 뻗은 슌스케의 담요 덮인 다리 위다. 무거웠다. 슌스케는 야한 농담을 던질까 하다 입을 다물었다. 공간을 압도하는 매미소리에 침묵은 더 깊어졌다.

슌스케의 오른 무릎은 불시에 신경통 발작을 일으켰다. 발작 전 심부에는 아스라한 통증의 예감이 있었다. 늙어서 물러진 슬개골이 소녀의 따스운 살의 무게를 얼마나 버틸지 알 수 없었다. 그러나 서서히 번지는 고통을 참아내는 슌스케의 표정에, 왠지 모를 교활한 쾌감이 흘렀다.

이윽고 슌스케가 입을 열었다.

"야스코, 무릎이 아프구나. 다리를 옆으로 뺄 테니 거기 앉으렴."

야스코는 한순간 진지한 눈초리로 걱정스럽다는 듯 슌스케의 얼굴을 응시했다. 슌스케는 웃었다. 야스코는 그를 깔보았다.

노작가는 멸시를 감지했다. 몸을 일으켜 야스코의 어깨를 뒤에서 안았다. 손으로 여자의 턱을 당겨 입을 맞췄다. 겨우 이만큼을 의무처럼 해치우자 오른 무릎에 격렬한 통증이 찾아와 원래대로 드러누웠다. 얼마 후 고갤 들어 주위를 둘러봤지만, 야스코는 이미 거기 없었다.

그 후 일주일 동안 야스코는 연락이 없었다. 슌스케는 산책 삼아 야스코의 집을 찾았다. 그녀는 학교 친구 두셋과 이즈반도 남단 어느 바닷가 온천으로 여행을 가고 없었다. 숙소 이름을 쪽지에 적어 온 슌스케는 곧바로 여행을 떠날 채비를 했다. 때마침 독촉받은 원고가 있다. 이것을 갑작스런 한여름 여행의 구실로 삼았다.

무더위를 피해 이른 아침 출발하는 열차에 올랐지만, 슌스케의 흰 삼베 슈트는 벌써 등이 땀에 젖었다. 보온병에 담아 온 뜨거운 엽차를 마셨다. 대나무처럼 마르고 가는 손을 주머니에 찔러 넣고, 배웅 나온 대형 출판사 직원이 넘겨준 전집 견본을 건성으로 읽었다.

이번 히노키 슌스케 전집은 그의 세 번째 전집이다. 첫 전집이 나온 건 그의 나이 겨우 마흔다섯 때였다.

'그즈음에도 나는……' 슌스케는 생각했다. '세상이 안정과 완전, 통찰력 있는 원숙함의 화신이라 치켜세운 작품들을 제쳐두고 이렇게 어리석은 짓을 저질렀지. 어리석은 짓에는 아무 의미도 없다. 어리석은 짓은 나의 작품과 아무런 관련이 없으며, 나의 정신, 나의 사상과도 무관하다. **나의 작품은 결코 우행愚行이 아니다.** (강조는 종종 작가의 아이러니를 드러낸다) 내겐 내가 저지른 어리석은 짓을 사상으로 변호하지 않는다는 긍지가 있다. 사상을 순수한 상태로 두기 위하여, 사상을 형성하는 데 합당한 정신작용을 어리석은 짓에서 배제시켜버렸다. 욕정만으로 벌인 일은 아니다. 나의 어리석은 짓에는 정신이나 육체와 관계없는 엉뚱한 추상성이 있으며, 이것이 날 위태롭게 만드는 수법은 비인간적이라고밖에 할 수 없다. 지금도 그렇다. 예순여섯 먹은 지금도……'

그는 쓴웃음을 지으며 견본 표지에 인쇄된 자신의 사진을 지그

시 바라봤다.

추하다는 말밖에 나오지 않는 노인의 사진이었다. 그래도 잘 들여다보면 세상 사람들이 정신미精神美라 일컫는 애매한 아름다움을 그리 어렵지 않게 찾아낼 수 있었다. 넓은 이마, 깎아지른 듯 빈약한 뺨, 탐욕이 드러난 널따란 입술, 강한 의지가 엿보이는 턱, 이 모든 생김새에 정신으로 말미암은 오랜 노동의 흔적이 고스란히 남아 있다. 하지만 정신으로 빚어낸 얼굴이라기보다 정신으로 좀먹은 얼굴이었다. 이 얼굴에는 정신성의 과잉, 정신성의 과도한 노출이 있었다. 치부가 노골적으로 드러난 얼굴은 추하기 마련인데, 슌스케는 치부를 감출 힘마저 상실한 정신의 쇠약한 나체와도 같았다. 똑바로 보기도 꺼려지는 사진이었다.

근대의 지적 향락에 취해 인간에 대한 흥미를 개성에 대한 흥미로 탈바꿈시키고, 미의 관념에서 보편성을 덜어내며, 날강도나 다름없이 윤리와 미의 교합을 끊어낸 잘난 작자들이, 슌스케의 풍모가 아름답니 어쩌니 떠든들 그건 그들 마음이다.

아무튼 늙고 추한 풍모를 화려하게 포장한 표지 뒤 저명인사 십여 명의 추천사는 슌스케의 표지사진과 기묘한 대조를 이뤘다. 이들 정신세계의 달인들, 필요한 곳이면 어디든 달려가 시키는 대로 목청껏 지저귀는 대머리 앵무새 무리는, 슌스케의 작품에 형언할 길 없는 불안의 미가 있다며 입을 모아 칭송했다. 예컨대 히노키 슌스케 문학 연구가로 알려진 저명한 비평가는 스무 권에 달하는 전 작품을 다음과 같이 설명했다.

'흡사 소나기와 같이 우리의 심혼에 쏟아진 이 어마어마한 작품은 진심으로 쓰여 불신으로 남았다. 저자는 말한다. 자신에게 불신하는 재능이 없었더라면 작품은 쓰자마자 파기되어, 이처럼 겹겹이 쌓아 올린 시체를 대중 앞에 내놓는 일은 없었으리라고.

히노키 슌스케의 작품은 불측, 불안, 불길한―불행, 불륜, 불쾌한―온갖 마이너스 미학의 장이다. 그는 시대가 배경일 때 반드시 퇴폐기를 썼고, 개인의 사랑이 소재일 때 반드시 실망과 권태에 역점을 뒀다. 인간의 마음에 창궐하는 고독만을 열대도시에 창궐하는 역병처럼 튼실하고 왕성하게 묘사한다. 무릇 인간적인 격한 증오, 질투, 원한, 각종 정열의 상태에는 일절 관여하지 않는 듯하다. 그럼에도 정열의 사체가 지닌 한 줄기 온기는, 그것이 살아서 연소할 때보다 더 많은 생의 본질적 가치를 말해준다.

불감한 가운데 예민한 감각의 떨림이, 불륜한 가운데 위태로운 윤리감이, 불감한 가운데 용맹한 동요가 모습을 드러낸다. 역설의 경지를 얼마나 정교하게 엮어낸 문체인가! 말하자면 신코킨*풍이자 로코코풍 문체, 언어의 진정한 의미를 추구하는 '인공적' 문체, 사상이라는 의상이나 주제라는 가면도 없이 오직 의상을 위한 의상의 문체다. 여기에는 소위 벌거숭이 문체와는 정반대로 파르테논 신전 박공에서 보이는 운명의 여신상이나 파이오니오스의 니케상이 지닌 저 아름다운 옷 주름과 같은 것이 존재한다. 흘러내리는 주름, 비상하는 주름, 비단 육체의 움직임에 조응하고 종속된 유선의 집합이 아니라, 그 자체로 흘러가고, 그 자체로 하늘을 나는 주름이

---

* 귀족이 몰락하고 무사정권이 들어선 가마쿠라시대 초엽에 집대성된 와카집 《신코킨와카슈》. 이전의 《만요슈》나 《고킨와카슈》에 비해 기교적이고 예술지상주의적이었다.

다. ……'

　글을 읽는 슌스케의 입가에 초조한 미소가 번졌다. 그는 중얼거렸다.
　"아무것도 모르는군. 다 틀렸어. 새빨간 거짓말에 겉만 번지레한 추모사야. 이십 년이나 알고 지냈건만 이렇게 멍청할 수가."
　그는 이등실 넓은 창문으로 눈을 돌렸다. 바다가 보인다. 어선이 돛을 달고 먼 바다로 미끄러져 갔다. 많은 사람이 보고 있다는 걸 의식한 듯이, 바람을 충분히 안지 못한 흰 돛이 힘없이 돛대에 기대 나른하게 교태를 부렸다. 그때 돛대 아래서 아주 잠깐 가는 빛줄기가 솟았다. 그 후 열차는 곧장 한여름 오전 햇살이 반짝이는 솔숲을 지나 터널로 들어갔다.
　'방금 저 섬광은 거울에 반사된 빛이 아니었을까.' 슌스케는 생각했다. '어선에 있던 어부는 여성이었을까. 어쩌면 화장을 하고 있던 게 아닐까. 남자 못지않게 듬직한 구릿빛 손에 비밀스런 손거울을 들고 우연히 지나가는 열차 승객에게 신호를 보낸 건 아니었을까.'
　이 시적 공상은 여성 어부의 생김새로 이어졌다. 그 얼굴은 야스코였다. 늙은 예술가는 땀에 젖은 수척한 몸을 떨었다.
　……저이야말로 야스코가 아니었을까?

＊＊

　'무릇 인간적인 격한 증오, 질투, 원한, 각종 정열의 상태에는 일절 관여하지 않는 듯하다.'

거짓말이다! 거짓말이다! 거짓말이다!

예술가가 진심을 속이도록 강요당하는 상황은 사회인이 이를 강요당할 때와 정반대다. 예술가는 드러내기 위해 속이며, 사회인은 감추기 위해 속인다.

소박하고 담담한 고백을 치사하게 여긴 결과로, 히노키 슌스케는 사회과학과 예술의 일치를 이루고자 하는 부류로부터 사상이 없다며 힐난받았다. 무대 위에서 치마를 살짝 들어 올려 허벅지를 내비치는 무용수처럼, 작품 말미에 '밝은 미래'를 슬쩍 언급하면 그걸로 사상이 있다고 인정하는 멍청한 패거리들 수작에 휩쓸리지 않음은 물론이다. 애초에 생활과 예술을 대하는 슌스케의 철학에는 사상의 불임을 초래하는 무언가가 있었다.

우리가 사상이라 부르는 것은, 일이 터지기 전이 아니라 터진 후에 발생한다. 맨 먼저 사상은 우연과 충동으로 야기된 행위를 변호하기 위해 등장한다. 사상이라는 변호인은 그 행위에 의미와 이론을 부여하고, 우연을 필연으로, 충동을 의지로 둔갑시킨다. 사상은 전봇대에 부딪힌 맹인의 상처를 치료하진 못하지만, 상처의 원인을 눈먼 탓이 아니라 전봇대 탓으로 돌리는 힘이 있다. 행위 하나하나에 사건 발생 이후의 이론이 붙으면 이론은 체계가 되고, 그 사람, 행위의 주체는 온갖 행위의 개연성에 지나지 않게 된다. 가령 그에게 사상이 있다. 그가 길가에 휴지를 버렸다. 그는 자기 사상에 따라 길가에 휴지를 버린 것이다. 이처럼 사상을 가진 자는 자기 힘으로 무한 확장이 가능하다고 믿는 사상의 감옥에 갇히고 만다.

슌스케는 어리석은 짓과 사상을 엄격히 구별했다. 그 결과 그가 저지른 어리석은 짓은 갚을 길 없는 죄가 됐다. 작품으로부터 끊임없이 배척당한 어리석은 짓의 망령이 밤마다 그의 잠을 위협했다. 세 번 모두 실패로 끝난 결혼은 작품 속에 편린조차 내비치지 않았다. 슌스케의 삶은 청년시절 이후 줄곧 차질의 연속, 오산과 실패의 연쇄였다.

증오에 관여하지 않아? 거짓말이다! 질투에 관여하지 않아? 거짓말이다!

작품에 감도는 영롱한 체념에도 불구하고 슌스케의 삶은 온통 증오와 질투로 들끓었다. 세 번의 결혼이 가져온 차질, 열 번 이상의 연애에 얽힌 꼴사나운 추태, ……여자에 대한 주체할 수 없는 증오로 번민해온 이 노작가는, 이런 종류의 증오를 단 한 번도 작품에 드러내지 않았다. 이 얼마나 겸허하고도 오만한 짓인가.

그의 작품에 등장하는 수많은 여자들은, 남성독자는 물론이고 여성독자마저 답답해 할 정도로 순진했다. 한 괴짜 비교문학론자는 이들 여주인공을 에드거 앨런 포가 그린 초자연적 여주인공에 비교했다. 리지아, 베레니스, 모렐라, 아프로디테 후작부인 등에 견준 것이다. 이 여인들은 대리석과 같은 육체를 지녔다. 그 지치기 쉬운 애정은 오후의 광선이 조각물 이곳저곳에 일시적인 그림자를 드리운 듯했다. 슌스케는 작품 속 여주인공들에게 **감성**을 부여하길 꺼렸다.

어느 어수룩한 비평가가 이런 슌스케를 가리켜 영원한 페미니스트라고 부른 건 정말이지 우스꽝스런 일이다.

첫 번째 부인은 도둑이었다. 겨울 외투 한 벌, 구두 세 켤레, 환절기 양복감 두 벌분, 칼 자이스 카메라, 두 해에 걸친 결혼생활 동안 이것들을 교묘히 팔아넘겼다. 집을 나갈 때는 소매와 허리띠 속에 보물들을 넣고 꿰매 가져갔다. 슌스케의 집안은 상당한 자산가였다.

두 번째 부인은 미치광이였다. 남편이 깊은 밤 자길 죽일 거라는 생각에 사로잡혀 불면증에 빠졌고 히스테리 증세가 날로 심해졌다. 하루는 밖에서 돌아온 슌스케가 이상한 냄새를 맡았다. 부인은 문 앞을 막아서며 남편이 안으로 들어오지 못하게 했다.

"어서 들여보내 줘. 이상한 냄새가 나잖아."

"지금은 안 돼. 아주 재밌는 걸 하고 있거든."

"뭔데?"

"당신 허구한 날 밖으로 나도는 걸 보면 바람피우는 게 분명해. 그래서 나 있지, 당신이 만나는 여자 옷을 벗겨 왔어. 지금 그걸 태우는 중이야. 아이, 기분 좋아."

부인을 밀어젖히고 안으로 들어가니 페르시아 양탄자 여기저기에 빨갛게 달아오른 석탄이 연기를 피워 올리고 있었다. 부인은 또 난로 앞으로 가더니 그야말로 단아하고 차분한 태도로 한쪽 소매를 걷어 올리곤 작은 삽으로 석탄을 떠 양탄자 위에 뿌렸다. 당황한 슌스케가 말렸지만 부인은 무시무시한 힘으로 반항했다. 사냥꾼에게 잡힌 맹수가 온 힘을 다해 몸부림치듯 반항했다. 전신의 근육이 딱딱하게 굳어 있었다.

세 번째 부인은 죽을 때까지 그의 부인이었다. 색욕이 왕성했던 그녀는 남편으로서 느낄 수 있는 온갖 종류의 고뇌를 슌스케에게 선사했다. 고뇌를 맞이한 최초의 아침을 슌스케는 또렷이 기억한다.

슌스케는 그 일을 치른 후 작업이 더 순조로웠다. 하여 우선 밤 아홉 시쯤 아내와 잠자리에 들고, 그 후 아내를 침실에 남겨둔 채 이층 서재로 올라가 새벽 서너 시까지 일을 한 다음 서재의 작은 침대에서 잠을 청했다. 이 일과를 엄밀히 지켰기에 새벽부터 오전 열 시께까지 슌스케가 아내 얼굴을 마주하는 일은 없었다.

어느 여름밤, 갑작스레 마음이 동한 그는 아내를 깨울까 했지만 작업을 향한 강한 의지가 발동하는 장난기를 억눌렀다. 그는 스스로를 채찍질하며 새벽 다섯 시까지 충실히 글을 썼다. 잠은 달아나 버렸다. 아내는 아직 잠들어 있으리라. 발소리를 죽여 아래층으로 내려갔다. 침실 문을 열었다. 아내가 보이지 않았다.

그 순간 슌스케는 올 것이 왔다는 기분이 들었다. 그토록 편집적으로 하루 일과를 지킨 건 이런 결과가 두려웠기 때문이라는 반성이 밀려왔다.

하지만 동요는 이내 가라앉았다. 아내는 그저 슈미즈에 검은 벨벳가운을 걸치고 화장실에 갔으리라. 그는 기다렸다. 아내는 오지 않았다.

불안에 사로잡힌 슌스케는 계단 옆 화장실로 난 복도를 걸었다. 그때 부엌 창문 아래로, 조리대에 팔꿈치를 대고 오도카니 선 검은 가운 차림의 아내가 보였다. 사위는 아직 어둑했다. 저 어렴풋이 검은 형체가 의자에 앉은 것인지, 무릎을 꿇고 있는 것인지 분명치 않았다. 슌스케는 복도를 가려주는 두꺼운 장막 그늘에 몸을 숨기고 아내를 엿봤다.

그때 부엌문 밖으로 몇 발자국 떨어진 사립문에서 삐걱대는 소리가 났다. 뒤이어 낮은 휘파람 소리가 들렸다. 때마침 우유배달부가 올 시각이었다.

이 집 저 집 마당의 고독한 개들이 짖어댔다. 우유배달부는 운동화를 신는다. 노동으로 달아오른 그의 몸은 간밤의 비에 젖은 징검돌을 밟으며 상쾌하게 헐떡이며 오리라. 파란 폴로셔츠 밖으로 드러난 팔뚝은 촉촉이 젖은 팔손이나무 잎에 닿고, 발꿈치엔 돌의 냉기가 스미겠지. 그의 휘파람에 산뜻한 울림이 있었던 건 젊은 입술에 아침의 싱그러움이 깃든 까닭이리라.

아내는 일어섰다. 부엌문을 열어젖혔다. 어스름한 새벽에 사람의 어둔 형체가 섰다. 웃으며 드러난 흰 치아와 파란 폴로셔츠가 아련히 비쳤다. 아침 바람이 불어와 장막 끝 무거운 술을 가볍게 흔들었다.

"고생했어요."

아내가 말했다. 우유병 두 개를 받아 들었다. 병이 스치는 소리, 병에 백금반지 스치는 소리가 은밀히 번졌다.

"사모님, 상을 줘야죠."

지독히도 뻔뻔하고 달콤한 말투다.

"오늘은 안 돼."

아내가 말했다.

"오늘만 날인가. 내일 점심은?"

"내일도 안 돼."

"뭡니까. 열흘에 한 번은 너무해요. 바람피우는 상대가 따로 있는 거죠."

"목소리 낮추라니까."

"그럼 모레는?"

"모레라면 뭐." 아내는 이 '모레'라는 말을, 선반 위에 깨지기 쉬운 도자기 올려놓듯 조심스레 내뱉었다. "모레 저녁엔 남편이 좌담회에 가니까 괜찮을 거야."

"다섯 시?"

"다섯 시 좋아."

아내는 닫힌 문을 열었다. 젊은이는 떠날 기색이 보이지 않았다. 하릴없이 손가락으로 문기둥을 툭툭 쳤다.

"지금은 안 됩니까?"

"무슨 소리야. 이층에 남편이 있는데. 몰상식한 소리 하지 마."

"그러니까 키스만 해요."

"이런 데선 싫다니까. 들키면 끝장이야."

"그러지 말고 키스만."

"귀찮아 죽겠네. 키스만이야."

등 뒤로 문을 닫고 젊은이가 부엌문 앞에 섰다. 아내는 침실용 토끼털 슬리퍼를 신은 채 부엌문으로 내려섰다.

두 사람은 그 자리에 서서 장미와 부목처럼 서로를 부둥켜안았다. 아내의 검은 벨벳 가운이 등에서 허리까지 파도처럼 간간이 흔들렸다. 남자의 손이 가운 끈을 풀었다. 아내는 고갤 가로저으며 거부했다. 둘 사이에 무언의 언쟁이 시작됐다. 지금까지 등을 보이고 섰던 건 아내였지만, 이제는 남자의 등이 보였다. 아내의 열어젖혀진 가운이 이쪽을 향하고 있었다. 가운 아래는 아무것도 입지 않았다. 젊은이는 좁은 부엌문 아래 무릎을 꿇었다.

희붐한 새벽을 서성이는 아내의 나체만큼 흰 것을, 슌스케는 태어나 이제껏 본 적이 없었다. 그 흰 것은 서성인다기보다 차라리 떠다니고 있었다. 맹인의 손처럼 더듬거리는 손의 움직임이 무릎 꿇은 젊은이의 머리칼을 더듬었다.

이때, 반짝이다 흐려지고, 번쩍 뜨다 반쯤 감기던 아내의 눈은 무엇을 보았을까. 선반 위에 나란히 놓인 법랑 냄비와 냉장고와 식기찬장과 창문 너머 어슴새벽 속에 선 나무와 벽기둥에 걸린 달력, 그 어느 것도 하루 일과를 앞두고 친근하고 고요하게 잠든 부엌의 정적에 잠겨 아내의 눈에 띄지 않았으리라. 그러나 아내의 눈은 장막의 일부든 뭐든 무언가를 분명히 보고 있었다. 흡사 슌스케가 엿보고 있다는 사실을 눈치채기라도 한 것처럼, 아내는 단 한 번도 그의 눈이 있는 곳으로 눈길을 주지 않았다.

'남편 쪽은 절대 보지 말자고 굳게 다짐한 눈이다.'

슌스케는 전율하며 생각했다. 그러자 당장에 뛰쳐나가고 싶던 조급한 마음이 누그러졌다. 그는 입을 다무는 것 외에 다른 복수를 할 줄 모르는 남자였다.

이윽고 젊은이가 문을 열고 밖으로 나갔다. 뜰은 부잇하게 밝아 오고 있었다. 슌스케는 발소리를 죽이며 이층으로 물러났.

너무도 신사적인 이 작가가 사생활에서 터져 나오는 울분을 배출할 유일한 창구는 때에 따라 몇 페이지쯤 쉽게 휘갈기는 불어 일기뿐이었다. (프랑스에 가본 적은 없지만 그의 불어 수준은 상당했다. 위스망스의 《대성당》, 《피안》, 《출발》 삼부작과 로덴바흐의 《죽음의 도시

브뤼주》 등은 그의 손을 거쳐 비로소 그럴 듯한 일본어로 번역됐다.) 만약 이 일기가 그가 죽고 나서 공개된다면, 그의 작품들과 자웅을 겨뤄야 할지도 모른다. 그의 작품에서 부족한 모든 요소가 일기의 매 페이지에 약동했다. 하지만 이걸 그대로 작품으로 옮기는 건 날 것의 진실을 증오하는 슌스케의 태도에 어긋나는 일이었다. 제아무리 천성이라 해도 그걸 스스로 드러내는 건 분명 가짜라는 확신이 그에게는 있었다. 그럼에도 그의 작품에 객관성이 결여된 원인은 이런 창작 태도가 지나치게 완강하고 주관적이며 고집스럽다는 데 있었다. 생의 진실을 증오한 나머지 그것과 완전히 대척점에 놓인, 말하자면 살아 있는 인간의 나체로 거푸집을 뜬 듯한 조각상이 바로 그의 작품이었다.

서재로 돌아온 슌스케는 일기 쓰기에 몰두했다. 새벽의 밀회를 목격한 고뇌를 서술하는 데 온 정신을 집중했다. 자기 자신조차 두 번 다시 읽을 수 없도록 애쓴 게 아닌가 싶을 만큼 극도로 난잡한 서체였다. 서가에 쌓인 과거 수십 년의 일기와 마찬가지로, 올 들어 쓴 일기 역시 모든 페이지가 속속들이 여자를 향한 저주로 가득했다. 이토록 저주가 통하지 않은 건, 요컨대 저주를 거는 이가 여자가 아니라 남자기 때문이리라.

일기라기보다는 단편적 잠언이 더 많은 그의 수기에서 다음과 같은 글을 인용하기란 어렵지 않다. 다음은 그의 청년시절 일기다.

'여자는 아이 말고 아무것도 낳을 수 없다. 남자는 아이 말고 무엇이든 낳을 수 있다. 창조와 생식과 번식은 완연히 남성의 능력이며, 여성의 수태는 육아의 한 부분에 불과하다. 이미 진부한 진리다.

(참고로 슌스케에게는 아이가 없다. 반쯤 그의 철학에 따라 결정한 일이다.)

여자의 질투는 창조능력에 대한 질투다. 남자아이를 낳은 여자는 자녀를 키우며 남성의 창조능력에 달콤한 복수의 기쁨을 맛본다. 여자는 창조를 방해하는 데 보람을 느낀다. 윤택한 생활과 소비를 향한 욕망은 파괴의 욕망이다. 여기저기서 여성적 본능이 승리를 거둔다. 맨 처음 자본주의는 남성의 원리이자 생산의 원리였다. 그러다 차츰 여성의 원리가 자본주의를 잠식했다. 자본주의는 사치스러운 소비의 원리로 뒤바뀌어 이윽고 이 헬레네로 인해 전쟁이 시작됐다. 먼 미래에는 공산주의마저 여성의 손에 멸망하리라.

여자는 곳곳에 생존하며 밤처럼 군림한다. 그 상스러운 습성은 숭고할 지경이다. 여자는 세상 모든 가치를 감성의 진흙탕으로 끌고 간다. 여자는 '주의主義'를 전혀 이해하지 못한다. '모모주의적' 까지는 알아도 '모모주의'는 모른다. 그뿐 아니다. 독창성이 없으니 분위기도 이해하지 못한다. 아는 거라곤 향기뿐이다. 여자는 돼지처럼 냄새를 맡는다. 향수는 여자의 후각을 교육하기 위해 남자가 발명한 것이다. 덕분에 남자는 여자가 냄새 맡는 대상에서 벗어났다.

여자가 지닌 성적 매력, 교태 본능, 각종 성적 재능은 여자가 무용하다는 증거다. 유용한 것은 교태를 필요치 않는다. 남자가 여자에 빠진다는 것은 얼마나 큰 손실인가. 남자의 정신성을 더럽히는 일이다. 여자에게는 정신 대신 감성이 있을 뿐이다. 숭고한 감성이란 우스꽝스런 모순이며, 출세한 촌충이나 다를 바가 없다. 가끔 모성이 보여주는 놀라운 숭고함도 사실 정신과 아무런 관련이 없다. 그저 생물학적 현상에 불과하며, 동물의 모성이 보여주는 희생적 애정과 어떤 질적 차이도 없다. 정신의 특징이라 할 만한 것은, 인간을 다른 포유동물과 구분 짓는 질적 차이 이외에는 없기 때문이다.'

질적 차이, ······차라리 인류 고유의 **허구를 만들어내는 능력**이라 할 특징······, 일기 속에 끼어 있던 스물다섯 살 슌스케의 사진에도 그 특징이 깃들어 있었다. 못생기고 젊은 슌스케의 용모가 지닌 추함은 굳이 말하자면 인공적인 추함이었다. 그것은 자신을 추하다고 믿으려 하루하루 애쓰는 인간의 추함이었다.

그해 일기엔 애써 불어로 쓴 보람도 없이 발칙한 낙서들이 여기저기 눈에 띄었다. 간단히 그려놓은 여성의 생식기 위에 ×표를 마구 그은 그림도 여럿 됐다. 그는 여음을 저주하고 있었다.

슌스케도 여자가 없어서 하는 수 없이 도둑이나 미치광이를 골라 결혼한 건 아니다. 세상엔 그처럼 재능 있는 청년에게 마음을 주는 '정신적인' 여성들도 있었다. 그러나 슌스케가 사랑에 빠지고 또 배신당하는 여자들은 그의 유일한 장점이자 아름다움인 정신성을 제대로 볼 생각조차 하지 않았다. 슌스케는 일찍이 아름다운 여자만을 사랑했으며, 자신의 아름다움에 만족해 정신성 따위는 안중에도 없는 메살리나*만을 사랑했다.

슌스케는 삼년 전 죽은 세 번째 부인의 아름다운 자태를 떠올렸다. 쉰 살의 아내는 자기 나이의 절반도 안 되는 어린 애인과 동반자살했다. 그녀가 죽은 이유는 알고 있었다. 슌스케와 함께할 추한

---

* 로마황제 클라우디우스의 세 번째 아내이자 고대 로마시대 성욕의 화신. 밤에 몰래 궁을 빠져나가 사창가에서 쾌락을 즐기다 황제 측근에게 암살당했다.

노후가 두려웠던 것이다.

사체는 태평양을 마주한 이누보곶으로 떠밀려 왔다. 성난 파도가 두 주검을 높은 바위 위에 올려놓았다. 그들을 끌고 내려오는 것도 보통 일이 아니었다. 어부들은 허리에 끈을 묶고 포말이 터지는 물안개 속을 이 바위 저 바위 옮겨 갔다.

두 주검을 떼는 일 또한 쉽지 않았다. 이미 용해된 두 육체는 젖은 닥종이처럼 붙어버려 피부를 서로 공유한 모양새였다. 억지로 떨어뜨린 아내의 유해는 슌스케의 바람대로 화장하지 않은 채 도쿄로 운반됐다. 성대한 장례가 치러지고 출관이 임박했다. 늙은 남편은 아내의 관을 자기만 들어갈 수 있는 방에 두고 작별인사를 했다. 백합과 패랭이꽃에 파묻힌 죽은 아내의 얼굴은 무섭도록 부풀어 있었다. 거의 투명해진 머리에는 푸르고 성긴 모근이 남아 있을 뿐이었다. 더할 나위 없이 추악한 이 얼굴을 슌스케는 두려운 기색도 없이 빤히 바라봤다. 그는 아내의 얼굴에서 악의를 느꼈다. 더 이상 남편을 괴롭히지 못하게 된 지금, 아름다움을 유지할 필요가 사라졌으니 이토록 추한 상태로 남은 게 아닌가?

그는 애장품인 무표정한 아가씨 노 가면을 망자의 얼굴에 씌웠다. 가면을 꾹 눌러 씌웠기에 익을 대로 익어 물컹해진 과일 같은 익사자의 얼굴이 가면 아래 찌부러졌다. 슌스케의 이 행위는 아무에게도 알려지지 않고 한 시간쯤 후에는 불길에 휩싸여 완전히 자취를 감췄다.

슌스케는 슬픔과 증오가 갈마드는 추억에 잠겨 아내의 상을 치렀다. 고뇌의 시발이었던 그 여름 새벽을 떠올리면 아픈 기억이 생생해 아내가 아직 여기 어딘가에 살아있는 것만 같았다. 셀 수 없는 아내의 애인들, 그들의 뻔뻔스런 젊음, 가증스런 미모, ……질투를 억누르지 못한 슌스케는 그중 한 청년을 지팡이로 두들겨 팼다가 아내로부터 이별통고를 받았다. 그는 아내에게 용서를 구하고 청년에게 양복 한 벌을 맞춰줬다. 훗날 이 청년이 중국 땅에서 전사했을 때, 슌스케는 기뻐 날뛰며 기나긴 환희의 일기를 쓰곤 신들린 듯 혼자 거리로 뛰쳐나갔다. 거리는 싸움터로 나가는 군인과 배웅하는 군중으로 붐볐다. 아름다운 약혼녀의 배웅을 받는 어느 병사를 둘러싼 무리 속에서 슌스케는 기뻐하며 종이 국기를 흔들었다. 때마침 지나가던 카메라맨에게 포착돼 깃발 흔드는 슌스케의 사진이 신문에 대문짝만 하게 실렸지만, 누가 알았을까? 이 유별난 작가가 흔드는 깃발이 가증스런 청년의 죽음을 기뻐하고, 앞으로 살해당할 병사들을 축복하는 깃발이었다는 것을.

**

히노키 슌스케는 I역에서 야스코가 있는 해안까지 버스로 한 시간 반여를 가는 동안 어둡고 혼란스런 기억을 더듬었다.

'그렇게 전쟁이 끝나고 이태가 지난 어느 초가을, 아내는 애인과 동반자살했지. 언론은 예의를 갖춰 심장병이라고 보도했지만, 극히 일부의 지인들은 비밀을 알았어.

장례를 치른 뒤, 나는 곧바로 어느 전 백작부인을 사랑하게 됐다. 내 생애 열 몇 번째쯤 되는 사랑. 그 사랑은 언뜻 이뤄지는 듯했지만 결정적인 순간에 남편이 나타나 삼만 엔을 강탈당했지. 알고 보니 전 백작의 부업이 아내의 미인계로 돈을 뜯어내는 일이었어.'

버스가 사정없이 흔들려 슌스케는 도리어 웃음이 터져 나왔다. 미인계 일화는 코미디였다. 문득 이 기억이 우습게 느껴지자 불안감이 엄습했다.

'나는 더 이상 격렬하게 여자를 증오하던 젊은 날로 돌아갈 수 없는 게 아닐까.'

그는 야스코를 생각했다. 올 5월 하코네 온천에서 알게 된 열아홉 살 여자 손님이었다. 그녀는 이후 종종 아무렇지 않게 슌스케를 찾아왔다. 노작가의 비쩍 마른 가슴이 요동쳤다.

5월 중순, 하코네 숙소에서 작업을 하고 있을 때다. 같은 숙소에 머무르는 소녀가 책에 사인을 받고 싶다는 전갈을 보내왔다. 슌스케는 그의 책을 들고 종종걸음으로 다가오는 소녀를 뜰 앞에서 우연히 만났다. 무척 아름다운 저녁이라 산책을 나와 돌층계에 올랐다 내려오는 길이었다.

"당신인가요?"

슌스케가 물었다.

"네. 세가와라고 합니다. 잘 부탁드려요."

야스코는 패랭이꽃색으로 물들인 아이 같은 옷을 입고 있었다. 손발이 나긋나긋하게 길어 너무 길다 싶을 정도였다. 짧은 스커트 아래로 허벅지가 보였다. 팽팽한 민물고기 살처럼 새하얬다. 슌스케는 열일고여덟로 봤다. 때때로 눈가에 조숙한 표정이 감도는 것으로 보아 스물이나 스물하나일 수도 있겠다고 생각했다. 게다를 신어서 청결한 발뒤꿈치가 잘 보였다. 작고 수줍고 단단한 발뒤꿈치가 작은 새 같았다.

"방은 어디입니까."

"안쪽 별채에 묵고 있어요."

"그래서 제가 못 봤군요. 혼자 오셨습니까."

"네, 오늘은 혼자예요."

그녀는 가벼운 늑막염 때문에 요양차 왔다고 했다. 슌스케는 야스코가 소설을 단순히 이야기로밖에 즐길 줄 모르는 소녀라는 점이 기뻤다. 따라온 늙은 하녀는 볼일이 있어 하루 이틀 도쿄에 다녀올 거라 했다.

함께 방으로 가서 사인을 해준 뒤 돌려보낼 수도 있었지만, 슌스케는 내일 책을 받으러 오라고 하고 건네받은 책을 들고 뜰 앞 허름한 벤치에 앉았다. 두 사람은 이런저런 얘길 나눴는데, 과묵한 노인과 예의 바른 소녀가 순조롭게 대화를 나눌 화제는 많지 않았다. 여긴 언제 왔는지, 가족은 어떤지, 아픈 건 다 나았는지 따위를 묻는 슌스케에게 소녀는 대부분 말없이 미소로 답했다.

땅거미는 빨리도 정원을 감쌌다. 숙소 정면과 우측을 두른 온화한 산등성도 날이 저물며 부쩍 가까이 다가와 긴장감을 더했다. 산들 사이로 낮게 가라앉은 바다가 있었다. 황혼의 하늘과 좁다란 바다의 풍광 사이 어딘가에 초저녁 금성이 떴나 싶었는데, 규칙적으로 점멸하는 걸 보고 등대임을 알았다. 종업원이 식사시간을 알리러 와서 두 사람은 헤어졌다.

이튿날 야스코는 늙은 하녀와 함께 도쿄에서 가져온 과자를 들고 슌스케의 방을 찾아와서는, 슌스케가 이미 사인해둔 책 두 권을 들고 돌아갔다. 늙은 하녀가 수다를 떨어줘서 슌스케와 야스코는 기분 좋게 침묵을 누릴 수 있었다. 야스코가 돌아간 뒤 문득 어떤 생각에 이끌린 슌스케는 오랜 산책에 나섰다. 숨을 헐떡이며 초조하게 잰걸음으로 언덕을 올랐다. 어디까지고 가겠다, 아직 지치지 않았다, 나도 이 정돈 걸을 수 있다, 그리 생각하고 싶었다. 마침내 어느 풀밭 나무 그늘 아래에 쓰러지듯 누웠을 때, 근처 덤불 속에서 큰 꿩 한 마리가 날아올랐다. 깜짝 놀란 슌스케는 곧이어 엄청난 피로감이 주는 쾌활함에 가슴이 설렜다.

'이런 기분 오랜만이군, 몇 년 만인가.'

'이런 기분'을 만들어낸 힘이 반 이상은 자기 내부에서 나왔음을, '이런 기분'을 날조해내려 억지로 애써 고통스런 산책에 나섰음을 슌스케는 잊고 있었다. 망각이야말로 늙은이들의 전형적인 고집인지도 모른다.

**

야스코가 있는 마을로 향하는 버스는 몇 차례나 해안도로로 나왔다. 벼랑 아래로 불타는 여름 바다가 내려다보였다. 보이지 않는 투명한 불꽃이 해수면을 불태워, 바다는 차분한 고통, 세공 중인 귀금속과도 같은 고통을 내뿜었다.

정오까지는 아직 여유가 있었다. 한산한 버스에는 현지인으로 보이는 승객 두어 명이 타고 있었다. 그들은 댓잎을 열어 서로 반찬을 나누며 주먹밥을 먹었다. 슌스케는 살면서 공복이라는 것을 느낀 적이 거의 없었다. 곰곰이 생각에 잠겨 식사를 하느라 방금 밥을 먹었다는 사실조차 잊고 원인 모를 포만감에 놀란 적도 있다. 그의 위장도 그의 정신과 마찬가지로 일상생활 따위는 뒷전이었다.

종점인 K마을 동사무소의 두 정거장 전인 K공원 앞. 아무도 내리지 않았다. 도로는 산허리에서 해변에 이르기까지 어마어마하게 넓은 공원을 관통해 산과 바다의 중심부를 둘로 나누고 있었다. 슌스케는 바람소리 소란한 깊은 숲속에 사람 하나 없이 한적한 유원지를, 저 멀리 드문드문 수평을 이루며 쪽빛으로 반짝이는 바다를, 타오르는 모래사장에 움직임 없는 그림자를 드리운 여러 개의 그네를 바라봤다. 한여름 오전, 광활한 공원의 정적이 슌스케는 어쩐지 마음에 들었다.

버스는 복닥거리는 작은 마을 어귀에 도착했다. 동사무소에 사람은 보이지 않고 열린 창문 틈으로 니스 칠한 원탁이 흰빛을 반사했다. 온천여관에서 마중 나온 사람 몇이 인사를 했다. 슌스케는 짐을 맡기고 그들의 안내에 따라 신사 옆 돌층계를 느릿느릿 올랐다. 해풍으로 더위는 거의 느껴지지 않았다. 매미 소리가 뜨거운 모직물처럼 머리 위로 드리우는 게 거슬릴 뿐이다. 계단 중간 참에서 모자를 벗고 잠시 쉬었다. 발아래 보이는 조그마한 항구에 작은 녹색 증기선이 쉬다가 생각난 듯 증기 뿜는 소리를 냈다. 문득 잠잠해진다. 그러자 단순한 곡선을 그린 저 고요한 바다로, 쫓아도 쫓아도 날아드는 파리처럼 쫓아도 쫓을 수 없는 무수한 우울의 날갯짓 소리가 쌓여갔다.

"경치가 좋군."

슌스케는 슬쩍 운을 뗐다. 아주 훌륭한 풍광은 아니었다.

"숙소에서 보이는 경관은 더욱 아름답습니다."

"그런가."

노작가의 사람됨이 중후해 보이는 까닭은 격렬한 야유나 비꼼을 귀찮아하는 게으름에 있었다. 경박하게 구는 일이 그는 부담스러웠다.

숙소에서 가장 좋은 방에 짐을 푼 슌스케는 오면서 몇 번이나 자연스럽게 물어보려 했지만 하지 못한 (자연스럽지 못한 걸 두려워했기에) 질문을 여종업원에게 던졌다.

"세가와라는 아가씨가 와 있나?"

"네, 계십니다."

노작가는 냉정을 잃고 다급하게 다음 질문으로 넘어갔다.

"친구와 함께 왔나?"

"네, 네댓새 전부터 국화방에요."

"지금 방에 있나 모르겠군. 내가 그 아이 아버지 친굴세."

"방금 K공원으로 산책 나가셨어요."

"친구하고 말인가?"

"네, 친구 분과."

여종업원은 친구 '분들'이라고 하지 않았다. 이 경우 친구가 몇 명인지, 남자인지 여자인지 따위를 담담하게 물어보는 기술이 없는 슌스케는 의혹에 휩싸였다. 친구란 건 남자에, 심지어 한 사람인 게 아닐까? 이런 당연한 의혹이 어째서 지금껏 떠오르지 않았나? 어리석은 짓은 일정한 질서를 유지하며, 어리석은 결말에 이르기까지 현명한 고찰을 남김없이 뭉개며 나아가는가?

　권유라기보다 명령에 가까운 숙소 측의 필사적인 접대에 이끌려 목욕과 점심을 해치우는 동안, 노작가의 마음은 한순간도 평온을 얻지 못했다. 마침내 혼자가 된 후에도 격분한 나머지 이러지도 저러지도 못하고 있었다. 고통이 온통 그를 집어삼켜 도무지 신사적이라고는 할 수 없는 행동에 돌입했다. 몰래 국화방으로 들어갔다. 방은 정돈되어 있었다. 협실에 딸린 옷장을 열자 남성용 흰 바지와 흰 와이셔츠가 보였다. 알프스 분위기의 아플리케가 달린 야스코의 흰 리넨 원피스와 나란히 걸려 있었다. 눈을 돌려 경대를 보니 남성용 포마드가 여성용 분이며 립스틱, 크림 옆에 놓여 있다. 슌스케는 방을 나왔다. 자기 방으로 돌아가 벨을 눌렀다. 방으로 온 여종업원에게 차를 준비하라고 일렀다. 양복으로 갈아입는 동안 차가 도착했다. 그는 K공원으로 향했다.

　운전수에게 잠시 기다리라고 하고 변함없이 한적한 공원 문 안으로 들어갔다. 자연석으로 아치를 세운 새로 만든 문이다. 거기선 바다가 보이지 않았다. 거무스름해진 푸른 이파리로 뒤덮인 나무들의 묵직한 우듬지가 바람에 흔들려 먼 데 파도소리처럼 쏴쏴 울렸다.

　노작가는 두 사람이 매일 해수욕을 즐긴다는 모래사장으로 발걸음을 옮겼다. 유원지로 나왔다. 우리 그림자를 등에 선명히 드리운 너구리가 웅크려 잠들어 있는 작은 동물원 일각으로 나왔다. 방목한 울타리 안에는 큰 그늘을 드리운 두 그루 단풍나무 사이로 더위를 피해 온 검은 토끼 한 마리가 졸고 있었다. 풀이 우거진 돌층계를 내려오니 울창한 수풀 너머로 바다가 펼쳐졌다. 이마에 닿는 바람은 시야에 들어오는 나뭇가지란 나뭇가지를 모조리 흔들며 재빨리 가지 끝을 뛰어오르는 작은 동물 같았다. 때때로 큰 바람이 불어오면 눈에 보이지 않는 거대한 동물이 날뛰는 듯도 했다. 이 모든 것 위로 조금도 멈칫 없이 햇살이 쏟아지고, 조금도 주저 없이 매미 소리가 울려 퍼졌다.

모래사장으로 내려가려면 어느 길로 가야 할까?

저 아래 솔숲이 보였다. 풀이 우거진 돌층계가 그곳을 향해 빙 둘러 나 있는 듯했다. 슌스케는 나뭇잎 사이로 비치는 태양빛과 풀의 뜨거운 반사광으로 온몸이 땀에 흠뻑 젖었다. 돌층계는 역시 빙 둘러 나 있었다. 그는 마침내 절벽 아래 좁은 복도처럼 난 모래사장 끝에 다다랐다.

그러나 거기도 사람의 그림자는 없었다. 늙은 작가는 지쳐 바위 위에 걸터앉았다.

여기까지 그를 끌고 온 힘은 분노였다. 대단한 명성과 종교적 숭배와 다망한 잡일과 어지러운 교유, 이런 유독성 요소에 둘러싸인 나날에서 딱히 도피를 갈망하진 않았다. 최상의 도피 방법은 가능한 한 상대에게 다가가는 데 있다. 히노키 슌스케는 발이 무척 넓었지만, 그야말로 명배우의 훌륭한 연기가 수천 관중으로 하여금 오로지 자기에게만 친근하다고 느끼게 만드는 것처럼 원근법을 무시한 교묘한 기술로 수많은 지인들을 대했다. 어떤 찬사나 비웃음도 이 명배우에게 흠집을 내지 못했다. 그는 누구의 말도 귀담아 듣지 않기 때문이다. ……지금처럼 자신이 상처받을 거란 예감에 몸을 떨면서도, 상처받고 싶다고 격렬히 원하는 이 순간만큼은 슌스케 특유의 도피가 필요했다. 다시 말해 상처를 분명히 몸에 아로새김으로써 이 문제를 매듭지어야 했다.

그러나 지금, 이상하리만치 가까이서 출렁이는 광활한 바다 앞에서, 슌스케는 위로받는다는 기분이 들었다. 바다는 꾀를 부리듯 날래게 바위 사이를 타고와 그를 집어삼키고, 그의 존재로 흘러들어, 순식간에 그의 내부를 푸른빛으로 물들이다, ……다시금 밖으로 물러났다.

그때 푸른 바닷물 한가운데 한 줄기 물길이 생기더니 흰 포말이 일었다. 그 물길은 쏜살같이 이쪽 절벽을 향해 다가왔다. 얕은 물에 이르자 물속을 유영하던 사람이 부서지는 파도 속에 일어섰다. 한순간 그의 몸이 물보라 속으로 감쪽같이 사라졌다가 다시금 아무 일도 없었다는 듯 나타나 힘차게 물살을 차며 걸어왔다.

그것은 놀랄 만큼 아름다운 청년이었다. 고대 그리스 조각상이라기보다 펠로폰네소스파 청동 조각가가 제작한 아폴론처럼 어딘지 애틋하고도 온유한 아름다움이 넘치는 그 육체는, 고상하게 솟아오른 목, 완만하게 이어진 어깨, 널찍하게 벌어진 흉곽, 우아하게 곡선을 그리는 팔뚝, 돌연 가늘어지는 청결하고도 충실한 허리, 검처럼 용맹하게 조여진 다리를 지니고 있었다. 파도가 밀려오는 해안에 멈춰 선 청년은 바위 모서리에 부딪힌 듯 왼쪽 팔꿈치를 살펴보기 위해 몸을 살짝 비틀어 오른팔로 왼팔을 잡고 얼굴을 그리로 돌렸다. 그러자 발밑을 스쳐가는 바닷물이 고개 숙인 그의 옆얼굴에 반사돼 언뜻 희색이 감도는 듯이 밝아졌다. 가늘고 날렵한 눈썹, 깊은 근심이 서린 눈, 살짝 두께감이 있으면서 생기가 도는 입술, 모두 보기 드물게 아름다운 옆얼굴 장식이었다. 아울러 멋들어진 콧마루는 팽팽히 조여진 뺨과 함께 청년의 얼굴에 고상함과 허기 외에는 아직 아무것도 모르는 일종의 순결한 야성을 부여했다. 이는 또한 어둡고 감동 없는 눈빛, 희고 강렬한 치아, 시원스레 흔들리는 팔 동작, 약동하는 몸놀림과 더불어 이 젊고 아름다운 늑대의 습성을 두드러지게 했다. 그렇다, 저이의 용모는 늑대의 미모다.

그렇다곤 해도 저 부드럽고 둥근 어깨, 완연히 순수함을 드러낸 가슴, 품위를 잃지 않는 입술, ……이 부위에는 말로 미처 표현할 수 없는 야릇한 달콤함이 있었다. 월터 페이터가 13세기 아름다운 이야기 《아미와 아밀》을 두고 말한 '문예부흥기 초기의 사랑스러움', 훗날 상상을 뛰어넘어 장대하고 신비롭고 강인한 전개의 조짐을 보인 '초기의 사랑스러움'에 견줄 만한 것이, 이 청년이 지닌 육체의 미묘한 선 안에서 향기를 발하고 있었다.

……히노키 슌스케는 세상에 존재하는 모든 아름다운 청년을 끔찍이 증오했다. 그러나 완전한 아름다움은 그를 옴짝달싹 못 하게 만들었다. 그는 아름다움과 행복을 곧바로 결부시켜 생각하는 나쁜 버릇이 있기에, 그의 증오를 묵살시킨 건 청년의 완벽한 아름다움이 아니라 청년이 가졌을 완벽한 행복인지도 모른다.

청년은 슌스케 쪽을 얼핏 봤지만 개의치 않고 바위 그늘로 사라졌다. 이윽고 모습을 드러낸 그는 흰 와이셔츠와 깨끗한 감색 모직 바지를 입고 있었다. 그는 휘파람을 불며 슌스케가 방금 내려온 돌층계를 오르기 시작했다. 슌스케도 같은 돌층계를 뒤따라 올랐다.

청년이 뒤돌아 노작가를 슬쩍 봤다. 한여름 태양을 정면으로 받아 속눈썹 그림자가 진 탓도 있지만, 그 눈동자가 너무도 어두워 슌스케는 나체일 때 그토록 빛나던 청년이 지금은 행복의 그림자를 상실함을 의아하게 여겼다.

청년은 굽은 산길로 들어갔다. 그를 놓칠지도 몰랐다. 완전히 지친 노작가는 청년이 사라진 곳까지 따라갔지만 더는 뒤를 쫓을 여력이 없었다. 그러나 안쪽 풀밭 부근에서 청년의 밝고 발랄한 목소리가 들려왔다.

"아직도 자? 너무하네. 네가 잘 동안 먼 바다까지 갔다 왔어. 이제 그만 일어나. 슬슬 가자."

한 소녀가 나무 틈 사이로 일어나 가늘고 낭창낭창한 팔을 높이 들어 기지개를 폈는데 의외로 가까운 곳인 듯했다. 그녀의 파랗고 귀여운 옷 뒤로 단추가 두세 개 풀려 있고 그걸 채워주는 청년의 모습이 보였다. 소녀가 아무렇게나 풀밭에 드러누워 낮잠을 잔 탓에 옷자락 여기저기 묻은 꽃가루와 흙을 털어내려고 팔을 뒤로 돌렸을 때 옆얼굴이 보였다. 야스코였다.

슌스케는 전신에 힘이 빠져 돌층계에 주저앉았다. 그는 담배를 꺼내 입에 물었다. 경탄과 질투와 패배가 기이하게 뒤섞인 이 기분, 질투의 화신인 슌스케가 심심치 않게 느끼는 기분이었지만, 이 경우 질투는 야스코보다 차라리 세상에 흔치 않은 아름다움을 가진 청년에게 들러붙었다.

완전한 청년, 완전한 외면의 미가 구현되었다는 것. 이것은 추한 외모를 가진 작가가 청년시절 품었던 그 시절의 꿈이었다. 이 꿈은 사람들 앞에서 철저히 감춰졌을 뿐만 아니라 그 자신으로부터도 저주받았다. 정신의 청년, 정신성으로 무장한 청년시절, 그것은 청년으로부터 '청년다움'을 갈취하는 독소와도 같은 관념이다. 슌스케의 청년시절은 청년으로 살고 싶다는 치열한 열망 속에 흘러갔다. 이 얼마나 아둔한 짓인가. 청년시절은 우릴 온갖 갈망과 절망으로 괴롭히지만, 그 고통이 그저 청년 특유의 고뇌에 불과하다고 생각진 않는다. 그런데도 슌스케의 청년시절은 그런 생각만 하다 끝나고 말았다. 그는 자신의 관념, 사상, 이른바 문학에서 청춘이라 일컫는 그 모든 것에서 영속적인 것, 보편적인 것, 일반적인 것, 불쾌하고 애매모호한 소위 낭만주의적 영원성을 허락하지 않았다. 한편 그의 어리석은 짓은 아둔한 찰나의 시도였다. 그 무렵 그의 유일한 바람은 자신의 고통이 청년답게 완전무결하고 **정당한** 고통이라고 생각하는 능력을 갖는 것뿐이었다. 자신의 기쁨이 정당한 기쁨이라고 생각하는 능력, 말하자면 인생의 필수능력을.

'이번에야말로 나도 마음 놓고 패배할 수 있겠구나. 저 청년은 세상 모든 아름다움을 지녔으니, 인생의 양지를 사는 주인이며, 결코 예술 따위 독소에 중독되지 않으며, 여자를 사랑하고 여자에게 사랑받는 삶을 타고난 남자다. 저 정도라면 안심하고 손 뗄 수 있겠다. 내가 먼저 나서서 양보하자. 내 생애 긴 세월 아름다움과 싸워왔지만, 슬슬 아름다움과 마지막 화해의 악수를 할 때가 왔구나. 이때를 위해 하늘이 저 둘을 내 앞에 보내줬는지도 모른다.'

연인은 나란히 걸을 수 없는 좁은 길을 앞서거니 뒤서거니 하며 걸어왔는데, 먼저 슌스케를 발견한 건 야스코였다. 노작가와 야스코는 얼굴을 마주했다. 그의 눈은 괴로움에 차 있었지만 입가는 미소를 띠고 있었다. 야스코는 사색이 돼 눈을 내리깔았다. 내리깐 채 물었다.

"일 때문에 오셨나요?"

"음. 오늘부터."

청년은 의아하다는 듯 슌스케를 봤다. 야스코가 그를 소개했다.

"이쪽은 제 친구, 유이치입니다."

"미나미 유이치라고 합니다."

슌스케의 이름을 듣고도 청년은 놀라지 않았다.

'전부터 야스코한테서 내 이야기를 전해 들었을까. 그래서 조금도 놀라지 않는 것인가. 세 차례나 나온 내 전집 같은 건 거들떠본 적도 없고, 그러니 내 이름조차 모른다고 한다면, 나로선 대단히 즐거운 노릇이지…….'

셋은 쥐죽은 듯 고요한 공원 돌층계를 오르며, 이 관광지의 쇠락함 같은 아무래도 좋을 이야기를 나눴다. 슌스케가 관용에 넘쳐 즐겁고 유쾌한 분위기를 이끌어내는 사람은 아니지만, 그래도 충분히 기분이 좋았다. 세 사람은 슌스케가 빌린 차를 타고 숙소로 돌아갔다.

저녁식사는 셋이 함께 했다. 유이치의 제안이었다. 식사 후 그들은 각자 방으로 돌아갔다. 잠시 후 유이치가 훤칠한 유카타 차림으로 혼자 슌스케 방에 나타났다.

"들어가도 될까요. 작업 중이십니까."

그는 장지문 밖에서 말을 걸었다.

"들어오게."

"야스코가 너무 오래 목욕을 하는데 기다리기 지루해서 말이죠."

그는 이렇게 변명했다. 그러나 그의 어두운 눈동자에 낮보다 한층 더 우울한 기색이 감돌았기에, 슌스케는 작가의 직감으로 그가 뭔가 털어놓을 게 있다는 사실을 꿰뚫어봤다.

한동안 두서없는 이야길 늘어놓는 청년에게서 진짜 할 이야기를 어서 꺼내야 한다는 초조함이 엿보였다. 이윽고 그가 말했다.

"당분간 여기 머무르실 계획인가요?"

"예정은 그러하네."

"전 가능하면 오늘 밤 열 시 배나 내일 아침 버스로 돌아가고 싶습니다. 실은 오늘 밤 안으로 여길 뜨고 싶어요."

슌스케가 깜짝 놀라 물었다.

"야스코는 어쩌고."

"그래서 드리는 말씀입니다. 야스코를 맡아주시지 않겠습니까. 실은 선생님께서 야스코와 결혼해 주시면 좋겠습니다."

"뭔가 잘못 생각하고 있나보군."

"아닙니다. 더는 여기 머무르고 싶지 않습니다."

"아니 왜."

청년은 진솔한, 오히려 냉정한 어조로 말했다.

"선생님이라면 이해해 주시리라 믿습니다만, 저는 여자를 사랑할 수 없는 사람입니다. 아시겠습니까. 제 몸은 여자를 사랑할 수 있을지라도, 제 감정은 오직 정신적인 것입니다. 저는 태어나서 단 한 번도 여자를 원한 적이 없어요. 여자를 앞에 두고 욕망을 느낀 적이 없습니다. 그런데도 전 제 자신을 속이고 아무것도 모르는 여자를 속였습니다."

슌스케의 눈에 복잡한 빛이 서렸다. 이런 문제에 공감할 소질이 그는 없었다. 그러나 본바탕은 대체로 정상이었기에 이렇게 물었다.

"그럼 자넨 무얼 사랑하나?"

"저 말입니까." 청년의 뺨은 수치심으로 붉게 달아올랐다. "저는 남자밖에 사랑하지 않습니다."

"이 문제를 야스코에게 털어놓은 적 있나?"

슌스케가 물었다.

"없습니다."

"털어놔선 안 되네. 무슨 일이 있어도 말하지 말게. 여자가 알아도 될 일과 알아선 안 되는 일이 있어. 잘은 몰라도 이런 문제는 여자에게 털어놓지 않는 게 유리하네. 어차피 야스코처럼 자넬 좋아하는 소녀가 나타난다면 언젠간 결혼하는 게 좋아. 결혼을 너무 심각하게 받아들이지 말고 적당히 대충 생각하게. 적당한 것이기에 비로소 안심하고 신성하다 할 수 있는 걸세."

슌스케는 악마처럼 흥분했다. 세 차례나 전집을 낸 예술가답게, 세상의 눈을 꺼리며 속삭이는 목소리로 청년의 얼굴을 빤히 응시한 채 이렇게 말했다.

"그래서 지난 사흘 밤 내내 아무 일도 없었나?"

"네."

"그거 잘했군. 여자란 그리 교육하는 거야." 슌스케는 크고 낭랑하게 웃어 재꼈는데, 그의 지인들 누구도 그가 이렇게 크게 웃는 모습을 본 적이 없었다. "오랜 경험에서 하는 말인데, 여자에게 절대로 쾌락을 가르쳐선 안 되네. 쾌락이란 남성이 만들어낸 비극적인 발명이고 그걸로 충분하니까."

슌스케의 눈에 황홀한 자애의 빛이 감돌았다.

"두 사람은 분명 내가 생각하는 이상적인 부부생활을 하게 될 걸세."

그는 그렇게 덧붙였지만 행복할 거라는 말은 하지 않았다. 이 결혼이 여자에게 얼마나 완벽한 불행을 가져올 것인가. 슌스케는 생각만 해도 가슴이 벅찼다. 유이치의 힘을 빌릴 수만 있다면 세상 누구보다 순수한 여자를 비구니로 만드는 일도 가능해 보였다. 그렇게 노작가는 태어나 처음으로 자기 안의 본질적인 정열을 찾아냈다.

2장
거울의 계약

"저로선 불가능합니다."

절망하는 유이치의 동그란 눈에 눈물이 글썽였다. 그 정도 충고에 넘어갈 일이었다면 애당초 생판 남인 슌스케에게 이토록 민감한 고민을 털어놓지도 않았으리라. 결혼을 독려하는 슌스케의 말이 그에겐 잔혹하게 들렸다.

주워 담을 수 없는 고백을 했다는 후회가 밀려왔지만 누군가에게 털어놓고 싶다는 끓어오르는 충동을 막을 길은 없었다. **아무 일 없었던** 사흘 밤의 고통이 유이치를 폭발시켰다. 야스코는 결코 먼저 덤벼들지 않았다. 그랬다면 유이치도 사실을 털어놓을 여지가 있었겠지만, 파도소리 가득한 어둠 속 간간히 바람에 흔들리는 연둣빛 모기장 안에서 가만히 천장을 보고 숨죽여 누운 소녀의 모습은 유이치의 마음을 갈가리 찢어놓았다. 둘은 무시무시한 피로감을 견디다 못해 잠이 들었다. 이대로 고통에 짓눌린 채 깨어 있다가는 살아 있는 동안 두 번 다시 잠들 수 없을 거라는 두려움이 있었다.

활짝 열린 창, 별밤, 들릴 듯 말 듯 한 증기선 기적소리, ……긴 시간 야스코와 유이치는 눈을 뜬 채 뒤척이지도 않았다. 대화도 없다. 움직임도 없다. 말 한마디 몸짓 하나가 예측할 수 없는 사태를 불러일으킬 것만 같았다. 솔직히 둘은 같은 행위, 같은 사태, 그 하나를 줄곧 기다리다 지쳐버렸지만, 야스코가 느끼는 수치심의 수백 배는 족히 넘을 정도로 격렬한 부끄러움을 느낀 유이치는 그 자리에서 죽기를 바랐다. 진땀을 흘리며 새까만 눈동자를 부릅뜬 채 가슴에 손을 얹은 모습으로 꼼짝도 하지 않고 곁에 누운 소녀는, 유이치에게 죽음이었다. 만약 그녀가 한 뼘이라도 그의 곁으로 다가온다면, 그야말로 죽음이었다. 야스코의 제안을 뿌리치지 못하고 뻔뻔하게 여기까지 쫓아온 스스로를 죽도록 원망했다.

이젠 죽을 수 있다. 그는 몇 번이나 생각했다. 당장 일어나 돌층계를 뛰어올라 바다 위 절벽에서 몸을 던지면 끝이다.

죽음을 떠올리자, 그 순간 모든 것이 가능하리라는 기분이 들었다. 그는 가능성에 취했다. 그것이 쾌활함을 가져왔다. 거짓 하품으로 얼버무리며 아 졸리네 하고 큰 소리로 말했다. 이때를 틈타 야스코를 등지고 몸을 둥글게 만 채 자는 척했다. 잠시 후 야스코의 작고 귀여운 기침소리가 들렸기에 그녀가 아직 깨어 있음을 알았다. 그제야 그는 다음과 같이 물어볼 용기가 생겼다.

"안 졸려?"

"아니."

차분하게 흐르는 물소리처럼 야스코가 말했다. 이렇게 두 사람은 자는 척 서로를 속이고 어느 틈엔가 자기도 속아 잠이 들었다. 그는 신이 천사에게 자신을 죽여도 좋다는 허락을 하달하는 행복한 꿈을 꾸며 오열했다. 우는 소리와 눈물은 물론 현실로 새어 나오지 않았다. 유이치는 스스로에게 아직 허영심이 남아 있다는 걸 깨닫고 안도했다.

사춘기가 지난 지도 벌써 칠 년이지만 유이치는 진심으로 육욕을 증오했다. 그는 엄격히 순결을 지켰다. 수학과 스포츠, 기하학과 미적분과 높이뛰기와 수영에 열중할 것. 별다른 의식 없이 이런 그리스풍 선택을 했지만, 수학은 어느 정도 그의 두뇌를 맑게 했고 운동은 어느 정도 그의 정력을 추상화시켰다. 그러나 시합 후 동아리방에서 후배가 땀에 젖은 셔츠를 벗을 때, 주변에 떠도는 어린 육체의 향기는 그를 번민하게 했다. 유이치는 문밖으로 달려 나가 땅거미 내린 운동장 풀밭에 엎드려 빳빳한 여름풀에 얼굴을 파묻었다. 그 상태로 욕정이 가라앉길 기다렸다. 연습 중인 야구부의 건조한 타격음이 활기 잃은 저녁 하늘을 울리며 그라운드 쪽에서 들려왔다. 유이치는 자신의 벌거벗은 어깨로 떨어지는 무언가를 느꼈다. 목욕타월이었다. 새하얗고 성긴 수건의 올 끝이 불길처럼 그의 피부를 찔렀다.

"무슨 일이세요. 그러다 감기 걸리겠어요."

유이치는 얼굴을 들었다. 벌써 교복으로 갈아입은 아까 그 후배가 제모 아래 그늘진 얼굴을 숙인 채 웃으며 서 있었다.

유이치는 퉁명스럽게 고맙다고 인사하며 일어섰다. 목욕타월을 어깨에 두르고 동아리방으로 돌아가는데 후배의 시선이 자기 어깨를 쫓고 있음을 느꼈다. 그러나 뒤돌아보지 않았다. 순결이 지닌 기묘한 논리로, 유이치는 이 소년이 자신을 사랑하고 있음을 알아챘고, 이 소년을 사랑해선 안 된다고 마음먹었다.

만약 여자를 사랑할 수 없으면서 여자만을 사랑하고 싶어 절망하는 자신이 그 소년을 사랑한다면? 그는 남자이면서 여자로, 말할 수 없이 추악한 불감不感의 존재로 변모해버리는 건 아닐까. 사랑이 상대방을, 사랑하고 싶지도 않은 존재로 만들어버리는 건 아닐까.

──이 같은 유이치의 고백에는 여전히 현실화되지 않은 앳된 욕망과 현실 자체를 좀먹는 모습이 있었다. 언제쯤이면 그도 현실과 대면하게 될까? 그가 현실과 대면할 바로 그곳에 이미 그의 욕망이 먼저 도달해 현실을 좀먹는 이상, 현실은 영원히 허구의 세계로 모습을 감추고 욕망에 휘둘릴 수밖에 없다. 그는 진정 그가 원하는 것에 가닿지 못하고, 가는 곳마다 자신이 품은 욕망을 만날 수밖에 없으리라. 슌스케에게는 이 청년이 내뱉은 고통스런 무위의 사흘 밤 고백마저 허무한 욕망의 톱니바퀴가 돌아가는 소리로 들렸다.

그러나 이것이야말로 예술의 전형, 예술이 창조하는 현실의 모형이 아닐까? 유이치가 자신의 욕망을 현실화하기 위해서는 먼저 그의 욕망 혹은 현실, 둘 중 하나가 죽어야 한다. 이 세상에는 그 둘이 무심한 척 병존하고 있지만, 예술은 먼저 존재의 규범을 어겨야 한다. 왜냐하면 예술 그 자체가 존재해야만 하기 때문이다.

히노키 슌스케가 써낸 작품은 부끄럽게도 현실에 복수를 꾀하는 책무를 처음부터 방기했다. 따라서 그의 작품은 현실이 아니었다.

그의 욕망은 너무나 쉽게 현실에 닿았고, 그 역겨움에 이를 악물고 작품에 매달렸다. 반복되는 어리석은 짓이 욕망과 현실 사이를 오가는 시원치 않은 파발마 역할을 했다. 비할 데 없이 화려하고 장식적인 문체는 현실의 장식이자, 현실이 그의 욕망을 좀먹어 생긴 기발한 무늬에 불과했다. 더 기탄없이 말하자면 그의 예술은, 세 번에 걸친 그의 전집은 존재하지도 않았다. 왜냐하면 그것은 단 한 번도 존재의 규범을 어긴 적이 없기 때문이다.

이미 창조할 여력을 상실한 노작가가 엄밀한 조형 작업에 질려, 옛 작품에 미적 주석을 다는 일을 유일한 업으로 삼고 있는 지금, 유이치와 같은 청년이 눈앞에 나타난 것은 얼마나 짓궂은 신의 장난인가!

유이치는 노작가가 갖지 못한, 청년으로서 온갖 자격을 갖춘 동시에 그간 노작가가 간절히 바란 최상의 행복을 가졌다. 바로 여자를 사랑하지 않는다는 것. 만약 그토록 갈망하던 청년으로서의 자격을 가졌더라면 여자를 사랑하는 일이 이토록 불행의 연속이지는 않았을 슌스케의 생애에, 이처럼 모순된 이상의 형체가 나타난 것이다. 일찍이 자기 생을 불행으로밖에 느낄 수 없었던 슌스케의 관념을 죽 이어 붙인 존재, 청춘의 꿈과 노년의 회한을 뒤섞어놓은 존재, 그것이 유이치였다. 만약 슌스케가 유이치 같은 젊은이였더라면, 얼마나 행복하게 여자를 사랑했을까! 또 만약 슌스케가 유이치처럼 여자를 사랑하지 않았더라면, 아니 여자를 사랑하지 않고 살 수 있었더라면, 그의 생애는 얼마나 행복했을까! ──그렇게 유이치는 슌스케의 관념이자 예술작품의 화신이었다.

모든 문체는 형용사부터 낡는다는 말이 있다. 다시 말해 형용사는 육체. 청춘이다. 유이치는 형용사 그 자체라고까지 슈스케는 생각했다.

노작가는 취조 중인 형사처럼 엷은 미소로 책상에 턱을 괸 채 유카타 한쪽 다리를 세우고 유이치의 고백을 들었다. 다 듣고 감동 없이 반복해 말했다.

"괜찮으니 결혼하게."

"하지만 탐하지도 않는 사람과 어떻게 결혼할 수 있겠습니까."

"무슨 소리. 인간은 통나무든 냉장고든 맘만 먹으면 결혼이 가능하네. 결혼이야 인간이 발명한 것이니, 인간이 할 수 있는 범주 안에 드는 일이고 욕망 같은 건 필요 없어. 적어도 지난 한 세기 동안 인간은 욕망에 따라 행동하는 법을 잊었네. 상대를 그저 장작개비라고, 방석이라고, 정육점에 걸린 고깃덩이라고 생각하게. 자넨 분명 거짓욕망에 달아올라 상대를 만족시킬 수 있을 걸세. 다만 거듭 주의할 사항은 상대의 정신을 인정해선 안 된다는 점이야. 자네 역시 정신의 찌꺼기조차 남겨선 안 되네. 알겠나, 상대를 오직 물질로 생각해야 해. 내가 길고 괴로운 경험에서 우러나 하는 말인데, 목욕탕에 들어갈 때 손목시계를 빼두듯 여자를 대할 때도 정신을 빼두지 않으면 금세 녹슬어 쓸 수가 없어지네. 그걸 안 한 탓에 난 무수히 많은 시계를 잃었고, 한평생 시계 제조에 내몰리는 신세가 됐지. 녹슨 시계 스무 개를 모아서 이번에 전집이란 걸 냈는데, 읽은 적 있나."

"아뇨, 아직." 청년은 볼을 붉혔다. "하지만 선생님 말씀은 알 것도 같습니다. 전 항상 생각합니다, 어째서 난 한 번도 여자를 탐한 적이 없을까. 여자를 향한 정신적 사랑이 기만이라고 여겨질 때마다 정신 자체가 기만이라고 생각하는 쪽으로 기울었습니다. 지금도 저는 틈만 나면 이런 생각을 합니다. 어째서 나는 다른 사람과 다를까, 어째서 지인들은 나처럼 육욕과 정신의 괴리를 겪지 않을까 하는."

"다 똑같네. 인간은 모두 똑같아." 노작가는 소리를 높였다. "그러나 그리 생각하지 않는 것이 청년의 특권이지."

"하지만 저만 다른걸요."

"그걸로 됐네. 난 자네의 그 확신에 기대어 젊어질 생각이야."

교활한 노인이 말했다.

한편 유이치는 유이치대로, 자신이 가진 비밀에 슌스케가 흥미를 느낄 뿐만 아니라 동경마저 표하는 데 당혹감을 느꼈다. 언제나 그토록 자책하던 흉측한 본능이거늘. 그러나 태어나 처음으로 이 사람에게 모든 비밀을 팔아넘겼다는 사실에, 유이치는 스스로를 배신했다는 기쁨 또한 느꼈다. 주인에게 혹사당한 행상이 어쩌다 마주친 호감 가는 손님에게 물건을 싼값에 다 팔아버렸을 때와 같은 배신의 기쁨이었다.

유이치는 간략히 야스코와 자신의 관계를 설명했다.

그의 아버지는 야스코의 아버지와 오랜 벗이었다. 유이치의 부친은 공대를 나온 기술자 출신 중역으로 기쿠이재벌의 자회사 사장을 역임하고 죽었다. 1944년 여름의 일이다. 야스코의 아버지는 경제학부를 나와 백화점에서 일했으며 현재 그곳 전무다. 아버지들끼리의 오랜 맹약에 따라 스물두 살이 된 유이치는 올 초 야스코와 약혼했다. 유이치의 냉담함에 야스코는 절망했다. 야스코가 종종 슈스케를 찾아온 날은 그를 불러내려다 실패했을 때다. 이번 여름, 야스코는 드디어 유이치와 단둘이 K마을로 여행을 오게 됐다.

야스코는 약혼자의 마음속에 다른 여자가 있을지도 모른다는 진부한 고민을 하고 있었다. 정략결혼에 자연히 따라붙는 의혹이었지만, 유이치는 야스코를 사랑한다고 말할 수밖에 없었다.

유이치는 현재 한 사립대학에 다니고 있다. 만성신장염을 앓는 모친과 하녀, 이렇게 셋이 함께 사는 건전한 몰락가정으로 모친은 아들의 조신한 효심을 걱정스러워했다. 모친이 아는 바로는 약혼녀 외에 이 아름다운 청년을 사모하는 여자가 많았지만, 아들은 실수 한번 저지르지 않았다. 모친은 아들이 어머니의 지병과 집안 경제사정을 배려하는 거라고 생각했다.

"난 돈에 쪼들려가며 널 키우고 싶진 않아." 상냥한 모친이 말했다. "아버지가 살아계셨더라면 얼마나 놀라실까. 아버지는 대학시절부터 밤낮 가리지 않고 주색을 즐겼지. 덕분에 나이가 들면서 차분해지셔서 내가 편했단다. 너처럼 젊어서 착실한 사람이 나이 들어 오히려 야스코를 고생시킬까 걱정이구나. 아버지를 닮아 난봉꾼 같은 얼굴을 하고선 너무 착하니까. 이 어미 욕심엔 하루빨리 손자 얼굴을 보고 싶지만, 야스코가 맘에 안 들면 어서 약혼을 파기하고 좋아하는 사람을 직접 골라 데려오려무나. 엉뚱한 짓만 하지 않으면 이 사람이다 싶은 여자를 찾을 때까진, 열 명이건 스무 명이건 괜찮으니까. 다만 내가 언제 덜컥 저 세상으로 갈지 모르니 결혼식은 되도록 빨리 치르게 해다오. 남자라면 당당해야 하지 않겠니. 용돈 걱정은 하지 말고. 우리가 아무리 몰락했다지만 먹고살 정도는 있단다. 이달 용돈은 두 배로 올려주마. 학교에서 볼 책 같은 건 사지 마라."

유이치는 그 돈으로 댄스를 배웠다. 춤 실력만 쓸데없이 정교해졌다. 그가 배우는 **예술적인** 댄스는 색정적 준비운동에 불과한 현대식 실용댄스에 비하면 빠르게 움직이는 기계와 같은 고요함이 있었다. 살짝 고개 숙인 자세는 보는 이로 하여금 그의 미모 안에서 끊임없이 짓눌리고 있는 행동에너지를 느끼게 했다. 그는 댄스 경연대회에 나가 삼등을 차지했다.

삼등 상금은 이천 엔이었는데, 그는 어머니를 위해 어머니가 아직 칠십만 엔이 있다고 한 은행통장에 돈을 넣으려다가 잔고가 터무니없이 부족하다는 사실을 발견했다. 당뇨수치가 높아져 몸져누우면서 어머니는 느긋한 성격의 늙은 하녀 기요에게 통장 관리를 맡겼다. 잔액이 얼마인지 묻는 어머니에게 이 고지식한 하녀는 주판으로 통장 맨 위부터 아래까지 숫자를 더해 알리곤 했다. 그러니까 새 통장으로 바뀐 후 아무리 시간이 흘러도 칠십만 엔이었던 것이다. 유이치가 알아보니 삼십오만 엔이 되어 있었다. 증권수입이 매달 이만 엔 정도 있었지만 요즘 같은 불경기엔 큰 도움이 안 됐다. 생활비와 학비, 어머니 치료비, 만약의 경우를 대비한 입원비까지 생각하면 하루속히 꽤 넓은 이 집을 팔아야 했다.

이 발견은 그러나 유이치를 기쁘게 했다. 은연중에 결혼의 의무에 쫓기던 그는, 셋이 겨우 살까 말까한 비좁은 집으로 이사 가면 결혼을 회피할 수 있을 거라 생각했다. 그는 나서서 재산 관리를 맡았다. 학교에서 배운 경제학을 실전에 활용할 기회라며 가계부까지 들여다보는 아들을 보며, 어머니의 마음은 슬픔으로 차올랐다. 유이치의 행동에서 어머니의 상냥한 부추김을 묵살하려는 의도가 엿보였기에, 어머니는 슬쩍 "학생이 벌써 가계부에 관심을 가지다니 진짜 유별나구나." 하고 말했다. 유이치의 얼굴이 극도로 일그러졌다. 안타까운 맘에 내뱉은 한마디가 아들을 분하게 만들었다는 데에 모친은 만족했지만, 자기가 한 말 가운데 어느 부분이 아들에게 상처를 줬는지는 알지 못했다. 분노가 평소 유이치를 옥죄던 조신함에서 그를 해방시켰다. 그는 어머니가 아들에게 갖는 로맨틱한 환상을 부술 때가 왔음을 직감했다. 어머니의 공상은 그가 원하지도 않는 것일 뿐더러, 어머니의 희망이 그의 절망을 조롱하는 것처럼 느껴졌기 때문이다. 그는 말했다.

"결혼 따위 할 수 있을 리가 없습니다. 집을 팔아야 하니까요." 그간 아들의 배려로 집안의 경제적 절박함이 어머니에게 비밀로 부쳐져왔다.

"무슨 소리니. 아직 칠십만이나 남았는데."

"남은 건 삼십오만 뿐입니다."

"계산 착오야. 아니면 너 날 속이는 거니?"

신장병은 그녀의 이성을 서서히 좀먹고 있었다. 유이치의 의기양양한 증언에 그녀는 오히려 귀여운 음모를 꾸미기 시작했다. 야스코의 지참금도 있을 테고, 유이치가 졸업하면 야스코 아버지 백화점에서 일하기로 돼 있으니, 결혼을 서두르는 한편 무리해서라도 집을 유지하자는 말을 꺼냈다. 이 집에 아들 부부가 사는 것은 어머니의 오랜 염원이었다. 본디 따뜻한 마음씨의 소유자인 유이치는 도리어 결혼을 서둘러야 하는 지경에 이르렀다. 이번엔 자긍심을 내세우기로 했다. 설령 야스코와 결혼한다 하더라도, (이 가정을 떨떠름하게 입 밖으로 꺼내며 그는 자기 불행을 한층 부풀려 생각했다) 지참금으로 가계의 위기를 넘긴다면 금방 들통이 날 거다. 그러면 난 진심도 없이 비열한 이해타산으로 결혼한 놈이 된다. 스스로에게 약간의 비열함도 용납하지 못하는 이 순결한 청년은, 적어도 효도라는 순수한 동기에서 결혼하길 바랐지만, 사랑하는 사람의 입장에선 이쪽이 훨씬 더 불순한 동기이리라.

"그럼 자네 기대에 가장 부합하는 건 뭔가." 늙은 작가가 말했다. "우리 한번 찬찬히 생각해보세. 결혼생활이 무의미하다는 건 내가 보증하지. 그러니 어떤 책임이나 양심의 가책 없이 결혼해도 되네. 병든 어머니를 위해서라도 서두르는 게 좋겠지. 하지만 돈 문제라면……."

"아, 그것 때문에 드린 말씀이 아닙니다."

"하지만 나한텐 그렇게 들리는군. 자네가 지참금을 염두에 둔 결혼을 두려워하는 까닭은, 그토록 저속한 탈을 쓴 애정조차 부인에게 쏟을 자신이 없다는 생각 때문이겠지. 자네는 원치 않게 흘러간 결혼생활이 언젠가 파탄나길 바랄 걸세. 이해타산은 사랑으로 보상될 거라고 많은 청년들이 확신하지. 계산이 많은 남자일수록 본인의 순수함에 의지하는 법이야. 자네의 불안은 의지할 곳이 애매하다는 데 있는 것 같군. 지참금은 훗날 쓸 이혼 위자료를 위해 적금해두게. 그런 돈은 고마워할 필요도 없지. 듣자 하니 사오십만 엔만 있으면 지금 사는 집을 팔지 않아도 되고, 아내를 들이는 데도 문제가 없어 보이는데. 실례가 안 된다면 그 돈을 내가 주겠네. 어머니께는 비밀로 하고."

우연히 유이치 맞은편에 칠흑 같은 경대가 있었다. 둥근 거울면이 약간 고개를 쳐든 각도로 유이치의 얼굴을 정면에서 비추고 있었다. 대화하는 동안 유이치는 그 거울이 이따금 자신을 빤히 쳐다보고 있는 것처럼 느꼈다.

슌스케가 서둘러 말을 이었다.

"내가 오다가다 만난 사람에게 사오십만 엔이나 되는 거금을 던져줄 만큼 부자는 아닐세. 자네한테 그걸 해주고 싶다고 생각한 이유는 간단해. 두 가지 이유야. ……" 슌스케는 낯간지럽다는 듯 망설이며 말했다. "하나는 자네가 드물게 아름다운 청년이라는 점. 젊은 시절 나는 자네처럼 되고 싶었지. 또 하나는 자네가 여자를 사랑하지 않는다는 점. 나는 지금도 그렇게 살고 싶네. 하지만 타고난 성정이 그렇지를 못해. 나는 자네한테서 어떤 계시를 봤네. 부탁일세. 내 청춘을 되돌려주지 않겠나. 쉽게 말해 내 아들이 되어 내 원수를 갚아주게. 자네는 외아들이니 양자로 들일 순 없어. 그러나 나의 정신적인, (아, 이건 금기어다!) 아들이 돼주게. 미아가 된 나의 어리석은 짓들을 나 대신 애도해 줄 수 있겠나. 그렇게만 해준다면 돈은 얼마든지 쓰겠네. 어차피 노후의 행복을 위해 모아둔 돈도 아니야. 대신 자네 비밀을 아무에게도 말하지 말게. 내가 만나달라고 부탁한 여자를 만나주게. 자넬 보고 첫눈에 반하는 여자를 나도 보고 싶으니까. 어차피 자넨 여자에게 욕망이 없지 않은가. 욕망을 품은 남자들이 무슨 짓을 하는지는 내가 죄다 알려주지. 욕망을 품고서도 헛되이 여자를 죽게 만드는 남자의 냉정함을 가르쳐주겠네. 부디 내 지시대로 움직여주게. 자네가 탐하지 않는다는 걸 여자들이 알 거라고? 그것만큼은 내게 술책이 있으니 믿고 맡겨. 자네 비밀이 들통나지 않도록 나도 갖은 술수를 다 쓸 테니. 자네도 앞으로 한낱 부부 생활에 안주하지 말고 동성끼리의 사랑을 적극적으로 섭렵하기 바라네. 그걸 위해 미흡하나마 나도 최선을 다해 기회를 만들 테니. 그러나 이 비밀이 절대 여자들 세계에 새나가지 않도록 주의하게. 무대와 분장실을 혼동하면 곤란해. 난 자네를 여자들의 세계로 안내하지. 그동안 내가 어릿광대 역할을 해온 향수와 분칠의 무대로 안내하겠네. 자네는 여자들에게 손가락 하나 대지 않는 돈주앙을 연기하는 걸세. 아무리 변두리 돈주앙이라도 무대 위에서 잠자리 연기까지 하진 않으니까. 걱정 붙들어 매. 무대 뒤 조작만큼은 내게 오랜 시간 갈고 닦은 비법이 있어."

늙은 예술가의 말은 거의 다 진심이었다. 그는 아직 쓰이지 않은 작품 계획을 얘기하고 있었다. 그럼에도 진정 부끄러운 그의 속내는 따로 있었다. 이 정신 나간 오십만 엔 규모의 자선행위는 아마도 그가 한 최후의 사랑, 외출을 꺼리는 노인을 한여름 무더위에 이즈반도 남단까지 뛰쳐나오게 만든 사랑, 또다시 저지른 비참하기 그지없는 어리석은 짓이 가엾게도 실연으로 끝나버린 사랑, 열 차례가 넘는 정말이지 바보 같고 서정적인 사랑에 바쳐진 재물이었다. 사실 슌스케는 야스코를 사랑했다. 그로 하여금 오류를 범하게 만들고 굴욕을 맛보게 한 복수로, 야스코는 어떻게든 사랑 없는 남편을 사랑하는 아내가 되어야만 했다. 야스코와 유이치의 결혼은 슌스케의 마음을 포로로 삼은 데 대한 일종의 흉포한 윤리였다. 그들은 결혼해야만 했다. 예순이 넘어도 제 뜻을 관철시킬 힘을 제 안에서 찾지 못하는 불행한 작가. 그는 또다시 범할지 모를 어리석은 짓을 근절하기 위해 돈을 쓰며, 이건 아름다움을 위해 버리는 돈이라는 엉뚱한 도취에 빠져 있었다. 슌스케는 이 결혼을 통해, 간접적으로 야스코에게 죄를 저지르길 간절히 바라는 건 아닐까? 이 죄가 그의 맘을 괴롭힐 기분 좋은 고통을 기다리는 건 아닐까? 불행히도 이제껏 단 한 번도 죄를 지은 적 없는 건 슌스케였다.

그사이 유이치는 등불 아래 거울 속에서 자신을 들여다보는 아름다운 청년의 모습에 정신이 팔려 있었다. 그윽하고 우수에 젖은 눈은 날렵한 눈썹 밑으로 그를 쭉 응시하고 있었다.

미나미 유이치는 그 아름다움에서 신비함을 맛봤다. 이토록 청춘의 정기가 가득하며, 이토록 남자답게 다듬어지고, 이토록 청동과 같은 불행의 아름다운 질량을 가진 청년이 바로 **그**였다. 지금껏 유이치는 자신의 아름다움을 의식하는 데 혐오를 느끼고, 사랑하는 소년들을 끊임없이 거부해온 피안의 아름다움에 절망을 느껴왔다. 남성 일반의 습관에 따라, 유이치는 자신을 아름답다고 느끼는 것을 스스로 금했다. 그러나 눈앞에 자신을 향한 열정적인 찬사가 쏟아진 지금, 예술적인 독, 언어의 유효한 독이 오랜 금기를 풀어버렸다. 그제야 그는 자신이 아름답다고 느끼는 것을 스스로에게 허락했다. 그 순간 유이치는 그토록 아름다운 자신의 모습을 처음 보았다. 작고 둥근 거울 속에 절대적으로 아름다운 낯선 청년이 있었다. 불현듯 용맹스런 입술이 벌어져 흰 치열을 드러내며 웃었다.

유이치는 발효와 부패가 겹겹이 쌓인 슌스케의 복수심을 이해하지 못했다. 그럼에도 이 기이하고 성급한 제안은 답변을 재촉했다.

"왜 대답이 없지? 나와 계약을 하겠나. 내 보조를 받아들이겠나."

"아직 모르겠습니다. 도무지 이해할 수 없는 일이 벌어질 것 같다는 예감이 드는데요."

아름다운 청년은 꿈꾸듯 말했다.

"지금 당장 대답하지 않아도 되네. 내 제안을 받아들이고 싶다는 기분이 들면 전보로 받아들이겠다는 뜻만 전해줘. 그럼 난 당장 그 약속을 실행할 테고 피로연 때 덕담도 한마디 하지. 대신 내가 시키는 대로 움직여줘야 해. 알았나. 자네에겐 결코 해가 되지 않게 하겠네. 방탕한 남편이란 명성을 얻게 해주지."

"만약 결혼이란 걸 하게 된다면……."

"그렇게 된다면 반드시 내가 필요하겠지."

노인은 자신만만하게 대답했다.

"유이치, 여기 있나요?"

장지문 밖에서 야스코의 목소리가 들렸다.

"들어와요."

슌스케가 말했다. 장지문을 연 야스코는 문득 돌아본 유이치와 얼굴을 마주했다. 그녀는 매혹적으로 아름다운 젊은이의 미소를 보았다. 의식의 변화가 유이치의 미소까지 바꿔놓았다. 이때처럼 이 청년의 아름다움이 빛을 발한 순간은 없었다. 그녀는 눈부신 듯 눈을 깜박였다. 감동할 때면 늘 그렇듯 그녀는 무심결에 '행복의 예감'을 느꼈다.

목욕탕에서 머릴 감은 야스코가 젖은 머리로 슌스케 방에서 얘기 중인 유이치를 찾아오긴 힘들었다. 그녀는 창가에 기대 머리를 말렸다. 멀리 땅거미 진 항구로 배가 들어오고 있었다. 머리를 빗으며, 그녀는 수면 위에 빛을 쏟으며 항구로 들어오는 배를 바라봤다. 온천장치고는 와자지껄 노는 소리가 별로 없는 K마을이었기에, 입항하는 배 갑판 위 확성기에서 울려 퍼지는 유행가가 잘 들렸다. 부두에는 온천여관 안내인이 들고 나온 등불들이 떼 지어 몰려 있었다. 이윽고 뭍에 배를 대는 날카로운 호각소리가 밤공기를 뚫고 불안한 새들의 외침처럼 그녀의 귀에 닿았다.

젖은 머리가 빠르게 말라가자 야스코는 쌀쌀한 냉기를 느꼈다. 관자놀이에 들러붙은 몇 가닥 귀밑머리가 차가운 풀잎이 닿은 것처럼 여겨졌다. 자기 머리칼에 손을 대는 일이 어쩐지 두려웠다. 말라가는 머리칼을 만지는 감촉에는 산뜻한 죽음이 있었다.

'유이치가 뭘 고민하는지 잘 모르겠어.' 야스코는 생각했다. '만약 죽을 만큼 괴로운 고민이라면 같이 죽는 일쯤 아무것도 아닌데. 일부러 이리로 유이치를 데려온 것도 그런 결심이 확고했기 때문인데.'

그녀는 한동안 머리를 손질하며 온갖 사념 속에 서성였다. 문득 유이치가 지금 있는 곳이 슌스케의 방이 아니라 그녀가 모르는 어딘가가 아닐까 하는 불길한 예감에 사로잡혔다. 잰걸음으로 복도를 달렸다. 자신이 왔음을 알리고 장지문을 열었을 때, 그 아름다운 미소와 마주한 것이다. 그녀가 행복의 예감을 느낀 건 자연스런 일이었다.

"얘기 중이야?"

야스코가 물었다. 고개를 살짝 기울이며 부리는 교태가 자길 향한 게 아니란 사실을 명확히 인지한 노작가는 고개를 돌렸다. 그는 일흔 살의 야스코를 상상했다.

방에는 어색한 공기가 감돌았다. 그럴 때 사람들이 자주 그러듯 유이치는 시계를 봤다. 머지않아 아홉 시였다.

그때 전화가 울렸다. 세 사람은 비수에 찔린 듯 놀라 전화기를 돌아봤다. 아무도 손을 내밀지 않았다.

슌스케가 수화기를 들었다. 곧 유이치에게 눈짓을 했다. 도쿄 자택에서 유이치에게 장거리 전화가 온 모양이었다. 그가 전화를 받으러 카운터로 나가자 방 안에 단둘이 남겨지는 것을 두려워한 야스코도 뒤를 따랐다.

잠시 후 두 사람이 돌아왔다. 유이치는 침착함을 잃은 눈빛으로 정신없이 입을 열었다.

"어머니가 위축콩팥 상태에 빠지신 것 같습니다. 심장박동이 약해지고 목이 타는 증세가 있다고 해요. 입원은 둘째 치고 당장 집으로 오랍니다." 흥분이 그를, 보통 때라면 입 밖으로 꺼내지도 않았을 말까지 하게 만들었다.

"제가 장가가는 걸 보고 죽고 싶단 말을 온종일 반복하셨답니다. 병자는 진짜 아이나 다름없네요."

그 말을 꺼내며 유이치는 자신이 결혼을 결심하고 있다는 사실을 깨달았다. 슌스케도 이를 직감했다. 슌스케의 눈에 어둔 기쁨이 서렸다.

"우선 어서 집으로 가게."

"지금 나가면 열 시 배를 탈 수 있을 거야. 나도 같이 갈게."

야스코는 말을 마치자마자 짐을 꾸리러 방으로 달려갔다. 그녀의 발길에서 환희가 전해졌다.

'모친의 애정이란 참 대단하군.' 추한 외모 탓에 끝내 친어머니에게도 사랑받지 못한 슌스케는 생각했다. '유이치의 모친은 자기 위장의 힘으로 아들을 위기에서 구해냈어. 오늘 밤 안으로 집에 가고 싶다던 유이치의 바람도 이뤄지지 않았나.'

그런 생각을 하는 슌스케 앞에서 유이치는 생각에 잠겼다. 고개 숙인 얼굴의 가느다란 눈썹, 힘차게 유선형 그림자를 그리는 속눈썹을 보며, 슌스케는 가벼운 전율을 느꼈다. 오늘 밤은 참 이상하구나. 늙은 작가는 속으로 생각했다. 어머니를 걱정하는 이 청년을 도리어 자극하는 행동은 삼가도록 하자. 괜찮다, 이 젊은이는 분명 내 뜻대로 끌려올 것이다.

열 시에 출항하는 배에 아슬아슬하게 맞춰 갔다. 일등선실은 만석이라 여덟 명이 함께 쓰는 이등실 다다미방이 두 사람에게 배정됐다. 슌스케는 유이치의 어깨를 치며 오늘 밤은 편히 잘 수 있겠다고 놀렸다. 두 사람이 승선하고 얼마 지나지 않아 사다리가 올라갔다. 부두에는 남자 하나가 램프를 들고 흰 속옷만 입은 채 갑판 위 여자 두엇에게 외설스런 농담을 퍼붓고 있었다. 여자들은 새된 소리로 되받아 윽박질렀다. 야스코와 유이치는 이들의 모습에 압도돼 미소를 머금으며 슌스케로부터 멀어지는 배에 몸을 맡겼다. 배와 부두 사이로 구석구석 미끈하게 빛이 뿌려진 한 폭의 과묵한 수면

이 펼쳐졌다. 그 엄숙한 수면은 흡사 살아 있는 생물처럼 삽시간에 퍼졌다.

늙은 작가의 오른 무릎은 밤의 해풍 탓에 미미하게 쑤시기 시작했다. 신경통 발작의 고통이 그의 유일한 정열이었던 적도 있었다. 그는 그 시절들을 증오했다. 지금은 함부로 증오하지 않는다. 오른 무릎의 이 음험한 통증은 그에게 때때로 남모르는 정열의 은신처였다. 그는 등불을 든 종업원을 앞세워 숙소로 돌아왔다.

일주일 후, 도쿄로 오자마자 슌스케는 유이치로부터 승낙 전보를 받았다.

3장
효성스런 아들의 결혼

 결혼식 날짜는 9월 하순 길일로 잡혔다. 식을 이삼일 앞둔 어느 날, 결혼하면 혼자 식사할 기회도 없을 거라 생각한 유이치는 평소 하지도 않던 짓을 하기로 결심하며 거리로 나가 뒷골목 서양요리점 이층에서 홀로 만찬을 누렸다. 오십만 엔을 거머쥔 작은 부호에게 이 정도 사치를 누릴 자격은 있었다.
 다섯 시였다. 식사시간치고는 조금 빨랐다. 가게는 아직 한산했고 종업원들은 졸려 보였다.
 그는 해지기 전 무더위의 잔향이 남아 있는 혼잡한 거리를 내려다봤다. 도로의 절반이 대단히 밝았고, 건너편 양품점 차양 그늘에는 진열장 안쪽까지 햇살이 비쳐 있었다. 햇살은 물건을 훔치려는 손처럼 초록빛 비취 장식까지 다가갔다. 천연히 빛나는 진열장 안쪽 한 점 초록빛이 요리를 기다리는 유이치의 눈을 찔렀다. 고독한 청년은 목마름을 느끼고 계속 물을 마셨다. 불안했던 것이다.

남자를 사랑하는 이들도 대다수는 결혼을 하고 아버지가 된다는 걸 유이치는 몰랐다. 그중 많은 이들이 본의 아니게 자신의 특이한 본능을 결혼생활의 복지에 쏟고 있었다. 그들은 부인 하나도 구토가 날 만큼 충분했기에 다른 여자에게 손을 대는 일은 전무했다. 세상에 애처가로 알려진 사람들 중에는 이런 종족이 적지 않다. 아이라도 생기면 그들은 아버지라기보다 차라리 어머니가 된다. 바람둥이 남편 때문에 괴로웠던 여자라면 두 번째 결혼상대로 **이 종족**을 찾음이 옳다. 그들의 결혼생활은 행복하고 안온하고 자극이 없으며 근본적으로는 무시무시한 자기 모독이었다. 이 종족인 남편이 마지막으로 기댈 곳은 본인이 항시 '인간적인 것' 인간적인 생활의 디테일에 냉소적으로 군림하고 있다는 자부심이었다. 여자에게 이토록 잔혹한 남편은 상상도 하기 어려우리라.

이같이 미묘한 사정을 알아채는 데는 나이와 경험이 필요했다. 또한 이러한 생활을 견디기 위해서는 그만큼의 훈련이 필요했다. 유이치는 스물두 살이었고, 조금 정신 나간 듯 보이는 그의 비호자는 나잇값도 못 하고 **관념**에만 열중했다. 유이치는 조금이나마 자신을 늠름하게 보이게 했던 비극적인 의지를 상실했다. 이제 아무래도 상관없다는 기분이 들었다.

요리가 너무 늦는다 싶어 아무 생각 없이 벽 쪽을 돌아봤을 때, 유이치는 자기 옆얼굴을 뚫어져라 지켜보는 시선을 느꼈다. 방금 전까지 유이치의 뺨에 나방처럼 딱 붙어 있던 시선은 그가 돌아보자마자 순식간에 날아올랐다. 벽 끝에 열아홉이나 스물쯤 돼 보이는 날씬하고 피부가 뽀얀 웨이터가 서 있었다.

그의 가슴에는 맵시 있는 금단추 두 줄이 활 모양으로 늘어서 있었다. 팔을 뒤로 돌려 손가락으로 가볍게 벽을 두드리며 자신의 직립부동 자세를 부끄러이 여기는 모습에서, 그다지 연륜이 쌓이지 않았다는 걸 알 수 있었다. 머리칼은 칠흑 같은 빛을 발했다. 나른해 보이는 간들간들한 하반신이 자그마한 얼굴에 인형처럼 귀여운 입술과 잘 어울렸다. 허리선이 소년의 넓적다리가 가졌을 순결한 흐름선을 상기시켰다. 유이치는 슬금슬금 솟아오르는 욕정을 여실히 느꼈다.

안에서 부르는 소리에 웨이터는 물러났다.

유이치는 담배를 피웠다. 징집영장을 받은 남자가 입대 전까지 얼마나 화려하게 향락의 시간을 보낼까 고심하다 결국 아무것도 못 하고 마는 것처럼, 쾌락에는 처음부터 무기한이라는 전제와 권태라는 위기가 필요하다. 이제껏 몇 십 번이나 지나친 기회가 그랬듯, 이 욕정 역시 사라지고 말 것을 유이치는 예감했다. 반들반들한 나이프 위로 떨어진 담뱃재를 후 불었다. 재는 작은 꽃병에 꽂힌 장미꽃 위로 내려앉았다.

수프가 나왔다. 냅킨을 늘어뜨린 왼팔에 은제 용기를 끼고 다가온 건 아까 그 웨이터였다. 그가 뚜껑 연 용기를 유이치 접시 위로 깊이 들이밀었을 때, 어마어마한 수증기에 고무된 유이치는 얼굴을 들어 웨이터의 얼굴을 똑바로 봤다. 생각보다 가까웠다. 유이치는 미소 지었다. 웨이터도 하얀 덧니를 살짝 보이며 그의 미소에 아주 잠깐 답했다. 이윽고 웨이터가 자리를 뜨자 유이치는 수프가 가득 담긴 접시 위로 묵묵히 고개를 숙였다.

―― 의미가 있는 듯도 하고 없는 듯도 한 이 소소한 일화는 그의 뇌리에 또렷이 각인됐다. 왜냐하면 이것이 훗날 명료한 의미를 띠게 됐기 때문이다.

결혼피로연은 도쿄회관 별관에서 열렸다. 금병풍 앞에는 판에 박힌 모습대로 신랑신부가 섰다. 슌스케는 독신이기에 중매 역할로는 적당하지 않았고, 말하자면 명예로운 손님으로 자리했다. 노작가가 대기실에서 담배를 피우는데 어디에나 있는 흔한 무늬의 예복을 입은 남녀 한 쌍이 대기실로 들어왔다. 여자는 대단히 기품 있는 자세를 취하고 있었으며, 다소 차가우면서 갸름한 얼굴에 서린 아름다움은 대기실에 있는 어떤 부인들보다도 뛰어났다. 그녀는 결코 웃는 법 없이 맑은 눈길로 무표정하게 주변을 둘러봤다.
언젠가 전 백작 남편과 짜고 미인계로 슌스케를 유혹해 삼만 엔을 강탈해간 그 여자였다. 그리고 보니 언뜻 비치는 무표정이 새로운 먹잇감을 물색하는 듯도 했다. 벗어든 흰 양가죽 장갑을 두 손으로 바짝 당기며 아내를 뒤따르는 풍채 좋은 남편도, 추파를 던지는 호색한의 자신만만한 눈빛과는 달리 무언가 갈망하는 불안한 시선으로 여기저기 두리번거렸다. 이 부부에게는 마치 낙하산을 타고 미지의 땅에 내린 탐험가와 같은 정취가 있었다. 거만함과 공포가 뒤섞인 이 우스꽝스러운 조합은 일찍이 전쟁 발발 전에는 귀족들에게서 일절 볼 수 없는 모습이었다.
가부라기 전 백작은 슌스케를 발견하고 악수를 청했다. 턱을 당기고 악당다운 흰 손으로 겉옷 단추를 만지작거리며 고개를 살짝 갸웃하면서 만면에 웃음을 띤 채 "안녕하시죠?" 하고 말을 걸었다. 재산세 징수 이래 속물들에게 남용돼온 이 인사를 짐짓 피하는 건 중산계급이나 하는 시시한 고집이었다. 악행이 그의 노블레스한 뻔뻔함을 입증하기 충분했기에, "안녕하시죠?"라는 말은 누가 들어도 자연스러웠다. 속물은 자선을 행해 오히려 인간다움을 잃고, 귀족은 악행을 쌓아 오히려 인간다워진다.

그렇다 해도 가부라기의 풍모에는 뭐라 명명하기 힘든 **기분 나쁜** 것이 있었다. 아무리 닦아내도 지지 않는 얼룩이 옷에 묻듯 깊이 각인된 불결한 유약함과 뻔뻔함, 억지로 짜낸 듯 위협적인 목소리, 그리고 아주 완벽하게 계획된 듯한 **자연스러움**…….

슌스케는 분노에 휩싸였다. 가부라기의 여성적이면서도 신사적인 협박 방식이 떠올랐다. 이제 와서 그가 가부라기의 예의 바른 인사에 따뜻하게 응해줄 의무는 없었다.

노작가는 차갑게 고갯짓했지만 곧 자신의 유치한 태도를 깨닫고 이를 수정하기로 마음먹었다. 그는 의자에서 일어섰다. 가부라기는 검은 에나멜 구두 위에 딱 붙는 각반을 입고 있었다. 자리에서 일어난 슌스케를 본 그는 반질반질한 마루 위를 춤추듯 경쾌한 발걸음으로 두 발짝 뒤로 물러섰다. 그러고는 친분 있는 다른 부인과 반갑게 인사했다. 자리에서 일어난 슌스케는 갈 곳을 잃었다. 가부라기 부인이 똑바로 걸어와 슌스케를 창문가로 유도했다. 귀찮은 인사 따위 하지 않는 여자였다. 그녀는 규칙적인 파도처럼 솜씨 좋게 옷자락을 끌며 활발히 걸어왔다.

슌스케는 실내등 비치는 황혼의 창가에 선 가부라기 부인이 지금도 잔주름 하나 없이 아름다운 피부를 가졌음에 놀랐지만, 부인의 재능은 어느 때고 자기에게 어울리는 조명의 각도와 광도를 순간적으로 선택한다는 데 있었다. 그녀도 지나간 이야기는 꺼내지 않았다. 이 부부는 먼저 죄송해하지 않아야 상대가 죄송해한다는 심리학을 이용했다.

"건강해 보여서 다행이네. 이런 자리에 오면 우리 남편이 히노키 씨보다 한참 늙어 보인다니까."

"나도 어서 나이를 먹고 싶군." 예순여섯의 작가가 말했다. "아직도 젊은 혈기로 과오를 저질러."

"정말 못 말리는 할아버지네. 아직도 색정이 있어요?"

"당신은 어떤가?"

"무례하긴, 난 이제 한창이라고요. 오늘 신랑도 저런 어린애 같은 아가씨랑 소꿉장난 결혼식을 올리기 전에 나한테 와서 이삼 개월 교습을 받았더라면 좋았을걸."

"신랑 미나미 군은 어떻던가?"

다소 누런 혈관으로 더러워진 늙은 예술가의 눈은 아무렇지 않다는 듯 질문을 던지며 여자의 표정을 주의 깊게 살폈다. 그녀의 뺨에서 미세한 떨림과 눈동자의 어렴풋한 반짝임을 발견할 수만 있다면, 이 기회를 놓치지 않고 확대하고 부연하고 불태워 거부할 수 없는 정열로 키워낼 자신이 있었다. 대체로 소설가란 그런 존재로, 타인의 정열에 관한 한 말도 못하게 수완이 좋은 인종이다.

"얼굴은 오늘 처음 봤어. 소문은 익히 들었는데 그 이상으로 잘생겼더군요. 그런 청년이 시시하게 세상 물정 모르는 아가씨랑 겨우

스물둘에 결혼하다니, 이 이상 무미건조한 로맨스가 어디 있겠어. 진짜 생각하면 할수록 속이 터진다니까."

"다른 하객들은 뭐라던가."

"신랑 소문으로 무성해. 야스코 동급생들이 질투가 나서 흠을 들 춰내는데, '난 저런 타입은 별로' 정도밖에 잡을 트집이 없어. 더구 나 신랑 미소가 얼마나 아름다운지 주변에 젊음의 향기 비슷한 걸 뿜어대는 미소라니까."

"지금 한 말을 그대로 테이블 스피치 때 해주면 좋겠는데 말이야. 의외로 반응이 좋을지도 모르겠어. 이 결혼은 요즘 유행하는 연애 결혼이 아니니까."

"듣기론 안 그렇던데요."

"거짓말이야. 말하자면 한층 더 숭고한 결혼이지. 효성에서 우러 난 결혼이거든."

슌스케는 대기실 구석 안락의자로 눈짓을 했다. 유이치의 모친이 앉아 있었다. 조금 부어오른 얼굴에 두껍게 화장을 해서인지 요사 이 쾌활함을 되찾은 초로의 여자 나이를 가늠하기 어려웠다. 최선 을 다해 웃으려 해도 웃음을 지을 때마다 부어오른 뺨이 방해가 됐 다. 뻣뻣하고 묵직한 미소가 뺨 주변으로 가라앉아 있었다. 그럼에 도 불구하고 지금은 그녀에게 생애 최후의 행복한 순간이었다. 행 복이란 참으로 추한 것이라고 슌스케는 생각했다. 그때 모친이 고 풍스런 다이아반지를 낀 손으로 허리 부근을 문지르는 행동을 했 다. 아마 요의를 느낀 것이리라. 곁에 있던 연보랏빛 옷차림의 중년 여성이 귓가에 대고 뭔가 속삭였다. 모친은 그 여자 손에 이끌려 의자에서 일어서며 하객들에게 정성스레 인사를 하고 사람들 무리를 가로질러 화장실이 있는 복도로 향했다.

그녀의 부은 얼굴을 가까이서 봤을 때, 슌스케는 세 번째 부인의 죽은 얼굴이 떠올라 전율했다.

"요즘 세상에 보기 드문 미담이네."

가부라기 부인이 냉랭한 어조로 말했다.

"언제 시간 되면 유이치 군을 만나보겠나?"

"신혼이라 어려울걸요."

"신혼여행만 다녀오면 별로 바쁠 건 없지."

"약속하실래요? 한 번쯤 여유 있게 저 신랑이랑 대화를 나눠보고 싶은데."

"당신은 결혼에 대한 편견이 없나."

"어차피 남의 결혼인걸. 내 결혼조차 나한텐 남의 결혼이나 마찬가지니까. 내 알 바 아니지요."

변함없이 냉철한 여자가 대답했다.

종업원이 하객에게 식사 준비가 다 됐음을 알렸다. 백 명 가까운 하객들은 천천히 소용돌이를 일으키며 넓은 별실로 이동했다. 슌스케는 메인테이블 주빈석에 앉았다. 예식 초반부터 반복적으로 반짝이는 유이치의 아름답고 불안한 눈빛이 자기 좌석에서 안 보이는 것을 늙은 작가는 대단히 안타깝게 여겼다. 제대로 볼 줄 아는 사람 눈에는 이 신랑의 어두운 눈동자가 오늘 밤 가장 아름다운 풍경이었으리라.

피로연은 지체 없이 진행됐다. 관례에 따라 피로연 중간쯤에 신랑신부가 박수를 받으며 퇴장했다. 중매 선 부부는 차분하고도 어린아이 같은 신혼부부의 시중을 들기 바빴다. 유이치는 여행복으로 갈아입으며 넥타이를 제대로 맬 수 없어 몇 번이나 다시 묶었다.

중매인과 유이치는 입구에 세워진 자동차 앞에서 야스코가 준비를 마치고 나오길 기다렸다. 전직 대신인 중매인은 엽궐련을 꺼내 유이치에게 권했다. 젊은 신랑은 익숙하지 않은 엽궐련에 불을 붙이고 거리를 둘러봤다.

자동차 안에서 야스코를 기다리기엔 날씨도 더웠고 술도 약간 취해 있었다. 두 사람은 자동차 전조등이 차체에 꾸준히 빛을 비춰 반들거리는 신차에 몸을 기대고 드문드문 이야기를 나눴다. 어머니 걱정은 마라. 네가 없는 동안 책임지고 지켜드리마. 중매인이 말했다. 아버지의 오랜 친구가 해준 따뜻한 말을 유이치는 기쁘게 들었다. 그의 마음은 완전히 식어버렸나 싶으면 무척 감상적이 되기도 했다.

그때 건너편 빌딩에서 깡마른 서양인이 나타났다. 미색 정장에 멋들어진 나비넥타이를 매고 있었다. 보도 옆에 세워진 차가 자기 차인 듯 신형 포드 자동차에 열쇠를 댔다. 그때 뒤에서 빠른 걸음으로 일본인 소년이 나타나 층계참에 멈춰 서더니 주위를 둘러봤다. 늘씬한 더블 격자 신사복을 입고 있었다. 넥타이는 한밤중에도 잘 보이는 레몬색이다. 그의 머릿기름이 빌딩 불빛 아래로 물을 부은 듯 반짝였다. 그 모습을 본 유이치는 크게 놀랐다. 지난번 요릿집에서 본 웨이터였다.

서양인이 소년을 재촉했다. 소년은 익숙하고 경쾌한 발걸음으로 조수석으로 달려갔다. 이어서 서양인은 좌측 핸들 앞에 자리를 잡고 앉아 소리 나게 문을 닫았다. 차는 순식간에 부드럽게 속력을 내며 달려갔다.

"무슨 일인가? 얼굴색이 안 좋군."

중매인이 말했다.

"아, 엽궐련이 익숙하지 않아서 조금만 태우면 속이 안 좋아집니다."

"저런, 이리 주게. 내가 몰수하겠네."

중매인이 은도금 엽궐련 용기에 불붙은 궐련을 넣고 소리 나게 닫았다. 그 소리에 유이치는 다시금 두려움에 떨었다. 그사이 여행용 정장으로 갈아입은 야스코가 흰 장갑을 낀 채 배웅 나온 사람들에게 둘러싸여 입구에 모습을 드러냈다.

두 사람은 도쿄역까지 차를 달려 일곱 시 반 누마즈행 열차에 올랐고 아타미로 직행했다. 방심에 가깝게 행복해 보이는 야스코의 표정이 유이치를 불안하게 했다. 평소라면 사랑을 넉넉히 받아들일 상냥한 마음씨의 소유자지만, 움츠러든 지금 마음은 그 감동의 흐름을 수용하기에 적합하지 않았다. 그의 마음은 딱딱한 관념으로 가득 찬 창고처럼 어두웠다. 야스코가 읽다만 오락잡지를 그에게 건넸다. 목차 첫 줄에 질투라는 활자가 크게 쓰여 있는 것을 보고 그는 처음으로 자신의 어두운 동요에 적당한 명목을 붙일 수 있었다. 그의 불쾌감은 질투에서 오는 듯했다.

누구를?

떠오른 것은 조금 전 웨이터 소년이었다. 신혼여행 떠나는 열차

안에서, 신부를 제치고 지나가다 우연히 본 소년에게 질투를 느끼는 자신을 발견하자 기분이 나빠졌다. 자신이 부정형이며 인간의 형태를 갖추지 않은 생물처럼 여겨졌다.

유이치는 열차 좌석에 머릴 기대고 살짝 고개 숙인 야스코의 얼굴을 바라봤다. 이 친구를 남자라고 생각할 순 없을까. 저 눈썹은? 눈은? 코는? 입술은? 그는 몇 장이고 데생에 실패한 화가처럼 혀를 찼다. 결국 그는 눈을 꾹 감고 야스코를 남자라고 생각하기로 결심했다. 그러나 이 부도덕한 상상력은 눈앞의 아름다운 소녀를, 여자보다 더 사랑하기 어려운 존재, 한층 더 사랑하기 힘든 추악한 영상으로 보이게 만들었다.

4장

황혼녘 바라본 먼 화재의 효능

10월 초 어느 저녁, 유이치는 식사 후 서재에 틀어박혀 주위를 둘러봤다. 학생답게 간소한 서재다. 독신자의 철학이 눈에 보이지 않는 조각상처럼 순결하게 떠다녔다. 집 안에서 이 방만큼은 아직 아내가 범접하지 못한다. 불행한 청년의 호흡은 오직 이곳에서만 평온을 찾았다.

잉크병, 가위, 필통, 나이프, 사전 같은 물건들이 스탠드 불빛 아래서 반짝반짝 빛을 발하는 시각을 그는 사랑했다. 사물은 고독하다. 이것들에 둘러싸여 있을 때, 세상 사람들이 가정의 단란함이라고 부르는 평화가 찾아오는 게 아닐까 하고 유이치는 어렴풋이 추측했다. 잉크병에게 가위가 그러하듯, 서로 독립된 존재 이유를 말없이 지켜주는 일. 아직 형태를 이루지 않는 행위를 동반한 채. 그런 단란함의 들리지 않는 투명한 웃음. 그 단란함을 연대보증 하는 유일한 **자격**…….

자격이라는 단어가 떠오르자 그는 마음이 아파왔다. 겉으로 드러난 미나미 가문의 평화가 자신을 향한 비난처럼 여겨졌다. 요행히 위축콩팥까지는 아니라 병원 신세를 지지 않게 된 어머니가 매일 짓는 웃음, 야스코의 얼굴에 하루 종일 감도는 아지랑이 같은 미소, 이런 안식, ……모두 잠든 사이 그만 혼자 눈떠 있었다. 그는 내내 잠든 가족과 함께 살고 있는 듯한 섬뜩함을 맛봤다. 모두의 어깨를 두드려 잠을 깨우고 싶었다. 하지만 그런 짓을 했다가는……. 어머니와 야스코, 하녀 기요까지 눈을 뜨겠지. 그 순간부터 그들은 유이치를 미워하리라. 홀로 눈떠 있다는 건 배신이다. 밤을 지키는 것은 그러나, 배신으로 유지된다. 잠을 배신함으로써 잠을 지킨다. 아아, 진실을, 계속 잠들어 있게 하기 위한 이 인간적인 경계. 밤을 지키는 유이치는 격한 분노에 휩싸였다. 이런 인간적인 역할에 노여움을 느꼈다.

시험의 계절은 아직 오지 않았다. 일단 노트를 점검하는 것으로 충분하다. 경제학사, 재정학, 통계학 등등 그의 노트는 공들여 쓴 아름다운 잔글씨로 가득했다. 친구들은 그의 노트 필기가 정확하다는 데 놀라움을 금치 못했다. 마치 기계처럼 정확했다. 가을 햇살이 비치는 아침, 교실에 사각사각 소리를 내는 수백 개 펜의 운동 가운데서도 유이치의 펜이 발하는 기계적인 동작이 한층 두드러졌다. 그의 감정 없는 필기가 속기처럼 보이는 건, 그가 사고한다는 걸 거의 기계적인 극기의 수단으로밖에 여기지 않는 탓이다.

오늘 그는 결혼 후 처음으로 학교에 나왔다. 학교는 마침 좋은 도피처였다. 귀가하니 슌스케로부터 전화가 왔다. 수화기에서 노작가의 쉰 목소리가 경쾌하게 흘러나왔다.

"어이, 오랜만이군. 잘 있었나. 그동안 자넬 생각해서 전화를 자제했네. 내일 우리 집에서 저녁이나 하지. 둘이 같이 오라고 하고 싶지만 그동안 어떻게 지냈는지 궁금하니 자네 혼자서 오게. 부인한테는 우리 집에 온단 말 안 하는 게 좋아. 아까 부인이 전화를 받아서 글피 일요일에 같이 인사를 오기로 했거든. 자넨 그때 결혼하고 처음 온 척하게. 어디 보자, 내일 다섯 시쯤 오도록 해. 자네한테 소개하고 싶은 사람도 오니까."

이 전화만 생각하면, 유이치는 눈앞의 노트 지면에 크고 두툼한 나방 한 마리가 끈질기게 돌고 있는 듯한 심정이 되었다. 노트를 덮었다. 그는 중얼거렸다. "또 여잔가." 그러자 그것만으로도 극도로 지쳐버린 기분이 들었다.

유이치는 어린아이처럼 밤을 두려워했다. 적어도 오늘 밤은 의무 관념에서 석방된다. 오늘 밤 혼자 느긋하게 몸을 펴고 이부자리에 누워 어제까지 반복해온 **의무**에 대한 보상인 안식을 탐하자. 순결한, 흐트러지지 않은 시트 위에서 눈을 뜨자. 이것이야말로 최상의 보상이다. 그러나 얄궂게도 밤의 안식을 허락하지 않는 욕정이 그를 덮쳤다. 욕정은 물가에 넘실대는 물처럼, 그의 어두운 내부 주위를 핥다가는 물러서고 물러서다가는 슬그머니 다시 다가왔.

괴이한, 욕정 없는 행위들. 얼음 같은 관능의 유희들. 유이치의 첫날밤은 욕정의 필사적인 모사였다. 이 완벽한 모사는 경험 없는 상대를 속이기 충분했다. 그의 모사는 성공을 거뒀다.

슌스케는 유이치에게 세세하게 피임법을 일러줬지만, 유이치는 그런 방법이 그가 정성을 들여 쌓아간 환상에 지장을 줄지도 모른다는 생각에 이를 방치했다. 이성적으로는 아이가 생기는 걸 피해야했지만, 만약 눈앞의 행위가 실패하면 어쩌나 하는 굴욕적인 공포에 비하면 아이 같은 먼 미래의 일은 아무래도 좋았다. 또 이튿날 밤에는 일종의 미신처럼 첫날밤의 성공이 피임법을 쓰지 않은 덕분이라 여겼다. 피임을 함으로써 발생할지도 모르는 차질이 걱정돼 첫날밤과 마찬가지로 맹목적인 행위를 계속했다. 이튿날 밤은 말하자면 성공한 모사에 충실한 이중의 모사였다.

시종 냉철한 맘으로 고난을 이겨낸 모험의 밤들을 생각하면 유이치는 온몸에 전율이 일었다. 아타미의 호텔에서 신랑신부가 똑같은 공포에 질려 있던 이상한 첫날밤. 야스코가 욕실에 있는 동안 그는 안절부절못하며 발코니에 섰다. 한밤중에 호텔의 개가 짖었다. 저 아래 불빛이 반짝이는 역 앞에 댄스홀이 있었는데, 거기서 흘러나오는 음악이 다 들렸다. 자세히 보니 창문에 비친 검은 사람 그림자가 음악에 따라 움직이고 음악이 멎으면 함께 멎었다. 그것이 멎을 때마다 유이치는 심장박동이 빨라지는 것을 느꼈다. 슌스케가 한 말을 주문 외듯 암송했다.

"상대를 그저 장작개비라고, 방석이라고, 정육점에 걸린 고깃덩어리라고 생각하게."

유이치는 거칠게 넥타이를 풀어 그것으로 채찍처럼 발코니 철제 난간을 두들겨 팼다. 뭐든 힘을 주는 행위가 필요했던 것이다.

어찌어찌 불이 꺼지고 그는 상상력에 몸을 맡겼다. 모사는 가장 독창적인 행위다. 충실히 모사를 해나가는 사이 유이치는 자신이 그 무엇도 본보기로 삼고 있지 않다는 사실을 깨달았다. 본능은 인간을 특별할 것 없는 독창에 도취시키지만, 본능에 반하는 고통스런 독창의식은 유이치를 도취시키지 못했다. '이런 짓을 하는 놈은 세상천지에 나 말고 없을 거다. 전부 다 내가 생각하고 내가 만들어내야 한다. 순간순간이 내가 내리는 독창의 명령을 기다리며 숨죽이고 있다. 보라! 나의 의지가 다시금 본능을 이기는 냉철한 풍경을. 이 황량한 풍경 한가운데서 작은 먼지 회오리처럼 여자의 기쁨이 이는 모습을.'

……아무튼 유이치의 이부자리에는 또 하나의 아름다운 수컷이 있어야 했다. 그의 거울이 여자와 그 사이에 끼어 있어야 했다. 그 힘을 빌리지 않고서는 성공이 의심스러웠다. 그는 눈을 감고 여자를 안았다. 그때 유이치는 자신의 육체를 마음속에 그리고 있었다.

암실 속 두 사람은 그렇게 차츰 네 사람이 됐다. 즉 실재하는 유이치와 소년으로 변용된 야스코의 성교, 상상 속에서 여자를 사랑할 수 있다고 상정된 가공의 유이치와 실재하는 야스코의 성교. 이것이 동시에 진행돼야 했기 때문이다. 이중의 착각으로부터 간간히 꿈처럼 환희가 용솟음쳤다. 이는 금세 끝을 알 수 없는 권태로 옮겨갔다. 유이치는 몇 번인가, 방과 후 모교의 인적 없는 넓은 운동장 공백을 환영처럼 봤다. 그는 도취를 향해 몸을 던졌다. 이 한순간의 자살 덕분에 행위가 끝났다. 그러나 이튿날부터 자살은 습관이 됐다.

부자연스러운 피로와 구토가 이튿날 두 사람의 여정을 빼앗았다. 둘은 바다로 향한 가파른 경사면을 내려갔다. 유이치는 자신이 사람들 앞에서 행복을 연기하고 있음을 깨달았다.

두 사람은 절벽 끝으로 나와 3분에 5엔 하는 망원경을 장난삼아 들여다봤다. 바다는 잠잠했다. 우측 곶 정상의 니시키가우라 공원 정자가 오전 햇살로 환하게 내다보였다. 두 사람의 그림자가 정자를 지나 참억새 수풀 빛 속으로 녹아들었다. 또 다른 커플의 그림자가 정자로 들어가 바싹 붙었다. 그들 두 그림자는 곧 하나가 됐다. 좌측으로 망원경을 돌리니 돌층계가 난 완만한 언덕을 몇 팀이 드문드문 오르고 있다. 돌층계에 드리운 한 팀 한 팀의 그림자가 분명히 보였다. 유이치는 자기 발밑에도 그림자가 드리워진 것을 보며 얼마간 안심했다.

"다들 우리하고 똑같네."

야스코가 말했다. 그녀는 가벼운 현기증이 일어 망원경 옆 제방에 몸을 기대고 이마에 바닷바람을 쐤다. 하지만 이때, 아내의 확신이 얄미웠던 유이치는 잠자코 있었다.

……유이치는 불쾌한 근심에서 깨어나 창문을 봤다. 언덕 아래로 철길과 판잣집 시가지 너머 공장지대 연기가 나무숲처럼 솟아오른 지평선이 멀리 내다보였다. 맑은 날엔 연기 때문에 지평선이 한 뼘가량 솟아오른 듯 보였다. 야간작업 때문인지, 네온사인이 비쳐서인지, 그 부근 하늘 자락이 엷은 분홍빛으로 물드는 날이 간간이 있었다.

그러나 오늘 밤 붉은빛은 그것과 달랐다. 하늘 자락이 상당히 노골적으로 취해 있었다. 아직 달이 뜨지 않았기에 옅은 별빛 아래 타오르는 빛이 한층 두드러졌다. 그뿐 아니라 붉은빛은 멀리서 일렁이고 있었다. 적갈색으로 흔들리는 불안한 혼탁함이 바람에 휘날리는 신비한 깃발처럼 보였다.

유이치는 그것이 화재라는 걸 깨달았다.

그러고 보니 불길 주변에 흰 연기가 드리워 있었다.

아름다운 청년의 눈은 욕정으로 촉촉해졌다. 그의 살이 쓸쓸히 술렁였다. 이유는 몰라도 더는 이곳에 가만히 있을 수 없다고 느꼈다. 그는 의자에서 일어섰다. 뛰쳐나가야 한다. 마멸시켜야 한다. 현관을 나가며 학생복 위에 가벼운 짙은 감색 코트를 걸치고 허리띠를 맸다. 야스코에게는 갑자기 필요한 참고서가 생각나 구하러 간다고 둘러댔다.

그는 언덕을 내려가 희미한 불빛이 새어 나오는 가난한 판잣집 근처 철길에서 전차를 기다렸다. 목적 없이 도심으로 가자고 생각했다. 이윽고 눈부시게 환한 전차가 길모퉁이에서 덜컹거리며 나타났다. 좌석은 꽉 차 있었다. 앉지 못한 열두세 명쯤 되는 승객이 창가에 기대거나 손잡이에 매달려 흩어져 있었다. 말하자면 전차는 알맞게 붐비고 있었다. 유이치는 창문에 기대 밤바람에 달아오른 뺨을 식혔다. 여기선 멀리 지평선 끝 화재가 보이지 않았다. 그건 정말 화재였을까? 아니면 훨씬 더 흉악한, 불길한 사건의 불빛이었을까?

유이치 옆 창문에는 사람이 없었다. 다음 정류소에서 전차에 오른 두 남자가 거기 기댔다. 그들에게는 유이치의 등만 보였다. 유이치는 별생각 없이 곁눈으로 두 사람을 살폈다.

한 사람은 헌 상의를 개조한 쥐색 점퍼를 입은 마흔 즈음의 상인 분위기를 풍기는 남자다. 귀 뒤에 작은 흉터가 있다. 머리만큼은 기분 나쁠 정도로 기름을 발라 공들여 빗질을 했다. 그런 주제에 길쭉한 흙빛 뺨에 잡초처럼 드문드문 수염을 길렀다. 다른 한 사람은 잔무늬가 들어간 갈색 양복을 입은 직장인 분위기의 남자다. 쥐가 떠오르는 인상이다. 피부는 하얘서 창백할 정도다. 거무스름한 적갈색 안경테가 하얀 얼굴을 더욱 강조했다. 이 사람은 나이를 가늠할 수 없었다. 두 사람은 은밀히 대화를 나눴다. 그 목소리에는 이루 말할 수 없는 친애와 둘만의 비밀을 즐기는 듯한 울림이 있었다. 그들의 대화는 속속들이 유이치의 귓가에 닿았다.

"어디로 가십니까."

양복 입은 남자가 물었다.

"요즘은 남자 싹이 말랐어. 이 시각이면 남자 찾아 어슬렁어슬렁 걷는 거지."

상인 분위기의 남자가 답했다.

"오늘은 H공원으로 가십니까?"

"누가 듣겠어. 파크라고 하게."

"후훗, 실례했습니다. 괜찮은 애들 있습니까?"

"가끔은. 지금 시간쯤이 딱 좋아. 너무 늦으면 서양 애들뿐이거든."

"안 간 지 꽤 됐네. 나도 한번 가볼까. 오늘은 못 가지만."

"자네나 나 정도면 장삿속으로 나오는 애들한테 미움도 안 살 거야. 우리가 더 젊고 아름다웠다면 장사를 훼방 놓으러 왔다고 하겠지."

 전차가 삐걱거리는 소리에 대화가 중단됐다. 유이치는 호기심에 가슴이 일렁거렸다. 그러나 처음으로 찾아낸 자신과 **같은 부류**의 추함이 그의 자존심에 상처를 입혔다. 그들의 추함은 유이치가 오랜 세월 간직해온 고뇌에 딱 들어맞았다. 이들은 제대로 된 인간이 아니다. 그에 비하면 히노키 씨의 얼굴에는 연륜이 있다. 적어도 당당한 추함이 있다.

 전차가 도심으로 향하는 환승역에 닿았다. 점퍼 입은 남자가 동행과 헤어져 하차하는 문 앞으로 갔다. 유이치는 그를 따라 전차에서 내렸다. 호기심보다는 자신에 대한 의무감이 컸다.

 그곳 교차로는 다소 번화한 길목이었다. 유이치는 점퍼 입은 남자에게서 되도록 떨어져 전차를 기다렸다. 그 근처 과일가게의 밝은 전등불 아래 풍성한 가을과일이 산더미처럼 쌓여 있었다. 포도가 있다. 칙칙하게 가루가 묻은 보라색은 바로 옆에 놓인 감이 발하는 가을날 햇살 같은 광택과 비교됐다. 배가 있다. 일찌감치 딴 푸른 귤이 있다. 사과가 있다. 그러나 산적한 과일은 시체처럼 차갑기만 했다.

 점퍼 입은 남자가 이쪽을 돌아봤다. 눈이 마주쳐 유이치가 먼저 아무렇지도 않은 듯 시선을 피했다. 한 마리 집요한 파리와도 같은 그의 시선이 유이치를 떠나지 않았다. 나는 이 남자와 함께 잘 숙명인가. 내게 이미 선택지는 없는 것인가. 유이치는 전율했다. 이 전율은 시큼하고도 불결했지만 감미로웠다.

 전차가 왔고 유이치는 서둘러 올라탔다. 아까 대화를 들었을 때는 아마도 얼굴이 노출되지 않았으리라. **같은 부류**라는 걸 알게 해선 안 된다. 그러나 점퍼 입은 남자의 눈에 욕정이 불타올랐다. 붐비는 전차 안에서 남자는 발돋움해 유이치의 옆얼굴을 찬찬히 훑었다. 완벽한 옆얼굴, 팔팔한 늑대와 같이 사납고 예리한 옆얼굴, 이상적인 옆얼굴……. 그러나 유이치는 짙은 감색 트렌치코트의 넓은 등을 돌려 '가을여행은 N온천으로'라고 적힌 낙엽이 그려진 광고판을 올려다봤다. 광고는 다 똑같았다. 온천, 호텔, 간이숙소, 부디 푹 쉬어 가세요, 로맨스 룸 설비 완료, 최고설비에 최저요금……. 어떤 광고에는 벽에 비친 나부의 그림자와 유유히 연기가 피어오르는 담배 놓인 재떨이가 그려 있고 '가을밤 추억은 우리 호텔에서'라고 적혀 있었다. 이런 광고들은 유이치에게 고통을 안겨줬다. 이 사회가 결국은 이성애의 원리, 지루하고 영원한 다수결의 원리로 돌아간다는 사실을 싫든 좋든 맛보게 하는 탓이다.

이윽고 도심을 빠져나온 전차는 이미 퇴근시간이 지난 빌딩의 불 켜진 창문 사이를 달렸다. 인적은 드물고 가로수는 어둡다. 검고 차분해진 공원 수풀이 눈에 들어왔다. 공원 앞 정류장이다. 유이치가 먼저 내렸다. 다행이 내리는 사람이 많았다. 아까 그 남자는 맨 뒤에 내렸다. 유이치는 다른 승객들과 함께 전찻길을 지나 공원 반대편에 있는 길모퉁이 작은 서점으로 들어갔다. 잡지를 들고 읽는 시늉을 하며 공원 쪽을 살폈다. 남자는 보도와 맞닿은 공원 화장실 앞에서 서성이고 있었다. 분명 유이치를 찾고 있었다.

잠시 후 남자가 화장실로 들어가는 것을 보고 유이치는 서점을 나와 무수한 자동차의 흐름을 가로질러 잰걸음으로 전찻길을 건

넜다. 화장실 앞은 나무그늘로 어둡다. 그러나 그 주변에는 숨죽여 걷는 혼잡한 발소리, 은밀한 소란스러움, 눈에 보이지 않는 어떤 만남이 이뤄지고 있는 듯한 기척이 있었다. 그것은 가령 일반연회에서 창문이나 대문이 굳게 닫혀 있어도 낮게 새어 나오는 음악이나 그릇 부딪히는 소리, 술병 마개 따는 소리 등이 어렴풋이 들려와 연회가 열리고 있음을 알 수 있는 것과 같았다. 그러나 그곳은 악취가 풍기는 화장실이었다. 유이치 주변에 사람의 그림자는 없었다.

그는 축축하고 어슴푸레한 화장실 등불 아래로 들어섰다. 이쪽 사람들이 '사무소'라 부르는 까닭, ——이 부류 사무소로 저명한 곳은 도쿄에 너덧 곳 존재하는데—— 즉 사무적인 묵약이 있었다. 서류 대신 눈짓이, 타자기 대신 작은 몸짓이, 전화 대신 암호가 오가는 어둑한 침묵의 사무소 일상이 유이치의 눈에 비쳤다. 그렇다고 해서 무얼 봤다는 것은 아니다. 그곳엔 그 시간 치고는 꽤 많은 열 명 남짓한 남자들이 은근히 눈짓을 교환하고 있었다.

그들은 일제히 유이치의 얼굴을 봤다. 그 찰나 수많은 눈빛이 반짝였고, 수많은 눈빛이 질시했다. 아름다운 청년은 그들의 눈빛으로 갈기갈기 찢길 듯한 공포에 몸을 떨었다. 그는 비틀거렸다. 그러나 이들의 움직임에는 일종의 질서가 있었다. 서로를 견제하는 힘 때문에 움직임이 일정한 속도로 줄어드는 듯했다. 그들은 헝클어진 해초가 물속에서 서서히 풀리듯 움직였다.

유이치는 화장실 옆 출입문을 통해 팔손이나무가 우거진 공원으로 피신했다. 눈앞 산책로 여기저기서 담뱃불이 빛나고 있었.

대낮이나 해 지기 전에 공원 뒤편 이런 오솔길을 팔짱 끼고 나란히 걷는 연인들은 몇 시간 후 같은 길이 전혀 다른 용도로 변한다는 사실을 꿈에도 몰랐다. 공원은 완전히 다른 모습으로 변했다. 낮에는 가려져 있던 전혀 다른 반쪽의 모습이 출현했다. 인간들의 향연장이 야밤에 요괴들의 향연장으로 바뀌는 셰익스피어의 연극처럼, 낮에 아무렇지 않게 주변 사무실 연인들이 벤치에 앉아 대화를 나누던 전망대는 밤이 되면 '찬란한 무대'로 탈바꿈했다. 소풍 나온 아이들이 뒤처지지 않으려고 자기 걸음 폭보다 크게 두세 계단 풀쩍풀쩍 뛰어오르는 어둑한 돌층계는 '남자의 꽃길'로 변했고, 공원 뒤편 기다란 가로수 길은 '훔쳐보는 길'로 바뀌었다. 이것은 모두 밤의 명칭이다. 이를 단속할 마땅한 법률이 없어 그냥 내버려두고 있는 관할 경찰도 이 명칭을 잘 알았다. 런던이나 파리에서도 공원이 이런 용도로 쓰이는 건 편의상 이유도 있지만, 다수결원칙의 상징과도 같은 이 공공장소가 소수자의 이익에도 혜택을 주고 있다는 건 아이러니하면서도 자비로운 현상이다. H공원은 다이쇼시대 그 일대에 연병장이 있었을 때부터 이 종족이 모이는 장소로 유명했다.

아무튼 유이치는 자기도 모르는 새 '훔쳐보는 길' 끝에 서 있었다. 그는 그 길을 거꾸로 걸었다. **같은 부류**들이 나무그늘에 서 있거나 수족관 물고기처럼 흐느적거리며 걸었다.

이 갈망의, 선택의, 추구의, 구도의, 탄식의, 몽상의, 방황의, 습관이라는 마약에 의해 더욱 깊어지는 정념의, 미학이라는 전생의 병으로 인해 추한 모습을 갖고 태어난 육욕의 무리는, 어둑한 거리의 가로수 불빛에 의지해 서로 슬픈 시선을 나누며 헤맸다. 한밤중 수많은 갈망의 눈빛이 서로를 보며 흘렀다. 오솔길이 꺾어지는 곳에서 스치는 팔뚝, 맞닿은 어깨, 어깨 너머 눈빛, 나뭇가지를 흔드는 밤바람의 산들거림, 느릿느릿 왔다 갔다 하며 또다시 같은 곳을 스쳐갈 때 예리하게 던지는 날카로운 시선, ……나무 사이로 비친 달빛인지 가로등불인지가 얼룩져 빛나는 수풀 곳곳에서 풀벌레가 울었다. 벌레소리와 여기저기 점멸하는 담뱃불이 정념으로 숨 막히는 침묵을 더욱 짙게 했다. 때마침 공원 안팎을 질주하는 자동차 불빛이 우거진 나무 그림자를 크게 동요시켰다. 그것이 나무그늘에 서성이는 이제껏 보이지 않던 남자들의 그림자를 순간 크게 띄우기도 했다. '이들은 모두 나와 **같은 부류**다.' 유이치는 발걸음을 옮기며 생각했다. '계급도 직업도 연령도 추함과 아름다움도 제각각이면서 오직 하나의 정념으로, 말하자면 치부로 함께 엮인 동료들이다. 이 얼마나 끈끈한 연대인가! 이 남자들은 새삼 같이 잘 필요가 없다. **태어나면서부터 우리는 함께 자고 있다.** 서로를 증오하고 질투하고 업신여기면서도, 서로에게 따뜻한 온기를 주기 위해 약간의 사랑을 하는, 저기 저 남자의 걸음걸이는 또 어떤가. 온몸으로 **교태**를 부리고, 양 어깨를 번갈아 움츠리고, 커다란 엉덩이를 흔들고, 고개를 간들거리고, 뱀처럼 꾸불거리며 걷는 저 걸음걸이. 저자가 부모자식보다 형제보다 아내보다 친근한 나와 같은 부류다!'

절망은 일종의 안식이다. 아름다운 청년의 우울은 조금 가벼워졌다. 이토록 수많은 이쪽 사람들 가운데 자신을 뛰어넘는 미모를 찾을 수 없었기 때문이다. '그건 그렇고 아까 점퍼 입은 남자는 어디로 갔지. 화장실에서 정신없이 도망쳐 나오느라 그가 있었는지 보

지 못했다. 저 나무 그늘 근처에 서성이는 게 그 남자일까?'

유이치는 미신적인 공포, 그 남자와 만난 이상 그와 자지 않으면 안 된다는 미신적인 공포가 피어나는 것을 느꼈다. 힘을 내기 위해 담배에 불을 붙였다. 그러자 그에게 다가온 한 청년이 불이 붙지 않은, 아마도 일부러 불을 비벼 끈 것으로 보이는 담배를 내밀며 말했다.

"죄송하지만, 불 좀."

스물너덧 살쯤 돼 보이는 맵시 좋은 잿빛 외투를 입은 청년이다. 형태 좋은 모자, 훌륭한 취향의 넥타이……. 유이치는 말없이 불을 내밀었다. 청년은 기름하게 잘 정돈된 얼굴을 내밀었다. 그 얼굴을 가만히 들여다보던 유이치는 전율했다. 정맥이 도드라진 손과 눈가의 깊은 주름은 마흔을 훨씬 넘긴 남자의 것이었다. 눈썹은 공들여 칠해 수정하고 얼굴은 엷은 가면처럼 분을 발라 노쇠한 피부를 감추고 있었다. 너무 긴 속눈썹도 원래 자기 것은 아닌 듯했다.

늙은 청년은 동그랗게 눈을 뜨며 유이치에게 뭔가 말을 걸려 했다. 그러나 유이치는 등을 돌리고 걷기 시작했다. 상대를 배려해 도망치는 것처럼 보이지 않으려고 가능한 천천히 걷기 시작했을 때, 여태 그를 쫓아오던 남자들이 몸을 홱 돌렸다. 너덧 명은 더 됐다. 그들은 뿔뿔이 흩어져 자연스레 발길을 옮겼다. 유이치는 그들 가운데서 점퍼 입는 남자를 확실히 보았다. 엉겁결에 발걸음이 빨라졌다. 그러나 무언의 찬미자들은 앞서거니 뒤서거니 하며 이 아름다운 청년의 옆얼굴을 훔쳐보려 따라붙었다.

돌층계가 있는 곳까지 왔을 때, 지리에 어둡고 밤의 호칭도 모르는 유이치는 돌층계를 오르면 도망칠 곳이 나올 거라고 생각했다. 달빛이 돌층계 표면을 물처럼 비추고 있었다. 그가 계단을 오르기 시작했을 때, 휘파람을 불며 내려오는 사람이 있었다. 희고 늘씬한 스웨터를 입은 소년이었다. 유이치는 그 얼굴을 봤다. 지난번 레스토랑에서 본 웨이터였다.

"아, 형."

그는 저도 모르게 유이치에게 손을 내밀며 말했다. 돌의 배열이 불규칙해 소년의 몸이 허든거렸다. 유이치가 탄력 있고 단단한 그의 허리를 받쳤다. 이 연극적인 만남이 유이치를 감동시켰다.

"저 기억나세요?" 소년이 말했다.

"기억합니다." 유이치가 말했다. 결혼피로연 날 본 고통스런 정경의 기억은 안으로 삼켰다. 둘은 서로 손을 잡았다. 유이치는 소년의 새끼손가락 반지의 뾰족한 가시를 손바닥으로 느꼈다. 불현듯 학창시절 그의 벗은 어깨에 던져진 타월의 예리한 올 감촉이 떠올랐다. 둘은 손을 잡고 공원 밖으로 달렸다. 유이치의 가슴이 격하게 뛰었다. 어느새 그와 팔짱을 낀 소년을 끌고 연인들이 은밀히 걸어다니는 한산한 밤의 인도를 달렸다.

"어째서 그렇게 달리는 거예요?"

숨을 헐떡이며 소년이 물었다. 유이치는 얼굴을 붉히며 그 자리에 섰다.

"무서워할 것 없어요. 형은 아직 익숙하지 않은가 봐요."

소년이 덧붙여 말했다.

그 후 둘이 수상한 호텔방에서 보낸 세 시간은 유이치에게 뜨거운 폭포와도 같았다. 그는 온갖 인공적인 굴레를 벗어나 영혼이 발가벗겨진 세 시간에 심취했다. 발가벗은 육체가 주는 쾌락은 얼마만큼일까. 영혼이 무거운 옷을 벗어던지고 알몸이 된 이 순간은, 관능의 기쁨에 육체가 깃들 여지도 없을 만큼 명징한 격렬함을 더했다.

그러나 이 순간을 정확히 판정하자면, 유이치가 소년을 샀다기보다는 차라리 소년이 유이치를 샀다고 보는 편이 옳았다. 혹은 노련한 판매인이 서투른 소비자를 산 것이었다. 웨이터의 능숙함은 유이치에게서 장렬한 몸짓을 이끌어냈다. 창문 커튼에 비친 깜박이는 네온사인 불빛이 화재처럼 보였다. 이 불길의 그림자에 방패처럼 완벽한 유이치의 남자다운 가슴이 떠올랐다. 이따금 갑작스런 밤의 냉기가 그의 알레르기 체질을 자극했기에, 그의 가슴 여기저기에 붉은 두드러기 반점이 생겼다. 소년은 탄성을 지르며 반점 하나하나에 키스했다.

── 침대에 걸터앉아 바지를 입으며 웨이터가 물었다.

"다음에 언제 만날 수 있어?"

내일, 유이치는 슌스케와 약속이 있었다.

"내일모레가 좋겠어. 공원 말고 다른 데서."

"그야 그렇지. 우린 이제 그럴 필요가 없으니까. 나 정말로 어릴 때부터 동경해온 사람을 오늘 밤 처음 만났다는 생각이 들어. 형처럼 아름다운 사람은 본 적이 없거든. 진짜 신 같아. 있지, 부탁이니 날 버리지 말아줘."

소년은 부드러운 목덜미를 유이치의 어깨에 문질렀다. 유이치는 손끝으로 그 목덜미를 어루만지며 눈을 감았다. 이때 그는 자신이 이 최초의 상대를 끝내 버리게 될 거라는 예감을 즐기고 있었다.

"내일모레 아홉 시에 가게 문을 닫으면 곧장 갈게. 요 근처에 우리 같은 사람들만 모이는 카페가 있어. 클럽 같은 곳이지만 아무것도 모르는 보통사람들도 들어와서 커피를 마셔. 그러니까 형이 와도 괜찮아. 지금 지도를 그려줄게."

그는 바지 주머니에서 수첩을 꺼내 연필 끝에 침을 묻히며 삐뚤빼뚤 지도를 그렸다. 소년의 목덜미에 난 회오리 모양의 잔털을 유이치는 보았다.

"자. 금방 찾을 수 있을 거야. 아, 그리고 내 이름은 에이짱. 형은?"

"유우짱이야."

"좋은 이름이네."

이 겉치레 인사에 유이치는 조금 기분이 나빴다. 소년이 자기보다 훨씬 침착하다는 사실이 놀라웠다.

두 사람은 길모퉁이에서 헤어졌다. 유이치는 마침 도착한 막차에 몸을 싣고 집으로 향했다. 어머니나 야스코도 어딜 다녀왔냐고 묻지 않았다. 야스코 곁에 누워 쉬며 유이치는 비로소 마음의 안식을 느꼈다. 일종의 위기를 모면한 기분이었다. 그는 기묘한 악의의 기쁨에 취해 즐거운 휴식을 마치고 늘 하던 일로 돌아온 창녀에 자신을 비유했다.

그러나 이 장난스런 우의적 비유는 그가 느슨히 생각한 이상으로 깊은 의미가 있었다. 야스코라는 조신하고 무력한 아내가 훗날 남편에게 미친 예측불허의 영향, 그것은 최초의 침윤, 이라기보다 침윤의 예감 비슷한 것이었다.

'그 소년 옆에 누웠던 나의 육체에 비하면, 지금 야스코 옆에 누운 나의 육체는 얼마나 볼품 없는가. 야스코가 내게 몸을 맡긴 게 아니라 오히려 내가 야스코에게 몸을 맡긴 것인데, 그것도 거저로 이러고 있다. 나는 '무보수의 창녀' 다.'

이처럼 타락한 생각이 전처럼 그를 괴롭히진 않았고, 굳이 말하자면 그를 기쁘게 했다. 피로로 그는 금세 푹 잠이 들었다. 마치 게으른 창녀처럼.

5장
구도 입문

이튿날 유이치는 미소를 머금고 행복에 겨운 얼굴로 슌스케의 집에 나타났다. 그 모습에 슌스케는 물론이고 유이치를 만나기 위해 방문한 여자 손님도 불안해졌다. 그들은 각기 이 청년에게 가장 어울릴 법한 불행의 무늬를 기대하고 있었기 때문이다. 이는 두 사람의 착각이었다. 유이치의 미모는 **보편적인** 아름다움이었다. 그에게 어울리지 않는 무늬란 없다. 가부라기 부인은 이를 금세 알아봤다. '이 청년은 행복마저 어울리네.' 부인은 생각했다. 요즘 세상에 행복이 어울리는 청년은 검은 신사복이 어울리는 청년만큼이나 귀한 존재였다.

유이치는 결혼피로연에 참석해준 부인에게 감사를 표했다. 그의 자연스럽고 상쾌한 매너가 누구보다 젊은 남자에게 익숙한 부인으로 하여금 친밀하게 짓궂은 말을 뱉도록 했다. 당신 웃는 얼굴에는 '신혼'이라는 명찰이 이마에 붙어 팔랑이고 있는데, 그런 건 집을 나오면서 떼지 않으면 시야가 흐려져 전차나 자동차에 부딪힐 위험이 있다고 충고했던 것이다. 그가 아무런 반발도 하지 않고 편안한 미소로 응대하는 걸 본 노작가는 자기 눈을 의심했다. 슌스케의 곤혹스런 얼굴에는 사기 당했단 걸 알면서도 체면을 차리고자 하는 어리석은 남자의 모습이 있었다. 유이치는 처음으로 이 가소로운 노인을 경멸했다. 그뿐 아니라 오십만 엔을 사기 친 범인의 희열을 상상하며 즐겼다. 세 사람의 식탁은 가벼운 이변으로 예상치 못한 활기를 띠었다.

  히노키 슌스케는 오래전부터 그의 숭배자이자 솜씨 좋은 요리사를 알고 있었다. 그는 슌스케의 아버지가 수집한 도기에 어울리는 훌륭한 요리를 내왔다. 슌스케 자신은 본래 접시나 요리에 까다로운 취향이 없지만, 귀한 손님을 대접할 때는 이 요리사의 힘을 빌리곤 했다. 기즈 잇사이 문하에 들어가 전통 정식요리를 배운 교토 직물도매상의 둘째아들인 그는, 오늘 저녁식사를 위해 다음과 같은 메뉴를 짰다. 전채 요리로 솔잎 송로와 백합근 새싹구이, 기후에 사는 지인으로부터 공수받은 하치야 감, 교토 다이토쿠지 인근에서 재배한 하마낫토, 구운 게 요리를 내고 영계 우린 국물에 겨자를 첨가한 된장국을 내온 뒤, 송나라의 고아한 적색 모란 무늬가 그려진 큼직한 접시에 복어회를 올렸다. 구이로는 산란 직전의 은어양념구이, 절임으로는 나팔버섯무침과 붉은조개 흰살모듬, 조림으로는 도미두부와 절인 고사리, 종지음식은 데친 꼭두서니였다. 식후에는 모리하치 오뚝이라 불리는 흰색과 분홍색 인형과자가 부드러운 종이에 하나씩 싸여 나왔다. 그러나 이런 산해진미도 어린 유이치의 혀에는 아무런 감동을 주지 못했다. 그는 그저 오믈렛이 먹고 싶었다.
"이런 만찬도 유이치 군에게는 소용이 없구먼."
먹는 둥 마는 둥 하는 유이치를 지켜보던 슌스케가 말했다. 무슨 음식을 좋아하느냐는 질문에 유이치는 생각한 대로 대꾸했는데, 오믈렛이라는 꾸밈없는 말 한마디가 가부라기 부인의 마음에 와닿았다.
자신의 쾌활함에 스스로 속아 넘어간 유이치는 어느새 여자를 사랑하지 않는다는 걸 잊고 있었다. 고정관념의 실현은 종종 그 고정관념을 치유한다. 치유되는 것은 관념이며 결코 관념의 원인은 아니다. 그러나 이런 거짓된 쾌유가 비로소 그에게 가설에 취할 자유를 허락했다.
'**만약** 내가 한 말이 모두 거짓이고……' 아름다운 청년은 다소 태평하고 명랑하게 생각했다. '……사실은 야스코를 사랑하면서 돈 문제로 고민하다 사람 좋은 소설가를 상대로 미친 소릴 한번 지껄인 거라면, 나는 지금 얼마나 속 시원할까. 쾌적한 별장과 같은 행복이 악의의 무덤 위에 세워진 걸 우쭐대며 자랑스러워하리라. 태어날 아이들에게 마루 밑에 묻어둔 옛사람의 뼈 이야길 들려주리라.'
지금 유이치는 그 모든 걸 털어놨던 과도한 성실을 부끄러워했다. 어젯밤 세 시간이 그가 가진 성실함의 실체를 바꿔놓았다.
슌스케가 부인의 술잔에 술을 따랐다.
술이 넘쳐 그녀의 고급 기모노에 흘렀다.
유이치는 재빨리 상의 주머니에서 손수건을 꺼내 닦았다. 하얗게 펼쳐진 손수건이 그 자리에 청결한 긴장감을 가져왔다.

슌스케는 자신의 늙은 손이 왜 떨렸는지를 생각했다. 그는 유이치의 옆얼굴에만 눈길을 주는 부인에게 질투를 느끼고 있었다. 이런 어리석은 사념 때문에 일을 그르칠 순 없다. 슌스케는 자기감정을 죽여야 했지만 미처 생각지 못한 유이치의 발랄함이 노작가를 거듭 혼란에 빠뜨렸다. 그는 또 이런 반성도 했다. 난 이 청년의 아름다움을 발견하고 감동한 게 아니라, 그저 그의 불행을 사랑했던 것인지도 모른다…….

부인은 부인대로 유이치의 섬세한 배려에 감동했다. 남자의 친절이 대체로 자신에게 마음이 있기 때문이라고 속단해온 그녀도, 유이치의 친절만큼은 **순결**하다는 걸 인정하지 않을 수 없었다.

한편 유이치는 눈 깜짝할 사이에 손수건을 내민 자신의 경솔한 판단을 멋쩍어하고 있었다. 그는 자신이 경박하다고 생각했다. 자신의 언동이 교태를 부린 것처럼 보인 게 아닐까 하는 걱정이 문득 들었다. 늘 그랬듯 반성하는 버릇이 자신을 불행한 사람으로 돌아오게 만들었다. 유이치의 눈동자는 언제나처럼 어두워졌다. 이것을 본 슌스케는 익숙한 것을 되찾았다는 기쁨에 안도했다. 그뿐 아니라 아까부터 청년이 보여준 명랑함이 모두 슌스케의 지침에 따라 교묘히 위장된 거란 생각까지 들어서, 지금 유이치를 보는 그의 눈에는 일종의 감사와 위로의 빛이 감돌았다.

애초에 이런 각종 오해는 가부라기 부인이 약속시간보다 한 시간이나 빨리 슌스케의 집을 찾은 탓에 생겨났다. 슌스케가 유이치의 보고를 듣기 위해 마련한 한 시간을 그녀는 늘 그렇듯 **배려 없이** "심심해서 좀 빨리 왔어" 하는 인사로 아무렇지 않게 침략해버렸다.

이삼일 지나 가부라기 부인은 슌스케에게 편지를 썼다. 아래 한 줄이 수취인을 미소 짓게 만들었다.

'아무튼 그 청년에겐 우아함이 깃들어 있더군요.'

상류층에서 자란 그녀가 본능적으로 언급한 존경은 성격이 조금 다르다. 유이치가 유약해 보이나? 슌스케는 생각했다. 결코 그렇지 않다. 그렇다면 부인이 우아함이라는 단어로 전하고 싶었던 말은 무엇이었을까. 우선 유이치가 여자에게 주는 '은근한 무관심'에 대한 항의인 것도 같다.

실제로 유이치는 여자 곁을 떠나 슌스케와 단둘이 남으면 눈에 띄게 자세가 편해졌다. 노작가 앞에서 긴장하는 젊은 숭배자들에게 익숙한 슌스케로서는 이것이 기뻤다. 슌스케라면 오히려 이것을 우아하다고 불렀으리라.

가부라기 부인과 유이치가 집으로 돌아갈 시간이 됐을 때, 슌스케는 유이치에게 약속한 책을 빌려줄 테니 잠시 함께 서재로 가자고 불러내면서 유이치에게 슬쩍 눈짓을 했다. 이는 결례를 범하지 않고 여성손님에게서 청년을 떼어놓는 데 아주 적절한 술책이었다. 왜냐하면 가부라기 부인은 책이란 것을 전혀 읽지 않기 때문이다.

창밖에 갑옷처럼 단단한 양옥란 잎이 우거진 일곱 평 남짓한 서고는, 일찍이 노작가가 증오로 가득 찬 일기와 관용에 넘치는 작품을 써온 이층 서재 옆에 있었다. 그가 서고에 사람을 들이는 일은 거의 없었다.

슌스케가 이끄는 대로 아름다운 청년은 먼지와 금박과 부드러운 가죽과 곰팡이 냄새 한가운데로 무심히 들어섰다. 슌스케는 자신이 수집한 유일한 것, 이 수만 권의 위엄 어린 장서들이 수치심으로 볼이 붉어지는 것을 보았다. 생명 앞에서, 이 빛나는 육체의 예술품 앞에서 수많은 서적들은 자신의 허무한 치장을 부끄러워했다. 특별 제본한 그의 전집은 삼면에 장식한 눈부신 금박을 유지하고 있었고, 재단된 최상급 종이 묶음에 발린 금에는 사람 얼굴이 비칠 지경이었다. 청년이 전집 한 권을 손에 들었을 때, 슌스케는 페이지의 누적에 그림자를 드리운 생기 있는 얼굴 덕분에 책의 썩은 냄새가 맑아진 기분이 들었다.

"자네는 중세일본에서 중세유럽의 성모 숭배에 상응하는 것이 무엇인지 아나?" 슌스케가 물었다. 모른다는 답이 돌아올 것을 알았기에 개의치 않고 말을 이었다. "아이 숭배야. 아이가 연회의 상석에 자리하고 주군이 주는 술을 가장 먼저 받았다네. 그 시대에 나온 아주 재미있고 비밀스런 서적이 있지." ──슌스케는 바로 옆 선반에서 얇은 재래식 일본서적 사본을 꺼내 유이치에게 보여줬다. "에이잔문고에 있는 걸 아는 사람에게 부탁해서 복사했어."

유이치에게는 표지에 적힌 '아관정児灌頂'이라는 글자가 생소했다. "이 책은 아관정과 홍아성교비전弘児聖教秘伝이라는 두 부분으로 나뉘어 있는데, 홍아성교비전이라는 제목 아래 혜심술惠心述이라고 쓴 건 물론 새빨간 거짓말일세. 시대도 달라. 오히려 자네가 읽었으면 하는 건 홍아성교비전의 불가사의한 애무 의식을 상세히 적은 부분인데, (이 얼마나 정교한 술어인가! 사랑받는 소년의 도구는 '법성法性의 꽃'이라 불리고 사랑하는 남자의 도구는 '무명無明의 불'이라 불린다) 자네가 알아줬으면 하는 건 아관정에 나오는 사상일세."

그는 늙은 손을 초조하게 움직이며 책장을 넘겨 다음 한 줄을 유이치에게 읽어줬다.

"……그대의 몸은 심위深位의 살타薩埵, 왕고往古의 여래如來다. 이 세계에 닿아 모든 중생을 구제한다."

슌스케의 해설이 이어졌다.

"여기서 그대라 함은 어린아이를 말하는 걸세. '그대는 오늘부터 본명 아래 환丸이라는 글자를 붙여 아무개 환이라 하라' 하고 명명 의식을 치른 뒤 이렇게 신비로운 찬미와 훈계 문구를 송독하는 관례가 있었지. 하지만……" 슌스케의 미소는 비꼬는 빛을 띠었다. "……자네의 구도 입문은 어떤가. 성공할 것 같은가."

유이치는 그가 무슨 소리를 하는지 이해하기 어려웠다.

"저 여잔 맘에 드는 남자를 보면 일주일 안에 자기 걸로 만든다는 소문이 있어. 정말이라네. 실제 예는 무수히 많으니까. 하지만 재밌는 건 맘에 안 드는 남자라도 그녀를 원하는 남자라면 일주일 안에 반드시 그녀를 손에 넣을 아슬아슬한 순간까지 가지. 하지만 마지막 순간에 무시무시한 속임수가 있어. 나도 거기 걸려들었고. 자네가 저 여자에게 가진 약간의 환상이라도 깨지 않으려면 이런 말도 하면 안 되겠지만. 그냥 일주일 기다려보게. 일주일 지나면 자네에게 저 여자의 위험이 찾아들 걸세. 자네는 그걸 잘 피해서, (물론 나도 돕겠지만) 일주일을 더 연기하게. 여자가 단념하지 못하게 약을 올릴 방법은 얼마든지 있어. 거기다 또 일주일을 더 늘리게. 자네는 저 여자보다도 훨씬 더 무시무시한 권력을 갖게 될 걸세. 말하자면 자네는 저 여자를, 날 대신해 구도하는 거지."

"버젓이 남편이 있는 여자가 아닙니까." 유이치가 순진하게 물었다.

"저 여자도 말은 그렇게 하지. 자긴 남편 있는 여자라고 말이야. 남편과 헤어질 기색도 없지만 바람도 멈추질 않아. 저 여자의 나쁜 습관이 바람을 피우는 데 있는지 저런 남편 옆에 쭉 붙어사는 데 있는지, 제삼자는 구분도 안 간다네."

유이치가 이런 비아냥거림에 웃음을 터뜨리자 슌스케는 오늘 그가 헤프게 기뻐하며 웃는다고 놀려댔다. 결혼을 하고 보니 궁합이 맞아서 여자를 좋아하게 된 게 아니냐고 의심 많은 노인은 추궁했다. 유이치는 사실대로 이야기했다. 슌스케는 경탄했다.

두 사람이 아래층 다다미방으로 내려오니 가부라기 부인이 심심한 듯 담배를 피우고 있었다. 담배를 손가락 사이에 끼우고 생각에 잠겨 있다. 그녀는 담배를 쥔 손을 다른 손으로 감싸듯 하며 방금 전까지 본 젊고 커다란 손을 생각했다. 그는 스포츠 이야기를 했다. 수영과 높이뛰기를. 둘 다 고독한 스포츠다. 고독이라는 말이 적합하지 않다면 둘 다 **혼자서도 가능한** 스포츠다. 이 청년은 어째서 그런 스포츠를 골랐을까. 그렇다면 댄스는? ……가부라기 부인은 돌연 질투를 느꼈다. 야스코가 생각났기 때문이다. 그래서 일부러 유이치를 향한 환상을 고독 속에 가뒀다.

'저이는 무리에서 떨어져 나온 늑대 같은 면이 있어. 그렇다고 반항아처럼 보이진 않고. 분명 내면적 에너지는 반항이나 반역에 어울리지 않겠지. 저 사람은 무엇에 어울릴까. 뭔가 강렬하고 깊은, 거대하고 캄캄하고 허무한 일에 어울릴 거야. 저 사람의 명랑하고 투명한 웃음 아래 저울추처럼 우울한 금이 가라앉아 있어. 저 묵직하고 두터운, 농가의 의자처럼 안정감 있는 손바닥. (그 위에 앉아보고 싶구나) ……저 날렵한 검과 같은 눈썹. ……진한 감색 정장이 너무 잘 어울려. 몸을 뒤틀 때의, 위험을 느끼고 귀를 기울일 때의, 부드러우면서도 예리한 늑대의 움직임. ……저 앳된 취기. 그가 더는 못 마시겠다며 술잔 위에 손을 덮고 얼굴을 비스듬히 기울인 채 취한 척했을 때, 그의 윤기 있는 머리칼이 바로 눈앞에 있었지. 나는 손을 뻗어 그의 머리칼을 거칠게 움켜쥐고 싶다는 흉포한 충동에 사로잡혔어. 그의 머릿기름으로 내 손이 진득해지길 빌었지. 나도 모르게 손을 뻗을 뻔했어……'

그런 그녀가 내려온 두 사람 쪽으로 습관처럼 나른한 시선을 보냈다. 식탁 위에는 포도가 가득 담긴 큰 접시와 반쯤 빈 커피잔이 놓여 있었다. "늦었네"라거나 "집에 데려다줘" 같은 말을 내뱉는 건 그녀의 자존심이 허락하지 않았다. 그저 묵묵히 두 사람을 맞았다.

유이치는 소문으로 좀먹은 여자의 진정 고독한 모습을 보았다. 어쩐지 가부라기 부인이 자신과 꼭 닮았다고 느꼈다. 재빠른 손놀림으로 담배를 재떨이에 비벼 끄고 핸드백 속 거울을 살짝 들여다본 뒤 그녀는 일어섰다. 유이치는 그 뒤를 따랐다.

부인의 방식이 유이치를 깜짝 놀라게 했다. 그녀는 유이치에게 한 마디도 하지 않았다. 제멋대로 택시를 잡고 제멋대로 긴자로 가서 제멋대로 어느 술집에 그를 데려가 웨이트리스들과 놀게 한 뒤 자기가 내키는 시간에 일어나 그의 집 근처까지 차로 데려다주었다.

술집에서 수많은 여자들에게 파묻힌 그를, 그녀는 일부러 멀리서 응시했다. 그런 곳이 익숙하지 않은 유이치는 가뜩이나 익숙하지 않은 정장차림이었기에, 양복소매 속으로 접혀들기 쉬운 와이셔츠의 하얀 소맷부리를 가끔씩 경쾌하게 빼냈다. 그런 모습을 보는 게 가부라기 부인에게는 큰 즐거움이었다.

의자 사이 좁은 공간에서 부인은 유이치와 처음으로 춤을 췄다. 떠돌이 악사가 술집 구석에 있는 종려나무 그늘에서 연주를 했다. 의자 사이를 누비며 나아가는 댄스, ……부인은 유이치의 목덜미를 손으로 만졌다. 그 손끝에 신선하고 단단한 여름풀이 잘려나간 자국 같은 것이 느껴졌다. 그녀는 눈을 들었다. 유이치는 엉뚱한 쪽을 바라보고 있었다. 부인은 감동했다. 여자가 애원하기 전까지 결코 여자를 보려하지 않는 이 오만한 눈은, 그녀가 오랫동안 간절히 찾아 헤맨 것이었다.

그러나 그 후 일주일 동안 가부라기 부인은 연락이 없었다. 이삼 일 뒤 우아하고 예의 바른 편지를 받긴 했지만, 결국은 그들의 예상이 빗나갔다는 사실을 전해들은 슌스케는 당황했다. 그러나 여드레째 되는 날, 유이치는 부인으로부터 두터운 편지를 받았다.

6장
여자의 고충

가부라기 부인은 옆에 앉은 남편을 보았다.

십 년 전부터 단 한 번도 함께 잠자리를 하지 않은 남편이다. 그가 무엇을 하는지 아무도 모른다. 부인도 굳이 알려 하지 않았다.

가부라기 집안의 수입은 남편의 태만과 악행에서 자연스레 발생했다. 남편은 경마협회 이사다. 천연기념물 보호위원회 위원, 바다뱀으로 핸드백 가죽을 제조하는 동양해산주식회사 회장이다. 패션학교의 명목상 교장이며 뒤로는 암달러상이다. 용돈이 부족해지면 슌스케처럼 무해하고 순진한 사람에게 접근해 신사적인 수법으로 나쁜 짓을 했다. 흡사 스포츠에 가까웠다. 전 백작은 부인의 정부가 된 서양인들에게 위자료를 청구했다. 스캔들을 두려워한 어떤 바이어는 청구액을 듣지도 않고 이십만 엔을 내던졌다.

이 부부를 묶어주는 애정은 부부애의 모범이라 할, 말하자면 공범의 애정이었다. 부인도 남편에게 육감적 증오를 품은 지 이미 오래였다. 육감이 퇴색해 투명해진 지금, 증오는 두 공범을 단단히 묶어주는 유대 그 이상도 이하도 아니었다. 끊임없는 악행이 두 사람을 고독하게 했기에 공기처럼 오래갈 동거가 필요했다. 두 사람은 진심으로 헤어지길 원했지만, 이제 와서 그럴 수 없는 건 둘 다 헤어지길 원하기 때문이었다. 원래 이혼이 성립하려면 둘 중 하나는 헤어지길 원치 않아야 한다.

가부라기 전 백작은 늘 공들여 관리하는 까닭에 혈색이 좋았다. 얼굴과 콧수염 손질이 너무 잘된 나머지 오히려 인공적이고 불결한 인상을 줬다. 쌍꺼풀 진 졸린 듯한 눈동자가 불안하게 움직였다. 이따금씩 볼에 물결치는 수면처럼 가벼운 경련이 이는 탓에 새하얀 손으로 부드러운 뺨을 집어 올리는 버릇이 있었다. 지인과는 냉소적이면서도 끈질기게 수다를 떨었다. 그리 친밀하지 않은 이에겐 말을 붙일 엄두가 나지 않을 만큼 거만을 떨었다.

가부라기 부인은 또 남편을 보았다. 나쁜 습관이다. 결코 남편의 얼굴을 봐선 안 된다. 부인은 생각에 잠길 때나 지루해질 때, 혐오감에 치를 떨 때마다, 마치 병자가 자신의 깡마른 손을 내려다보듯 문득 남편을 응시하곤 했다. 그러나 이걸 본 눈치 없는 사람들은 그녀가 아직도 남편에게 푹 빠져 있다는 그럴싸한 소문을 퍼트리고 다녔다.

그곳은 공업구락부 대무도회장으로 이어지는 대기실이었다. 월례 자선무도회에 약 오백 명이 모였다. 가짜 호사에 익숙한 가부라기 부인은 검은 시폰 벨벳 야회복에 가짜 진주목걸이를 차고 있었다.

부인은 이 무도회에 유이치 부부를 초대했다. 두 장의 티켓을 동봉한 두툼한 편지봉투 속에는 열 장이 넘는 백지를 넣었는데, 유이치는 어떤 표정으로 그 백지 편지를 읽었을까. 부인이 쓴 뒤 불태워 버린 정열적인 편지와 같은 매수란 것을 모른 채.

가부라기 부인은 용맹한 여자였다. 여자의 삶이란 뜻대로 굴러가지 않기 마련이란 말을 믿지 않았다.

악덕을 게을리하는 여자는 불행해진다고 예언한 사드의 소설 《줄리엣》 여주인공처럼, 가부라기 부인은 유이치와 아무렇지도 않게 시간을 보낸 그날 밤 이후 자신이 무언가를 게을리하고 있다는 기분에 사로잡혔다. 나중에 그녀는 화가 날 지경이었다. 그렇게 지루한 청년과 몇 시간을 함께 보낸 건 시간 낭비였다고, 그뿐 아니라 자신의 태만은 유이치가 매력 없는 탓이라고 억지로 단정 지었다. 그 생각은 일단 그녀에게 자유를 가져다줬지만, 놀랍게도 그 후 그녀의 눈에는 세상 어떤 남자도 매력이 없어 보였다.

사랑에 빠지면 우리는 인간이 얼마나 무방비한지 뼈저리게 느끼고, 이제껏 그걸 모르고 살아온 일상생활에 전율하기 마련이다. 사랑 탓에 인간이 고지식해지는 경우가 종종 있는 것은 이런 까닭이다.

가부라기 부인의 나이가 유이치의 어머니뻘이기 때문인지, 그녀가 유이치에게서 직감한 것은 어머니와 아들 사이의 사랑을 막는 어떤 금기였다. 유이치를 생각할 때면 가부라기 부인은 세상 어머니들이 죽은 아들을 떠올릴 때 이런 기분이겠거니 하는 느낌으로 그를 떠올렸다. 이 같은 징조는 부인의 직감이 아름다운 청년의 불손한 눈빛에서 어떤 불가능을 찾아내, 그 불가능을 사랑하기 시작했다는 징후가 아닐까?

 말할 때 입모양이 투덜거리는 듯 보이는 유이치의 앳된 입술을 부인은 꿈에서까지 보았다. 남자 꿈 따윈 꾼 적도 없다는 걸 자랑으로 생각해온 그녀였다. 이 꿈은 자신에게 닥칠 불행을 예감케 했다. 처음으로 그녀는 스스로를 지킬 필요를 느꼈다.

 어떤 남자든 일주일 이내에 정을 통하게 만든다는 전설이 다행히 유이치에게 적용되지 않았던 건 오직 이런 이유에서였다. 부인은 잊고자 했고, 만나지 않으려 했다. 보내지 않을 작정으로 장난스럽게 장문의 편지를 썼다. 웃으며 써내려갔다. 반쯤 농담으로 구애의 말을 쓰고 또 썼다. 다시 읽어보는 그녀의 손이 떨려왔다. 또 읽는 게 두려워 성냥을 그어 편지에 불을 붙였다. 불은 생각보다 크게 번졌고 놀란 마음에 창문을 열고 비 내리는 뜰로 던졌다.

 불타는 편지가 떨어진 곳은 마침 처마 아래 마른 땅과 낙숫물 떨어진 웅덩이 사이였다. 편지는 그러고도 한동안 타들어갔다. 그 시간이 무척 길게 느껴졌다. 부인은 무심히 머리칼을 매만졌다. 문득 보니 손끝에 하얀 것이 묻어 있었다. 편지가 타고 남은 미세한 재가 후회처럼 머리칼을 물들이고 있었다.

 ……가부라기 부인은 비가 오나 싶어 눈을 들었다. 악사가 교대하느라 음악이 멎은 탓에 마룻바닥을 오가는 수많은 사람들 발소리가 빗소리처럼 들렸던 것이다. 활짝 열린 테라스로 별이 총총한 하늘과 드문드문 불 켜진 고층건물이 늘어선 평범한 도시 야경이 보였다. 춤과 취기로 달아오른 부인들의 드러난 어깨는 펼쳐진 야경에도 아랑곳없이 매끄럽게 오갔다.

"미나미 군이군. 미나미 군 부부가 왔어."

가부라기가 말했다. 부인은 혼잡한 입구 문턱에 서 있는 유이치와 야스코를 보았다.

"내가 불렀어요." 그녀가 말했다. 야스코가 앞장서서 인파를 뚫고 가부라기 부인의 테이블로 다가왔다. 그녀를 맞이하는 부인의 마음은 평온했다. 지난번 야스코 없이 유이치를 봤을 때, 부인은 그 자리에 없는 야스코에게 질투를 느꼈다. 하지만 지금 야스코 곁에 있는 유이치를 보며 마음의 안식을 얻은 건 어째서일까?

부인은 유이치 쪽을 거의 보지 않았다. 야스코를 옆에 있는 의자로 끌어당겨 그녀의 우아한 치장을 크게 칭찬했다.

아버지 백화점 구매부를 통해 해외옷감을 저렴하게 손에 넣은 야스코는 가을밤 무도회에 입을 의상을 벌써부터 맞춰뒀다. 야회복은 상아색 실크다. 단단하고 차가운 중량감을 살린 풍성한 소매에는 빛의 가감으로 끊임없이 흐르는 듯 보이는 옷감의 결이 차분히 가라앉은 은색 눈동자처럼 긴 눈을 부릅뜨고 있었다. 장신구는 가슴에 달린 카틀레야였다. 연보랏빛 꽃잎에 둘러싸인 은은한 노랑과 담홍과 보라의 입술판은 난과 식물 특유의 교태와 수치가 뒤섞인 궤변 같은 모양을 하고 있었다. 인도산 작은 견과를 금사슬로 이은 목걸이에서도, 팔꿈치까지 길게 감춘 라벤더색 장갑에서도, 앞가슴에 달린 난에서도 비온 뒤 하늘처럼 상쾌한 향수냄새가 났다.

유이치는 가부라기 부인이 단 한 차례도 자신에게 눈길을 주지 않는 데 놀랐다. 그는 백작에게 인사를 했다. 백작은 일본인치고 다소 엷은 빛깔 눈동자로 유이치를 검열하듯 훑어보며 목례했다.

연주가 시작됐다. 테이블에는 의자가 부족했다. 옆 테이블 남자가 빈 의자를 가져갔던 것이다. 누군가 일어서야 했다. 유이치가 서서 가부라기가 권하는 하이볼을 마셨다. 두 여자는 서로의 잔에 크림 드 카카오를 따랐다.

어둔 무도회장에서 음악이 흘러 복도와 대기실로 안개처럼 울려 퍼지며 대화가 어려워졌다. 네 사람은 잠시 침묵했다. 돌연 가부라기 부인이 일어섰다.

"혼자만 서 계시는 거 가여워. 우리도 춤출까요."

가부라기 백작은 귀찮은 듯 고개를 저었다. 그는 그런 소릴 꺼내는 부인이 놀라웠다. 부인은 무도회에 와도 춤을 춘 적이 없었다.

부인의 청은 분명 남편을 향했지만, 유이치는 당연하듯 거절하는 남편을 보고 그 정도는 부인도 예상했으리란 걸 눈치챘다. 예의에 어긋나지 않으려면 그가 곧장 부인에게 춤을 권해야 하는 게 아닌가. 부인이 그와 춤을 추고 싶어 한다는 건 명백했다.

유이치는 주저하며 야스코를 봤다. 야스코가 그 자리에서 예의 바른 아이처럼 판단을 내렸다.

"미안. 우리가 추자."

야스코는 가부라기 부인에게 목례하며 핸드백을 의자에 두고 일어섰다. 이때 유이치는 가부라기 부인이 일어선 의자 등을 별생각 없이 두 손으로 쥐고 있었다. 그 의자에 다시 앉은 부인의 등이 유이치의 손끝을 어렴풋이 눌렀다. 유이치의 손가락은 맨살이 드러난 가부라기 부인의 등과 의자 사이에 잠시 끼었다.

야스코는 이걸 보지 못했다. 두 사람은 인파를 헤치고 춤을 추러

나갔다.

"가부라기 씨 사모님 요즘 좀 달라지신 것 같아. 저렇게 조용한 분이 아니었는데."

야스코가 말했다. 유이치는 말이 없었다.

그는 지난번 술집에서처럼 가부라기 부인이 멀리서 자신이 춤추는 모습을 호위하듯 무표정하게 지켜보고 있다는 걸 알았다.

야스코는 가슴에 꽂은 난이 망가지지 않도록 신경 쓰고 있었기 때문에, 둘은 살짝 몸을 떼고 춤을 췄다. 야스코는 미안하게 생각했고, 유이치는 이 장해물을 감사히 여겼다. 그러나 한편으로 이 고가의 꽃을 가슴으로 뭉개는 남자의 기쁨을 상상하자 그의 맘은 조금씩 어두워졌다. 정열 없는 행위란 이런 사소한 낭비마저 신경이 쓰인다. 남들 눈에는 인색함이나 예절로 보이도록 꾸며대는 것이다. 정열 없이 꽃을 뭉개는 일이 그 어떤 도덕에 위배된단 말인가…… 그러면서 두 사람 가슴 사이에 화려하게 피어난 이 두툼한 꽃을 뭉개버리자는 살풍경한 기획이 그의 의무로 변모했다.

춤추는 무리 중앙은 대단히 붐볐다. 많은 연인들이 조금이라도 몸을 밀착시킬 좋은 구실을 만들기 위해 더 많이 밀집해왔다. 유이치는 빠른 스텝을 밟으면서 가슴으로 물을 가르며 수영하는 사람처럼 야스코의 꽃을 가슴으로 쳤다. 야스코는 난이 아까워 신경질적으로 몸을 움직였다. 남편 품에 강하게 안겨 춤을 추기보다 난이 망가질까봐 더 걱정하는 여자의 이 당연한 심리가 유이치의 마음을 편안하게 했다. 상대가 그런 심정이라면 유이치는 유이치대로 마음껏 정열적인 남편을 연기해도 좋았다. 어쩌다 보니 박자가 빠른 음악이 흘렀고, 미치광이 같은 생각으로 머릿속이 꽉 찬 이 불행한 청년은 아내를 발작적으로 강하게 끌어안았다. 야스코는 저항할 틈도 없었다. 난은 무참히 망가져 일그러졌다.

그러나 여러 가지 점에서 유이치의 일시적 행동이 좋은 결과를 낳았다. 그 순간 야스코가 행복을 느낀 것은 말할 것도 없다. 그녀는 부드럽게 남편을 흘겨봤다. 그러곤 훈장을 자랑하러 가는 병사와 같이, 망가진 꽃을 자랑스럽게 흔들며 소녀 같은 종종걸음으로 서둘러 테이블로 돌아갔다. 저런, 춤추러 나가자마자 모처럼 달고 온 카틀레야가 엉망이 됐네, 따위의 야유를 듣고 싶었기 때문이다.

테이블로 돌아오자 가부라기 부부 주변에는 지인 너덧이 담소를 나누며 웃고 있었다. 백작은 하품을 하며 말없이 술을 마셨다. 야스코의 기대와 달리 가부라기 부인은 난을 보고도 아무 말 하지 않았다.

그녀는 기다란 여성용 담배를 피우며 야스코의 가슴에서 압살당해 고개 숙인 난을 빤히 쳐다봤다.

가부라기 부인과 춤을 추며 유이치는 솔직한 표정으로 걱정스레 물었다.

"티켓 감사했습니다. 편지에 아무 말씀도 없으셔서 집사람하고 둘이 왔어요. 그래도 괜찮은 거였나요."

가부라기 부인은 답변을 회피했다.

"세상에, 집사람이라니. 그런 말투는 아직 안 어울려. 야스코라고 불러도 되지 않나?"

야스코의 이름을 유이치 앞에서 함부로 불러버릴 최초의 기회를 놓치지 않은 건 우연이었을까?

유이치가 잘 추는 수준을 넘어, 더할 나위 없이 가볍고 솔직한 댄스를 추고 있다는 걸 부인은 새삼 알아챘다. 매순간 아름다운 유이치의 청년다운 오만함은 부인의 환영에 불과한 것일까. 아니면 솔직함은 오만함과 한 몸인 것일까. 가부라기 부인은 생각했다.

'세상 남자들은 보통 본문으로 여자를 유혹하는데, 이 청년은 여백으로 유혹해. 어디서 이런 비책을 배워온 거야.'

유이치가 백지 편지를 보낸 이유를 아무 의심 없이 천진난만하게 묻자, 부인으로서는 아닌 게 아니라 약간의 기교가 섞인 행동이었기에 조금 부끄러웠다.

"아무것도 아냐. 그저 글쓰기가 귀찮았거든. ……그땐 분명 하고 싶은 말이 편지지 열두세 장 분량은 됐는데."

유이치는 그녀가 답변을 대충 얼버무리려 한다는 걸 느꼈다.

유이치는 오히려 편지가 여드레나 지나서 왔다는 게 신경 쓰였다. 슌스케가 말한 일주일의 기한은 그에게 시험 급락을 연상시켰다. 아무 일 없이 일주일이 흐르자 그는 자존심에 큰 상처를 입었다. 슌스케의 선동으로 얻은 자신감이 꺾이는 기분이었다. 상대를 사랑하지 않는 게 확실한데도, 이토록 사랑받고 싶다고 바란 건 처음이었다. 유이치는 자기가 정말 가부라기 부인을 사랑하는 게 아닌가 하는 착각이 들 정도였다.

백지 편지는 그를 의아하게 만들었다. 가부라기 부인이 야스코 없이 유이치를 만나는 게 괜히 두려워, (유이치가 야스코를 사랑한다는 가설 아래 그의 기분을 상하게 만들기 두려워) 동봉한 티켓 두 장은 유이치를 한층 더 혼란에 빠뜨렸다. 유이치가 슌스케에게 전화를 걸었을 때, 그는 거의 헌신에 가까운 호기심이 발동해 춤도 추지 않으면서 무도회에 갈 것을 약속했다.

슌스케는 아직 오지 않은 것일까?

두 사람이 자리로 돌아오자 웨이터가 이미 빈 의자 몇 개를 가져와 슌스케를 중심으로 열 명이 넘는 남녀가 모여 있었다. 슌스케는 유이치를 향해 미소 지었다. 그것은 우정의 미소였다.

가부라기 부인은 슌스케를 보고 몹시 놀랐는데, 그를 좀 아는 사람들은 놀랄 뿐만 아니라 벌써 이러쿵저러쿵 쑤군대기 시작했다. 히노키 슌스케가 월례 무도회에 나타난 건 처음이었다. 이토록 어울리지 않는 장소로 노작가를 내몬 건 누굴까. 그러나 이런 억측은 풋내기 같은 생각이었다. 안 어울리는 장소에서 예리한 감각을 발휘하는 건 소설가의 필수 재능임에도, 슌스케는 자기 삶에서 이런 재능을 기피해왔다.

야스코가 평소 마시지 않던 양주에 취해 순진하게 유이치에 대해 폭로하기 시작했다.

"남편이 요즘 멋을 부려요. 빗을 사서 항상 안주머니에 넣고 다니죠. 하루에 몇 번이나 머릴 빗는지 몰라. 빨리 대머리가 되면 어쩌나 걱정이랍니다."

다들 야스코의 이야기가 재미있다고 치켜세웠지만 아무 생각 없이 웃고 있던 유이치의 얼굴에 문득 그늘이 졌다. 빗을 산 것조차 그에게는 무의식에서 나온 습성의 시초였다. 대학에서 지겨운 강의를 듣다가 자기도 모르게 빗으로 머리칼을 가다듬고 있을 때가 종종 있다. 지금 야스코가 많은 사람들 앞에서 한 말을 듣고서야, 그는 비로소 자기가 빗을 안주머니에 품고 다니게 됐음을 깨달았다. 개가 남의 집에서 뼈를 가져오듯, 빗을 가지고 다니는 이 사소한 습관이 **그쪽 사회**에서 자기 집으로 가져온 최초의 것임을 자각한 것이다.

이제 막 신혼인 야스코가 남편의 변화를 모조리 자신과 결부시켜 생각하는 것도 어찌 보면 당연하다. 그림 속 점 수십 개를 무심코 잇다보면 그림의 의미를 뒤바꿀 전혀 다른 이미지가 갑자기 생겨나는 놀이가 있는데, 어쩌다 처음 점 몇 개를 잇다보면 무의미한 삼각형이나 사각형이 생길 뿐이다. 야스코가 아둔했다고는 할 수 없다.

멍하니 있는 유이치를 보다 못 한 슌스케가 작은 목소리로 말했다.
"어쩐 일인가. 사랑으로 고뇌하는 사람처럼 앉아 있군."
유이치가 일어나 복도로 나가자 슌스케도 슬쩍 쫓아 나왔다. 슌스케가 말했다.
"가부라기 부인 눈에 눈물이 글썽글썽하던데. 자네도 봤나. 저 여자가 정신적인 인간이 되다니 놀라운 일이야. 아마도 정신 따위와 연을 맺은 건 태어나 처음이겠지. 사랑이라는 신기한 보충작용 덕분에, 자네가 요만큼도 정신을 갖지 않은 데 대한 반작용이 나타난 걸세. 나도 이제 알았어. 자넨 정신적으로 여자를 사랑할 수 있다고 생각하지만, 그건 거짓이야. 인간은 애초에 그렇게 요령 좋은 마술을 부릴 수 있는 위인이 아니지. 자넨 육체적으로나 정신적으로나 여자를 사랑할 수 없는 거야. 자네는 자연의 아름다움이 인간에게 군림하는 방식, 즉 정신의 완전한 부재로 여자에게 군림하는 걸세."

──슌스케는 이때 자신이 무심코 유이치를 자기 정신의 꼭두각시로 보고 있다는 사실을 깨닫지 못했다. 특유의 예술적 찬미를 기반에 두고 있기는 했지만 말이다.──

"인간은 누구나 자기가 당해낼 수 없는 사람을 제일 좋아하거든. 여자도 마찬가질세. 오늘 가부라기 부인은 사랑 때문에 자기 육체적 매력 같은 건 까맣게 잊은 표정을 짓고 있어. 그건 요전까지만 해도 저 여자가 어떤 남자보다도 잊지 못하는 거였지."

"하지만 일주일이 지났습니다."

"은혜로운 예외라네. 내가 본 최초의 예외야. 우선 저 여자는 자기 마음속 사랑을 숨길 수가 없어. 아까 가부라기 부인이 의자에 뒀던 공작자수가 들어간 비단핸드백을 자네하고 같이 자리로 오면서 테이블 위에 놓는 거 봤나? 테이블 위를 주의 깊게 점검하면서도 맥주가 쏟아진 곳 한가운데 두더군. 원래 무도회 같은 걸로 흥분하는 여자가 아니란 말일세."

슌스케는 유이치에게 담배를 권하며 말을 이었다.

"이번엔 좀 오래 걸릴 것 같아. 당분간 자네는 안전할 거고. 자넬 어디로 유혹한다 해도 안전해. 자넨 결혼까지 했고 더군다나 이제 막 신혼이니까 안전보장이지. 하지만 자넬 안전하게 두는 건 내 본의가 아닐세. 기다려봐. 한 사람을 더 소개해줄 테니."

슌스케는 주위를 둘러봤다. 십여 년 전 야스코와 비슷한 방식으로 슌스케를 배신하고 다른 사람과 결혼한 호타카 교코를 찾고 있었다.

 유이치는 문득 타인의 눈으로 슌스케를 바라보았다. 생기 있고 호화로운 이 세계 한가운데서 죽은 사람 하나가 누군가를 물색하는 듯 보였다.

 슌스케의 뺨에는 녹슨 구릿빛이 침전해 있었다. 눈동자는 맑은 기운을 잃고, 거무스름한 입술 사이로 들여다보이는 지나치게 가지런한 백색 의치는 폐허에 남겨진 흰 벽처럼 이상하게 선명했다. 그러나 유이치의 감상은 슌스케 자신의 것이기도 했다. 슌스케는 스스로를 알았다. 유이치를 본 순간, 슌스케는 살아 있으면서 관으로 들어갈 것을 결심했다. 작품 활동에 전념할 때, 세상이 그토록 명징하고 만사가 명석하게 보인 건, 다름 아니라 그 순간 속에 그가 죽어 있었기 때문이다. 슌스케의 갖가지 어리석은 짓은 죽은 사람이 되살아나고자 한 서투른 과보에 불과하다. 작품 속에서 그랬듯 그는 유이치의 육체에 자신의 정신이 깃들게 한 이상 음울한 질투와 원한으로부터 깨끗이 벗어나기로 결심했다. 그는 완전한 소생을 원했다. 이를테면 죽은 사람이면서 이 세상에 되살아나기를 바랐다.

 죽은 사람 눈에는 현세가 얼마나 명징하게 조직을 드러내 보이겠는가! 타인의 애정을 얼마나 실수 없이 투시할 수 있겠는가! 이 편견 없는 상태 속에서 세계는 얼마나 작은 유리 기계로 변모하겠는가!

 ……그러나 이 늙고 추한 죽은 자도 가끔씩 스스로 만든 속박이 성에 차지 않았다. 솔직히 일주일 동안 유이치에게 아무 일도 일어나지 않았다는 사실을 듣고, 그는 일에 차질이 생겼다는 걱정과 낭

패감이 드는 한편 희미한 쾌감을 느꼈다. 이것은 아까 가부라기 부인의 표정에서 부정할 수 없는 애정을 발견했을 때, 슌스케의 마음을 덮친 불쾌한 통증과 궤를 같이하는 것이었다.

슌스케는 교코를 찾아냈다. 한 출판사 사장 부부가 슌스케를 붙들고 정중한 인사를 한 탓에 교코에게 가려던 길이 막혔다.

제비뽑기 상품이 산더미처럼 쌓인 테이블 옆에 서서 백발의 서양인 노신사와 쾌활하게 이야기를 나누는 치파오 차림의 여자가 교코다. 웃을 때마다 입술이 찬물결처럼 흰 치아 주위에서 부드럽게 펼쳐졌다가 오므라졌다.

흰 바탕에 용무늬가 도드라진 디자인의 치파오였다. 옷깃의 이음매 장식과 단추는 금이고 옷자락 끝단으로 얼핏 보이는 무도화도 순금이었다. 비취 목걸이만이 한 점 녹색으로 흔들리고 있었다.

슌스케는 그녀에게 다가가려 했지만 다시 야회복을 입은 중년 여자에게 붙잡혀 길이 막혔다. 중년 여자는 쉴 새 없이 예술 이야기를 꺼냈지만, 슌스케가 무례할 정도로 차갑게 말을 끊으며 무시하자 자리를 떴다. 슌스케가 물러가는 중년 여자의 뒷모습을 보니, 숫돌처럼 칙칙하고 납작한 등에 덕지덕지 분을 바른 맨살의 잿빛 견갑골이 드러나 있었다. 예술이란 어찌 이리도 추함에 구실을 제공하는가, 그것도 공공연한 구실을.

불안한 듯이 유이치가 다가왔다. 슌스케는 여전히 서양인과 담소를 나누고 있는 교코 쪽을 눈짓하며 유이치에게 속삭였다.

"저 여자야. 예쁘고 경쾌하고 화려한 데다 정조까지 갖춘 여자지만, 요즘 남편하고 사이가 별로인 모양이야. 다른 그룹하고 같이 왔다고 누가 그러더군. 자네도 부인하고 함께 온 게 아니라 혼자 왔다고 소개할 테니 그런 줄 알게. 자넨 저 여자와 연달아 다섯 곡 춤을 춰야 하네. 그보다 많아도 안 되고 적어도 안 돼. 다 추고 헤어질 땐, 실은 아내와 함께 왔지만 솔직히 얘기했다가는 같이 안 추실 것 같아 거짓말을 했다고 죄송하다는 듯 말하게. 될 수 있는 대로 그윽한 감정을 담아서. 여잔 자넬 용서할 거고 자넨 신비로운 인상을 남기게 될 거야. 그리고 저 여자한텐 약간 아첨을 해도 좋은데, 제일 효과적인 건 웃는 모습이 아름답다고 하는 걸세. 여학교를 막 졸업했을 무렵 웃으면 잇몸이 보여서 못생겼었지. 그 후 십수 년 동안 아무리 크게 웃어도 잇몸이 보이지 않는 수련을 쌓아왔어. 비취 귀걸이는 칭찬하는 게 좋네. 목덜미의 흰 피부와 아주 잘 어울려. 에로틱한 아첨은 많이 안 하는 게 좋아. 저 여자는 청결한 남자를 좋아하거든. 젖가슴이 작아서 그런 거라네. 저 멋들어진 가슴은 만들어낸 거야. 스펀지로 만든 패드를 끼웠겠지. 사람 눈을 속이는 건 아름다운 것들의 예의 같은 것이겠지."

서양인이 다른 서양인 무리와 이야기를 시작했기에 슌스케가 다가가 교코에게 유이치를 소개했다.

"이쪽은 미나미 군. 전부터 당신을 소개해달라는 부탁을 받았는데 기회가 없었어요. 아직 학생인데, 결혼은 했지요, 가엾게도."

"어머, 그래요? 이렇게 젊으신데? 요즘은 다들 빠르세요."

슌스케는 유이치가 결혼 전부터 당신을 소개해달라고 졸랐다, 그것 때문에 요즘 이 친구한테서 원망을 듣고 있다, 결혼 일주일 전에 이 무도회 가을 시즌 첫 파티에서 당신을 처음 봤다고 한다, 고 말했다.

"그렇다면" 하고 교코가 말을 꺼낸 뒤 머뭇거리는 사이 유이치는 슌스케의 옆얼굴을 살폈다. 유이치는 오늘 이 무도회가 처음이었다. "……그렇다면, 아직 신혼 3주차네요. 그날 파티는 너무 더웠어요."

슌스케는 독단적인 어조로 말했다. "그때 당신을 처음 보고 이 녀석이 앳된 야망을 키운 겁니다. 결혼 전에 어떻게든 당신과 연달아 다섯 곡 춤을 추고 싶다고. 이봐, 그랬지, 자네. 얼굴 붉힐 필요 없네. 그랬다면 미련 없이 결혼할 수 있었을 텐데. 결국 꿈을 이루지 못하고 약혼녀와 결혼했습니다. 하지만 아직 포기를 못하고 날 자꾸 재촉하잖아요. 내가 얼떨결에 당신을 안다는 소릴 해버렸거든. ……오늘은 그래서 일부러 아내도 안 데리고 혼자 온 겁니다. 이 친구의 간절한 소망을 들어주지 않겠습니까? 다섯 곡 연달아 춤을 춰준다면 맘이 후련해질 게요."

"그리 어려운 청도 아니네요." 교코는 감정의 그늘 없이 활발한 어조로 승낙했다. "사람을 잘못 본 게 아니라면 말이죠."

"자, 유이치 군. 어서 추고 오게."

대기실 쪽을 살피며 슌스케가 재촉했다. 두 사람은 어스름한 무도회장 안으로 들어섰다.

대기실 한쪽 테이블에서 지인 가족에게 붙들린 슌스케는, 테이블 서너 개 너머 가부라기 부인이 잘 보이는 곳에 자리를 잡았다. 서양인의 배웅을 받으며 무도회장에서 테이블로 돌아온 가부라기 부인이 야스코에게 목례하고 맞은편 의자에 앉는 모습이 보였는데, 약간 떨어져서 이 불행한 두 여자를 보니 흡사 소설 속 풍정 같은 분위기가 있었다. 야스코의 가슴에 이미 카틀레야는 없다. 검은 옷의 여자와 상아색 여자는 심심한 듯 시선을 주고받으며 말없이 앉아 있었다. 마치 한 쌍의 비석처럼.

창문 밖에서 바라보는 타인의 불행은 창문 안에서 보는 것보다 아름답다. 불행은 창문 너머 우리에게 좀처럼 달려들지 않기 때문이다. ……음악은 모여든 사람들을 지배하고 다들 그 질서대로 움직였다. 음악은 깊은 피로를 닮은 감정으로 줄기차게 사람들을 움직이게 했다. 음악의 흐름 속에는 음악도 범접할 수 없는 어떤 진공의 창이 있어, 그 창을 통해 야스코와 가부라기 부인을 보고 있다고 슌스케는 생각했다.

슌스케가 지금 있는 테이블에서는 열일고여덟 살쯤 된 소년소녀가 영화 이야기를 하고 있었다. 그 옆의 군대에 다녀온 남자는 세련된 정장을 입고서, 자동차 엔진이 비행기 엔진과 어떻게 다른지 약혼자에게 말해주고 있었고, 그의 모친은 모포를 새로 물들여 멋진 장바구니를 만드는 주문을 받는 천재적인 미망인 얘길 친구와 나누고 있었다. 친구는 전쟁에서 외아들을 잃은 이래 심령학에 빠진 전 재벌의 부인이다. 그 집 남편이 슌스케에게 끈질기게 맥주를 권하며 말했다.

"어떻습니까? 우리 가족 이야기도 소설이 되겠죠. 하나도 안 빼고 자세히 묘사한다면 말입니다. ……보시다시피 아내를 비롯해 다들 좀 별나요."

슌스케는 미소 지으며 이 순환질* 가정을 둘러봤다. 아쉽게도 부친의 자만은 틀렸다. 이런 가정이 종종 있다. 별난 구석이라곤 눈을 씻고 찾아봐도 없으니 하는 수 없이 온 가족이 탐정소설을 탐독하며 건강함의 허기를 채우는 가족이.

노작가에게는 그러나 맡은 임무가 있었다. 슬슬 가부라기 부부의 테이블로 돌아가지 않으면 안 된다. 너무 오래 자리를 비웠다간 유이치와 일을 꾸민다는 의심을 사게 되리라.

그가 그쪽으로 다가가니 마침 야스코와 가부라기 부인이 다른 남자에게 춤을 신청받고 일어섰다. 슌스케는 홀로 남겨진 가부라기 옆에 앉았다.

가부라기는 어딜 다녀왔냐고 묻지도 않았다. 그는 말없이 슌스케에게 하이볼을 권하며 말했다.

"미나미 군은 어디 갔습니까?"

"글쎄요, 아까 복도에서 본 것 같은데."

"그렇군요."

가부라기는 깍지 낀 손을 테이블 위에 올리고 똑바로 세운 두 개의 검지 끝을 가만히 응시했다.

"이것 좀 보십시오. 떨리는 것처럼 보이진 않지요."

자기 손을 눈짓하며 가부라기가 말했다.

슌스케는 대답 없이 시계를 봤다. 다섯 곡을 추리면 20분은 걸린다. 아까 복도에서 흘려보낸 시간까지 합하면 거의 30분이다. 갓 결

---

* 심리학에서 사교적인 성질과 비사교적인 성질이 번갈아 나타나기 쉬운 성격 유형.

혼해 처음으로 남편과 춤을 추러 온 어린 여자가 쉬이 견뎌낼 시간은 결코 아니다.

한 곡 끝나고 가부라기 부인과 야스코는 테이블로 돌아왔다. 두 사람 모두 어쩐지 낯빛이 창백했다. 둘 다 자기들이 본 불결한 무언가에 사로잡혀, 서로 그 얘길 하지 않으려고 말수가 부쩍 줄었다.

야스코는 방금 두 번이나 남편과 다정하게 춤추던 치파오를 입은 여자를 생각했다. 춤을 추며 미소를 보냈지만 유이치는 눈치채지 못했는지 웃지 않았다.

약혼기간 동안 끊임없이 야스코를 괴롭히던 '유이치에게 다른 여자가 있는 게 아닐까' 하는 의심은 결혼과 동시에 일단 사그라졌다. 차라리 이런 표현이 옳다. 야스코는 새로 얻은 논리의 힘으로 그 의심을 스스로 사그라뜨린 것이다.

……너무 따분해 야스코는 라벤더색 장갑을 벗었다 다시 꼈다. 인간은 장갑을 끼면서도 자기도 모르게 생각에 잠긴 표정을 짓는다. ……

그렇다. 그녀는 새 논리로 의심을 풀었다. 일찍이 K마을에서 유이치의 우울한 모습을 보며 불안하고 불길한 예감을 품은 야스코였는데, 결혼 후 돌이켜보니 그때 그가 잠 못 들 만큼 고민했던 건 그녀가 나서서 몸을 허락하지 않은 탓이었다. 무슨 일이든 자기 책임으로 돌리는 소녀의 순진한 자부심도 발동했다. 그렇게 생각하면 유이치를 끝없이 괴롭혔던 아무 일도 없었던 그 사흘 밤은, 유이치가 야스코를 사랑한다는 최초의 증명이 된다. 그때 유이치는 틀림없이 **욕망**과 싸우고 있었으리라.

유달리 자존심 강한 이 청년은 매몰차게 거절당하는 게 두려워 가만히 있었으리라. 몸이 굳어 돌처럼 입을 꾹 다문 순진한 소녀에게 사흘째 밤까지 손을 대지 않았다는 건, 유이치의 순결함을 증명하기 충분한 사건이라고 야스코는 확신했다. 약혼시절 유이치에게 다른 여자가 있는 게 아닐까 했던 과거 치기 어린 의심을, 이제는 조소하고 경멸하며 즐거워할 권리를 쟁취했다고 여겼다.

결혼 후 첫 친정 방문은 행복 그 자체였다. 야스코 부모님 눈에 유이치는 한층 더 믿음직하고 **보수적인** 청년으로 비쳤고, 여자 손님들이 좋아할 만한 요소를 갖춘 이 전도유망한 청년의 장래는 아버지의 백화점에서 든든하게 보장됐다. 효심 있고, 순결하고, 심지어 **세상의 이목을 존중하는 기풍**마저 엿보였다.

결혼 후 처음으로 학교에 간 날, 저녁식사 후 외출한 유이치가 늦게 귀가한 것은 그의 변명에 따르면 짓궂은 친구들에게 한턱내야 했기 때문이었다. 경험 많은 시어머니의 가르침을 들을 필요도 없이, 한창 신혼인 남편과 친구들 사이는 으레 그런 것임을 알고 있었다.

······야스코는 라벤더색 장갑을 다시 벗었다. 갑자기 불안에 휩싸였다. 그녀는 마치 거울 속 자신처럼 초조한 눈빛으로 앉아 있는 가부라기 부인을 보기가 두려웠다. 야스코의 불안은 이유를 알 수 없는 부인의 우울에서 옮아온 건 아닐까? 이 부인에게 알 수 없는 친밀함이 느껴지는 건 그 때문일까? 이윽고 두 사람은 각자 춤 신청을 받고 자리에서 일어났다.

야스코는 유이치가 여전히 치파오를 입은 여자와 춤을 추는 걸 보았다. 이번엔 웃지 않고 눈을 돌렸다.

가부라기 부인도 같은 장면을 보았다. 부인은 그 여자와 일면식도 없었다. 가짜 진주목걸이를 한 것만 봐도 가부라기 부인이 세상을 조소하길 즐긴다는 걸 알 수 있는데, '자선' 같은 가당치 않은 명목에 혐오를 느끼고 무도회에 나오지 않았기에 무도회 간사인 교코를 알 기회도 없었다.

유이치는 약속한 다섯 곡을 모두 췄다.

교코는 자기 그룹 테이블로 그를 데려가 소개했다. 유이치는 아내가 오지 않았다는 거짓말을 언제 자백해야 할지 몰라 어쩔 줄 모르고 있는데, 우연히 가부라기 부인 테이블에 다녀온 쾌활한 학교 친구 하나가 유이치를 보고 다가와 말을 걸면서 사태가 마무리됐다.

"이야, 부인을 버려두고 여기 앉아 있다니. 이런 나쁜 자식. 야스코 씨는 아까부터 저쪽 테이블에 혼자 있다고."

유이치는 교코를 보았다. 교코도 유이치를 봤지만 금세 눈을 돌렸다.

"빨리 가서 같이 있어 드려, 가엾잖아."

교코가 말했다.

이성을 잃지 않고 예의를 지킨 말에 유이치는 부끄러워 얼굴이 새빨개졌다. 염치가 정열을 대신하는 경우가 종종 있다. 아름다운 청년은 자기도 놀랄 정도로 용기를 내 교코에게 몸을 갖다 댔다. 할 이야기가 있다며 그녀를 벽으로 이끌었다. 교코는 차갑고 성난 눈을 하고 있었지만, 유이치의 격렬한 동작에서 오는 정열의 질량을 눈치챈 사람이라면 이 아름다운 여자가 자신의 의지가 아니라 무언가에 홀린 듯 의자에서 일어나 그를 따라간 이유를 알 수 있으리라. 유이치는 타고난 어두운 눈동자에 한층 진지한 인상을 더하는 고뇌에 찬 표정으로 말했다.

"거짓말은 죄송합니다. 하지만 어쩔 수 없었습니다. 사실대로 말씀드리면 다섯 곡이나 연달아 쳐주지 않으실 거라고 생각했습니다."

교코는 이 청년 안에 깃든 의심할 여지없이 참된 순수성에 놀라 눈을 크게 떴다. 희생에 가까운 관용이 눈물겨워 그녀는 서둘러 유이치를 용서했다. 이 감성적인 여자의 눈에는 아내가 기다리는 테이블로 서둘러 돌아가는 그의 뒤태에 진 미세한 주름까지 각인되고 말았다.

원래 장소로 돌아온 유이치는 유독 활발하게 남자들과 농담을 나누는 가부라기 부인과, 어쩔 도리 없이 상황을 맞춰주는 슬퍼 보이는 야스코와, 돌아갈 채비 중인 슌스케를 보았다. 슌스케는 사람들 앞에서 교코를 만나는 곤란한 상황을 피해야 했다. 그래서 슌스케는 유이치가 돌아오는 모습을 확인하자마자 서둘러 돌아간 것이다.

유이치는 그 자리가 거북해 계단까지 슌스케를 배웅하겠노라고 했다.

슌스케는 교코의 상태를 전해 듣고 시원하게 웃어 재꼈다. 그러고는 유이치의 어깨를 두드리며 이렇게 말했다.

"오늘 밤은 남자애와 노는 걸 참게. 부인의 기분을 풀려면 자네 **의무**가 필요한 밤이 될 테니. 교코와는 며칠 안에 **우연히** 만나게 하지. 다시 연락하겠네."

노작가는 생기 넘치는 악수를 했다. 혼자서 심홍색 융단이 깔린 계단을 내려와 중앙현관으로 나오는데, 무심코 주머니에 넣은 손가락에 상처가 났다. 고풍스런 오팔 넥타이 핀 때문이었다. 아까 유이치 부부를 태워오려고 미나미가에 들렀을 때, 부부는 이미 나가고 없었지만 유이치의 어머니가 이 저명한 손님을 응접실로 불러들여 감사의 뜻으로 죽은 남편 유품을 선물한 것이다.
 슌스케가 이 예스런 선물을 기분 좋게 받아갔기에, 나중에 어머니가 아들에게 꺼냈을 대사도 슌스케는 상상이 갔다.
 "그 정도는 드려야 너도 떳떳하게 그분을 뵐 거 아니니."
 노작가는 자기 손가락을 보았다. 피 한 방울이 보옥처럼 손끝에 맺혔다. 이런 빛깔을 자기 육체에서 보는 건 오랜만이다. 위장병 앓는 노파조차 여자이기에, 언젠가 그의 몸을 찔러 곤혹스럽게 만들고야 마는 섬세한 운명에 그는 놀랐다.

7장
등장

 그 카페에서 미나미 유이치는 주소나 신분도 불문에 붙여진 채 유우짱이라 불렸다. 에이짱이 조악한 지도를 그려주면서 만나기로 한 카페다.
 유라쿠초에 위치한 르동이라는 평범한 카페인데, 전쟁 후 문을 연 이래 어느새 그쪽 사람들 모임 장소가 됐다. 아무것도 모르는 손님도 들어와 커피를 마시다 아무것도 모른 채 나가곤 했다.
 카페 주인은 마흔 줄의 혼혈 2세로 멋을 아는 남자였다. 장사에 소질 있는 이 남자를 다들 루디라고 불렀다. 유이치도 카페에 세 번째 왔을 때부터는 그를 루디라고 불렀다. 에이짱이 부르는 걸 따라 했다.
 루디는 긴자 일대에서 이십 년 가까이 일한 터줏대감이었다. 전쟁 전 니시긴자에서 운영하던 카페 블루스에는 웨이트리스 말고도 아름다운 웨이터 소년이 두엇 있어서 남색가들은 그 무렵부터 루디의 카페에 들르곤 했다. 이 세계 사람들은 자기와 같은 부류를 탐지하는 데 동물적인 천성이 있어, 개미가 설탕에 꼬이듯 그런 분위기 조성에 조금이라도 도움이 될 만한 장소를 놓치는 법이 없다.

믿기 어려운 일이지만, 루디는 전쟁이 끝나고도 이 세계의 비밀사회가 존재한다는 걸 모르고 있었다. 그에겐 부인이 있었고, 그 밖의 대상을 향한 애정은 자신이 가진 기이한 병에 불과하다고 여겼다. 그는 그저 자기 취향으로 카페에 미소년을 뒀지만, 전쟁이 끝나고 얼마 지나지 않아 유라쿠초에 르동을 열면서 썩 괜찮은 웨이터 대여섯 명을 갖추자, 카페는 이 사회에서 인기의 중심이 됐고 마침내 일종의 클럽이 됐다.

이를 간파한 루디는 상업적 책략을 세웠다. 이 사회 사람들은 자기 고독을 따뜻하게 데우기 위해 이 카페에 한번 오면 다시는 헤어나지 못했다. 그는 손님을 두 부류로 나눴다. 젊고 매력 있어 카페 번창에 일조할 자석 같은 힘을 지닌 손님들과, 대범한 부호라 카페에 마구 돈을 쏟아부으며 자석에 끌려올 손님들로. 루디는 전자를 후자에 알선하는 일에도 열심이었다. 그래도 명색이 손님인 한 청년이 지체 높은 손님의 유혹에 호텔까지 갔다가 현관 앞에서 도망쳐 왔을 때, 아무리 오래 알고 지낸 사이라 해도 루디가 그를 차갑게 몰아붙이는 걸 본 유이치는 깜짝 놀랐다.

"흥, 내 얼굴에 침을 뱉었겠다. 됐어, 이젠 절대로 좋은 사람 소개 안 해줄 거니까 그렇게 알아."

루디는 아침마다 메이크업에만 두 시간을 쓴다고 했다. 그 역시 남색가답게 "못살아, 저 사람 자꾸 나만 쳐다봐" 하고 천진난만한 소릴 하고 다녔다. 자기 얼굴을 쳐다보는 남자는 다 자기한테 마음이 있는 남색가라고 철썩같이 믿는 경향이 있었지만, 길 가던 유치원생들도 그를 보면 놀라 돌아볼 것이다. 마흔 줄의 남자가 서커스복 같은 양복을 입고 다녔고, 그의 자랑인 콧수염은 바삐 손질한 날이면 좌우 굵기나 방향이 달랐다.

무리는 보통 해질 무렵부터 모였다. 카페 안 스피커에서 쉼 없이 댄스음악이 흘렀다. 일반손님들 귀에 비밀스런 이야기가 흘러가지 않게 하기 위해서다. 항상 제일 안쪽 의자에 자리를 잡고 있는 루디는, 돈 씀씀이가 좋은 단골이면 곧장 일어나 카운터에서 전표를 확인하고 황송한 표정으로 금액을 알리러 가곤 했다. 이런 궁중예법이 행해질 경우 계산은 전표의 두 배가 된다는 걸 각오해야 한다.

손님들은 문을 열고 들어오는 사람이 있을 때마다 일시에 돌아봤다. 들어오는 남자는 그 순간 한 몸에 시선을 받았다. 줄곧 찾아 헤매던 이상형이 밤의 거리를 향해 열린 유리문 너머로 돌연 현실에 나타나지 말라는 법이 어디 있겠는가. 그러나 대개의 경우 수많은 시선은 금세 빛이 바래 불만스럽게 꺾였다. 그이를 향한 감정은 최초의 순간에 끝나버렸다. 아무것도 모르고 들어온 어린 손님이 만약 음악의 소음이 없어 테이블 곳곳에서 속삭이는 자신에 대한 판정을 듣게 된다면 간이 떨어질 정도로 놀랄 것이다. 그들 무리는 이런 소릴 하고 있다. "뭐야, 별거 아니네." "코가 너무 작아. 연장도 무지 작을걸." "주걱턱이 맘에 안 들어." "넥타이 취향은 봐줄 만하네." "하지만 성적매력이 완전 제로야."

밤마다 이 관객석은 언젠가 분명 기적이 펼쳐질 공허한 거리의 무대로 향하고 있었다. 종교적이라 해도 크게 무리가 없을 정도로 기적을 기다리는 이 경건한 분위기는, 어설픈 교회보다도 남색클럽의 담배 연기 속에서 훨씬 더 소박하고 직접적인 형태로 맛볼 수 있다. 유리문 하나만 넘으면 그들의 관념상의 사회, 그들의 질서에 따라 생각할 수 있는 대도시가 펼쳐졌다. 로마로 향하는 수많은 길처럼 눈에 보이지 않는 무수한 길이 밤하늘의 별처럼 점점이 흩어진 미소년들과 이 클럽 사이에 이어진 듯했다.

헨리 엘리스*에 따르면 여자는 남성의 힘에는 현혹되지만 남성의 아름다움에는 특별한 견해가 없으며, 오히려 맹목적일 정도로 둔감하다는 점에서 평범한 남자가 남성의 아름다움을 판별하는 감식안과 큰 차이가 없다고 한다. 남성 고유의 아름다움에 민감한 것은 남색가뿐이며, 그리스조각의 남성미 체계가 미학으로 확립되기까지는 남색가 빙켈만이 나타날 때까지 기다려야 했다. 평범한 소년도 한번 남색가의 열렬한 찬미를 마주하면(여자는 남자에게 이만큼 육감적인 찬미를 하진 못한다), 공상가 나르시스로 변모한다. 그는 찬미의 대상이 된 자신의 아름다움에 더해 남성 일반의 이상적인 미학을 세우고, 한 사람의 남색가로 제구실을 하게 된다. 이에 반해 선천적인 남색가는 유년시절부터 이상을 품는다. 그의 이상은 아직 육감과 관념이 성숙하지 않은 천사, 즉 알렉산드리아풍 순화를 거쳐 종교적 관능을 완성한 동방신학의 이상을 닮았다.

카페가 한창 붐빌 시각인 밤 아홉 시, 에이짱과 만나기로 한 유

---

* 영국 의학자로 성을 과학적으로 연구한 《성 심리의 연구》(1897~1928)가 주목받았다.

이치가 어두운 적갈색 넥타이에 진한 감색 트렌치코트 깃을 세우며 카페로 들어간 순간은 소위 기적의 시현이었다. 자기도 모르는 사이에 그는 패권을 확립했다. 유이치의 등장은 두고두고 르동의 이야깃거리가 됐다.

그날 밤 에이짱은 일찌감치 일을 마치고 르동으로 달려가 친구들에게 말했다.

"나 그저께 밤 파크에서 엄청난 놈을 만났어. 그날 밤 잠깐 했는데 그렇게 아름다운 사람은 첨 봤어. 이제 곧 올 거야. 유우짱이란 사람이야."

"어떻게 생겼는데?"

이 구역에 자기만 한 미소년은 없다고 믿는 '오아시스의 기미짱'이라는 친구가 나무라는 듯한 어조로 말했다. 그는 예전 댄스홀 오아시스의 웨이터였다. 서양인이 지어준 초록색 더블재킷을 입고 있었다.

"얼굴 윤곽은 남자답고 뚜렷해. 눈은 날카롭고 이는 희고 가지런하고, 옆에서 보면 진짜 힘이 넘쳐. 몸도 아주 좋고. 분명 스포츠맨일 거야."

"에이짱, 돈 다 쏟아붓고 인생 망치지 마. 그날 밤 몇 번 했어?"

"세 번."

"진짜? 잠깐 동안 세 번은 좀 드문데. 금방 요양소 신세지게 생겼네."

"상대가 엄청 세니까. 첫날밤이 어찌나 좋던지!"

그는 두 손을 맞잡고 손등에 볼을 갖다 대며 요염을 떨었다. 때마침 스피커에서 콩가가 흘러나왔고 그는 세차게 허리를 치며 외설적인 춤을 췄다.

"어머, 에이짱 먹혔어?" 엿듣던 루디가 말했다. "그 애가 온다고? 어떤 애야?"

"이래서 내가 변태 노인네를 싫어한다니까."

"괜찮은 애면 진 한 잔 정도는 내가 낼게." 루디가 휘파람을 불며 큰소리쳤다.

"겨우 진 한 잔으로 꼬시려든다니까. 리쓰야는 정말 싫어." 기미짱이 말했다.

리쓰야란 이 사회의 은어다. 돈을 벌기 위해 몸을 판다는 의미가 가끔 이렇게 인색하다는 뜻으로 쓰일 때도 있다. 리쓰는 아마도 효율의 율率이리라.

카페는 시각도 적당했고 서로 잘 아는 남색가들로 가득했다. 이때 만약 아무것도 모르는 손님이 들어온다 해도, 여자 손님이 한 명도 없다는 것 외에는 다른 이상한 징후를 발견하지 못했으리라. 노인이 있다. 이란인 바이어가 있다. 그 밖에 외국인이 두셋 있다. 중년남자가 있다. 사이좋아 보이는 동년배 청년 무리가 있다. 이들은 담배에 불을 붙이면 서로 한 모금씩 빨고 교환했다.

징후랄 게 없는 건 아니었다. 남색가의 얼굴에는 닦아내기 힘든 어떤 적요가 있다고 한다. 또한 그들의 시선은 교태를 부리면서도 냉철히 검사하는 두 종류의 눈빛이 공존한다. 여자는 이성을 보는 교태의 눈길과 동성을 보는 검사의 눈길을 나눠서 쓰는데, 남색가는 이를 동시에 상대에게 퍼부었다.

이란인의 테이블에 기미짱과 에이짱이 초대됐다. 루디가 귓속말을 한 탓이다.

"어서 여기 앉아." 루디가 두 사람 등을 떠밀었다. 기미짱이 비꼬며 "흥, 먹을 수도 없는 외국인이네." 하고 중얼거리며 테이블에 앉아 "이 사람 일본어 할 줄 아나." 하고 평소 목소리로 에이짱에게 물었다.

"전혀 모르는 얼굴인데."

"또 모르지. 지난번 같은 경우일 수도."

지난번 두 사람은 외국인과 건배하며, "헬로 달링, 이 벽창호." "헬로 달링, 이 변태 노인네." 하고 웃으며 외쳤다. 그러자 외국인이 웃으며 "어이 변태 보이즈, 변태 노인네와 말이 좀 통하겠는데?" 하고 대꾸했다.

에이짱은 안절부절못하고 있다. 그의 눈길은 밤거리 비친 출입문으로 몇 차례나 향했다. 정력과 우울이라는 합금에 조각된 흔치 않은 그 옆얼굴을, 소년은 오래전 모으던 외국화폐에서 본 적이 있는 듯했다. 그는 이야기를 현실로 착각했나 의심했다.

그때 활기차게 유리문이 열렸다. 확 트인 밤공기가 시원하게 밀려들었다. 다들 일제히 눈을 들어 문 쪽을 보았다.

8장
감성의 밀림

……**일반적인 아름다움**은 최초의 게임에서 승리를 거뒀다.

유이치는 육욕의 시선 속을 헤엄쳐갔다. 여자가 남자들 사이를 지나갈 때 느끼는 것처럼, 몸에 걸친 마지막 한 장까지 한순간에 벗겨버리는 시선이다. 노련한 품평의 시선은 대체로 틀리는 법이 없다. 일찍이 슌스케가 해변의 포말 속에서 본 완만하게 넓은 흉곽, 황급히 가늘어진 청결하고 충실한 허리, 길게 쭉 뻗은 견고한 다리, 무엇과도 비할 수 없이 순결한 젊은이의 어깨가 거기 있었다. 그 나체상에 가늘지만 용맹한 눈썹과 암울한 눈과 진정한 소년의 입술과 희고 가지런한 치열로 완성된 아름다운 청년의 두상이 붙어 있었다. 눈에 보이는 부분과 보이지 않는 부분이 어우러진 아름다움은 황금분할비율처럼 굳건한 무엇처럼 여겨졌다. 완전한 두상은 완전한 나체로 이어져야 하며, 미의 단편은 아름다운 복원도의 예감인 것이다. ……르동의 까다로운 비평가들도 그 모습에 한참 입을 열지 못했다. 함께 온 연인이나 옆에 앉은 카페의 소년을 배려하느라 이루 형언할 수 없는 찬미의 마음을 입 밖에 꺼낼 수 없었다. 그러나 이들의 눈은 지난날 애무해온 수많은 젊은이들 가운데서도 가장 아름다운 이의 환영을 눈앞에 나타난 유이치의 나체상 옆에 소환시켰다. 환영 속 젊은이들의 불분명한 벌거벗은 형태와 살의 따스함, 그 살이 발하는 냄새, 그 목소리, 그 키스가 떠돌았다. 심지어 그 환영들은 유이치의 나체상 옆에서 금세 수줍어하며 사라져버렸다. 그 아름다움들은 개성의 영역을 벗어나지 못했으나, 유이치의 아름다움은 개성을 유린하며 환히 빛났다.

유이치는 후미진 어둔 벽으로 다가가 팔짱을 끼고 말없이 앉았다. 수많은 시선의 무게를 느끼고 눈을 내리깔았다. 그 미모에 앳된 기수와 같은 풍모가 더해졌다.

외국인 테이블에서 어물쩍 일어난 에이짱이 유이치 옆으로 와서 그의 어깨에 몸을 비볐다. 앉지, 하고 유이치가 말했다. 둘은 마주 보고 앉아 눈을 어디로 둘지 몰랐다. 디저트가 왔다. 유이치는 커다란 쇼트케이크를 누구 눈치도 보지 않고 크게 입을 벌려 볼이 미어지게 먹었다. 딸기와 크림이 그 순백의 치열 속으로 빨려들었다. 소년은 그걸 보며 자기 몸이 빨려드는 쾌감을 맛봤다.

"에이짱, 소개 좀 해줘." 루디가 말했다. 소년은 하는 수 없이 루디에게 유이치를 소개했다.

"잘 부탁해요. 앞으로 종종 놀러 오세요. 다들 멋진 분들이니까." 간드러지는 목소리로 점주가 말했다.

잠시 후 에이짱이 화장실에 간 사이 안쪽 카운터까지 계산하러 화려한 옷차림의 중년 손님이 다가왔다. 어쩐지 어린아이 같은 얼굴, 유폐된 어린아이 같은 얼굴을 하고 있었다. 두툼한 눈꺼풀과 볼 부근에서 강한 젖내가 났다. 부기가 있나 하고 유이치는 생각했다. 중년 손님은 몹시 취한 척했다. 그러나 유이치를 보는 눈에 깃든 생생한 욕망이 이 조악한 연극을 배신하고 있었다. 그는 벽을 짚으려다가 유이치의 어깨에 손을 떨어뜨렸다.

"이런, 죄송합니다."

손님은 말을 마치자마자 손을 뗐다. 그러나 이 말과 손을 떼는 동작 사이에 찰나의 망설임, 일종의 모색이 있었다. 말과 동작 사이 근소하게 불결한 **어긋남**이 아름다운 청년의 어깨에 가벼운 응어리처럼 남았다. 손님은 도망치는 여우처럼 유이치의 얼굴을 한 번 더 슬쩍 돌아보고는 사라졌다.

화장실에 다녀온 소년에게 있는 그대로 이야기하자 에이짱이 놀라며 말했다.

"응? 벌써? 빠르네. 그 남자는 유우짱한테 다음 차례는 자기라는 언질을 주고 간 거예요."

유이치는 유이치대로 이 점잖은 카페가 그 공원과 조금도 다를 바 없이 재빠른 순서를 갖추고 있다는 데 감탄했다.

그때 거무스름한 얼굴에 보조개가 있는 작은 체구의 청년이 수려한 외국인과 팔짱을 끼고 들어왔다. 청년은 최근 세상에 알려진 발레댄서고 외국인은 그의 스승이자 프랑스인이었다. 종전 직후 서로 알게 된 사이였다. 오늘날 청년의 명성은 스승에게 받은 은혜가 컸다. 밝고 쾌활한 성격의 금발 프랑스인은 몇 년 전부터 스무 살 어린 친구와 동거를 했는데, 그는 술에 취하면 아주 엉뚱한 짓을 한다는 소문이 있었다. 지붕 위로 올라가 달걀을 낳는 특기였다. 금발의 암탉은 제자에게 소쿠리 들고 처마 밑에서 달걀을 받으라고 시킨 뒤 초대한 손님들을 달밤의 뜰로 안내해 사다리 타고 닭 흉내를 내며 지붕으로 올라갔다. 바지를 내리고 날갯짓을 하며 기이한 소리를 냈다. 그러자 달걀 한 개가 소쿠리 안으로 떨어졌다. 또 날갯짓을 하고 기이한 소리를 냈다. 두 번째 달걀이 떨어졌다. 마침내 네 번째 달걀이 떨어지면 손님들은 배를 잡고 웃거나 박수를 치며 탄성을 지른다. 연회가 끝나 현관 앞까지 사람들을 배웅하러 나온 주인공의 바짓단에서 마지막 남은 다섯 번째 달걀이 돌층계 밑으로 떨어져 깨졌다. 이 암탉의 직장直腸은 달걀을 다섯 개까지 숨길 수 있었던 것이다. 어지간히 경험이 많지 않고서는 불가능한 기술이다.

이 이야기를 듣고 유이치는 크게 웃었다. 웃고 나선 꾸중들은 사람처럼 침묵했다. 그런 다음 소년에게 이렇게 물었다.

"저 외국인과 발레댄서는 몇 년이나 됐대?"

"햇수로 사 년이래."

"사 년."

유이치는 괜히 테이블 맞은편 소년과 자기 사이에 사 년이라는 세월을 놓아봤다. 그 사 년 동안 그저께 밤과 같은 환희가 다시는 오지 않으리라는 확실한 예감, 이건 뭐라고 설명해야 할까?

남자의 육체는 밝은 평야의 기복과 같이 한눈에 구석구석 내다보인다. 여자의 육체처럼 산책 때마다 새로 발견하는 경이로운 옹

달샘이나 들어갈수록 멋진 수정이 나오는 동굴은 없다. 오직 외면뿐이며, 눈에 보이는 순수한 아름다움의 체현이다. 최초의 열렬한 호기심에 사랑과 욕정이 모조리 내던져지면, 그 후에 남는 애정은 정신에 매몰되거나 다른 육체 위로 가벼이 미끄러지거나 둘 중 하나다. 고작 한 번의 경험으로 유이치는 재빨리 자기 안에서 다음과 같은 권리를 유추했다.

'만약 첫날밤에서만 나의 완전한 사랑의 발로를 볼 수 있다면, 졸렬한 모방의 반복은 나 자신과 상대 둘 다를 배신하는 것이나 다름없다. 상대의 성실로 나의 성실을 측량해선 안 된다. 그 반대여야 한다. 아마도 나의 성실은 잇달아 바뀌는 상대와 최초의 밤을 무한히 연속하는 형태를 취하게 될 테고, 나의 변함없는 사랑이란 무수한 첫날밤의 기쁨 속에 공통된 날실, 누굴 만나도 변함없는 강렬한 모멸을 닮은, 단 한 번의 사랑에 다름 아니다.'

아름다운 청년은 야스코를 향한 인공적인 사랑과, 이 사랑을 비교해봤다. 어느 사랑도 그를 편히 쉬게 하지 못하고 다그치기만 했다. 그는 고독에 사로잡혔다.

유이치가 입을 다물었기에 에이짱은 건너편 테이블 동년배 무리를 멍하니 바라봤다. 그들은 서로 몸을 기대고 앉아 있었다. 자기들 관계가 덧없음을 끊임없이 자각하면서, 서로 어깨를 만지고 손을 만지며 간신히 그들의 불안에 저항하는 듯 보였다. 내일의 죽음을 예감한 전우 동지와 같은 우정이 그들의 유대에 있는 듯했다. 참을 수 없다는 듯 한쪽이 상대의 목덜미에 키스했다. 이윽고 둘은 서둘러 나갔다. 산뜻한 목덜미를 나란히 한 채로.

격자무늬 더블재킷에 레몬색 넥타이를 맨 에이짱은 입을 살짝 벌리고 그 모습을 눈으로 쫓았다. 그런 그의 눈썹과 눈동자와 인형 같은 입술을 유이치의 입술은 이미 구석구석 훑었다. 그는 보고 말았다. 본다는 행위는 얼마나 잔혹한가. 소년의 몸 낱낱이, 등에 난 작고 검은 사마귀까지 유이치에게 미지의 것이 아니었다. 이 순수하고 아름다운 방의 구조를, 한 번 들어간 것만으로도 그는 다 외워버렸다. 여기엔 화병이, 저기엔 책장이 있다. 그 방이 썩어 문드러질 때까지 화병과 책장은 같은 장소에서 움직이지 않으리라.

소년은 유이치의 차가운 시선을 간파했다. 테이블 아래로 그의 손을 가만히 쥐었다. 유이치는 잔혹한 기분에 사로잡혀 손을 뿌리쳤다. 다소 의식적인 잔혹함이었다. 아내에게 떳떳하지 못한 음험한 무정함이 견디기 힘들었던 유이치는, 일찍이 사랑하는 자의 권리인 명랑한 잔혹함을 동경했기 때문이다. ……그러자 소년의 눈에 눈물이 차올랐다.

"유우짱 지금 기분, 나 뭔지 알아." 그가 말했다. "내가 벌써 지겨워진 거지?"

유이치는 황급히 부정했지만 에이짱은 나이보다 경험이 진리를 말해 주듯 노숙하고 단정적인 어조로 말했다.

"아니, 방금 유우짱이 들어왔을 때부터 난 알았어. 하지만 어쩔 수 없어. 이 세계 사람들은 어째선지 대부분 원스텝이니까. 나도 익숙하니까 포기할게. ……하지만 유우짱만큼은 평생 내 형이었음 좋겠어. 내가 첫 상대였다는 걸 죽을 때까지 자랑스럽게 생각할게. ……그렇지만 나, 잊으면 안 돼."

유이치는 이 어리광 가득한 애원에 마음이 아팠다.

그의 눈에도 눈물이 맺혔다. 그는 테이블 아래로 더듬더듬 소년의 손을 찾아 부드럽게 쥐었다.

그때 문이 열리고 세 외국인이 들어왔다. 그중 하나는 유이치도 본 적이 있었다. 결혼피로연 날 건너편 빌딩에 있던 깡마른 외국인이다. 양복은 바뀌었지만 그때와 마찬가지로 물방울무늬 나비넥타이를 매고 있었다. 그는 매의 눈으로 카페 안을 둘러봤다. 거나하게 취한 듯했다. 소란스레 손뼉을 치며 거듭 외쳤다.

"에이짱! 에이짱!"

경쾌하고 맑은 목소리가 벽을 울렸다.

소년은 들키지 않으려고 고개를 숙였다. 그리고 점잖게 직업적으로 혀를 찼다.

"쳇! 오늘 밤엔 나 여기 없을 거라고 했는데."

루디가 하늘색 상의 소매를 휘두르며 테이블 위로 몸을 날려 강요 섞인 저음으로 에이짱에게 말했다.

"에이짱. 어서 가봐. 남편 왔잖아."

그곳의 공기는 참혹했다.

루디 목소리에 담긴 강요하는 듯한 호소가 참혹함을 더욱 극대화시켰다. 유이치는 방금 자신이 흘린 눈물을 부끄러이 여겼다. 소년은 루디를 흘끗 보곤 거칠게 일어섰다.

결정적 순간은 마음의 상처를 치료하는 의약품 같은 역할을 할 때가 있다. 유이치는 아무런 고통도 없이 에이짱을 보는 스스로에게 자랑스러움을 느꼈다. 소년과 유이치는 어색하게 마주봤다. 하다못해 이별의 순간이라도 아름답게 만들고자 둘의 시선이 다시금 초점을 맞추려 했지만 헛수고였다. 소년은 떠났다. 딴 데로 눈을 돌린 유이치는 자기에게 윙크하는 어느 청년의 아름다운 눈을 발견했다. 유이치의 마음은 아무런 방해도 받지 않고 나비처럼 훨훨 날아 그의 눈으로 옮겨갔다.

젊은이는 맞은편 벽에 기대 있었다. 청바지에 감색 코듀로이 상의를 입었다. 거친 재질의 진홍색 넥타이를 맸다. 나이는 유이치보다 한두 살 어려 보였다. 흐르는 듯한 눈썹선과 풍성하게 일렁이는 머리칼이 그의 얼굴에 어떤 이야기를 담고 있을 것만 같은 분위기를 더했다. 포커카드 속 잭처럼 근심어린 눈을 깜박이며 유이치에게 눈짓을 줬다.

"저 사람은 누굽니까?"

"아 시게짱 말이구나. 나카노 건어물가게 아들이야. 저 아이 좀 예쁘지. 불러올까?"

루디가 말했다. 루디의 눈짓에 서민적인 왕자님은 경쾌하게 의자에서 일어섰다. 유이치의 담배 꺼내는 포즈를 재빨리 간파하고 익숙한 손놀림으로 성냥불을 그어 손바닥으로 가리며 다가왔다. 성냥불 그림자에 비친 손바닥이 마노처럼 밝았다. 그러나 그것은 아버지로부터 물려받은 노동을 떠올리게 하는 크고 정직한 손이었다.

**

이 카페를 찾는 손님들의 대우는 대단히 미묘하게 변했다. 이틀

째부터 유이치는 '유우짱'이라 불렸다. 루디는 그를 손님이라기보다 귀한 친구처럼 대했다. 유이치가 나타난 다음 날부터 르동을 찾는 손님이 확연히 늘었고, 기다렸다는 듯이 신참에 대한 소문이 퍼져 나갔기 때문이다.

사흘째에 또다시 유이치의 명성을 드높일 사건이 발생했다. 시게 짱이 머리를 빡빡 밀고 카페에 나타난 것이다. 어제 유이치와 함께 밤을 보낸 게 너무 기뻐서 유이치와의 의리를 지키기 위해 그 풍성하고 아름다운 머리칼을 아낌없이 잘라버렸다고 했다.

이런 화려한 소문들은 그 세계에 급속도로 퍼졌다. 비밀결사의 특성상 외부론 전혀 새나가지 않았지만, 일단 한번 이 사회 내부로 발을 들이면 은밀한 밤의 비사秘事조차 놀랄 만한 소문의 전파력 앞에 힘을 잃고 속속들이 들춰졌다. 어차피 평소 얘깃거리의 9할은 은밀한 밤의 노골적인 보고인 까닭이다.

유이치는 보고 듣는 것이 많아지면서 뜻밖에도 이 사회가 대단히 넓다는 사실에 놀랐다.

낮 동안 이 사회는 투명망토를 걸친 채 서성였다. 우정, 동지애, 박애, 스승과 제자, 공동경영, 조수, 매니저, 고학생, 두목과 부하, 형제, 사촌, 백부와 조카, 비서, 시중드는 사람, 운전수라는 이름으로, ……아울러 직업이나 직책도 다양했는데 사장, 배우, 가수, 작가, 화가, 음악가, 점잔 빼는 대학교수, 회사원, 학생, 그밖에도 남성사회에 존재하는 갖가지 투명망토를 입고 서성였다.

자신들에게 지상의 행복이 깃들기 바라며, 공동의 저주받은 이해관계 속에서 오직 한 가지 단순한 진리를 꿈꿨다. 남자는 남자를 사랑하는 존재라는 진리가, 남자는 여자를 사랑하는 존재라는 오래된 진리를 뒤집는 날을 꿈꿨다. 그들의 강인한 인내심에 필적할 이들은 유대민족뿐이리라. 능멸당했다는 관념에 예민하다는 점도 닮았다. 이 종족의 감정은 전쟁 중에 열광적인 영웅주의를 낳았고, 전쟁 후에 퇴폐의 대표자라는 은근한 긍지로 혼란을 틈타 균열된 땅에 소소하고 어두운 제비꽃 무리를 키워냈다.

오직 남자뿐인 이 세상에는 그러나 어느 거대한 여자의 그림자가 드리워 있었다. 다들 이 보이지 않는 여자의 그림자에 두려워하며, 어떤 이는 그림자에 도전하고, 어떤 이는 조용히 관찰하며, 어떤 이는 저항 끝에 패배하고, 어떤 이는 처음부터 아첨했다. 유이치는 자신이 그 모든 것의 예외자라고 믿었다. 그다음엔 예외자이길 빌었다. 그 다음다음엔 예외자가 되기 위해 최선을 다했다. 적어도 기괴한 그림자의 영향을 하잘것없이 사사로운 곳에 두고자 애썼다. 예를 들어 빈번히 거울을 보고 쇼윈도에 비친 자기 모습을 돌아보지 않을 수 없는 작은 습관이나, 연극을 보러 가면 막간에 무슨 볼일이라도 있는 듯이 복도를 침착하게 걸어 다니는 사소한 버릇 같은, ……이런 것들은 평범한 청년에게도 있을 법한 습성이기 때문이다.

어느 날 유이치는 극장 복도에서 이 세계의 이름 높은 사람이면서, 이미 결혼해 부인이 있는 가수를 봤다. 그는 남자다운 풍모와 용태를 가졌으며, 일이 바쁜 와중에도 자택의 링에서 복싱에 열중했고, 나긋한 목소리까지 더해져 소녀들이 소란을 피울 조건들을 갖춘 남자였다. 그때도 그는 아가씨 너덧에 떠들썩하게 둘러싸여 있었다. 우연히 옆에서 말을 건 학교 친구쯤 돼 보이는 비슷한 나이 신사의 손을 난폭하게 거머쥐고 악수했는데, (마치 싸움을 거는 것처럼 보였다) 오른손을 크게 흔들며 상대방 어깨를 아야 소리가 날 정도로 두드렸다. 근엄해 보이는 야윈 신사가 약간 비틀거렸다. 아가씨들은 얼굴을 마주 보고 품위 있게 웃음을 참았다.

이 광경을 본 유이치는 충격을 받았다. 예전 공원에서 온몸으로 **애교**를 떨며 어깨를 움츠리고 커다란 엉덩이를 흔들며 걷던 부류와는 대조적인 것, 오히려 정반대인 까닭에 불을 쬐이면 글씨가 나타나는 종이처럼 숨겨진 닮은꼴이 떠오르는 무언가, 유이치 안에도 있는 어떤 불결한 것을 접한 기분이 들었다. 유심론자라면 이를 운명이라 불렀으리라. 여자들을 대하는 가수의 덧없이 인공적인 교태, 제 모든 생활을 걸고 말초신경까지 빈틈없이 긴장시키는 노력을 기울인 눈물겹게 결사적인 '남성'의 연기가 차마 계속 볼 수 없을 만큼 유이치를 괴롭혔다.

……그 후 '유우짱'은 계속해서 만남을 가졌다. 곧장 은밀한 관계로 이어졌다.

그의 이름은 며칠 사이 삽시간에 퍼져나가 멀리 아오모리에서 일부러 찾아온 로맨틱한 중년 상인도 있었다. 어떤 외국인은 루디를 통해 유이치에게 양복 세 벌과 외투와 구두와 시계를 제공하겠다고 나섰다. 하룻밤 만남치고는 과분한 제안이다. 유이치는 응하지 않았다. 한 남자는 우연히 유이치 옆자리가 비자 만취한 척 거기 앉아 모자를 깊이 눌러썼다. 팔꿈치를 팔걸이에 올리고 쭉 펼쳤다. 그 팔꿈치가 유이치의 옆구리를 몇 번인가 의미심장하게 찔렀다.

유이치는 귀가할 때 우회하는 일이 종종 있었다. 남몰래 따라붙는 자가 있었기 때문이다.

하지만 유이치가 학생이라는 사실 말고는 신분이나 경력, 하물며 아내가 있다는 것도 아직 알려지지 않았다. 집안이며 사는 곳도 누구 하나 알지 못했다. 머지않아 이 아름다운 청년의 존재는 신비로운 분위기를 풍기기에 이르렀다.

어느 날 르동을 드나드는 남색가 전문 손금쟁이가, 궁상맞은 외투를 걸친 늙은이였는데, 유이치의 손바닥을 **이리저리** 살피며 이렇게 말했다.

"자네 양다리구먼. 쌍칼을 들고 있어. 어디 여자 혼자 울려놓고 아닌 척하면서 여기 와 있는 거 아닌가."

유이치는 가벼운 전율에 휩싸였다. 손금쟁이는 그를 둘러싼 신비로움이 지닌 경박함, 천박함을 꿰뚫어 보고 있었다. 그의 신비에는 생활이라는 포장이 빠져 있을 뿐이었다.

……그도 그럴 것이, 르동을 중심으로 한 세계에는 열대지방 같은 생활, 말하자면 유배된 관리와 같은 생활밖에 없었다. 그러니까 이 세계에는 감성의 나날, 감성의 폭력적인 질서가 있을 뿐이었다. (이것이야말로 **이 종족**의 **정치적** 운명이었다고 한다면, 누가 저항할 수 있겠는가!)

그곳은 접착력 있는 기이한 식물이 빼곡히 자라난, 말하자면 감성의 밀림이었다.

그 밀림 속에서 길을 잃은 남자는 열병과도 같은 기운에 전염돼 마침내 추악한 감성의 요괴가 됐다. 누구도 비웃지 못한다. 정도의 차이는 있을지언정 남색의 세계에서 싫든 좋든 인간을 감성의 진흙

탕으로 끌어들이는 이상한 힘에 끝까지 저항하는 남자는 없다. 이를테면 저항의 실마리로 분주한 사업, 지적탐구, 예술 등 다양한 정신의 상부구조에 매달리려 안간힘을 쓰며, 홀로 방바닥에 찰랑찰랑 잠겨 드는 감성의 범람에 맞설 수 있는 사람은 없었다. 자기 몸 어딘가가 이 흙탕물과 이어져 있다는 걸 잊어버릴 수 있는 사람도 없었다. 같은 부류끼리의 축축한 친근감으로부터 누구 하나 결정적으로 손을 끊어낼 수 있는 사람은 없었다. 몇 번이고 탈출을 시도했다. 그러나 결국은 다시 이 눅눅한 악수와 끈적거리는 눈빛으로 돌아왔다. 본질적으로 가정을 가질 능력이 없는 남자들이, 희미하게 가정의 불빛다운 걸 발견할 곳은 '너도 같은 부류다'라고 말하는 어스레한 눈빛 속뿐이었다.

어느 날 유이치는 이른 수업을 마치고 다음 오후 강의까지 공강 동안 캠퍼스 정원 분수 근처를 걷고 있었다. 기하학적인 산책로가 잔디밭에 가로세로로 나 있었다. 분수는 적막한 가을 분위기가 느껴지는 나무숲을 배경으로 바람의 방향이 바뀌는 대로 흩날리며 잔디밭을 적셨다. 공중을 떠다니는 물방울은 간간이 물줄기의 부챗살을 벗어날 정도로 멀리 퍼졌다. 흐린 하늘 아래 강당 모자이크 벽면에는 이따금 교문 밖을 지나는 노쇠한 전차소리가 메아리쳤다.

대학에서 유이치는 서로 노트를 빌리는 목석처럼 성실한 학생 몇몇 외에는 친구를 삼으려 하지 않았다. 모든 관계에서 친밀함과 소원함을 엄격히 변별하는 그는 끊임없는 고독에 약간의 공적인 의미를 부여한다는 측면에서 그 친구들을 사귀었다. 이런 멍청한 친구들 사이에선 유이치의 아름다운 부인이 부러움의 대상이었고, 아내까지 있는 유이치가 바람기를 고칠 수 있을지 없을지를 서로 진지하게 논의했다. 반쯤은 정확하게 판단했다고도 할 수 있는데, 그들은 유이치가 여자에 방탕하다고 생각했다.

그런 탓에 누가 그를 느닷없이 "유우짱"이라고 불렀을 때, 그는 본명을 호명당한 지명수배자처럼 가슴이 뛰었다.

때마침 그늘 드리운 산책로 곁, 담쟁이 뒤엉킨 돌 벤치에 앉은 학생이었다. 무릎 위에 어마어마하게 큰 전기공학 원서를 놓고 보던 학생은, 이름을 불리기 전까지 유이치의 시야에 들어오지 않았다.

유이치는 멈춰 선 후에야 후회했다. 자기 이름이 아닌 것처럼 행동해야 했다. 학생은 한 번 더 "유우짱" 하고 부르며 자리에서 일어났다. 바지에 묻은 먼지를 정성스레 두 손으로 털어냈다. 둥근 얼굴이 활기차고 생기 있는 젊은이다. 바지 주름을 매일 밤 신중히 접어 요 밑에 깔고 자는지 깎아 세운 것처럼 똑바로 뻗어 있다. 바지를 끌어올려 벨트를 다시 묶을 때, 양복 사이로 눈부신 순백 와이셔츠의 헐렁한 주름이 언뜻 보였다.

"저 말입니까?"

하는 수 없이 유이치가 물었다.

"그래요. 저, 르동에서 뵌 스즈키입니다."

유이치는 그의 얼굴을 다시 봤다. 기억나지 않는다.

"기억 안 나시죠? 유우짱한테 윙크하는 애들이 좀 많아야지. 애인하고 같이 온 애들까지 몰래 윙크를 한다니까. 하지만 전 아직 윙크 안 했어요."

"무슨 볼일입니까."

"무슨 볼일이라니, 유우짱답지 않게 촌스럽긴. 잠깐 놀러 가지 않겠습니까?"

"놀러 가다니요?"

"모르나보네."

두 청년의 몸이 서서히 가까워졌다.

"아직 대낮 아닙니까."

"대낮이라도 문제없는 데가 몇 군데 있죠."

"그야 남녀라면 그렇겠지만."

"그렇지 않습니다. 제가 안내할게요."

"……하지만 지금은 시간이 없는데."

"제가 기다리겠습니다. 유우짱이 함께해 준다면 영광이죠."

유이치는 그날 오후 강의를 포기했다. 어디서 벌어오는지 연하의 학생이 택시비를 냈다. 택시는 아오야마 다카기초 일대 불타고 남은 황량한 주택가로 들어섰다. 스즈키는 타다 만 돌담 너머로 새 목조 가건물이 보이는 집 앞에 차를 세웠다. 구사카라는 명패가 달린 오래된 대문은 닫혀 있었다. 초인종을 누른 스즈키는 슬쩍 목깃의 훅을 풀며 유이치를 돌아보고 미소 지었다.

잠시 후 잔걸음으로 뜰을 걷는 게다 소리가 문 너머로 다가왔다. 남잔지 여잔지 구분이 안 가는 목소리가 누구냐고 물었다. 스즈키입니다, 열어주세요, 하고 학생이 말했다. 문이 열리고 진홍색 점퍼를 입은 중년 남성이 두 사람을 맞았다.

안뜰 풍경은 기묘했다. 본채에서 별채는 징검돌을 밟고 건너갈 수 있었는데, 정원수는 거의 사라지고 샘물은 메말라 그야말로 버려진 들판의 일부분처럼 도처에 가을 풀이 무성했다. 풀 틈으로 타다만 주춧돌이 생뚱맞게 놓여 있었다. 두 학생은 나무냄새가 나는 새로 깐 다다미 네 장 반짜리 별채로 올랐다.

"목욕물을 데울까요?"

"아뇨, 됐습니다."

학생이 차분하게 말했다.

"술을 올릴까요?"

"됐습니다."

"그럼, 이불을 깔아드리겠습니다. 젊은 분들은 아무래도 일찍 잠자리에 드시니까."

남자가 의미심장하게 빙긋이 웃으며 말했다.

두 사람은 이불을 까는 동안 옆방에서 기다렸다. 둘 다 아무 말 하지 않았다. 학생이 담배를 권했다. 유이치가 피우겠다고 했다. 그러자 스즈키는 입에 담배 두 개비를 물고 불을 붙인 뒤 한 개비를 유이치에게 건네며 미소 지었다. 이 학생의 차분하지 못한 행동에서 오히려 아이 같은 순진함이 엿보인다고 유이치는 느꼈다.

멀리서 천둥소리가 들리는 듯했다. 한낮에 옆방 덧문 닫히는 소리였다.

들어오라는 말에 두 사람이 안방으로 들어서니 머리맡엔 등이 켜져 있고 장지문 너머에서 "편히 쉬십시오" 하는 인사 소리와 함께 멀어지는 남자의 발소리가 복도에서 들려왔다. 어슴푸레 빛이 드는 복도에 나무판자 삐걱거리는 소리는 한낮의 소리다.

학생은 가슴팍 단추를 풀고 이불 위에 팔꿈치를 괴며 담배를 피왔다. 발소리가 멀어지자 어린 사냥개마냥 발딱 일어섰다. 그는 유이치보다 키가 조금 작았다. 멍하니 서 있는 유이치의 목으로 달려들어 키스했다. 두 학생은 약 오륙 분쯤 선 채로 키스했다. 유이치가 스즈키의 단추 풀린 가슴팍에 손을 집어넣었다. 심장박동이 현저히 빨라졌다. 두 사람은 몸을 떼고 서로 등을 돌린 채 입고 있던 것을 거칠게 벗었다.

……벌거벗은 두 젊은이는 서로를 꼭 껴안고 언덕을 몰아쳐 달리는 전차소리와 때아닌 닭울음소리를 깊은 밤처럼 들었다.

그러나 덧문 틈으로 한 줄기 석양에 먼지가 날리고, 나뭇결을 중심으로 엉겨 붙은 나뭇진이 햇살을 신선한 핏빛으로 물들였다. 가느다란 광선이 꽃병에 담긴 더러운 수막으로 쏟아졌다. 유이치는 학생의 머리칼에 얼굴을 묻었다. 머릿기름 대신 바른 헤어로션 향기가 상쾌했다. 학생은 유이치의 품에 얼굴을 묻고 있었다. 감긴 그의 눈가에 희미하게 눈물자국이 빛났다.

가물가물한 소방차 사이렌 소리를 유이치는 들었다. 멀어지던 사이렌이 다시 이어졌다. 연달아 세 대가 어디론가 향했다.

'또 불이군.' 그는 막연한 생각에 사로잡혔다.

'처음 공원에 갔던 그날처럼. ……대도시는 항상 어디선가 불이 나. 그리고 늘 어딘가에 죄악이 있지. 죄악을 불로 태워 없애길 포기한 신이 죄악과 불을 동등하게 분배한 게 아닐까. 덕분에 죄는 결코 불에 타지 않고, 무고함은 불에 탈지도 모른다는 개연성을 얻게 됐다. 보험회사가 번창하는 까닭이 여기 있겠지. 그러나 죄가 결코 불에 타지 않는 순수함을 얻기 위해서는, 무고함이 우선 불을 뚫고 나와야 하는 게 아닐까? 야스코를 향한 나의 완전한 무고함······.
일찍이 나는 야스코를 위해 **다시 태어나고 싶다**고 빌지 않았던가?
그런데 지금은?'

오후 네 시, 두 학생은 시부야역 앞에서 악수를 나누며 헤어졌다.
서로를 정복했다는 기분을 조금도 느끼지 못한 채.

집에 들어가니 야스코가 말했다.

"웬일로 일찍 들어왔네. 오늘 밤은 집에 쭉 있을 거죠?"

유이치는 그러마고 답했다. 하지만 그날 밤, 아내를 데리고 영화를 보러 갔다. 의자는 좁았다. 그의 어깨에 기댔던 야스코가 문득 얼굴을 들고, 귀를 기울이는 강아지처럼 총명한 눈빛으로 말했다.

"좋은 냄새네. 헤어로션 발랐구나."

유이치는 부정하려다 정신을 차리고 서둘러 그렇다고 답했다. 하지만 야스코는 그것이 남편의 향기가 아닌 것만 같다는 기분이 들었다. ······그렇다고 여자의 향기는 아니었다.

9장

질투

'엄청난 걸 찾아냈다'고 슌스케는 일기에 썼다. '이토록 알맞은 꼭 두각시 인형을 찾아낼 줄이야! 유이치는 대단히 아름답다. 그러나 그것뿐이었다면 아무것도 아니다. 그는 윤리불감증이다. 청년들한테서 불당 향내를 풍기게 만드는 반성이라는 상비약도 없고, 자기 행동에 책임을 느끼지도 않는다. 이 청년의 윤리는 말하자면 '아무것도 하지 않음'이었다. 그랬는데 뭔가를 시작했더니 윤리가 불필요해졌다. 이 청년은 방사성 물질처럼 마멸된다. 내가 오랜 세월 그토록 찾아 헤매던 것이 바로 이것이다. 유이치는 이른바 근대적 고뇌 따위를 믿지 않는다.'

슌스케는 자선무도회가 있고 며칠 후, 교코와 유이치가 **우연히** 만난 것처럼 보이도록 계획을 짰다. 그는 유이치에게서 르동 이야기를 들은 적이 있었다. 저녁에 거기서 보자고 한 건 슌스케였다.

히노키 슌스케는 그날 오후 마지못해 강의를 했다. 전집을 낸 출판사의 종용에 어쩔 수 없이 승낙했던 것이다. 가을 첫추위가 스미는 오후였다. 등에 목화솜을 넣은 양복을 입고 나타난 찌무룩한 노작가의 모습에 강연을 준비하는 사람들이 겁먹었다. 슌스케는 캐시미어장갑을 끼고 강단에 올랐다. 딱히 이유는 없었다. 시건방진 어린 진행자가 장갑 벗는 걸 잊은 슌스케에게 주의를 줬기에 일부러 짓궂게 끼고 나갔을 뿐이다.

강당을 가득 메운 청중은 이천 명가량 됐다. 슌스케는 청중을 경멸했다. 강연회 청중은 근대 사진술의 미몽迷蒙과 비슷한 경향이 있다. 빈틈을 노리고 부주의를 노리는 방식, '자연스러움' 존중, 본성의 신앙, 일상성의 과대평가, 에피소드, 그런 잡다한 재료로 성립한 인간밖에 믿지 않는 미몽이다. 사진사는 "편히 앉아 계세요"라거나 "말해보세요"라거나 "웃으세요" 하고 요구한다. 청중도 같은 것을 요구하며 맨얼굴과 본심에 집착했다. 퇴고를 거듭한 문장에 담긴 것 이상의 본심이 일상의 부주의한 언동에 나타난다고 보는 근대 심리학의 탐정취미를 슌스케는 멸시했다.

그는 호기심 어린 무수한 시선 앞에 익숙한 얼굴을 내밀었다. 개성이 아름다움보다 위라고 철썩같이 믿고 있는 이들 지적 대중 앞에서, 슌스케는 아무런 열등감도 느끼지 않았다. 떨떠름한 표정으로 구겨진 원고를 펼치며 문진 대신 유리세공 물병을 올렸다. 물이 번져 육필원고의 잉크가 아름다운 남빛으로 흘렀다. 그는 바다를 연상했다. 그러자 이상하게도 눈앞에 모인 이천 명의 새카만 청중 속에 유이치와 야스코와 교코와 가부라기 부인이 몰래 숨어든 것만 같은 기분이 들었다. 슌스케가 그들을 사랑한 건 이런 강연회에 결코 나오지 않을 인종이기 때문이었다.

"진정한 아름다움은 인간을 침묵케 합니다." 노작가는 무기력한 어조로 입을 열었다. "그런 신앙이 건재하던 시대에는 비평에도 자연스레 직무 영역이 있었지요. 비평은 아름다움을 모방하는 것으로 충분했습니다. (슈스케는 캐시미어장갑 낀 손으로 허공을 어루만졌다) 즉 비평은 아름다움과 마찬가지로 인간을 침묵하게 하는 걸 최종 목적으로 삼았어요. 목적이라기보다는 차라리 목적의 없음입니다. 아름다움이 있건 없건 침묵을 이끌어내는 게 비평의 방법이 되었어요. 여기서 의지하게 된 게 논리의 힘입니다. 비평의 방법으로서 논리는 아름다움처럼 다짜고짜 힘으로 상대의 침묵을 강요하지요. 침묵은 비평의 결과입니다. 그 효과는 지금 분명 거기에 아름다움이 존재했다고 착각하게 만드는 것이죠. 말하자면 아름다움을 대신할 공간이 형태화되는 겁니다. 그제야 비로소 비평이 창조에 이바지했다고 할 수 있겠습니다."

늙은 예술가는 청중을 둘러보다 하품하는 괘씸한 청년 셋을 발견했다. 발랄하게 하품하는 저 입이 오히려 지금 이 말을 제대로 받아들이는 건지도 모르겠다고 그는 생각했다.

"그럼에도 불구하고 아름다움이 인간을 침묵케 한다는 신앙은 언제부턴가 과거의 것이 돼버렸습니다. 이미 아름다움은 인간을 침묵케 하지 못하고, 설령 아름다움이 연회 정중앙을 지나간다 해도 사람들은 수다를 멈추지 않을 것입니다. 교토에 가본 적 있는 분이라면 료안지라는 절에서 돌 정원을 보셨겠지만, 그 정원은 결코 어렵지 않아요. 그저 아름다움이지요. 인간을 침묵하게 만드는 정원입니다. 하지만 우습게도 정원을 둘러보러 다니는 근대인은 입을 다무는 것만으로는 만족하지 못합니다. 뭔가 한마디라도 하지 않으면 안 된다 싶어 하이쿠라도 짜낼 듯 얼굴을 찡그립니다. 아름다움이 요설을 강요하게 된 것입니다. 아름다움 앞에 서면 뭔가 서둘러 감상을 토해낼 의무를 느끼게 되었어요. 아름다움을 발 빠르게 값으로 환산할 필요를 느끼게 됐습니다. 환산하지 않으면 위험하다, 아름다움은 폭발물처럼 소유하기 까다로운 것이 됐다, 아니 그보다는 침묵으로 아름다움을 소유하는 숭고한 능력을 상실했다, 이렇게 말할 수 있겠습니다.

여기서 비평시대가 열렸습니다. 비평은 아름다움을 모방하는 게 아니라 값으로 환산하는 일을 하게 됐어요. 창조와 반대방향으로 비평이 힘을 얻게 되었습니다. 오래전 아름다움의 추종자였던 비평이, 이번엔 아름다움의 주식중개인이 된 겁니다. 아름다움의 집행관이 됐어요. 아름다움이 인간을 침묵케 한다는 신앙이 쇠퇴하면서, 비평은 아름다움을 대신해 대리인으로서 주권을 휘두르게 되었습니다. 아름다움조차 인간을 침묵케 하지 못하는데, 하물며 비평은 어떠하겠습니까. 그리하여 오늘날 요설에 요설이 더해져 귀를 먹게 만드는 최악의 시대가 시작됐습니다. 아름다움은 이제 사람들을 지껄이게 만듭니다. 이 요설로 인해 아름다움이 인공적으로 (라는 건 좀 이상한 표현입니다만) 증식하기에 이릅니다. 아름다움의 대량 생산이 시작된 것입니다. 그리고 비평은 우리와 본질적으로는 같은 곳에서 태어나는 수많은 가짜 아름다움을 향해 갖은 욕설을 퍼붓게 되었습니다……."

……강연이 끝나고 슌스케가 저녁나절 르동으로 들어갔을 때, 이 고독한 노인이 쭈뼛쭈뼛하며 들어서는 걸 본 손님들은 대번에 그에게서 눈을 돌려버렸다. 유이치가 등장했을 때와 마찬가지로 모두 침묵했는데, 아름다움뿐만 아니라 무관심도 인간을 침묵케 했다. 다만 강요당한 침묵은 전혀 아니다.

그러나 노인이 카페 안쪽에서 젊은이들과 담소를 나누던 유이치와 친근하게 인사를 하고 그를 불러 약간 떨어진 테이블에 마주 보고 앉자, 일동은 심상치 않은 관심을 보였다.

두세 마디 대화를 나눈 뒤 잠시 자리를 떴다가 다시 슌스케에게 돌아온 유이치가 이렇게 말했다.

"다들 절 선생님의 어린 연인쯤으로 생각하네요. 누가 물어보기에 그렇다고 했습니다. 그래야 선생님도 여기 드나들기 편하실 테고. 소설가시니 분명 이 카페에 관심이 있으실 것 같은데요."

슌스케는 크게 놀랐지만 그곳 흐름에 몸을 맡기고 유이치의 경솔함을 꾸짖지 않았다.

"자네가 나의 어린 연인이라면, 나는 어떤 태도를 취해야 하나."

"글쎄요. 말없이 행복한 표정만 지으시면 됩니다."

"행복한 표정이라."

그건 기괴한 일이었다. 죽은 것이나 다름없는 슌스케에게 행복을 연기하라니! 노작가는 잘못된 장소에 떠밀려, 연출가인 자신이 뜻밖에 연기를 강요당하는 상황에 당황했다. 그는 오히려 얼굴을 찡그리고자 했다. 하지만 어려웠다. 슌스케는 우스꽝스러워져 곧 장난을 관뒀다. 그때 자신이 어느새 행복한 표정을 짓고 있다는 사실을 깨닫지 못했다.

기분이 경쾌한 까닭을 설명할 수 없었던 슌스케는 늘 그렇듯 직업적인 호기심 덕분이라고 생각했다. 이미 글 쓸 힘을 잃어버린 노작가는 이런 거짓된 정열이 스스로 부끄러웠다. 최근 십 년 동안 이런 충동이 여러 번 밀물처럼 밀려왔지만, 붓을 쥘 단계에 이르러서는 한 줄도 앞으로 나아가지 않았기에, 그는 이 부도수표와 같은 영감을 저주했다. 젊은 날 그의 일거수일투족에 따라붙던 열병과도 같은 예술적 충동이, 지금은 아무 결실 없이 굶주린 호기심만 남았다.

'유이치는 얼마나 아름다운가!' 노작가는 다시 자리를 뜬 그를 멀리서 바라보며 생각했다. '저 너덧 명의 미소년 중에서도 유이치는 뛰어나게 아름답다. 아름다움이란 손이 닿으면 화상을 입기 마련인데, 덕분에 화상을 입는 남색가가 상당하겠지. ……이 이상한 세계에 유이치는 충동적으로 들어왔다. 아름다운 것들은 꼭 그런 식이지. 나로 말할 것 같으면, 난 그저 가만히 그를 보기 위해 여기 있다. 자꾸만 주눅이 드는 첩자의 마음을 알 것 같다. 첩자는 욕망에 따라 행동해선 안 된다. 그 이유만으로도 그의 모든 애국적 행위가 본질적으로 비열한 것이 되고 만다.'

유이치를 둘러싼 세 소년은 양복 안에서 새 넥타이를 꺼내 경쟁하듯 보여줬다. 사이좋은 어린 기생이 서로의 장식깃을 보여주듯이. 축음기에서는 여전히 소란스런 무도곡이 흘러나왔다. 남자들이 다른 세계보다 조금 더 친밀하고 조금 더 빈번하게 서로의 팔과 어깨를 만진다는 것 외에는 이렇다 할 특징이 없는 풍경이다.

아무것도 모르는 노작가는 생각했다.

'역시 남색이란 순결한 쾌락에 기조를 두는 듯해. 저 눈부신 기교와 왜곡은 순결한 고뇌의 표현이야. 남자끼리는 무슨 일이 있어도 서로를 더럽히지 않고, 상대를 더럽힐 수 없다는 절망감에 저토록 참혹한 사랑의 자태를 연기하는 것이리라.'

그때 슌스케 앞에서 다소 긴장된 상황이 펼쳐졌다.

유이치가 두 외국인의 테이블로 초대된 것이다. 그 테이블은 마침 슌스케의 테이블에서 담수어가 헤엄치는 칸막이 대용 수조 너머에 있었다. 수조의 녹색 전등이 무성한 수초를 비췄다. 대머리 외국인의 옆얼굴에 빛의 가감으로 일렁이는 파문이 비췄다. 다른 한 사람은 그보다 한참 나이가 어린 비서처럼 보이는 외국인이다. 나이 많은 외국인은 일본어를 전혀 못해서 비서가 하나하나 유이치에게 통역을 했다.

나이 많은 외국인이 쓰는 격조 있는 보스턴풍 영어도, 비서가 구사하는 정교한 일본어도, 유이치의 짧은 대답도 슌스케의 귀에는 모두 들렸다.

우선 늙은 외국인이 유이치에게 맥주를 권하며 그의 젊음과 아름다움을 아낌없이 칭찬했다. 이 미사여구의 통역이 매우 특이했다. 슌스케는 주의 깊게 귀를 기울였다. 이야기의 개요가 점차 분명해졌다.

늙은 외국인은 무역상이다. 그는 일본의 젊고 아름다운 청년 친구를 찾고 있다. 이것을 물색하는 것이 비서의 일이었다. 비서는 몇몇 젊은이를 보스에게 추천했지만 모두 맘에 들지 않았다. 실은 이 카페에도 여러 차례 왔다. 하지만 오늘 밤 처음으로 이상적인 청년을 찾아냈다. 당신이 싫다면 당분간 정신적인 교제만이라도 좋으니 사귀어주지 않겠는가, 하는 청이었다.

슌스케는 원어와 번역어가 기묘하게 어긋난다는 데 생각이 미쳤다. 주격과 목적격을 의도적으로 얼버무려 결코 충실하지 않은 번역이라 할 수는 없지만, 감미롭게 교태를 부려 빙 둘러 얘기하는 통역임을 알 수 있었다. 젊은 비서는 예리한 독일계 옆얼굴을 가졌다. 엷은 입술에서 날카로운 휘파람과 같은 맑고 건조한 일본어 발음이 흘렀다. 슌스케는 발밑을 보고 놀랐다. 젊은 비서의 두 발이 유이치의 왼쪽 발목을 가만히 끼고 있었다. 늙은 외국인은 비서의 교태를 눈치채지 못하는 듯했다.

이윽고 노작가는 사건의 경위를 납득했다. 통역의 용건에 거짓은 없었지만, 비서는 보스보다 한발 앞서 유이치의 환심을 사려고 노력하고 있었다.

이때 슌스케를 덮친 더할 나위 없이 울적한 이 감정을 뭐라 부르면 좋을까? 슌스케는 고개 숙인 유이치의 속눈썹 그림자를 얼핏 봤다. 잠든 얼굴을 한결 아름답게 만들 게 분명한 기다란 속눈썹이 돌연 움직이더니, 유이치가 미소를 머금고 슌스케 쪽을 흘끗 봤다. 슌스케는 전율했다. 정체를 알 수 없는 한층 더한 우울이 그를 덮쳤다. 그는 생각했다.

'질투인가. 이 답답함, 잉걸불처럼 달아오르는 이 감정은.'

그는 오래전 음탕한 아내가 이른 새벽 부엌에서 부정을 저지른 장면을 봤을 때 그를 괴롭힌 감정이 낱낱이 떠올랐다. 그때와 똑같이 가슴이 뻐근하고 출구가 없는 감정이다. 이 감정 속에서는 추한 자기 모습만이 전 세계 사상과도 맞바꿀 가치가 있는 유일한 기반이자 애완물이었다.

그것은 질투였다. 수치심과 분노로 죽은 자의 뺨이 홍조를 띠었다. 날카로운 목소리로, "계산" 하고 외쳤다. 그는 일어섰다.

"어머, 저 노인네 질투로 이글이글하네." 기미짱이 시계짱에게 속삭였다. "유우짱도 참 별나. 저런 노인네 옆에 몇 년이나 붙어 있었던 거야."

"여기까지 유우짱을 쫓아왔나 봐." 시계짱이 다소 적의를 품고 맞장구쳤다. "진짜 낯짝도 두꺼워. 저 할배 다신 여기 못 오게 주술이라도 걸까봐."

"그치만 돈은 좀 있겠는데?"

"무슨 장사를 하나. 돈은 약간 있어 보이네."

"마을자치회 같은 데서 한자리하는 사람이겠지."

출입문에서 슌스케는 말없이 뒤따라오는 유이치의 기척을 느꼈다. 거리로 나온 슌스케는 기지개를 켰다. 두 손으로 번갈아가며 어깨를 두드렸다.

"어깨가 결리십니까?"

유이치가 아무 동요 없이 산뜻한 목소리로 말했기에, 노인은 속마음이 들킨 기분이었다.

"자네도 조만간 이렇게 될 걸세. 수치심은 점점 깊은 곳으로 파고들지. 젊은 사람들 수치심은 피부를 새빨갛게 물들이지만 우리는 살로, 나아가 뼈로 부끄러워하네. 내 뼈가 수치를 느끼네. 다들 날 그 세계 사람이라고 생각했으니."

둘은 한동안 혼잡한 거리를 나란히 걸었다.

"선생님은 젊음을 싫어하시는군요."

돌연 유이치가 그렇게 말했다. 슌스케가 예상하지 못한 말이었다. "어째서?" 의아하다는 듯 반문했다. "싫어한다면 뭣 하러 이 나이에 이런 데까지 나오겠나."

"하지만 선생님은 젊음이 싫으신 겁니다."

유이치는 한결 단정적으로 말했다.

"아름답지 않은 젊음은 싫지. 젊음이 아름답다는 건 시시한 헛소리야. 나의 젊음은 아주 추했다네. 자넨 상상도 못해. 청년시절 내내 다시 태어나고 싶다고 생각하며 살았으니까."

"저도 그렇습니다."

고개 숙인 유이치가 문득 말했다.

"그런 말 하면 못써. 자네가 그런 말을 하는 건 금기를 건드린 걸세. 자네는 결코 그렇게 말해선 안 되는 숙명을 선택한 거야. …… 그건 그렇고 그렇게 갑자기 나와 버리면 아까 외국인한테 실례 아닌가."

"뭐, 딱히."

아름다운 청년은 무척이나 담백하게 답했다.

일곱 시에 가까웠다. 전쟁 후 상점이 문을 빨리 닫게 되면서 이 시각이 가장 혼잡해졌다. 짙은 안개 낀 저녁이었기에 다소 멀리 떨어진 카페가 동판화처럼 보였다. 저녁나절 거리 냄새가 민감하게 콧속을 간질였다. 연중 냄새가 가장 치밀하게 느껴지는 계절이다. 과일이나 플란넬이나 신간서적이나 석간신문이나 주방이나 커피나 구두약이나 가솔린이나 절임음식 냄새가 스며들어 길거리 생업의 반투명하고 몽롱한 평면도가 떠올랐다. 고가 선로의 울림이 두 사람의 대화를 방해했다.

"저쪽 구둣가게가 보이나." 노작가가 밝은 쇼윈도를 가리키며 말했다. "고급스런 구둣가게야. 상호명은 기리야라고 하지. 교코가 주문한 무도화가 오늘 밤 저 가게에서 완성됐네. 교코가 일곱 시에 구두를 가지러 올 게야. 자네는 그 시각에 가게를 들락거리며 남성용 구두를 물색하고 있게. 교코는 비교적 시간을 잘 지키지. 가게로 들어오거든 깜짝 놀랐다는 듯 이런, 하고 감탄사를 내뱉어. 그런 다음 차 한잔하자고 해. 나머진 여자가 알아서 할걸세."

"선생님은요?"

"저기 작은 카페에서 차를 마시고 있겠네."

노작가가 말했다. 청춘에 관한 슌스케의 기묘하고 쩨쩨한 편견에 유이치는 당혹감을 느꼈다. 노인의 청춘이 얼마나 빈약했는지 추측할 수 있는 대목이었다. 여자가 오는 시간을 알아보러 다니는 슌스케의 볼에 떠올랐을 하찮은 젊음의 추잡함을, 유이치는 그러나 자신과 완전히 무관하다고는 생각할 수 없었다. 그건 그가 가진 또다른 얼굴이었다. 게다가 유이치는 거울의 이상한 가르침 덕분에, 그 어떤 순간에도 자신의 아름다움을 계산에 넣는 습성을 이미 갖추고 있었다.

10장
거짓의 우연과 진실의 우연

그날 하루, 호타카 교코는 에메랄드색 무도화 말곤 아무것도 생각하지 않았다. 이 세상에서 그녀에게 중요한 건 무엇도 없었다. 교코를 본 사람은 누구나 가벼움의 숙명이라 할 만한 걸 느꼈다. 호수에 몸을 던진 사람이 본의 아니게 수면 위로 몸이 떠올라 목숨을 건지는 것처럼, 교코에겐 무슨 짓을 해도 자신의 감정 깊은 곳으로 내려갈 수 없는 초조함을 닮은 명랑함이 있었다. 이 밝음이 본심임에도 다소 강제성을 띤 것처럼 보이는 것도 그런 까닭이다.

교코는 이따금 무언가에 열중하느라 정신이 없어 보이는 때가 있었는데, 남들 눈에는 늘 그녀의 억지 정열을 배후에서 부추기는 냉정한 남편이 보이는 듯했다. 참으로 잘 길들여진 개, 어떤 습관의 힘에 불과한 지혜의 집적. 이런 인상이 그녀의 선천적인 아름다움마저 정성껏 길러낸 식물의 아름다움으로 보이게 했다.

교코의 남편은 진지함이라곤 없는 아내에게 질려 있었다. 아내에게 의욕을 불어넣어주려고 각종 애무 기술을 쓰고, 아내를 집중하게 만들고자 원하지도 않은 바람을 피웠다. 교코는 잘 울었다. 그러나 그녀의 눈물은 소나기였다. 진지한 이야길 시작하면 교코는 간지럼을 타는 사람처럼 웃었다. 그렇다고 진중한 여성스러움을 대신할 지혜와 유머가 풍부한 것도 아니었다.

교코는 아침에 이불 속에서 멋진 생각을 열 개쯤 떠올렸다가 저녁에 겨우 한두 개쯤 기억할까 말까 한 사람이었다. 방에 걸린 족자를 바꿔야겠다는 생각을 그렇게 열흘쯤 끌었다. 어쩌다 떠오른 생각이 단단히 굳어질 때까지 기다리는 수밖에 없었기 때문이다.

쌍꺼풀 진 눈 한쪽이 어째선지 세 겹이 됐다. 그걸 본 남편은 무서웠다. 그런 순간이면 아내가 아무 생각도 하지 않고 있다는 사실이 분명해지는 탓이다.

……그날 교코는 고향에서부터 함께 온 하녀를 데리고 가까운 마을로 쇼핑을 나갔다. 오후엔 남편 사촌자매 둘이 와서 그들을 상대했다. 사촌자매들은 피아노를 연주했다. 듣고 있지도 않던 교코는 연주가 끝나자 박수를 치며 크게 칭찬했다. 그녀들은 긴자의 어느 서양과자가 저렴하고 맛있는지, 미국달러로 산 이 손목시계가 긴자 어느 가게에서 세 배 가격으로 팔리더라는 따위의 이야기를 했다. 겨울옷감 얘기가 나오고, 이어서 유행하는 소설 얘기가 나왔다. 소설이 옷감보다 가격이 저렴한 건 그걸 입고 돌아다닐 수 없기 때문이라는 당연한 의견이 나왔다. 그사이 교코는 구두 생각만 하고 있었는데, 사촌자매들은 멍하니 있는 교코를 보고 사랑에 빠진 사람 같다고 오해했다. 그러나 교코가 구두를 향한 사랑 이상의 사

랑에 빠져 있었는지 어쩐지는 의문이다.

이런 상황인지라 슌스케의 기대와 달리 교코는 지난 무도회에서 그녀에게 심상치 않은 태도를 취했던 아름다운 청년을 깨끗이 잊고 있었다.

구둣가게로 들어가는 길에 유이치와 마주친 교코는 빨리 구두를 보고 싶어 마음이 급했기 때문에 이 우연에도 그다지 놀라지 않고 형식적인 인사만 했다. 유이치는 자신이 무언가 탐내는 비열한 상황에 놓여 있다는 사실에 소름이 끼쳤다. 집에 갈까 했다. 하지만 이번에는 분노가 그를 물러가지 못하게 붙들어 맸다. 유이치는 이 여자를 증오했다. 그 순간 슌스케의 정열이 유이치에게 옮아간 증거로, 유이치는 슌스케를 증오하는 것을 잊고 있었다. 쇼윈도 바깥쪽에서 안을 주시하며 청년은 허세 가득한 휘파람을 불었다. 휘파람은 맑고 또렷하고 불길하게 울렸다. 구두를 신어보는 여자의 뒷모습을 찬찬히 바라보는 그에게 어두운 투지가 싹텄다. '좋아! 반드시 저 여자를 불행에 빠뜨려주겠어.'

에메랄드색 무도화의 만듦새는 다행히 교코의 마음에 들었다. 점원에게 구두를 포장하게 했다. 교코는 그제야 흥분이 가라앉았다.

그녀는 돌아보며 미소 지었다. 비로소 아름다운 청년의 모습이 눈에 들어왔다.

오늘 밤 교코의 행복은 어디 하나 어긋난 것 없는 식단표 같았다. 하여 그녀는 비약했다. 절친하지 않은 남자에게 먼저 차를 권하는 건 교코 스타일이 아니다. 그러나 그녀는 유이치 곁으로 다가가 가벼운 말투로 말했다.

"차라도 한잔하실래요?"

유이치는 고분고분 고개를 끄떡였다. 일곱 시가 지나서 문 닫은 가게가 적지 않았다. 슌스케가 있는 카페는 아직 반짝반짝 불을 밝히고 있었다. 그곳을 지나던 교코가 여기로 들어가자고 했기에 유이치는 서둘러 차단했다. 두 사람은 그 뒤 두 곳 정도 이미 장막을 내린 가게 앞을 덧없이 지나, 늦게까지 영업을 할 듯한 가게를 골라 들어갔다.

구석에 놓은 테이블에 자리를 잡고 앉자, 교코는 레이스 장갑을 아무렇게나 벗어 던졌다. 그녀는 눈가가 화끈하게 달아올랐다. 유이치의 얼굴을 빤히 들여다보며 이렇게 말했다.

"부인은 잘 지내요?"

"네."

"오늘도 혼자세요?"

"네."

"알겠다. 이 카페에서 부인을 만나기로 한 거군요. 약속시간까지 내가 같이 있어주면 되는 거겠죠."

"정말 혼자입니다. 선배 사무실에 잠깐 볼일이 있어 나온 거예요."

"그렇구나." 교코는 말투에 경계를 풀었다. "그날 이후 처음 뵙네요."

교코는 서서히 그날 일을 떠올렸다. 이 청년의 몸이 짐승처럼 위엄 있게 자기 몸을 어두운 벽으로 몰아붙였던 것을. 그녀를 원하는 격렬한 눈빛이 차라리 야망의 시선처럼 보였던 것을. 조금 긴 귀밑털, 육감적인 뺨, 불평을 중얼거리려다 관둔 것만 같은 젊은이답게 앳된 입술. ……조금만 더 있으면 그에 관한 정확한 기억이 되살아나겠지. 그녀는 작은 책략을 세웠다. 재떨이를 이쪽에 당겨뒀던 것이다. 담뱃재를 털 때 청년의 얼굴은 그녀의 눈 가까이서 어린 황소 머리처럼 움직였다. 교코는 그의 머리에서 나는 포마드 냄새를 맡았다. 젊음을 주체할 길 없는 냄새다. 이 냄새였다! 그날 무도회 이후 여러 번, 심지어 꿈속에서도 나던 냄새다.

꿈속 그 냄새는 어느 날 아침, 잠에서 깬 뒤에도 집요하게 교코를 휘감고 있었다. 시내에서 쇼핑할 것이 있어 남편이 외무성으로 출근하고 한 시간 뒤쯤 늦게 출근하는 사람으로 혼잡한 버스에 몸을 실었다. 강한 포마드 냄새가 났다. 그녀의 가슴은 설렜다. 하지만 그 청년의 옆얼굴을 슬쩍 보고, 꿈속 포마드 냄새와 비슷하면서도 닮은 듯 닮지 않은 그 얼굴에 실망했다. 그녀는 그 포마드 냄새를 몰랐다. 하지만 번번이 같은 냄새가 붐비는 전차나 카페 안 어딘가에서 번져와, 그녀에게 까닭 모를 안타까움을 맛보게 했다.

……그래. 이 냄새다. 눈빛이 달라진 교코가 유이치를 똑바로 응시했다. 이 청년에게서 그녀를 지배하고자 하는 위험한 권능, 군주의 지팡이와 같이 눈부신 권능을 발견한 것이다.

그런데 대단히 경솔한 이 여자는, 세상 남자란 남자는 다 가지고 있는 이 권능을 우습게 생각했다. 못생기건 잘생기건 남자가 공통으로 갖는 욕망이라는 대의명분은 얼마나 어리석은가. 천박하고 야한 소설을 읽지 않는 남자는 없고, 소년기 끝 무렵에 이런 소설의 주제가 고정관념으로 남지 않는 남자는 없다. '남자의 눈에서 욕망을 끌어낼 때야말로 여자는 행복에 취한다'는 건 낡은 주제다.

'이 청년의 젊음은 얼마나 흔한가.' 아직 자기 젊음에 충분히 자신감이 있는 교코는 생각했다. '어디든 있는 젊음이야. 욕망과 성실을 혼동하기 쉬운 나이란 걸 자기도 너무 잘 아는 젊음.'

교코의 오해에 부합하게 유이치의 눈은 다소 지친 듯 촉촉한 열정을 띠었다. 그래도 그의 눈은 타고난 어둠을 잃지 않아서, 보고 있으면 지하에서 쏜살같이 흘러가는 격렬한 물소리를 듣는 기분이 든다.

"그날 이후 또 춤을 췄나요?"

"아뇨, 추지 않았습니다."

"부인은 댄스를 싫어해요?"

"좋아하는 편이죠."

무슨 잡음이지! 이 카페는 원래 대단히 조용하다. 그런데도 낮은 레코드 소리와 구두소리, 접시소리, 가끔 들리는 손님들 웃음소리, 전화벨소리가 뒤섞여 짜증나게 울려 퍼졌다. 악의라도 품은 듯한 잡음이 자주 끊기는 둘 사이 대화를 자꾸만 멀어지게 했다. 교코는 유이치와 물속에서 대화하는 기분이었다.

다가가려 하면 상대의 마음이 멀게만 느껴진다. 늘 태평하던 교코는 이렇게 자길 원하는 청년과 자기 사이에 가로놓인 거리를 의식하기 시작했다. 내 목소리가 닿기는 하는 걸까. 그녀는 생각했다. 테이블이 너무 큰 탓일까, 라고도 생각했다. 교코는 엉겁결에 감정을 과장했다.

"춤 한번 추고 나니까 나한테 더는 볼일이 없다는 얼굴이네."

유이치는 고통스런 표정을 지었다. 이런 감쪽같은 임기응변 연기가 제2의 천성이 된 데는 거울의 힘이 컸다. 거울은 그에게 무언의 스승이었다. 그가 가진 미모를 갖가지 각도와 음영으로 비추며 다양한 감정을 표현하도록 그를 키웠다. 이윽고 아름다움은 유이치 자신에게서 독립해, 자유자재로 구사되기에 이르렀다.

그래서인지 유이치는 여자 앞에서도 결혼 전 야스코에게 느꼈던 거북함이 오히려 없어졌다. 요즘엔 여자를 대할 때 육감적인 자유의 맛에 도취할 수 있었다. 투명하고 추상적인 육감, 높이뛰기나 수영이 일찍이 그를 매료시킨 육감이다. 욕망은 가장 큰 적이다. 욕망에 사로잡히지 않은 자유가 있기에, 유이치는 자신의 존재를 정교한 만능기계라고 생각했다.

교코는 지인들 소문이나 퍼뜨리며 적당히 그 자리를 모면할 요량으로 몇몇 사람의 이름을 말했다. 유이치는 아무도 몰랐다. 그것이 교코에게는 거의 기적처럼 여겨졌다. 교코 생각에 로맨스란 그녀와 교류가 있는 사람들 사이에서만 일어나는 일이었고, 이들 조합도 거의 예상 가능한 것이었다. 말하자면 미리 짜고 하는 로맨스밖에 믿지 않았던 것이다. 그러다 마침내 유이치가 아는 이름이 등장했다.

"기요우라 씨 따님 레이코 알아요? 삼사 년 전에 죽은."

"네, 제 사촌누나입니다."

"어머, 그럼 당신 혹시 친척들 사이에서 유우짱이라 불리지 않았나요?"

"맞습니다."

"당신이 유우짱이었구나."

교코가 너무 빤히 바라봐서 그는 멋쩍었다. 교코의 설명은 이랬다. 레이코는 교코와 동급생이었고 둘도 없는 친구였다. 레이코가 죽기 전에 교코에게 일기를 맡겼다. 죽기 며칠 전까지 병상에서 쓴 일기였다. 오래 병을 앓은 가여운 여자에겐 가끔 병문안 오는 사촌동생 얼굴을 보는 일이 유일한 생의 보람이었다.

어쩌다 가끔 들르는 변덕스러운 방문객을 그녀는 사랑하게 됐다. 키스를 원했지만 그를 감염시킬까 두려워 그만뒀다. 레이코의 남편은 아내를 고질병에 감염시켜 놓고 죽었다. 그녀는 고백을 하려 했지만 끝내 하지 못했다. 어느 날은 기침 발작이, 어느 날은 자제력이 기회를 앗아갔다. 그녀는 열여덟 살의 사촌동생에게서 병실 밖으로 내다보이는 뜰에 햇살을 가득 받고 자란 어린 나무와 같은 온갖 생의 반짝임을, 죽음이나 병과 상반되는 모든 것을 보았다. 건강, 명랑한 웃음, 희고 아름다운 치아, 비애나 고난 따위 없음, 천진난만함, 눈을 찌를 듯 화려한 청춘의 눈부심을 보았다. 그녀는 자신의 사랑 고백으로 인해 혹시라도 그에게 동정 이상의 사랑이 싹튼다면, 그 뺨에 비애와 고뇌를 새기게 될 것을 두려워했다. 그녀는 사촌동생의 날카로운 옆얼굴에서 무관심에 가까운 생기와 변덕밖에 보지 못한 채 죽음에 이르렀다. 일기의 매일 첫 문장은 '유우짱' 하고 부르는 것에서 시작했다. 그녀는 어느 날 그가 가져온 작은 사과에 그의 이름 첫 글자를 새긴 뒤 배게 밑에 숨겼다. 레이코는 또 유이치에게 사진 한 장만 달라고 보챘다. 그는 부끄러워하며 거절했⋯⋯.

교코에게 '유이치'라는 이름보다 '유우짱'이라는 이름이 훨씬 더 친숙했던 건 당연한 일이었다. 그뿐 아니라 레이코가 죽은 뒤 교코의 공상 속에서 이 애칭은 이미 사랑받고 있었다.

　은도금 스푼으로 장난을 치며 듣고 있던 유이치는 속으로 은근히 놀랐다. 열 살 넘게 차이 나는 병상에 누운 사촌누나가 자신을 사랑했다는 사실을 지금 처음 알았다. 아울러 사촌누나가 일기에 그린 자기 모습이 너무나 부정확하다는 데 놀랐다. 당시 그는 이상하고 정처 없는 육욕의 무게에 헐떡이고 있었다. 그는 사촌누나의 죽음이 멀지 않았다는 걸 거의 부러워하고 있었다.

　'그때 레이코 누나를 속이려는 맘은 전혀 없었다. 다만 나의 내면을 속속들이 밝히기 싫었을 뿐이다. 레이코 누나는 날 그저 밝고 명랑한 소년으로 오해했고, 나는 나대로 누나의 사랑을 눈치채지 못했다. 누구나 타인에 대한 오해를 유일한 생의 보람으로 여기며 살기 마련이다…….' 교만의 미덕에 빠진 이 청년은 교코에게 한 거짓 아첨이 성실함이라 믿고 싶었다.

　교코는 중년의 여자가 종종 그러듯 몸을 약간 딴 데로 돌리고 슬쩍 유이치를 봤다. 그녀는 이미 그를 사랑하고 있었다. 교코의 경박한 심경변화는 자기감정에 대한 일종의 겸손한 불신에서 나온 것인지도 몰랐다. 그녀는 죽은 레이코가 품었던 정열의 증인 앞에서 자기감정에 왠지 모를 확신이 들었다.

　교코는 유이치의 마음이 전부터 그녀에게 다가오고 있다고 믿었다. 큰 오산이었다. 자기가 조금만 더 다가가면 되겠다고 생각했다.

　"다음에 좀 더 여유 있게 얘기하고 싶네. 전화해도 될까?"

　하지만 유이치는 언제 집에 있을지 알 수 없었다. 자기가 전화를 걷겠다고 했다. 그러나 교코도 자주 집을 비웠다. 그녀는 다음 밀회 약속을 정해야 하는 상황을 즐겼다.

교코는 수첩을 펼쳤다. 비단실에 달린 섬세하게 잘 깎인 연필을 손에 쥐었다. 그녀는 스케줄이 많았다. 그중 가장 비우기 어려운 시간을 유이치를 위해 할애하는 것이 교코에게 은밀한 만족감을 줬다. 그녀는 부부동반으로 참석해야 하는 외무장관 관저의 외국명사 초청모임 날짜를 연필로 톡톡 두드렸다. 다음번 유이치를 만나는 날엔 뭔가 비밀과 모험의 요소가 더해져야 한다.

유이치는 승낙했다. 여자는 한층 어리광을 부리며 오늘 밤은 집에 데려다주면 좋겠다고 말했다. 청년이 꺼려하자 그런 난처한 얼굴이 보고 싶어서 한번 해본 말이라고 했다. 그런가 보다 하는데 멀리 산자락을 바라보는 척하며 그의 어깨 부근을 가만히 응시하기도 했다. 말을 걸어주기 바라는 눈치로 묵묵히 있다가 다시 혼자 수다를 떨며 고독을 느꼈다. 이윽고 교코는 비굴한 언쟁을 두려워하지 않게 됐다.

"부인은 행복하겠네. 당신 분명 부인한테 봉사할 타입이야."

그 말을 하곤 완전히 지쳤다는 듯 의자에 몸을 기댔다. 사냥으로 수확한 죽은 꿩처럼 보였다.

교코는 갑자기 마음이 조급해졌다. 오늘 밤 집에서 그녀를 기다릴 손님을 만날 수 없겠다는 데 생각이 미쳤다. 집에 못 간다는 전화를 하려고 일어섰다.

전화는 곧 연결됐다. 목소리가 멀다. 하녀의 말이 잘 들리지 않았다. 수화기 너머에서 들려오는 빗소리가 대화를 방해하는 듯했다.

그녀는 커다란 유리창에 눈길을 줬다. 비가 온다. 공교롭게도 우산은 준비해오지 않았다. 그녀는 과감한 기분이 들었다.

자리로 돌아온 교코가 본 것은 유이치 옆자리에 앉아 대화를 나누는 중년 여자였다. 교코는 두 사람과 살짝 떨어져 앉았다. 유이치가 중년 여자를 소개했다.

"이쪽은 가부라기 씨입니다."

두 여성은 한눈에 서로의 적의를 꿰뚫어 봤다. 슌스케가 전혀 계산하지 못한 우연이었지만, 가부라기 부인은 아까부터 조금 떨어진 구석에서 두 사람을 가만히 지켜보고 있었다.

"약속시간보다 좀 빨리 와버렸지 뭐야. 두 분 말씀 끝날 때까지 기다리자 싶어서 지켜보고 있었어요. 용서하세요."

가부라기 부인이 말했다. 흡사 지나치게 어려보이는 화장이 노화를 두드러지게 하듯, 부인의 소녀 같은 거짓말이 자기 나이를 더 두드러지게 했다. 교코는 나이든 그녀의 추함에 안도했다. 마음에 여유가 생기니 상대의 거짓말이 훤히 보였다. 교코는 곁눈으로 유이치를 보며 웃었다.

가부라기 부인쯤 되는 사람이 열 살이나 어린 여자가 보내는 경멸의 눈초리를 깨닫지 못한 건 질투가 그녀의 자긍심을 앗아간 탓이다. 교코가 말했다.

"제 얘기가 너무 길었나 봐요. 용서하세요. 전 이쯤에서 실례할게요. 유우짱, 택시 잡아주지 않겠어? 비가 오네."

"비가 와요?"

유이치는 교코가 처음으로 그를 '유우짱'이라는 애칭을 부른 데 당황해서, 비가 오는 게 대사건이라도 되는 양 놀라는 척했다.

밖으로 나가자마자 택시가 와서 그는 카페 안으로 신호를 보냈다. 교코가 가부라기 부인에게 인사하고 일어섰다. 유이치가 빗속에서 손을 흔들며 배웅했다. 교코는 말없이 떠났다.

유이치는 가부라기 부인 앞에 잠자코 앉았다. 젖은 머리칼이 해초처럼 그의 이마에 붙어 있었다. 그때 옆에 놓인 의자에서 교코가 놓고 간 물건을 발견한 청년은 재빨리 그걸 들고 나갈 듯 격렬한 자세를 취했다. 차를 타고 가버렸다는 사실을 잊은 것이다. 그 반사적인 정열이 가부라기 부인을 절망에 빠뜨렸다.

"놓고 가신 거야?"

그녀는 억지로 웃으며 말했다.

"네, 구두입니다."

두 사람은 교코가 놓고 간 물건이 그저 구두 한 켤레라고 생각했다. 하지만 교코에게는 유이치를 만나기 전까지 오늘 하루 종일 관심을 가졌던 유일한 것이었다.

"따라가지 그래. 아직 안 늦었을 텐데."

가부라기 부인이 이번엔 싫은 표정이 역력한 쓴웃음을 지으며 말했다.

유이치는 입을 다물었다. 여자도 말이 없었지만 그녀의 침묵에는 패배의 그늘이 또렷했다. 가부라기 부인은 꽤 격렬한 어조로 거의 울음을 터뜨릴 듯 말했다.

"화났어? 미안. 아까 당신이랑 약속했다고 거짓말한 거, 내 나쁜 습성이야."

그러면서 부인은 이 말과 모순되게 불길한 사랑의 예감에 사로잡혔다. 유이치가 내일 반드시 이 물건을 교코에게 전달하며 자기가 한 거짓말을 해명할 거라는 예감이었다.

"아뇨, 화 안 났습니다."

유이치는 비온 뒤 맑게 갠 하늘처럼 기분 좋은 미소를 지었다. 가부라기 부인이 이 미소에서 얼마나 힘을 얻었는지 유이치는 상상도 하지 못했다. 이 청년의 해바라기 같은 미소에 이끌려, 부인은 금세 행복의 정상에 올랐다.

"사과의 선물로 당신에게 뭔가 주고 싶은데, 여기 나가지 않을래?"

"괜찮습니다, 사과는 무슨. 밖에 비도 오고……."

늦가을 소나기였다. 비가 그쳤지만 밤이라 안쪽에선 잘 보이지 않았다. 거나하게 취한 남자들이 밖으로 나갔다가 "어, 그쳤네, 그쳤어." 하고 문 앞에서 외치는 소리가 들렸다. 비가 그치길 기다리며 들어왔던 손님들이 맑게 갠 밤공기를 마시기 위해 서둘러 밖으로 나갔다. 부인이 재촉하는 바람에 유이치는 교코가 두고 간 물건을 들고 부인의 뒤를 쫓았다. 비온 뒤 바람은 찼다. 그는 짙은 감색 트렌치코트의 깃을 세웠다.

이제 부인은 오늘 우연히 유이치를 만난 행복을 과장되게 생각했다. 무도회 이후 그녀는 질투와 씨름했다. 원래 부인은 사내대장부보다 단호한 면이 있어서, 두 번 다시 유이치를 유혹하지 않겠다는 결심을 세우고 그걸 지켜왔다. 그녀는 혼자 밖을 쏘다녔다. 혼자서 영화를 보러 가고 혼자서 식사를 하고 혼자서 차를 마셨다. 혼자 있으면 자신의 감정에서 오히려 자유로워지는 기분이 들었다.

10장 거짓의 우연과 진실의 우연 **169**

그러나 가부라기 부인은 어딜 가든 자신을 따라오는 유이치의 오만한 시선을 느꼈다. '무릎 꿇어! 어서 내 앞에 무릎 꿇어!' 이렇게 말하는 시선을.

……어느 날 그녀는 혼자서 극장에 갔다. 막간에 간 화장실 거울 앞은 참상이 따로 없었다. 거울 앞에서 여자들 얼굴이 밀치락달치락 부딪혔다. 서로 앞다퉈 볼을 드밀고 입술을 내밀고 이마를 드밀고 눈썹을 내민다. 볼터치며 립스틱이며 마스카라를 꺼내고, 흐트러진 머리칼을 정리하고, 오늘 아침 힘들게 만 컬이 풀렸는지 확인하기 위해. 어떤 여자는 부끄럼 없이 이를 드러내 보인다. 어떤 여자는 분가루에 숨이 막혀 얼굴을 찌푸린다. ……그 거울 표면을 한 폭의 그림으로 그린다면 거의 죽을 지경으로 학살당하는 여자들의 외침이 들려오리라. ……가부라기 부인은 동성들의 이같이 애처로운 경쟁의 틈바구니에서 오직 자신의 얼굴 하나만이 희고 차게 굳어 있는 것을 봤다. '무릎 꿇어! 무릎 꿇어!' ……그녀의 자긍심은 또렷이 피를 흘렸다.

그러나 지금 부인은 굴복의 감미로움에 취해,── 딱하게도 이 감미로움이 자신의 간교한 꾀에 대한 보답이라 여기며── 비에 젖은 자동차 사이를 가르며 길을 건넜다. 누렇게 물든 널찍한 가로수 낙엽이 비 때문에 나무기둥에 들러붙어 나방처럼 파닥였다. 바람이 불었다. 가부라기 부인은 처음 히노키 슌스케의 집에서 유이치를 만난 밤처럼 입을 다문 채, 어느 양복점으로 들어갔다. 점원들은 부인에게 공손한 태도를 보였다. 점원들이 가져온 겨울옷감을 부인이 유이치의 어깨에 갖다 댔다. 노골적으로 그를 볼 수 있었기 때문이다.

"이상하네, 당신은 어떤 무늬든 다 어울려."

그녀는 잇달아 이런저런 옷감들을 그의 가슴팍에 갖다 대며 말했다. 유이치는 점원들 눈에 바보처럼 비칠 자신을 상상하니 우울해졌다. 부인이 옷감 하나를 골라 재단사에게 치수를 재게 했다. 노련한 주인은 청년의 이상적인 치수에 깜짝 놀랐다.

유이치는 슌스케 생각에 마음이 초조했다. 노인은 아직 그 카페에서 참을성 있게 기다리고 있을 터다. 그렇다고 오늘 밤 가부라기 부인과 슌스케를 만나게 할 수도 없고, 이제부터 부인이 어디로 가자고 할지 알 수도 없다. ……유이치는 차츰 슌스케의 도움을 필요로 하지 않게 됐다. 마지못해 하던 숙제에 점점 흥미를 느끼는 초등학생처럼, 여자들을 상대로 한 비인간적인 유희에 탐닉하기 시작했다. 이를테면 슌스케가 유이치를 가둬넣은 목마, 소위 '자연'의 폭력을 모방한 것이나 다름없는 무시무시한 기계가 훌륭히 굴러가기 시작한 것이다. 두 여자 안에 타오르는 불길의 화력이 더 세질지 약해질지는 그의 자부심이 걸린 문제였다. 유이치의 냉정한 열중이 시작됐다. 정에 약해지지 않을 자신이 그에게는 있었다. 양복을 맞춰주며 진부하기 짝이 없는 '주는 기쁨'에 젖은 여자의 얼굴을, 그는 원숭이 같다고 생각하며 바라봤다. 제아무리 미인이라도 여자인 이상 이 청년에게는 원숭이로밖에 보이지 않았다.

가부라기 부인은 웃음으로 지고, 침묵으로 지고, 말로 지고, 선물로 지고, 가끔씩 그의 옆얼굴을 훔쳐보는 것으로 지고, 가식적으로 명랑한 척하는 것으로 지고, 우울한 척하는 것으로 졌다. 결코 눈물을 보이지 않는 이 여자가 가까운 시일 내에 눈물로 질 것은 불을 보듯 뻔했다. ……유이치는 거칠게 상의를 입으며 안주머니에서 빗을 떨어뜨렸다. 유이치나 재단사보다 먼저 부인이 재빨리 몸을 숙여 주웠다. 주우며 스스로도 자신의 저자세에 놀랐다.

"고맙습니다."

"빗이 크네. 잘 빗기겠다."

가부라기 부인은 주인에게 돌려주기 전에 두세 번 사납게 자기 머리칼을 빗었다. 빗이 머리칼을 당길 때마다 여자의 눈이 같이 당겨지며 눈가에 머금은 물기가 반짝였다.

부인과 술집에 갔다가 헤어진 유이치는 슌스케가 기다리던 카페로 향했지만 그곳은 이미 문을 닫은 뒤였다. 유라쿠초의 르동은 막차가 다닐 때까지 문을 연다. 르동에 가니 슌스케가 기다리고 있었다. 유이치는 자세히 설명했다. 슌스케는 껄껄 웃었다.

"구두는 집에 가져갔다가 저쪽에서 먼저 말을 꺼낼 때까지 모른 척하고 있게. 교코는 내일이라도 자네한테 전화를 걸 거야. 교코와 약속한 날이 10월 29일이라고 했지. 아직 일주일 남았어. 그전에 한 번 더 만나서 구두를 돌려주고 오늘 밤 일을 사과하는 게 좋아. 교코는 똑똑한 여자라서 가부라기 부인의 거짓말 따위 금방 알아챘겠지. 그리고 그때……."

슌스케는 말을 끊었다. 명함집에서 명함을 꺼내 간단한 소개장을 썼다. 필적에 미미한 떨림이 있었다. 유이치는 늙고 쇠약한 노인의 손에서 창백하게 부어오른 어머니의 손을 연상했다. 원치 않은 결혼과 악덕과 허위와 속임수에 눈뜨게 하고 그리로 달려가게 만든 건 다름 아닌 그 두 사람의 손이다. 죽음에 가까운, 죽음과 계약을 맺은 두 개의 손이다. 유이치는 자신에게 들러붙은 힘이 저승사자의 힘이 아닐까 의심스러웠다. 노작가는 명함을 건네며 말했다.

"교바시 N빌딩 3층에 가면 서양에서 들여온 세련된 손수건을 파는 가게가 있네. 이 명함을 가져가면 일본인에게도 팔 거야. 거기 가서 같은 무늬로 된 손수건을 반 다스 사게. 알겠나. 그중 두 장을 사과의 뜻으로 교코에게 선물해. 나머지 네 장은 다음에 가부라기 부인을 만날 때 선물하고. 오늘처럼 절묘한 우연은 이제 잘 없을 테니, 교코와 가부라기 부인과 자네 셋이 어디서 같이 마주칠 기회를 내가 만들지. 그때 손수건이 분명 한 건 할걸세. 그리고 죽은 아내의 마노 귀걸이가 우리 집에 있어. 다음에 만나면 주겠네. 귀걸이의 쓰임새는 나중에 알려주지. 자, 앞으로 잘 지켜보게. 이제 두 여자는 서로 이렇게 믿게 될 거야. 저 여자는 유이치와 관계를 맺고 있다. 난 밀려났다. 자네 부인 줄 것도 한 장 더 사게. 그럼 자네 부인도 자네가 바람피우는 상대가 두 여자라고 믿게 되겠지. 그렇게만 되면 모든 게 잘 돌아갈 거야. 자네는 상당한 **실생활**의 자유를 확보할걸세."

그 시각 르동은 바야흐로 절정기였다. 안쪽에서는 젊은 친구들이 끝도 없이 음란한 이야길 하며 웃고 떠들었다. 하지만 혹여 여자 이야기가 나올라치면 다들 눈썹을 찡그리며 외면했다. 루디는 하루걸러 하루 오는 어린 연인과 밤 열한 시에 한 약속을 기다리다 지쳐 하품을 참으며 수차례 문 쪽을 봤다. 그 모습을 본 슌스케도 하품을 했다. 이 하품은 루디의 것과 명백히 달랐다. 차라리 고질병이라 해도 좋았다. 입을 다물 때마다 그의 의치가 부딪혔다. 그는 자신의 육체 내부에서 음산하게 울리는 이 물질적인 소리가 끔찍이 두려웠다. 그의 육체를 안쪽에서부터 울리는 물질의 불길한 울림을 듣는 기분이었다. 본래 육체는 물질이며, 의치가 부딪히는 소리는 육체가 지닌 본질의 명백한 계시다. 슌스케는 생각했다.

'나의 육체마저 이미 내가 아닌 타인이다. 하물며 나의 정신이야.'

그는 유이치의 아름다운 옆얼굴을 훔쳐봤다.

'그러나 내 정신의 **형태**는 이토록 아름답구나.'

**

유이치가 늦는 날이 잦아지자 야스코는 온갖 의혹의 데생을 그리고 그리다 지쳐버렸다. 그녀는 그냥 남편을 믿기로 결심했는데, 그래도 마음이 놓이지 않아 괴롭기만 했다.

야스코가 보기에 유이치의 성격에는 이루 말할 수 없는 수수께끼가 있었다. 남편의 밝은 성격에 잠재된 이 수수께끼는 보통 풀기 힘든 게 아니었다. 어느 날 아침 그는 신문에 실린 만화를 보고 크게 웃었는데, 야스코가 볼 땐 그렇게 재밌지도 않은 만화가 왜 그리 재밌는지 설명하던 유이치가 "그저께 말이야……." 하고 말을 꺼내려다 입을 다물었다. 그는 자기도 모르게 르동의 화제를 가정의 식탁 위로 가져오려 했던 것이다.

젊은 남편은 때때로 대단히 우울하고 괴로워 보일 때가 있었다. 야스코가 그의 괴롬을 알고자 하면 유이치는 곧장 과자를 너무 많이 먹어서 배가 아프다고 했다.

남편의 눈은 시종 무언가를 동경하는 듯했다. 이걸 오해한 야스코는 그의 시인 본능을 믿을 뻔했다. 세상 사람들의 소문이나 추문을 대하는 그의 결벽은 대단했다. 친정 부모님의 호의적인 눈빛에도 불구하고 그에게는 기묘한 **사회적 편견**이 있는 것 같았다. 원래 여자들 눈에는 사상을 가진 남자가 신비롭게 보이는 법이다. 여자는 죽어도 "내가 제일 좋아하는 음식은 구렁이탕이야" 같은 말은 못 꺼내는 종족이기 때문이다.

하루는 이런 일이 있었다.

유이치가 학교에 가고 집에 없었다. 시어머니는 오수를 즐기고 하녀 기요는 장을 보러 갔다. 오후 두시쯤 야스코는 툇마루에서 뜨개질을 하고 있었다. 유이치의 방한용 가디건이었다.

현관 벨이 울렸다. 야스코는 일어나 현관으로 가서 문을 열었다. 보스턴백을 든 학생 손님이다. 처음 보는 사람이었다. 학생은 사람 좋게 웃으며 인사를 하고 등 뒤로 문을 닫으며 말했다.

"남편과 같은 학교 학생인데 아르바이트 중이에요. 좋은 서양 비누가 있는데 어떠십니까?"

"비누는 집에 많아요."

"그러지 말고 한번 보세요. 보시면 분명 갖고 싶어질 겁니다."

학생은 허락도 없이 현관마루에 걸터앉아 등을 돌렸다. 등허리의 검정모직이 오래돼 반들거렸다. 보스턴백을 열고 견본을 꺼냈다. 요란한 포장지에 쌓인 비누였다.

야스코는 거듭 필요 없다고 했다. 남편이 곧 올 거라고 했다. 학생은 의미도 없이 까불거리며 웃었다. 견본 하나를 꺼내 향을 맡아 보라고 했다. 야스코가 받아들고 향을 맡으려 할 때였다. 학생이 그 손을 잡았다. 야스코는 소리 지르기 전에 몸을 일으켜 상대의 눈을 똑바로 응시했다. 상대는 웃음을 띤 채 꿈쩍도 하지 않았다. 소릴 지르려 했을 때 그는 야스코의 입을 막았다. 야스코는 거세게 저항했다.

때마침 유이치가 귀가했다. 휴강이었기 때문이다. 벨을 누르려 했을 때 심상치 않은 기척을 느꼈다. 자연광 아래 있던 눈으로 어둑한 곳에서 요동치는 얽히고설킨 모습을 곧바로 알아보기는 어려웠다. 한 점 하얀 불빛이 있다. 저항하고 온몸으로 뿌리치며 유이치의 귀가에 기뻐 크게 뜬 야스코의 눈이다. 야스코는 힘을 내 뛰쳐나왔다. 학생도 금세 몸을 떼고 일어섰다. 유이치를 봤다. 그 옆을 빠져나와 도망치려는 순간 팔이 잡혔다. 유이치는 그 팔을 잡고 앞마당으로 끌고 갔다. 번개처럼 그의 턱에 주먹을 날렸다. 학생은 철쭉 속으로 벌렁 뒤집어졌다. 다가가 그의 얼굴을 마구 두들겨 팼다…….

야스코에게는 기념할 만한 사건이었다. 그날 밤 유이치는 집에 있었고, 몸과 마음으로 야스코를 보호했다. 유이치는 아내를 사랑하기 때문에 보호했다. 유이치는 가정을 사랑하기 때문에 가족의 질서와 안녕을 보호했다. 야스코가 그의 사랑을 완전히 믿은 것도 어찌 보면 당연한 일이었다.

힘세고 믿음직한 남편은 어머니에게 자기 공로를 자랑하지도 않았다. 그러나 누가 알겠는가. 유이치는 자신이 완력을 휘두른 진짜 이유를 수치스러워했다. 이유는 두 가지였다. 하나는 그 학생이 아름다웠기 때문에. 또 하나는 ──유이치에게 이 이상 말하기 어려운 이유는 없을 테지만──, 그 학생이 **여자를 원했다**는 사실을 싫어도 직시해야 했기 때문이다.

……그리고 10월, 야스코는 월경을 하지 않았다.

11장

일상다반사

11월 10일, 유이치는 학교에서 집으로 오는 길에 어느 전차 정류장에서 아내와 만나기로 약속했다. 장소가 장소인지라 양복을 입고 등교했다.

두 사람은 유이치 어머니 주치의 소개로 저명한 산부인과 의사의 자택을 방문하기로 했다. 이 초로의 산부인과 부장은 자택에도 설비를 갖춘 진료실이 있었다. 일주일에 나흘은 대학병원으로 나가고 수요일 금요일은 재택근무였다.

유이치는 아내와 함께 그곳에 가는 걸 사실 많이 주저했다. 친정어머니가 가도 이상하지 않다. 야스코는 그러나 남편이 가주길 원했다. 거절할 이유가 없었다.

박사의 조용하고 우아한 서양식 가옥 앞에는 차가 주차돼 있었다. 유이치와 야스코는 난로가 있는 어둑한 홀에서 순서를 기다렸다.

그날 아침은 서리가 내려 한층 춥게 느껴졌다. 벽난로에는 벌써 불을 피웠고, 바닥에 깔린 백곰 모피는 불 가까이서 희미한 냄새를 풍겼다. 테이블 위 커다란 칠보 꽃병에는 노란 국화가 흘러넘칠 듯이 꽂혀 있었다. 방이 어두워 짙은 녹색 칠보에 난로의 불꽃이 아기자기하게 비쳤다.

홀에는 먼저 온 손님 네 명이 앉아 있었다. 하녀를 데려온 중년 부인과 어머니와 동행한 젊은 여자였다. 중년 부인은 지금 막 미용실에서 나온 듯한 머리에 두껍게 화장을 하고 표정이 굳어 있었다. 분가루에 갇힌 얼굴은 한번 웃으면 피부에 균열이 생길 듯했다. 작은 눈이 분가루 벽 뒤에서 바깥을 살폈다. 자개로 세공한 옻 기모노 하며, 허리띠와 겉옷, 큰 다이아반지, 주위에 떠도는 향수 냄새 하며, 다소 호사스런 통념으로 가장해 꾸며냈다는 느낌이 들었다. 여자는 무릎 위에 잡지를 펼쳐놓고 있었다. 세세하게 활자로 설명된 부분에서 짐짓 눈을 가까이 대고 입술을 움직이며 읽었다. 가끔 거미줄이라도 걷어내려는 듯한 손짓으로 있지도 않은 뒷머리를 터는 버릇이 있다. 함께 온 하녀는 뒤에 있는 작은 의자에 앉아 있다가 여주인이 말을 걸면 성실한 눈빛으로 "네" 하고 답했다.

다른 쪽 사람들은 이 두 사람을 다소 멸시하는 시선으로 흘끗거렸다. 딸은 커다란 화살깃 모양 체크무늬 자주색 기모노를, 어머니는 세로 줄무늬가 들어간 잔주름 기모노를 입고 있었다. 부인인지 아가씨인지 가늠이 안 되는 딸은 몇 번이나 희고 부드러운 팔꿈치를 드러내며 아기여우 같은 주먹을 들고 작은 금색 손목시계를 들여다봤다.

야스코는 아무것도 보지 않고 아무것도 듣지 않았다. 눈동자는 난롯불에 고정돼 있지만 그걸 보고 있는 것은 아니었다. 며칠 전부터 갑작스레 그녀를 덮친 두통과 구역질과 미열과 현기증과 두근거림 외에 그녀가 관심을 갖는 건 없어 보였다. 수많은 증상 속에 깊이 가라앉은 그녀의 얼굴은 먹이통 속에 코를 박고 있는 토끼처럼 착실하고도 순진하게 보였다.

야스코의 차례가 왔을 때, 그녀는 진찰실까지 함께 들어가자고 유이치를 졸랐다. 두 사람은 소독약 냄새가 나는 복도를 지났다. 복도를 떠돌던 찬 틈새 바람이 야스코를 전율케 했다.

"들어오세요." 안에서 교수풍의 차분한 목소리가 들렸다.

박사는 자화상 같은 자세로 이쪽을 보고 의자에 앉아 있었다. 소독약에 푹 담가 하얗게 말린, 말하자면 추상적 느낌으로 뼈가 앙상한 손이 두 사람이 앉을 곳을 가리켰다. 유이치가 소개해준 사람의 이름을 대며 인사했다.

책상 위에 나란히 놓인 치과 기구처럼 반짝이는 물건은 소파수술에 쓰이는 겸자 종류다. 하지만 방에 들어와 가장 먼저 눈에 띈 건 특유의 잔혹한 형태를 갖춘 진찰대였다. 그것은 너무도 기형적이고 부자연스러웠다. 약간 높아 보이는 침대는 하반신 부분이 위로 솟구쳐 있고, 그 끝에 비스듬하게 좌우로 가죽 슬리퍼가 걸려 있었다.

유이치는 먼저 와서 묘하게 새침을 떼고 있던 중년 여자와 젊은 여자가 방금 이 기계 위에서 곡예사 같은 자세를 취했을 거라고 짐작했다. 이 기괴한 침대는 '숙명'의 형태를 취하고 있는지도 모른다. 왜냐하면 이 형태 앞에서는 다이아반지나 향수나 자개를 수놓은 옻칠한 기모노나 자주색 화살깃 기모노도 모두 부질없고 아무런 저항의 힘도 갖지 못하기 때문이다. 그 철제 침대에 감도는 차가운 외설성을, 이윽고 그곳에 앉게 될 야스코의 모습에 적용시켜 본 유이치는 오싹 소름이 돋았다. 자신이 이 침대를 닮았다고 느꼈던 것이다. 야스코는 일부러 진찰대를 외면하며 자리에 앉았다.

증상에 대해 유이치가 몇 마디 거들었다. 박사가 그에게 눈짓을 했다. 그는 야스코를 남겨두고 진찰실을 나와 홀로 돌아왔다. 홀에는 사람의 모습이 보이지 않았다. 안락의자에 앉았다. 마음이 놓이지 않는다. 팔걸이의자에 앉았다. 역시 마음이 놓이지 않는다. 진찰대에 드러누운 야스코의 모습을 상상하는 것에서 도망칠 수 없었다.

유이치는 벽난로 선반에 팔꿈치를 기댔다. 오늘 아침 도착해 이미 학교에서 다 읽은 편지 두 통을 안주머니에서 꺼내 다시 읽었다. 한 통은 교코의 편지고 다른 한 통은 가부라기 부인의 편지였다. 내용도 거의 비슷한 편지 두 통이 우연히 같은 날 아침에 도착했다.

그날 이후 유이치는 교코와 세 번, 가부라기 부인과 두 번 만났다. 최근 한 번은 둘을 한꺼번에 봤다. 슌스케의 사주로 거듭 교코와 가부라기 부인이 유이치를 사이에 두고 만날 수밖에 없는 기회가 만들어졌기 때문이다.

유이치는 우선 교코의 편지를 다시 읽었다. 행간에 분노의 기운이 넘쳐흘렀다. 서체에 남성적인 강경함이 깃들어 있었다.

'당신은 나를 조롱하고 계십니다.' 교코는 그렇게 썼다. '속인다기보다 조롱한다고 생각하는 게 차라리 제 마음이 편합니다. 구두를 돌려주셨을 때, 당신은 흔치 않은 손수건 두 장을 주셨습니다. 저는 기뻐서 그 두 장을 번갈아 세탁하며 항상 핸드백에 넣고 다녔습니다. 하지만 지난번 가부라기 부인을 다시 뵀을 때 보니 그분도 똑같은 손수건을 쓰고 계시더군요. 우린 금세 눈치챘지만 말은 하지 않았습니다. 여자들은 다른 여자가 들고 다니는 물건을 재빨리 알아봅니다. 더군다나 손수건은 한 다스나 반 다스를 사는 법이죠. 당신은 저쪽에 네 장, 저한테 두 장을 주셨거나, 저쪽에 두 장, 다른 누구한테 두 장을 주셨겠죠.

하지만 손수건은 별문제가 아닙니다. 지금부터 드릴 말씀은 한층 더 까다로운 문제인데, 지난번 가부라기 부인과 함께 셋이 우연히 한 자리에 있은 후로 (부인을 우연히 만난 건 언젠가 구두를 산 날 이후로 두 번째죠. 묘한 우연이네요.) 전 밥도 안 넘어갈 만큼 고통스러운 상태입니다.

요전에 외무성 모임도 빼먹고 당신을 만난 날, 복요리 집에서 당신은 제 담배에 불을 붙여주시려고 주머니에서 라이터를 꺼내다가 다다미에 마노 귀걸이 한쪽을 떨어뜨리셨습니다. "어머, 아내 분 귀걸이야?"라고 제가 말했을 때, 당신은 "아뇨" 하고 가볍게 넘기며 집어넣으셨죠. 저는 그런 행동을 한 제 경솔함과 천박함을 후회했습니다. 왜냐고요? 그 말투 속에는 명백히 질투가 담겨 있음을 제 자신도 알고 있었기 때문입니다.

그랬는데 가부라기 부인을 두 번째 뵀을 때, 그분 귀에 바로 그 마노 귀걸이가 걸려 있는 걸 본 제 마음이 어땠겠습니까. 그 후로 저는 다른 사람이 있든 없든 입을 꾹 다물고 당신을 곤란에 빠뜨렸습니다. 지금 이 편지를 쓰자는 결심이 설 때까지 엄청난 고통에 시달렸습니다. 장갑이나 콤팩트라면 몰라도, 귀걸이 한 짝이 신사의 양복 주머니에 들어 있었다는 건 보통 일이 아니라고 생각합니다. 심지어 저는 사소한 일에 크게 신경 쓰지 않는 성격이라고 주변에서 칭찬이 자자한 여자였는데, 이번 일은 어째서 이리도 제 맘을 들볶는지 모르겠습니다. 하루빨리 제 유치한 의심을 치유해 주십시오. 애정까지는 아니더라도 우정이라도 있다면, 쓸데없는 의심에 사로잡힌 여자의 고통을 그냥 지나치진 않으시리라 믿고 이 편지를 씁니다. 읽고 곧장 전화주시겠어요? 전화가 올 때까지 매일 두통을 핑계로 집에 있겠습니다.'

가부라기 부인의 편지는,

'지난번 손수건 장난은 진짜 너무했어. 바로 계산에 들어갔지. 나한테 네 장, 교코 씨한테 네 장, 그럼 한 다스에서 아직 네 장이 비잖아. 부인한테 줬을 거라고 생각하고 싶지만, 당신 같은 사람 믿을 수가 있어야지.

하지만 손수건 일로 교코 씨, 완전히 기운이 빠져서 불쌍했어. 교코 씨도 참 착한 사람이야. 이 세상에 유우짱한테 사랑받는 게 자기 하나라고 생각했던 환상이 산산조각 난 거지.

지난번 고급스런 선물 고마워. 약간 고풍스런 모양이긴 해도 그 마노는 좋은 보석이야. 덕분에 다들 귀걸이를 칭찬해 주면서 내 귀도 칭찬해주고 있거든. 양복에 대한 답례로 준 거라면 당신도 꽤나 고풍스럽지 뭐야. 당신 같은 사람은 그냥 다 받아주기만 해도 여자들이 기뻐해.

양복은 이삼일 안에 완성될 거야. 그날 새로 맞춘 옷을 입은 모습, 나한테 보여줄래? 넥타이도 내가 골라주고 싶어.

추신. 지난번 일 이후, 아무 이유 없이 교코 씨한테 자신이 생겼어. 왜일까. 당신은 귀찮을지 몰라도 난 어쩐지 이번 승부에서 이길 것 같은 예감이 드네.'

'이 두 통을 비교해서 읽으면 곧장 알 수 있는 건' 유이치는 속으로 중얼거렸다. '자신감이 없어 보이는 교코에게는 자신감이 있고, 자신감이 있을 것 같은 부인에게는 자신감이 없다는 사실이다. 교코는 의혹을 숨기지 않지만, 부인은 의혹을 숨기고 있는 모습이 역력하다. 히노키 씨 말 대로다. 교코는 부인과 내가, 부인은 교코와 내가 관계를 맺고 있다는 걸 슬슬 확신하기 시작했다. 자기한테만 손대지 않는다는 사실에 고통스러워하고 있다.'

이때 이 대리석 같은 청년이 손을 댄 유일한 여체에는, 초로의 남자의, 크레졸 냄새로 찌든 건조하고 냉정한 두 개의 손가락이, 화초를 옮겨 심을 때 흙에 손가락을 찔러 넣는 정원사처럼 박혀 있었다. 건조한 또 하나의 손은 바깥에서 내부의 질량을 측정했다. 거위의 알과 같은 생명의 근원이 따뜻한 땅속에 닿았다. 박사는 이어서 우아한 화단용 삽을 집어 들 듯 질경을 간호사의 손에서 받아들었다. ……진찰이 끝났다. 박사는 손을 씻으며 얼굴만 환자 쪽으로 돌려 그의 천직인 인간적인 미소를 만면에 띠고 말했다.

"축하드립니다."

의심쩍다는 듯 야스코가 말이 없자 산부인과 부장은 간호사에게 유이치를 불러오게 했다. 유이치가 들어왔다. 박사가 거듭 말했다.

"축하합니다. 부인은 임신 2개월입니다. 식을 올리고 곧바로 수태하셨군요. 모체는 건강하고 만사정상입니다. 안심하셔도 됩니다.

식욕이 없더라도 식사는 꼭 하셔야 합니다. 음식을 안 드시면 변비에 걸리기 쉽고 변비에 걸리면 독소가 쌓여 좋지 않아요. 매일 주사를 놔드리겠습니다. 포도당에 비타민 B1을 섞어서요. 이런저런 입덧 증상은 걱정할 필요 없습니다. 되도록 안정을 취하세요······." 그런 다음 유이치에게 가벼운 눈짓을 하더니 "그쪽 생활은 계속하셔도 문제없습니다." 하고 덧붙였다.

"아무튼 축하합니다." 박사는 연신 두 사람을 번갈아 보며 말했다. "우생학의 모범이 될 만한 부부로군요. 우생학은 인류의 미래에 희망을 가져올 유일한 학문이지요. 두 분의 아이를 어서 만나보고 싶습니다."

야스코는 차분했다. 어딘지 모르게 신비로운 차분함이었다. 유이치는 앳된 남편이 그렇듯 아내의 모태 근처를 미심쩍다는 듯이 바라봤다. 그때 수상한 환영이 그의 몸을 부르르 떨리게 했다. 아내가 배 부근에 거울을 들고 있고 거울 속 유이치의 얼굴이 가만히 자신을 응시하고 있는 듯한 기분이 들었던 것이다.

그것은 거울이 아니었다. 창으로 든 석양이 우연히 아내의 진주색 스커트에 닿아 그곳을 밝게 비치고 있는 것에 불과했다. 유이치의 이 공포는 아내에게 병을 옮긴 남편이 느끼는 공포와 비슷한 부류였다.

"축하합니다." 돌아오는 길에 유이치는 축하인사의 환청을 몇 번이나 들었다. 지금까지도 무수히 많이 들었지만 앞으로도 무수히 반복해 들을 이 인사의 텅 빈 울림에서, 그는 미사곡의 우울한 후렴을 듣는 듯한 기분이 들었다. 그의 귀가 들은 것은 축하인사가 아니라 무수한 저주의 말이나 마찬가지였다.

 욕망이 없는데도 아이가 태어난다. 오직 욕망에서 태어난 불의의 자녀에게는 어떤 반항의 아름다움이 깃들기 마련인데, 욕망 없이 태어나는 아이는 얼마나 불길한 생김새를 하고 있을까. 인공수정의 경우마저 그 정자는 여자를 원한 남자의 그것이다. 우생학, 욕망을 도외시한 사회개량사상, 타일 붙인 욕실처럼 밝은 사상, 유이치는 산부인과 부장의 연륜이 깃든 아름다운 백발을 증오했다. 사회에 대한 유이치의 솔직하고 건강한 관념은, 그의 독특한 욕망이 사회에서 현실감을 갖지 못한다는 것을 유일한 버팀목으로 삼고 있었기 때문이다.

 행복한 부부는 석양 속에 점점 더 격렬해지는 바람을 피해, 외투 깃을 세우고 서로에게 몸을 기대며 걸었다. 야스코가 유이치의 팔에 팔을 끼우자 몇 겹의 옷감을 지나 팔짱의 따뜻한 온기가 서로에게 전해졌다. 지금 두 사람의 마음을 멀어지게 하는 것은 무엇일까. 마음은 육체를 지니지 않기에 팔짱을 낄 일도 없었다. 야스코나 유이치 둘 다 서로의 마음이 형언하기 어려운 호소를 부르짖을까 두려웠다. 경솔하게도 야스코가 먼저 서로의 금기를 깨고 말았다.

 "있지, 나 좋아해도 돼?"

 유이치는 그렇게 말하는 아내의 얼굴을 차마 똑바로 볼 수가 없었다. 큰소리로 쾌활하게 "무슨 소리야. 축하할 일이지." 하고 외쳤더라면 좋았을 것을. 하지만 그때 우연히 지나친 무언가가 그의 입을 다물게 했다.

 교외의 주택가는 인적이 드물었다. 자갈이 깔린 하얀 길가에 지봉들의 요철이 그리는 그림자가 아득히 저편에 비스듬히 솟은 흑백의 철도 건널목 부근까지 이어졌다. 다가온 것은 스피치 강아지를 데리고 산책을 나온 스웨터 입은 소년이다. 소년의 창백한 얼굴 반쪽에 석양이 비쳐 광택을 띤 자줏빛으로 물들어 있었는데, 가까이 다가가니 얼굴 반쪽이 자줏빛 화상 흉터로 얼룩져 있었다. 소년은 눈을 내리깔고 지나쳤고, 유이치의 연상은 몇 번인가 그가 욕망할 때마다 나타난 먼 화재의 불빛과 소방차 사이렌으로 이어졌다. 그는 다시금 우생학이라는 어휘가 얼마나 혐오스러운지를 상기하며 가까스로 이렇게 말했다.

"좋아해도 되고말고. 축하해."

야스코는 숫된 남편의 축하가 본심이 아니라는 뚜렷한 울림을 느끼고 절망했다.

**

……유이치의 **행위**는 드러나지 않았다. 신비한 자선가의 행위처럼 가려져 있었다. 그러나 눈에 보이지 않는 덕행으로 자기만족에 가득 찬 자선가의 엷은 미소는 이 청년의 입가에 떠오르지 않았다.

공공연한 사회에서 행위가 전무하다는 것이 그의 젊음을 괴롭혔다. 애쓰지 않고도 미풍양속의 화신이 되는 것만큼 따분한 일이 또 있을까. 노력 없이 도덕적 존재가 되는 상황이 견딜 수 없었던 그는, 도덕을 증오하듯이 여자를 증오하는 기술을 배웠다. 오래전 선망의 대상이었던, 서로 사랑하는 젊은 남녀를 지금은 찌를 듯 어두운 질투의 눈으로 봤다. 때때로 그는 자신이 내몰린 침묵의 크기에 놀랐다. 밤의 사회에서 일어나는 행위는 움직임 없는 아름다운 조각상처럼 대리석과 같은 침묵을 지켰지만, 그것은 유이치에게 '아름다움'이 강요당한 의무처럼 작용했다. 말하자면 완전한 조각상이 그러하듯 그는 양식에 얽매여 있었다.

야스코의 임신은 곧장 친정인 세가와 집안의 기쁨 넘치는 방문과 식사자리 등으로 미나미 집안의 생활을 분주하게 했다. 그날 밤도 외출하고 싶어 안절부절못하는 유이치를 본 어머니는 애가 탔다. "대체 뭐가 불만이니?" 어머니가 말했다. "저렇게 마음씨 고운 아내가 기쁘게도 첫아이를 가졌다는데!" 유이치는 도리어 명랑하게 불만 같은 건 전혀 없다고 대답했지만 눈치 빠른 어머니는 아들의 말투에서 빈정거리는 느낌을 받았다. "왜 그런지 모르겠어. 결혼 전에는 잘 놀지도 않아서 부모를 걱정시키던 아이가 결혼한 후부터 여기저기 놀러만 다니잖아. 아냐, 이건 네 잘못이 아니야. 분명 나쁜 친구를 많이 사귄 거겠지. 친구들이 집에 얼굴도 안 비치잖니."

야스코의 친정이 신경 쓰이는 어머니는, 늘 야스코 앞에서 사랑하는 아들을 반쯤 비난하고 반쯤 변호했다.

말할 것도 없이 이 상냥한 어머니가 갖는 관심의 대부분은 아들의 행복이었다. 타인의 행복을 생각할 때 우리는, 우리도 모르게 타인에 의지해 자기 행복 성취의 다른 형태를 꿈꾸기 마련인데, 그것이 오히려 자기 행복을 생각하는 것보다 사람을 이기적으로 만들 수 있다. 신혼인 유이치가 방탕한 생활을 하는 건 야스코에게 문제가 있어서라고 생각한 어머니의 의혹은, 임신이라는 길한 소식으로 일단 해소됐다. 어머니는 야스코에게 말했다. "앞으로 유이치도 분명 착실해질 거야. 조만간 아버지가 되니까."

어머니의 신장병은 차도를 보였지만, 요즘 들어 이런저런 마음고생을 하면서 다시금 죽고 싶다는 생각이 들었다. 또 이럴 땐 꼭 병이 모습을 감춘다. 어머니를 괴롭히는 건 야스코의 불행보다도, 어머니의 에고이즘에서 오는 아들의 불행이었는데, 명백히 효도에 동기를 둔 이 결혼이 유이치 본인에게는 원치 않은 일이 아니었을까 하는 의혹이, 특히 어머니에게는 고뇌와 후회의 씨앗이 됐다.

집안에 어떤 파국이 벌어지기 전에 뭔가 조치를 취해야겠다고 생각한 어머니는, 유이치의 방탕이 사돈집에 전해지지 않도록 며느리에게 부드럽게 이야기하는 한편 넌지시 유이치를 추궁했다.

"남한테 말 못할 걱정거리나 연애사가 있으면 나한테만 말해봐. 괜찮아, 야스코한테도 입 다물고 있으마. 이대로 있다간 뭔가 무시무시하고 기분 나쁜 일이 벌어질 것 같은 예감이 드는구나."

야스코의 임신에 앞서 이 말을 들은 유이치의 눈에는 어머니가 무당처럼 보였다. 가정이란, 반드시 어딘가에 어떠한 불행을 품고 있기 마련이다. 범선을 항로로 밀어주는 순풍은 그것을 파멸로 이끄는 폭풍과 본질적으로 같은 바람이다. 가정이나 가족은 순풍처럼 중화된 불행에 떠밀려 움직이며, 가족을 그린 수많은 명화에는 감추어진 불행이 인장처럼 그림 한구석에 나타나 있다. 그런 의미에서 어쩌면 자신의 가정도 **건전한** 가정의 부류에 속할지 모른다고, 유이치는 낙천적인 기분이 들 때마다 생각하곤 했다.

미나미 가문의 재산 관리는 여전히 유이치가 담당했다. 슌스케가 오십만 엔을 기부했다는 사실을 꿈에도 모르는 어머니는 야스코의 지참금 때문에 세가와 가문에 주눅이 들어 있었는데, 이유야 어찌 되었건 삼십만 엔가량 되는 지참금에는 손도 대지 않았다. 유이치는 의외로 이문에 밝았다. 고등학교 선배 중에 은행원이 있었는데, 그 남자의 부정대출 덕분에 유이치가 맡긴 슌스케의 이십만 엔이 매달 일만 이천 엔의 이윤을 가져왔다. 지금으로선 이쪽 투자가 위험범위 내에 들지 않았다.

야스코의 학교 친구 중에 작년에 아기 엄마가 된 여자가 있는데, 소아마비로 아이를 잃었다는 소식이 들렸다. 그 이야기를 들었을 때 유이치가 지었던 기쁜 표정은 조문 가는 야스코의 발을 무겁게 했다. 아름답지만 어두운 야유로 빛나는 남편의 눈은, 그것 봐라, 하고 말하는 것처럼 들렸다.

남의 불행은 얼마쯤 우리의 행복이다. 격렬한 연애의 감정이 시시각각 변해가면 이 공식이 가장 순수한 형태를 띠나, 그렇더라도 서정적인 야스코의 머릿속에는 남편의 마음을 위로하는 것은 오직 불행이 아닌가 하는 의구심이 들었다. 유이치의 행복에 대한 생각은 그야말로 될 대로 되라는 분위기였다. 그는 영속적 행복을 믿지 않지만 남몰래 두려워하고 있었다. 영원할 것 같은 걸 보면 그는 공포에 휩싸였다.

어느 날 부부는 야스코의 아버지 백화점에 쇼핑을 하러 갔다. 4층 유아차 매장 앞에서 야스코가 꽤 오래 서 있었다. 유이치는 관심 없다는 듯 아내를 재촉했다. 재촉하기 위해 그가 잡은 그녀의 팔뚝에 살짝 고집스런 힘이 들어 있었다. 그때 힐끗 올려다보는 아내의 눈에 분노의 빛이 떠오르는 것을 유이치는 모르는 척했다. 돌아가는 버스에서 야스코는 그녀에게 응석부리는 옆자리의 갓난아이를 한참 달랬다. 지저분한 턱받이를 한 그 가난한 젖먹이는 귀여운 얼굴이 전혀 아니었다.

"아이들은 귀여워."

아이와 엄마가 내리자 야스코는 애교스럽게 고개를 갸웃하며 유이치에게 말했다.

"마음이 급하네. 태어나는 건 여름인데."

야스코는 다시 침묵했는데 이번에는 눈에 눈물이 고였다. 유이치 같은 남편이 아니더라도 이렇게 앞서나가는 모성애를 보면 누구나 조롱하고 싶어지리라. 더구나 야스코의 이런 감정 유출에는 자연스러움이 결여되어 있었고 실제보다 부풀린 포즈가 있었다. 사실 이 포즈에는 비난의 기세가 있었다.

어느 밤, 야스코가 극심한 두통을 호소하며 드러누워 유이치도 외출을 삼갔다. 구토 증세와 가슴 두근거림이 있어 의사가 올 때까지 하녀 기요가 냉수 찜질로 환자의 가슴을 진정시켰다. 아들을 위로하기 위해 온 유이치의 어머니가 말했다.

"걱정할 것 없어. 널 가졌을 때 나도 입덧이 엄청났지. 게다가 내가 원래 좀 음식취향이 별나 그런지 포도주 병을 땄는데 갑자기 버섯처럼 생긴 그 코르크 마개가 먹고 싶어져서 얼마나 난처했는지 몰라."

의사가 처치를 끝내고 돌아가니 이미 열 시가 가까운 시각이었다. 야스코의 침실에는 유이치와 두 사람만 남았다. 파랗게 질렸던 뺨에 핏기가 돌자 야스코는 전보다 더 생생해진 듯 보였다. 나른하게 이불 위로 나와 있는 하얀 팔이 은은한 등불에 비쳐 아름다웠다.

"너무 힘들었어. 하지만 아이를 위한 거라면 이런 고통쯤 아무것도 아냐."

그렇게 말하며 아내는 유이치의 이마로 손을 뻗어 드리워진 머리칼을 장난스럽게 만지작거렸다. 유이치는 그냥 내버려두었다. 그 순간 생각지도 않게 잔혹한 상냥함이 솟아 아직 열이 남아 있는 야스코의 입술에 입술을 갖다 댔다. 어떤 여자든 진심을 털어놓을 수밖에 없는 간절한 어조로 유이치는 야스코에게 물었다.

"정말로 아이를 원해? 말해 봐. 너한테 모성애는 아직 너무 일러. 네가 진짜 원하는 걸 말해 봐."

아픔에 지친 야스코의 눈은 기다렸다는 듯 눈물을 흘렸다. 감정의 속임수에 빠진 여자가 내비치는 무언가에 도취된 듯한 눈물만큼 사람의 마음을 움직이는 것은 없다.

"아이가 생기면……" 야스코는 띄엄띄엄 말했다. "아이만 생긴다면, 당신이 날 버리지 않을 거라고 생각했어."

유이치가 낙태를 생각한 것은 이때부터였다.

**

사람들은 히노키 슌스케가 젊어지고 예전과 달리 옷차림이 화려해졌다는 데 놀랐다. 원래 슌스케의 노년 작품에는 생생함이 있었다. 뛰어난 예술가가 만년에 펼쳐 보이는 생생함이라기보다는, 만년에 이르러도 완전히 성숙되지 않은 부분이 병들어 부패한 생생함이다. 엄밀한 의미에서 슌스케가 젊어지는 것은 있을 수 없었고, 남은 것은 오히려 그의 죽음이었다. 그러나 생활면에서 완전히 조형력을 갖지 못했던 그가 조형력의 결정체라 할 수 있는 어떤 미적 취미도 갖지 못했다는 데 대한 반동인지, 요즘 들어 그의 복장에는 젊은이들 유행으로부터 받은 영향의 흔적이 역력하게 보였다. 작품제작의 미학과 생활의 취미가 일치를 이루는 게 이 나라의 통례다. 슌스케의 이런 엉뚱한 감행은 르동의 영향이라는 걸 꿈에도 모르는 세상 사람들로 하여금, 이 늙은 예술가가 살짝 정신 나간 게 아닌지 의심하게 만들었다.

그뿐 아니라 슌스케의 생활에는 뭐라 단정할 수 없는 신출귀몰한 색채가 더해졌다. 일찍이 경쾌함이나 산뜻함과 거리가 멀었던 그의 언동에는 가짜 경쾌함, 오히려 경솔함이 엿보였다. 젊어지기 위한 인공적 고통을 사람들은 그의 경솔함 속에서 읽어냈다. 그의 전집 판매는 순조로웠고, 그의 정신 상태에 관한 기묘한 전설이 판매를 촉진시켰다.

아무리 똑똑한 비평가나 통찰력이 뛰어난 지인도 슌스케를 변화시킨 진짜 이유를 파악하지 못했다. 원인은 단순했다. 슌스케는 '사상'을 품기에 이른 것이다.

여름날 해변의 물보라 속에 나타난 청년의 모습을 본 이후, 태어나 처음으로 늙은 작가에게 하나의 '사상'이 깃들었다. 슌스케는 자신을 괴롭혀온 청춘이라는 뒤죽박죽의 힘, 온갖 집중과 질서를 불가능하게 만드는 가장 나태한 활력, 창조에는 조금도 힘을 빌리지 않고 소모와 자기파멸만이 유용한 방대한 무기력, 이 생동감 넘치는 나약함, 이 과잉이라는 병에, 자신은 가질 수 없는 힘과 강력함을 부여하려 했다. 이 생의 병을 치유하며, 강철 같은 죽음의 건강을 부여하는 일. 이것이 예술작품 속에서 슌스케가 꿈꿔온 이상의 구현이었다.

  예술작품에는 존재의 이중성이 있다. 이것이 그의 의견이었다. 발굴된 고대 연꽃의 씨앗이 꽃을 피우듯, 영속적인 생명을 지녔다고 일컬어지는 작품은, 모든 시대 모든 나라 사람들의 마음에 되살아난다. 고대 작품을 마주할 때 공간 예술이든 시간 예술이든 그 작품이 갖는 공간과 시간 사이에 얽매인 몸이 된 우리의 생은, 적어도 그 밖의 부분에서는 현재의 생을 정지 내지는 방치한다. 우리는 또 하나의 생을 산다. 그러나 또 하나의 생을 살기 위해 소비되는 내적 시간은 이미 측량되고 해결된 것이다. 우리가 스타일이라 부르는 것이 그것이다. 하나의 작품이 갖는 경이로움은 놀라운 것이며, 그 이후 인생관이 바뀔 정도라고, 우리는 무의식적으로 스타일을 통해 놀란다. 그 후의 변화는 스타일을 통한 영향에 불과하다. 그러나 인생 경험이나 인생의 영향에는 스타일이 결여된 경우가 보통이다. 예술작품은 여기에 스타일을 입혀, 말하자면 인생의 기성복을 제공하는 것이라는 자연파의 주장에 슌스케는 굴하지 않았다. 스타일은 예술의 타고난 숙명이다. 작품에 의한 내적 경험과 인생 경험은 스타일의 유무에 따라 차원을 달리한다. 그러나 인생 경험 가운데 작품에 의한 내적 경험에 가장 근접한 것이 딱 하나 있다. 그것은 죽음이 주는 감동이다. 우리는 죽음을 경험할 수 없다. 그러나 그 감동은 종종 경험한다. 죽음의 상념, 가족의 죽음, 사랑하는 사람의 죽음에서 이것을 경험한다. 말하자면 죽음이란 생의 유일한 스타일이다.

예술작품의 감동이 우리에게 그처럼 강하게 생을 의식하게 만드는 것은, 그것이 죽음의 감동이기 때문은 아닐까. 슌스케의 동방적 몽상은 걸핏하면 죽음으로 기울었다. 동양에서는 죽음이 생보다 몇 배는 더 생생하다. 슌스케가 생각하는 예술작품이란 일종의 제련된 죽음, 생으로 하여금 선험적인 것에 닿게 만드는 유일한 힘이었다.

내적인 존재로서는 생이며, 객관적인 존재로서는 죽음 혹은 허무에 다름 아닌 모든 존재의 이중성은, 예술작품으로 하여금 무한히 자연의 아름다움에 가까워지도록 한다. 그의 확신에 따르면, 예술작품은 자연과 마찬가지로 반드시 '정신'을 가지는 것은 아니었다. 하물며 사상은! 정신의 부재에 의해 정신을 증명하고, 사상의 부재에 의해 사상을 증명하며, 생의 부재에 의해 생을 증명한다. 그것이야말로 예술작품이 지닌 역설적인 사명이다. 나아가 미의 사명이자 성격이다.

그렇다면 창조의 작용은 자연이 지닌 창조력의 모방에 지나지 않는 게 아닐까? 이러한 의문에 슌스케는 신랄한 답변을 준비해뒀다.

자연은 태어나는 것이며 만들어지는 것이 아니다. 창조는 자연으로 하여금 자신의 출생을 의심하도록 만드는 작용이다. 창조란 자연의 **방법**이기 때문이다, 라고 하는 것이 그의 답변이었다.

그렇다, 슌스케는 방법의 화신이다. 그가 유이치에게 바란 것은 이 아름다운 청년이 지닌 자연의 청춘을 예술작품으로 주조하는 일이었다. 그리하여 청춘의 온갖 나약함을 죽음처럼 강대한 것으로 바꾸고자 했다. 그가 주변에 퍼뜨리는 힘을 자연력과 같은 파괴의 힘, 인간미 없는 무기질의 힘으로 바꾸고자 했다.

유이치의 존재는 흡사 한창 쓰고 있는 작품처럼 낮이고 밤이고 노작가의 마음을 떠나지 않았다. 그사이 전화로라도 그의 명랑하고 젊은이다운 목소리를 듣지 않는 날은 하루 종일 찌뿌드드하고 불쾌했다. 유이치의 황금처럼 밝고 묵직한 목소리는 마침 구름 사이로 비치는 한 줄기 태양빛과 같이, 이 늙은 영혼의 황무지에 쏟아져 말라비틀어진 잡초와 돌무더기의 정취를 환하게 했으며, 그곳을 조금이라도 살기 적합한 장소로 만들었던 것이다.

종종 유이치를 만나는 장소로 삼고 있는 르동에서 슌스케는 여전히 '그쪽 사람'인 척했다. 그는 은어에 정통했고 미묘한 눈짓의 의미를 꿰뚫고 있었다. 생각지도 못한 작은 로맨스가 그를 기쁘게 했다. 음울한 낯빛을 한 젊은이가 이 추한 노인에게 사랑을 고백했던 것이다. 취향 독특한 그 젊은이는 육십 세 이상의 남자에게만 애착을 느꼈다.

슌스케는 그쪽 소년들을 데리고 여기저기 카페나 레스토랑에 모습을 드러냈다. 소년에서 성인이 되어가는 미묘한 연령대에게 저녁 하늘처럼 시시각각 변하는 색조의 추이가 있음을 슌스케는 깨달았다. 어른이 된다는 건 아름다움의 일몰이다. 18세부터 25세 사이의 사랑받는 이들의 아름다움은 미묘하게 모습이 바뀌었다. 저녁놀이 비치는 최초의 징조, 구름이란 구름이 과실처럼 싱싱한 색을 띠는 시각은, 18세부터 20세에 달하는 소년의 뺨 빛깔과 낭창낭창한 목덜미, 막 면도를 끝낸 턱 부근의 신선한 젊음, 소녀의 그것을 닮은 입술을 상징했다. 이윽고 저녁놀이 한창일 때 구름은 형형색색으로 불타고 하늘이 미친 듯이 환희의 표정을 띠는 시각은, 20세부터 23세에 이르는 청춘의 꽃이 한창인 나이를 의미했다. 이때의 눈빛은 다소 용맹하고, 뺨은 팽팽하며, 입가는 남자의 의지를 차차 밖으로 드러냈다. 뺨에 타다 남은 수줍은 빛과 유선형 눈썹의 부드러움에는 여리던 소년 시절 아름다움의 흔적이 보였다. 끝으로, 불이 번진 구름이 격렬한 양상을 띠며 석양의 잔상이 불의 머리칼을 곤두세우며 잠겨드는 시각은, 눈에 아직 무구한 반짝임이 깃드는 동시에 뺨에 남성의 비극적인 의지의 위태로움이 차오르는 24세 25세 청년이 지닌 아름다움을 드러냈다.

 슌스케는 주변 소년들이 지닌 아름다움을 솔직하게 인정했지만, 그중 어느 누구에게서도 육감적 애정을 느끼지 못했다. 사랑하지도 않는 여자들에게 둘러싸인 유이치의 기분이 이런 것일까 하고 늙은 작가는 생각했다. 그러나 유이치를 생각할 때만큼은 육감까진 아니어도 노인의 마음이 왠지 두근거렸다. 그 자리에 없는 유이치의 이름을 슌스케가 입에 담으면 소년들의 눈에 어떠한 추억의 환희와 슬픔이 떠올랐다. 슌스케가 이유를 캐물으니, 그 소년들은 모두 유이치와 관계가 있었으며 두세 번 만에 버려졌다.

 유이치로부터 전화가 왔다. 내일 방문해도 되냐는 전화였다. 때마침 겨울에 찾아온 첫 신경통으로 몸이 쑤셨던 슌스케는 그 전화 덕분에 이내 아픔이 사그라졌다.

이튿날은 봄날처럼 온화한 초겨울 날씨라 슌스케는 햇살이 드는 넓은 툇마루에서 《차일드 해럴드》를 읽었다. 바이런은 언제나 슌스케를 웃게 만들었다. 그사이 손님이 너덧 왔다. 하녀가 유이치의 방문을 알렸다. 그는 귀찮은 사건을 맡은 변호사처럼 떨떠름한 표정을 지으며 먼저 온 손님들에게 사과했다. 이층 서재로 안내된 새로 온 '중대한' 손님이 아직 학생 신분이며, 별다른 재능도 없는 청년일 줄은, 그곳에 있던 사람 누구도 상상하지 못했다.

서재에는 류큐 염색 쿠션 다섯 장을 나란히 놓은 내민창 창틀 겸 장의자가 있었다. 창문 삼면을 둘러싼 장식선반에 골동품 도자기가 어수선하게 놓여 있고 한쪽에는 대단히 고아한 토용이 있었다. 이들 수집품에서 아무런 질서도 계열도 찾아볼 수 없는 건 그것들이 전부 선물 받은 물건인 탓이다.

유이치는 가부라기 부인이 선물한 새 양복을 입고 내민창 창가에 앉았는데, 창으로 드는 맑게 끓인 물 같은 초겨울 햇살이 칠흑처럼 새카맣게 넘실거리는 머리칼에 닿아 반짝였다. 유이치는 방에 계절 꽃이 없다는 걸 알아챘다. 살아있는 것의 기척은 어디에도 없다. 검은 대리석 탁상시계가 침울하게 시간을 운반할 뿐이다. 아름다운 청년은 바로 앞 책상 위에 오래된 가죽 표지 원서로 손을 뻗었다. 마크밀란 판 월터 페이터 전집 가운데 《미셀레니어스 스터디즈》에서 〈피카르디의 아폴로〉라는 글 여기저기에 슌스케가 그은 밑줄이 있었다. 그 옆에는 낡은 《왕생요집》 상하권과 오브리 비어즐리의 큰 판형 화집이 쌓여 있었다.

슌스케를 보고 일어서는 창가의 유이치를 발견한 늙은 예술가는 거의 전율했다. 그의 마음이 지금 이 아름다운 청년을 **사랑하고 있다**고 느꼈기 때문이다. 르동에서 선보이는 연기가 언젠가 슌스케 자신을 속이고, (마치 유이치가 종종 자기의 연기에 속아 여자를 사랑한다고 느꼈던 것처럼) 있을 수 없는 착각에 내몰린 것일까?

슌스케는 눈이 부신 듯 눈을 살짝 깜박거렸다. 유이치 곁에 다가앉아 갑작스레 이런 소릴 했다. 어제까지는 신경통을 앓았는데 날씨 덕분인지 오늘은 안 아프다, 흡사 오른 무릎에 기상관측 기압계를 달아놓은 것처럼 눈이라도 오는 날은 아침부터 알 수가 있다.

청년이 무슨 말을 이어가야 할지 망설이는 사이 노작가는 그의 양복을 칭찬했다. 누가 선물한 것인지 듣더니 이렇게 말했다.

"흠, 그 여잔 전에 나한테서 삼만 엔을 강탈해갔어. 그러니 자네가 양복선물을 받았다면 나로선 수지가 맞아. 다음에 감사의 뜻으로 키스라도 해주게."

인생에 침 뱉기를 잊지 않는 그의 상습적인 말투는 유이치가 오래도록 인생에 품어온 공포에 잘 듣는 약이었다.

"그래서 자네 용건은 뭔가?"

"야스코 일입니다."

"임신했다는 이야기는 들었네만……."

"네, 그게……." 청년은 머뭇거렸다. "그래서 상의를 좀 드리려고요."

"낙태하려고?" 이 적확한 질문에 유이치는 눈을 부릅떴다. "왜 또 그러나? 내가 정신과 의사에게 물어보니 자네 취향 같은 건 아직 유전성이 판명되지 않은 것 같다더군. 그리 겁먹을 필요 없네."

유이치는 침묵했다. 낙태를 생각한 진짜 이유는 잘 몰랐다. 아내가 정말로 아이를 원했다면 낙태까지 생각하진 않았으리라. 아내의 바람이 다른 데 있다는 공포가 고민의 동기가 됐음은 분명하다. 이 공포로부터, 유이치는 스스로를 해방시키고 싶었다. 이를 위해 우선은 아내를 해방시키고 싶다. 임신은, 출산은, 구속하는 일이다. 해방을 단념하는 일이다. ……청년은 화난 듯 말했다.

"그렇지 않습니다. 그것 때문이 아니에요."

"그럼 뭣 때문이지?" 슈스케는 의사처럼 냉정히 질문했다.

"야스코의 행복을 위해서, 그렇게 하는 게 낫다고 생각했습니다."

"그게 지금 무슨 소린가." 노작가는 고개를 젖히고 웃음을 터뜨렸다. "야스코의 행복이라고? 여자의 행복? 자넨 여자를 사랑하지도 않으면서 여자의 행복 따윌 논할 자격이 있나?"

"그러니까요. 그러니까 지워야 합니다. 그러면 우리 둘의 유대는 끊어지겠죠. 야스코는 헤어질 마음만 먹으면 언제든 헤어질 수 있을 겁니다. 그게 결국은 집사람의 행복이겠죠."

"자네의 그런 감정은 동정심인가? 자비심인가? 그것도 아니면 에고이즘인가? 나약함인가? 정말 어처구니가 없군. 자네한테서 그런 흔해빠진 소릴 들을 줄은 몰랐네."

노인은 보기 흉하게 흥분했다. 손은 평소보다 훨씬 떨렸다. 두 손을 불안한 듯 맞비볐다. 지방이라곤 없는 손바닥에서 먼지가 피어오를 듯한 마찰음이 났다. 그는 근처의 《왕생요집》 페이지를 펄럭펄럭 함부로 펼치다 덮었다.

"내 말을 벌써 잊었군. 난 자네에게 말했어. 여자를 물질이라 생각해라, 여자의 정신을 인정해선 절대 안 된다, 고 말이야. 난 실패했지만, 자네가 나와 같은 실수를 할 줄은 꿈에도 몰랐네. 여자를 사랑하지도 않는 남자가! 자네는 그런 각오로 결혼하지 않았나. 여자의 행복이라니 진짜 어이가 없군. 정이 든 게야? 웃기지 말게. 장작개비한테 어떻게 정이 드나. 상대를 나무토막이라고 생각한 덕분에 결혼이 가능했던 거 아닌가. 알겠나, 유우쨩." 정신적 아버지는 진지하게 아름다운 아들을 응시했다. 반쯤 색이 바란 그의 늙은 눈동자가 강하게 뭔가를 보려 할 때마다 눈가에는 말할 수 없이 애처로운 주름이 졌다. "자넨 인생을 두려워해선 안 되네. 어떤 고통이나 불행도 닥치지 않을 거라 확신하게. 아무 책임도 의무도 지지 않는 게 아름다움이 갖는 도덕일세. 아름다움은 자신도 예측할 수 없는 힘의 영향에 일일이 책임질 여유가 없어. 아름다움은 행복 같은 걸 생각할 겨를이 없네. 하물며 남의 행복 따위야. ……그러나 그러하기에 아름다움은, 그걸 위해 괴로워하다 죽는 사람마저도 행복하게 할 힘을 지닌다네."

"선생님이 낙태를 반대하시는 이유를 알겠습니다. 야스코가 더 고통 받아야 한다고 생각하시는군요. 헤어지고 싶어도 헤어질 수 없는 상황으로 아내를 몰고 가려면 아이가 생기는 게 낫다고 생각하시는 거죠. 야스코는 지금도 충분히 고통스럽습니다. 제 아내예요. 오십만 엔은 돌려드리겠습니다."

"또 모순당착이군. 야스코가 아내라면서 헤어지기 쉽게 만들겠다는 건 무슨 소리인가. 자네는 미래를 두려워하고 있어. 도망치고 싶어 하지. 평생 옆에서 야스코의 고통을 지켜보는 게 두려운 걸세."

"하지만 저의 고통은 어떻게 해야 합니까. 전 지금 괴롭습니다. 조금도 행복하지 않습니다."

"자네가 죄라고 생각하는 것, 자넬 고통스럽게 하고 후회하게 만드는 것, 그게 뭔가. 유우짱, 사물의 본질을 보게. 자네는 완전히 무고해. 자네는 욕망에 따라 행동한 게 아니야. 죄는 욕망의 조미료라네. 자네는 조미료 맛만 보고 시큼한 표정을 짓고 있어. 야스코와 헤어져 뭘 어쩌고 싶은가."

"자유를 찾고 싶습니다. 사실대로 말씀드리면, 어째서 제가 선생님 말씀대로 움직이고 있는지 저도 잘 모르겠습니다. 저란 인간은 의지가 없는 게 아닐까 싶을 때마다 쓸쓸해서 견딜 수가 없습니다."

이 평범하고 천진한 독백은 점점 더 절실한 외침이 됐다. 청년이 말했다.

"전 말이죠, **현실의 존재**가 되고 싶습니다."

슌스케는 귀를 기울였다. 그의 예술작품이 처음으로 내지른 탄식의 목소리를 듣는 듯했다. 유이치는 암울하게 덧붙였다.

"저는 비밀에 지쳤습니다."

……슌스케의 작품이 처음으로 입을 열었다. 슌스케는 이 아름다운 청년의 격렬한 목소리에서 종을 만들다 지친 이의 중얼거림이 새겨진 명종의 운율을 들었다. 뒤이은 유이치의 아이 같은 불평이 슌스케를 미소 짓게 했다. 그의 작품이 내는 목소리는 아니었다.

"저는 아름답다는 소리를 들어도 기쁘지 않습니다. 절 재미있고 애교 많은 유우짱이라고 불러줄 때가 훨씬 더 기쁩니다."

"그렇지만" 슌스케의 어조가 누그러졌다. "자네 종족에게는 현실의 존재가 될 수 없는 운명이 있지 않나. 대신 예술에서만큼은 자네 종족이 현실에서 용감무쌍한 적수가 되지. 그쪽 사람들은 '표현'의 천직을 타고난 것 같아. 아무리 생각해도 그래. 표현이란 행위는 현실에 올라타 현실의 숨통을 끊어놓고 완전히 짓밟아버리는 일이야. 그렇게 표현은 언제나 현실의 유산상속인이 되지. 현실이란 현실에 좌지우지되는 자들에 의해 거꾸로 좌지우지당하고, 현실에 지배되는 자들에 의해 거꾸로 지배당한다네. 예를 들어 현실을 움직이고 현실을 지배하는 현실의 명백한 담당자는 '민중'이야. 하지만 표현은 말일세, 그건 좀처럼 움직이지 않아. 결단코 움직이기 힘든 것이지. 그 담당자가 '예술가'라네. 표현만이 현실에 현실다움을 부여할 수 있고, 리얼리티는 현실 속이 아니라 오직 표현 속에 있다네. 현실은 표현에 비해 훨씬 추상적이지. 현실의 세계에는 인간, 남자, 여자, 연인, 가정 등등이 뒤섞여 있을 뿐이야. 표현의 세계는 반대로 인간성, 남성스러움, 여성스러움, 연인다운 연인, 가정을 가정답게 하는 것 등등을 대표하지. 표현이 현실의 핵심을 간파한다고 해서 현실에 발목을 잡히지는 않아. 표현은 잠자리처럼 물가에 그림자를 드리우고, 수면 위를 아슬아슬하게 날아다니다 어느 순간 수면 위에 산란을 하지. 잠자리 유충은 드넓은 하늘을 휘젓고 날아다닐 날을 위해 물속에서 자라고 물속의 비밀을 꿰뚫으며 심지어 물의 세계를 경멸해. 이거야말로 자네들 종족의 사명이야. 언젠가 자네는 내게 다수결원칙이 갖는 고민을 호소한 적이 있지. 난 이제 자네의 고민을 믿지 않네. 서로 사랑하는 남자와 여자의 어디에 창조적인 것이 있단 말인가. 근대사회에서는 사랑의 동기에서 본능이 차지하는 부분이 점점 희박해지고 있어. 습관과 모방이 최초의 충동에마저 스며들고 있어. 뭘 모방한다고 생각하나? 천박한 예술을 모방하는 거지. 많은 젊은 남녀가 어리석게도, 예술에 그려진 사랑에만 진정한 사랑이 있고, 자기들의 사랑은 그것의 졸렬한 모방에 불과하다고 확신하고 있어. 지난번 나는, **그쪽 사람**이라는 남자 무용수의 낭만적인 발레를 봤다네. 그이만큼 사랑하는 남자의 정서를 멋지고 섬세하게 표현한 사람은 없었어. 하지만 그가 사랑한 이는 눈앞의 아름다운 발레리나가 아니었다네. 사소한 조연을 맡으며 아주 잠깐 무대에 오른 소년 제자였어. 그의 연기가 그토록 관객을 심취하게 만든 건, 그것이 완전히 인공적이었기 때문이야. 무대에서 상대역을 맡은 아름다운 발레리나에게 욕망을 갖지 않았기 때문이야. 그랬기에 아무것도 모르는 젊은 남녀 관객에게는, 그가 연기하는 사랑이 말하자면 이 세상 사랑의 귀감이 됐던 거지."

슌스케의 장황한 이야기는 끝이 없었고, 덕분에 유이치는 중대한 인생문제를 제대로 꺼내보지도 못했다. 집을 나설 땐 중요하다고 생각했던 것이 집으로 돌아갈 무렵에는 사사로운 일이라고 여겨질 정도로 문제를 어물쩍 넘겨버리게 됐다.

어찌 됐건 야스코는 아이를 원한다. 어머니는 열렬히 손자를 원한다. 야스코의 친정은 말할 것도 없다. 게다가 슌스케도 그걸 원하고 있는 게 아닌가! 유이치가 제아무리 야스코의 행복을 위해 낙태가 중요하다 믿는다 해도 우선은 야스코를 납득시키기 힘들 것이다. 입덧이 아무리 심해지더라도 야스코는 점점 더 강해지고 고집스러워지리라.

유이치는 적도 아군도 불행을 향해 미친 듯이 춤을 추며 내달리는 떠들썩함에 현기증이 났다. 미래를 봐버린 예언자의 불행에 자신을 비유하며 우울감에 젖었다. 그날 밤은 혼자 르동에 가서 술을 잔뜩 마셨다. 자신의 고독을 과장해 생각하다 잔인해지고 싶다는 기분에 매력을 전혀 느끼지 못하는 소년과 밤을 보냈다. 곤드레만드레 취한 척하며 아직 웃옷도 벗지 않은 소년의 목덜미 속에 위스키를 부었는데, 이게 다 장난이라고 치부할 생각에 의기양양 억지웃음을 지었지만, 유이치의 표정을 비굴하게 살피는 소년의 표정이 그를 더욱 우울하게 만들었다. 소년의 양말에 꽤 큰 구멍이 나 있었던 것도, 그를 한층 우울하게 하는 데 일조했다.

엉망진창으로 술에 취한 유이치는 소년의 몸에 손도 대지 않고 곯아떨어졌다가 한밤중 자기가 지른 소리에 놀라 눈을 떴다. 꿈속에서 슌스케를 죽이고 있었다. 유이치는 식은땀을 닦는 자신의 손을 두려운 듯 어둠 속에서 바라보았다.

12장

Gay Party

한참을 고민했지만 유이치의 우유부단한 태도는 크리스마스까지 이어졌고 결국 낙태시기를 놓치고 말았다. 여전히 우울의 늪에 빠져 있던 어느 날 가부라기 부인에게 처음으로 키스를 했는데, 이 키스가 부인을 십 년은 젊어지게 만들었다. 크리스마스는 어디서 보낼 거냐고 부인이 물었다. "크리스마스 밤만큼은 아내에게 충성해야겠죠." "어머, 우리 집 남편은 나랑 같이 크리스마스를 보낸 적이 한 번도 없어. 아마 올해도 부부가 따로 놀 텐데." 키스 후 유이치는 오히려 부인의 절도 있는 행동에 깊이 감동했다. 보통 여자라면 키스한 순간부터 연인인 척하기 시작하는데, 부인의 애정은 도리어 진지하고 침착해져서 평소 흐트러진 모습을 찾아보기 어려웠던 것이다. 남들은 모르는 진솔한 민낯으로 사랑받고 있다고 생각하니, 유이치는 그 편이 훨씬 더 무서웠다.

유이치의 크리스마스 스케줄은 따로 있었다. 오이소 고지대 저택에서 열리는 Gay Party에 초대받았기 때문이다. 게이란 미국 속어로 남색가를 뜻한다.

그 집은 재산세 때문에 매각도 못 하고 유지비도 못 내는 어느 저택을, 재키가 옛 지인을 통해 월세로 얻은 것이었다. 주인 가족은 제지회사 사장이었던 가장이 죽은 후 도쿄에 비좁은 집을 빌려 소박하게 살고 있었는데, 자기들 자택보다 세 배는 넓고 정원도 열 배 이상 큰 셋집을 가끔 방문할 때마다 늘 손님이 바글바글한 것을 이상하게 생각했다. 저녁에 오이소역을 지나칠 때면 그 거실 등불이 얼핏 보여서, 지방에서 열차를 타고 도쿄로 향하는 손님이 옛날 집에 불이 켜진 걸 보니 그립더라는 인사를 하기도 했다. "거기서 무슨 화려한 생활을 하는지 도무지 모르겠어, 언젠가 들렀더니 연회 준비로 정신이 없던데." 집주인 부인은 미심쩍었다. 널찍한 잔디정원에서 바다가 내려다보이는 그 저택에서 무슨 일이 일어나고 있는지 짐작조차 할 수 없었다.

재키의 청년시절은 그야말로 눈부시고 화려해서 이후 그의 명성에 필적할 젊은이로는 유이치가 겨우 대를 이을 정도였다. 하지만 시대가 달랐다. 재키(이름은 그래도 그는 틀림없는 일본인이었다)는 미모를 밑천으로 당시로선 대기업 간부들도 못 누리는 호화로운 유럽여행을 즐겼다. 그때 만나던 영국인 후원자와 몇 해 만에 헤어졌다. 일본으로 돌아와 한동안 간사이에 있었다. 당시 후원자는 인도에서 온 부호였는데 고베 아시야 마을 사교계의 귀부인 셋이 여자를 싫어하는 이 청년 주위에 모여들었다. 더할 나위 없이 착하고 쾌활했던 아름다운 청년은 유이치가 야스코에게 의무를 다하는 것처럼 이 세 비호자에게 번갈아가며 의무를 행했다. 인도인은 가슴이 아팠다. 재키는 이 감상적인 거구의 남자를 쌀쌀맞게 대했다. 아래층에서 젊은 연인이 오늘도 수많은 동료들을 불러놓고 미친 듯이 소란을 피우는 사이, 인도인은 이층 일광욕실 등나무 의자에 누워 가슴께까지 담요를 끌어올린 채 성경을 읽고 또 읽으며 울었다.

전쟁 중 재키는 프랑스 대사관 참사관의 비서였다. 그는 스파이로 오해받았다. 사생활이 신출귀몰해서 공적인 행동도 의심을 샀다. 전쟁 후 재빨리 오이소의 저택을 얻어 친분 있는 외국인이 들어와 살게 하면서 경영에 재능을 드러냈다. 그는 지금도 아름다웠다. 여자에게 수염이 나지 않는 것처럼 그는 나이가 들지 않았다. 더군다나 게이 사회의 남근숭배──그것이 그들의 유일한 종교였는데──는 재키의 지칠 줄 모르는 생활력에 찬탄과 경의를 아끼지 않았다.

그날 저녁, 유이치는 르동에 있었다. 그는 좀 지쳐 있었다. 평소보다 해쓱해진 뺨은 윤곽이 뚜렷해진 얼굴에 어쩐지 불안한 기운을 더했다. 오늘 유우짱 눈은 촉촉해서 더 멋지다고 에이짱이 말했다. 바다를 보다가 지친 일등항해사의 눈 같다고 에이짱은 생각했다.

본디 유이치는 아내가 있다는 사실을 숨기고 있었다. 비밀이 있다는 게 엉뚱한 질투를 유발하는 원인이 되기도 했는데, 그는 창밖으로 분주한 세밑 거리를 바라보며 최근의 불안한 일상에 대해 생각했다. 신혼 때처럼 유이치는 다시 밤이 두려워지기 시작했다. 임신 이후 야스코는 집요하고 끝없는 애정을 요구했다. 병간호를 하는 사람에게 요구하듯 목적이 분명한 애정이었다. 그 결과 유이치는 전에도 생각했지만 자신이 무보수 창녀 같다는 생각을 하지 않을 수 없었다.

'나는 헌신적인 싸구려 인형이다.' 유이치는 자신을 시시한 존재로 생각하길 즐겼다. '남자의 의지를 저리도 저렴하게 손에 넣은 야스코니, 약간의 불행을 감내하는 건 당연한 게 아닌가. 그나저나 난 비겁한 하녀처럼 나 자신에게도 충실하지 않은 삶을 살고 있구나.'

사실 유이치가 사랑하는 소년 옆에 누울 때 육체에 비하면, 아내 옆에 누울 때 육체는 훨씬 더 값쌌다. 이런 가치의 전도는 남들 눈에 더할 나위 없이 잘 어울리는 젊고 아름다운 부부의 실질을 차게 식은 냉소의 관계, 무상 매춘의 관계로 끌어내렸다. 남들 눈에 감춰진 이 조용하고 느릿한 병독이 끊임없이 유이치를 갉아먹고 있는데, 인형 같은 부부의 소꿉장난처럼 작은 테두리 바깥에서도 그를 갉아먹지 않는다고 누가 보증할 수 있을까?

예를 들어 지금까지 유이치는 게이사회에서 자신의 이상에 충실했다. 그의 취향에 맞는 연하의 소년 이외엔 결코 관계를 맺지 않았다. 이 충실함은 물론 야스코와의 잠자리가 자신에게 불충실한 데 대한 반동이 작용했으리라. 애초에 유이치는 스스로에게 충실하기 위해 이 사회로 들어섰다. 그러나 한편으로 그의 나약함과 슌스케의 이상한 집착이 유이치 자신에 대한 불충실함을 강요했다. 슌스케는 그걸 아름다움 내지는 예술의 숙명이라고 했다.

유이치의 얼굴은 외국인 열에 아홉의 마음을 사로잡았다. 서양인을 싫어하는 그는 그때마다 거절했다. 어떤 외국인은 화를 참지 못한 나머지 르동의 이층 유리창을 깼고, 어떤 사람은 우울증에 빠져

동침한 소년의 손목에 이유도 없이 상처를 냈다. 외국인 애인을 돈벌이로 이용하는 무리는 이런 이유로 유이치를 크게 존경했다. 그들은 먹고사는 일과 무관하게 이 세계에 뛰어드는 존재에게, 일종의 피학적 경의와 친애를 느꼈다. 왜냐하면 우리는 늘 먹고사는 일에 가벼운 복수를 꿈꾸며 살기 때문이다.

한편 유이치는 타고난 상냥함을 발휘해 상대의 마음에 상처를 주지 않고 거절하려 애썼다. 그가 원하지는 않지만 그를 원하는 가여운 존재들을 보며 유이치는, 자신이 가여운 아내를 보는 눈으로 그들을 보고 있다고 생각했다. 연민과 동정은 인간에게 경멸 어린 헌신을 허락하고, 그 헌신 속에서 오히려 느긋한 교태가 싹트는 법이다. 고아원을 찾은 노부인의 따뜻한 모성 속에서 나이 들어 완전히 안심한 교태가 엿보이는 것과 같은 이치다.

……고급 승용차 한 대가 붐비는 거리를 뚫고 르동 앞에 멈춰 섰다. 또 한 대가 뒤를 이어 정차했다. 오아시스의 기미짱이 발레 하듯 발끝으로 빙그르르 한 바퀴 돌며 외국인 셋을 특유의 귀여운 눈인사로 맞았다. 재키의 파티에 가는 일행은 외국인을 포함해 유이치까지 모두 열 명이었다.

유이치를 보는 세 외국인 눈에 희미한 기대와 초조가 비쳤다. 오늘 밤 재키의 저택에서 그와 함께 잠자리에 들게 될 사람은 누구일까?

두 대의 자동차에 열 명이 나눠 탔다. 루디가 차창 너머로 재키에게 줄 선물을 전했다. 호랑가시나무 잎으로 장식한 샴페인 한 병이었다.

***

오이소까지는 두 시간이 채 걸리지 않았다. 차들은 앞서거니 뒤서거니 하며 게이힌 제2국도를 빠져나와 오후나 방면으로 구 도카이도 자동차로를 달렸다. 소년들은 들떠 있었다. 빈틈없는 한 소년이 팁 넣을 빈 보스턴백을 무릎 위에 껴안고 있었다. 유이치는 외국인 옆에 앉지 않았다. 조수석에 앉은 금발의 젊은 남자가 탐욕스럽게 백미러로 유이치를 응시했다. 유이치의 얼굴을 인정한 것이다.

찬란한 별밤이었다. 내리기도 전에 얼어버린 무수한 눈송이 같은 별이 청자색 겨울 밤하늘에 반짝이고 있었다. 차 안은 히터를 틀어서 따뜻했다. 유이치는 한 번 관계한 적 있는 수다스런 소년에게서, 조수석 금발의 남자가 일본에 오자마자 어디서 배웠는지 쾌락이 절정에 이른 순간 일본어로 "천국! 천국!" 하고 외쳐서 상대가 웃음을 터뜨렸다는 이야기를 들었다. 충분히 있을 법한 이야기라 유이치는 크게 웃었는데 우연히 백미러로 그와 눈이 마주쳤다. 푸른 눈동자가 유이치에게 윙크하며 얇은 입술을 거울에 갖다 대고 키스했다. 유이치는 놀랐다. 거울에 흐릿하게 찍힌 입술 모양은 연지색이었다.

도착은 아홉 시다. 저택 입구에는 이미 고급 승용차 세 대가 서 있었다. 음악이 새어나오는 창가에 사람의 그림자가 바삐 움직였다. 차에서 내린 소년들은 꽤 쌀쌀한 바람에 이발소에 갓 다녀온 새파란 목덜미를 움츠렸다.

재키는 현관으로 나와 새로 온 손님을 맞았다. 유이치가 내민 겨울장미 꽃다발에 볼을 비비고, 커다란 캐츠아이 보석이 박힌 반지를 낀 손으로 외국인과 화려하게 악수를 했다. 재키는 적잖이 취해 있었다. 그리고 다들, 낮에 가게에서 반찬을 팔던 소년까지 메리 크리스마스 투 유를 주고받았다. 그 순간 소년들은 외국에 온 기분이 들었고, 이미 이쪽 소년들은 애인을 따라 외국에 다녀온 경우도 많았다. 신문에 '국경을 초월한 의협심, 하우스보이* 유학생에게' 같은 제목으로 보도되는 미담은 대부분 이 경우다.

현관에서 이어진 넓은 홀에는 중앙에 놓인 크리스마스트리에 반짝이는 알전구 외에 빛다운 빛이 없었다. 나무 사이에 걸린 확성기에서 무도곡이 흘러나왔다. 홀에는 스무 명 정도가 춤을 추고 있다.

정말이지 이날 밤 베들레헴에서는 순진무구한 갓난아기가 원죄 없는 모태에서 태어났다. 춤추는 남자들은 '의로운 사람' 요셉처럼 탄생을 축하했다. 즉 오늘 밤 태어난 갓난아기를 자신들은 책임질 일이 없음을 축하하고 있었다.

남자들끼리의 댄스, 예사롭지 않은 농담, 춤추는 그들 얼굴에는 어떤 강요에 의한 행동이 아니라 그저 농담으로 하는 행동이라는 반항적 미소가 있었다. 그들은 춤추며 웃었다. 영혼을 죽이는 웃음. 마을 무도장에서 사이좋게 춤추는 남녀의 모습에는 숨김없는 충동의 자유가 보이는데, 남자끼리 서로 팔을 두르고 춤을 추는 모습에는 충동에 억눌린 어둔 결박 같은 느낌이 있었다. 어째서 남자끼리는 **마음에 없어도** 서로 사랑하는 척해야 할까. 어쨌거나 이런 부류의 사랑은 충동에 허둥대며 숙명의 침울한 맛을 더하지 않고서는

---

* 미군부대에서 청소, 빨래 등 허드렛일을 하던 소년.

성립하기 어려우리라. ……무도곡은 빠른 룸바로 바뀌었다. 그들의 춤은 격렬해지고 음탕해졌다. 마치 자기들을 속박하는 건 음악뿐이란 걸 표현하려고, 어떤 한 쌍은 입술을 포갠 채 쓰러질 때까지 그 자리에서 무한히 뱅글뱅글 돌았다.

먼저 와 있던 에이짱이 작고 뚱뚱한 외국인 품에서 유이치에게 눈짓을 했다. 소년은 반쯤 웃고 반쯤 눈살을 찌푸리고 있었다. 이 뚱뚱한 춤꾼이 춤을 추며 끊임없이 소년의 귓불을 깨물어서 아이브 로펜슬로 그린 턱수염이 소년의 볼을 계속 더럽힌 탓이다.

거기서 유이치는 그가 최초에 그린 **관념**의 귀결을 보았다. 그보다 그 관념의 여실한 실현과 구체화를 보았다. 에이짱의 입술과 치아는 여전히 아름답고 더럽혀진 뺨은 이루 말할 수 없이 사랑스러웠지만, 그 아름다움에는 이미 약간의 추상성도 없었다. 그의 가는 허리는 털이 덥수룩한 팔 밑에서 넘실거리고 있었다. 유이치는 무표정하게 눈을 돌렸다.

구석 난로를 둘러싼 긴 의자들 위에 만취해 애무하는 무리가 음산한 속삭임과 숨죽인 웃음을 흘리며 누워 있었다. 언뜻 보니 어둡고 커다란 산호 덩어리 같다. 아니다. 적어도 일고여덟 명의 남자들이 몸의 어딘가를 접촉하며 이어져 있었다. 두 사람이 서로 어깨에 손을 두르고, 등 뒤로 다른 남자의 애무에 몸을 맡기며, 다음 한 사람은 옆 사람의 허벅지 위에 자기 허벅지를 올린 채, 왼손은 왼쪽에 앉은 남자의 가슴팍에 맡기고 있었다. 거기엔 저녁안개처럼 낮고 달콤하게 흔들리는 애무와 속삭임이 떠다녔다. 발치의 융단에 앉은 한 근엄한 신사는 순금 커프스버튼을 끄른 다음 눈앞의 긴 의자 위에서 세 남자가 어루만지고 있는 소년의 양말을 벗겨 한쪽 발에 가만히 얼굴을 대고 키스를 했다. 발바닥에 키스를 당한 소년이 교태 섞인 소리를 지르며 간지러워하자 뒤로 젖혀진 몸의 동요가 순식간에 일동에게 영향을 미쳤다. 하지만 다른 사람들은 움직임 없이 바다 깊숙이 사는 동물처럼 말없이 축 처져 있었다.

재키가 유이치에게 다가와 칵테일을 권하며 말했다.

"파티가 성황이라 얼마나 기쁜지 몰라." 분주한 주최자는 말투마저 젊게 꾸며대며 말했다. "있잖아, 유우짱. 오늘 밤 당신을 꼭 만나고 싶다는 사람이 오는데. 나랑 전부터 잘 아는 사이니까 너무 매정하게 굴진 말아줘. 가명은 포프라고 해." 그때 재키가 현관문을 보고 눈을 반짝였다. "저기 왔다."

대단히 점잔을 빼는 신사 하나가 어두운 문 앞에 모습을 드러냈다. 상의 단추를 만지작거리는 손이 하얗게 보였다. 그는 마치 태엽을 감았다가 한 걸음 한 걸음 움직이는 듯이 부자연스러운 걸음걸이로 재키와 유이치 쪽으로 다가왔다. 춤추는 한 쌍의 연인이 가까이 다가오자 불쾌한 인상을 쓰며 고개를 돌렸다.

"이쪽은 포프 씨, 이쪽은 유우짱."

재키의 소개에 포프는 유이치에게 하얀 손을 내밀었다.

"안녕하시죠."

유이치는 불쾌한 광택에 싸인 얼굴을 바라보았다. 가부라기 백작이었다.

13장

은밀한 관계

 포프라는 가부라기 노부타카의 기묘한 애칭은 오래전 알렉산더 포프의 시를 사랑해 장난스럽게 지었다가 유래를 모르는 사람들 입에도 전해지게 됐다. 노부타카는 재키와 오랜 친구 사이였다. 두 사람은 십여 년 전 고베 오리엔탈 호텔에서 만나 두세 번 함께 밤을 보냈다.
 애초에 유이치는 이쪽 파티에서 뜻밖의 사람을 만나도 놀라지 않는 수련을 쌓아왔다. 이 사회는 바깥 사회의 질서를 해체하여, 바깥 사회의 알파벳을 뿔뿔이 흩어놓고, 이것을 다시 기묘한 배열로 —— 예를 들어 CXMQA와 같이 —— 새롭게 줄 세우고 조합하는 기술자의 능력을 장기로 여긴 까닭이다.
 그러나 가부라기 전 백작의 변신만큼은 예상하지 못한 일이었기에, 유이치는 포프가 손을 내밀었을 때 잠시 망설였다. 그러나 노부타카의 충격은 한층 더했다. 그는 취객이 뭔가를 빤히 응시하는 듯한 시선으로 아름다운 청년을 빤히 쳐다보며 이렇게 말했다.

"자네였나! 자네가!"

이어서 재키를 돌아보며 말했다.

"긴 세월 내 감이 어긋난 건 이 사람이 처음이라네. 이렇게 젊은 나이에 부인도 있는 사람이란 말일세. 처음 만난 것도 이 친구 결혼식이었다고. 그 유이치 군이 그 유명한 유우짱이었다니!"

"유우짱한테 부인이 있다고?" 재키는 외국인처럼 호들갑스럽게 놀란 모습을 취했다. "세상에, 그건 처음 듣는 얘기야."

이렇듯 유이치의 비밀 하나가 너무도 쉽게 새나갔다. 그에게 부인이 있다는 소식은 열흘도 안 돼 이 세계 곳곳에 퍼지리라. 그는 자신이 살고 있는 두 세계의 비밀이 어느새 하나하나 양쪽 세계로 퍼져나가는 그 착실한 속도가 두려웠다.

유이치는 이 공포에서 벗어나기 위해 가부라기 전 백작을 서둘러 포프로 인식해 보려고 노력했다.

포프의 침착하지 못한 갈망의 시선은 언제나 아름다운 남자를 찾아 헤매는 탐구욕에 푹 빠져 있었다. 닦아도 닦아도 지지 않는 얼룩처럼 노부타카의 풍모에는 **기분 나쁜** 무언가가 떠다녔다. 말할 수 없이 불쾌하고 유약하고 뻔뻔한 성격, 억지로 짜낸 듯한 끔찍한 목소리, 철저히 계획된 **자연스러움**은 모두 이쪽 사람이 갖는 각인과 가면의 노력이었다. 유이치의 기억에 남아 있던 온갖 단편적인 인상이, 순식간에 일정한 맥락을 얻어 하나의 분명한 전형이 됐다. 이 사회 특유의 두 가지 작용인, 해체작용과 수렴작용에서 후자가 충실히 작용한 것이다. 가부라기 노부타카는 지명수배 된 범인이 수술로 얼굴을 바꾸듯 늘 사람들 앞에 드러내는 얼굴 아래, 남들에게 알리기 싫은 초상화를 정교하게 숨겨왔다. 특히 귀족은 자기 본모습을 숨기는 데 비상한 재주가 있다. 악덕을 숨기는 재미가 악덕을 행하는 재미에 앞선다는 점에서 노부타카는 귀족다운 행복을 찾아냈다고 해도 좋았다.

노부타카가 유이치의 등을 떠밀었다. 재키가 두 사람을 빈 장의자로 안내했다.

흰 웨이터 복장을 갖춘 다섯 명의 소년이 인파를 뚫고 서양 술잔과 카나페가 담긴 접시를 갖고 왔다. 다섯 명 모두 재키가 총애하는 소년들이었다. 이상한 일이었다. 다섯 명 다 재키와 어느 부분이 조금씩 닮아 있었고 그런 까닭에 서로 형제처럼 보였다. 한 사람은 재키의 눈을, 한 사람은 코를, 한 사람은 입술을, 한 사람은 뒷모습을, 한 사람은 이마를 이어받았다. 그들을 짜 맞추면 세상에 둘도 없는 젊은 날 재키의 초상이 완성됐다.

그의 초상은 벽난로 선반 위, 꽃과 호랑가시나무 잎과 그림이 그려진 한 쌍의 초로 장식된 훌륭한 황금 액자에 싸여 있었다. 다소 칙칙한 물감 때문에 한층 더 관능적으로 보이는 올리브색 나상이었다. 재키가 열아홉 살 되던 봄, 그를 끔찍이 사랑하던 영국인이 그를 모델로 손수 그린 이 젊은 바커스 상은 장난스럽게 웃으며 오른손으로 샴페인 잔을 높이 들고 있었다. 이마에는 아이비를, 알몸 목에는 푸른 넥타이를 흐트러지게 두르고, 왼쪽 팔은 허리를 살짝 덮은 식탁보를 흰 파도처럼 힘차게 젓는 노가 되어, 걸터앉은 식탁에 황금 선체 같은 몸을 받치고 있었다.

그때 음악이 삼바로 바뀌며 춤추던 사람들은 벽으로 빠지고 계단 어귀를 가득 뒤덮은 포도주색 우단 장막에 불이 비쳤다. 장막이 거세게 흔들리더니 순식간에 스페인 무녀로 분한 반라의 소년이 나타났다. 열여덟아홉 살쯤 되는 요염하고 가녀린 소년이었다. 소년은 어두운 진홍색 터번으로 머리칼을, 금실을 두른 진홍색 젖마개로 가슴을 가리고 있었다. 소년은 춤을 췄다. 그 맑고 순수한 육감은 여자의 살이 지닌 어둡고 우아하면서 부드러운 물렁거림과는 다른, 간결한 선과 빛이 넘치는 나긋나긋함으로 이뤄져 보는 사람의 마음을 빼앗았다. 소년은 춤을 추며 고개를 뒤로 젖혔다가 고개를 다시 가져오며 유이치 쪽으로 확연한 유혹의 눈길을 보냈다. 유이치도 윙크를 하며 응했다. 암묵적 계약이 성립됐다.

노부타카는 이 눈짓을 놓치지 않았다. 아까 유이치의 정체를 알고 난 후부터 그의 마음속 세계는 오로지 유이치로 가득했다. 세상의 눈을 꺼려 긴자 일대에 모습을 드러내지 않는 포프는, 최근 여기저기서 전해들은 '유우짱'이라는 이름에서, 이쪽 세계에 흔하디흔한 아름다운 소년 가운데 조금 봐줄 만한 사람일 정도라고밖에 상상하지 않았다. 반쯤 호기심에서 재키에게 소개를 청했는데 그것이 유이치였다.

가부라기 노부타카는 유혹의 천재였다. 마흔세 살이 된 지금까지 관계를 맺은 소년은 어림잡아 천 명에 달했다. 그를 사로잡은 것은 무엇이었을까. 아름다움에 매료돼 호색을 쫓은 건 아니었다. 오히려 공포와 전율이 그를 사로잡았다. 이 길의 쾌락에는 어디까지나 일종의 감미로운 위화감이 따라붙어, 작가 사이카쿠가 말했듯

'놈들 장난은 우수수 떨어지는 꽃잎 아래 늑대가 잠들어 있는 것'과 같은 운치가 있었다. 노부타카는 언제나 새로운 전율을 원했다. 새로운 것만이 그를 전율시켰다. 그는 아름다움을 정밀하게 비교하거나 품평한 기억이 없다. 눈앞에 사랑하는 이의 얼굴을, 일찍이 사랑했던 이의 얼굴과 비교하려 들지 않았다. 정념은 한 줄기 광선처럼 어느 시간, 어느 공간을 비춘다. 그때 노부타카는 우리에게 주어진 생의 지속 바깥에 있는 어떤 신선한 균열이, 마치 자살자를 유혹하는 벼랑처럼 저항할 수 없게 그를 유혹하는 걸 느꼈다.

 '이 녀석은 위험하다'고 포프는 혼잣말했다. '이제껏 유이치를, 아내를 맹목적으로 사랑하는 젊은 남편, 세상의 보편적인 길에서 한눈팔지 않고 달려온 젊은이로밖에 생각하지 않았기 때문에, 그의 아름다운 모습을 봐도 그저 안온하게 있을 수 있었다. 이 젊은이를 이쪽 골목으로 끌고 들어올 생각조차 하지 않았다. 조금 아까 유이치를 발견했을 때, 내 마음은 크게 요동쳤다. 그는 위험한 번개다. 나는 기억한다. 오래전 처음 이 길로 들어선 젊은이를 봤을 때, 똑같은 번개가 나의 마음을 노골적으로 비췄다. 나는 진심으로 사랑에 빠졌다. 사랑에 빠지려 할 때 오는 예감이 있다. 그 후 이십 년이 흐르는 동안 같은 강도의 번개를 만난 건 오늘이 처음이다. 이것에 비하면 다른 천 명에게 느낀 번개 따위는 장난감 불꽃놀이에 지나지 않았다고 단언할 수 있다. 최초의 떨림, 최초의 전율, 그걸로 모든 게 판가름 난다. 아무튼 나는 이 청년과 서둘러 잠자리를 가져야만 한다.'

 그렇더라도 사랑하며 관찰하는 기술이 뛰어난 그의 시선에는 투시의 힘이 있었고, 말에는 독심술이 있었다. 유이치를 본 순간 노부타카는 세상에 둘도 없는 미모의 젊은이를 침범한 정신적 독을 꿰뚫어보고 말았다.

'아아, 이미 이 청년은, 자기 아름다움에 나약해져 있다. 그의 약점은 미모다. 아름다움의 힘을 의식해버린 탓에 그의 등에는 나뭇잎의 흔적이 남은 것이다.* 이 녀석을 엿보자. ──'

노부타카는 자리에서 일어나 테라스에서 술을 깨려 하고 있는 재키에게 다가갔다. 그사이 아까 함께 차를 타고 온 금발의 외국인과 또 다른 중년의 외국인이 앞다퉈 유이치에게 댄스를 신청했다.

손짓을 하자 재키는 곧장 들어왔다. 차가운 바깥 공기가 노부타카의 목덜미를 덮쳤다.

"할 얘기 있어?"

"응."

재키는 옛 친구를 바다가 내려다보이는 중이층 바로 데려갔다. 재키가 긴자 술집에서 데려온 성실한 웨이터가 창문 옆 스탠드바에서 팔을 걷어붙이고 일을 하고 있었다. 왼쪽 멀리 곶에 점멸하는 등대가 보였다. 정원의 고목이 별 하늘과 바다를 끌어안고 있었다. 창문은 냉기와 온기의 협공을 만나 닦을 때마다 금세 흐려졌다. 두 사람은 장난스럽게 여성용 칵테일과 엔젤키스를 주문해 마셨다.

"어때, 훌륭하지?"

"아름다운 아이네. 저 정도는 이제껏 본 적 없어."

---

* 게르만 민족의 영웅전설에 등장하는 지크프리트는 용을 퇴치하고 그 피를 뒤집어써 불사신이 되었으나 등에 붙은 나뭇잎 때문에 피가 묻지 않은 부분에 공격을 당해 죽음을 맞았다.

"서양 애들도 다 놀라. 아직 성과는 없지만 말이야. 외국 애들을 싫어하는 것 같다더라고. 저 애도 벌써 열 명에서 스무 명은 경험이 있는 것 같던데, 전부 다 연하 애들이지."

"어려우니 더 매력이 있지. 요즘 애들은 돈만 보고 달려드니까."

"어디 한번 해봐. 어쨌든 이 방면에서 한다하는 사람들도 애를 먹고 죽는 소릴 하니까. 포프의 실력을 보여줘."

"물어보고 싶은 게 있는데" 하고 전 백작은 오른손에 쥔 칵테일 잔을 왼손 손바닥에 올려놓고 찬찬히 쳐다보며 말했다. 그가 무언가를 볼 때는 누군가가 자신을 지켜보고 있다는 듯한 분위기가 있었다. 말하자면 늘 배우와 관객의 일인이역을 연기했다. "……뭐랄까, 저 친구가 자신이 원치 않는 사람에게 몸을 맡긴 적이 있나 하는 점이야. 그러니까, ……자신의 아름다움에 완전히 몸을 맡긴 적이 있냐 하는 것인데. 상대방을 향한 애정이니 욕망이니 하는 것이 조금이라도 있다면 자신의 아름다움에 순수하게 몸을 맡길 순 없었을 거야. ……자네 말에 따르면 저 친구는 그 정도 기량이 있으면서도 아직 그런 경험이 없을 텐데."

"내가 들은 바에 따르면 그래. 하긴 부인이 있다고 하니 부인하곤 의리로 잠자리를 하겠지."

노부타카는 눈을 내리깔고 옛 친구의 말이 암시하는 바를 찾았다. 무얼 생각할 때도 그는 자신의 훌륭한 사고방식을 남들이 빤히 들여다보고 있다는 듯 행동했다. 긍정적인 재키는 포프에게 우선 한번 도전해 보라고 부추겼고, 내일 아침 열 시까지 넘어올지 말지를 두고 내기를 하자고 했다. 재키는 술에 취해 새끼손가락에 낀 고급 반지를 포프의 성공을 조건으로 걸었고, 반대의 경우에는 포프로 하여금 가부라기 집안의 가보인 무로마치시대 칠기 벼루상자를 걸도록 했다. 금으로 세공한 이 아름다운 칠기는 일찍이 가부라기 집안을 방문했을 때부터 재키가 몹시도 탐을 내던 것이었다.

두 사람은 중이층에서 내려왔다. 유이치는 아까 그 댄서 소년과 춤을 추고 있었다. 소년은 이미 양복으로 옷을 갈아입었고 목에 사랑스러운 나비넥타이를 맸다. 노부타카는 본인의 나이를 알았다. 남색가의 지옥은 여성의 지옥과 같은 곳에 있다. '늙음'이다. 절대로, 신께 맹세코, 저 아름다운 청년이 자신을 사랑할 기적은 일어나지 않으리란 것을 노부타카는 알고 있었다. 그걸 생각하면 그의 정열은 애초에 무의미하다는 걸 뻔히 아는 이상주의자의 정열이었다. 누가 이상을 사랑하면 했지 이상으로부터 사랑받길 기대하겠는가.

유이치와 소년은 노래 중간에 갑자기 춤을 멈췄다. 둘은 포도주색 장막 뒤에 몸을 숨겼다. 포프는 한숨을 내쉬며 말했다.

"아! 이층으로 가버렸어."

위층에는 수시로 사용할 수 있는 작은 방이 서너 개 있었는데 방마다 침대와 취침용 의자가 그저 가정용 가구처럼 태연하게 놓여 있었다.

"포프, 한두 사람 정도는 눈감아줘. 젊으니까 괜찮아."

재키는 그를 위로하며 구석에 있는 장식장으로 시선을 줬다. 노부타카한테서 받을 벼루상자를 어디에 둘까 생각했던 것이다.

노부타카는 기다렸다. 한 시간 정도 지나 유이치가 다시 모습을 드러낸 뒤에도 기회는 좀처럼 찾아오지 않았다. 밤이 깊었다. 사람들은 춤에 싫증이 났다. 하지만 잇달아 피어오르는 잉걸불처럼 매번 늘 여러 커플이 번갈아 들어와 다시 춤을 췄다. 벽 쪽 작은 의자에서 재키가 총애하는 소년 하나가 앙증맞은 얼굴로 졸고 있었다. 외국인 하나가 재키에게 눈짓했다. 너그러운 주인은 웃으며 고갤 끄덕였다. 외국인은 졸고 있는 소년을 가뿐히 안아 올려 중이층 문 안쪽 장막의 그늘진 장의자로 데려갔다. 조는 척하고 있던 소년의 입술이 엷게 열리고 그 긴 속눈썹 그늘에 감춰진 눈동자가 호기심에 몸을 떨며 그 강인한 이의 가슴을 슬쩍 건너봤다. 셔츠 틈으로 비어져 나온 금빛 가슴 털을 보며 커다란 벌에게 안겨 있는 듯한 기분이 들었다.

노부타카는 기회를 기다렸다. 모여든 사람 대부분은 오랜 친구여서 하룻밤을 지새울 화제는 충분했다. 그러나 노부타카는 유이치를 원했다. 온갖 감미로운, 혹은 음란한 상상이 그를 괴롭혔다. 그럼에도 포프는 혼란스런 감정의 파편을 표정에 드러내지 않을 자신이 있었다.

유이치의 시선이 우연히 새로 온 손님에게 머물렀다. 그 소년은 외국인 너덧 명과 함께 요코하마에서 오는 길이었다. 이미 새벽 두 시가 지난 시각이었다. 그는 투톤코트 깃 밖으로 주홍과 검정 세로 줄무늬가 있는 머플러를 하고 있었다. 웃는 얼굴에 드러난 치열은 씩씩하고 하얬다. 머리칼은 바짝 치켜 깎았고, 그것이 조각 같은 얼굴과 잘 어울렸다. 익숙하지 않은 손놀림으로 담배를 피우는 손가락에는 굵은 머리글자가 새겨진 순금반지를 끼고 있었다.

이 야성의 소년에게는 유이치의 육감적이고 나른한 우아함과 걸

맞은 무언가가 있었다. 유이치가 조각의 걸작이라 한다면 이 소년은 대충 만든 조각 같았다. 흡사 모조품처럼 유이치를 적잖이 닮아 있었다. 나르시스는 남다른 자긍심 때문에 오히려 만듦새가 시원치 않은 거울을 사랑하기도 한다. 볼품없는 거울은 적어도 질투를 피할 수 있다.

새로 온 일행이 먼저 와 있던 손님들과 반갑게 인사를 나눴다. 유이치와 소년은 나란히 앉았다. 두 사람의 싱그러운 눈이 서로를 엿보았다. 이미 서로 수긍했다.

그러나 두 사람이 손을 잡고 자리에서 일어서려 했을 때, 한 외국인이 유이치에게 춤을 청했다. 유이치는 거절하지 않았다. 가부라기 노부타카는 이 기회를 놓치지 않고 소년 곁으로 다가가 춤을 청했다. 춤을 추며 이렇게 말했다.

"날 잊었나, 료짱."

"잊을 리가 있나요, 포프 씨."

"내 말을 들어 손해 본 적은 없단 걸 기억하는가."

"돈을 아끼지 않는 포프 씨의 호방함은 모두 인정합니다. 당신의 시원시원한 기질에는 다들 마음이 끌리죠."

"아부는 됐어. 오늘은 어떤가."

"싫지는 않습니다. 당신이라면."

"지금 당장일세."

"지금 당장이라면……."

소년은 낯빛을 흐렸다.

"하지만……."

"지난번 돈의 두 배를 주겠네."

"좋아요, 하지만 꼭 지금이 아니더라도 아침까지 시간이 있잖아요."

"아쉽지만 지금 말곤 방이 없어."

"하지만 선약이 있다고요."

"돈 한 푼 안 들어오는 선약 아닌가."

"저도 제가 반한 상대에게 이 한 몸 불사할 의향이 있으니까요."

"한 몸 불사하겠다니 세게 나오는군. 좋아, 그럼 세 배에 천 엔 더해 만 엔으로 하지. 어떤가."

"만 엔이요?" 소년의 눈동자가 약간 흔들렸다.

"나랑 했던 기억이 그렇게 좋았어요?"

"좋았지."

소년은 허세를 떠느라 큰 목소리로 웃었다.

"취했습니까, 포프 씨. 말이 너무 달콤한데요."

"자넨 자기 가치를 너무 모르는군. 가엾게도. 자신감을 가지게. 자, 여기 선금 사천 엔일세. 나머지 육천 엔은 나중에 줄 테니."

소년은 파소 도블레의 빠른 템포에 고민하며 암산했다. 사천 엔이면 잘못해서 나머지 육천 엔을 못 받게 되더라도 결코 수지가 나쁜 장사는 아니다. 유이치는 잠시 미뤄두기로 하자. 자, 이 상황을 어떻게 헤쳐나갈 것인가.

유이치는 소년의 춤이 끝나기를 기다리며 구석에서 담배를 피우고 서 있었다. 손가락으로 톡톡 벽을 치고 있다. 노부타카는 유이치를 곁눈질하며 이 싱그러운 청년의 몸으로 당장이라도 달려들고 싶다는 충동에 눈을 부릅떴다.

춤이 끝났다. 료스케가 변명할 생각으로 유이치에게 다가가자 상황을 미처 깨닫지 못한 유이치가 담배를 버리고 등을 돌려 먼저 일어섰다. 료스케는 그를 따라갔고 노부타카는 료스케의 뒤를 밟았다. 계단을 오를 때 유이치가 다정하게 소년의 어깨에 팔을 걸자 소년은 말을 꺼내기 어려운 상황에 처했다. 이층 작은 방 앞까지 온 유이치가 문을 열었을 때, 노부타카가 재빨리 소년의 팔을 낚아챘다. 유이치는 수상쩍다는 듯 돌아봤다. 노부타카와 소년이 입을 다물고 있자 유이치의 얼굴이 탄력 있는 분노로 변했다.

"무슨 짓입니까."

"이 아이는 약속이 있네."

"제가 먼저일 텐데요."

"이 아이는 나와 함께 갈 의무가 있다네."

유이치는 고개를 돌리고 억지로 웃으려 했다.

"농담 그만하시지요."

"농담 같으면 이 아이한테 물어보게. 누구랑 같이 먼저 방에 들어갈 생각인지?"

유이치는 소년의 어깨에 손을 올렸다. 그 어깨는 떨리고 있었다. 거북한 마음을 숨기려고 소년의 눈은 적의를 품은 듯 유이치를 노려보며 어색하지만 부드럽게 말했다.

"괜찮지? 우린 나중에 해도."

유이치는 소년을 칠 기세였다. 노부타카가 막아섰다.

"그렇게 난폭한 짓은 하지 말게. 내가 천천히 얘기해 줄 테니."

노부타카는 유이치의 어깨를 안고 작은 방으로 들어갔다. 료스케가 뒤따라 들어가려 하자 노부타카가 그의 면전에 대고 쾅 소리 나게 문을 닫았다. 소년의 욕설이 들렸다. 노부타카는 뒷손으로 재빨리 문을 잠갔다. 유이치를 창가 쪽 소파에 앉히고 담배를 권하며 자기 담배에도 불을 붙였다. 미련이 남은 소년은 여전히 문을 두드리고 있었다. 이윽고 문을 발로 차는 소리가 들리더니 조용해졌다. 아마도 사태를 파악한 것이리라.

작은 방은 **분위기**에 충실했다. 벽에는 목초와 꽃으로 뒤덮여 달빛을 받으며 잠이 든 엔디미온* 그림의 활판화가 걸려 있었다. 줄곧 켜놓은 전기난로, 탁자 위의 코냑, 유리 세공한 물주전자, 축음기, 평소 이 방을 쓰는 외국인은 파티가 열리는 밤에만 손님들에게 방을 개방했다.

노부타카는 레코드 열 장을 순서대로 돌리는 전기 축음기 스위치를 켰다. 차분하게 코냑 두 잔을 따랐다. 유이치는 벌떡 일어나 방을 나가려 했다. 포프가 깊고 부드러운 눈짓으로 청년을 가만히 응시하며 가로막았다. 이 눈빛에는 이상한 힘이 있었다. 유이치는 알 수 없는 호기심에 사로잡혀 그대로 앉았다.

"안심해. 그 아일 원하는 마음 같은 건 없으니까. 그 앨 돈으로 납득시킨 후 당신을 가로챘지. 그렇게라도 하지 않으면 자네와 천천히 얘기 나눌 기회가 없었거든. 돈으로 뭐든 되는 아이는 서두를 필요 없지 않나."

---

* 그리스신화에 등장하는 아름다운 왕으로 달의 여신 셀레네가 그에게 반해 더 이상 늙지 않도록 영원히 잠재워 밤마다 잠자리를 가졌다.

솔직히 유이치의 욕망은 아까 소년을 때려눕히려 한 그 순간부터 빠르게 식었다. 그러나 노부타카 앞에서 그걸 인정하고 싶은 기분은 들지 않았다. 그는 신분이 탄로 난 스파이처럼 침묵했다. 포프가 말을 이었다.

"할 얘기란 건 특별한 게 아니고, 자네하고 한번쯤 툭 터놓고 이야길 나눠보고 싶었을 뿐이야. 난 말이지, 맨 처음 결혼식에서 자넬 본 날을 기억해."

이후 가부라기 노부타카의 긴 독백을 있는 그대로 옮겨 적는다면, 독자들은 역겨운 기분밖에 들지 않으리라. 이야기는 앞뒤 열두 면에 달하는 댄스 레코드 여섯 장의 연주가 흐를 때까지 계속됐다. 노부타카는 자신이 하는 말의 적확한 효과를 알고 있었다. 손이 애무하기에 앞선 언어의 애무. 그는 자기 자신을 닦아 유이치를 비추는 거울로 변모했다. 거울의 뒤쪽에서는 노부타카가 자신의 늙음과 욕구와 교활함을 숨기고 있었다.

노부타카는 어루만지는 듯한 어조로 "이제 지겨워?"라거나 "지루하면 말해. 조용히 할 테니."라거나 "이런 이야기 싫어하나?" 등등의 추임새를 넣었다. 처음에는 나약하게 열렬히 흠모하며 알랑거리듯이, 두 번째는 절망적으로 억압하듯이, 세 번째는 자신감에 넘쳐 물어보기도 전에 유이치의 미소 머금은 표정에 거부 의사가 없음을 확신하듯이.

유이치는 지루하지 않았다. 결코 지루하지 않았다. 왜냐하면 노부타카는 유이치 이야기밖에 하지 않았기 때문이다.

"자네 눈썹은 얼마나 시원시원하고 산뜻한가. 내가 보기에 자네

눈썹은 뭐랄까…… 대단히 생기발랄하고 청결한 결심 같은 게 엿보여. (비유가 떠오르지 않을 땐 유이치의 눈썹을 가만히 들여다보며 한동안 입을 다물었다. 그것은 최면술사가 쓰는 기교였다.) ……그나저나 이 눈썹과 우수에 찬 깊은 눈은 절묘하게 조화를 이루는군. 눈에는 자네의 운명이, 눈썹에는 자네의 결심이 서려 있네. 눈과 눈썹이 서로 싸우고 있어. 이건 세상 모든 청년들이 싸워야 할 것이지. 말하자면 자네의 눈과 눈썹은 청년이라는 전쟁터에서 가장 젊고 아름다운 사관의 그것이야. 이 눈과 눈썹에 어울리는 모자는 그리스 투구밖에 없다네. 꿈속에서 얼마나 자네의 아름다움을 봤는지 몰라. 자네에게 얼마나 말을 걸고 싶었는지 알기는 하나. 그런데도 자넬 만나면 소년처럼 목이 잠겨버렸어. 분명히 말하지만 자네는 내가 과거 삼십 년간 본 아름다운 청년 가운데서도 가장 아름답다네. 비교 가능한 청년은 어디에도 없어. 그런 자네가 어째서 됴짱 같은 아일 사랑하려 하나. 거울을 잘 들여다봐. 자네가 타인에게서 발견하는 아름다움은 모두 자네의 오해와 무지에서 오는 거야. 자네가 타인에게서 발견하는 아름다움은 이미 자네의 모습 속에 있고 다른 발견의 여지는 어디에도 없네. 자네가 타인을 사랑하다니, 자네는 자신을 몰라도 너무 몰라. 태어나면서부터 완벽의 정상에 다다른 자네가."

노부타카의 얼굴은 점점 더 유이치의 얼굴 가까이 다가왔다. 그의 야심찬 언변은 교묘한 중상모략처럼 달콤하게 들렸다. 어설픈 아첨으로 아양을 떠는 방식이 세상 어디에도 비할 데가 없을 만큼 절묘했다.

"자네에겐 이름 같은 것도 필요 없다네." 노부타카는 단정적으로 말했다. "이름을 가진 아름다움 따윈 대수로울 것도 없어. 유이치니 타로니 지로니 하는 이름에 의존하는 환영 같은 것엔 안 속지. 자네가 인생에서 가진 역할에 이름 같은 건 필요 없네. 왜냐하면 자네 **전형**典型이니까. 자네가 무대에 오르면, 자네의 역할은 젊은이야. 이 역할을 짊어질 배우는 세상 어디도 없다네. 다들 개성에, 성격에, 이름에 의지하지. 연기 가능한 이를 꼽자면 겨우 젊은 이치로, 젊은 장, 젊은 요하네스 정도일까. 하지만 자네의 존재는 발랄한 청년다움의 총칭이야. 자네는 온갖 나라의 신화와 역사와 사회와 시대정신 가운데 **나타난** 젊은이의 대표라네. 자네가 체현자야. 자네가 없다면 세상 모든 젊은이들의 청춘은 눈에 보이지 않는 곳으로 묻혀버릴 수밖에 없지. 자네 눈썹엔 몇 천만 젊은이의 눈썹이 덧씌워져 있어. 자네 입술은 몇 천만 젊은이의 입술을 데생한 결실이야. 자네 가슴도, 자네 어깨도……" 노부타카는 청년의 두 팔을 상의 소매 위로 가볍게 주물렀다. "……자네 허벅지도, 자네 손도." 그는 자신의 어깨를 유이치의 어깨 위로 누르며 청년의 옆얼굴을 가만히 응시했다. 팔을 뻗어 탁자 위 등을 껐다.

"가만히 있어봐. 부탁이니, 잠시만 이대로. 오, 이 얼마나 아름다운가! 어둠이 밝았구나. 하늘이 희붐해. 자네 저쪽 뺨에 드리운 새벽녘 부연 빛의 징조가 느껴지는가. 하지만 이쪽 뺨은 아직 밤이네. 여명과 밤의 경계에 자네의 완전한 옆얼굴이 막 떠오르고 있어. 부탁이니, 가만히 있어주게."

노부타카는 아름다운 청년의 옆얼굴이 밤과 낮의 경계에 있는 순결한 시간으로 부각됨을 느꼈다. 이 순간적 조각은 영원한 것이 되었다. 그의 옆얼굴은 시간에 영원한 형태를 가져왔고, 그 시간에 완전한 아름다움을 정착시킴으로 불멸의 것이 되었다.

커튼은 이미 젖혀 있었다. 유리창에 부옇게 밝아오는 바깥 풍경이 비쳤다. 작은 방은 바다가 훤히 내다보이는 곳에 있었다. 등대가 졸린 듯 깜박였다. 바다 위에는 희부연 빛이 새벽하늘에 흐르는 험상궂은 구름의 퇴적을 버티고 있다. 뜰에 자란 겨울나무는 밤바다가 남기고 떠난 표류물처럼 넋 나간 가지들을 뻗은 채 서 있었다.

깊은 졸음이 유이치를 덮쳤다. 취해서인지 졸려서인지 알 수 없었다. 노부타카가 입으로 그려낸 이미지는 거울에서 빠져나와 유이치 위에 서서히 포개졌다. 장의자 등에 기댄 유이치의 머리칼에 그 머리칼이 포개졌다. 관능이 관능에 중복되고 관능이 다시 관능을 우뚝 세웠다. 이 꿈 같은 합체의 기분을 쉽게 설명할 수는 없었다. 정신은 정신 위에 졸고, 유이치의 정신은 어떤 관능의 힘도 빌리지 않고 이미 그것과 중복되어 또 하나의 유이치의 정신과 교합했다. 유이치의 이마는 유이치의 이마에 닿았고, 아름다운 눈썹은 아름다운 눈썹에 닿았다. 꿈꾸듯 반쯤 열린 청년의 입술은 노부타카가 그려낸 자신의 아름다운 입술에 입맞춤했다…….

새벽 첫 햇살이 구름 사이로 뻗었다. 노부타카는 유이치의 뺨을 움켜쥐던 두 손을 뗐다. 이미 상의는 옆에 있는 의자에 벗겨져 있었다. 서둘러 어깨에서 멜빵을 풀고 다시금 그 손으로 유이치의 뺨을 움켜쥔 채, 그 점잖은 입술을 유이치의 입술에 다시 포갰다.

──오전 열 시, 재키는 떨떠름한 표정으로 소중히 간직하던 캐츠아이반지를 노부타카에게 건넸다.

13장 은밀한 관계 **231**

14장
독립독보

새해가 밝았다. 유이치는 스물세 살, 야스코는 스무 살이 되었다. 미나미 일가는 소소하게 신년을 축하했다. 본래는 경축할 만한 신년이었다. 첫째로 야스코의 임신, 둘째로 유이치의 어머니가 뜻밖에 건강하게 새해를 맞이했기에. 하지만 웬일인지 올 새해는 어둡고 서먹서먹했다. 이유는 명백히 유이치가 뿌린 씨앗 때문이었다.

그의 거듭된 외박과 더 심해진 **의무**의 나태는, 어쩌면 자신이 너무 집요한 탓인지도 모른다고 자책하게 하면서도 죽을 만큼 야스코를 괴롭혔다. 친구나 친척들 소문을 들어보면, 요즘은 남편이 외박하면 단번에 친정으로 가버리는 아내가 많다고 한다. 유이치는 천성 같던 따뜻한 마음씨도 어딘가 내버리고, 몇 번이나 무단으로 집을 비웠으며, 어머니의 충고나 야스코의 애원에도 귀를 기울이지 않았다. 나날이 과묵해져 좀처럼 흰 치아도 보이지 않게 됐다.

하지만 유이치의 이런 오만함에서 바이런과 같은 고독을 상상해

선 안 된다. 유이치의 고독은 사상의 산물이 아니며, 오만함은 생활의 필요에서 나온 것이었다. 힘없는 선장은 입을 꾹 다물고 불쾌한 얼굴로 자신이 탄 배가 난파되는 것을 방관하고 있을 뿐이었다. 사실 이 파멸의 속도가 너무나 분명하고 착실해서, 그 하수인인 유이치조차 모든 책임은 자신에게 없으며 그저 무너질 것이 저절로 무너지고 있을 뿐이라고 생각했다.

설맞이 소나무 장식을 걷어낼 즈음 돌연 유이치가 정체를 알 수 없는 회사의 회장 비서가 되겠다고 나섰을 때 어머니나 야스코 모두 새겨듣지 않았지만, 회장 부부가 집으로 찾아오는 지경에 이르자 어머니는 몹시 당황했다. 유이치는 짓궂은 마음에 일부러 회장의 이름을 숨겼는데 그날 현관으로 마중 나온 어머니는 그들이 다름 아닌 가부라기 부부란 사실을 알고 다시금 깜짝 놀랐다.

그날은 오전부터 진눈깨비가 내려 오후 날씨도 흐리고 몹시 추웠다. 전 백작은 거실 가스난로 앞에서 난로와 담판을 지을 듯한 자세로 정좌를 하고 손을 쬤다. 백작부인은 들떠 있었다. 이 부부가 이토록 사이좋아 보이는 건 일찍이 없는 일이었다. 두 사람은 재밌는 이야기가 나올 때마다 얼굴을 맞대고 웃었다.

야스코는 거실로 인사하러 가다가 복도 중간쯤에서 부인의 소란스런 웃음소리를 들었다. 여자의 직감으로 부인이 유이치를 사랑한다는 낌새를 벌써부터 채고 있었는데, 임산부만이 가지는 기분 나쁠 만큼 예사롭지 않은 통찰력으로 유이치를 이토록 지치게 만드는 여자가 가부라기 부인이나 교코는 아니라는 사실을 알았다. **눈에 보이지 않는 제삼의 여자**가 있는 게 분명했다. 유이치가 몰래 감취둔 그 여자의 얼굴을 상상하면, 야스코는 언제나 질투보다 먼저 신비로운 공포를 맛보았다. 야스코가 부인의 높고 날카로운 웃음소릴 들어도 질투심이 전혀 들지 않고 평정을 유지할 수 있는 건 그런 이유였다.

  야스코는 고통에 지치면 어느새 고통의 습관에 익숙해져서 가만히 귀를 기울이는 총명한 작은 동물이 됐다. 야스코는 훗날 유이치가 친정아버지의 신세를 지게 될 걸 생각해서 이런 고통을 친정에 한마디도 전하지 않았는데, 유이치의 어머니는 요즘 애들 같지 않은 야스코의 인내심에 크게 감탄했다. 나이답지 않게 기특한 며느리에게 고풍스럽고 정조 있는 여성의 모범을 들이댄 것이다. 사실 야스코는 유이치의 오만함 뒤에 감춰진 남모를 우울을 어느새 사랑하게 됐다. 스무 살 언저리의 어린 아내가 어째서 그토록 관대할까 하는 의문을 가지는 사람도 많으리라. 하지만 시간이 흐르면서 그녀는 남편의 불행을 확신하기 시작했고, 자신에게 그의 불행을 위로할 힘이 없다는 게 미안하고 죄스럽기까지 했다. 남편의 방탕함이 향락은 아니라는 생각, 그건 그의 정체를 알 수 없는 고통의 표현에 다름 아니라는 생각, 이 모성적인 생각은 어른스런 감상의 오산이었다. 유이치의 고통은 쾌락이 그에 걸맞은 이름을 부여받지 못한다는 도덕적 가책에 가까웠다. 유치한 공상이지만 만약 자신이 평범한 남자여서 여자와 바람을 피웠다면, 아내에게 신이 나서 자세히 털어놨을 거란 생각이 들기도 했다.

  '알 수 없는 뭔가가 저이를 괴롭히고 있어.' 야스코는 생각했다. '설마 **혁명**을 일으킬 생각은 아니겠지. 만약 **무언가를** 사랑해서 날 배신하는 거라면 저렇게 당당히 우울한 표정을 짓고 다닐 리가 없어. 유우짱은 그 무엇도 사랑하지 않는 거야. 그건 아내인 내가 본능적으로 알 수 있어.'

야스코의 생각은 반쯤 옳았다. 유이치가 소년들을 사랑했다고 할 순 없다.

거실은 북적거렸다. 가부라기 부부가 필요 이상으로 친근한 것이 유이치 부부에게도 영향을 미쳐, 유이치와 야스코는 흡사 한 점 그늘 없는 부부처럼 명랑하게 담소를 나눴다.

유이치가 실수로 야스코가 마시던 녹차를 마셨다. 다들 대화에 여념이 없어서 이 실수에 신경 쓰지 않는 듯했다. 사실 유이치 역시 자기도 모르게 마신 것이었다. 야스코만이 알아채고 그의 허벅지를 가볍게 두드리며 말없이 그의 찻잔을 가리키면서 미소 지었다. 유이치도 이에 답하며 순진하게 뒷머리를 긁적였다.

이런 무언극도 눈치 빠른 가부라기 부인의 시선은 피할 수 없었다. 오늘 부인이 이렇게 명랑한 것은 유이치가 남편의 비서가 된다는 기대감과 함께, 더 이상 좋을 수 없는 이 계획을 현실화시켜 준 남편에 대한 감사의 마음 덕분이었다. 유이치가 비서가 되면 얼마나 더 자주 그를 볼 수 있을까. 남편이 이 제안을 받아들인 건 분명 어떤 계산이 선 까닭이겠지만, 그런 건 그녀가 알 바 아니었다.

부인은 눈앞에서 유이치와 야스코가 이토록 다정다감하게 사이좋은 모습을 보며, 그것이 사람들 눈에 잘 띄지 않는 사소한 장면이었기에 오히려 더 본인의 사랑이 지닌 절망적인 성질을 깨달았다. 두 사람은 젊고 아름다웠다. 이렇게 사이좋은 신혼부부를 보니 예의 유이치와 교코 사이마저 유이치가 약간의 스포츠를 즐기는 것처럼 여겨졌다. 그렇다면 교코보다 사랑받을 자격이 부족한 자신의 위치는 어떤가. 그녀는 자기 자신을 직시할 용기가 없었다.

부인이 필요 이상으로 남편과 친밀해 보인 건 또 한 가지 다른 기대감 때문이었다. 가부라기 부인은 유이치로 하여금 질투를 유발할 생각이었다. 이 생각에는 꽤나 공상적인 요소가 있었는데, 교코를 만나 고통 받게 만든 복수로 다른 어린 남자를 데리고 유이치 앞에 나타나는 건, 유이치의 자존심에 상처를 줄까 두려웠기 때문이다.

가부라기 부인은 남편의 어깨에 붙은 하얀 실밥을 뗐다. 노부타카가 돌아보며 "왜?" 하고 물었다. 실밥 얘기를 듣고 남편은 내심 놀랐다. 부인은 원래 그런 행동을 하는 여자가 아니었다.

노부타카는 동양해산이라고 곰치로 지갑을 만드는 회사를 운영했는데 예전 집사를 비서로 두고 있었다. 요즘 세상에 흔치 않는 이 노인은 여전히 그를 회장이 아니라 주인님이라고 불렀고 두 달 전쯤 뇌출혈로 사망했다. 노부타카는 이 자리의 후임을 찾고 있었다. 어느 날 아내가 은근슬쩍 유이치의 이름을 입에 올렸을 때 노부타카는, 일에 여유가 많은 직분이니 아르바이트를 써도 괜찮겠다고 애매하게 대답했다. 남편의 대답을 유도하는 아내의 그 자연스런 눈빛에서 노부타카는 유이치를 향한 아내의 관심을 간파했다.

뜻밖에도 이 일은 한 달 후에 노부타카의 의도를 정교하게 위장시킬 포석이 됐다. 신년 무렵 노부타카는 유이치를 비서로 쓰면 좋겠다고 생각했고, 이 계획에 아내를 끌어들이기 위해 그녀가 원했다는 식으로 일관하는 동시에 유이치가 이재에 밝다고 칭찬을 아끼지 않았다.

"그 청년은 그래 봬도 꽤 쓸 만한 재목이더군." 노부타카가 말했다. "일전에 만난 오토모 은행의 구와하라 군이 그 청년 학교 선배라지. 동양해산에서 구와하라 군에게 대출받은 적도 있고 해서 유이치 군 애길 했더니 칭찬이 자자했어. 그 나이에 혼자서 어려운 재산 관리를 하다니 실력이 상당하고 말이야."

"그럼 비서로 데려오면 되겠네." 부인이 말했다. "만약 그쪽에서 꺼려하는 것 같으면 오랜만에 그 댁 어머니한테 인사도 드릴 겸 둘이서 그 집에 다녀오는 게 어때요."

노부타카는 오랜 세월 가벼운 나비처럼 날아다니던 연애의 습성을 까맣게 잊고, 재키의 파티가 있던 날 밤 이후로 유이치 없이는 살 수가 없게 되었다. 유이치는 이후 딱 두 번 그의 요구에 응했는데, 노부타카를 사랑하는 기색은 전혀 없었다. 노부타카의 애끓은 마음은 점점 더 심해졌다. 유이치가 외박을 원치 않으면 둘은 사람들 눈을 피해 교외 호텔을 이용했다. 체면을 중요시 여기는 노부타카의 자세는 매번 유이치를 놀라게 했다. 그는 유이치를 데려오기 위해 혼자서 하루 이틀 방을 예약해 두고 어쩌다 유이치가 볼일이 있어서 찾아와 밤늦게 돌아가면 혼자서 할 일도 없으면서 호텔에 묵었다. 유이치가 돌아간 후 이 중년의 귀족은 오히려 홀로 사무치는 열정에 사로잡혔다. 그는 가운을 입고 좁은 실내를 빙빙 돌다 결국은 융단 위에 쓰러져 나뒹굴었다. 작은 목소리로 미친 듯이 유이치의 이름을 불렀다. 유이치가 마시다 남긴 포도주를 마시고 유이치가 피우다 만 담배에 불을 붙였다. 그런 탓에 예를 들면 유이치에게 과자를 반쯤 먹이고 치아 자국이 남은 반을 접시 위에 올려놔 달라고 부탁하기도 했다.

유이치의 어머니는 유이치가 사회생활을 배우기 위해서라도 가부라기 노부타카의 요청을 들어줘야 한다고 생각했다. 최근 아들의 방탕한 생활을 진지하게 구제할 수 있을 것만 같았다. 그러나 어떻든 아직은 학생 신분이고 졸업 후 취업도 확정된 상황이었다.

"장인어른 백화점 일이 있지 않니." 어머니는 유이치를 바라보며 노부타카 들으라는 듯이 말했다. "장인어른은 네가 공부하길 원하셨으니까, 이런 걸 받아들일 땐 장인어른께 먼저 상의를 해야겠지."

유이치는 나이 들며 쇠약해진 어머니의 눈동자를 들여다봤다. 늙은이가 미래를 확신하는군! 당장 내일 저 세상으로 갈지도 모르는 사람이. ……미래에 무엇 하나 확신을 갖지 못하는 건 오히려 청년이라고 유이치는 생각했다. 노인들은 대체로 타성에 젖어 미래를 믿지만 청년에게는 나이의 타성이 결여돼 있다.

유이치는 아름다운 눈썹을 들어 강하지만 소년답게 항의했다.

"됐습니다. 제가 그 집 양자도 아니고."

야스코는 그런 유이치의 옆얼굴을 바라봤다. 그녀는 유이치가 자신을 냉정하게 대하는 건 그의 상처받은 자존심이 만들어낸 행동이 아닐까 생각했다. 그녀가 말을 보태야 할 차례였다.

"아버지께는 제가 어떻게든 말씀 드릴게요. 당신 좋을 대로 하세요."

그러자 유이치는 공부에 방해가 되지 않는 선에서 도움을 드릴 것이 있다면 해보고 싶다고, 미리 노부타카와 합의를 본 내용을 입 밖에 꺼냈고 어머니는 부디 유이치를 잘 가르쳐달라고 부탁했다. 이 간청은 다소 염려가 지나쳐서 옆에서 듣기에 이상하게 여겨질 정도였다. 노부타카라면 자신의 소중한 방탕아에게 필시 훌륭한 가르침을 주리라.

얘기가 거의 다 매듭이 지어지고 가부라기 노부타카가 일행을 식사에 초대했다. 어머니는 고사했지만 차로 모시겠다는 간곡한 청에 마음이 움직여 외출 준비를 했다. 저녁 때 다시 눈이 내리기 시작해서 어머니는 옷 속에 남몰래 손난로를 넣어 배를 보호했다.

다섯 사람은 노부타카가 타고 온 승용차로 긴자 레스토랑까지 나갔다. 식사를 마치고 노부타카가 춤을 추러 가자고 청해서 유이치 어머니까지 신기한 경험을 해보고 싶은 맘에 댄스홀을 거절하지 않았다. 어머니는 스트립쇼를 보고 싶었지만 오늘 밤 그 홀에서는 볼 수 없었다.

유이치의 어머니는 수줍게 파인 댄서의 옷을 칭찬했다. "정말 아름답구나. 진짜 잘 어울리네. 비스듬하게 들어간 저 초록빛이 훌륭해."

유이치는 오랜만에 스스로도 설명할 수 없는 평범한 자유를 온몸으로 느꼈다. 그는 슌스케의 존재를 잊고 있었다는 사실을 깨달았다. 이번 비서 문제나 노부타카와의 관계를 슌스케의 귀에 일절 들어가지 않게 해야겠다고 마음먹었다. 이 작은 결심은 유이치를 명랑하게 만들었고, 이따금 그와 춤을 춘 가부라기 부인이 "당신은 뭐가 그렇게 즐거워?" 하고 묻게 만들 정도였다. 젊은이는 여자의 눈을 똑바로 쳐다보며 애교 섞인 목소리로 말했다.

"모르겠어?"

그 순간 가부라기 부인은 숨이 멎을 만큼 행복을 느꼈다.

15장
어찌할 도리 없는 일요일

　봄은 아직 먼 어느 일요일, 유이치는 함께 밤을 보낸 가부라기 노부타카와 이튿날 오전 열한 시 간다역 개찰구에서 헤어졌다.
　전날 밤 유이치와 노부타카 사이에 작은 언쟁이 있었다. 노부타카가 유이치 동의도 없이 예약한 호텔방을 유이치가 화를 내며 취소시킨 것이다. 노부타카가 갖은 수법으로 비위를 맞춰 결국 간다역 일대 러브호텔에서 잠시 묵었다.
　그날 밤은 비참했다. 방이 없어서 가끔 연회로 쓰는 살풍경한 다다미 열 장짜리 방으로 안내됐다. 난방장치가 없어서 절 안 본당처럼 추웠다. 콘크리트 건물 안 냉골 같은 방이었다. 두 사람은 반딧불 정도의 불길이 남아 있는, 담배꽁초가 수풀처럼 빼곡히 꽂인 화로를 사이에 두고 외투를 어깨 위로 걸친 채, 서로의 울적한 얼굴을 보지 않아도 되게끔 말괄량이 하녀가 먼지를 일으키며 이부자리를 까는 두터운 발목의 움직임을 멍하니 바라보았다.

"어머 못됐어. 뭘 그리 빤히 봐요."

머리칼이 붉은, 둔해 보이는 하녀가 말했다.

숙소명은 '관광호텔'이다. 창을 열면 옆 건물 뒤로 댄스홀 대기실과 화장실 창문이 보였다. 밤새도록 유리창을 빨강과 초록으로 물들이는 네온사인 빛과 창틈으로 숨어들어 방을 얼어붙게 만드는 밤바람, 찢어진 벽지. 옆방에서 여자 둘 남자 하나가 술에 취해 질러대는 교성은 새벽 세 시까지 계속됐다. 덧문 없는 창틈으로 순식간에 아침이 찾아왔다. 휴지통조차 없었다. 휴지는 벽다락 안에라도 버리는 수밖에 없었다. 다들 같은 생각을 했는지 벽다락 안은 휴지로 가득했다.

눈이 내릴 듯 흐린 아침이다. 오전 열 시부터 댄스홀에서 기타를 연습하는 건조한 음색이 들려왔다. 추위에 쫓겨 숙소를 나온 유이치는 빠르게 걸었다. 뒤따라 온 노부타카가 숨을 헐떡였다.

"회장님." 청년이 노부타카를 이렇게 부를 때는 친근함보다도 경멸의 분위기가 있었다. "오늘은 집에 가겠습니다. 아무래도 가야겠어요."

"아까는 하루 종일 같이 있겠다고 하지 않았나."

유이치는 취한 듯 아름다운 눈빛으로 쌀쌀맞게 말했다.

"그렇게 제멋대로 굴면 피차 오래 못 갑니다."

포프는 유이치와 함께 밤을 보내면, 사랑하는 이가 잠든 모습을 지켜운 줄 모르고 바라보느라 한숨도 못 자곤 했다. 그날 아침도 얼굴색이 매우 나빴다. 조금 부어 있기까지 했다. 검푸르죽죽한 얼굴이 마지못해 고개를 끄덕였다.

노부타카를 태운 택시가 떠나자 유이치는 혼잡한 먼지투성이 거리에 홀로 남겨졌다. 집에 가려면 개찰구로 들어가면 된다. 하지만 청년은 방금 산 전차표를 찢었다. 되돌아 역 뒤 음식점이 늘어선 곳으로 발걸음을 옮겼다. 술집은 모두 휴업 간판을 내걸어 한산했다. 그 가운데 허름한 가게 문을 두드렸다. 안에서 소리가 났다. 유이치가 "접니다"라고 하자 "아, 유우짱이구나" 하는 소리가 들렸다. 간유리를 단 미닫이문이 열렸다.

좁은 가게 안에 남자 너덧이 가스난로를 둘러싸고 웅크리고 있다가 동시에 돌아보며 유이치를 맞았다. 그러나 그들 눈에 신선한 놀라움은 보이지 않았다. 유이치는 이미 한패였다.

가게주인은 마흔 줄에 철사처럼 마른 남자다. 목에 바둑판무늬 머플러를 두르고 겹쳐 입은 외투 아래 잠옷바지가 보였다. 종업원은 수다스러운 젊은 애들 셋이다. 각기 화려한 스키용 스웨터를 입고 있었다. 손님은 기모노 방한복을 입은 노인이다.

"어우 추워. 무지하게 춥네. 햇빛은 저렇게 쨍한데 말이지."

일동은 이런 얘길 나누며 햇살이 엷게 비친 유리문 쪽을 봤다.

"유우짱, 스키장 갔었어?"

어린 사람 하나가 물었다.

"아니."

유이치는 가게에 들어선 순간부터 이 사람들이 오늘 같은 일요일에 갈 곳 없어 무작정 모여들었다는 것을 느꼈다. 남색가의 일요일은 참담하다. 이날 하루만큼은 그들의 영역이 아닌, 낮의 세계가 완전히 주권을 휘두른다고 그들은 느꼈다.

극장에 가도, 카페에 가도, 동물원에 가도, 유원지에 가도, 마을을 걸어도, 심지어 교외로 나가도 여기저기 곳곳에 다수결의 원리가 자랑스럽게 가슴을 쭉 펴고 활보한다. 노부인, 중년 부부, 젊은 부부, 연인, 가족, 아이, 아이, 아이, 아이, 아이, 심지어는 저주스러운 유아차 행렬이다. 환호하며 나아가는 행진이다. 유이치도 그들을 흉내내어 야스코와 마을 산책에 나서면 간단히 할 수 있는 일이다. 하지만 머리 위에 빛나는 푸른 하늘 어딘가에 신의 눈이 있기에 **가짜는 반드시 밝혀진다.**

유이치는 생각했다.

'내가 정말 나 자신으로 존재하고 싶다면, 화창한 일요일에는 이렇게 흐린 유리창의 감옥에 날 가둬두는 수밖에 없다.'

여기 모인 여섯 명의 동족은 하나같이 우울했다. 탁한 눈빛을 마주치지 않으려고 서로 신경을 쓰면서 매번 꺼내는 소재를 붙들고 늘어졌다. 미국영화에 나오는 남자배우 소문, 어느 귀족이 우리와 같은 부류라는 소문, 정사 이야기, 대낮부터 외설적인 농담 등등이 소재였다.

유이치는 거기 끼고 싶지 않았다. 하지만 달리 가고 싶은 곳도 없었다. 우리 인생은 종종 조금이라도 **나은** 쪽으로 과감히 방향키를 틀기 마련인데, 이 찰나의 만족에는 '조금이라도 **나은**' 걸 위해 자기 본심이 지닌 치열하고도 불가능한 희망에 오욕을 남긴 데 대한 기쁨도 섞여 있었다. 그렇기에 아까도 유이치는 일부러 이런 곳으로 오기 위해 노부타카를 떨쳐낸 것이다.

집에 가면 야스코가 새끼 양 같은 눈으로 조용히 그를 응시하리

라. '사랑해요, 사랑해요' 고집스럽게 이 말 한마디를 부르짖는 눈빛. 그녀의 입덧은 1월 말 들어 멎었다. 하지만 유방에 느껴지는 예민한 통증만큼은 사라지지 않았다. 야스코는 통증을 유발하기 쉬운 민감한 자주색 촉각으로 바깥 세계와 연결을 유지하는 곤충 같았다. 십 리 밖에서 일어난 일을 어렵지 않게 탐지해 내는 유방의 이런 민감한 통증에, 유이치는 신비로운 공포를 느꼈다.

이즈음 야스코는 빠른 걸음으로 계단을 내려갈 때마다 희미한 진동이 유방에 전해져 뻐근하게 아파오는 것을 느꼈다. 잠옷에 닿는 것도 아팠다. 어느 밤 유이치가 안으려 하자 통증을 호소하며 그를 밀쳤다. 생각지 못한 거부에 야스코 자신도 대단히 놀랐다. 본능이 유도한 미묘한 복수라고 할 수밖에 없었다.

유이치가 야스코를 꺼리는 마음은 서서히 복잡하게, 말하자면 역설적으로 변해갔다. 한 사람의 여자로 보면, 아내는 가부라기 부인이나 교코보다 훨씬 더 젊고 사람을 끄는 매력을 가졌다. 객관적으로 생각할 때 유이치의 바람기는 불합리하다. 야스코가 너무 자신만만한 데 불안해진 유이치는 가끔 일부러 졸렬한 방법으로 다른 여자와 만난다는 사실을 넌지시 말해보았다. 하지만 그걸 듣는 야스코의 입가에는 웃기지 말라는 듯한 어른스런 미소가 번졌고, 그런 침착함이 유이치의 자존심에 상처를 줬다. 유이치가 여자를 사랑하지 않다는 걸, 아내가 누구보다 잘 알고 있는 게 아닐까 하는 걱정과 열등감이 유이치를 위협했다. 그리하여 그는 이상하리만큼 잔혹한 원리를 세웠다. 만약 야스코가 자기 남편이 여자들을 사랑할 수 없다는 사실을 직면한다면, 애초에 그녀를 속인 사실이 탄로

나 도망갈 구멍이 없다. 하지만 아내를 사랑하지 않는 남편은 세상에 수없이 많고, 이 경우 지금 사랑받지 못한다는 사실은, 아내 입장에서 예전에 사랑받았단 사실의 역증거가 되리라. 야스코만을 사랑하지 않는다는 걸 알리는 게 중요하다. 이것이 나아가 야스코를 향한 사랑이다. 유이치는 지금 더 방탕해질 필요가 있고, 당당하게 겁먹지 않고 아내와 동침하지 않아야만 한다…….

그럼에도 유이치가 야스코를 사랑했다는 건 의심할 여지가 없다. 야스코는 주로 남편이 잠든 후 잠들었지만 가끔 지쳐서 야스코가 먼저 숨소릴 내면, 유이치는 안도하며 그 잠든 아름다운 얼굴을 바라볼 수 있었다. 이때야말로 자신이 아름다움을 소유했다는 기쁨에, 어떤 상처도 입히고 싶지 않다는 마음이 허락되지 않는 것을 신기하게 여겼다.

"……유우쨩, 무슨 생각해?"

종업원이 물었다. 이곳 종업원 셋 다 이미 유이치와 관계가 있었다.

"그야 어젯밤 야한 일을 생각하겠지."

노인이 끼어들더니 유리문 쪽을 돌아보며 말했다.

"내 애인은 늦네. 서로 애태우게 할 나이는 한참 전에 지났는데."

다들 웃었지만 유이치는 선득했다. 이 예순 몇 살의 노인에게는 마찬가지로 예순 몇 살의 애인이 있었다.

유이치는 여기 있고 싶지 않았다. 집에 돌아가면 야스코가 기쁘게 그를 맞이하리라. 교코에게 전화를 걸면 거기가 어디든 달려와 줄 것이다. 가부라기 댁으로 가면 부인의 얼굴에 괴로울 정도로 기쁜 빛이 넘쳐흐를 것이다. 노부타카를 붙들면 오늘 하루 종일 유이치의 환심을 사기 위해 긴자 한복판에서 물구나무서기라도 할 것이다. 슌스케에게 전화를 걸면, ──그래, 이 노인을 한동안 못 만났다──, 그의 늙은 목소리가 수화기 너머에서 들려오리라. ······ 유이치는 자신이 온갖 것으로부터 차단당해 이곳에 있다는 사실을, 일종의 도덕적 의무라고 생각하지 않을 수 없었다.

'나 자신이 된다'는 건 이런 것인가. 그 아름다운 당위는 결국 이것인가. 자신을 속이지 않는다고 해도 속이는 자신은 자신이 아닌가. 성실함의 근거는 어디에 있는가. 유이치가 자기 외면의 아름다움을 위해, 남들 눈에 보이는 존재로서의 자신을 위해, 그가 가진 모든 것을 내팽개친 순간에 있는 것인가? 그것도 아니면 모든 것으로부터 고립되고, 무엇에도 의탁하지 못하는 지금 같은 순간에 있나? 그가 소년들을 사랑하는 순간은 후자에 가깝다. 그렇다, 나 자신이란 바다와도 같다. 바다의 깊이가 정확했던 순간은 언제인가가? 자아의 해수면이 가장 낮아졌던 게이파티 날 새벽인가? 아니면 지금처럼 울적한 만조의 날, 아무것도 바라지 않고 그 무엇도 필요치 않은 이러한 때인가?

그는 슌스케를 만나고 싶었다. 노부타카와의 일을 사람 좋은 그 노인에게 감춰두는 건 뭔가 부족했다. 지금 당장 가서 그의 면전에 대고 뻔뻔한 거짓말을 하고 싶어졌다.

*
**

이날 슌스케는 오전 시간을 독서로 보냈다. 《소콘슈草根集》를 읽고 《뎃쇼키모노가타리徒書記物語》를 읽었다. 이들 책의 저자 쇼테쓰는 전생에 후지와라노 데이카였다는 전설이 있는 중세 승려다.

슌스케는 중세문학으로 세상에 널리 알려진 작품 중에서도 그가 나름대로 평가해 엄선한 가인 두세 명의 작품 두세 편에 집착했다. 에이후쿠몬인의 조용하고 그윽한 정원처럼, 인간의 완전한 부재를 노래한 서경가*나, 가신 추타의 죄를 뒤집어쓴 젊은 주군이 아버지에게 목이 잘리는 기이한 옛날이야기 《스즈리와리》**는 일찍이 노작가의 시심詩心을 키웠다.

《뎃쇼키모노가타리》 제23조에서 누군가 요시노산이 어느 지역이냐 물었을 때, '꽃은 요시노 단풍은 다쓰타' 그저 노래가 생각나 입에서 나올 뿐 어디인지는 알지 못합니다, 하고 답하는 부분을 좋아했다. 어느 지역인지 외워둔다 해서 뾰족한 수는 없다. 외우려 들지 않아도 저절로 외워지면 요시노가 야마토국이란 걸 알 수 있다, 라고 적혀 있다.

'글로 쓴 청춘도 이와 같다'고 노작가는 생각했다. '꽃은 요시노 단풍은 다쓰타. 이건 청춘의 정의다. 예술가는 청춘 이후 반생을 청춘의 의미를 묻는 데 쓴다. 예술가는 청춘의 고향을 답사한다. 그럼 어떻게 되겠나. 인식이 꽃과 요시노 사이의 육감적 조화를 깨부수고, 요시노는 그 보편적 의미를 상실하여, 지도 위의 한 점, (혹은 지나간 시간의 한 시기), 야마토국에 위치한 요시노에 불과한 곳이 된

---

* 자연의 풍물을 주관 없이 객관적으로 묘사한 노래.
** 집안 대대로 내려오는 귀한 벼루를 가신 추타가 실수로 깨뜨린다. 이를 불쌍히 여긴 그 집안 젊은 도련님이 자신이 깼다고 대신 죄를 뒤집어쓰자 진노한 아버지는 아들의 목을 쳤고 이후 추타는 출가하여 승려가 되었다.

다…….'
 이처럼 덧없는 생각에 젖어 있는 동안 슌스케가 저도 모르게 유이치를 떠올린 것은 말할 것도 없다. 쇼테쓰의 단순화된 아름다운 한 소절,

> 맞은편에서 배가 다가올수록 차차 강가로
> 모여드는 이 마음 모두 다 같은 마음

 이걸 읽었을 때도 강가에서 배를 기다리는 군중의 마음이 다가오는 배 한 척으로 순수하게 모여들어 결정을 이루는 순간을, 노작가는 이상하리만치 설레는 마음으로 상상했다.
 이번 일요일에는 손님을 너덧 명 만날 약속이 있었다. 노작가는 나이에 걸맞지 않게 붙임성 좋은 자신을 실은 경멸하는 게 아닐까 확인하고 싶어 손님을 맞아들였는데, 그런 감정의 형태로 살아남은 젊음을 확인하고 싶다는 이유도 있었다. 전집은 쇄를 거듭했다. 교정을 맡은 숭배자들이 상의하러 찾아왔다. 그게 다 무슨 의미인가. 작품 전부가 과오인 것을, 작은 오자 정정이 다 무슨 의미인가.
 슌스케는 여행을 떠나고 싶었다. 이런 일요일의 누적을 견디기 힘들었다. 유이치의 긴 침묵은 늙은 작가를 비참하게 했다. 혼자 교토로 여행을 떠날까 생각했다.
 너무나 서정적인 슬픔, 유이치의 침묵으로 작품이 좌절됐다는 슬픔, 이와 같은 미완성의 울부짖음은 사십 년도 더 지난 습작시절 이래 슌스케의 기억 속에 완전히 사라진 것이었다. 이 울부짖음은 청

춘의 가장 서툰 부분, 가장 불결하고 하찮은 부분의 소생이었다. 낙태와는 거리가 먼 어떤 운명적인 미완성, 굴욕에 가득 찬 우스꽝스러운 미완성, 손을 뻗을 때마다 나뭇가지째 과실이 바람에 날려 영원히 과실을 입에 대지 못한 채 목마름에 고통받는 탄탈로스의 미완성, 그러던 어느 날, ──이마저 벌써 삼십 년 이상 지난 옛일이다──, 슌스케 안에 예술가가 탄생했다. 그에게서 미완성이라는 병이 떠났다. 그 대신 완벽함이 그를 위협했다. 완벽함이 그의 고질병이 된 것이다. 이것은 상처가 없는 병이다. 환부가 전무한 병이다. 병균도 없고, 열도 없고, 맥박이 빨리 뛰지도 두통이 생기지도 경련이 일지도 않는 병이다. 죽음과 가장 많이 닮은 병이다.

　슌스케는 이 병을 치료하는 것이 죽음밖에 없다는 사실을 알고 있었다. 육체의 죽음보다 먼저 작품을 만드는 행동이 죽어야 했다. 창조력의 자연사가 찾아와 그의 성미는 까다로워졌고 딱 그만큼 명랑해졌다. 작품을 쓰지 않게 되자 돌연 그의 이마에 예술적인 주름이 생기고, 신경통은 무릎에 낭만적인 고통을 불러왔으며, 위장에는 때때로 예술적인 통증이 발생했다. 그리하여 그의 머리칼은 비로소 예술가의 백발로 변했다.

　유이치를 만난 후 슌스케가 꿈꿔온 작품은 완벽함이라는 고질병이 치유된 완벽, 삶이라는 질병이 치유된 죽음이라는 건강으로 충만한 것이었다. 그것은 모든 것으로부터의 쾌유였다. 청춘으로부터, 노년으로부터, 예술로부터, 생활로부터, 나이로부터, 처세의 지혜로부터, 혹은 광기로부터. 퇴폐로 인한 퇴폐의 극복, 창작의 죽음으로 인한 죽음의 극복, 완벽으로 인한 완벽의 극복, 이 모든 것을 노작가는 유이치를 통해 이루길 바랐다.

……그때 갑자기 청춘의 기이한 병이 되살아나, 미완성이, 꼴사나운 좌절이, 한창 진행 중이던 슌스케의 작업을 덮쳤다.

이것은 무엇일까. 노작가는 거기에 어떤 이름을 붙이길 주저했다. 뭐라 이름 짓는 행위에 대한 두려움이 그를 주저하게 했다. 사실 이것이야말로, 사랑의 특성이 아닐까?

유이치의 모습은 낮이고 밤이고 슌스케의 마음에서 떠나지 않았다. 슌스케는 고민하고 증오하고 마음속으로 온갖 저열한 말을 퍼부어대며 이 불성실한 청년을 욕했고, 그 순간만큼은 자신이 그 따위 젊은이를 분명히 경멸하고 있다는 사실에 안심했다. 유이치에게 정신성이 없다며 극찬하던 그 입으로, 역시 정신성이 없다며 경멸했다. 유이치의 미숙함과 호색남인 척 우쭐대는 꼴과 오만방자함과 아니꼬워 볼 수도 없는 자만함과 발작적인 성실함과 변덕스런 청순가련과 눈물과 그 모든 잡다한 성격들을 남김없이 꼽으며 비웃어 보지만, 그중 무엇 하나도 청춘 시절 자신이 갖지 못한 것이었다는 데 생각이 미치면 다시금 암담한 질투에 빠져들었다.

슌스케가 파악했다고 믿었던 유이치라는 청년의 인격이 지금은 형체도 분간할 수 없는 상태가 되고 말았다. 이 아름다운 청년에 대해 이제껏 아무것도 알지 못했다는 사실을 깨달았다. 그렇다, 그 무엇도 알지 못한다! 애초에 그가 여자를 사랑하지 않는다는 증거가 어디에 있는가. 그가 소년을 사랑한다는 증거가 어디에 있는가. 슌스케가 현장에 함께 있었던 적은 단 한 번도 없지 않은가. 그러나 이제 와서 그게 다 무슨 소용인가. 유이치는 현실의 존재가 아니지 않은가. 현실이라면 무의미한 변신을 거듭하며 우리의 눈을 속이기도 하리라. 현실도 아닌 존재가 어찌 예술가를 속일 수 있단 말인가.

그럼에도 유이치는 서서히, ——특히 오랜 침묵으로——, '현실의 존재'가 되어가고 있었다. 적어도 슌스케가 보기에는 유이치가 그토록 원하던 것이 이루어지고 있었다. 그는 이제 슌스케의 눈앞에서 불확실하고 불성실하며 심지어 현실의 살을 지닌 아름다운 형태를 드러냈다. 한밤중, 유이치가 지금 이 대도시 어딘가에서 품고 있는 사람이 야스코인지 교코인지 가부라기 부인인지 아니면 이름 모를 소년인지 생각하기 시작하면, 슌스케는 두 번 다시 잠이 들 수 없었다. 그렇게 지샌 이튿날이면 르동으로 향했다. 하지만 유이치는 나타나지 않았다. 르동에서 우연히 유이치와 얼굴을 마주하는 일은 슌스케가 바라던 바가 아니었다. 어느새 슌스케의 굴레를 벗어난 한 청년의 서먹서먹한 인사를 받는 게 두려웠다.

이번 일요일은 특히 더 견디기 어려웠다. 그는 서재 창가에서 눈이 올 것 같은 뜰에 말라서 버석해진 잔디를 바라보았다. 그 마른 잔디의 색이 희미하게 밝고 따뜻해서 거기 구름을 뚫고 얇은 빛이 비치는 착각에 빠졌다. 뚫어지게 바라보았다. 역시 햇살은 아니었다. 슌스케는 《텟쇼키모노가타리》를 덮었다. 무엇을 바라나? 햇살인가? 눈인가? 주름진 두 손을 추운 듯 비볐다. 다시 잔디밭을 내려다봤다. 그러자 적막한 정원 앞에 서서히 진짜 햇살이 스미기 시작했다.

그는 뜰로 내려섰다. 살아남은 부전나비 한 마리가 마른 잔디 위에서 힘없이 비슬거리고 있었다. 정원 슬리퍼로 밟아 뭉갰다. 뜰 구석 평상에 앉아 한쪽 슬리퍼를 벗어들고 뒷면을 봤다. 나비 가루가 서리와 섞여 반짝였다. 슌스케는 상쾌한 기분이 들었다.

어둔 툇마루 끝에 인기척이 있었다.

"주인님, 목도리, 목도리!"

오래된 하녀가 스스럼없이 큰 소리로 그를 부르며 잿빛 목도리를 손에 들고 흔들었다. 정원 슬리퍼를 신고 뜰로 내려오려고 했다. 그때 컴컴한 실내에서 울리는 전화벨 소리를 듣고, 하녀는 뒤돌아 그리로 달려갔다. 끊겼다 이어짐을 반복하는 둔탁한 벨소리가 슌스케에게도 환청처럼 들려왔다. 슌스케의 심장이 빠르게 고동쳤다. 덧없는 환영에 수없이 배신당했지만, 이번이야말로 유이치의 전화가 아니겠는가?

※※

그들은 르동에서 만났다. 간다역을 출발해 유라쿠초에서 내린 유이치는 혼잡한 일요일 거리를 가볍게 헤치고 나아갔다. 사방에서 남녀가 함께 나와 걷고 있었다. 남자 중에는 유이치만 한 미남이 없었다. 여자들은 죄다 유이치를 흘끔거린다. 경솔한 여자는 뒤돌아본다. 그 순간 여자의 마음 한구석에 연인의 존재가 사라진다. 유이치가 그걸 직감하는 순간, 여자를 원하지 않는 이 남자는 추상적인 행복에 취했다.

낮 시간 르동은 여느 카페와 다르지 않았다. 청년은 익숙한 안쪽 의자에 앉아 머플러를 끄르고 외투를 벗었다. 가스히터에 손을 쬤다.

"유우쨩, 오랜만이네. 오늘은 누구랑 약속했어?" 루디가 물었다.

"할아버지랑." 유이치가 대답했다. 슌스케는 아직 오지 않았다. 건너편 의자에 여우 같은 얼굴의 여자가 약간 더러워진 사슴가죽 장갑을 끼고 남자와 다정히 이야기 중이었다.

유이치도 조금은 슌스케와의 만남이 기다려졌다. 말하자면 교단에서 장난을 치던 중학생이 수업하러 오는 선생님을 초조하게 기다리는 기분이었다.

십 분쯤 지나 슌스케가 나타났다. 검은 비단 깃을 댄 체스터필드 외투를 입고 손에는 피그스킨 수트케이스를 들고 있었다. 말없이 유이치 앞으로 와 앉았다. 노인의 눈은 포위하듯 아름다운 청년을 응시하며 빛났다. 그의 얼굴에 뭐라 말할 수 없는 어리석음이 드리워 있음을 유이치는 보았다. 그도 그럴 것이 슌스케의 질릴 줄 모르는 마음이 또다시 **어리석은 짓**을 기획하고 있었던 것이다.

커피의 뜨거운 김이 두 사람의 침묵을 허락했다. 서툴게 입을 연 두 사람의 말이 부딪혔다. 이 순간 슌스케가 오히려 더 소심한 청년 같았다.

유이치가 말했다.

"연락이 늦었습니다. 곧 기말시험이라 바빴거든요. 집안일도 정신이 없었고 거기다……."

"됐네, 됐어."

슌스케는 그 자리에서 모든 것을 용서해버렸다.

한동안 못 본 사이 유이치는 변해 있었다. 유이치의 말 한마디 한마디가 어른의 비밀을 품고 있었다. 전에는 슌스케 앞에서 거리낌

없이 드러냈던 각종 상처들을 지금은 소독한 붕대로 견고하게 싸매고 있었다. 유이치는 아무 고민 없는 청년처럼 보였다.

'어디 한번 마음껏 거짓말을 해봐. 이 청년은 고백할 나이를 졸업한 모양이군. 그래도 이마에 아직 성실함이 남아 있어. 고백 대신 거짓말만으로도 밀어붙일 수 있다고 믿는 그 또래 성실함이.'

슌스케는 이렇게 생각하며 잇달아 캐물었다.

"가부라기 부인은 어떻게 지내나."

"그녀의 측근에서 일하고 있어요." 어차피 비서가 됐다는 소문은 슌스케의 귀에 들어갔을 거라 생각한 유이치가 말했다. "저를 옆에 붙여두지 않고는 살 수가 없는 모양입니다. 결국 남편을 농락하고 저를 남편 비서로 밀어 넣었죠. 그럼 사흘에 한 번은 만날 수 있으니까요."

"그 여자도 인내심이 강해졌군. 그렇게 뒤로 손을 쓰는 여자가 아니었는데."

유이치는 신경질적으로 큰소릴 내며 반박했다.

"지금 그 사람은 그렇습니다."

"그 여자를 변호하는군. 설마 자네도 그 여자한테 반한 건 아니겠지."

이 어처구니없는 짐작에 유이치는 하마터면 웃음을 터트릴 뻔했다.

그러나 그 이상 두 사람은 할 말이 없었다. 만나면 이야기하려고 생각해온 것들을 만난 순간 다 잊어버린 연인과도 닮아 있었다. 슌스케는 먼저 나서서 성급한 제안을 꺼냈다.

"오늘 밤 나는 교토에 갈 걸세."

"그렇습니까." 유이치는 별 관심 없다는 듯이 수트케이스를 바라봤다.

"어떤가, 나와 함께 가지 않겠나."

"오늘 밤에 말입니까?"

아름다운 청년은 눈을 크게 떴다.

"자네가 전화를 걸었을 때부터 오늘 밤 갑작스레 떠날 결심을 했다네. 이것 보게, 오늘 밤 이등 침대칸을 자네 것까지 두 장 샀어."

"하지만 전……."

"집에는 전화로 얘기하게. 내가 바꿔서 변명을 해주지. 숙소는 역 앞 라쿠요 호텔이야. 일단 가부라기 부인에게도 알려서 백작을 구슬리게 하자고. 나라면 그 여자도 믿으니까. 오늘 밤 떠날 때까지 나와 함께 있어줘. 자네가 좋아하는 곳으로 데려가주게."

"하지만 일이……."

"가끔은 일도 내팽개치는 게 좋아."

"하지만 시험이……."

"시험용 책은 내가 사겠네. 이삼일 여행하면서 책 한 권 읽을 수 있다면 좋지 않나. 괜찮지, 유우쨩. 자네 얼굴이 좀 지쳐 보여. 여행이 제일 좋은 약일세. 교토에서 여유롭게 쉬다 오세."

유이치는 다시금 이 수상한 강요 앞에 무력해졌다. 잠시 생각하더니 승낙했다. 사실 갑작스런 여행은 마침 그의 마음이 자신도 모르게 원하던 것이었다. 그렇지 않아도 이 어찌할 도리 없는 일요일은, 그를 은밀히 어떠한 출발로 몰고 가는 참이었다.

슌스케는 양해를 구하는 전화 두 통을 척척 해치웠다. 정열이 그를 평소 능력 이상의 존재로 만들었다. 야간열차 시간까지는 아직 여덟 시간이 있다. 슌스케는 자길 기다리다 허탕 쳤을 손님들을 생각하며 유이치가 하자는 대로 영화관과 댄스홀과 요정에서 시간을 보냈다. 유이치는 이 늙은 비호자를 무시했지만 슌스케는 슌스케대로 충분히 행복했다.

두 사람은 도시의 평범한 향락을 한바탕 해치우곤 거나하게 취한 발걸음도 가볍게 밤거리를 걸었다. 유이치는 슌스케의 가방을 들고 슌스케는 숨을 헐떡이며 젊은 사람처럼 큰 보폭으로 걸었다. 두 사람은 제각기 오늘 밤 돌아갈 곳이 없다는 자유로움에 취했다.

"저는 오늘 정말로 집에 들어가기 싫었습니다." 유이치가 돌연 입을 열었다.

"젊을 땐 그런 날이 있다네. 인간이 죄다 생쥐처럼 사는 듯 보이는 날이 있어. 그러면서도 자긴 절대로 한 마리 생쥐로 살고 싶지 않은 날이."

"그런 날엔 어떻게 하면 좋을까요."

"생쥐처럼 시간을 오독오독 갉아먹게. 그럼 작은 구멍이 생기지. 도망가진 못해도 코는 내밀 수 있네."

두 사람은 신차를 골라잡아 역으로 가달라고 했다.

16장
여행의 전후 사정

    교토에 도착한 날 오후, 슌스케는 차를 빌려 유이치를 유서 깊은 사찰 다이고지로 안내했다. 가는 길에 야마시나 분지의 황폐한 겨울 밭 사이를 지나다, 근처 감옥 죄수들이 도로 공사를 하는 모습을 보았다. 그 모습이 마치 어두운 중세 이야기 속 그림처럼 차창 밖으로 또렷이 내다보였다. 신기한 듯 차 안을 들여다보려고 목을 내미는 죄수도 두엇 있었다. 작업복은 북방의 바다색을 떠올리게 하는 짙은 남색이었다.

    "안됐군요." 인생의 쾌락에만 마음을 빼앗겨 온 젊은이가 말했다.

    "나는 아무 느낌이 없군." 시니컬한 노인이 말했다. "내 나이쯤 되면 자신이 저렇게 될지도 모른다는 공포에서 면제돼. 노년의 행복은 이거라네. 명성이란 이상한 작용을 하는 것이라, 잘 알지도 못하는 무수한 인간들이 빚쟁이 같은 표정으로 몰려들어. 무수한 종류의 감정을 기대하는 사람들 앞에 내몰리는 거지. 그 감정 중 하나라도 무시했다가는 사람도 아니라는 취급을 당하거든. 불행에는 동정, 빈곤에는 자선, 행운에는 축복, 사랑에는 이해, 요컨대 '나'라는 감정의 은행에는 세간에 유통되는 무수한 지폐로 언제든 교환 가능한 금 보유고가 필요한 거야. 그렇지 않으면 은행은 신용을 잃어. 이젠 떨어질 신용도 없으니 안심이네만."

차는 다이고지 정문을 지나 산보인 앞에 정차했다. 수양벚나무로 유명한 네모반듯한 정원에 반듯하게 정돈된, 손질이 잘된 겨울이 자리하고 있었다. 난봉鸞鳳이라는 두 글자가 크게 적힌 현관에 올라 햇살 잘 드는 정원 정자로 안내됐을 때, 그 인상이 한층 짙어졌다. 정원은 진짜 겨울이 개입할 여지가 없을 만큼 잘 제어되고 추상화되고 구성되고 정밀하게 계산된 인공적 겨울로 가득했다. 돌 하나에도 단려한 겨울의 형태가 느껴졌다.

연못 가운데 섬에는 아름다운 자태의 소나무가 자리하고, 정원 동남쪽 작은 폭포는 얼어 있었다. 남쪽을 뒤덮은 깊은 인공 숲은 대부분 상록수여서, 이 계절에도 정원이 끝 모를 수풀로 이어져 있다는 인상을 줬다.

주승을 기다리며 유이치는 한동안 슌스케의 강의를 듣는 영예를 누렸다. 그의 설명에 따르면, 교토 사찰에 꾸며진 정원들은 예술을 대하는 일본인의 사고방식을 가장 단적으로 드러낸다고 한다. 이 정원의 구조는 물론, 대표적으로 가쓰라 별궁의 달맞이 풍경이나, 쇼카테이 암자 뒤편 심산유곡의 모방은 모두 극도의 인공성으로 교묘하게 자연을 모사하며 자연을 배신하기 위해 설계되었다. 자연과 예술작품 사이에는 대단히 은밀한 반항심이 있다. 예술작품이 자연을 상대로 저지르는 모반은 애인이 저지르는 정신적 부정을 닮았다. 나긋하고 진지한 거짓은 대개 교태의 형태를 취하며, 자연에 기대 자연을 있는 그대로 담으려 노력한 것처럼 가장한다. 허나 자연의 근사치를 찾고자 하는 정신만큼 인공적인 정신은 없다. 정신은 자연의 물질인 돌과 숲과 샘 속에 몸을 숨긴다. 이때 물질은 제아무리 딱딱한 물질이라도 내면에서부터 정신에게 좀먹힌다. 그리하여 물질은 구석구석까지 정신에게 능욕당하고, 돌과 숲과 샘은 그 본래 물질의 역할을 거세당하여 정원을 만드는 어느 유연하고 목적 없는 정신의 영원한 노예가 된다. 유폐된 자연. 이들 오래되고 명성 높은 정원은, 이른바 예술작품이라는 눈에 보이지 않는 부실한 여체에 대한 육욕의 정에 얽혀 본래의 살벌한 사명을 잊은 남자들이며, 쉼 없이 우울한 관계와 권태로운 결혼생활로 우리 눈앞에 모습을 드러낸다.

그때 주승이 나타나 슌스케에게 오랜만이라고 인사하며 두 사람을 별실로 안내했다. 슌스케의 간절한 소망에 따라, 주승은 이 밀교의 사원 깊숙한 곳에 숨겨진 오래된 책 한 권을 보여주었다. 노작가는 이것을 유이치에게 보여주고 싶었다.

서지사항에 겐코 원년, 즉 1321년이라는 날짜가 있다. 겨울햇살 드는 다다미 위에 펼쳐진 서적은 고다이고 제위 시대부터 전해지는 비본이었다. 책 제목은 《치고노소시稚兒乃草子》였는데, 유이치가 읽을 수도 없는 서두를 슌스케는 안경을 끼고 술술 읽어나갔다.

"닌나지 절 개산開山 무렵에 고명한 승려가 있었다. 나이는 많았지만 삼밀三密 행법行法 훈수薰修를 게을리하지 않고 험덕驗德을 쌓은 고귀한 인물임에도 불구하고 그 버릇을 버리지는 못하였다. 절에는 수많은 동자가 시중을 들었으니, 그중 특별히 총애하여 함께 잠자리에 드는 아이가 하나 있었다. 고귀하든 천박하든 고승은 이미 한창 때가 지난 몸, 그저 마음 가는 대로 그 행위를 할 힘이 부족하였다. 마음은 굴뚝같았으나 비리비리한 담쟁이가 흰 벽을 타고 오르는 형국이라, 화살은 매번 과녁을 빗나가 허무하게 과녁 위를 문지를 뿐이었다. 동자는 이래서는 안 되겠다 싶어 밤마다 준비를 하기에 이르렀다. 우선은 추타中太라는 이름의 유모 격인 남자를 불러다가, 물건을 미리 큼직하게 키우고는……."

이 소박하고 노골적인 서두에 이어 등장하는 남색男色 그림은 입꼬리가 절로 올라갈 정도로 유치하고도 육감적이었다. 호기심 어린 눈으로 그림 한 점 한 점 넋을 잃고 바라보는 유이치 옆에서, 슌스케는 책 속에 등장하는 추타라는 시중드는 역할을 하는 남자의 이름을 보며, 《스즈리와리》에 등장하는 가신 추타를 떠올렸다. 순수한 젊은 도련님이 가신의 죄를 뒤집어쓰고 죽음에 이를 때까지 입을 꾹 다물었던 이유는 둘 사이에 어떤 특별한 결속이 있었기 때문이라고 상상할 수 있다. 그렇다면 '추타'는 이러한 역할에 잘 어울리는 이름이며, 그 시대 사람들로 하여금 그 이름을 듣는 것만으로도 암묵적 미소를 짓게 만드는 존재였던 것이 아닐까?

이 학구적인 의문은 돌아가는 차 안에서도 슌스케의 뇌리에서 떠나지 않았는데, 호텔 로비에서 뜻밖에 가부라기 부부를 만나 그런 한가한 생각은 금세 날아가버리고 말았다.

"놀라셨나요?"

밍크 반코트를 입은 부인이 손을 내밀며 말했다. 그 뒤편 의자에서 노부타카가 묘하게 차분한 모습으로 일어섰다. 그 순간 어른들 사이에 어색한 기운이 역력했다. 오직 유이치만이 자유를 맛보고 있었는데, 이때 다시금 아름다운 청년은 자신이 가진 신비로운 힘을 느긋하게 확신했다.

슌스케로 말할 것 같으면, 가부라기 부부의 의중을 곧장 알아채지는 못했다. 그는 평소와 마찬가지로 격식을 갖춘 엄숙한 얼굴을 하고 있었다. 그러나 소설가의 직업적인 통찰력으로 부부에게서 다음과 같은 인상을 받았다.

'이 부부가 이렇게 사이좋아 보이는 건 처음이다. 둘이 뭔가 단단히 공모를 꾸미고 있는 느낌인데.'

사실 가부라기 부부는 요즘 들어 부쩍 사이가 좋아졌다. 유이치를 두고 서로가 서로를 이용하고 있다는 미안함 때문인지, 혹은 고마움 때문인지, 부인은 남편에게, 남편은 부인에게 전보다 따뜻하게 대했다. 부부는 졸지에 마음이 잘 맞는 사이가 되었다. 서로 천연덕스럽게 고타쓰에 마주앉아 따분한 신문 잡지를 읽는 야심한 밤이면, 천장에서 나는 작은 소리에도 동시에 예민하게 얼굴을 들었다가 때마침 마주 보며 웃곤 했다.

"당신 요즘 좀 신경과민이야."

"당신이야말로 그런 것 같은데."

그런 말을 하고도 두 사람은 한동안 이유를 알 수 없는 마음의 동요로 허우적댔다.

또 하나 믿을 수 없는 변화는 부인이 가정적인 여자가 됐다는 사실인데, 유이치가 회사와 연락을 취하기 위해 집을 찾는 날에는 그에게 수제과자를 대접하고 손뜨개로 만든 양말을 전해주기 위해 집에 있을 필요가 있었다.

노부타카로서는 부인이 뜨개질을 시작했다는 사실이 우스워 어쩔 줄 몰랐고, 부인이 유이치를 위해 카디건이라도 떠줄 심산이란 걸 알기에 재미 삼아 일부러 외국 털실을 한 움큼 사와서는, 괜히 사람 좋은 남편 역할을 자청하며 부인이 고리에 털실을 말 때 손으로 잡아주기도 했다. 이럴 때 노부타카가 느끼는 냉정한 만족감은 무엇과도 비할 수 없었다.

가부라기 부인은 자기 사랑이 이렇게 드러났는데도 그 사랑에서 무엇 하나 얻지 못했다는 데에 상쾌한 기분이 들었다. 이런 부부관계에서는 오히려 이게 더 부자연스런 일인데, 사랑의 성취가 늦어지면서 남편의 체면을 깎아내리는 일도 일어나지 않았다.

처음엔 부인의 견고한 평정심이 노부타카의 기분을 언짢게 했다. 정말로 유이치와 부인이 서로 사랑하는 게 아닌가 하는 의심이 들었던 것이다. 이윽고 이런 걱정은 억측에 불과하다는 사실을 알게 됐으나, 평소와 달리 누군가를 연모하는 마음을 남편에게 숨기는 부인의 행동이, ──부인은 그저 진정으로 유이치를 사랑했기에 본능적으로 이를 남편에게 숨긴 것에 불과했지만, ──세상에 꽁꽁 숨겨야만 하는 자신의 사랑과 자매처럼 여겨졌다. 그 결과 노부타카는 종종 부인과 함께 유이치를 둘러싼 소문을 얘기하고 싶다는 위험한 유혹에 사로잡혔다. 하지만 부인이 틈만 나면 유이치의 미모를 칭찬하는 바람에 오히려 유이치의 일상에 각종 불안이 싹텄고, 아내의 애인을 질시하는 세상 보통 남자들처럼 그럴 땐 유이치를 나쁘게 말하기도 했다.

유이치의 갑작스런 여행 계획을 듣게 된 사이좋은 부부는 한층 결속을 다졌다.

"두 사람을 쫓아 교토까지 가볼까."

노부타카가 말했다. 이상한 일이지만 부인은 그가 그렇게 말할 거란 걸 알고 있었다. 두 사람은 이튿날 아침 곧바로 여행을 떠났다.

그렇게 노부타카 부부는 라쿠요 호텔 로비에서 슌스케와 유이치를 만났던 것이다.

유이치는 노부타카의 눈이 비굴하게 반짝이는 것을 보았다. 그 인상 때문에 노부타카의 질책에서 권위는 거의 느껴지지 않았다.

"자네 대체 비서의 역할이 뭐라고 생각하나? 비서가 실종됐다고 회장이 부인을 동반해 찾으러 다니는 회사는 어디에도 없어. 주의하라고."

노부타카는 문득 눈을 돌려 슌스케를 보고는 무던하게 사교적인 미소를 띠며 덧붙였다. "히노키 선생의 능수능란한 유혹에 넘어간 게지."

가부라기 부인과 슌스케는 교대로 유이치를 비호했는데, 유이치는 사과도 하지 않고 쌀쌀맞게 노부타카를 흘끗 봤을 뿐이다. 노부타카는 분노와 불안으로 입이 떨어지지 않았다.

저녁식사 시간이었다. 노부타카는 밖에서 식사하고 싶어 했지만 다들 너무 지쳐서, 뼛속까지 추운 밤거리로 나갈 맘이 없었다. 그들은 6층 식당에서 식탁 하나를 사이에 두고 둘러앉았다.

가부라기 부인의 화려한 남성용 격자무늬 슈트는 무척이나 어울렸고, 여행의 피로까지 더해져 더할 나위 없이 아름다워 보였다. 그녀는 다소 창백한 얼굴색을 하고 있었다. 피부가 치자꽃처럼 하얀 빛을 띠었다. 행복한 기분은 가벼운 취기, 가벼운 병세와 같은 것이다. 노부타카는 부인의 서정적인 낯빛이 그런 이유 때문이란 걸 알고 있었다.

유이치는 여기 있는 세 어른이, 자기를 대할 때만큼은 상식을 벗어나는 걸 이상하게 여기지 않는 경향이 있으며, 그런 점에서 자기를 무시하고 있다는 느낌을 지울 수 없었다. 예를 들어, 어떻든 회사에 적을 두고 있는 청년을 무단으로 여행에 끌고 오는 슌스케도 슌스케다. 그걸 쫓아 교토까지 따라오는 것을 당연하게 여기는 가부라기 부부도 가부라기 부부다. 다들 자기행동의 변명을 상대방에게 떠밀고 있었다. 노부타카는 아내가 원해서 온 거라는 변명을 해댔지만, 만약 여기 온 사람들이 한 번만 더 냉정하게 각자의 이유를 되돌아본다면, 그것이 얼마나 부자연스러운지 뻔히 드러나리라. 이 식탁도 네 사람이 찢어지기 쉬운 거미줄 하나를 떠받치고 있는 것처럼 여겨졌다.

네 사람은 쿠앵트로를 마시고 조금 취했다. 유이치는 노부타카가 하도 너그럽고 도량이 큰 척하는 통에 **짜증**이 났다. 슌스케 앞에서 자기가 부인에게 얼마나 잘하는지 자찬을 늘어놓으며, 유이치를 비서로 쓴 것도 부인 때문이고 이렇게 여행을 나선 것도 부인 때문이라고 떠벌리는 그 유치한 허영심에 **신물**이 났다.

그러나 슌스케에게도 이 멍청한 고백이 있을 법한 일처럼 들렸다.

차가웠던 부부 관계가 아내의 바람기를 계기로 다시 봄날을 맞는 것도 있을 수 있는 일이다.

가부라기 부인은 어제 유이치가 걸어준 전화 덕분에 기분이 무척 좋아졌다. 유이치의 변덕스러운 교토 여행은 노부타카에게서 벗어나고 싶어서일 뿐, 자기에게서 벗어나고 싶었던 건 아니라고 믿을 수 있었다.

'이 청년의 마음은 아무래도 알 수가 없어. 그래서 늘 신선하지. 언제 봐도 저렇게 아름다운 눈을 하고 있다니까. 저렇게 생기 있는 미소를 띠고 있다고.'

부인은 생소한 곳에서 유이치를 보며 다시금 솟구치는 매력을 느꼈고, 그녀의 시적 영혼은 이런 섬세한 영감에 큰 자극을 받았다. 신기하게도 남편과 함께 유이치를 보고 있으면 마음이 든든했다. 요즘 유이치와 단둘이서는 기쁨을 느낄 수 없었다. 둘이 있으면 불안해지고 애가 타기만 했다.

최근까지 외국인 바이어 전용이었던 이 호텔은 구석구석 난방이 잘 돼서 일행은 밝고 분주한 교토역 광장이 내려다보이는 창가에서 이야기를 나눴다. 유이치의 담배 케이스에 담배가 다 떨어진 것을 보고 핸드백에서 담뱃갑을 꺼내 말없이 청년의 포켓에 넣어주는 부인의 행동을, 슌스케는 못 본 척하려고 애썼다. 하지만 아내의 일거수일투족에 신경 쓰며 그저 다 안다는 걸 알리고 싶은 맘에,

"부인, 비서한테 뇌물을 준다고 득 될 건 없어요."

따위의 말로 허세를 부리는 노부타카가 슌스케는 가소로웠다.

"아무 목적 없이 여행을 떠나는 것도 나쁘지 않네. 내일은 다 같

이 어디든 가요." 부인이 말했다.

 슌스케는 그런 부인을 가만히 보았다. 아름다웠지만 지독히도 매력이 없었다.

 오래 전 그녀를 사랑해 노부타카에게 돈을 갈취당한 슌스케다. 당시엔 이 여자에게 정신성이 없다는 점을 사랑했지만, 지금 부인은 그때와 달리 본인이 지닌 아름다움을 완전히 잊고 있었다. 노작가는 담배를 피우는 그녀를 응시했다. 한 개비에 불을 붙였다. 두세 번 빨고는 재떨이에 올렸다. 피다만 담배를 잊고 새 담배에 또 불을 붙였다. 두 개비 다 유이치가 라이터를 내밀어 불을 붙여줬다.

 '이 여자 아주 꼴사나운 짓을 하고 있군.' 슌스케는 생각했다. 복수는 이미 충분했다.

 그날 밤 여행에 지친 일행은 서둘러 잠자리에 드나 싶었는데, 사소한 사건 하나로 다들 잠이 깨고 말았다. 사건의 발단은 슌스케와 유이치 사이를 의심한 노부타카의 제안에서 비롯됐다. 오늘 밤은 자신이 슌스케와 한방을 쓸 테니, 부인은 유이치와 한방을 쓰라고 제안한 것이었다.

 이런 엉터리 제안을 하는 뻔뻔스러움이 슌스케로 하여금 노부타카의 오래전 수법을 떠올리게 했다. 방종한 귀족의 몸에 밴 천진함과 타인을 대하는 무시무시한 무관심의 힘을 빌려, 몰인정한 처사를 단행하는 궁중에서 있을 법한 수법이었다. 가부라기 가문은 천황의 친족인 귀족 집안이다.

 "오랜만에 이야길 나누니 참 기쁘군요." 노부타카가 말했다. "오늘 밤은 이대로 잠들기 아쉽습니다. 선생은 밤새는 것쯤 익숙하시지요. 바는 문을 닫는 것 같으니, 어떻습니까, 방으로 술을 가져가서 조금 더 드시지 않겠습니까?" 그러곤 부인을 돌아보며, "당신하고 미나미 군은 졸려 보여. 걱정 말고 먼저 들어가 쉬어. 미나미 군은 내 방에서 자도 상관없네. 난 선생 방에서 좀 더 얘길 나눌 테니. 선생 방에서 잘지도 모르니 안심하고 푹 자게."

유이치는 당연히 손사래를 쳤고, 슌스케도 크게 놀랐다. 청년은 눈짓으로 슌스케의 조력을 구했다. 재빠르게 이를 눈치챈 노부타카는 질투에 사로잡혔다.

가부라기 부인으로 말할 것 같으면 남편에게 이런 취급을 당하는 데 익숙했다. 하지만 지금은 문제가 다르다. 상대는 사모해 마지않는 유이치다. 하마터면 그녀는 화를 내며 남편의 무례함을 욕할 뻔했지만, 늘 갈망하던 일이 이뤄질지도 모른다는 유혹을 떨쳐내기는 어려웠다. 유이치에게 경멸당하고 싶지 않다는 마음이 그녀를 괴롭혔다. 이제껏 그녀를 끌고 온 힘은 숭고한 감정이었으나, 비로소 그것을 버릴 기회가 찾아왔다. 이 기회를 잡지 못하면 두 번 다시 자기 혼자 힘으로 할 수 없을 거라는 생각이 들었다. 이 내적 싸움은 시간으로 치면 겨우 몇 초밖에 걸리지 않았지만, 뜻하지 않은, 그러나 이 기쁜 결심을 내리기까지는 흡사 몇 년의 기나긴 전쟁을 치르는 듯했다. 그녀는 자신이 사랑하는 청년을 향해 창녀처럼 상냥히 웃고 있음을 느꼈다.

그러나 유이치의 눈에는 가부라기 부인이 지금처럼 허물없이 모성적으로 보인 적이 없었다. 그는 부인이 이렇게 말하는 것을 들었다.

"그러도록 해요. 할아버지들은 마음 편히 하고 싶은 대로 하세요. 난 잠이 부족하면 눈 밑에 주름이 생기거든. 더는 늘어날 주름도 없는 분들은 밤을 새든 뭘 하든 자유롭게 하시길."

그러고는 유이치 쪽을 돌아보며 이렇게 말했다.

"유우짱, 이제 잘까요?"

"그, 그러죠."

유이치는 갑자기 졸려서 어쩔 줄 모르겠다는 표정을 연기를 했다. 얼굴이 붉어지는 그 변변치 않은 연기에 가부라기 부인은 황홀함을 느꼈다.

기분 나쁠 정도로 자연스럽게 이어진 이 상황에, 슌스케도 뭐라 반기를 들 여지가 없었다. 다만 슌스케는 노부타카의 의중을 알 수 없었다. 방금 어조는 누가 봐도 부인과 유이치 관계를 기정사실화하고 있는 듯 보였는데, 이걸 인정하는 노부타카의 기분을 이해할 수가 없었다.

슌스케는 유이치의 마음도 알 수 없었기 때문에 순간적인 기지를 발휘할 수도 없었다. 바의 안락의자에 앉아 노부나카와 천연히 대화를 나눌 수 있는 이야깃거리를 찾다가 마침내 입을 열었다.

"가부라기 씨는 추타라는 이름의 의미를 알고 계십니까?"

이렇게 묻고는 아까 본 책의 성질에 신경이 쓰여 입을 다물었다. 이런 화제는 유이치에게 누를 끼치는 결과를 가져오리라.

"추타가 뭡니까? 사람 이름입니까?" 노부타카가 건성으로 물었다. 술을 제일 많이 마신 노부타카는 이미 취해 있었다. "추타? 추타? 아, 그건 내 아호입니다만."

노부타카가 귀둥대둥 중얼거린 대꾸의 우연한 효과에 슌스케는 눈이 휘둥그레졌다.

이윽고 네 사람은 자리에서 일어나 엘리베이터를 타고 3층에 내렸다. 엘리베이터는 한밤중 호텔 속을 가만가만 내려갔다.

두 객실은 방 세 개를 사이에 두고 떨어져 있었다. 유이치는 부인과 함께 안쪽에 있는 315호로 들어갔다. 둘은 말이 없었다. 부인은 방문을 잠갔다.

유이치는 겉옷을 벗은 후 뭘 해야 할지 몰랐다. 그는 우리 속으로 걸어 들어간 동물처럼 방 안을 걸었다. 텅 빈 서랍을 하나하나 열어 봤다. 목욕하세요. 부인이 말했다. 먼저 하시죠. 유이치가 말했다.

부인이 욕조에 있을 때 누군가 방문을 노크했다. 유이치가 문을 열자 슌스케가 들어왔다.

"욕실을 빌리러 왔네. 저쪽 방은 고장 나서 말이지."

"쓰시죠."

슌스케는 유이치의 팔뚝을 잡고 낮은 목소리로 물었다.

"자네 대체 생각이 있나?"

"저도 죽을 만큼 싫습니다."

욕실에서 부인의 애교 섞인 목소리가 천장을 울리며 낭랑하게 허공으로 퍼졌다.

"유우짱. 같이 들어오지 않을래?"

"예?"

"잠금 장치를 풀어둘게."

슌스케는 유이치를 밀어젖히고 욕실 손잡이를 돌렸다. 탈의실을 지나 안쪽 문을 조용히 열었다. 뜨거운 수증기 속에서 가부라기 부인의 얼굴이 새파랗게 질렸다.

"나이에 걸맞게 처신하세요."

부인이 수면을 가볍게 치며 말했다.

"오래전 당신 남편이 이런 식으로 우리 침실에 들어왔었지."

슌스케가 말했다.

17장
마음 가는 대로

가부라기 부인은 웬만한 일에 동요하지 않는 여자다. 욕조의 비누거품 속에서 벌떡 일어섰다.

눈도 깜박이지 않고 슌스케를 응시하며 말했다.

"들어가고 싶으면 들어가시죠."

수치의 그림자라곤 조금도 없는 나체는, 눈앞의 노인을 길가의 돌멩이만큼도 인정하지 않았다. 젖은 유방은 아무런 감동 없이 빛나고 있었다. 나이와 함께 영글어 풍만하게 넘쳐흐르는 육체에 슌스케는 한순간 시선을 빼앗겼지만, 이윽고 형세가 역전돼 지금 자신이 무언의 모욕을 당하고 있음을 깨닫자 그 이상을 직시할 용기를 잃었다. 벌거벗은 여자는 태연한데, 그걸 보는 노인의 얼굴이 수치심으로 붉어졌다. 그 순간 노작가는 유이치가 느끼는 고통의 성질을 이해할 것만 같았다.

'어차피 내게는 복수할 힘도 없다. 이미 복수할 힘조차 사라졌어.'

이 쑥스러운 대치 후 슌스케는 말없이 욕실 문을 닫았다. 유이치는 여전히 들어오지 않았다. 불 꺼진 좁은 탈의실에 혼자 있었다. 눈을 감고 밝은 환영을 보았다. 그 환영을 명랑한 욕탕 물소리가 채색했다. 서 있는 게 괴롭지만, 그렇다고 유이치가 있는 곳으로 돌아가는 것도 부끄러워. 노인은 말도 안 되는 불평을 중얼거리며 그 자리에 쭈그려 앉았다. 부인은 좀처럼 욕탕을 나올 기색이 없었다.

마침내 욕조에서 사람이 나오는 물소리가 들렸다. 그 소리가 욕실 안에 메아리쳤다. 문이 거칠게 열리며 젖은 손이 탈의실 등을 켰다. 강아지처럼 웅크리고 있던 것이 돌연 일어섰다. 그런 슌스케를 보고도 놀라지 않고 부인이 말했다.

"아직 거기 있었어?"

가부라기 부인은 슈미즈를 몸에 걸쳤고, 슌스케는 하인처럼 그녀를 도왔다.

두 사람이 방으로 돌아가자 청년은 차분히 담배를 피우며 창가에 서서 거리의 야경을 바라보다 돌아서며 말했다.

"선생님은 벌써 목욕을 마치셨습니까."

"응, 그래." 부인이 대신 답했다.

"엄청 빠르시군요."

"당신 차례야." 부인이 쌀쌀맞게 말했다. "우린 저쪽 방에 있을게."

유이치가 욕실로 들어가자 부인은 슌스케를 재촉해 노부타카가 기다리는 슌스케의 방으로 갔다. 복도에서 슌스케가 말했다.

"유이치 군한테까지 쌀쌀맞게 굴 필요는 없잖나."

"어차피 한통속이잖아."

이 어린애 같은 질투가 슌스케를 쾌활하게 했다. 설마하니 슌스케가 유이치를 구했다고는 눈치채지 못했으리라.

백작은 슌스케를 기다리며 혼자 트럼프카드로 점을 치면서 시간을 보내고 있었다. 부인이 들어오는 것을 보며 아무런 감동 없이 입을 열었다.

"어, 왔어."

그러곤 셋이서 포커를 쳤다. 흥이 나지 않았다. 목욕을 마친 유이치가 돌아왔다. 갓 목욕한 젊은이의 몸은 아름다웠고 뺨은 소년처럼 붉었다. 유이치는 부인을 향해 미소 지었는데, 그 순진무구한 미소에 부인은 무심결에 빙긋 웃었다. 하지만 남편을 재촉하며 일어섰다.

"이번 목욕은 당신 차례예요. 우린 그냥 저쪽 방에서 자죠. 히노키 씨와 유우짱은 여기서 자고."

이 선언에 단호함이 엿보인 탓인지 노부타카는 거역하지 않았다. 두 팀은 서로 안녕히 주무시라는 인사를 나눴다. 부인은 두세 걸음 가다가 돌아오더니 조금 전 쌀쌀맞았던 태도를 후회하는 듯 유이치와 부드러운 악수를 나눴다. 오늘 밤 이 청년을 물리친 일로 응징은 충분했다고 생각했기 때문이다. 그리하여 결국 슌스케 혼자 아주 불운한 제비를 뽑고 말았다. 그 혼자만 목욕을 하지 못한 것이다.

슌스케와 유이치는 각자 침대에 들어가 불을 껐다.

"아까는 감사했습니다."

다소 익살맞은 어조로 어둠 속에서 유이치가 말했다. 슌스케는 만족한 나머지 몸을 한 번 돌렸다. 불현듯 늙은이에게 청년시절 우정의 기억, 고등학교 기숙사 생활의 추억이 되살아났다. 당시 슌스케는 서정시를 쓰고 있었다! 서정시를 쓰는 것 외에는 그때 그가 범할 수 있는 과실이 없었던 것이다.

어둠 속 늙은 목소리가 탄복하듯 울린 건 당연한 일이었다.

"유우짱, 내겐 이미 복수할 힘이 없어. 저 여자에게 복수할 수 있는 건 자네 뿐이야."

어둠 속에서 생기 있고 힘찬 목소리가 대답했다.

"하지만 그 사람 갑자기 쌀쌀맞아졌어요."

"괜찮아, 자넬 보는 눈이 공공연히 그걸 배신하고 있으니. 오히려 좋은 기회일세. 어린애처럼 이런저런 변명을 해대며 어리광을 피우면 자네한테 전보다 더 빠질 거라네. 이렇게 말하는 거야. 저 할아범이 처음엔 당신에게 날 소개해놓고 막상 가까워지니 질투에 눈이 멀어 귀찮아 죽겠다, 욕실 사건도 할아범의 질투에 불과하다, 이렇게 말하란 말일세. 그럼 말이 되지."

"그러겠습니다."

그 목소리가 너무 고분고분해서 슌스케는 어제 오랜만에 만났을 때는 거만해 보이던 유이치가 다시 옛날의 유이치로 돌아간 느낌을 받았다. 여세를 몰아 이렇게 말했다.

"요즘 교코는 어쩌고 지내는지 아나."

"아뇨."

"게으르긴. 자넨 정말이지 일일이 챙겨줘야 하는군. 교코는 벌써 새 애인이 생겼어. 누굴 만나든 유우짱 같은 남잔 싹 잊었다고 하고 다닌다네. 새 애인하고 합치려고 남편과 헤어질 거라는 소문이 돌 정도야."

슌스케는 효과를 떠보려고 입을 다물었다. 효과는 정확했다. 아름다운 청년은 자존심에 깊은 화살이 박혔다. 거기서 피가 흘렀다.

그러나 유이치는 곧 젊은이다운 고집에서 마음에도 없는 말을 중얼거렸다.

"잘됐군요. 그래서 행복하다면야."

그와 동시에 **스스로에게 충실한** 청년은 구둣가게 앞에서 교코와 마주쳤을 때, 스스로 했던 그 용맹한 맹세를 떠올리지 않을 수 없었다.

'좋아! 이 여자를 반드시 불행하게 만들겠어.'

역설의 기사騎士 유이치는 여자의 불행을 위해 헌신해야 할 자신의 의무에 태만한 것을 후회했다. 또 하나의 걱정은 다소 미신적인 것이었는데, 여자가 자신에게 냉정하면 가장 먼저 자신이 여자를 좋아하지 않는다는 사실을 들킨 게 아닌가 하고 신경이 쓰였다.

슌스케는 유이치의 어조에서 다소 냉정한 격정을 느끼고 안심하며 아무렇지도 않은 듯 말했다.

"하지만 내가 보기엔 그게 다 자네를 잊을 수 없어 초조해하는 것에 불과해. 내가 그렇게 믿는 이유도 몇 가지 있네. 도쿄에 가거든 교코한테 전화나 한번 해주게. 행여 자네 맘을 상하게 하는 일은 일어나지 않을 테니까."

유이치는 대답하지 않았지만, 도쿄로 돌아가는 즉시 교코에게 전화를 걸 게 분명하다고 슌스케는 생각했다.

두 사람은 말이 없었다. 유이치는 자는 척했다. 슌스케는 지금 이 만족스런 기분을 어떻게 표현할지 알 수 없었기에 한 번 더 몸을 뒤척였다. 늙은 뼈가 삐걱댔고 침대 스프링도 삐걱댔다. 난방은 알맞았으며 달리 부족한 것이 없었다. 슌스케는 언젠가 위험한 기분이 들었을 때 다짐했던, '유이치에게 사랑을 고백하자'는 시도가 얼마나 정신 나간 짓이었는지에 생각이 미쳤다. 두 사람 사이에 이 이상 무엇이 필요하겠는가?

누군가 문을 노크했다. 두세 번 두드렸을 때, 슌스케가 큰 소리로 물었다.

"누구십니까?"

"가부라기입니다."

"들어오시죠."

슌스케와 유이치는 둘 다 머리맡의 등을 켰다. 흰 와이셔츠와 초콜릿색 바지 차림의 노부타카가 들어왔다. 다소 억지스런 쾌활함을 띠며 노부타카가 말했다.

"주무시는데 죄송합니다. 담배 케이스를 놓고 가서요."

슌스케가 상반신을 일으켜 전등 스위치 위치를 알려줬고 노부타카가 그걸 눌렀다. 간소한 호텔방, 두 개의 침대와 협탁과 거울과 두세 개의 의자와 탁자와 책장과 서랍이 있는, 말하자면 추상적인 방 구조가 불빛 아래 환히 드러났다. 노부타카는 마술사처럼 현란한 발걸음으로 방을 가로질렀다. 탁자 위에서 자라등껍질 담배 케이스를 들고 뚜껑을 열어 안을 살펴보더니 거울 앞으로 가서 아래쪽 눈꺼풀을 뒤집어 눈이 충혈 됐는지 확인했다.

"이런, 실례했습니다. 안녕히 주무십시오."
그러더니 불을 끄고 나갔다.
"저 담배 케이스는 아까부터 저기 있었나?"
슌스케가 물었다.
"글쎄요, 전 몰랐습니다."
유이치가 말했다.

***

교토에서 돌아온 유이치는 교코를 생각할 때마다 마음이 불쾌하게 뒤틀렸다. 슌스케의 생각대로 이 자신만만한 젊은이는 전화를 걸었다. 교코는 언제 시간이 날지 모르겠다며 한동안 샐쭉거렸다. 하지만 유이치가 전화를 끊으려 하자 성급히 약속장소와 시간을 말했다.

시험이 다가오고 있었다. 유이치는 경제학에 몰두했지만 작년시험에 비하면 내용이 전혀 머릿속에 들어오지 않아 어이가 없을 정도였다. 그는 언젠가 미적분에 열중했을 때와 같은 명석한 도취의 기쁨을 잊었다. 반쯤은 현실에 몸을 담고, 반쯤은 현실을 멸시하는 기술을 익힌 젊은이는, 슌스케의 영향 아래 갖가지 사상에서 구실만을, 갖가지 생활에서 생을 좀먹은 습관의 마력만을 즐겨 찾아내게 되었다. 슌스케를 통해 유이치가 본 성인 세계의 비참함은 대단히 의외였다. 그들 세계의 자부심인 지위와 명예와 돈이라는 삼위일체를 손에 넣은 남자들은 그걸 잃지 않으려 애썼고, 이따금 상상을 초월할 만큼 그것들을 경멸했다. 이교도가 십자가를 발로 밟듯 너무나 쉽게, 차라리 기쁨과 쾌락의 잔인한 웃음을 쿨럭이며 자신의 명성을 흙발로 걷어차는 슌스케가 처음에는 유이치도 대단히 놀라웠다. 어른들은 손에 넣은 것들 때문에 괴로워했다. 사실상 이 세상 성공의 90퍼센트는 청춘을 희생한 대가로 획득할 수 있기 때문이다. 청춘과 성공의 고전적 조화는 겨우 올림픽경기에서나 볼 수 있었는데, 그것은 진정으로 교묘한 금욕의 원리, 생리적인 금욕과 사회적인 금욕의 원리 위에 가까스로 남은 것이었다.

약속한 날 유이치는 십오 분이나 늦게 교코가 기다리는 카페로 갔다. 교코는 안달을 내며 카페 앞 보도에 서서 기다리고 있었다. 갑자기 유이치의 팔을 꼬집으며 못됐어, 하고 말했다. 이 흔해빠진 애교가 유이치로서는 몹시도 흥이 떨어지는 행동이었음을 짚고 넘어가지 않을 수 없겠다.

그날은 이른 봄, 늦연히 맑은 날씨였다. 거리의 웅성거림에서도 투명함이 느껴지고, 공기가 피부에 닿는 느낌은 수정과 같았다. 유이치는 남색 외투 아래로 교복을 입고 있어서 머플러를 풀자 목까지 높이 솟은 옷깃과 칼라가 보였다. 나란히 서 있던 교코는 눈앞에 보이는 옷깃과, 깨끗이 깎은 수염 아래 흰 칼라 선에서 이른 봄 냄새를 느꼈다. 그녀의 짙은 녹색 외투는 허리가 잘록하게 들어가고 세운 깃 안쪽에는 붉은 연어 빛깔 머플러가 물결치고 있었다. 머플러가 목에 닿은 부분에 살색 화장품이 약간 묻어 있었다. 추운 듯한 작고 붉은 입이 가련했다.

이 가벼운 여자는 연락이 뜸했던 유이치에게 책망 한마디 하지 않았기에, 그는 당연히 혼을 낼 거라고 생각했던 어머니가 입을 다물고 있을 때와 같은 거북함에 사로잡혔다. 꽤 오래된 밀회 이후 그들 사이에 아무런 단절감도 없다는 것은, 처음부터 교코의 정열이 일정하게 안전한 궤도를 따랐다는 증거처럼 여겨져 유이치는 기분이 나빴다. 하지만 교코 같은 여자의 경솔한 겉모습이야말로 진심을 감추는 데 도움이 되는 것으로, 겉모습의 경솔함에 속고 있는 건 사실 언제나 그녀 자신이었다.

어느 길모퉁이로 가니 신형 차 한 대가 있고, 운전석에서 담배를 뻐끔거리던 남자가 떨떠름한 표정으로 안에서 문을 열었다. 유이치가 주저하자 교코가 재촉하며 그를 차에 태우고, 자신은 유이치 옆에 앉았다. 교코는 재빨리 소개했다.

"이쪽은 사촌동생 케이짱, 이쪽은 나미키 씨."

나미키라는 서른 살쯤 돼 보이는 남자가 운전석에서 고개 돌려 인사했다. 유이치는 졸지에 사촌동생 역할을 떠맡고 멋대로 이름까지 바뀌었지만, 교코의 임기응변은 지금 막 시작된 게 아니었다. 유이치는 직감적으로 나미키가 소문이 자자한 교코의 상대란 걸 알았다. 하지만 대단히 홀가분한 마음이 들었기에 하마터면 질투를 잊을 뻔했다.

유이치가 어디 가냐고 묻지도 않아서 교코는 장갑 낀 손으로 가죽장갑 낀 유이치의 손을 가만히 잡았다. 귓가에 입을 대고는 이렇게 말했다.

"화났어? 오늘은 내 정장 옷감을 사러 요코하마에 갔다가, 오는 길에 저녁을 먹을 거야. 당신이 화낼 일은 없을 테니 걱정 마. 내가 조수석에 안 앉아서 나미키 씨가 기분 나빴나봐. 나미키 씨하곤 이제 곧 헤어질 거야. 당신하고 같이 가는 건 일종의 시위운동이야."

"저한테 하는 시위운동이기도 하겠죠."

"못됐어. 그건 내가 할 소리라고. 비서 일 바쁘지?"

에둘러 넘겨짚는 어수선한 대화를 하나하나 늘어놓을 필요는 없다. 요코하마까지 게이힌 국도로 30분을 교코와 유이치는 쉬지 않고 조잘거렸고, 나미키는 뒤에 앉은 두 사람과 한마디도 나누지 않았다. 말하자면 유이치는 우쭐대는 사랑의 라이벌을 연기한 것이다.

교코는 오늘 새삼 그녀의 가벼움이 훼방을 놓아서 사랑을 할 수 없는 여자처럼 보였다. 의미도 없는 수다를 떨다 정작 중요한 말을 하지 못했다. 그녀는 오늘 자신이 느낀 행복의 크기를 유이치에게 알릴 틈도 없었다. 세상은 순진한 여자가 이렇게 특별한 의식 없이 뭔가 감추는 행위를 연애의 수법이라고 잘못 부르고 있다. 교코가 경솔하고 수다스러운 건 열병과 같아서, 그 허튼소리 속에서만 진실을 들을 수 있었다. 도시의 요부는 수치심이 넘쳐 요부가 되는 경우가 많은데, 교코도 사실은 그와 다르지 않았다. 유이치를 안 만나는 동안 교코는 다시 예전의 겉만 번지르르하고 언행이 가벼운 사람으로 돌아가 있었다. 그녀의 경망함은 한이 없었고 생활에도 규범이 전혀 없었다. 교코의 지인들은 그녀의 일상을 늘 재미있어 하며 구경했지만, 흡사 뜨거운 철판에 발바닥을 댄 사람처럼 날뛰는 그녀의 경솔함을 탐지한 이는 한 사람도 없었다. 교코는 아무런 생각도 하지 않았다. 어떤 소설도 끝까지 다 읽은 적이 없고, 삼분의 일까지 읽고는 금세 맨 마지막 한 페이지를 읽었다. 언행에도 어딘가 야무지지 못한 구석이 있어서 자리에 앉자마자 다리를 꼬았는데, 그 정강이는 항상 지루한 듯 흔들렸다. 어쩌다 편지를 쓸 때면 잉크가 손이나 옷 같은 데 묻곤 했다.

교코는 사랑하는 마음이 무엇인지 몰랐기 때문에, 그것을 따분함으로 착각하고 있었다. 유이치를 못 만나는 동안 요즘 왜 이렇게 따분할까 하고 의아해 하며 시간을 보냈다. 잉크가 옷이나 손에 묻듯이 따분함이 장소를 가리지 않고 묻었다.

쓰루미를 지나 냉동회사의 노란 창고 사이로 바다가 보이자, 교코는 어린아이처럼 소릴 지르며 바다네, 하고 말했다. 부두 위 철로에서 예스런 기관차가 화물을 끌고 창고 사이를 가로질러 가는 바람에 바다가 가려졌다. 그것은 그야말로 그녀의 탄성에 두 남자 중 어느 누구도 맞장구치지 않고 검은 침묵이 연기를 피며 지나간 듯했다. 이른 봄 항구의 하늘은 희미한 매연과 빼곡한 돛대 숲으로 더럽혀 있었다.

같은 차에 동승한 두 남자에게 사랑받고 있다는 확신은, 교코에게 있어 흔들림 없는 진실이었다. 하지만 혹시 그것이 환상에 불과한 것은 아니었을까?

유이치는 여자의 정열을 돌처럼 지켜보는 자신의 상황이 그 자체로는 아무런 에너지도 갖지 않기에, 자길 사랑하는 여자를 행복하게 해주지 못할 바엔 불행하게 만드는 일이 최소한의 배려고 정신적 선물이라는 역설적인 생각에 열중해 있었다. 그 결과 누굴 향한 것인지도 알 수 없는 복수의 정열을 가령 눈앞의 교코에게 퍼붓는다 해서, 도덕적 가책을 느낄 일은 아니라고 생각하기에 이르렀다.

도덕이란 무엇인가? 예를 들어 단지 상대방이 부자라는 이유로 부자가 사는 저택 창문에 돌을 던지는 빈민의 행동이 부도덕하다고 말할 수 있을까? 도덕이란 이유를 다는 일을 보편화시킴으로써, 이유를 소멸시키는 일종의 창조적 작용인 것은 아닐까. 예를 들어 오늘날까지도 효도는 도덕적이지만, 그 이유가 소멸돼 가는 탓에 한층 더 도덕적이다.

세 사람은 요코하마 차이나타운 부근 부인복 옷감을 파는 작은 상점 앞에서 내렸다. 외제를 저렴하게 구할 수 있는 곳이어서, 교코는 봄철 옷감을 고르기 위해 이곳을 찾았다. 맘에 드는 옷감을 차례차례 어깨에 대보고는 거울 앞으로 갔다. 그런 뒤 나미키와 유이치 앞으로 돌아와서는, 어때, 어울려? 하고 물었다. 두 청년은 설렁설렁 의견을 말했고, 붉은 옷감을 어깨에 대고 나오자, 소들이 좋아하겠군요 따위의 농담을 했다.

교코는 스무 종이나 되는 옷감을 찬찬히 들여다봤지만 맘에 드는 것이 없는지 사지 않고 나왔고, 근처 만화루라는 북경 요릿집 이층으로 올라가 셋이 이른 저녁을 먹었다. 이야기 중간에 유이치 앞에 있던 요리를 덜어가려고, "유우짱, 미안하지만 그것 좀" 하고 교코가 엉겁결에 애칭을 부르는 실수를 했을 때, 유이치는 반사적으로 나미키의 얼굴을 살피지 않을 수 없었다.

옷차림에 한껏 멋을 부린 이 청년은 슬며시 입꼬릴 들며 그 거뭇한 얼굴에 조용히 시니컬한 미소를 띠웠으나, 교코와 유이치를 번갈아 보더니 그대로 자연스레 화제를 바꿔 대학시절 유이치의 학교를 상대로 시합을 했던 축구이야기 따위를 했다. 애초에 그는 교코의 거짓말을 눈치채고 있었지만, 그럼에도 그는 두 사람을 간단히 용서했다. 이때 교코의 긴장된 표정이란 너무도 우스꽝스러웠다. 그뿐 아니라 '유우짱 미안하지만 그것 좀' 하고 말한 순간의 실언에는 이미 의식적인 긴장감이 있었고, 그것이 고의의 실언이었기에 무시당한 듯한 그녀의 진지한 표정은 비참해 보일 정도였다.

'교코는 손톱만큼도 사랑받지 못하고 있구나.' 유이치는 생각했다. 그러자 여자를 사랑하지 않는 이 청년의 차가운 마음은 그녀가 사랑받을 수 없다는 사실이 당연하게 여겨졌다. 자신이 그녀를 사랑하지 않을 뿐만 아니라 그녀가 불행하기를 바라고 있으므로. 다만 자신이 손을 쓰지 않아도 이 여자가 불행하다는 사실에 얼마간 유감을 느끼지 않을 수 없었다.

항구가 보이는 댄스홀에서 춤을 춘 뒤 세 사람은 왔을 때와 같은 좌석에 앉아 게이힌 국도를 달려 도쿄로 돌아왔는데, 교코는 거듭 끔찍하게 시시한 말을 내뱉었다.

"오늘 일은 화내지 마. 나미키 씨랑 나는 그냥 친구 사이니까."

유이치가 말이 없자, 교코는 유이치가 아직도 자길 믿지 않는다는 생각에 슬펐다.

18장

보고 말았다

유이치의 시험이 끝났다. 달력상으론 이미 봄이다. 초봄 돌풍이 먼지를 일으켜 거리가 노란 아지랑이로 뒤덮인 듯 보이던 날, 유이치는 노부타카의 분부대로 오후에 학교를 마치고 집으로 가면서 가부라기 집에 들렀다.

가부라기 집은 유이치 학교 인근 역 다음 정거장이어서 유이치로서는 대단히 편했다. 오늘 가부라기 부인은 남편 회사에서 진행하는 새 사업에 필요한 허가서류를 요직에 있는 '친한' 외국인의 사무실로 가지러 갔다가, 그걸 집에서 기다리는 유이치 편에 남편 회사로 전달하게끔 해야 했다. 부인이 최선을 다해 이 허가서류를 빠른 시간 안에 얻어냈는데, 서류를 가지러 갈 시각이 확정되지 않아서 유이치는 가부라기 집에서 부인이 돌아오길 기다리도록 돼 있었.

가보니 부인은 아직 집에 있었다. 약속시간은 오후 세 시. 현재 시각은 한 시다.

가부라기 집은 불타고 남은 전 백작 저택에 달린 집사의 집이었다. 도쿄에 옛 격식을 갖춘 저택을 가진 귀족은 많지 않았다. 가부라기의 선친은 메이지시대에 전기사업으로 큰돈을 벌었기에, 어느 다이묘 저택을 매입해 살면서 예외를 만들었다. 전쟁 후 노부타카는 재산세를 지불하기 위해 집을 처분했다. 그러고는 이웃한 집사의 집에 세 들어 살던 사람을 쫓아내고 자기가 들어갔다. 남의 손에 넘어간 안채 사이에는 싱그러운 산울타리로 가림막을 설치하고, 큰길로 통하는 골목 끝에 문을 냈다.

안채는 여관으로 개업했다. 때때로 들려오는 샤미센 노랫소리를 참아내야 했다. 노부타카가 오래전 가정교사의 손에 이끌려 무거운 책가방을 들고 휘휘 드나들던 문을, 지금은 여관 자가용이 게이샤를 태우고 드나들었다. 마차를 돌리던 엄숙한 현관이 게이샤들의 출입문이 되었다. 노부타카가 공부방 기둥에 새겨둔 낙서는 깎여 없어졌다. 그가 삼십 년 전 뜰 안 바윗돌 아래 숨겨뒀다 잊어버린 보물섬 지도는 얇은 나무판에 색연필로 그린 것이라 썩어 없어졌으리라.

집사의 집에는 방이 일곱 칸 있었는데 서양풍 현관 위층만이 다다미 여덟 장 크기의 서양식 방이었다. 노부타카는 이곳을 서재 겸 응접실로 썼다. 창문에서 안채 뒤편 이층 부엌이 정면으로 내다보였지만, 부엌이 곧 객실로 바뀌면서 노부타카의 서재가 바라보이는 창에 가리개가 붙었다.

하루는 이층 부엌을 객실로 개조하는 공사 소리가 들렸다. 보통 이층 대연회장에서 연회가 열릴 때면 어스름히 반들거리던 부엌은 소란스러웠다. 금장식 칠기그릇이 늘어서 있고 긴 옷을 끄는 하녀들이 바삐 드나들었다. 그랬던 찬장이 부서지는 소리는 어스름히 반들거리는 나무판에 흔적을 남긴, 과거 수많은 연회의 소란스러움이 박리되는 소리였다. 침전된 기억의 일부가 깊이 박힌 치아를 뽑듯 피를 흘리며 떨어져 나오는 소리였다.

감상적인 부분이라곤 티끌만큼도 없는 노부타카는 의자를 빼고 책상 위에 다리를 올린 채, 그래 부숴라 더 부숴 하고 속으로 소리치며 응원했다. 저택의 모든 것이 청년시절 그를 괴롭혔다. 도덕적인 저택은 남자를 사랑한다는 비밀 위에 언제나 견디기 힘든 누름돌을 놓았다. 부모가 죽기를, 저택에 불길이 치솟기를, 그가 얼마나 바랐는지 모른다. 그러나 공습으로 집이 불타기보다는 오래전 선친이 심각한 얼굴로 앉아 있던 다다미방에서 술 취한 게이샤가 유행가를 부르는 이런 모독적인 변화가 노부타카는 훨씬 더 마음에 들었다.

……집사가 살던 집으로 이사 온 부부는 집안을 모조리 서양식으로 개조했다. 도코노마*에는 책꽂이를 넣고 장지문은 떼어내 두터운 견직물 커튼을 달았다. 안채에 있던 서양가구를 죄다 옮겨 와 로코코 형식의 의자와 테이블을 다다미 위에 깐 융단에 늘어놓았다. 가부라기 집은 에도시대 영사관처럼 보이기도 하고, 서양인의 첩이 된 여자가 사는 집처럼 보이기도 했다.

유이치가 왔을 때, 부인은 슬랙스를 입고 레몬색 스웨터 위에 칠흑빛 카디건을 걸친 채 아래층 거실 난로 곁에 앉아 있었다. 빨간

* 다다미방 안쪽에 족자를 걸고 꽃꽂이를 놓아 방을 장식하는 곳.

매니큐어를 칠한 손으로 빈에서 들여온 트럼프 카드를 섞고 있었다. 이 카드에서 퀸은 D고 잭은 B다.

유이치가 왔다고 하녀가 말했다. 그녀의 손이 저렸고 카드는 풀칠한 것처럼 섞기 어려웠다. 요즘 그녀는 일어서서 유이치를 맞을 수가 없었다. 유이치가 들어왔을 때 그녀는 등을 돌리고 있었다. 청년이 한 바퀴 돌아 눈앞으로 오면 그제야 눈을 들 용기가 생겼다. 유이치는 어쩐지 졸린 표정으로 눈을 드는 그녀의 공포에 사로잡힌 시선을 마주했다. 청년은 몸이 안 좋으시냐고 물으려다 관뒀다.

"약속시간은 세 시니까 아직 시간 있어. 식사는?"

부인이 묻자 유이치는 먹었다고 대답했다. 한동안 침묵이 흘렀다. 툇마루 유리창이 흔들리며 바람 소리를 냈다. 안에서 창틀에 쌓인 먼지가 보였다. 툇마루 끝에 비친 햇살마저 어쩐지 먼지투성이처럼 여겨졌다.

"이런 날 밖에 나가기 싫은데. 나갔다 오면 머릴 감아야 한단 말이야."

부인은 갑자기 유이치의 머리칼 속으로 손을 찔러 넣었다.

"이 먼지 좀 봐! 포마드를 너무 많이 발라서 그래."

비난하듯 말하는 어투가 유이치를 이러지도 저러지도 못하게 했다. 그녀는 유이치를 볼 때마다 그에게서 도망치고 싶다는 생각뿐이어서 만남의 기쁨을 거의 느끼지 못했다. 무엇이 유이치와 자신을 멀어지게 했는지, 무엇이 유이치와 자신의 인연을 방해하는지, 그녀는 상상도 하지 못했다. 정숙함 때문에? 웃기지도 않네. 순결함 때문에? 농담도 정도껏 해라. 그것도 아니면 유이치의 순결함? 그는 이미 부인이 있는 몸이다. ······이런저런 가능성을 따져봤지만 가부라기 부인은 자기 꾀에 넘어가 사태의 잔혹한 진실을 코앞에 두고도 알아채지 못했다. 그녀가 이토록 유이치를 사랑해 마지않는 것은 그가 아름다워서라기보다는, **그가 자신을 사랑하지 않기 때문**이었다.

가부라기 부인이 일주일 사이에 버린 남자들은 정신이나 육체 둘 중 하나, 혹은 두 방면 모두에서 그녀를 사랑했다. 이들 각양각색의 대상도 그 두 가지 단서를 가졌다는 점은 똑같았다. 그러나 유이치라는 이토록 추상적인 연인 앞에서, 그녀는 익숙한 단서를 찾을 수 없어 암흑 속에서 더듬거릴밖에 달리 방법이 없었다. 잡았다 생각하면 순식간에 멀어지고, 멀어졌다 생각하면 가까이 다가와, 부인은 그야말로 메아리로 물에 비친 달그림자를 잡으려는 사람과 같았다.

문득 유이치에게 사랑받고 있단 생각이 드는 순간도 없지는 않았는데, 말할 수 없는 행복에 휩싸여 본인이 진정으로 원하는 건 결코 행복 따위가 아니라는 걸 깨닫는 것도 그러한 때였다.

한밤중 라쿠요 호텔 사건도 나중에 유이치의 해명을 듣고 슌스케의 질투 때문에 벌어진 일이었다는 사실을 알았을 때보다, 슌스케가 조종하고 유이치가 옆에서 도운 멍청한 짓이었다고 생각했을 때가 그나마 부인은 견디기 수월했다. 행복을 두려워하는 마음은 불길한 징조만을 사랑하게 했다. 유이치를 만날 때마다 그의 눈이 증오나 모멸감, 천박함을 띠고 있길 바랐으나, 그의 눈은 언제나 맑고 깨끗하며 탁함이라고는 찾아볼 수 없음에 절망했다.

······먼지를 품은 바람이 바위와 소철과 소나무뿐인 기묘한 뜰로

불어와, 다시금 유리창이 부르르 떨렸다.

부인은 열 오른 눈빛으로 흔들리는 유리창을 쭉 주시했다.

"하늘이 샛노랗군요." 유이치가 말했다.

"초봄에 부는 바람은 정말 싫어. 뭐가 뭔지 하나도 모르겠다니까." 다소 앙칼진 목소리로 부인이 말했다.

그녀가 유이치를 위해 만들어둔 과자를 하녀가 날라 왔다. 자두가 들어간 따뜻한 푸딩을 보자마자 늘름늘름 먹어치우는 유이치의 아이 같은 모습에서, 그녀는 구원받는 기분이 들었다. 자신의 손바닥 위에서 먹이를 먹는 작고 귀여운 새의 허물없는 모습, 딱딱하고 순결한 부리가 손바닥을 콕콕 쪼는 상쾌한 통증, 그가 먹는 것이 그녀의 허벅지 살이었다면 얼마나 좋을까!

"맛있다."

유이치가 말했다. 그는 막무가내로 천진난만하게 구는 것이 상대의 마음을 사로잡는 데 도움을 준다는 사실을 알고 있었다. 애교를 부리듯 부인의 두 손을 잡았다. 과자에 대한 답례라고밖에는 표현할 길이 없는 키스를 시도했다.

부인은 눈가에 깊은 주름을 드리우며 두려워하는 표정을 지었다. 몸이 딱딱하게 굳어 벌벌 떨며 말했다.

"싫어, 싫어. 괴로워지는 거 싫어."

예전의 부인이 어린애 장난 같은 지금의 언행을 본다면 그녀의 버릇인 마른 너털웃음을 지었으리라. 겨우 키스 정도에 이런 감정의 양분이 있고 그보다 무시무시한 독소가 있어, 본능적으로 그걸 피하고 싶은 기분이 드는 건 예전에는 상상도 못한 일이다. 더구나 앉은 자리 키스를 필사적으로 거부하는 이 타락한 여자의 진지한 표정을, 그녀의 냉정한 애인은 수조의 물에 빠져 버둥거리는 여자의 우스꽝스런 번뇌의 표정을 유리창 너머로 바라보는 남자처럼 지켜보고 있었다.

사실 유이치는 눈앞에서 자기 힘이 이토록 여실히 증명되는 게 싫지 않았다. 오히려 그는 여자가 느끼는 도취의 공포를 시샘했다. 이 나르시스는 가부라기 부인이 그녀의 숙련된 남편처럼, 그를 스스로의 아름다움에 도취하도록 만들어주지 못한다는 점이 불만이었다.

'어째서 나를' 유이치는 애가 탔다. '어째서 나를 실컷 도취시켜주지 못하는 것인가. 날 언제까지 이렇게 시시한 고독 속에 처박아둘 것인가.'

……부인은 조금 떨어진 의자에 다리를 고쳐 앉으며 눈을 감았다. 레몬색 스웨터 가슴이 일렁였다. 쉴 새 없이 창문이 흔들리는 소리가 가로로 잔주름이 난 관자놀이를 흔들었다. 유이치는 그녀가 갑자기 삼사 년은 늙은 것처럼 보였다.

꿈꾸듯 황홀한 기분을 꾸며대며 가부라기 부인은, 겨우 한 시간의 밀회도 주체하지 못하고 있었다. 뭔가 일어나야 했다. 대지진이라든가 대폭발이, 뭔가 중대한 사건이 터져서 두 사람을 산산조각 내야만 했다. 안 그러면 차라리 돌로 변하는 게 낫겠다고 부인은 생각했다. 이 고통스러운 밀회가 자신을 옴짝달싹못할 만큼 힘들게 했기 때문이다.

유이치가 문득 귀를 기울였다. 먼 데서 나는 소리에 청력을 집중시키는 어린 짐승 같은 표정이었다.

"왜 그래?"

부인이 물었다. 유이치는 답하지 않았다.

"무슨 소리 들려?"

"글쎄요, 무슨 소리가 나는 것 같아서요."

"얄미워. 지겨우면 그런 수법을 쓰는구나."

"아닙니다. 아, 들렸어요. 소방차 사이렌 소리. 오늘 같은 날은 불이 활활 붙겠네요."

"진짜네. ……대문 앞을 지나가나 보네. 어디서 불이 났을까."

두 사람은 덧없이 하늘을 올려다봤지만, 작은 정원 울타리 너머로 솟은 낡은 여관 이층이 보일 뿐이었다.

사이렌은 큰 소리로 다가오더니, 바람 속을 난타하는 경종 소리를 남기고 순식간에 멀어졌다. 다시 유리창을 흔드는 소리만 남았다.

부인이 옷을 갈아입으러 일어섰기에 유이치는 무료하게 희미한 따스함이 느껴지는 난로 속을 불쏘시개로 휘저었다. 유골을 휘젓는 소리가 났다. 석탄은 다 타고 굳은 재만 남아 있었다.

유이치는 창문을 열고 바람 속에 얼굴을 내밀었다.

'역시 좋구나.' 그는 생각했다.

'이 바람은 생각할 틈을 주지 않아.'

슬랙스를 스커트로 갈아입은 부인이 모습을 드러냈다. 어스름한 복도에 립스틱 바른 그녀의 입술만이 선명하게 보였다. 바람에 얼굴을 내맡긴 유이치를 보면서도 아무 말 하지 않았다. 주변을 정리한 뒤 봄 외투를 한 손에 들고 간단한 눈인사를 하며 밖으로 나가는 모습이, 이 청년과 일 년은 동거한 여자처럼 보였다. 이처럼 실속 없는 집사람 흉내를 유이치는 아니꼽게 생각했다. 그는 부인을 대문까지 배웅했는데, 바깥도로로 난 문에서 현관까지 오솔길 사이에 작은 사립문이 또 하나 있었다. 그 길 좌우로 사람 키만 한 산울타리가 있었다. 먼지를 가득 덮어쓴 산울타리는 생기 없는 녹색이었다.

가부라기 부인은 징검돌이 깔린 길을 하이힐을 신고 걷다가 사립문 건너에서 멈췄다. 현관에 놓인 샌들을 신은 유이치가 뒤따라 왔지만 부인이 사립문을 닫아 가로막았다. 장난인가 싶어 힘 있게 밀었다. 부인은 아까운 기색도 없이 레몬색 스웨터 가슴으로 대나무로 짠 사립문을 밀며 전신으로 버텼다. 그 힘에 악의와 같은 진지함이 느껴져서 청년은 몸을 뒤로 빼며 물었다.

"왜 그래요?"

"됐어. 여기까지. 더 배웅 나오면 내가 나갈 수가 없어."

옆으로 방향을 튼 그녀는 산울타리 너머에 섰다. 부인의 눈 아래 부분이 울타리 뒤에 꽁꽁 숨었다. 모자를 쓰지 않아 머리칼이 바람에 휘날리며 울타리 이파리가 붙었다. 작은 뱀 같은 고상한 금색 손목시계를 찬 흰 손이 이것을 떼냈다.

유이치도 울타리를 사이에 두고 가부라기 부인 앞에 섰다. 그는 부인보다 키가 컸다. 울타리 위로 가볍게 두 팔을 올리고 거기 얼굴을 묻은 채 부인을 봤기에, 그의 얼굴도 눈과 눈썹만 남기고 감춰졌다. 골목길엔 또다시 먼지바람이 불었다. 부인의 머리칼이 흐트러져 볼을 뒤덮었고, 유이치는 눈을 감으며 시선을 피했다.

'그냥 이렇게 서로 눈을 마주 보는 짧은 순간마저도 무언가가 날

방해해.' 부인은 생각했다. 바람이 그쳤다. 두 사람은 서로의 눈을 들여다봤다. 가부라기 부인은 유이치의 눈동자가 새삼 무슨 감동을 읽어내려 하는지 알 수 없었다. 알 수 없는 암흑을 사랑하고 있다고 그녀는 생각했다. 맑고 깨끗한 암흑을. ……유이치는 유이치대로, 그 찰나의 감동에 자신이 알지 못하는 모든 것이 걸려 있음을, 그의 의식이 보는 것 이상의 것을 타인이 그의 내면에서 죄다 끄집어내고 있음을 알았다. 이것이 다시 자신의 의식을 풍부하게 한다는 사실이 남의 일처럼 불안하기만 했다.

……이윽고 가부라기 부인이 웃음을 터뜨렸다. 그건 둘 사이를 떼어놓기 위한 웃음이었다. 노력을 동반한 웃음이었다.

두 시간이면 돌아올 이 이별이 마치 결정적 이별의 연습 같다고 유이치는 생각했다. 중학시절 종종 있었던 교련 사열이나 졸업식의 위엄 있는 예행연습을 떠올렸다. 학급대표는 졸업장 없는 빈 옻그릇을 들고 공손하게 교장 앞에서 뒷걸음질 쳤다.

부인을 보내고 나서 그는 난로 옆으로 돌아와 무료한 듯 미국에서 유행하는 잡지를 읽었다.

부인이 나가고 잠시 후 노부타카에게서 전화가 왔다. 유이치가 부인의 외출을 알렸다. 노부타카는 유이치 곁에 아무도 없으니 맘껏 대화가 가능하다고 판단했는지 놀랍도록 간드러지는 목소리로 "지난번 같이 긴자를 걷던 젊은 남자는 뭐하는 놈인가?" 하고 물었는데, 얼굴을 마주 보고 말하면 유이치가 토라질 게 뻔해서 이런 추궁은 전화로 하는 게 습관이 되어 있었다.

유이치가 대답했다.

"그냥 친굽니다. 양복감을 좀 봐달라고 해서 따라가줬어요."

"그냥 친구가 서로 새끼손가락을 걸고 다니나."

"……다른 용건은 없는 거죠. 전화, 끊습니다."

"유우짱, 잠깐만. 내 사과함세. 자네 목소릴 들으니 참을 수가 없었어. 지금 당장 차를 끌고 가겠네. 알았나, 아무데도 가지 말고 거기 그대로 기다리게."

"……."

"어이, 대답해야지."

"네, 알겠습니다. 회장님."

그리고 삼십 분 후 노부타카가 돌아왔다.

노부타카는 차 안에서 유이치와 함께한 지난 몇 개월을 떠올렸다. 유이치는 지분지분한 구석이 전혀 없었다. 어떤 풍족함이나 아름다움에도 결코 놀라는 법이 없고, 일부러 놀라는 척하지 말자는 빈약한 허영심도 없다. 아무것도 원하지 않으니 모든 걸 다 주고 싶지만, 끝내 감사하는 기색이 없다. 가령 순수한 승려들 틈에 있어도, 이 아름다운 청년의 인품과 교양은 진가 이상으로 빛을 발한다. 더군다나 유이치에게는 정신적인 잔혹함이 있었다. 이것이 노부타카의 환상을 필요 이상으로 심화시킨 이유다.

사악한 기쁨을 맛보는 일을 일삼던 노부타카는 그토록 비밀을 감추는 데 뛰어나며, 매일 얼굴을 마주하는 부인에게조차 꼬리를 잡힌 적 없는 성공에 진중함을 잃고 말았다.

……가부라기 노부타카는 외투를 입은 채 서슴지 않고 유이치가

있는 부인의 거처로 올라왔다. 주인이 외투를 벗지 않아 하녀는 어쩔 줄 모르고 멍하니 그의 뒤에 서 있었다. "뭘 구경하고 섰나." 주인이 짜증 섞인 소리로 말했다. "외투를……" 하녀가 주저하며 말했다. 노부타카는 사납게 외투를 벗어 하녀 손에 던지며 큰 소리로 명령했다.

"가 있게. 필요하면 부를 테니."

노부타카는 청년의 팔꿈치를 지분거리며 커튼 뒤로 끌고 가 키스했다. 늘 그렇듯 유이치의 둥근 아랫입술에 입술이 닿은 그는 미칠 것만 같았다. 교복 가슴에 달린 금단추가 노부타카의 넥타이핀에 부딪혀 이를 가는 듯한 소리를 냈다.

"이층으로 가세."

노부타카가 말했다. 그의 품을 빠져나온 유이치는 그의 얼굴을 응시하며 웃음을 터뜨렸다.

"참 좋아해."

하지만 5분 후 두 사람은 자물쇠 잠긴 노부타카의 이층 서재에 있었다.

가부라기 부인이 생각보다 빨리 귀가한 데는 어떤 우연도 작용하지 않았다. 어서 유이치가 있는 곳으로 돌아가고 싶었던 그녀는 택시를 잡아탔다. 약속한 사무실에 도착했을 때 용건이 금세 끝났다. 더구나 그 '친밀한' 외국인은 가는 길에 집까지 태워주겠다고 나섰다. 속도가 무척 빠른 승용차였다. 문 앞에 내린 그녀는 외국인에게 집에 들렀다 가라고 권했지만, 바쁜 일이 있었던 그는 다음을 기약하며 다시 차를 달렸다.

혹시나 하는 마음에 (그리 드문 일도 아니지만) 부인은 정원으로 가서 툇마루를 통해 자기 방으로 올라섰다. 유이치를 놀라게 해줄 생각이었다.

하녀가 부인을 맞으며 백작과 유이치가 이층 서재에서 이야길 나누고 있다고 전했다. 부인은 진지한 대화에 집중하고 있을 유이치가 보고 싶었다. 가능하면 부인이 보고 있다는 사실을 알지 못한 채 무언가에 열중한 유이치의 모습을 보고 싶었다.

너무 사랑한 나머지 자신의 개입을 지우고, 자신이 없는 장소에서 사랑을 나누는 환영을 그리려 했다. 그녀가 모습을 드러낼 때 일순간에 붕괴되는 행복의 환영이, 그녀가 모습을 드러내지 않을 때 정확히 유지되는 영속적 형태를 살짝 엿보고 싶었던 것이다.

부인은 발소리를 죽여가며 계단을 올라, 남편 서재 앞에 섰다. 가만 보니 자물쇠가 제대로 걸리지 않아 손가락 한두 마디 정도 틈이 있었다. 문에 몸을 붙이고 실내를 엿봤다.

그렇게 부인은 볼 것을 보고야 말았다.

노부타카와 유이치가 아래층으로 내려왔을 때, 가부라기 부인의 모습은 없었다. 탁자 위에는 서류가 놓여 있고, 바람에 날아가지 않도록 재떨이가 놓여 있었다. 재떨이에는 립스틱 묻은 장초가 비벼 꺼져 있다. 하녀는 부인이 돌아온 뒤 금방 다시 나가신 것 같다고만 했다.

두 사람은 부인이 돌아오길 기다렸지만 좀처럼 오지 않자 거리로 나가 여흥을 즐겼다. 유이치는 오후 열 시경 귀가했다.

사흘이 지났다. 가부라기 부인은 돌아오지 않았다.

19장

나의 파트너

　어색한 마음에 가부라기 집을 멀리하는 유이치에게 가부라기가 몇 번이고 전화를 걸었고, 이윽고 어느 밤 유이치가 그의 집을 찾았다.
　며칠 전, 유이치와 가부라기 노부타카가 아래층으로 내려와 부인의 모습이 보이지 않았을 땐 노부타카도 크게 개의치 않았다. 이튿날이 되어도 돌아오지 않자 그제야 염려가 되었다. 그냥 외출이 아니다. 종적을 감춘 게 틀림없다. 더구나 짐작 가는 실종 원인은 딱 한 가지뿐이다.
　오늘 밤, 유이치가 본 노부타카는 딴사람 같았다. 극도로 초췌한 모습에 뺨에는 전에 없이 제멋대로 수염이 자라 있었다. 늘 혈색이 좋던 얼굴이 광택을 잃고 늘어져 보였다.
　"아직 안 왔다고요?" 이층 서재에 있는 장의자 팔걸이에 걸터앉아, 담배 끝으로 손등을 탁탁 치며 유이치가 말했다.

"음. ……우린 들킨 거야."

이 우스꽝스런 장중함이 평소 노부타카와 너무도 안 어울려서 유이치는 일부러 잔혹하게 동감의 뜻을 표했다.

"저도 그렇게 생각합니다."

"그렇지. 그렇게밖에 생각할 수 없어."

사실 그때 문이 잠기지 않은 걸 발견하고 유이치는 이런 사태를 직감했다. 극도의 수치심은 그 후 며칠 사이에 일종의 해방감으로 엷어졌다. 그러면서 자신은 부인을 동정할 이유도 없고, 부끄러워 할 이유도 없다는 영웅적 냉정함에 집중하기 시작했다.

노부타카가 유이치 눈에 우스꽝스럽게 비친 것도 이 때문이다. 노부타카는 '들켰다'는 사실만을 고통스럽게 생각하며 초췌해진 것 처럼 보였다.

"실종신고는 안 하실 생각입니까?"

"그건 곤란해. 어디로 갔는지 짚이는 데가 없는 것도 아니고."

유이치는 이때, 노부타카의 눈에 글썽이는 눈물을 보고 깜짝 놀 랐다. 한술 더 떠 노부타카는 이렇게 말했다.

"……허튼 짓은 안 해야 할 텐데……."

언뜻 어울리지 않게 감상적으로 들리는 이 말이 유이치의 마음에 깊이 박혔다. 이 기묘한 부부의 정신적 화합을 이토록 생생히 보여 준 한마디는 없었다. 왜냐하면 아내가 유이치를 사랑하는 마음에 대한 공감이 이처럼 친밀한 상상력을 가능케 했을 것이기 때문이 다. 남편은 또 아내의 정신적인 외도에 같은 무게로 상처받은 게 분 명했다. 다른 사람도 아닌 아내가 남편이 사랑하는 사람을 사랑함에 따라 노부타카는 이중의 배신을 경험했고, 심지어 아내의 애정으로 자신의 애정이 더욱 고양되는 고뇌를 맛봤다. 유이치는 비로소 그와 같은 마음의 상처와 직면했던 것이다.

'가부라기 부인은 가부라기 백작에게 이토록 필요한 존재였구나.' 유이치는 생각했다. 그것은 청년이 이해할 수 있는 범주 밖의 문제였다. 그러나 이렇게 생각함에 따라 유이치는 처음으로 노부타카에게 더할 나위 없이 상냥한 기분이 들었다. 백작은 자신이 사랑하는 사람이 보내는 이 따뜻한 눈길을 느꼈을까?

그는 고개를 숙이고 있었다. 자신감을 잃고 한없이 약해져 화려한 평상복을 입은 살찐 몸을 의자에 묻은 채, 깊이 수그린 뺨을 두 손으로 받쳤다. 나이에 비해 풍성한 머리숱은 머릿기름으로 잘 빗어 넘겨 딱딱하게 반짝였고, 텁수룩하게 턱수염이 자란 늘어진 피부와 불결하게 대조를 이뤘다. 그는 청년의 눈을 보지 않았다. 그러나 유이치는 그의 주름진 목덜미를 보고 있었다. 문득 맨 처음 공원에 갔던 날 밤, 전차 안에서 본 추한 사람들의 얼굴이 떠올랐다.

순간의 상냥함을 뒤로하고 아름다운 청년은, 그와 가장 잘 어울리는 잔혹하고 차가운 눈빛을 되찾았다. 도마뱀을 때려죽이는 순수한 소년의 눈빛이었다. '이 남자에게 나는 전보다 훨씬 더 잔혹해지자. 그렇게 될 필요가 있다.' 유이치는 생각했다.

백작은 눈앞에 차가운 애인의 존재도 잊은 채, 하염없이 실종된 저 허물없는 '파트너', 오랜 세월 함께 살았던 '공범'을 떠올리며 울고 있었다. 홀로 남겨져 고립됐다는 생각이 드는 건 그나 유이치나 마찬가지였다. 작은 뗏목 위에서 함께 표류하는 이들처럼 두 사람은 묵묵히 한참을 그렇게 있었다.

유이치가 휘파람을 불었다. 주인이 부르는 소리에 귀를 쫑긋하는 개처럼 노부타카가 고개를 들었다. 그러나 먹이는커녕 놀리는 듯한 젊은이의 미소를 봤을 뿐이다.

유이치는 탁상에 놓인 코냑을 유리잔에 따랐다. 잔을 들고 창가로 갔다. 커튼을 쳤다. 안채 여관에서는 오늘 밤 대규모 연회가 열렸다. 대형 연회장 불빛이 여관 정원 상록수와 목련꽃 위로 하염없이 쏟아졌다. 이런 고급 주택가 일각에 어울리는 거문고 소리가 은은히 들려왔다. 오늘 밤은 무척 따뜻하다. 바람은 잦아지고 하늘은 맑게 갰다. 유이치는 오체에 설명하기 힘든 자유를 느꼈다. 방랑의 여행으로 몸도 마음도 상쾌하고 여느 때보다 한결 숨쉬기도 편했다. 여행자와 같은 이 자유로움에, 그는 축배를 들고 싶었다.

'무질서 만세!'

***

청년은 부인의 실종이 신경 쓰이지 않는 걸 자신의 냉정한 마음 탓으로 여겼지만 확실치는 않았다. 어쩌면 일종의 직관이 그의 불안을 면제해 주는지도 몰랐다.

가부라기 가문과 부인의 친정인 가라스마루 가문은 둘 다 궁정 귀족 출신이다. 14세기 무렵 가부라기 노부타다는 북조에서, 가라스마루 다다치카는 남조에서 일어섰다. 노부타다는 마술사처럼 잔재주 술책이 뛰어났고, 다다치카는 정열적이고 단순해 정치가 행세를 하며 거들먹거리는 성격이었다. 두 가문은 그야말로 정치의 음양 양면을 대표했다. 노부타다는 왕조시대 정치의 충실한 계승자였고, 최악의 의미로 예술적 정치의 신봉자였다. 다시 말해 와카를 짓고 연구하는 일이 정치와 얽혀 있던 그 시대에, 그는 예술애호가 작품의 온갖 결함, 미학적 애매함, 효과주의, 열정 없는 계산, 약자의 신비주의, 보여주기 식 눈속임, 사기, 도덕적 불감증 등등을 하나하나 정치의 영역으로 옮겨 왔던 것이다. 가부라기 노부타카가 지닌 비열함을 두려워하지 않는 정신, 비겁함을 겁내지 않는 용기는 주로 이 선조로부터 물려받은 선물이다.

이에 반해 가라스마루 다다치카의 공리적 이상주의는 언제나 자기모순으로 괴로워했다. 그는 자기를 직시하지 않는 정열만이 자기를 실현하는 힘을 지녔다는 사실을 간파하고 있었다. 이상주의 정치학은 타인을 헐뜯기보다 자신을 깎아내리는 데 있었다. 훗날 다다치카는 자결했다.

현재 노부타카의 친척이자 가부라기 부인의 고모할머니이기도 한 품위 있는 고령의 부인이, 교토 시시가타니의 오래된 비구니 사원에서 주지를 맡고 있었다. 노부인의 가계는 가부라기 가문과 가라스마루 가문의 상반된 성격이 융화된 것과 같은 역사를 갖고 있었다. 이 고마쓰 가문은 대대로 비정치적 고승, 문학적 일기의 저자, 조정 예법의 권위, 말하자면 어느 시대에서나 새 풍속을 수정하고 비판하는 일을 맡아온 사람들로 구성돼 있었다. 하지만 이 가계도 연로한 주지스님이 돌아가시고 나면 대가 끊길 상황에 처해 있었다.

가부라기 노부타카는 부인이 있을 곳이 여기라고 짐작하고 실종

다음다음 날 곧장 전보를 쳤다. 유이치가 집에 온 그날 밤까지 답장이 없었다. 이삼일 지나 집으로 온 답장에 다음과 같은 취지의 글이 적혀 있었다. 부인은 이곳에 오지 않았다. 그러나 짐작 가는 곳이 있으니 찾게 되면 바로 다시 전보로 알려주겠다. 이런 의미심장한 글귀였다.

하지만 비슷한 시기에 유이치는 그 비구니 사원 주소로 가부라기 부인이 보낸 두터운 편지를 받았다. 그는 봉투를 손에 들고 편지의 무게를 헤아렸다. 그 무게는 숨죽여 '나 여기 살아있어요' 하고 말하는 듯했다.

편지에 따르면 부인은 끔찍한 장면을 직시하고 살아갈 이유를 상실했다. 보기만 해도 꺼림칙한 그 장면은 엿보는 이가 수치와 공포에 사로잡혀 마음을 떨게 만들었을 뿐만 아니라, 자신의 인생에 자신이 개입할 여지가 전혀 없다는 표식을 봤다. 이미 담백한 세상살이에 익숙해져서, 무시무시한 생의 구렁텅이를 가볍게 건너온 그녀가 마침내 진정한 구렁텅이를 본 것이다. 발이 굳어 걸을 수 없었다. 가부라기 부인은 자살을 생각했다.

꽃은 아직 이른 교토의 외곽에 몸을 의탁하고 그녀는 홀로 긴 산책에 나섰다. 초봄 바람에 산들거리는 대숲 경치가 좋았다.

'이 얼마나 부질없고 번쇄한 대숲인가.' 그녀는 생각했다. '또한 이 얼마나 고요한가.'

불행한 성격의 발현 탓인지, 그녀는 자신이 죽기엔 죽음에 대해 너무 많이 생각했다는 사실을 느끼고 있었다. 이렇게 느끼기 시작할 때 인간은 죽음을 피할 수 있다. 자살이 아무리 고상하든 저급하든 사고 자체의 자살행위이며, 대개 자살이란 너무 많은 생각을 하지 않는다.

죽지 않게 되자 고민은 역전되어, 그녀를 죽이려 했던 원인이 그녀를 살리는 유일한 원인처럼 여겨졌다. 이번에는 유이치의 아름다움보다도 훨씬 더 격렬하게, 그의 더러운 행위가 부인을 매혹시키기에 이르렀다. 그 결과 들킨 유이치와 그걸 본 그녀가 같은 감정을, 말하자면 거짓말이나 속임수가 없는 절대적인 수치심을 함께 떠안았다고, 부인은 스스럼없이 생각을 고쳐먹게 됐다.

그 더러운 행위는 유이치의 약점일까? 그렇지 않다. 가부라기 부인 같은 여자가 약점을 사랑하는 것은 있을 수 없다. 그것은 유이치가 가진 권력과 그녀의 감수성에 대한 가장 단적인 도전이었다. 이렇게 부인은 비로소 자신의 정념이라 생각했던 것이, 다양하고 엄격한 시련을 거쳐 의지로 형태를 바꿔가는 걸 깨닫지 못했다. 내 사랑에는 이제 한 조각 상냥함도 없다고, 그녀는 기묘한 반성을 했다. 그 강철 같은 감수성은 유이치가 괴물이 되면 될수록 사랑할 이유를 늘려갔다.

편지를 읽는 유이치의 입가에 빈정거리는 미소가 번졌다. '정말 순진하구나. 날 깨끗하다고만 생각했을 땐 최선을 다해 자길 청결하게 포장하던 사람이 이번엔 나와 혼탁함을 겨루려 하다니.'

끝없이 이어지는 매춘의 고백만큼 부인의 열정이 모성적인 것에 다가간 적은 없었다. 유이치의 죄를 닮고 싶은 마음에 그녀는 자신의 죄를 낱낱이 피력했다. 유이치의 드높은 악덕에 닿기 위해 자신의 악덕을 공들여 쌓아 올렸다. 흡사 이 청년과 혈연관계를 증명하고 아들을 비호하기 위해 자진해서 죄를 뒤집어쓰는 어머니와 같이, 그녀는 자신의 비행을 폭로하며 심지어 그 고백이 청년의 마음에 미칠 영향을 도외시한다는 점에서 모성의 에고이즘에 도달해 있었다. 아니면 이런 폭로를 통해 자신이 사랑받지 못할 사람이 돼버리는 것 외에는 사랑받을 길이 없다고 깨달은 것일까? 우리는 며느리에게 가혹한 시어머니의 행동 속에서 더는 자신을 사랑하지 않는 아들에게 더욱더 자신을 사랑할 수 없는 존재로 만들고자 하는 절망적인 충동을 목격하는 경우가 종종 있다.

가부라기 부인은 전쟁 전까지만 해도 다소 바람기가 있으면서, 세상의 소문보다는 훨씬 더 품행이 올바른 흔하디흔한 귀부인에 불과했다. 남편이 재키를 만나 남몰래 그쪽 길로 깊숙이 들어가고, 남편의 역할에 태만해진 후에도 부부란 그런 식으로 서로 멀어지기 마련이라고만 생각했다. 전쟁이 권태에서 그들을 구했다. 부부는 거추장스러운 아이를 만들지 않았다는 선견지명을 자랑스럽게 생각했다.

부인의 외도를 공공연히 인정한다기보다는 오히려 부추기는 듯한 남편의 행동은 그즈음 노골적으로 드러났지만, 우연한 계기로 경험한 두세 번의 정사에서 부인은 아무런 기쁨도 찾을 수 없었다. 어떤 새로운 감동도 맛볼 수 없었다. 자신이 담백하다는 확신이 들면 남편의 어울리지 않은 마음 씀씀이가 귀찮게 여겨졌다. 한편 남편은 미주알고주알 상세하게 질문을 해서 오랜 시간에 걸쳐 부인에게 심어둔 무감동이 조금도 흔들리지 않았음을 깨닫고 기뻐했다. 이 반석 같은 무감동만큼 확실한 정절은 없었던 것이다.

그즈음 그녀 주위에는 항상 경박하게 비위를 맞추는 이들이 있었다. 매춘을 하는 곳에 다양한 타입을 대표하는 여자가 있듯, 각기 중년 신사와 사업가 기질의 남자, 예술가 기질의 남자 청년층(이 얼마나 아이러니한 언어인가!) 등이었다. 그들은 전쟁의 한가운데 존재했던 내일을 모르는 무위의 생활을 대표했다.

어느 여름, 시가 고원 호텔로 전보가 와서 추종자 청년 가운데 하나에게 징집영장이 발부된 적이 있었다. 청년이 출발하기 전날 밤, 부인은 다른 남자들에게 허락하지 않은 것을 그에게 허락했다. 사랑했기 때문이 아니다. 그 청년이 개개인의 여자가 아닌, 무기명의 여자를, 여자 일반을 필요로 한다는 사실을 알았기 때문이다. 그런 여자 역할이라면, 그녀는 연기할 자신이 있었다. 이것이 그녀가 다른 여자들과 다른 점이다.

아침 첫 버스를 타고 청년은 떠나야 했다. 희붐하게 밝아오는 아침 두 사람은 일어났다. 남자는 바지런히 그의 짐을 싸는 부인을 보고 놀랐다. '내조하는 가부라기 부인의 모습은 본 적이 없다'고 그는 생각했다. '나와의 하룻밤이 그녀를 바꿨구나. 정복했다는 건 이런 기분이구나.'

출정하는 날 아침, 당사자의 마음을 너무 진지하게 받아들여서는 안 된다. 애상과 비통에 젖어 무얼 해도 의미 있는 듯이 보인다는 자신감에서, 어떤 경박한 생각도 용서될 것만 같은 기분이 들었다. 이런 상태에 놓인 젊은이는 중년 남성보다 훨씬 더 만족하게 된다.

하녀가 커피를 가지고 들어왔다. 청년이 하녀에게 너무 큰 돈을 팁으로 주는 걸 보고 부인은 눈살을 찌푸렸다.

게다가 남자는 이렇게 말했다.

"부인, 나 깜박했는데, 사진을 받고 싶어."

"무슨 사진?"

"당신 거."

"뭐하려고."

"전쟁터에 가져가게."

가부라기 부인은 웃음을 터뜨렸다. 웃음을 멈출 수가 없었다. 웃으며 프렌치 도어를 활짝 열었다. 이른 새벽안개가 휘몰아쳐 들어왔다.

어린 병정은 파자마 깃을 세우며 재채기를 했다.

"춥네. 닫아줘."

부인의 웃음에 성이 난 명령조가 이번에는 가부라기 부인을 화나게 했다. 이 정도에 춥다고 엄살을 부리면 어떻게 해. 부인이 말했다. 군대는 그렇게 만만한 데가 아니야. 이런 말도 했다. 쫓아내듯 옷을 입혀 현관으로 밀어젖혔다. 사진은 고사하고 갑자기 기분이 나빠진 부인 앞에서 당황한 청년은 작별 키스조차 거절당했다.

"있잖아, 편지 써도 될까?"

헤어지면서 배웅 나온 사람들 몰래 청년이 귓가에 대고 이렇게 말했을 때, 그녀는 웃으며 아무 말도 하지 않았다.

버스가 안개 속으로 사라지고 나서, 부인은 구두를 흠뻑 적시는 축축한 샛길을 따라 마루이케 호수 보트 선착장 옆까지 내려왔다. 망가진 보트 한 척이 물에 반쯤 잠겨 있었다. 이런 곳에도 전쟁 중 피서지의 긴장이 풀어진 듯한 쇠락함이 있다. 갈대는 안개 때문에 유령처럼 보였다. 마루이케 호수는 크지 않았다. 안개 속에서 아침 햇살을 민감하게 반사시키는 곳 일부만이 공중을 떠다니는 수면의 환영처럼 보였다.

'사랑하지도 않으면서 몸을 맡기는 일이 남자에게는 그토록 쉬운데 여자에게는 왜 그리 어려운 걸까. 어째서 그걸 깨닫는 게 창녀에게만 허락된 걸까.' 부인은 관자놀이를 뜨겁게 감싸 도는 귀밑머리를 걷어내며 생각했다. 아이러니하게도 그녀는 지금, 그 청년에 대해 갑자기 떠오른 혐오와 우스꽝스러움이 그가 하녀에게 준 거액의 팁에서 유래했음을 깨달았다. '공짜로 몸을 맡겼기 때문에 그런 정신적인 찌꺼기며 허영심이 남은 거야. 만약 그가 그 돈으로 내 몸을 샀다면 난 더 자유로운 기분으로 배웅할 수 있었을 텐데. 그야말로 전선기지의 창녀처럼 몸도 마음도 남자의 마지막 필요에 따라 모두 내주는, 확신에 가득 찬 자유로운 기분으로!'

그녀는 귓가의 희미한 울림을 들었다. 돌아보니 갈댓잎 끝에서 밤 동안 날개를 쉬고 있던 모기들이 무리 지어 귓가에 날아다니고 있었다. 이런 고원에도 모기가 있는 건 기이한 느낌이 든다. 그러나 그것들은 파르스름하고 가냘파 인간의 피를 빨 수 없어 보였다. 아침의 모기떼는 이윽고 은밀히 안개 속으로 날아갔다. 부인은 자신의 흰 샌들이 물에 반쯤 젖었다는 사실을 깨달았다.

……이때 호반에서 머릿속에 떠오른 생각은 전쟁 내내 그녀의 삶에 끈덕지게 따라붙었다. 단순한 증여를 서로 사랑이라고 생각하는 일은 증여라는 순수한 행위에 대한 모독이라고밖에 여겨지지 않았고, 같은 실수를 반복할 때마다 맛보는 것은 언제나 굴욕이었다. 전

쟁은 더럽혀진 증여였다. 전쟁은 거대한 피투성이 감상感傷이었다. 사랑의 낭비, 즉 슬로건의 낭비, 그녀는 이런 소란함에 진심 어린 조소를 보냈다. 남의 눈을 의식하지 않는 화려한 몸치장과 점점 더 나빠지는 행실은, 어느 날 밤 하필이면 제국호텔 복도에서 주요인물인 외국인과 키스를 하는 장면이 목격되어 헌병대의 조사를 받고 신문에 이름이 거론될 지경에 이르렀다. 가부라기 가의 우편함에는 익명의 편지가 끊이지 않았다. 대부분은 협박장으로 백작부인을 매국노라 불렀고 어떤 편지는 정중하게 부인이 자결할 것을 권했다.

가부라기 백작은 죄가 가벼웠다. 그는 그저 못난 사내였다. 재키가 스파이 혐의로 조사를 받았을 때, 부인의 조사 때보다도 몇 배는 더 우왕좌왕했는데, 이 사건도 딱히 연관성을 찾지 못하고 끝났다. 공습 소문을 듣고는 바로 부인을 데리고 가루이자와로 도망쳤다. 거기서 선친의 숭배자였던 나가노 관구방위 사령장관을 포섭해 한 달에 한 번씩 군대의 풍부한 식량을 지원받았다.

전쟁이 끝났을 때, 백작은 무제한의 자유를 꿈꿨다. 도덕적 문란, 아침 공기와도 같이 숨쉬기 편한 것! 그는 무질서에 취했다. 그러나 이번에는 경제적 핍박이 뒤에서 쳐들어와 그의 자유를 앗아갔다.

아무 연고도 없이 전쟁 중 수산가공 협동조합의 회장으로 추대된 노부타카는 그 자리를 이용해 당시 피혁통제 테두리 밖에서 곰치 가죽으로 지갑을 만들어 파는 작은 회사를 설립했다. 그것이 동양해산 주식회사다. 곰치는 부레 기관이 있는 생선이다. 체형은 뱀장어를 닮았는데 비늘이 없고 색은 황갈색으로 가로무늬가 있다. 길이 1.5미터에 달하는 이 괴어는 근해의 암초 사이에 서식하며 인간이 다가가면 우수에 잠긴 눈을 크게 뜨고 날카로운 이빨이 늘어선 입을 쩍 벌린다. 하루는 조합 사람의 안내로 바닷가 동굴에 곰치가 많이 살고 있는 곳을 보러 간 적이 있었다. 그는 파도가 넘실대는 작은 배 위에서 이곳을 오랫동안 들여다봤다. 바위틈에 몸을 웅크리고 있던 한 마리가 백작을 향해 입을 쩍 벌리며 위협하는 듯한 동작을 취했다. 노부타카는 이 괴어가 마음에 들었다.

전쟁이 끝나자 통제가 철폐돼 동양해산의 사업은 길이 막혔다. 그는 정관을 바꿔 홋카이도의 다시마와 청어, 동북지방의 전복 등 해산물을 들여오거나 아울러 이중에서 중국요리의 식재료가 될 물건을 재일화교나 중국을 상대로 하는 밀수업자에게 팔아넘기는 일을 주요 사업으로 삼았다. 한편, 재산세 납입을 위해서는 가부라기 가문의 안채 매각이 불가피했다. 더군다나 동양해산은 자금난에 시달렸다.

이때 오래전 선친에게 도움을 입은 적이 있다는 노자키라는 남자가 나타나 은혜를 갚겠다며 출자하겠다고 나섰다. 도야마 미쓰루가 이끄는 대륙낭인 중 한 사람으로, 노부타카의 아버지가 집에 거둬주던 순박한 서생시절을 빼고는 신상도 경력도 알 수 없었다. 누구는 중국혁명 때 일본의 포병출신 낭인을 모아 혁명군에 투신하며 살인청부 일을 한 남자라고 했다. 누구는 혁명 후 하얼빈에서 이중바닥이 있는 가방에 아편을 넣고 상하이에 밀수출하거나 부하들에게 팔아넘긴 남자라고 했다.

노자키는 스스로 사장이 되고 나부타카를 회장으로 앉혀 사업운영에서 멀어지게 하는 대신 매달 십만 엔의 봉급을 지불했다. 이즈음부터 동양해산의 실체는 정체를 알 수 없는 애매모호한 회사가 됐다. 노부타카가 노자키에게서 달러매입 방법을 배운 것도 이즈음이다. 노자키는 난방 회사와 운반 회사를 위해 주둔군과 계약을 맺었고 자기 호주머니로 커미션을 받아 챙겼다. 때에 따라서는 주문가격을 속이고 어부의 이익을 가로챘으며, 이때 동양해산의 조직과 노부타카의 이름을 빈틈없이 활용했다.

하루는 주둔군 가족이 다수 귀국하게 되어 모 운반회사와 계약을 앞두고 있었는데 대령의 반대에 부딪혀 좌절됐다. 노자키는 가부라기 부부의 사교적 수완에 기댈 생각이었다. 대령 부부를 식사에 초대했고 가부라기 부부와 노자키가 이들을 맞았다. 대령 부부는 몸이 안 좋다는 핑계로 불참했다.

노자키가 사적으로 볼일이 있다며 가부라기 집을 찾아 부인을 설득하려 한 것은 이튿날 일이다. 남편과 상의하고 답변 드리죠, 라고 부인은 답했다. 깜짝 놀란 노자키는 상식적으로 대단히 실례인 이 요청이 부인을 화나게 한 것이라고 추정했다. 그러나 그녀는 미소를 머금고 있었다. 노자키가 말했다.

"그런 말 마시고 노라면 노라고 말씀하십시오. 혹시 화나셨다면 사과드릴 테니 잊어주십시오."

"남편과 상의하겠다는 건, 다른 집과 조금 다른 의미가 있어요. 남편은 분명 알겠다고 하겠죠."

"네?"

"아무튼 맡겨주세요. 그 대신." 부인은 사무적이고 모멸적인 어조로 말했다. "……그 대신 말이죠. 혹시라도 내가 나서서 계약이 성사된다면, 당신이 받을 커미션의 20프로를 내가 챙기겠어요."

노자키는 눈을 동그랗게 뜨고 믿음직하다는 듯이 그녀를 보았다. 긴 시간 타지에서 돈을 벌어온 인간이 지닌, 어딘가 뉘앙스가 결여된 도쿄 말투로 이렇게 말했다.

"예, 좋습니다."

그날 밤, 부인은 노부타카 앞에서 책 읽는 말투로 조금도 망설임 없이 오늘의 사업 담화를 보고했다. 가부라기는 반쯤 눈을 감고 듣고 있었다. 그다음 흘끗 부인을 보며 혼자 툴툴거렸다. 애매하게 발뺌하려는 태도가 부인을 화나게 했다. 성난 부인 얼굴을 이번엔 재미있다는 듯 바라보며 노부타카가 말했다.

"내가 막지 않아서 화가 났군."

"이제 와서 무슨 소리!"

부인은 노부타카가 이 계획을 말리지 않으리라는 사실을 잘 알고 있었다. 그러나 마음 한구석으로 남편의 저지와 분노를 기대했나 하면 그렇지 않다. 그녀가 화난 건 오직 남편의 둔감함 때문이었다. 남편이 말리건 말리지 않건 어차피 달라질 건 없다. 그녀는 마음의 준비를 했기 때문이다. 다만 이럴 때 부인은 스스로도 놀랄 정도로 겸허한 마음으로 이런 허울뿐인 남편과 헤어지지 않는 이상한 유대를, 그녀 자신 안에 있는 이해하기 어려운 정신적 유대를 확인하고 싶었을 뿐이다. 아내 앞에서는 게으른 감수성에 익숙해져버린 노부타카는 아내의 이토록 고귀한 표정을 놓치고 말았다. 비참함을 믿지 않는 일, 이것이야말로 고귀한 특성이다.

가부라기 노부타카는 두려워하고 있었다. 아내가 폭발 직전의 화약처럼 여겨졌다. 부러 자리에서 일어나 아내의 어깨에 손을 올렸다.
"내가 잘못했어. 당신 좋을 대로 해. 그럼 돼."
이날 이후로 부인은 그를 업신여겼다.
이틀 후, 부인은 대령의 차에 동승해 하코네 호텔로 향했다. 계약은 성립했다.
노부타카의 의식하지 않는 덫에 걸린 탓인지, 경멸감이 오히려 가부라기 부인을 남편의 공범으로 만들어버렸다. 두 사람은 항상 한패가 되어 행동했다. 후한을 걱정할 필요 없는 봉을 잡아서 미인계를 썼다. 히노키 슌스케가 그 피해자 중 하나다.
노자키와 거래하는 주둔군 주요 인사들이 잇달아 가부라기 부인의 정부가 됐다. 종종 인사이동이 있었다. 새로운 얼굴들이 눈 깜박할 사이에 넘어갔다. 노자키는 부인을 더욱더 존경했다.
'……하지만 당신을 만나고 나서부터'라고 부인은 썼다. '제 세계는 완전히 뒤집혔습니다. 저의 근육에는 맘대로근밖에 없다고 생각했는데 제게도 여느 사람과 같이 제대로근이 있었나 봅니다. 당신은 벽이었습니다. 야인 군대 앞에 버티고 선 만리장성이었습니다. 결코 저를 사랑하지 않는 연인이었습니다. 그렇기에 저는 당신을 사랑했고, 지금도 이렇게 사랑하고 있습니다.
그러면 당신은 제게 만리장성이 한 사람 더 있었다고 말씀하시겠지요. 가부라기 말이죠. 그날 그 장면을 보고서야 이제껏 제가 가부라기와 헤어지지 못한 이유를 알겠더군요. 하지만 가부라기는 당신과는 다릅니다. 가부라기는 아름답지 않습니다.
당신을 만난 후로 저는 창녀와 같은 짓을 딱 끊었습니다. 가부라기와 노자키가 그런 저의 결심을 얼마나 얼르고 달래며 뒤집으려 노력했는지 상상이 가시겠지요. 하지만 바로 얼마 전까지도 저는 말을 듣지 않고 제 결심을 고수해왔습니다. 제가 있어야 가부라기도 살 수 있었기에 노자키는 가부라기에게 월급을 주기 꺼려했습니다. 가부라기는 제게 간곡히 부탁했습니다. 이번이 정말 마지막이라는 약속에 전 결국 제 뜻을 굽히고 다시 한번 창녀와 같은 역할을 했습니다. 제가 미신을 믿는다고 한다면 당신은 웃으시겠지요. 그 수확의 서류를 가지고 돌아간 날, 저는 우연히 **그것**을 보았던 것입니다.

간소하게 보석류를 챙겨 저는 교토로 향했습니다. 당분간 이 보석을 팔아 살면서 성실하게 일할 곳을 찾자 생각했습니다. 다행히 고모할머님께서 원하는 대로 있어도 좋다고 말씀하셨습니다.

가부라기는 제가 없어지면 당연히 직업을 잃어버리겠지요. 패션학교 같은 데서 거두는 사사로운 수입으로 살 수 있는 사람이 아닙니다.

몇 날 밤을 연달아 당신의 꿈을 꿉니다. 진심으로 보고 싶습니다. 하지만 당분간 만나지 않는 게 좋을지도 모르겠어요.

이 편지를 읽는 당신에게 뭘 어떻게 해달라는 말씀을 드리는 게 아닙니다. 앞으로 가부라기를 사랑해 달라고도, 가부라기를 버리고 절 사랑해 달라고도 하지 않겠습니다. 당신은 자유롭게 사시길 바라고 또 자유로워지셔야만 합니다. 당신을 제 것으로 삼겠다고 어떻게 생각할 수 있겠어요. 푸른 하늘을 제 것으로 삼겠다는 것과 똑같은 일입니다. 제가 전할 수 있는 말은 그저 당신을 사랑한다는 것뿐입니다. 언젠가 교토에 오실 일이 있다면 꼭 시시가타니에 들

러주세요. 사원은 레이제이인 왕릉 북쪽에 있습니다.'

편지를 다 읽은 유이치의 입가에서 빈정대는 미소가 사라졌다. 생각지도 못한 일이었지만 그는 감동하고 있었다. 오후 세 시에 집으로 돌아와 받은 편지다. 다 읽고 난 뒤 중요한 부분을 다시 읽었다. 청년의 뺨은 붉어지고 그 손은 저도 모르게 때때로 떨렸다.

다른 것보다 우선, (대단히 불행하게도) 청년은 자신의 솔직함에 감동하고 있었다. 자신의 감동에 조금도 억지스러움이 없다는 사실에 감동했다. 위중한 병을 이겨낸 병자의 마음과도 같이 떨려왔다. '내가 솔직하다니!'

대단히 아름답게 타오르는 그 뺨을 편지에 바짝 갔다댔다. 이 미칠 듯한 발작에 너무 기쁜 나머지 술에 취했을 때보다도 더욱더 만취했다. 그사이 자신의 내부에 아직 발견되지 않은 감정이 싹트는 기분이 들기 시작했다. 논문 완성을 한 장 앞두고 여유 있게 담배를 즐기는 철학자처럼, 그 감정의 발견을 일부러 늦추며 즐겼다.

책상 위에는 아버지 유품인 청동사자로 둘러싸인 탁상시계가 있다. 자신의 심장박동과 초침이 째깍거리는 소리가 까불며 장난치는 소리에 귀를 기울였다. 그는 어떤 감동에 휩싸이면 곧장 시계를 보는 버릇이 있었다. 이것이 언제까지 이어질지 걱정스러워 그 어떤 기쁨도 오 분 안에 사라졌고 차라리 그 편이 더 안심이 됐다. 불행한 습관이었다.

두려움에 유이치는 눈을 감았다. 그러자 가부라기 부인의 얼굴이 떠올랐다. 그것은 참으로 명석한 데생이었다. 어중간한 선은 단

하나도 없었다. 눈도 콧대도 입술도, 어느 것 하나 생생히 떠오르지 않는 부분이 없었다. 신혼여행을 떠나는 차 안에서 눈앞에 야스코를 두고도 그토록 떠올리기를 꺼려하던 유이치가 아닌가? 추억은 주로 욕망이 주는 환기의 힘으로 명확해진다. 기억 속 부인의 얼굴은 무척이나 아름다웠으며, 그는 태어나 이토록 아름다운 여인은 본 적이 없다고 생각했다.

그는 눈을 떴다. 동백꽃이 한창인 뜰로 석양이 드리우고 있었다. 여러 겹의 동백꽃들이 반짝거렸다. 일부러 발견을 미뤄뒀던 감정에 청년은 침착하게 이름을 붙였다. 그것만으로는 부족해 입을 열고 중얼거렸다.

"나는 그 사람을 사랑하고 있어. 이것만큼은 진실이다."

입 밖으로 꺼내버리고 나면 금세 거짓이 되는 감정이 있긴 하지만, 그런 괴로운 경험에 익숙한 유이치는 이렇게 자신의 새로운 감정에 신랄한 시련을 주고 싶었다.

'나는 그 사람을 사랑하고 있다. 더는 거짓이라고 밀어붙일 여지가 없다. 내 힘으로는 이 감정을 부정할 수 없다. **나는 여자를 사랑하고 있다!**'

더 이상 자신의 감정을 분석하려고도 하지 않고, 태연하게 상상력과 욕망을 마구 뒤섞고 추억과 희망을 엉망으로 뭉뚱그리며 기쁨에 미쳐갔다. 집착적 분석과 의식과 고정관념과 숙명과 체념을 한데 싸잡아 욕하고 넘어뜨려 파묻어버리고 싶었다. 알다시피 이것은 우리가 근대 병이라 부르는 것의 모든 증상이다.

유이치가 이런 불합리한 감정의 폭풍우 속에서 문득 슌스케의 이름을 떠올린 것은 우연일까?

'그래, 하루빨리 선생을 만나야 한다. 내 사랑의 기쁨을 고백할 상대로 그 할아범을 뛰어넘을 적임자는 없다. 왜냐면 내가 이렇게 갑작스런 고백을 함으로써 나의 기쁨을 함께 나누는 것과 동시에 그 할아범의 음울한 모략에 철저한 복수를 할 수도 있기 때문이다.'

그는 전화를 걸기 위해 서둘러 복도로 나갔다. 도중에 부엌에서 나오는 야스코와 맞닥뜨렸다.

"뭘 그리 서둘러? 무지 좋은 일이 있어 보이네." 야스코가 말했다.

"몰라도 돼."

평소와 달리 활달한 냉혹함을 띠며 유이치는 쾌활하게 말했다. 자신이 가부라기 부인을 사랑하며 야스코를 사랑하지 않는다는 것, 이것만큼 자연스럽고 공명정대한 감정은 있을 수 없다.

슌스케는 집에 있었다. 그들은 르동에서 만나기로 했다.

*
**

유이치는 외투 주머니에 두 손을 찔러 넣고 때를 기다리는 불량배처럼 돌멩이를 찼다가 제자리를 어슬렁거리며 전차를 기다렸다. 자기 옆을 아슬아슬하게 지나가는 무례한 자전거에게 높고 날카로운 휘파람으로 응수했다.

노면전차의 시대에 뒤떨어지는 속도와 흔들림은 공상가 손님에게 적당한 것이었다. 언제나처럼 유이치는 창가에 기댔다. 창밖으로 땅거미 지는 초봄 거리를 내다보며 몽상에 잠겼다.

그는 자신의 상상력이 팽이처럼 매우 빠르게 도는 것을 느꼈다. 팽이가 쓰러지지 않으려면 계속 돌아야 한다. 어떻게 하면 점차 느슨해지는 회전을 막을 수 있을까? 맨 처음 회전을 가한 힘이 사라지면 모든 게 끝나는 건 아닐까? 이처럼 자기 기쁨의 원인이 오직 하나뿐이라는 사실은 그를 불안하게 했다.

'이제 와 생각해보면 나도 처음부터 가부라기 부인을 사랑했던 게 분명해. 그렇다면 왜 라쿠요 호텔에서 그 사람을 피했던 걸까.' 이런 반성에는 뭔가 오싹한 것이 있었다. 청년은 순식간에 공포와 두려움에 빠져 라쿠요 호텔에서 부인을 피했던 모두 이런 종류의 두려움 탓으로 돌렸다.

르동에 슌스케의 모습은 아직 보이지 않았다.

유이치가 이토록 간절한 마음으로 노작가를 기다린 적은 일찍이 없었다. 품속의 편지에 몇 차례나 손을 넣었다. 그걸 만지면 마치 부적 같은 효과가 있어서 슌스케가 올 때까지 유이치의 열정이 조금도 쪼그라들지 않고 지켜질 듯한 기분이 들었다.

기다림 탓인지 오늘 밤 르동 문을 열고 들어온 슌스케는 얼마간 위풍당당한 모습이 있었다. 기모노에 인버네스 차림이었다. 이조차 요즘 그가 좋아하는 화려한 취향은 아니었다. 유이치는 그가 옆자리로 올 때까지 슌스케가 근처 테이블의 소년과 친밀하게 인사를 주고받는 모습을 보고 놀랐다. 최근 르동에 오는 친구들 가운데 슌스케에게 뭔가 얻어먹지 않은 소년은 없었다.

"여어, 오랜만이군."

슌스케는 악수를 하려고 생기 있게 손을 내밀었다. 유이치는 말이 없었다. 그러자 아무렇지도 않다는 듯 슌스케가 말을 이었다.

"가부라기 부인이 가출을 했다지."

"알고 계셨습니까?"

"가부라기가 입에 거품을 물고 내게 상담을 하러 왔더군. 내가 무슨 잃어버린 물건을 찾아주는 점쟁이라도 되는 줄 아나."

"가부라기 씨는……" 그렇게 말을 꺼내던 유이치는 잠시 교활해 보이는 미소를 지었다. 시도 때도 없이 장난을 계획하는 소년이 그렇듯 마음의 열중을 배반하는 청결한 교활함의 미소였다. "……원인을 말하던가요?"

"나한테 뭐든 숨기려 드니까 말을 안 하지. 하지만 대충 짐작은 가네. 자네하고 둘만의 결정적 장면을 부인한테 딱 걸린 거 아니겠나."

"잘 아시는군요." 유이치가 적잖이 놀라며 말했다.

"내가 분석한 바로는 그러하네." 노작가는 만족한 나머지 지겨울 만큼 길고 죽을 것 같은 기침을 했다. 유이치는 그의 등을 어루만져주는 등 이런저런 간호를 했다.

기침이 멎자 슌스케는 상기된 얼굴과 촉촉이 젖은 눈을 똑바로 유이치에게 들이대며 물었다.

"그래서? ……어떻게 됐나?"

청년은 말없이 두터운 편지봉투를 꺼냈다. 슌스케는 안경을 끼고 재빨리 편지지 매수를 셌다. "열다섯 장이군" 하고 화난 듯 말했다. 그러더니 호들갑스러운 소리를 내며 고쳐 앉아 편지를 읽었다.

그것은 부인의 편지였지만 유이치는 선생님이 자신의 시험 답안

지를 코앞에서 보고 있는 듯한 기분이 들었다. 자신감을 잃고 안절부절못했다. 어서 이 형벌의 시간이 지나기를 바랐다. 다행히 원고를 읽는 데 익숙한 슌스케는 젊은 사람들에게도 뒤지지 않게 빠른 속도로 편지를 읽었다. 그러나 자신이 그토록 감동한 부분을 슌스케가 아무렇지도 않은 표정으로 읽어 내려가는 모습을 보자 유이치는 자신의 감정이 옳았는지에 대해 극심한 불안을 느꼈다.

"훌륭한 편지야." 슌스케는 안경을 벗어 손으로 장난을 치며 말했다. "재능은 없지만 그걸 대신할 집념은 있군 그래."

"제가 선생께 여쭙고 싶은 건 편지글 비평이 아닙니다."

"비평 따윌 하려는 게 아니야. 이렇게 멋지게 완성된 글에 비평이 다 무슨 소용인가. 자네는 멋진 대머리, 멋진 맹장염, 멋진 네리마 무 따위에 비평을 하나?"

"하지만 저는 감동했습니다." 청년은 애원조로 호소했다.

"감동이라고? 놀랍구먼. 연하장이라 해도 조금은 상대를 감동시킬 요량으로 쓰기 마련이지. 혹시나 실수로라도 자넬 감동시킨 부분이 있다면 그건 바로 이 편지라고 하는, 가장 저급한 형식에 있다네."

"……아닙니다. 전 깨달았습니다. 제가 가부라기 부인을 사랑하고 있다는 걸 깨달았어요."

슌스케는 웃음을 터뜨렸다. 사람들이 돌아볼 정도였다. 웃음은 계속해서 복받쳐 올랐다. 물을 마시고 캑캑대며 다시 웃었다. 그 웃음은 끈끈이처럼 떼어내려 하면 할수록 점점 더 몸에 들러붙었다.

20장
아내의 재앙은 남편의 재앙

슌스케의 박장대소에는 조소나 경멸도 없을뿐더러 쾌활함이나 그 어떤 미미한 감동도 없었다. 명백히 큰 웃음, 말하자면 운동경기나 기계체조와도 같은 웃음이었다. 이것이 지금 노작가가 할 수 있는 유일한 **행위**라 해도 좋았다. 기침 발작이나 신경통과 달리, 적어도 이 폭소만큼은 스스로 제어 가능한 것이었기 때문이다.

웃음을 듣는 쪽인 유이치가 바보취급을 당했다고 생각하건 말건 히노키 슌스케는 이처럼 멈출 줄 모르는 웃음을 통해 세상에 대한 연대감을 온몸으로 느꼈다.

호탕하게 웃어넘김으로써 비로소 세계가 슌스케의 눈앞에 드러났다. 그의 장기인 질투와 증오가 지닌 힘은 설령 유이치의 몸을 빌린다 하더라도 겨우 작품 제작을 부추기는 데 불과했다. 그러나 이 웃음에는 슌스케의 존재가 세계와 어떤 식으로든 연결되어 있다는 힘, 슌스케의 눈이 지구 이면의 푸른 하늘을 언뜻 보게 하는 힘이 있었다.

오래전 슌스케는 구쓰카케 온천으로 여행을 떠났다가 아사마산 분화를 목격한 적이 있다. 깊은 밤, 숙소 유리창이 예민하게 떨리며 일에 지쳐 선잠이 든 슌스케를 깨웠다. 30초 주기로 소규모 폭발이 일어났다. 일어나 화구를 바라보았다. 큰 소리랄 것도 없었다. 산 정상에 어렴풋이 진동이 이는가 싶더니 이어서 붉은 불덩이들이 물결쳤다. 해변에 이는 포말 같다고 슌스케는 생각했다. 날아오른 불의 포말은 부드럽게 부서졌는데, 절반은 다시 분화구로 떨어지고 절반은 암적색 연기가 되어 공중에 떠다녔다. 그 모습은 마치 반짝이는 석양을 보는 듯했다.

끝도 없는 이 화산의 웃음은 멀리서 진동이 일뿐 미미했다. 그러나 슌스케로선 어쩌다 자신을 찾아온 감정이 그 화산에서 터져 나온 폭소에 숨겨진 비유처럼 여겨졌다.

굴욕적인 청년시절부터 슌스케를 수차례 격려해온 이 정서, 이것은 이를테면 깊은 밤이나, 홀로 여행을 떠나와 이른 새벽 골짜기를 내려갈 때, 그의 마음속에 찾아온 세상에 대한 연민의 정이다. 그 순간 슌스케는 자신을 예술가로 탐지하고, '정신'에 허락된 일종의 편의 혹은 드높은 정신의 희극적 휴식이라 생각하며 상쾌한 공기 마시듯 이 정서를 맛보았다. 등산가가 자기 그림자를 보며 거인의 그림자라고 놀라는 것처럼, 슌스케는 정신이 허락한 이 거대한 정서에 순순히 놀랐다.

이 정서를 뭐라고 부르면 좋을까? 슌스케는 이름 붙이지 않고 그저 웃기만 했다. 이 웃음에는 분명 경의가 결여되어 있었다. 자기 자신에 대한 경의마저도.

그리고 웃음으로 인해 세상과 이어질 때, 그의 연민에 따른 연대감은 인류애라 불리는 속임수 가운데 가장 두드러진 요소인 사랑에까지 근접했다.

슌스케는 겨우 웃음을 멈췄다. 품속에서 손수건을 꺼내 눈물을 닦았다. 처진 아래 눈꺼풀이 눈물에 젖은 이끼처럼 자글자글 주름이 졌다.

"감동을 했다니! 사랑을 한다니!" 슌스케는 호들갑스레 말했다. "그게 대체 무슨 소린가. 감동이란 기량 좋은 마누라처럼 잘못을 범하기 쉬운 법이야. 그러니 노상 상놈들 마음을 쥐고 흔든단 말이지.

화내진 말게, 유우짱. 자네더러 상놈이라는 건 아니니까. 자넨 지금 공교롭게도 감동을 동경하는 상태에 빠져 있어. 자네의 순진무구한 마음이 어쩌다 감동의 갈증 상태에 빠진 게야. 그건 단순한 질병이라네. 나이가 무르익은 소년이 사랑을 사랑하듯이, 자네는 감동에 감동한 것에 불과해. 고정관념이 치유되면 자네의 감동은 구름처럼 흩어지고 이슬처럼 사라질 게 분명해. 자네도 이미 알고 있겠지. 이 세상에 육감 이외의 감동은 없다는 것을. 어떠한 사상이나 관념도 육감을 갖지 못하면 인간을 감동시킬 수 없다네. 인간은 기실 사상의 치부에 감동하는 주제에 허영에 찬 신사처럼 사상의 모자에 감동한 척 떠들고 다니지. 그럴 바엔 감동이니 하는 애매한 말은 집어치우는 게 나아.

집요하다 싶겠지만 자네 말을 분석해볼까. 자넨 처음에 감동했다고 했어. 뒤이어 가부라기 부인을 사랑한다고 했지. 어째서 이 두

가지를 맞붙인 건가? 그 말은 자네 마음 깊은 곳에서는 육감을 동반하지 않은 감동이 아무것도 아니란 사실을 깨닫고 있다는 얘길세. 그러니 서둘러 사랑이라는 말을 뒤에 덧댄 것이지. 이로써 자네는 사랑이란 말로 육감을 대표시킨 꼴이야. 이 부분, 달리 이의는 없는가. 가부라기 부인이 교토로 가버리고 이미 육감의 문제에 관해서만큼은 안심할 수 있으니, 그래서 그녀를 사랑한다는 걸, 자네는 자네 자신에게 허락하기 시작한 게 아니겠나."

유이치는 슌스케의 이런 수다에 예전만큼 쉽게 굴복하지는 않았다. 그 깊고 우울한 눈은 슌스케가 가진 정념의 움직임을 자세히 들여다보며, 슌스케의 말을 낱낱이 발가벗겨 음미할 줄 아는 기술을 터득하고 있었다.

"그건 그렇고, 참 이상한 일이지요." 청년이 입을 열었다. "선생님이 육감이란 말을 쓰시면 세상 사람들이 이성이라는 말을 할 때보다 훨씬 더 냉혹하게 들린단 말이죠. 선생님의 입에서 나오는 육감보다, 제가 편지에서 읽은 감동이 훨씬 더 피가 잘 통하는 기분이 든단 말입니다. 정말로 이 세상에서 육감 이외의 감동은 모두 거짓인 걸까요? 그런 거라면 육감도 거짓일지 모르잖습니까. 뭔가를 향한 욕망의 결핍상태만이 진짜이고, 순간적인 충실상태는 모두 환상인 걸까요? 전 도무지 그런 생각이 들지 않네요. 거지가 자기 깡통에 계속해서 적선받을 수 있도록 구걸한 걸 숨겨두는 것과 같은 삶의 방법이 제게는 비루하게 보입니다. 저는 온전히 몸을 내던지고 싶다고 종종 생각합니다. 그것이 어떤 거짓 사상을 위한 것이라 해도 괜찮습니다. 무목적을 위해서라도 상관없어요. 고교 시절 높이

뛰기나 다이빙을 자주 했습니다. 공중으로 몸을 내던지는 것, 그건 정말 멋진 일이에요. 순간순간 공중에 멈춰 있는 것처럼 느껴졌어요. 필드에 자란 푸르른 풀이나 풀장의 파란 물이나 그런 것들이 제 주위에 늘 있었죠. 지금 제 주위에는 푸른 것이 전혀 없습니다. 하지만 거짓 사상을 위한 거라고 해도 상관없습니다. 예를 들어 자기기만에 빠져 의용병에 응모해 무훈을 세운 남자가 있다면, 그의 행동이 무훈을 세웠다는 건 변함없는 사실이 아니겠습니까?"

"자네도 배가 불렀구먼. 예전에 자네는 자기 감동이 어디서 오는지조차 몰라서 어쩔 줄을 모르며 괴로워했지. 그래서 내가 무감동의 행복을 가르쳤어. 그런데 이제 또 불행해지고 싶은 건가. 자네의 아름다움과 마찬가지로 자네의 불행도 이미 완벽한 것이 아닌가. 이제껏 노골적으로 말하지는 않았지만, 수많은 남녀를 닥치는 대로 불행하게 만들어버리는 자네의 힘은 비단 자네의 아름다움에서 나오는 것만은 아닐세. 그거야말로 자네가 누구에게도 지지 않는 불행의 천성에서 부여받은 힘이지."

"틀린 말은 아닙니다." 청년은 우울함이 한층 깊어진 눈으로 이렇게 말했다. "선생님은 끝내 그 말을 하시는군요. 선생님의 교훈은 이로써 남들과 다를 바 없이 지극히 평범해졌습니다. 자기의 불행을 응시하고 사는 것 외에는, 그 불행에서 벗어날 길이 없다는 걸 가르쳐주신 것에 불과하군요. 하지만 진심으로 이제껏 단 한 번도 감동한 적이 없으십니까?"

"육감 외에 다른 감동을 느낀 적은 없네."

그러자 청년은 반쯤 조롱하는 듯한 미소를 띠며 물었다.

"그럼, ······작년 여름 바닷가에서 맨 처음 봤을 때도 말입니까?"

슌스케는 아연했다.

한여름 강렬한 햇살을 떠올렸다. 그 검푸른 바다를, 한 줄기 물길을, 귓불을 때린 해풍을, ······일찍이 그를 그만큼이나 감동시킨 그리스풍 환영을, 펠로폰네소스과 청동상의 환상을 떠올렸다.

거기에는 어떠한 육감이, 그렇지 않으면 육감의 전조가 없었던가?

그전까지 생애에서 사상과 무관하게 살아온 슌스케가 처음으로 사상을 품게 된 것인데, 그 사상에 과연 육감이 포함되어 있었던가? 이제까지 노작가의 견딜 수 없는 의혹은 거기 있었다. 유이치의 말은 슌스케의 거짓말을 꿰뚫었다.

르동에 흐르던 레코드 음악소리가 잠시 끊어졌다. 카페는 한산했고 주인은 어딘가 나가고 없었다. 오가는 자동차의 경적만이 떠들썩하게 실내를 울렸다. 거리에는 네온사인이 켜지고 평범한 밤이 시작됐다.

슌스케는 불현듯 오래전 자신이 쓴 소설의 한 장면이 떠올랐다.

'그는 멈춰 서서 삼나무를 봤다. 삼나무는 큰 키에 수령도 상당했다. 구름 낀 하늘 구석에서 한 줄기 폭포와도 같은 빛이 낙하해 삼나무를 비췄다. 빛은 삼나무를 비추곤 있지만 아무리 해도 삼나무 내부로 들어갈 수는 없었다. 덧없이 삼나무 주위를 돌며 이끼가 가득 깔린 땅 위로 떨어질 뿐이었다. ······그는 이처럼 빛을 거부하며 하늘을 향해 뻗어나가는 삼나무의 의지를 이상하게 느꼈다. 생명의 어두운 의지를, 그대로 하늘에 전달하는 사명을 띠기라도 한 듯한

모습이었다.'

또 방금 읽은 가부라기 부인의 편지 한 구절을 떠올렸다.

'당신은 벽이었습니다. 야인 군대 앞에 버티고 선 만리장성이었습니다. 결코 저를 사랑하지 않는 연인이었습니다. 그렇기에 저는 당신을 사랑했고, 지금도 이렇게 사랑하고 있습니다.'

……슌스케는 가볍게 열린 유이치의 입술 속에 만리장성과도 같이 하얗게 늘어선 치열을 보았다.

'나는 이 아름다운 청년에게 육감적으로 매력을 느끼고 있구나.' 오싹한 기운을 느끼며 슌스케는 생각했다. '그렇지 않고서야 이리도 가슴이 죄어오는 감동이 싹틀 리 없다. 나는 나도 모르게 욕망을 품고 있었구나. 있을 수 없는 일이다. 내가 이 젊은이의 육체를 사랑하고 있다니!'

노인은 희미하게 고개를 흔들었다. 의심할 여지없이 그의 사상에 육감이 깃들었다. 그 사상은 처음으로 힘을 얻었다. 슌스케는 망자의 몸이나 마찬가지라는 사실도 잊고 사랑에 빠져 있었던 것이다.

슌스케의 마음은 겸허해졌다. 그의 눈에서 오만한 빛이 사라졌다. 날개를 접듯 인버네스의 어깨를 움츠렸다. 엉뚱한 방향을 보는 유이치의 유선형 눈썹을 다시금 가만히 응시했다. 그 부근에서 젊음의 냄새가 났다. '내가 이 청년을 육감적으로 사랑하고 있다고 한다면, 이런 말도 안 되는 발견이 이 나이에 가능하다는 건 유이치가 가부라기 부인을 육감적으로 사랑한다는 것 역시 불가능한 일이 아니다.' 슌스케는 생각 끝에 이렇게 말했다.

"그렇군. 어쩌면 자네는 정말로 가부라기 부인을 사랑하고 있는

지도 모르네. 자네 말을 듣자하니 나 역시 그런 기분이 들어."

슌스케가 이 말을, 어째서 이토록 고통스런 마음으로 꺼내는지는 그 자신도 알 수 없었다. 자기 몸에서 피부를 벗겨내는 듯한 심정으로 한 말이었다. 질투하고 있었던 것이다.

히노키 슌스케는 교육가라고 하기에 조금은 정직했다. 그래서 그런 말을 꺼낸 것이다. 청년들의 교사는 그들의 젊음을 속속들이 알고 있어서 같은 이야기를 할 때도 역효과를 생각해서 말을 한다. 과연 유이치는 이렇게 솔직한 말을 듣고 마음이 뒤집혔다. 오히려 남의 도움을 빌리지 않고 자기 내부를 직시할 용기가 생겼다.

'아냐 그럴 리가 없어. 내가 가부라기 부인을 사랑하다니 있을 수 없는 일이야. 그래. 난 오히려 부인에게 그토록 사랑받는 제2의 나, 이 세상 것이 아닐 정도로 아름다운 한 청년에게 사랑을 품은 것인지도 모른다. 부인의 편지에는 분명 그러한 마력이 있었고, 누구라도 그런 편지를 받는다면 그 편지의 대상이 자신이라 생각하긴 어렵겠지. 나는 결코 나르시스가 아니다.' 유이치는 오만하게 변명했다. '만약 내가 자만한 인간이라면 편지 속 남자와 나를 쉽사리 동일시했겠지만, 그렇지 않은 탓에 나는 '유우쨩'을 좋아하게 됐다.'

이런 반성의 결과 유이치는 슌스케에게 얼마간 뒤숭숭한 친근감을 느꼈다. 왜냐하면 이 순간, 슌스케와 유이치는 **같은 존재**를 사랑하고 있었기 때문이다. '너는 나를 좋아한다. 나도 나를 좋아한다. 사이좋게 지냅시다.' ──이것은 에고이스트가 가진 애정의 진리다. 동시에 서로를 그리고 사랑하는 유일한 사례다.

"아뇨, 꼭 그런 건 아닙니다. 이제야 조금 알 것 같군요. 저는 가부라기 부인을 사랑한 게 아닙니다."
 유이치가 말했다. 슌스케의 낯빛이 기쁨으로 차올랐다.

 사랑이란 잠복기가 길다는 점에서도 열병을 닮았다. 잠복기 동안 여러 위화감이 발생하지만 발병 후에야 그것이 징후였음이 드러난다. 따라서 발병한 남자는 세상에 열병이 원인이라고 진단 내리지 못할 문제가 없다는 생각이 드는 것이다. 전쟁이 일어난다. 그건 열병이야. 남자는 숨을 헐떡이며 말한다. 철학자들이 세계의 고통 해결을 위해 고민한다. 그건 열병이야. 남자는 고열에 시달리며 말한다.
 히노키 슌스케는 일단 자신이 유이치를 욕망한다는 사실을 깨닫고 나자 그간 가슴을 찌르는 듯했던 질투도, 유이치가 전화를 걸어 올 날만을 이제나저제나 기다리던 생활도, 그 불가사의한 좌절의 고통도, 교토 여행을 결심케 한 유이치의 기나긴 침묵으로 인한 슬픔도, 그 교토여행의 즐거움까지 모든 서정적인 감탄의 원인이 거기 있었다는 사실을 깨달았다. 이 발견은 그러나 불길했다. 만약 그것을 사랑이라 생각한다면 슌스케의 생애에 겪은 경험을 비춰봤을 때 차질이 불가피했고 희망은 전혀 없었다. 기회를 보자, 숨길 수 있을 때까지 숨기지 않으면 안 된다. 자신감이라곤 전혀 찾아볼 수 없는 이 노인은 스스로를 타일렀다.
 유이치는 몸을 꽁꽁 옭죄던 고정관념에서 탈피해 다시금 슌스케를 홀가분하게 비밀을 털어놓을 상대로 보았다. 사소한 양심의 가책에서 이렇게 말했다.
 "저와 가부라기 백작의 관계를 이미 알고 계신 것 같아 놀랐습니다. 그것만큼은 선생에게 비밀로 하려고 했거든요. 어떻게, 언제부터 알고 계셨습니까."

"교토 호텔에서 가부라기가 담배 케이스를 찾으러 왔을 때부터지."

"그때 벌써……."

"됐네, 됐어. 그런 걸 알아봐야 별로 재밌는 이야기도 아닌데. 그것보다 이 편지에 어떻게 대처할지부터 생각하세. 이런 편지를 쓰는 건 자네에게 대단히 무례한 처사였다, 자넨 그렇게 생각해야 해. 그 죗값을 꼭 치러야 한다고 말이야. 자네는 결코 답장을 써서는 안 돼. 그리고 다른 사람들처럼 제삼자 입장에 서서 가부라기 부인을 원래 있던 칼집으로 되돌려놓게."

"가부라기 백작은 어쩌죠."

"그 사람한테 이 편지를 보여주게." 슌스케는 되도록 간략하게 불쾌하다는 듯 덧붙였다. "그리고 확실하게 절교를 선언하도록 해. 낙심한 백작은 어쩔 줄 몰라 교토로 가겠지. 그걸로 가부라기 부인의 괴로움도 완성이 될 테고."

"저도 지금 막 그렇게 생각하던 참입니다." 청년은 악행을 위한 용기를 얻어 기쁜 듯 말했다. "하지만 상황이 조금 안 좋은 건 가부라기 씨가 돈에 쪼들려서 제가 내팽개친 것처럼 보여서……."

"지금 그런 걸 생각할 땐가." 유이치가 다시 자기 손안에 들어올 것 같아서 기분이 좋아진 슌스케는 위세 좋게 말을 이었다. "만약 자네가 가부라기의 돈을 보고 접근했다가 자유의 몸이 됐다면 다른 얘기지만, 그렇지 않다면 돈이 있고 없고 따위는 이것과 관계가 없어. 어차피 자네 월급도 이달부터 못 받는 게 아닌가."

"사실은 지난달 월급도 요전에 겨우 받았습니다."

"그것 보게. 그 지경인데도 자네는 가부라기가 좋은가."

"농담하지 마십시오." 자존심에 상처 입은 유이치는 거의 외칠 듯 소리쳤다. "전 그저 몸을 맡긴 것뿐입니다."

심리적 명확성을 상당 부분 상실한 이 답변은 슌스케의 마음을 무겁게 했다. 그는 청년에게 준 오십만 엔과 이에 따른 청년의 온순함을 결부시켜 생각했다. 이 경제적인 관계가 있는 한 유이치가 의외로 맥없이 자신에게 몸을 맡길 수도 있음이 두려웠다. 여전히 유이치의 성격은 수수께끼였다.

그뿐 아니라 지금 막 세운 계획과 이에 대한 유이치의 공감이 슌스케를 불안에 빠뜨렸다. 이 계획에는 쓸데없는 부분이 있었다. 슌스케가 처음으로 자기 사적인 감정을 그대로 드러냈던 것이다. ……'나는 질투에 사로잡힌 사람처럼 고군분투하고 있다' 이처럼 자기 자신을 한층 더 불쾌하게 만드는 반성을 그는 즐겼다.

……이때 옷을 멋지게 차려 입은 신사가 르동으로 들어왔다.

나이는 쉰 살쯤, 수염은 없고 무테안경을 썼으며 콧방울 옆에 점이 있었다. 독일인처럼 이목구비가 뚜렷하고 각진 얼굴에 오만한 인상을 풍겼다. 턱을 바싹 당기고 다녔으며 눈빛은 차디찼다. 인중이 진해서 인상이 더욱 차가워 보였다. 얼굴 전체가 고개를 숙이고 다니지 않아도 되도록 조성되어 있었다. 얼굴에 원근법이 갖춰져 있어서 완고해 보이는 이마가 듬직한 배경을 이루고 있었다. 단 한 가지 결함은 얼굴 오른쪽 절반에 가벼운 안면신경통이 있다는 것이다. 카페에 서서 주위를 둘러볼 때 눈과 볼에 번개처럼 경련이 일었다. 그 순간이 지나자 아무 일도 없었다는 듯 얼굴 전체가 본래대로 돌아왔다. 마치 공중에서 무언가를 낚아채는 듯했다.

그의 눈이 슌스케의 눈과 마주쳤다. 그 순간 그에게 아주 살짝 곤혹스런 그림자가 졌다. 이미 모르는 척할 수는 없었다. 친밀하게 미소를 지으며 "오, 선생님" 하고 말했다. 한 울타리 사람이 아니면 내비치지 않는 사람 좋은 표정이었다.

슌스케가 자기 옆 의자를 가리켰다. 그는 앉았다. 문득 유이치의 존재를 인지한 그는 슌스케와 이야기를 하면서도 눈은 유이치에게서 떨어지지 않았다. 몇 십 초 간격으로 번개가 치는 그의 눈과 볼을 보고 유이치는 적잖이 놀랐다. 눈치챈 슌스케가 소개했다.

"이쪽은 가와타 씨, 가와타 자동차 사장이고 내 오랜 친구지. 이쪽은 조카인 미나미 유이치."

가와타 야이치로는 규슈 사쓰마 출신으로 일본 최초로 국산자동차 사업을 세운 선대 가와타 야이치로의 적자. 불초자식인 그는 소설가 지망생이었는데 당시 슌스케가 프랑스문학 강의를 하던 K대학 예과에 들어갔다. 슌스케도 습작 원고를 읽었지만 재능이 있어 보이지 않았다. 당사자도 낙담했다. 이때를 틈타 아버지는 그를 미국 프린스턴 대학에 보내 경제학 공부를 시켰다. 졸업 후에는 독일로 보내 자동차 공업의 실제를 배우게 했다. 일본으로 돌아온 야이치로는 완전히 다른 사람이 돼 있었다. 그는 이제 현실주의자였다. 전쟁 후 조용히 때를 기다리고 있다가 아버지에게 추방령이 내려지자마자 사장이 됐고 아버지가 돌아가신 후에 아버지를 뛰어넘는 실력을 발휘했다. 대형승용차 제조가 금지됐기 때문에 곧바로 소형승용차 제조로 전환해 아시아 각국 수출에 주안점을 둔 것도 그였다. 요코스카에 자회사를 설립해 지프 수리를 독점하면서 막대한 이익을 거두기도 했다. 사장 취임 후 우연히 만난 슌스케와 돈독한 관계를 맺었다. 슌스케에게 성대한 환갑축하연을 열어준 사람도 가와타였다.

르동에서의 우연한 만남은 무언의 고백이나 다름없었다. 두 사람은 따라서, 이 자명한 화젯거리를 입에 담지도 않았다. 가와타는 슌스케에게 언제 한번 식사를 하자고 했다. 그러면서 수첩을 꺼내 안경을 이마로 걸쳐 올리고 꽉 찬 스케줄에서 여백을 찾았다. 흡사 방대한 두께의 사전에 꽂아둔 마른 꽃잎 하나를 찾는 듯했다.

가와타는 겨우 그것을 찾아냈다.

"다음 주 금요일 저녁 여섯 시, 이때밖에 시간이 없습니다. 그날 정해져 있던 모임이 연기됐거든요. 부디 그날 시간을 비워주실 수 있을까요."

이렇게나 바쁜 남자가 한 블록이나 먼저 자동차를 세워두고 은밀히 르동에 들를 여유는 있었던 것이다. 슌스케는 승낙했다. 이에 더해 가와타는 뜻밖의 청을 했다.

"이마이초의 '검은 날개'라는 매 요리점은 어떻습니까? 물론 조카분도 함께요. 시간은 괜찮으신지요?"

"예, 뭐." 유이치는 막연하게 대답했다.

"그럼 세 사람으로 예약하겠습니다. 잊어버리실 수도 있으니 다시 전화 드리지요." 그러면서 바쁜 듯이 시계를 봤다. "자, 저는 이만

실례하겠습니다. 아쉽지만 다음번에 천천히 이야기 나누지요."

이 거물은 유유히 밖으로 빠져나갔지만 두 사람에게는 순식간에 사라져 버린 듯한 인상을 남겼다.

슌스케는 기분 나쁜 표정으로 말이 없었다. 눈 깜짝할 사이에 유이치가 눈앞에서 창피를 당한 듯한 기분이 들었기 때문이다. 묻지도 않았는데 가와타의 경력을 늘어놓던 슌스케는 코트를 펄럭이며 일어섰다.

"선생님, 어디 가십니까?"

슌스케는 혼자 있고 싶었다. 그러나 한 시간 후에는 한림원 회원들의 곰팡내 나는 회식이 예정돼 있었다.

"모임이 있어. 그것 때문에 나온 거야. 다음 주 금요일 다섯 시까지 우리 집으로 오게. 가와타가 집으로 차를 보낼 테니."

유이치는 슌스케가 악수를 하려고 인버네스의 복잡한 소매에서 손을 꺼낸 것을 알아챘다. 여러 겹의 검은 모직 아래 정맥이 노출된 쇠약한 손은 수치의 표정을 띠고 있었다. 만약 유이치가 조금만 더 심술궂었더라면 노예처럼 말라빠진 손 따위 일부러 못 본 체했으리라. 그러나 유이치는 슌스케의 손을 잡았다. 노인의 손은 미미하게 떨리고 있었다.

"자, 그럼."

"오늘은 정말 감사했습니다."

"나한테? ……나한테 감사 인사 같은 건 하지 말게."

슌스케가 가고 나서, 유이치는 가부라기 노부타카에게 전화를 걸었다.

"뭐라고? 아내한테서 편지가 왔다고?" 흥분한 날카로운 목소리가 이렇게 말했다. "아니, 집으로 오지 말게. 내가 나가지. 저녁식사는 아직인가?" 가부라기는 한 레스토랑 이름을 댔다.

***

요리를 기다리는 동안 가부라기 노부타카는 아내의 편지를 탐독했다. 수프가 나와도 멈추지 않았다. 다 읽었을 때는 식어버린 콩소메 접시 바닥에 붙어서 알아보기 힘든 알파벳 모양 마카로니 조각이 가라앉아 있었다.

노부타카는 유이치의 얼굴을 보지 않았다. 엉뚱한 곳을 보며 멍하니 수프를 떠마셨다. 유이치는 늘 동정받길 바라면서도 동정해줄 상대를 찾지 못해 궁지에 몰린 이 불쌍한 남자가, 평소 보여주는 침착한 모습을 상실하고 무릎 위에 수프라도 흘리며 썩 훌륭한 연기를 보여줄 거라는 기대감에 적지 않은 호기심을 품고 그를 바라봤다.

그러나 노부타카는 한 숟갈도 흘리지 않고 수프를 다 비웠다.

"가엾게도……" 수저를 내려놓고 노부타카는 혼잣말을 중얼거렸다. "……가엾게도……이렇게 가여운 여자가 세상에 또 있을까."

노부타카가 보여준 과잉된 감정은, 이 경우 그것이 아무리 미세하다 해도 유이치의 기분을 상하게 할 이유가 분명 존재했다. 뭐랄까, 그건 가부라기 부인을 향한 유이치의 윤리적 관심에서 오는 것이었다.

노부타카는 몇 번이나 반복했다. "가여운 여자다. ……가여운 여자야……." 그러면서 아내를 이용해 빙 둘러 자기에게 동정을 끌어오려고 시도했다. 유이치가 계속해서 모른 척하고 있자 더 이상 참지 못하고 이렇게 말했다.

"다 내 잘못일세. 누구의 죄도 아니야."

"그렇습니까."

"유우짱, 대체 자네 그러고도 인간인가. 나한테 냉정하게 구는 건 좋아. 아무 죄 없는 집사람한테까지 그러진 말게."

"저한테도 죄는 없습니다."

백작은 가자미 가시를 접시 옆에 정성스럽게 발라두고서 묵묵히 있었다. 이윽고 울음이 터질 듯한 목소리로 말했다.

"……그래도 그렇지. 난 이제 더는 못 하겠네."

상황이 이렇게 되자 유이치는 견딜 수 없었다. 이 뻔뻔한 중년 게이에게는 어이가 없을 만큼 솔직함이 결여되어 있었다. 지금 그가 연기하고 있는 추태는 솔직한 추태의 열 배는 더 추했다. 그는 추태가 숭고하게 보이게끔 애쓰고 있었다.

유이치는 소란스런 주변 식탁을 둘러봤다. 점잔을 빼는 젊은 미국인 남녀가 마주앉아 식사를 하고 있었다. 별 말이 없었다. 거의 웃지 않았다. 여자가 작게 재채기하며 서둘러 냅킨을 입가에 대고 익스큐즈 미excuse me라고 했다. 다른 테이블에서는 장례식에 다녀온 듯한 일본인 친척일동이 커다란 원탁에 둘러앉았다. 그들은 고인의 흉을 보며 큰소리로 웃었다. 손가락 가득 반지를 끼고 짙은 쥐색 상복을 입은 살찐 오십대 미망인으로 보이는 여자의 목소리가 한층 더 귀청을 찔렀다.

"남편이 사다준 다이아반지는 다 해서 일곱 개야. 그중에 몰래 팔아먹은 게 네 개. 유리알로 바꿔 끼웠지. 전쟁 중에 헌납운동 바람이 불 때 가짜 네 개를 헌납했다고 거짓말하곤 진짜 세 개를 남겨뒀거든. 그게 이거야. (여자는 손을 펴고 손등을 사람들에게 보여줬다) 남편은 내가 전부 말하지 않은 걸 칭찬했지. 나의 솔직하지 않은 점이 훌륭하다나."

"하하. 진실을 모르는 건 남편뿐이네."

……유이치와 노부타카의 테이블만이 세상 모든 것에서 고립된 듯했다. 둘만의 작고 외딴섬에 갇힌 듯했다. 화병 나이프 스푼 같은 금속류가 무심히 반짝이고 있다. 유이치는 노부타카를 향한 자신의 증오가 단지 같은 세계 사람이기 때문인 것은 아닐까 의심스러웠다.

"같이 교토에 가지 않겠나?"

돌연 노부타카가 물었다.

"왜요?"

"왜라니, 아내를 데려올 수 있는 건 자네뿐이야."

"절 이용하시려는 겁니까?"

"이용은 무슨." 포프는 짐짓 점잔을 빼는 입술로 쓴웃음을 지었다. "유우짱, 싱거운 소린 그만둬."

"포기하세요. 제가 간다고 해도 부인은 두 번 다시 도쿄로 돌아오지 않을 겁니다."

"어째서 그렇게 자신하지?"

"전 부인을 잘 아니까요."

"거 놀랍군. 난 이십 년을 같이 산 부부라네."

"제가 부인과 사귄 지는 아직 반년밖에 안 됐죠. 하지만 회장님보다 제가 부인을 더 잘 알 겁니다."

"자네 나하고 라이벌이라도 되겠다는 건가."

"흠, 그럴지도 모르죠."

"자네, 설마……."

"걱정 마십시오. 여자는 싫습니다. 하지만 회장님이야말로 왜 이제 와서 그분 남편 행세를 하려는 겁니까."

"유우짱!" 그는 소름 끼치도록 애교 섞인 목소리로 말했다. "싸움은 그만하지. 부탁이야."

그런 뒤 두 사람은 아무 말 없이 식사를 했다. 유이치는 잘못 생각하고 있었다. 꾸짖으며 환자를 격려하는 외과의처럼 이별의 말을 꺼내기 전에 정나미가 떨어지게 만들어서 그 고뇌를 조금이라도 가볍게 해주고자 하는 자비로운 마음이라면, 이리 냉정하게 대하는 것은 역효과임이 분명했다. 그렇다면 거짓으로라도 가부라기에게 응석을 부리고 친절하게 대하고 타협을 해야 했는지도 모른다. 포프가 반한 것은 유이치의 정신적 잔혹함이며, 그것을 보이면 보일수록 그의 상상력은 격렬한 자극을 얻어 그 집착이 더욱더 심해졌기 때문이다.

레스토랑을 나서는데 노부타카가 유이치의 팔에 슬쩍 팔짱을 꼈다. 경멸을 느끼며 유이치는 그가 하는 대로 내버려뒀다. 그때 스쳐 지나간 젊은 연인도 팔짱을 끼고 있었다. 학생처럼 보이는 남자가 여자의 귓가에 속삭이는 소리가 들렸다.

"저 사람들, 분명 동성애야."

"어머, 징그러."

유이치의 볼은 수치심과 분노로 달아올랐다. 노부타카의 팔을 뿌리치고 외투 주머니에 양손을 찔러 넣었다. 노부타카는 아무렇지 않았다. 그런 말들에는 이미 익숙했기 때문이다.

'저놈들! 저놈들!' 미청년은 이를 갈았다. '대실 삼백오십 엔짜리 여관에 들어가서 천하에 거리낄 것 없이 둘이 핥고 빠는 놈들! 잘 해봐야 쥐의 둥지 같은 사랑의 보금자리나 만드는 놈들! 잠에 취한 멍청한 눈으로 꾸역꾸역 애들을 늘려가는 놈들! 일요일 백화점 세일에 아이들을 끌고 외출하는 놈들! 죽을 때까지 건전한 가정과 건전한 도덕과 식견과 자기만족을 자랑으로 삼는 놈들!'

그러나 승리는 언제나 평범함에 손을 들어준다. 유이치는 자신이 할 수 있는 최대한의 경멸이 그들의 **자연스러운** 경멸을 이길 수 없다는 사실을 알고 있었다.

가부라기 노부타카가 아내의 생존에 축배를 들기 위해 유이치를 데리고 나이트클럽에 가는 시간이 아직 일렀다. 두 사람은 영화관에서 시간을 때웠다.

영화는 미국 서부극이다. 황갈색 벌거숭이 산 사이로 말 탄 사나이가 말 탄 악한의 무리에게 쫓긴다. 주인공은 샛길을 가로질러 산 정상 바위틈에서 추적자들을 저격한다. 총에 맞은 악한은 경사면을 굴러 떨어진다. 선인장이 무리지어 서 있는 저쪽 공터에 비극적인 구름이 빛나고 있다. ……두 사람은 말없이 가늘게 입을 벌리고 이 의심할 여지없는 **행위**의 세계에 빠져들었다.

영화관을 나오자, 봄밤 열 시의 거리는 서늘했다. 노부타카는 택시를 잡아타고 니혼바시로 가자고 했다. 오늘 밤은 니혼바시의 유명 문구점 지하실에서 아침 네 시까지 철야영업 하는 나이트클럽의 개점식이 있었다.

지배인은 턱시도를 입고 접수대에서 초대 손님들을 맞으며 인사를 했다. 거기까지 가서 유이치가 깨달은 것은 지배인과 오랜 친구인 노부타카가 오늘 밤 마음껏 술을 마실 거라는 사실이었다. 오늘 밤의 축배는 모두 무료였다.

소위 명사들이 가득 와 있었다. 가부라기 노부타카가 뿌려대는 동양해산 명함이 유이치의 마음을 서늘하게 했다. 화가가 있고, 문인이 있었다. 슌스케가 말한 모임이 이거였나 생각했지만, 당연히 그의 모습은 보이지 않았다. 떠들썩한 연주는 끊이지 않았고 많은 사람들이 춤을 췄다.

개점 행사를 위해 모여든 여자들은 새로 맞춘 옷을 입고 들떠 있었다. 산속 오두막 같은 실내 장식에 그녀들의 이브닝드레스는 너무도 어울리지 않았다.

"밤새 마시지 않을래?" 유이치와 춤을 추던 아름다운 여자가 말했다. "당신이 저 사람 비서라죠? 떼어 버려요, 저런 사람, 회장이면 다야, 잘난 척하는 꼴 역겨워. 우리 집에 재워줄 테니까 점심때쯤 일어나요. 계란요리 만들어줄게. 당신은 아직 철부지니까 계란말이가 좋으려나?"

"난 오믈렛을 좋아해."

"오믈렛? 아이, 귀여워라."

술 취한 여자가 유이치에게 키스했다.

자리로 돌아왔다. 노부타카가 진 두 잔을 들고 기다리고 있었다.

"자, 축배를 들자."

"뭣 때문에?"

"가부라기 부인이 건재함을 축하하자는 거지."

의미심장해 보이는 이들의 건배를 여자들은 호기심 어린 눈빛으로 탐색했다. 유이치는 컵 속에 얼음과 함께 떠 있는 레몬을 봤다. 둥글게 잘린 그 얇은 조각에 여자의 것인 듯 보이는 머리카락 한 가닥이 얽혀 있었다. 눈을 감고 남은 술을 전부 비웠다. 가부라기 부인의 머리카락처럼 여겨졌던 것이다.

가부라기 노부타카와 유이치가 그곳을 나온 시각은 새벽 한 시였다. 노부타카는 택시를 잡으려 했다. 유이치는 아랑곳하지 않고 저벅저벅 걸었다. 토라졌군. 사랑하는 이는 생각했다. 결국은 함께 잠자리를 할 거라는 건 알고 있다. 그게 아니면 여기까지 쫓아올 리가 없다. 아내가 없을 땐 녀석을 집으로 데려가는 게 공공연히 허락된 일이니.

유이치는 뒤도 돌아보지 않고 니혼바시 교차로로 재바르게 발걸음을 옮겼다. 노부타카는 쫓아와 매달리며 고통스러운 듯 숨을 헐떡였다.

"어디 가나."

"집에 갑니다."

"어린애처럼 굴지 말게."

"제게는 가정이 있습니다."

막 다가온 택시를 잡은 노부타카는 차문을 열고 유이치의 팔을 당겼다. 완력은 청년이 더 셌다. 팔을 빼낸 유이치가 멀찌감치 떨어져서 말했다.

"혼자 들어가시면 되겠군요."

두 사람은 잠깐 사이에 서로를 노려봤다. 노부타카는 단념하고 중얼중얼 불평을 늘어놓는 운전수의 면전에서 다시 차문을 닫았다.

"조금 걸으며 이야기할까. 걷는 동안 취기도 가실 걸세."

"저도 할 얘기가 있습니다."

사랑하는 사람의 마음은 불안으로 고동쳤다. 두 사람은 인적 없는 밤거리를 구두소리 울리며 한동안 걸었다.

전차가 다니는 큰길에는 아직도 손님을 찾아 돌아다니는 빈차가 오갔다. 골목길 안으로 들어서니 깊은 밤 도심의 견고한 정적이 내려 있다. 두 사람은 어느 틈엔가 N은행 뒷길을 걷고 있었다. 동그란 가로등 불빛이 형형히 밝아 어두운 은행 건물이 장대한 능선을 이루며 솟아올라 있다. 숙직하는 사람들을 빼면 이 거리의 주인들은 사라지고 남은 것은 질서정연하게 쌓인 돌뿐이었다. 창문이란 창문은 모두 철책 속에 암담하게 닫혀 있었다. 흐린 밤하늘 멀리 천둥이 치고 바로 옆 은행에 늘어선 원기둥에 희미하게 번개가 비쳤다.

"할 얘기란 게 뭔가."

"헤어지고 싶습니다."

노부타카는 대답이 없었다. 한동안 구둣발 소리만이 넓은 길 주위에 메아리쳤다.

"갑자기 무슨 소린가."

"때가 됐습니다."

"자네 멋대로 그런 생각이 든 건가?"

"객관적인 생각이죠."

이 '객관적'이라는 말이 갖는 유치함에 노부타카는 웃음을 터뜨렸다.

"나는 헤어질 수 없네."

"맘대로 하시죠. 제가 안 만나면 그만입니다."

"……있잖나, 유우쨩. 자네를 사귀면서 그토록 바람둥이였던 내가 단 한 번도 바람을 피우지 않았어. 나는 자네 하나만 바라보고 산다네. 추운 밤 자네 가슴에 이는 두드러기, 자네 목소리, 게이 파티 여명에 밝아오던 자네 옆얼굴, 자네의 포마드 냄새, 그것들이 모두 사라진다면……."

'그렇담 똑같은 포마드를 사서 시시때때로 맡으면 될 일을.'

유이치는 속으로 중얼거리며 자기 어깨에 기대오는 노부타카를 귀찮게 여겼다.

정신을 차려보니 두 사람 앞에 강이 있었다. 한데 묶어둔 보트 여러 척이 쉼 없이 둔탁한 마찰음을 냈다. 저편 다리 위에서 자전거 헤드라이트가 다가오며 담대한 그림자를 드리웠다.

두 사람은 몸을 돌려 다시 걸었다. 흥분한 노부타카는 끝없이 수다를 떨었다. 그의 다리에 차인 무언가가 가볍고 건조한 소리를 내며 굴러갔다. 백화점 봄맞이 세일 장식에 쓰인 벚나무가지 조화 하나가 처마에서 떨어져 있었다. 더러워진 종이 벚꽃은 쓰레기 소리밖에 내지 않았다.

"정말로 헤어질 셈인가? 진심이야? 유우쨩, 우리의 우정이 진짜로 여기서 끝장인 건가?"

"우정이라니, 우습군요. 우정이라면 같이 잘 필욘 없겠지요. 앞으로도 그저 친구로 남는다면 사귀어드리죠."

"……."

"그것 보십시오, 그건 싫지요."

"……유우쨩, 부탁이니, 날 외톨이로 만들지 말아줘. ……." 두 사람은 어두운 골목으로 들어섰다. "……뭐든 자네 좋을 대로 해줄게. 난 뭐든 하겠어. 여기서 자네 구두에 키스하라고 한다면 그리 하겠네."

"연기는 집어치우십시오."

"연기가 아니야. 진심이라네. 연기가 아니야."

그의 말이 옳다고 한다면 이런 거대한 연극 속에서만, 노부타카 같은 남자는 본심에 도달하는지도 몰랐다. 쇼윈도에 셔터가 내려진 과자가게 앞에서 노부타카는 보도 위에 무릎을 꿇었다. 유이치의 다리를 껴안고 그 구두에 키스했다. 구두약 냄새가 그를 황홀하게 했다. 가볍게 먼지가 쌓인 구두코에도 키스했다. 한술 더 떠 외투의 버튼을 풀고 유이치의 바지에 키스하려 했다. 유이치는 올가미처럼 자신의 정강이를 옭죄려 드는 포프의 손을 허리 숙여 강제로 풀어냈다.

어떤 두려움이 유이치를 사로잡았다. 그는 내달렸다. 더는 노부타카도 뒤쫓지 않았다.

  일어서서 먼지를 털었다. 흰 손수건을 꺼냈다. 입가를 닦았다. 손수건에 구두약이 조금 묻어났다. 노부타카는 이미 이전의 노부타카로 돌아와 있었다. 예의 차곡차곡 태엽을 감은 뒤 움직이는 듯한 거만한 걸음걸이로 걸어나가기 시작했다.

  길모퉁이에서 택시를 잡는 유이치의 자그마한 모습이 보였다. 차가 움직였다. 가부라기 백작은 날이 밝을 때까지 혼자 걷고 싶었다. 그의 마음은 유이치의 이름이 아니라 부인의 이름을 불렀다. 그녀야말로 파트너. 악행의 파트너를 넘어서 재앙의, 절망의, 비탄의 파트너다. 노부타카는 혼자 교토로 떠날 채비를 했다.

21장

늙은 추타

 봄은 요즘 들어 완전히 제 궤도에 올랐다. 비가 많이 내렸지만 맑은 날은 대체로 따뜻했다. 한번은 이상하게 살을 엘 듯 추운 날이 있어서 한 시간 정도 진눈깨비가 내렸을 뿐이다.
 가와타가 슌스케와 유이치를 매 요릿집으로 초대한 날이 다가오면서, 슌스케의 기분은 한집에 사는 하녀나 서생도 주체할 수 없을 정도로 심히 언짢아졌다. 하녀나 서생뿐만이 아니다. 하룻밤 요리를 위해 불려온 숭배자 요리사도, 보통 때 같으면 손님이 떠난 후 친근하게 요리 솜씨를 칭찬하고 노고를 치하하며 술잔을 주고받았을 사람이 인사도 없이 이층 서재에 틀어박히는 걸 보고 놀랐다.
 가부라기가 왔다. 교토로 떠난다는 인사와 함께 유이치에게 줄 기념물을 맡기기 위해서였다. 슌스케는 시큰둥하게 응대하며 그를 내쫓았다.
 슌스케는 몇 번이나 가와타에게 전화를 걸어 거절하려 했지만 하지 못했다. 왜 못하는지는 슌스케 자신도 알지 못했다.

'전 그저 몸을 맡겼을 뿐입니다.'

유이치의 이 말이 슌스케를 떠나지 않았다.

가와타를 만나기 전날 밤 슌스케는 밤을 새워 일을 했다. 새벽에 지친 그는 서재 구석 작은 침대에 몸을 누였다. 늙은 무릎을 구부리고 잠을 청하는데 문득 격렬한 통증에 사로잡혔다. 오른 무릎은 최근 들어 빈번한 발작을 일으켰기에 약이 필요했다. 진통제 파비날, 다시 말해 모르핀 분말이다. 협탁 위에 놓인 물로 약을 삼켰다. 통증이 가라앉으면 오히려 정신이 맑아져 잠이 안 온다.

침대에서 일어나 다시 책상 앞으로 갔다. 한번 끈 가스난로에 불을 지폈다. 책상은 기괴한 가구다. 소설가는 일단 책상 앞에 앉으면 그 기괴한 힘에 이끌려 옴짝달싹 못 하게 된다. 그러면 몸을 빼기가 쉽지 않다.

히노키 슌스케는 요즘 철지나 피는 꽃처럼 얼마간 창작 충동이 되살아났다. 그는 괴기스럽고 광기 어린 두세 편의 단편적인 작품을 썼다. 남북조시대를 재현한 시대극인데 죄인의 목을 매달고, 사원이 불타오르고, 절에서 동자에게 신탁을 내리고, 덕성이 지극한 고승이 궁녀에게 사랑에 빠지는 등 아라베스크한 분위기를 풍기는 이야기였다. 또 고대 가구라우타*의 세계를 고대 그리스의 '이오니아식 우수'에 빗댄 《봄날조차》라는 장문의 수필은 엠페도클레스가 말한 '재앙의 목장'을 닮은 현실사회의 역설적인 지지를 얻었다.

---

* 신을 모시기 위해 일정 기간 처러지는 전통 행위인 가구라가 연행될 때 부르는 노래.

……슌스케는 붓을 놓았다. 불쾌한 망상에 사로잡힌 탓이다. '나는 어째서 수수방관하는가. 어째서…….' 노작가는 생각했다. '비겁하게 이 나이에 추타 역을 자청할 셈인가. 어째서 거절의 전화를 걸지 않나. ……그것도 생각해보면 그때 유이치가 자진해서 승낙을 했기 때문이다. 그뿐이 아니다. 이미 가부라기는 유이치와 헤어졌다. ……결국 나는, **유이치가 누구의 것도 아니라는 사실이 두려웠던 것이다.** ……그렇다면 내가 왜? 아니 그럴 리 없다. 나는 결코 아니다. 거울을 제대로 들여다보지도 못하는 나는 아니다. ……게다가 ……작품은 단연코 작가의 것이 아니다.'

여기저기서 닭 울음소리가 들려왔다. 목청이 터질 듯한 소리였다. 새벽의 어둠 속에 닭들의 붉은 입안이 보일 듯하다. 개들도 여기저기서 맹렬히 짖었다. 한 사람씩 포승줄에 묶인 도적떼가 수치심에 이를 갈며 서로를 부르는 듯하다.

슌스케는 창가의 장의자에 앉으며 담배를 물었다. 골동품 도자기와 아름다운 중국인형 수집품은 여명이 밝아오는 창가를 냉담하게 둘러싸고 있었다. 그는 칠흑 같은 정원수와 자줏빛 하늘을 보았다. 잔디밭을 내려다봤을 때, 하녀가 도로 넣어두는 것을 잊어버린 등나무 의자가 잔디밭 중앙에 비스듬히 놓여 있는 것을 발견했다. 아침은 저 오래된 황갈색 장방형 등나무 의자 위에서 태어났다. 노작가는 몹시 피로했다. 아침안개 속에서 점차 밝아오는 정원 등나무 의자는 그를 비웃으며 멀리 떠 있는 휴식, 그에게 긴 유예를 강요하는 죽음처럼 보였다. 담배가 다 타들어갔다. 찬바람을 무릅쓰고 창문을 열어 꽁초를 던졌다. 등나무 의자에는 닿지 않았다. 키 작은 나무 이파리로 떨어졌다. 한 점 불이 한동안 살구색으로 빛났다. 그는 아래층 침실로 내려가 잠을 청했다.

저녁나절, 유이치는 일찌감치 슌스케의 집에 도착해 가부라기 노부타카가 며칠 전 방문했었다는 말을 전해 들었다.

노부타카는 여관에 집을 팔고 곧바로 교토로 떠났다. 유이치가 다소 맥 빠진 기분이 들었던 건 노부타카가 유이치에 대한 언급 없이, 회사 불경기로 교토 산림청 일자리라도 찾아보겠다는 말만 하고 떠났기 때문이었다. 슌스케는 노부타카가 남긴 기념품을 유이치에게 건넸다. 청년이 노부타카의 것이 되던 그날 아침, 재키에게서 가로챈 캐츠아이반지였다.

"그럼" 하고 슌스케는 자리에 앉았다. 수면부족에서 오는 기계적인 쾌활함이다. "오늘 밤은 내가 자네를 따라가겠네. 주빈이 내가 아니라 자네라는 건 요전에 가와타의 눈빛을 보면 알 수가 있지. 그나저나 그땐 참 통쾌하더군. 우리 사이를 완전히 의심했으니까."

"그렇게 놔두십시오."

"아무래도 요즘엔 내가 꼭두각시고 자네가 조종하는 쪽 같아."

"하지만 가부라기 부부는 말씀대로 깨끗이 정리하지 않았습니까."

"우연의 은총으로 말이지."

가와타의 자동차가 도착했다. 두 사람이 요릿집에서 기다리는데 잠시 뒤 가와타가 왔다.

가와타는 방석에 앉자마자 아주 편한 자세를 취했다. 지난번 같은 거북함은 조금도 없었다. 직업이 다른 인간 앞에서 우리는 이런 느긋한 자세를 취하고자 한다. 가와타는 옛 스승이라 할 수 있는 슌스케 앞에서, 이미 청년시절 지닌 문학적 감수성을 상실하고 그 대신 얻은 실업가로서의 야만성을 과장되게 드러내고 싶었다. 오래전 배운 프랑스 고전에서 장 라신의 작품《페드르》와《브리타니퀴스》이야기를 일부러 뒤섞어 잘못된 기억을 말하면서, 슌스케의 지식을 시험하기도 했다.

그는 파리국립극단 코미디 프랑세즈에서 본《페드르》이야기를 꺼냈다. 프랑스 고전극에 등장하는 우아한 이폴리트보다는, 여자를 싫어하는 그리스신화 속 히폴리토스에 가까웠던 청년의 청순한 아름다움을 추억했다.* 자아의식이 깃든 이런 의견을 장황하게 늘어놓은 건 자신에게 소위 문학적 부끄러움 따위가 없다는 걸 보여준 것이리라. 그러더니 유이치를 돌아보며 젊을 때 꼭 한번 외국여행을 다녀오라고 조언했다. 누가 그걸 시켜주겠는가? 가와타는 유이치를 계속해서 조카님이라고 불렀는데, 슌스케가 지난번에 준 언질을 그렇게 이용했다.

이곳에서는 화로 철판을 각자 하나씩 앞에 두고, 목에 흰 앞치마를 걸고서 손님이 손수 고기를 구웠다. 꿩 술에 취해 발그레해진 슌스케의 얼굴과 기묘한 앞치마를 목에 두른 모습이 무척 우스꽝스

* 그리스신화에 등장하는 히폴리토스는 의붓어머니 파이드라의 사랑 고백을 거절했다가 모함에 빠져 죽고 만다. 이런 내용을 담은 고대그리스 비극시인 에우리피데스의《히폴리토스》를 프랑스의 극작가 장 라신이 각색해 1677년 발표한 것이《페드르》다. 프랑스어로 페드르, 이폴리트는 그리스어로 각각 파이드라, 히폴리토스다. 원작의 히폴리토스는 여성에게 큰 관심을 보이지 않지만, 라신의 이폴리트는 적의 공주를 사랑하여 페드르의 분노를 산다.

러웠다. 슌스케는 유이치와 가와타의 얼굴을 번갈아 보았다. 이렇게 될 줄 뻔히 알면서 유이치와 함께 넙죽 그를 찾아온 자신의 마음을 이해할 수 없었다. 다이고지 절에서 책을 봤을 때, 늙은 고승에 자신을 빗대는 게 너무 괴로워 오히려 중매를 선 추타가 되겠다는 마음이 표출된 것일까. '아름다운 것은 언제나 나를 겁약하게 만든다'고 슌스케는 생각했다. '그뿐 아니다. 때로는 나를 비열하게 한다. 어째서일까. 아름다움이 인간을 고매하게 만든다는 건 미신이었나?'

가와타가 유이치의 취직 이야기를 꺼냈다. 유이치는 처가의 식객이 됐으니 앞으로 평생 장인 앞에서 고개를 못 들고 살 거라고 반쯤 농담으로 대답했다.

"당신한테 아내가 있다고?"

가와타가 비통한 목소리로 외쳤다.

"괜찮네, 가와타 군." 노작가는 저도 모르게 말을 꺼냈다. "괜찮아, 이 청년은 이폴리트야." 다소 제멋대로인 이 말뜻을 가와타는 금세 알아챘다.

"그렇담 다행이군. 이폴리트라면 믿음직해. 자네 취직문제는 미흡하지만 내가 돕고 싶네."

식사가 경쾌하게 다 날라져 왔다. 슌스케마저 쾌활한 기분이 들었다. 유이치를 보는 가와타의 시선이 욕망으로 가득한 걸 보자 기묘하게도 자랑스러운 맘이 생겼다.

가와타는 종업원들을 물렸다. 아무에게도 말하지 않았던 과거를 말하고 싶었고, 슌스케에게 그 얘길 할 때가 오기를 은근히 기다리고 있었던 것이다. 이야기란 이런 것이었다. 그가 이제껏 독신으로 살아온 데는 남다른 고심이 있었다. 이 때문에 베를린에서는 태연히 남을 속여야 했다.

귀국할 날이 다가오던 날, 그는 겉보기에도 저급한 창녀를 데려와 코를 막으며 동거를 했다. 부모님에게 결혼을 허락해달라는 편지를 썼다. 선대 가와타 야이치로는 사업상 볼일도 볼 겸 아들의 여자를 만나러 독일로 갔다. 그리고 여자를 보고는 깜짝 놀랐다.

아들은 같이 못 살게 하면 죽어버릴 거라며 상의 안주머니에 있는 권총을 슬쩍 보였다. 여자는 여전히 그 사람이었다. 선대 야이치로는 기민하게 일을 처리하는 사람이었다. 이 순수한 독일의 진흙탕 속 꽃 한 송이에게는 돈을 쥐어주며 체념하도록 설득하고, 아들의 손을 잡아끌다시피 하여 함께 배를 타고 일본으로 돌아왔다. 아들이 갑판을 걸을 때, 속이 타는 아버지는 한시도 그 곁을 떠나지 않았다. 아버지의 눈은 항상 아들의 바지춤 근처에 머물러 있었다. 바다로 뛰어들려고 하면 거길 잡아챌 작정이었다.

일본으로 돌아온 뒤 아들은 아무리 혼담이 들어와도 들은 척도 하지 않았다. 독일여성 코넬리아를 못 잊는 것처럼 보였다. 책상 위에는 늘 코넬리아의 사진이 있었다. 사업면에서는 독일식으로 냉혹하고 근면한 실업가였는데, 생활면에서도 마찬가지로 순전히 독일식 몽상가인 척했다. 그러면서 독신을 고집했던 것이다.

가와타는 자신이 경멸하는 이에게 가짜로 자신을 꾸며대는 일에 강한 쾌감을 느꼈다. 낭만주의와 습관적 몽상은 그가 독일에서 발견한 가장 시시한 것 가운데 하나였지만, 여행자가 원래 변덕스럽게 물건을 사듯 이 찢어지기 쉬운 무도회용 종이 모자와 가면을 심사숙고해서 사들였던 것이다. 노발리스식 감정의 정결함, 내부세계의 우위성, 그 반동에서 태어나는 실제생활의 무미건조, 비인간적인 의지력, 이것들이 걸맞지 않는 연령에 이르기까지 그는 거뜬히 연기해냈고, 거짓된 생각의 그림자 아래서 생활했다. 아마도 가와타의 안면신경통은 이런 부단한 내면의 배신에서 싹텄으리라. 결혼 이야기가 나올 때마다 그는 익숙하게 비통한 표정을 연기했다. 누구도 그의 눈빛이 코넬리아의 환영을 쫓고 있음을 믿어 의심치 않았다.

"저는 이 부근을 보고 있었던 겁니다. 마침 저 나무기둥 근처를." 하고 그는 술잔 든 손으로 어딘가를 가리켰다. "어떻습니까, 지나간 추억을 쫓고 있는 사람 눈처럼 보이죠."

"아쉽지만 안경이 반짝거려서 젤 중요한 눈이 보이지 않는군."

가와타는 안경을 벗고 눈을 칩떠보였고 슈스케와 유이치는 박장대소했다.

코넬리아는 그러나 이중의 추억이었다. 가와타는 우선 추억을 연기하며 코넬리아를 기만한 뒤, 다음에는 스스로 코넬리아의 추억이 되어 사람들을 기만했기 때문이다. 자신의 전설을 만들기 위해, 코넬리아는 반드시 존재해야 했다. 사랑받지 못한 채 존재한 여자라는 관념이 그의 마음에 일종의 허상을 투영해, 그 존재와 목숨이 다할 때까지 붙어 있어야 하는 이유를 어떻게든 대지 않을 수 없었다. 그녀는 그에게 있을 법한 다양한 생의 총칭이 되어, 그의 현실 생활을 머나먼 곳으로 초월시키는 부정적인 힘의 화신이 되었다. 지금은 가와타 자신도 그녀가 못생기고 비루했다는 사실이 믿기지 않고, 어마어마하게 아름다운 여자라고밖에 여겨지지 않았다. 그리하여 선대가 죽자마자 작심하고 코넬리아의 사진을 태워버렸다.
 ……이 이야기는 유이치를 감동시켰다. 감동이라기보다 도취시켰다. 코넬리아는 분명 존재한다! 주석을 덧붙이자면, 청년은 존재의 부재로 인해 세상 무엇보다 아름다워진 가부라기 부인을 떠올리고 있었다.

 ……아홉 시였다.
 가와타 야이치로는 앞치마를 벗더니 단호한 몸짓으로 시계를 보았다. 슌스케는 어렴풋이 전율했다.
 이 노작가가 속물 앞에 비굴해졌다고 생각해선 안 된다. 유이치가 정체 모를 무력감에 휩싸여 있다는 걸 슌스케가 느끼고 있다는 건 앞서 말한 대로다. "그럼" 하고 가와타가 운을 떼며 말했다. "오늘 밤 저는 가마쿠라에 묵겠습니다. 고후엔에 숙소를 잡아뒀어요."
 "그렇습니까." 슌스케는 입을 다물었다.
 유이치는 눈앞에 주사위가 던져졌다고 느꼈다. 여자를 찾을 때는 우회로로 돌아 은근한 작법을 쓰지만, 남자를 찾는 경우는 다른 형태를 취한다. 이성애의 저 무한한 곡절 끝에 다가오는 위선적 쾌락이 남자들 사이에서는 불가능했다. 만약 가와타가 유이치를 욕망한다면 오늘 밤 안에 유이치의 육체를 탐하는 것이 가장 올바른 방법이다. 이 나르시스는 일말의 매력도 느껴지지 않는 중년과 노년의 두 남자가 자기 앞에서 사회적 직분을 잊고 오직 그에게 매달리며, 손톱만큼도 그의 정신을 문제 삼지 않고 그의 육체만을 지상의 과제로 삼고 있다는 걸 알아차렸다. 이런 경우 여자가 느끼는 관능적 전율과 별개로, 자신에게서 독립한 육체를 제2의 육체가 경탄하고, 정신은 제1의 육체를 유린하고 모독하면서, 매우 독특한 쾌락을 발견하게 된다. 경탄스러운 육체에 매달려 균형을 유지하는 것이다.

"난 원래 뭐든 확실히 말하는 성격이니 너무 언짢아 마십시오. 유이치 군이 진짜 조카는 아니시지요?"

"진짜 조카? 그렇지 진짜는 아니지. 하지만 진짜 친구란 건 있어도 진짜 조카라는 말이 있을지 모르겠군."

슌스케는 작가답게 성실히 대답했다.

"하나 더 묻겠습니다만, 선생은 유이치 군과 그저 친구 사이입니까? 아니면……."

"애인이냐고 묻는 건가. 이보게, 난 이미 연애를 할 수 있는 나이가 아니야."

두 사람은 거의 동시에, 접어둔 앞치마를 한 손에 쥔 채 엉뚱한 방향으로 담배를 피우며 책상다리로 앉아 있는 한 청년의 아름다운 속눈썹을 흘끔거렸다. 어느새 유이치의 그 자태에는 무뢰한의 아름다움이 갖추어 있었다.

"그럼 안심입니다." 가와타는 일부러 유이치 쪽을 보지 않고 말했다. 이때 뺨에 두껍고 진한 연필로 난폭하게 선을 긋듯 경련이 일었다. "그렇다면 다 털어놓을까요. 오늘은 이런저런 이야기로 정말 유쾌했습니다. 앞으로 적어도 한 달에 한 번은 이 멤버로 비밀 회합을 갖고 싶군요. 여기 말고 더 좋은 모임 장소가 있는지 물색해두겠습니다. 르동에서 만난 놈들은 아무튼 말이 안 통해서 이런 수다를 떨 기회가 없었어요. 베를린의 뒷골목 바에는 일류귀족, 실업가, 시인, 소설가, 배우가 다 모여 있었는데……." 이 나열은 정말이지 그 사람다웠다. 말하자면 이런 무의식의 배열 속에 그 자신은 단순히 연기를 하는 중이라고 완전히 믿고 있는 독일파의 시민적 교양이 꽤나 정직하게 드러나 있었다.

요릿집 문 앞 어둠 속, 넓지 않은 언덕길에 자동차 두 대가 서 있었다. 한 대는 가와타의 캐딜락62고 한 대는 대절택시다.

밤바람은 아직 차고 하늘은 흐렸다. 이 근방은 전쟁으로 불탄 뒤 새로 지어진 집이 많아서, 무너진 담벼락을 함석판으로 덮어둔 돌담에 이어 기묘하게 생긴 새 울타리가 둘러 있었다. 어스레한 가로등 불빛이 비친 거친 나무판자 색이 산뜻, 하다기 보다는 요염했다.

슌스케 혼자 장갑을 끼느라 주춤거렸다. 삼엄한 표정으로 가죽장갑을 끼는 노인을 앞에 두고 가와타의 맨손이 가만히 유이치의 손가락에 닿으며 장난을 쳤다. 세 사람 중 누가 고독하게 홀로 차를 탈지 정해야 하는 순간이 왔다. 가와타는 인사하며 당연하다는 듯 유이치의 어깨에 손을 얹고 자기 차로 끌어당겼다. 슌스케는 굳이 쫓아가지 않았다. 아직 기대하는 부분이 있었기 때문이다. 그러나 유이치는 가와타가 재촉하는 대로 벌써 캐딜락 발판에 한쪽 구두를 올리고 돌아보며, 쾌활한 목소리로 이렇게 말했다.

"자, 선생님. 그럼 저는 가와타 씨와 동행할 테니 죄송하지만 아내에게 전화 좀 부탁드리겠습니다."

"선생 댁에 신세지는 걸로 하면 되겠군." 가와타가 말했다.

배웅을 하러 나온 여주인이, "신사 분도 고생이 이만저만 아니네." 하고 말했다.

그렇게 슌스케 혼자 대절택시 손님이 됐다.

거의 몇 초 사이에 일어난 일이었다. 거기까지 가는 경과의 필연은 명료했는데, 막상 일이 벌어지고 보니 돌발적이라는 인상밖에 주지 않는 사건이었다. 유이치가 무슨 생각을 하는지, 어떤 기분으로 가와타와 동행하는지, 슌스케는 도무지 알 수 없었다. 어쩌면 그저 아이 같은 마음으로 가마쿠라까지 드라이브를 즐기고 싶었는지도 모른다. 단 하나 명료한 것은 다시금 그를 빼앗겼다는 점이었다.

대절택시가 구시내의 낡은 상점가를 빠져나갔다. 은방울꽃 모양의 전등이 획획 눈에 스쳤다. 아름다운 청년을 생각하며 노작가는 한층 더 미적인 것 속에서 길을 잃었다. 행위는 사라지고 모든 것은 정신으로, 단순한 그림자·단순한 비유로 환원됐다. 유이치야말로 정신 그 자체, 말하자면 육체의 비유였다. 언제쯤이면 이 비유에서 벗어날 수 있을까? 아니면 이 숙명을 감수해야 하나? 이 세상에 존재하면서 죽어가야만 한다는 신념을 관철해야 하나?

……나이 든 추타의 마음은 고뇌로 가득 차 있었다.

22장
유혹자

집으로 돌아온 슌스케는 곧장 유이치에게 편지를 썼다. 오래전 불어 일기를 썼을 때의 정열이 되살아나, 편지 구석구석에 저주가 넘쳐흐르고 증오가 용솟음쳤다. 물론 아름다운 청년을 향한 증오는 아니다. 슌스케는 새삼 여음에 대한 끝없는 원망에 당장의 분노를 전가시켰다.

그사이 조금씩 냉정을 되찾고는, 이런 장황하고 감정적인 편지에 설득력이 결여돼 있다는 사실을 깨달았다. 이것은 연애편지가 아니다. 지령이다. 편지를 고쳐 쓴 뒤 봉투 끝 풀기 있는 부분을 젖은 입술로 문질렀다. 예리한 서양 종이에 입술을 베었다. 슌스케는 전신 거울 앞에 서서 손수건으로 입술을 문지르며 중얼거렸다.

"유이치는 분명 내 말을 따를 것이다. 반드시 이 편지에 적힌 대로 행동하겠지. 그것만은 자명해. 이 편지의 지령은 그의 욕망을 간섭하지 않으니. 그가 '욕망하지 않는' 부분은 아직 내가 쥐고 있다."

그는 심야의 실내를 하염없이 걸었다. 잠시라도 멈춰 서면 가마쿠라 숙소에 있을 유이치의 자태가 떠올라 견딜 수 없었기 때문이다. 눈을 감고 삼면거울 앞에 웅크리고 앉았다. 그의 눈길이 닿지 않은 거울에는 흰 이불 위에 똑바로 드러누워 베개를 치우고 다다미 위에 아름답고 무거운 머리를 댄 유이치의 나체가 비쳤다. 뒤로 젖혀진 목젖 부분이 희부연 것은 아마도 그곳에 드리운 달빛 때문이리라. ……노작가는 충혈된 눈을 들어 거울을 봤다. 잠자는 엔디미온*은 사라졌다.

＊
＊＊

유이치의 봄방학이 끝났다. 학교생활의 마지막 일 년이 시작되려 하고 있었다. 그의 학급은 구제도 교육 가장 마지막 세대였다.

대학 연못 부근 울창한 숲 바깥으로 육상경기장에 맞닿은 잔디 동산이 있었다. 아직 잔디는 옅게 푸를 뿐이고 날은 맑아도 바람은 찼지만, 점심시간이면 여기저기 잔디 위에 무리지어 있는 학생들 모습을 쉬 찾아볼 수 있었다. 야외에서 도시락을 펼치는 계절이 온 것이다.

그들은 아무렇게나 마음 가는 대로 드러눕기도 하고, 정좌를 하기도 하고, 잔디에서 뜯어낸 한 가닥 풀의 섬세한 연둣빛 심을 씹기도 하면서, 육상경기장을 달리는 근면한 선수들의 모습을 바라보

---

* 그리스신화에 나오는 미소년. 달의 여신 셀레네가 그에게 반해 더 이상 늙지 않도록 영원히 잠재웠다.

왔다. 한 선수가 도약했다. 그 순간 한낮의 작은 그림자가 모래 위에 고독하게 남겨져 당황하고 부끄러워 떨 듯이 놀랐다가 그림자의 주인인 공중의 육체를 향해 큰 소리로 이렇게 부르짖는 듯 보였다. "아이! 빨리 돌아와. 어서 내 위에 다시 군림해줘. 부끄러워 죽을 것 같으니. 지금 당장!"……선수는 그림자 위로 다시 돌아왔다. 그의 발뒤꿈치가 그림자의 발뒤꿈치와 꼭 붙었다. 햇살은 두루 빛나고 구름은 없었다.

양복 차림으로 풀밭에서 반쯤 상반신을 일으킨 유이치는 그리스어 연구에 열심인 문학부 학생으로부터 에우리피데스의 《히폴리토스》 줄거리를 듣고 있었다.

"히폴리토스는 그렇게 비극적인 최후를 맞았지. 동정을 지키고, 한 점 부끄러움 없이 결백하고 무고하게, 스스로 무고함을 믿어 의심치 않으며 저주로 인해 죽음에 이른 거야. 히폴리토스의 야심은 사소한 것이었어. 누구나 이룰 수 있는 희망이었지."

안경 낀 젊은 현학자는 히폴리토스의 말을 그리스어로 암송했다. 유이치가 그 뜻을 물으니 번역해 들려주었다.

"……저는 시합에서 다른 그리스인들을 물리치고 일인자가 되고 싶습니다. 그러나 마을에서는 이인자로 머물며 선량한 벗과 함께 오래오래 행복하게 살고 싶습니다. 진정한 행복은 오직 거기 있으니까요. 위험이 없다는 건 왕위를 뛰어넘는 기쁨을 줍니다……."

히폴리토스의 희망은 누구나 이룰 수 있는 것일까? 그럴 리 없다, 고 유이치는 생각했다. 그러나 더는 생각이 나아가지 않았다. 슌스케라면 더 나아가 이렇게 생각하겠지. 적어도 히폴리토스는 그 소박한 희망을 이루지 못했다. 그리하여 그의 희망은 순결한 인간적 욕망의 상징이 되어 눈부시게 빛났다, 라고.

유이치는 슌스케가 보낸 편지를 생각했다. 편지는 매력이 있었다. 거짓행동이긴 해도 어쨌든 행동지령이 적혀 있었다. 그뿐 아니라, (이는 슌스케에 대한 신뢰를 전제로 했으나) 그 행동에는 완전하고 아이러니하며 모독적인 안전판이 붙어 있었다. 모든 계획이 적어도 지루하지는 않았다.

'그래, 생각났어.' 젊은이는 속으로 혼잣말했다. '언젠가 내가 선생에게 거짓사상이나 무목적이라도 좋으니 무언가에 몸을 던지고 싶다고 말한 걸 기억하고 이런 계획을 세웠구나. 히노키 선생은 정말이지 귀여운 악당이군.' 유이치는 미소 지었다. 마침 잔디 동산 아래를 삼삼오오 지나가는 좌익 학생들도 결국은 유이치와 비슷한 충동에서 움직이고 있다고 생각했다.

한 시다. 시계탑 종이 울렸다. 학생들은 자리에서 일어나며 교복에 묻은 흙과 마른 잔디를 털어냈다. 유이치의 양복에도 봄날 가벼운 흙먼지와 자잘한 마른 잔디, 뜯긴 풀 따위가 붙어 있었다. 그걸 털어주던 친구는 유이치가 고급스러운 양복을 딱히 특별한 날 입는 정장이라는 생각 없이 편하게 입고 있다는 데 새삼 감탄했다.

친구들은 교실로 갔다. 교코와 약속한 유이치는 그들과 헤어져 교문 쪽으로 혼자 걸어갔다.

……전차에서 내리는 너덧 명의 학생 가운데 학생복 차림의 재키를 발견한 유이치는 깜짝 놀랐다. 타려던 전차를 놓쳤을 정도다.

두 사람이 악수를 나눴다. 유이치는 한동안 재키의 얼굴 한가운데를 멍하니 바라보았다. 모르는 사람은 그들이 그저 태평한 동급생 친구라고 생각하리라. 이 밝은 대낮의 빛 아래서 재키는 적어도 스무 살은 너끈히 감추고 있었다.

재키는 경악한 유이치를 보고 박장대소하며 가로수 그늘, 각양각색의 정치 전단물이 잡다하게 나붙은 대학교 벽 근처로 끌고 와 변장한 이유를 간단하게 설명했다. 재키는 한눈에 이쪽 젊은이들을 꿰뚫어볼 만큼 눈이 밝은데 오히려 그런 탓에 어설픈 모험은 식상했다. 유혹을 하더라도 상대방을 완전히 속이고, 동년배 친구라는 가면 아래서 상대방을 안심시키며, 서로 돈독하고 허물 없는 감정을 나누고 싶었다. 그리하여 재키는 가짜 학생 분장을 하고 젊은이들의 할렘을 향해, 멀리 오이소에서 낚시를 하러 나온 것이다.

유이치가 그의 젊음에 탄성을 내질렀기에 재키는 더욱 만족스러운 표정을 지었다. 왜 오이소에 놀러 오지 않느냐고 추궁하듯 말했다. 재키는 한손으로 가로수를 짚고 두 다리를 세련되게 포개며 무관심 그 자체라는 눈빛으로 벽에 붙은 선동 전단지를 손가락으로 두드렸다. 흠, 이십 년 전하고 달라진 게 없네. 늙음을 모르는 청년이 중얼거렸다.

전차가 와서 유이치는 재키와 헤어져 전차에 올랐다.

**

교코가 유이치를 만나기로 한 곳은 궁 안에 있는 국제 테니스 클럽하우스다. 교코는 정오까지 테니스를 쳤다. 옷을 갈아입고 식사를 한 뒤 테니스 동료들과 잡담을 나누었다. 그들이 돌아간 뒤 혼자 테라스 의자에 남아 있었다.

땀의 자취가 섞인 블랙 새틴 향수 냄새는 운동 후 달콤하고 나른한 기분과, 바람이 멎은 늦은 오후의 건조한 공기 속에 그녀의 상기된 뺨 주변으로 가벼운 불안을 피어 올렸다. 너무 많이 뿌렸나, 하고 그녀는 생각했다. 남색 핸드백에서 손거울을 꺼내 들여다봤다. 거울은 향수 냄새를 비추지 못했다. 그러나 그녀는 만족하며 거울을 가방 속에 넣었다.

봄에 어울리는 연한색 코트를 입지 않고 멋스런 취향에 일부러 꺼내 입은 네이비블루 코트가, 이 변덕스러운 주인의 부드러운 등을 의자 등받이의 꺼칠한 격자무늬에서 보호하고 있었다. 핸드백과 구두는 짙은 남색으로 맞추고, 안에 입은 옷과 장갑은 좋아하는 연어속살 핑크다.

호타카 교코에게는 이제 유이치를 사랑하는 마음이 조금도 남아 있지 않았다. 그 경솔한 마음에는 어떤 견실함도 미치지 못할 탄력이 있었으며, 그 가벼운 감정에는 어떤 정절도 미치지 못할 우아함이 있었다. 딱 한 번 마음 깊은 곳에서 꽤 성실한 자기기만의 충동이 돌연 타올랐다 꺼져갔는데, 그건 그녀 자신도 깨닫지 못한 채 지나갔다. 자신의 마음을 결코 들여다보지 않을 것, 이것이야말로 교코가 스스로 행하는 유일한 의무, 없어서는 안 되며 보호하기도 쉬운 의무였다.

'벌써 한 달 반이나 못 봤네.' 그녀는 생각했다. '다 어제 일 같은

데. 그동안 그이를 떠올린 적이 단 한 번도 없었어.'

……한 달 반. 교코는 무엇을 하며 지냈을까. 수많은 댄스. 수많은 영화. 테니스. 수많은 쇼핑. 남편과 함께 참석한 외무성 관련 다양한 파티. 미용실. 드라이브. 약간의 바람과 연애에 관한 쓸모없는 논쟁들. 가사일 도중에 떠오르는 수많은 상념과 수많은 변덕…….

예를 들어 무도회장 계단 벽에 걸려 있던 풍경화를 지난 한 달 반 사이에 현관 벽으로 옮겼다가 방으로 가져가고, 또 생각이 바뀌어 원래대로 무도회장 벽에 걸었다. 부엌을 치우다 쉰세 개의 빈병을 발견하고 그걸 골동품 장수에게 팔아서 그 돈에 조금 더 보태 큐라소 술병을 가공해 만든 스탠드 램프를 샀다가 금세 질려 친구에게 주고 답례로 쿠앵트로 한 병을 받았다. 또 키우던 셰퍼드가 전염병 디스템퍼에 걸려 죽었다. 입에 거품을 물고 사지를 와들와들 떨며 웃는 듯한 표정으로 죽었다. 교코는 세 시간을 내리 울고 이튿날 아침에는 잊어버렸다.

그녀의 생활은 이렇듯 세련된 **잡동사니**로 가득했다. 안전핀을 수집하는 병에 걸려 금박 세공한 칠기 문갑을 크고 작은 각종 안전핀으로 가득 채웠던 소녀시절부터 그랬다. 가난한 여자가 생활의 열의라고 부를 법한 것, 그것과 거의 비슷한 부류의 열의가 교코의 생활을 움직이고 있었다. 전자를 진지한 생활이라고 부를 수 있다면, 후자에도 불성실함과 털끝만큼도 모순되지 않는 진지함이 있었다. 가난을 모르는 진지한 생활이란, 어쩌면 한층 더 살 길을 찾기 어려운지도 모른다.

방 안으로 날아들어 창문을 찾지 못하고 미친 듯이 공중을 도는 나비처럼, 교코도 자기 삶 속을 침착하지 못하게 마구 날아다니고 있었다. 아무리 아둔한 나비라도 우연히 날아든 방을 자기 방이라고 생각하지는 않는다. 간혹 지쳐버린 나비는 숲을 그린 풍경화에 부딪혀 실신했다.

……이와 같이 교코가 종종 빠지는 실신상태, 멍하니 눈을 뜨고 있는 방심의 상태를 제대로 꿰뚫어보는 사람은 아무도 없었다. 남편은 '또 시작이군' 했다. 친구나 사촌들은 '또 길어야 반나절밖에 안 가는 연애에 빠졌나보네' 했다.

……클럽 전화벨이 울렸다. 출입문 경비가 미나미라는 사람에게 통행증을 넘겨줘도 되겠느냐고 묻는 전화였다. 교코는 곧 멀리 돌담 밖 소나무 그림자 아래로 걸어오는 유이치의 모습을 발견했다.
적당한 자존심을 가진 그녀는 청년이 약속시각에 늦지 않고 이렇게 불편한 장소로 찾아와준 것만으로도 완전히 만족해서, 유이치의 못된 짓을 용서하기 충분한 구실을 찾아냈다. 그러나 굳이 의자에서 일어나지 않고 윤기 나게 손질한 다섯 개의 손톱을 미소 띤 눈가에 올리고 살짝 인사했다.
"당신, 안 본 사이에 어쩐지 분위기가 바뀌었네."
반쯤은 유이치의 얼굴을 제대로 봤다는 구실로 건넨 말이었다.
"어떻게요?"
"글쎄, 약간 맹수 같은 면이 생겼어."
그 소리에 유이치는 크게 웃었고, 교코는 그 웃는 입에서 허옇게 드러난 육식동물의 이를 발견했다. 이전의 유이치는 보다 신비로웠고 보다 어른스러웠으며 어딘가 **확신이 부족한 듯** 보였다. 그런데 지금은 그가 소나무 그늘에서 햇살 속으로 곧장 걸어 들어왔을 때, 금빛으로 반짝이는 머리칼을 보았을 때, 스무 걸음쯤 앞에 서서 잠깐 이쪽을 보았을 때, 유연한 활력을 용수철처럼 포개고 의심스러운 눈초리를 번득이며 다가오는 젊고 고독한 사자처럼 보였던 것이다.

그에게는 갑작스럽게 뭔가 깨달아 상쾌한 바람 속을 달려온 사람과 같은 싱그러운 인상이 있었다. 아름다운 눈이 멈칫거림 없이 정면으로 교코를 응시했다. 시선은 비할 데 없이 다정했으며 아울러 무례했고, 간결하게 그의 **욕망**을 이야기하고 있었다.

'잠깐 못 본 사이에 많이 발전했네.' 교코는 생각했다. '가부라기 부인한테 훈련을 받은 게 분명해. 하지만 부인과 사이가 안 좋아져서 남편 비서직도 관뒀고 부인은 교토로 내려가버린 모양이니 수확은 모두 내 몫이 되겠네.'

돌담 너머 수로를 사이에 둔 도로의 자동차 경적은 들리지 않았다. 들리는 것은 튕긴 공이 끊임없이 라켓에 맞는 소리와 아양을 떠는 소리와 요란한 응원소리와 짧고 거친 웃음소리뿐이다. 그것만이 대기 속에 증발해 온통 가루를 칠한 듯 나른하고 불투명한 소리가 되어 때때로 귓가에 울렸다.

"유우짱, 오늘은 한가해?"

"네. 종일 괜찮습니다."

"……나한테 무슨 용건이야?"

"딱히. ……그냥 만나고 싶어서요."

"말은 참 잘해."

두 사람은 의논 끝에 영화나 식사나 댄스 같은 지극히 평범한 계획을 세우고, 그 전에 산책 삼아 궁을 멀리 돌아나가기로 했다. 니노마루 승마클럽 옆을 지나 마구간 뒷문에서 다리를 건너 도서보관실이 있는 산노마루를 올라 히라카와 문으로 나갈 셈이다.

발걸음을 옮기자 미풍이 불어와 교코는 뺨에 가벼운 열기를 느꼈다. 한순간 무슨 병이라도 걸린 게 아닐까 걱정했지만, 사실 이것은 봄이었다.

곁에서 걷는 유이치의 아름다운 옆모습이 교코는 자랑스러웠다. 그의 팔꿈치가 종종 교코의 팔꿈치에 가볍게 닿았다. 상대가 아름답다는 건 자기들 한 쌍이 아름답다는 가장 직접적인 근거다. 교코가 아름다운 청년을 좋아하는 것도 바로 이런 이유로, 자신이 아름답다는 사실을 알릴 대단히 안전한 담보라는 기분이 들기 때문이었다. 그녀가 한 걸음 뗄 때마다 단추를 채우지 않은 그녀의 우아한 프린세스 스타일의 짙은 남색 코트 속으로 선명한 진사의 광맥을 떠올리게 하는 연어속살 핑크 한 줄이 들여다보였다.

승마클럽 사무소와 마구간 사이에 평탄한 광장이 건조하게 펼쳐졌다. 한 군데 희미하게 먼지가 피어올랐다가 갑자기 기세가 꺾이며 사라졌다. 환영과도 같은 작은 회오리바람에 마음을 빼앗긴 두 사람이 그곳을 가로지르려는데, 깃발을 세우고 웅성거리며 사선으로 광장을 걸어오는 행렬과 마주쳤다. 시골 어르신의 행렬이었다. 전후 유족들이 궁궐 참관에 초대받은 것이다.

행렬은 완만한 속도로 나아갔다. 대부분 게다를 신고 깔끔한 전통 예복에 예스런 중절모를 쓰고 있었다. 허리 굽은 노인들의 벌어진 가슴팍 사이로 옷깃 속에 두른 수건이 떨어질 듯 튀어나와 있었다. 그렇지 않으면 봄인데도 목 언저리에 방한용 풀솜이 비어져 나와 촌스러운 솜의 광택이 햇볕에 그을린 목주름을 서서히 물들이고 있었다. 들리는 것은 지친 듯 땅을 끄는 게다나 조리 소리와 보행의 진동으로 부딪히는 틀니 소리뿐이다. 피로와 경건한 기쁨에 휩싸인 순례자들은 서로 거의 말을 하지 않았다.

그들을 스쳐지나려 했을 때, 유이치와 교코는 매우 당혹스러웠다. 노인들이 일제히 두 사람을 본 것이다. 눈을 내리깔고 있던 사람도 기척을 느끼고, 눈을 들어 두 사람을 보고는 시선을 떼지 않았다.

비난하는 기색은 전혀 없는, 더할 나위 없이 노골적인 시선. 주름과 눈곱과 눈물과 흰 별 배지와 탁한 혈관으로부터 가만히 교활하게 이쪽을 응시하는 검은 자갈 같은 눈동자들. ……유이치는 저도 모르게 발걸음을 서둘렀지만 교코는 태연했다. 오히려 교코가 더 정확하게 현실을 판단하고 있었다. 사실 그들은 교코의 아름다움에 경악했을 뿐이다.

순례자의 행렬은 궁내청 방면으로 완만히 굽이치며 지나갔다.

……마구간 옆을 지나 나무 그늘이 짙게 드리운 길로 들어섰다. 두 사람은 팔짱을 꼈다. 눈앞에는 살짝 비탈진 오르막길에 다리가 걸려 있고 언덕 주변으로 성벽이 둘러 있었다. 언덕 정상 근처 솔숲에 벚나무 한 그루가 있다. 벚꽃은 벌써 반 이상 피었다.

말 한 필이 끄는 궁정용 마차가 언덕을 질주해 두 사람 옆을 지나쳐 내려갔다. 말갈기가 바람에 나부껴 금색 국화 장식이 순식간에 두 사람의 눈앞을 스쳐갔다. 둘은 언덕을 올랐다. 산노마루 언덕에 오르니 비로소 돌담 너머로 마을 경관이 펼쳐졌다.

도심이 얼마나 신선해 보이는지! 반짝이는 자동차가 미끄러지듯 오가는 모습이 얼마나 발랄한 생기를 띠는지! 수로 멀리 니시키초에는 비즈니스 거리다운 오후의 변화함이 있었다. 기상대에 설치된 수많은 풍향계가 회전한다. 이 얼마나 사랑스럽고 성실한 모습인가! 공중을 지나는 바람에 귀를 기울이며, 온갖 바람에 교태를 부리며 게으름 피우지 않고 돌아간다.

두 사람은 히라카와 문을 나왔다. 아직 더 걷고 싶었기 때문에 수로 옆 보도를 한동안 걸었다. 교코는 이 여유로운 오후의 산책, 자동차 경적과 트럭의 진동이 느껴지는 이곳에서 그야말로 생활의 실감이라 할 만한 것을 맛봤다.

……이상한 말이지만 오늘 유이치에게서는 분명 '실감'이 느껴졌다. 교코는 이것이야말로 자신이 바라는 모습이라는 확신 같은 것이 들었다. 이 실감, 이 실질의 부여는 교코에게 유난히 중요했다. 이제껏 이 아름다운 청년은 관능성의 조각에서 나온 듯 보였기 때문이다. 예를 들어 준민한 눈썹, 깊고 우울한 눈, 훌륭한 콧마루, 앳된 입술은 교코의 눈에 언제나 기쁨을 선사했지만, 이런 조각의 나열에는 늘 **주제**가 결여된 듯한 기분이 들었다.

"당신은 아무리 봐도 부인이 있을 것 같지가 않아."

교코가 순진무구한 눈을 들어 돌연 그런 말을 꺼냈다.

"어째서일까요. 나도 내가 외톨이 같다는 기분이 드는데."

이 엉뚱한 대답에 둘은 서로 마주보고 웃었다.

교코도 가부라기 부인 이야기는 꺼내지 않았지만, 유이치도 언젠가 함께 요코하마에 갔던 나미키 씨 이야기는 하지 않았다. 이런 예의와 겸양은 두 사람 사이를 원만하게 했고 속으로 교코는 자신이 나미키에게 버려진 것처럼 유이치도 가부라기 부인에게 차였다고 생각했는데, 그런 생각은 이 청년에 대한 친근함을 가중시킬 따름이었다.

그러나 거듭 언급했듯이 교코는 유이치를 조금도 사랑하지 않는다고 해도 좋았다. 이런 만남만으로도 충분히 기쁨과 즐거움을 느낄 수 있었다. 그녀는 떠다니고 있었다. 바람에 떠가는 식물의 씨앗처럼, 진정 가벼운 그 마음은 지금 하얀 깃털에 휩싸여 떠다녔다. 유혹자가 꼭 자신이 사랑하는 여자를 찾아 다니는 건 아니다. 정신의 무게를 모르는, 자신의 내부에 손톱을 세우고 있는, 현실적이면 현실적일수록 꿈같은 이 여자는 유혹자의 좋은 미끼일 뿐이다.

대체로 가부라기 부인과 교코는 이 부분에서 가장 대조적인데, 교코는 아무리 불합리한 일이 일어나도 상대하지 않았고, 아무리 도리에 어긋나도 눈을 감으며, 언제나 자신이 상대방으로부터 사랑받고 있다는 확신을 잊지 않았다. 유이치가 다정하게 배려하며 다른 여자에게는 눈길조차 주지 않고, 오직 자기 한 사람에게만 싫증을 내지 않는 모습을 보면서, 교코는 지극히 당연한 일이라는 생각이 들었다. 말하자면 행복했던 것이다.

두 사람이 저녁식사를 한 곳은 스키야바시 근처 M클럽이다.

일전에 큰 도박으로 경찰 수사를 받은 바 있는 이 클럽에는 식민지에서 한몫 잡은 미국인이나 유대인이 가득 모여 있었다. 세계대전과 점령지 행정과 6.25전쟁에서 차익금을 벌어들이는 데 익숙한 이들은 잘 차려입은 양복 속에 아시아 각국의 수상한 항구도시 냄새를 감추고 있었다. 두 팔과 가슴에 새긴 장미와 닻과 나부와 심장과 흑표범과 머리글자 따위 문신과 함께. 언뜻 상냥해 보이는 그들의 푸른 눈 속에는 아편을 흥정하던 기억이 빛나고 있었고, 또 어느 항구의 수많은 고함소리가, 뒤죽박죽 뒤섞인 선박 풍경이 남아 있었다. 부산, 목포, 다롄, 톈진, 칭다오, 상하이, 지룽, 아모이, 홍콩, 마카오, 하노이, 하이퐁, 마닐라, 싱가포르…….

본국으로 돌아간 뒤에도 그들의 경력에는 '동양'이라는 검은 잉크가 수상한 오점으로 남을 것이다. 그들은 일생토록 신비로운 진흙 속에 손을 짚고 사금을 찾았던, 어느 작고 추한 영광의 냄새에서 벗어나지 못하리라.

이곳 나이트클럽 장식은 모든 게 중국풍이어서, 교코는 중국옷을 입고 오지 않을 걸 아쉬워했다. 일본인 손님은 외국인이 데려온 신바시의 어린 게이샤 몇 명이 다였다. 나머지는 다 서양인이었다. 두 사람의 테이블에는 초록색 작은 용을 그려 넣은 원통 유리 안에 빨갛게 초가 타오르고 있었다. 불꽃은 떠들썩한 주변 소음 속에서 이상하리만치 조용했다.

두 사람은 술을 마시고 음식을 먹고 춤을 췄다. 둘 다 충분히 젊었고, 교코는 이 젊음의 공감에 취해 남편을 잊었다. 이런 특별한 이

유가 아니더라도 그녀는 참 간단히도 남편을 잊었다. 눈을 감고 잊어버릴 마음만 먹으면 남편이 바로 앞에 있어도 가능했다. 흡사 자유자재로 팔 관절을 빼 보이는 곡예사처럼.

그러나 유이치가 이토록 적극적으로 기쁘게 사랑의 몸짓을 취하는 건 이번이 처음이었다. 그가 이렇게 용감하게 다가오는 모습을 그녀는 처음 보았다. 보통 교코는 이런 태도에 오히려 열기가 식곤 했지만, 지금은 방황하는 자신의 상태에 상대가 충실하게 맞춰주고 있는 거라고 생각했다. '내가 사랑이 식으면 꼭 상대가 나한테 푹 빠진다니까.' 그녀는 약간의 거리낌도 없이 그렇게 생각했다.

교코는 검붉은 슬로 진 때문에 휘청거리며 춤을 추다 청년의 몸에 기댔다. 몸이 깃털보다 가벼워 바닥에 발을 붙이고 춤을 춘다는 느낌이 들지 않았다. 아래층 무도회장은 삼면이 테이블로 둘러져 있었고, 어슴푸레하게 비단장막을 늘어뜨린 무대를 향하도록 되어 있었다. 뮤지션이 유행하는 슬로우포크를 연주했다. 블루탱고와 라틴음악을 연주했다. 일찍이 경연대회에서 3등을 차지한 유이치의 춤 실력은 상당했고, 그의 가슴은 대단히 성실하게 교코의 작고 부드러운 **인공** 가슴을 짓눌렀. ……교코는 청년의 어깨너머 테이블에 앉은 사람들의 어둔 얼굴과 희부옇게 둥근 빛 둘레로 모여 앉은 금발머리 몇몇을 보았다. 각각의 테이블 위에는 촛불에 흔들리는 초록색 노란색 빨간색 남색의 작은 용이 보였다.

"지난번에 당신이 입은 중국식 의복에는 커다란 용 모양이 있었죠." 춤을 추며 유이치가 말했다.

이런 우연의 일치는 대부분 하나가 된 친근감에서 우러나기 마련이다. 이 소소한 비밀을 숨겨두고 싶어 교코는 나도 마침 용을 떠올렸어, 라고 털어놓지 않고 다음과 같이 응했다.

"흰 새틴 옷감 무늬가 용이었지. 잘 기억하고 있네. 그때 다섯 번 내리 같이 춤췄던 건 기억나?"

"그럼요. ……나 있죠, 당신이 살짝 웃는 모습이 정말 좋아요. 딴 여자가 웃는 걸 보면 당신이랑 비교돼서 맥이 빠져."

입에 발린 이 말이 교코의 심금을 울렸다. 그녀는 소녀시절 얄미운 사촌언니에게서 잇몸이 보이게 웃는다고 늘 호되게 잔소리를 들었던 것을 떠올렸다. 그 후 거울을 앞에 두고 십수 년을 갈고 닦은 끝에 웃을 때 드러나던 잇몸은 어디론가 사라져버렸다. 무의식적으로 웃음을 터뜨릴 때도 잇몸은 작심하고 몸을 숨기는 걸 잊지 않았다. 지금은 자신의 웃는 얼굴에 번지는 발랄함에 상당한 자신감을 갖고 있었다.

칭찬받은 여자는 정신적으로 흡사 매춘에 따른 대가와 같은 것을 원한다. 이에 신사적인 유이치는 다른 외국인들의 명랑한 방식을 모방해, 문득 미소 띤 입술을 그녀의 입술에 대는 것을 잊지 않았다.

교코가 발랄하다고 해서 결코 헤픈 사람은 아니다. 댄스와 양주와 식민지풍 클럽은 교코를 로맨틱하게 만들기에 조금 부족했다. 그녀는 아주 약간 친절해졌고 눈물을 보일 만큼 동정심이 강해졌을 뿐이다.

그녀는 세상 남자들이란 모두 가여운 존재라고 진심으로 생각했다. 이건 그녀의 종교적 편견이었다. 그녀가 유이치에게서 발견했던 유일한 것은 '흔한 젊음'이었다. 아름다움이란 본래 독창성과 가장 거리가 멀다. 이 아름다운 청년의 어디에 독창적인 것이 있겠는가! ……교코는 가슴이 답답해질 정도로 그에 대한 연민에 몸을 떨며, 남자 안에 있는 고독, 남자 안에 있는 동물적인 목마름, 모든 남자를 어느 정도 비극적으로 보이게 만드는 욕망에 따른 속박감에, 적십자 분위기가 나는 박애의 눈물을 흘리고 싶은 기분이 들었다.

그러나 이렇게 유난한 감정도 테이블로 돌아가자 꽤나 차분해졌다. 두 사람은 그리 많은 대화를 나누진 않았다. 유이치는 따분한 표정으로 교코의 팔을 만질 구실을 찾아냈다는 듯 그녀의 독특한 손목시계를 지긋이 바라보며 보여달라고 했다. 작은 숫자판은 눈을 가까이 대도 어두워서 글자를 제대로 읽을 수가 없었다. 교코는 시계를 풀어 건넸다. 시계를 받아 든 유이치는 스위스제 손목시계를 만드는 여러 회사 이야기를 했는데 놀랍도록 박식했다.

"지금 몇 시야?"

교코가 물었다. 유이치는 두 개의 손목시계를 비교하며 열 시 십분 전, 당신 건 열 시 십오분 전이라고 대답하고 시계를 돌려줬다. 쇼를 보려면 아직 두 시간이나 더 기다려야 했다.

"자릴 옮길까요."

"그래."

그녀는 다시 한번 시계를 봤다. 남편은 오늘 밤 마작으로 열두 시 전에는 집에 오지 않는다. 그전에 돌아가면 된다.

교코는 자리에서 일어났다. 가벼운 현기증이 취기를 알렸다. 유이치가 알아채고 팔을 잡았다. 교코는 깊은 모래 위를 걷는 기분이었다.

22장 유혹자 **373**

자동차 안에서 교코는 미칠 듯 관대한 기분에 휩싸여 유이치의 입가에 자기 입술을 가져갔다. 이에 응한 청년의 입술에는 경쾌하고 무례한 힘이 있었다.

그의 품에 안긴 그녀의 얼굴 위로 창밖 높이 솟은 빨강 노랑 초록의 광고판 불빛이 흘렀는데, 그 흐름 가운데 움직이지 않는 흐름이 있었다. 청년이 그게 눈물이란 걸 알아챔과 동시에, 그녀 자신도 관자놀이에 고인 그 차가운 것이 눈물임을 깨달았다. 유이치는 그곳에 입술을 대고 여자의 눈물을 마셨다. 교코는 실내등 꺼진 어둔 차 안에서 희뿌윰하게 빛나는 치아를 드러내며 들릴 듯 말 듯한 목소리로 몇 번이고 유이치의 이름을 불렀다. 그때 그녀는 눈을 감고 있었다. 어렴풋이 움직이는 입술은 다시금 그 무례한 힘에 뒤덮이기를 애타게 기다렸고, 그것은 충실히 포개어졌다. 그러나 두 번째 키스에는 상대를 이해하는 상냥함이 있었다. 그것이 아주 조금 교코의 기대에 못 미쳐 '제정신이 든' 척할 여유를 줬다. 그녀는 몸을 일으켜 유이치의 팔을 부드럽게 피했다.

교코는 의자 끝에 살짝 걸터앉아 몸을 뒤로 젖힌 자세로 한 손에 손거울을 들고 얼굴을 보았다. 다소 붉어진 눈이 촉촉하다. 머리칼은 약간 흐트러졌다.

화장을 고친 후 말했다.

"이러고 있다간 어디까지 갈지 알 수가 없어. 이제 관두자, 이런 짓."

교코는 경직된 목덜미를 한 중년의 운전사 쪽을 흘끗 훔쳐봤다. 그녀의 정결하고도 평범한 마음은 낡은 감색 양복을 입은 운전사의 뒷모습에서, 자신에게서 등 돌린 세상 사람들의 모습을 보았다.

외국인이 경영하는 쓰키지의 나이트클럽에서 교코는 "어서 집에 가야지" 하고 입버릇처럼 반복했다. 이곳은 조금 전 중국풍 클럽과 달리 모든 게 미국풍으로 모던하게 꾸며져 있었다. 말은 그렇게 하면서도 교코는 자꾸 술을 마셨다.

밑도 끝도 없는 생각에 빠졌다가, 무슨 생각을 했는지 곧장 잊어버렸다. 쾌활하게 춤을 추다보니 구두 굽에 롤러스케이트가 달린 것만 같았다. 교코는 유이치의 품 안에서 괴로운 듯 크게 숨을 쉬었다. 술에 취한 심장 박동이 유이치의 가슴에 전해졌다.

교코는 춤추는 미국인 부인과 병사를 보았다. 그러고는 갑자기 얼굴을 돌려 유이치의 얼굴을 똑바로 보았다. 자기가 취했는지 어쩐지 집요하게 물었다. 안 취했다고 하면 크게 안심했다. 그렇다면 아카사카에 있는 집까지 걸어서 갈 수 있겠다고 생각했다.

자리로 돌아갔다. 지극히 냉정해질 심산이었다. 그러자 정체를 알 수 없는 공포가 엄습해, 자신을 끌어안지 않는 유이치를 납득이 안 간다는 듯이 쏘아보았다. 보고 있는 동안 속박에서 벗어난 어두운 환희가 자기 내부에서 솟구치는 것을 느꼈다.

이 아름다운 청년을 사랑하는 일 따위 있을 수 없다는 고집스런 마음은 아직 깨어 있었다. 그럼에도 이만큼 깊은 수용의 상태를 다른 어떤 남자에게서도 느낀 적 없는 듯한 기분이 들었다. 서부 음악의 용맹한 북소리가 실신에 가깝게 상쾌한 허탈감을 그녀에게 허락했다.

거의 **자연** 그 자체라 할 만한 이 수용의 감정은 그녀의 마음을 일종의 보편적 상태에 가깝게 만들었다. 들판이 석양을 받아들이는 감정, 무성한 수풀이 긴 그늘을 드리우고 웅덩이와 언덕은 각자의 그림자에 잠겨 황홀과 황혼에 안기는 듯한 감정, 교코는 그런 감정에 푹 빠졌다. 어렴풋한 후광 속에 움직이는 유이치의 젊고 씩씩한 두상이 그녀에게 밀려오는 밀물처럼 그녀를 집어삼키고 있음을 느꼈다. 그녀의 내부는 외부로 흘러넘쳐 내부이면서 곧바로 외부에 닿았다. 한창 취기에 젖어 전율하고 있었던 것이다.

그러나 그녀는 자신이 오늘 밤 남편이 있는 곳으로 돌아가리라는 사실을 믿어 의심치 않았다.

'이런 게 생활이라고!' 그녀는 가벼운 마음으로 외쳤다.

'이거야말로 생활이야! 스릴과 안도가 이렇게 공존하는 생활이라니. 모험의 아슬아슬한 모사, 상상의 만족이 아닌가! 오늘밤 남편과의 키스에서 이 청년의 입술을 떠올릴 수 있다면, 이 얼마나 안전하고도 더 없이 부정한 쾌락이란 말인가! 여기서 그만두자. 그래야 한다는 것만큼은 확실하다. 다른 건 어떻든 수완 좋게 빠져나가면······.'

교코는 붉은 제복에 금단추를 채운 웨이터를 불러 쇼가 몇 시부터 시작하는지 물었다. 열두 시부터라고 했다.

"여기서도 쇼를 못 보겠네. 열한 시 반엔 돌아가야 해. 이제 40분 남았어."

그리고 유이치를 재촉해 다시 춤을 추었다. 음악이 멎고 두 사람은 자리로 돌아왔다. 미국인 사회자가 금빛 털과 녹주석 반지가 반짝이는 거대한 손으로 확성기를 움켜쥐고 영어로 공연에 대해 말했다. 외국인 손님들이 박수를 치며 웃었다.

뮤지션들이 빠른 룸바를 연주하기 시작했다. 불이 꺼지고 라이트가 무대 뒤편 장막을 비추었다. 그러자 고양이 같은 몸짓으로 룸바 춤을 추는 남녀 댄서가 살짝 열린 장막 틈에서 미끄러지듯 등장했다.

비단 의상에 달린 커다란 주름이 뒤집히며, 무수히 작고 둥근 금속의 비늘이 녹색과 금색과 붉은색으로 반짝였다. 비단으로 감싸인 남녀의 빛나는 허리가 풀밭을 뛰어가는 도마뱀처럼 눈앞을 스쳐갔다. 서로 다가갔다가 다시 떨어졌다.

교코는 테이블보에 팔꿈치를 대고 박동하는 관자놀이를 매니큐어 바른 손끝으로 자근자근 누르며 그것을 보고 있었다. 손끝에서 전해지는 통증이 박하처럼 상쾌했다.

불현듯 시계를 보았다.

"슬슬 가야겠네." 문득 생각나 시계를 귀에 갔다댔다. "어쩐 일이지. 쇼가 한 시간 빨리 시작하다니."

그리고 불안이 엄습해 테이블 위에 놓인 유이치의 왼손 손목시계 위로 고개를 숙였다.

"이상하네, 똑같은 시간이야."

교코는 다시 춤을 보았다. 남자 댄서의 조소를 머금은 듯한 입가를 응시했다. 그녀는 무언가를 열심히 생각해내려 하는 자신을 깨달았다. 그러나 음악과 발장단이 생각을 방해했다. 아무 생각 없이 일어섰다. 휘청거리며 테이블을 잡고 걷자 유이치도 일어나 따라왔다. 교코가 웨이터를 불러 물었다.

"지금 몇 시인가요?"

"열두 시 십 분입니다."

교코는 유이치의 얼굴 바로 앞으로 고개를 돌렸다.

"당신, 시계를 늦췄구나."

유이치는 악동 같은 미소를 지었다.

"응."

교코는 화내지 않았다.

"아직 늦지 않았어. 집에 가야 해."

청년은 조금 진지한 표정을 지었다.

"꼭 가야 해?"

"응, 갈 거야."

두 사람은 외투 보관소로 갔다.

"아아, 나 오늘 정말 피곤해. 테니스에, 산책에, 댄스까지."

뒷머리를 들어 올리듯 하며, 교코는 유이치가 입혀주는 코트를 입었다. 입고 나서 한 번 더, 머리칼을 대충 가볍게 흔들었다. 옷감과 같은 색의 마노 귀걸이가 크게 흔들렸다.

교코는 정신을 똑바로 차리고 있었다. 유이치와 함께 차에 올라, 자기 마음대로 자기가 사는 아카사카 동네 이름을 댔다. 차가 달리는 동안 그녀는 클럽 입구 앞에서 외국인 손님을 낚으려 진을 쳤던 거리의 창녀들 모습을 떠올리며 걷잡을 수 없는 상념에 빠졌다.

'정말이지 촌스런 초록색 투피스야. 염색한 갈색 머린 또 어떻고. 저 낮은 코 하며. 그래도 고지식한 여자는 저렇게 맛있게 담배를 피

우지 못하지. 얼마나 맛있게 피우던지!'

차는 아카사카로 들어섰다. 저기서 왼쪽으로 돌아줘요, 그래요, 똑바로, 하고 그녀는 말했다.

그 순간 그때까지 말없이 앉아 있던 유이치가 갑자기 그녀를 꼼짝 못 하게 잡더니, 그녀의 목덜미에 얼굴을 파묻고 키스했다. 교코는 몇 번인가 꿈속에서 맡은 것과 비슷한 포마드 냄새를 맡았다.

'이럴 때 담배를 필 수 있다면' 하고 그녀는 생각했다. '그런 포즈가 아주 멋있을 텐데.'

교코는 눈을 뜨고 있었다. 창밖의 불빛과 흐린 밤하늘을 보았다. 갑자기 모든 게 시시해져버리는 이상한 공백의 힘을 자기 안에서 발견했다. 오늘도 아무 일 없이 끝난다. 불성실하고 끊어졌다 이어지는, 자칫하면 상상력의 빈약함에 불과한 것인지도 모를 무기력한 변덕의 기억만이 남는다. 일상생활만이 어쩐지 소름 끼치도록 기묘한 모습으로 남는다. ……그녀의 손끝이 청년의 갓 깎은 단정한 목덜미에 닿았다. 그 거친 촉감과 뜨거운 피부에는 심야의 보도에 타오르는 모닥불처럼 눈부신 색이 있었다.

교코는 눈을 감았다. 차의 흔들림이 여기저기 구멍 난 참담한 도로의 무한한 연결을 상상케 했다.

또다시 눈을 떠, 유이치의 귓가에 더할 나위 없이 상냥한 말을 속삭였다.

"이제 됐어. 집은 벌써 한참 전에 지났어."

청년의 눈은 환희로 빛났다. 야나기바시로. 재빨리 운전사에게 말했다. 유턴하는 차량의 삐걱거림을 교코는 들었다. 그건 말하자면 회한이 기분 좋게 삐걱거리는 소리라 할 수 있었다.

교코는 이렇게 조신한 행실에서 벗어나는 결심을 해버리면 몹시 피곤했다. 피곤과 함께 취기가 돌아 잠들지 않기 위해 적지 않은 노력이 필요했다. 청년의 어깨를 베개 삼아 기대며 그녀는 스스로를 구태여 귀엽게 만들고 싶어서, 자기가 무슨 단풍새라도 된 것처럼 작은 새가 눈을 감듯 눈을 감고 있다고 상상했다.
밀회의 공간 접대실 입구에서 청년에게 말했다.
"당신이 어떻게 이런 델 다 알아?"
말을 마치자마자 다리에 힘이 빠졌다. 유이치 등 뒤에 얼굴을 숨기고 여종업원의 안내에 따라 복도를 걸었다. 끝없이 길고 구불구불한 복도를 걷다가 돌연 구석에 솟아 있는 계단을 올랐다. 밤의 복도가 지닌 한기가 양말을 뚫고 머리까지 울렸다. 거의 서 있을 수가 없었다. 방에 들어가 쓰러지듯 앉고 싶었다.
방에 닿자 유이치가 말했다.
"스미다 강이 보여요. 저 건너편 건물은 맥주회사 창고겠죠."
교코는 일부러 강의 경치를 보지 않았다. 모든 게 빨리 좀 끝났으면 하고 바라고 있었다.

**

……호타카 교코는 어둠 속에서 눈을 떴다.
아무것도 보이지 않는다. 창문에는 덧문까지 닫혀 새어드는 빛이 어디도 없다. 냉기가 든다고 느껴진 건 가슴이 드러나 식은 탓이다. 손을 더듬어 풀을 잘 먹인 유카타 깃을 모았다. 손을 뻗는다. 유카타 속에는 아무것도 입지 않았다. 그녀는 언제 이렇게 모조리 다 벗어던졌는지 기억조차 나지 않았다. 언제 이 빳빳한 유카타를 몸에 걸쳤는지도 기억나지 않았다. 그래. 이 방은 강 풍경이 보이는 곳 옆방이다. 유이치보다 먼저 여기 와서 혼자 옷을 벗은 게 분명해. 유이치는 그때 장지문 너머에 있었다. 이윽고 옆방 등불도 완전히 꺼졌다. 어두운 방에서 더 어두운 방으로 유이치는 들어왔다. 교코는 눈을 꼭 감았다. 그리고 하나부터 열까지 완벽하게 시작되어 꿈속에서 끝났다. 모든 것이 의심할 여지없이 완벽하게 끝난 것이다.

 방에 불이 꺼져 있기도 했지만, 눈을 감은 교코의 마음 깊은 곳에 유이치의 형상이 남아 있었기에 굳이 현실의 유이치를 만져볼 용기가 나지 않았다. 그의 영상은 쾌락의 화신이었다. 거기에는 청춘과 지혜, 젊음과 숙달, 사랑과 모멸, 경건과 모독의 뭐라 형언할 수 없는 융화가 있었다. 지금 교코에게는 약간의 후회나 거리낌도 없었고, 술이 깨도 이 명징한 기쁨을 막기에는 역부족이었다. ……이윽고 그녀의 손이 유이치의 손을 더듬었다.

 그녀는 손을 잡았다. 손은 차고 뼈가 드러나 나무껍질처럼 건조했다. 정맥이 힘없이 불룩 솟아 어쩐지 가늘게 떨리고 있었다. 교코는 모골이 송연해 손을 놓았다.

 그때 *그*가 어둠 속에서 돌연 기침했다. 길고 암담한 기침이다. 혼탁한 여운을 남기며 뒤얽히는 고통스런 기침이다.

 그 차갑고 건조한 팔을 만진 교코는 소스라치게 놀라 소리쳤다.

해골과 동침했다고 느꼈기 때문이다.

일어나 머리맡에 있는 등불을 찾았다. 손가락이 차가운 다다미 위를 허겁지겁 더듬었다. 네모난 대나무살 램프가 베개와 멀리 떨어진 방구석에 있었다. 불을 켠 그녀는 자신의 빈 베개 옆 베개에 누운 노인의 얼굴을 발견했다.

슌스케의 기침은 잔향을 남기며 멎었다. 부신 눈을 간신히 뜨며 이렇게 말했다.

"불 좀 꺼줘. 눈이 부시잖나."

말을 마치곤 다시 눈을 감고 얼굴을 그림자 방향으로 돌렸다.

교코는 사태를 전혀 파악하지 못하고 일어섰다. 노인의 머리맡을 지나 상자 속에 흐트러진 옷을 찾았다. 여자가 다 입을 때까지 노인은 자는 척하며 교활하게 잠자코 있었다.

돌아가려는 기척이 들리자 이렇게 말했다.

"가려는 건가."

여자는 말없이 나가려 했다.

"기다려봐."

슌스케는 일어나 솜옷을 어깨에 걸친 채 여자를 잡았다. 교코는 그래도 말없이 나가려 했다.

"기다려. 지금 집에 가봐야 소용없잖나."

"갈 거야. 날 막으면 소리 지를 거야."

"상관없어, 당신한테 소리 지를 용기가 있을 리 없지."

교코는 떨리는 목소리로 물었다.

"유우짱은 어디 있어요."

"벌써 집에 갔지. 지금쯤 부인 품에서 곤히 자고 있을 걸."

"왜 이런 짓을 해. 내가 뭘 어쨌다고? 나한테 무슨 원한이 있지? 대체 무슨 속셈이야? 내가 미움 받을 짓이라도 했어?"

슌스케는 대답 없이 강이 보이는 방의 등불을 켰다. 그 빛에 움츠러든 듯이 교코는 앉았다.

"당신, 유이치 원망은 조금도 하지 않는군."

"난 정말 아무것도 모르겠어."

교코는 엎드려 울음을 터뜨렸다. 슌스케는 마음껏 울도록 내버려뒀다. 설명할 수 있는 것은 아무것도 없었고, 슌스케도 그 사실을 알고 있었다. 교코가 이런 모욕을 당할 만큼 잘못한 것은 없다.

노작가는 여자가 차분해지길 기다렸다가 이렇게 말했다.

"난 오래전부터 당신을 좋아했어. 하지만 당신은 날 거절하고 비웃었지. 평범한 방법으로라면 여기까지 오지 않았을 거란 걸 당신도 인정할 거야."

"유우쨩은 어떻게 된 거야."

"녀석도 녀석이 할 수 있는 가장 독특한 방법으로 당신을 생각하고 있어."

"당신들 **한패**였군."

"천만에. 시나리오를 쓴 건 나야. 유이치 군은 조수 노릇을 했을 뿐이지."

"아아, 이런 추악한……."

"추악하긴. 당신은 아름다운 것을 원해서 그걸 얻었고, 나도 아름다운 것을 원해서 그걸 얻었을 뿐이야. 그렇지 않은가. 우린 지금 완전히 같은 자격이지. 당신이 추악하다고 말하면 자가당착에 빠질 뿐이야."

"나는 죽든가 고소하든가, 둘 중 하난 할 거야."

"훌륭하군. 당신이 그런 말을 뱉게 된 건 오늘 밤에 일어난 대단한 진보야. 하지만 더 솔직해져봐. 당신이 생각하는 수취심이나 추악함도 모두 환영이야. 우리는 어쨌든 아름다운 걸 봤어. 둘 다 무지개와 같은 걸 봤다는 건 확실하지."

"어째서 유우짱이 여기 없을까."

"유이치 군은 여기 없어. 아까까진 있었지만 이미 여기 없어. 별로 이상한 일도 아니야. 우린 여기에 **남겨졌을 뿐이지.**"

교코는 전율했다. 이러한 존재 방법은 그녀의 이해를 뛰어넘는 것이었다. 슌스케는 상관 않고 말을 이었다.

"일은 끝났고, 우린 남겨졌어. 설령 유이치 군이 당신과 함께 잤다 해도 결국은 오십보백보겠지."

"당신들처럼 비열한 사람은 태어나 처음 봐."

"어째서 당신들이라고 하나. 유이치는 무고해. 오늘 하루 종일 세 사람은 욕망한대로 행동했을 뿐이야. 유이치 군은 그만의 방식으로 당신을 사랑했고, 당신은 당신만의 방식으로 그를 사랑했고, 나는 나만의 방식으로 당신을 사랑했어. 누구든 자기만의 방식으로 사랑하는 것 외에 다른 수가 없지 않나."

"유우짱 맘을 알 수가 없어. 그 사람은 괴물이야."

"괴물을 사랑했으니까 당신도 괴물이지. 하지만 유이치 군에게 악의는 조금도 없었네."

"악의 없는 사람이 어떻게 이런 무서운 짓을 하지."

"당신이 이런 꼴을 당할 만큼 죄를 짓지 않았다는 걸 유이치도 잘 알고 있었어. 악의 없는 남자와 죄 없는 여자 사이를, ──서로에게 나눠 줄 걸 요만큼도 갖지 못한 두 사람 사이를── 이어주는 것이 있다면 그건 다른 데서 오는 악의, 다른 데서 오는 죄겠지. 오래전부터 모든 이야기는 그런 식으로 일어나. 알다시피 나는 소설가야." 그는 대단히 우스운 감정에 휩싸여 혼자 웃으려다가 곧 멈췄다. "유이치 군과 나는 **한패** 따위가 아니야. 그건 당신의 환영이지. 우리는 그저 무관계야. 유이치 군과 나는……, 그렇지." 그는 이윽고 미소 지었다. "……그저 친구 사이야. 미워하려거든 날 미워해."

"하지만……" 교코는 울면서 겸허히 몸을 떨었다. "난 지금 누굴 미워할 여유 같은 거 없어. 그냥 너무 무서울 뿐이야."

……근처 철교 위를 달리는 화물열차의 기적이 밤을 뒤흔들었다. 덜컹거리는 단조로운 소리의 끊임없는 반복. 이윽고 다리 건너 멀리서 기적소리가 울리더니 사라졌다.

사실 '추악함'을 여실히 보고 있었던 것은 교코가 아니라 오히려 슌스케 쪽이었다. 여자가 쾌락의 신음을 내지르던 순간에도, 그는 자기 자신의 추악함을 잊을 수 없었다.

히노키 슌스케는 사랑받지 못한 존재가 사랑받는 존재를 범하는 이 무시무시한 순간을 몇 번인가 경험했다. 여자가 정복된다는 것, 그것은 소설이 만들어낸 미신이다. 여자는 결코 정복당하지 않는다. 결코! 남자가 여자를 향한 숭배의 마음에서 여자를 욕보이는 경우가 종종 있듯이, 더할 나위 없는 모멸감의 증거로 여자가 남자에게 몸을 맡기는 경우도 있다. 가부라기 부인은 물론 그의 세 아내 가운데 어느 누구도 슌스케에게 정복당하지 않았다. 유이치라는 환영에 취해 몸을 맡긴 교코의 경우는 더욱 그렇다. 그 이유는 단 하나. 슌스케 스스로 자신이 결코 사랑받지 못할 거라고 확신하고 있었기 때문이다.

이러한 태도는 대단히 기묘했다. 슌스케는 교코를 괴롭혔다. 그리고 지금은 이상한 힘으로 군림하고 있다. 그러나 이것은 필경 사랑받지 못하는 사람의 행동에 불과했다. 처음부터 절망에 빠져 있던 그의 행위에는 약간의 다정함도, 세상 사람들이 말하는 '인간다움'도 없었기 때문이다.

교코는 말이 없었다. 정좌를 하고 묵묵히 있었다. 이 가벼운 여자가 이토록 오랜 시간 말이 없는 건 일찍이 없는 일이었다. 일단 침묵에 익숙해지고 나면 앞으로는 이것이 그녀의 자연스러운 표정이 되리라. 슌스케도 입을 다물었다. 날이 밝을 때까지 두 사람은 아무런 말도 하지 않으리라. 날이 밝으면 그녀는 핸드백에서 작은 도구를 꺼내 화장을 하고 남편이 있는 집으로 돌아가리라. ……그러나 강 수면이 부옇게 밝아오는 건 너무나 더뎠고, 두 사람은 이 밤이 언제까지 이어질지 알 수 없었다.

23장

무르익는 나날

어린 남편이 이유도 없이 부산스런 생활을 하며, 등교하는가 싶으면 심야에 돌아오고, 집에 있나 싶으면 갑자기 외출을 하며, 어머니의 말을 빌리자면 '무뢰한'의 일상을 보내는 동안에도 야스코의 생활은 무척이나 평온해 거의 행복에 가까웠다. 이렇게 안주한 데는 이유가 있었다. 그녀는 오직 자기 내부에만 흥미를 느끼고 있었던 것이다.

봄이 와도 관심이 없었다. 외부는 아무런 힘도 미치지 않았다. 작은 발이 그녀의 내부를 차는 감각, 이 귀여운 폭력을 기르고 키우는 감각에는, 모든 것이 자신에게서 시작해 자신으로 끝난다는 끝없는 도취가 있었다. 말하자면 '외부'는 그녀의 내부에 갖춰지고 있었으며, 그녀는 내부에 세계를 품고 있었다. 외부 세계는 단순한 잉여였다!

빛나는 작은 복사뼈, 청결하고 미세한 주름이 진 빛나는 작은 발바닥이 깊은 밤 배 속에서 뻗어 나와 어둠을 차는 모습을 상상하면, 야스코는 자신의 존재가 따뜻하고 양분이 가득한 피투성이 어둠 그 자체로 여겨졌다. 침식당하는 기분, 내부 깊숙한 곳으로부터 무엇인가가 다가오는 기분, 반항할 수 없는 기분, 병든 것 같은 기분, 죽음의 기분, ……어떤 불륜한 욕망이나 감각의 방자함도 거기선 영광스럽게 허락돼 있었다. 야스코는 때때로 투명한 웃음소리를 내며, 때때로 소리 내지 않고, 홀로 먼 곳에 있는 듯한 미소를 지었다. 그것은 어쩐지 맹인의 미소처럼 자신에게만 들리는 머나먼 울림에 귀를 기울이는 사람이 짓는 미소 같았다.

하루라도 배 속의 아이가 움직이지 않으면 걱정이 돼 견딜 수 없었다. 죽은 게 아닐까. 이런 아이 같은 걱정을 털어놓거나 뭐든 소소한 상담거리를 가져가면 성격 좋은 시어머니는 무척 기뻐했다.

"유이치도 좀처럼 제 감정을 겉으로 드러내지 않는 아이라" 하고 위로하는 얼굴로 며느리에게 말했다. "태어날 아기 생각에 기쁨이니 불안감이 뒤죽박죽 뒤섞여 술을 마시러 다니는 걸게야."

"그게 아니에요." 확신에 찬 듯 며느리는 말했다. 스스로 필요한 것을 채울 줄 아는 영혼에게 위로는 불필요했다. "……그보다 태어날 아기가 남자아이인지 여자아이인지 몰라서 더 애가 타요. 전 벌써 남자아이라고 믿고 유우짱을 꼭 닮은 아이를 생각하고 있는데, 절 닮은 여자아이가 태어나면 어쩌죠."

"저런, 난 여자아이라면 좋겠는데. 남자아이는 이제 지긋지긋해. 얼마나 키우기 힘든지 말도 못 한다."

이렇게 두 사람은 사이가 좋았다. 야스코가 몸이 무거워 밖으로 나가기 힘들어하면 시어머니가 기꺼이 며느리 대신 나가서 일을 봤다. 그러나 신장병 걸린 노인이 하녀 기요를 데리고 사람들 앞에 나서면 상대방은 눈을 동그랗게 뜨지 않을 수 없었다.

그러던 어느 날, 혼자 집을 지키던 야스코는 운동을 하러 뜰로 나가 기요가 단정하게 가꾼 백 평쯤 되는 뒤뜰 화단을 걸었다. 손에는 꽃꽂이 가위를 들고 있었다. 응접실에 장식할 꽃을 꺾을 생각이었다.

화단 둘레에 철쭉이 한창이었고, 계절 꽃들, 팬지와 스위트피와 능소화와 도깨비부채와 금어초 같은 대단히 서정적인 꽃들이 피어 있었다. 무얼 꺾을까 그녀는 생각했다. 솔직히 이 꽃들에는 큰 관심이 없었다. 뭐든 뜻대로 선택할 수 있는 것, 무엇을 골라도 금세 손에 얻을 수 있는 것, 그런 것이 아무리 아름답다 한들 무슨 의미가 있을까. ……한동안 가위를 서걱거리며 서성거렸다. 허무하게 맞부딪히는 가위 날이 약간 녹슨 탓에 그녀의 손에 가볍게 끈끈한 저항을 남기며 울렸다.

문득 정신을 차렸을 때, 자신이 생각한 사람이 유이치라는 사실을 깨닫고 야스코는 자신의 모성애에 의심을 품었다. 지금 그녀의 내부에 갇혀 제멋대로 굴면서, 아무리 난폭하게 행동을 해도 시기가 올 때까지 그곳에서 벗어나지 못하는 귀여운 존재가 어쩌면 **유이치** 아닐까? 갓난아기를 보고 낙담하면 어쩌나 하는 걱정에서, 그녀는 몇 년간이라도 이 부자유스러운 회임이 지속되면 좋겠다고 생각했다.

무의식적으로 야스코는 근처에 있는 연보라색 도깨비부채의 줄기를 잘랐다. 손에 남은 건 손가락만 한 길이의 줄기가 달린 꽃 한 송이다. 어째서 이렇게 바싹 잘라버렸을까, 하고 그녀는 생각했다.

명랑한 마음! 명랑한 마음! 야스코는 그 말이 이토록 허무하고 꼴사납게 보인다는 데 어른이 된 자신을 통감했다. 복수심에 가까운 청순함이란 대체 뭘까. 이렇게 청순 하나로 남편의 눈을 올려다 봤을 때, 늘 그렇듯 남편이 수치심 가득한 부끄러운 표정을 지어보이는 게 나의 쾌락이었는데. 온갖 종류의 쾌락을 남편에게서 기대하지 않을 것, 이를 위해 자기 마음의 해맑은 부분마저 감출 것, 이것을 그녀는 자신의 '사랑'이라고 생각하고 싶었다.

그러나 그녀의 차분한 귀밑머리와 아름다운 눈과 정밀한 선을 모은 코와 입가의 섬세함은 가벼운 빈혈기가 있는 피부색으로 인해 몹시 고상해 보였기에, 하반신 모양을 가리기 위해 주문한 넉넉한 치마의 고전적인 주름과 더할 나위 없이 잘 어울렸다. 바람에 입술이 말라 그녀의 혀가 몇 번이나 입술을 적셨다. 덕분에 입술의 고운 모습이 한층 더해졌다.

학교에서 돌아온 유이치는 뒷문으로 난 길로 돌아와 화단 나무 문으로 들어오려 했다. 문이 열리면 소란스러운 종소리가 난다. 종이 울리기 전에 문을 잡고 미끄러지듯 뜰로 들어섰다. 모밀잣밤나무 가로수 그늘에 몸을 숨기고 아내의 모습을 바라봤다. 순진하게 장난기어린 마음에서 나온 행동이었다.

'여기서라면' 하고 젊은이는 탄식하며 속으로 중얼거렸다. '여기서라면 나는 정말로 아내를 사랑할 수 있다. 이 거리가 나를 자유롭게 한다. 손이 닿지 않는 거리에 있을 때, 내가 그저 야스코를 바라만 볼 때, 야스코는 얼마나 아름다운지. 저 의상의 주름, 저 머리칼, 저 눈빛, 모든 것이 얼마나 맑고 깨끗한가. 이 거리가 지켜질 수만 있다면!'

그러나 이때 야스코는 모밀잣밤나무 그늘 아래 기둥에서 불거져 나온 갈색 가죽 가방을 보았다. 그녀는 남편의 이름을 불렀다. 물에 빠진 사람의 외침 같았다. 그가 모습을 드러냈기에, 그녀는 조금 빠른 걸음으로 그쪽으로 걸어갔다. 옷자락이 대나무로 두른 낮은 화단 울타리에 휘감겼다. 미끄러운 땅에서 야스코는 꼬꾸라져 넘어졌다.

유이치는 이 순간 말할 수 없는 공포에 휩싸여 눈을 감았지만 금세 달려가 아내를 일으켰다. 옷자락이 적토로 더럽혀졌을 뿐 찰과상 하나 입지 않았다.

야스코는 가쁜 숨을 내쉬었다.

"괜찮겠지?" 유이치는 걱정하듯 물으며, 야스코가 넘어진 순간 자신이 느낀 공포가 어떤 기대로 이어져 있었음을 깨닫고 오싹했다.

남편의 말을 듣고서야 야스코의 얼굴이 새파랗게 질렸다. 부축을 받기까지 그녀는 유이치에게만 마음이 쏠려 배 속의 아이에게까지 생각이 미치지 않았던 것이다.

유이치는 야스코를 방에 눕히고 의사에게 전화를 걸었다. 잠시 후 기요와 함께 귀가한 어머니는 의사를 보고도 놀라는 기색 없이 유이치의 이야기를 들으며, 자신도 임신 중에 두세 계단 미끄러져 넘어졌지만 아무 일도 없었다고 했다. 어머니는 정말로 안심하고 계십니까, 하고 유이치가 불현듯 물었다. 네가 걱정하는 건 이해가 간다만, 하고 어머니는 눈을 가늘게 뜨고 말했다. 유이치는 자신의 무시무시한 기대를 간파당한 듯한 기분이 들어 주춤거렸다.

"여자의 몸이란 부서지기 쉬운 것 같아도 의외로 튼튼한 법이란다. 살짝 넘어진 정도로는 배 속의 아이도 미끄럼틀을 탄 것 같은 기분이 들어 재미있어 했을 거야. 오히려 무른 건 남자지. 아버지가 그리 허망하게 돌아가실 줄은 아무도 몰랐으니까." 어머니는 가르치듯 말했다.

대체로 괜찮겠지만 상황을 지켜보자는 말을 남기고 의사가 돌아간 뒤, 유이치는 아내 곁을 떠나지 않았다. 가와타로부터 전화가 왔다. 그는 집에 없는 척했다. 야스코의 눈에 고마움이 흘렀기에 청년은 자신이 진지한 일에 연관돼 있다는 만족감을 느끼지 않을 수 없었다.

이튿날, 태아는 다시 어머니의 내부를 강하게 발길질했다. 일가는 크게 안심했고, 야스코는 그 힘찬 발길질이 남자아이의 것임을 믿어 의심치 않았다.

이런 진지한 기쁨을 숨길 수 없어, 유이치는 가와타에게 이 일화를 이야기했다. 듣고 있던 초로의 사업가는 그 거만한 뺨에 역력하게 질투의 빛을 띠었다.

24장
대화

두 달이 흘렀다. 장마였다. 슌스케가 가마쿠라에서 열리는 모임에 참석하기 위해 도쿄역 플랫폼에 들어섰을 때, 트렌치코트 주머니에 양손을 찔러 넣고 당혹스런 표정으로 서 있는 유이치를 발견했다.

유이치 앞에는 멋진 옷차림의 소년 둘이 있었다. 푸른 셔츠 쪽은 유이치의 팔을 잡고, 검붉은 셔츠 쪽은 소매를 걷어붙여 팔짱을 낀 채 유이치에게 기대고 있었다. 슌스케는 빙 둘러 유이치의 등 뒤쪽 기둥에 숨어 세 사람의 대화를 엿들었다.

"유우짱, 이 녀석하고 안 헤어질 거면 지금 당장 여기서 날 죽여 줘."

"웃기는 소리 마. 나랑 유우짱은 헤어지려 해도 헤어질 수 없는 사이라고. 너 같은 건 유우짱이 어쩌다 안주로 집어 먹는 과자였지. 설탕에 절은 싸구려 과자 같은 얼굴 주제에."

"이리 와, 내가 널 죽여주지."

유이치는 푸른 셔츠의 소년 손에서 팔을 빼고 연장자답게 차분한 음성으로 말했다.

"그쯤 해둬. 나중에 천천히 이야기하자고. 이런 데서 꼴사납잖아."
그러고는 푸른 셔츠 쪽을 돌아보며 한마디 덧붙였다. "너도 마누라인 척 구는 거 지나쳤어."

푸른 셔츠의 소년은 문득 고독하고 흉포한 눈빛을 지었다.

"어이, 앞장서. 밖으로 나가자."

검붉은 셔츠의 소년은 희고 아름다운 치열을 드러내며 비웃었다.

"멍청하긴, 여기도 밖이잖아. 다들 모자 쓰고 구두 신고 걷고 있으니까."

분위기가 심상치 않아 노작가는 일부러 빙 둘러 정면에서 유이치 쪽으로 다가갔다. 두 사람의 눈이 무척 자연스럽게 마주쳤고 유이치는 살았다는 듯 미소 지으며 가볍게 인사했다. 유이치가 이토록 우애 넘치는 아름다운 미소를 짓는 건 오랜만이었다.

슌스케는 고급스러운 모직 정장을 입고 가슴에 화려한 진갈색 무늬의 손수건을 꽂고 있었다. 이 노신사와 유이치의 예의 바른 연극 투의 인사가 시작되자 두 소년은 그저 멍하니 바라만 봤다. 그러더니 한 사람이 교태 가득한 눈빛으로, 그럼 유우짱 나중에 봐, 라고 말했다. 한 사람은 말도 없이 등을 돌렸다. 두 사람의 모습이 사라지자, 요코스카선 크림색 열차가 선로를 따라 덜컹이며 들어왔다.

"자네는 위험한 관계를 맺는군."

열차로 걸어 들어가며 슈스케가 말했다.

"그야 선생님도 저 같은 놈과 관계를 맺고 있지 않으십니까."

유이치가 응수했다.

"죽이느니 어쩌니 한 거 같은데……."

"듣고 계셨군요. 그건 저 녀석들 입버릇입니다. 겁쟁이라 싸움 한 번 제대로 못하면서 저럽니다. 게다가 서로 으르렁거리는 저 녀석들도 제대로 관계를 맺고 있으니까요."

"관계라니?"

"제가 없을 땐 저 두 녀석이 같이 잡니다."

……열차가 달리고 이등칸 좌석에 마주보고 앉은 두 사람은 서로 행선지도 묻지 않은 채 한동안 말없이 차창 밖을 바라봤다. 가랑비 내리는 선로 풍경이 유이치의 마음에 와 닿았다.

비에 젖은 잿빛 빌딩숲을 지나자 흐린 공장지대의 시커먼 풍경으로 바뀌었다. 습지와 좁고 어지러운 풀밭 너머로 허름한 공장이 있었다. 유리창은 몇 장이나 깨져 있고, 어둡고 그을음이 낀 건물 내부에 대낮부터 켜진 수많은 알전구가 여기저기 보였다. ……또 고지대의 오래된 목조 소학교 옆을 지났다. ㄷ자 교정은 공허한 창문을 이리로 향하고 있었다. 사람이라곤 보이지 않는 비에 젖은 교정에는 칠이 벗겨진 체조기구가 늘어서 있었다. ……그리고 끝도 없이 펼쳐진 광고판, 다카라 소주, 라이온 치약, 합성수지, 모리나가 캐러멜…….

실내가 더워 청년은 코트를 벗었다. 갓 맞춘 그의 양복도, 와이셔츠도, 넥타이도, 넥타이핀도, 손수건도, 손목시계까지도 온통 사치스러운 물건이었고 차분한 색채의 조화를 이뤘다. 그뿐 아니라 주머니에서 나온 신형 던힐 라이터도, 담배 케이스도 눈이 휘둥그레질 만큼 고가의 물건이었다. 머리끝부터 발끝까지 가와타의 취향이다, 라고 슌스케는 생각했다.

"가와타 군과는 어디서 만나기로 했나." 노작가가 짓궂게 물었다. 청년은 담배에 갖다 대던 불을 멈추고 노작가를 똑바로 쳐다봤다. 작고 푸른 불꽃은 타오른다기보다는 아슬아슬하게 공중에서 내려온 듯했다.

"어떻게 아셨습니까?"

"나는 소설가라네."

"놀랐습니다. 가마쿠라의 고후엔에서 기다리고 있습니다."

"그런가. 나도 가마쿠라에서 모임이 있네."

둘은 한동안 잠자코 있었다. 유이치는 창밖의 어두운 시야에 선명한 주황색이 가로지르는 걸 느끼고 그쪽을 보았다. 새로 칠을 하느라 주황색이 드러난 철교 철골 옆을 지나고 있었다.

돌연 슌스케가 말했다.

"어떤가, 자네는 가와타를 사랑하나."

아름다운 청년은 어깨를 으쓱했다.

"농담이시죠."

"어째서 사랑하지도 않는 사람을 만나러 가나."

"제게 결혼하라고 부추긴 건 선생님이 아닙니까, 사랑하지도 않는 여자와."

"여자와 남자는 다르지."

"흠, 똑같습니다. 어느 쪽이든 상스럽고 지루하긴 매한가집니다."

"고후엔이라……. 고급스럽고 좋은 숙소지. 하지만……"

"하지만?"

"거긴 말이지, 오래전부터 사업가가 어린 게이샤들을 데려가는 숙소라네."

아름다운 청년은 상처받은 듯 입을 다물었다.

슌스케는 이해하지 못하고 있었다. 청년이 매일 같이 무시무시한 지루함에 빠져 있음을. 이 나르시스를 지루하지 않게 하는 건 이 세상에 거울밖에 없음을. 거울 감옥이라면 이 미모의 죄수를 평생 가둬둘 수 있음을. 후배 가와타는 적어도 거울의 화신이 되는 기술을 터득했음을.

유이치가 입을 열었다.

"그날 이후 못 뵀군요. 교코는 어땠습니까. 일이 잘 풀렸다는 얘긴 전화로 들었습니다만. ……후훗." 그는 미소 지었는데, 이런 종류의 미소가 슌스케를 흉내낸 것임은 깨닫지 못했다. "다들 알맞게 정리가 되네요. 야스코, 가부라기 부인, 교코, ……어떻습니까, 저는 언제나 선생님께 충실하지요."

"충실하다면서 왜 집에 있는데 없는 척을 했나." 슌스케는 자기도 모르게 원망스런 투로 말했다. 이런 은근한 투정이 그가 유이치에게 할 수 있는 최대한이었다. "최근 두 달 동안 자네가 전화를 받은 건 두 번인가 세 번뿐이었지. 만나자고 해도 항상 말을 돌리고."

"일이 있으면 편지라도 주시지 그러셨어요."

"나는 웬만한 일이 아니고서는 편지를 안 쓰네."

……스쳐지나가는 두세 군데 역, 지붕 없는 플랫폼에 고독하게 서 있는 역명 간판, 지붕 아래 플랫폼에 늘어선 어두운 혼잡, 공허한 얼굴들과 수많은 우산, ……선로 위에서 차창을 올려다보는 축축하게 젖은 푸른 작업복의 인부들……, 이런 평범한 풍경이 두 사람의 침묵을 무겁게 했다.

잠시 후 상대방과 거리를 두려는 듯이 유이치가 말했다.

"교코는 어땠습니까."

"교코 말인가. 뭐랄까, 원하던 걸 얻었다는 느낌은 티끌만큼도 없었네. ……어둠속에서 자넬 대신해 그 여자 침실로 들어갔을 때, 술에 취한 여자가 눈을 감은 채 '유우짱' 하고 불렀을 때, 난 분명 회춘의 정을 느꼈어. 짧은 순간이었지만 난 분명 자네가 가진 청춘의 형태를 빌렸지. ……그뿐이네. 눈을 뜬 교코는 아침까지 한마디도 하지 않더군. 그날 이후 아무 소식도 없네. 내가 보기에 그 여자는 그 사건을 계기로 크게 타락할 거야. 가엾다면 가여운 일이지. 그런 꼴을 당할 만큼 나쁜 여잔 아니니."

유이치는 아무런 양심의 가책도 느끼지 못했다. 후회가 밀려올 정도의 동기나 목적도 없는 행동이었기 때문이다. 기억 속 그의 행위는 맑고 명랑했다. 복수도 아니고 욕망도 아닌 행위, 악의라고는 손톱만큼도 없었던 행위, 그것은 반복되지 않는 일정한 시간을 지배하며 순수한 영역을 퍼뜨려나갔다.

아마도 이때만큼 유이치가 슌스케의 작품 역할을 완벽히 수행하고 갖가지 윤리에서 벗어난 일은 없었다. 교코는 결코 기만당한 것이 아니다. 눈을 뜬 그녀 옆에 누워 있던 늙은 남자는 낮부터 그녀 곁에 있었던 젊고 아름다운 분신과 동일 인물이었던 것이다.

스스로 만들어낸 작품이 유발한 환영과 매혹에 대해 작자는 물론 책임이 없다. 유이치는 작품의 외면을, 형태를, 꿈을, 도취를 일으키는 술의 불감한 차가움을 대표하며, 슌스케는 작품의 내면을, 음울한 계산을, 무형의 욕망을, 제작이라는 행위의 관능적인 만족을 대표했다. 그러나 같은 작업에 동원된 이 동일인이 여자의 눈에는 다른 두 인물로 비쳤을 뿐이었다.

'그 기억만큼 완전하고 영묘한 일은 드물겠지.' 청년은 가랑비 젖은 창밖으로 눈을 돌리며 생각했다. '나는 행위에서 거의 무한하게 떨어져 있으면서, 그럼에도 행위의 가장 순수한 형태에 다가간 것이다. 나는 움직이지 않았다, 그럼에도 사냥감을 궁지로 몰아넣었다. 나는 대상을 원치 않았다, 그럼에도 대상은 내가 원하는 형태로 바뀌었다. 나는 총을 쏘지 않았다, 그럼에도 가여운 사냥감은 나의 총탄에 상처를 입고 쓰러졌다. ……그리고 그때, 그날 낮부터 밤까지, 나는 밝고 명랑하고 그늘 없이 과거에 나를 괴롭게 한 모조품의 윤리적 의무에서 벗어나, 오늘 밤 안에 여자를 침대로 데려가고자 하는 순수한 **욕망**에 열중하기만 하면 됐다.'

'……그러나 나에게 이 기억은 추하다.' 슌스케는 생각했다. '……내가 유이치의 외면에 적합한 나의 내면의 아름다움을, 그 순간조차 믿을 수 없었다니! 소크라테스가 어느 여름날 아침, 일리소스 강변 플라타너스 나무그늘에 누워 미소년 파이드로스와 더위에 쓰러질 때까지 이야기한 끝에 땅의 신들에게 빌었다는 기도가, 내게는 지상 최고의 교훈처럼 여겨진다.

〈판을 비롯해 이 땅에 존재하는 모든 신들이여, 나를 내면적으로 아름답게 하여, 내가 외면적으로 가질 수 있는 모든 것을 나의 내면과 화합하게 하소서……〉

그리스인들은 내면의 아름다움을 대리석 조각처럼 조형적으로 보는 희한한 재능을 갖고 있었다. 정신은 후대에 얼마나 타락하여, 관능 없는 사랑의 숭배를 받고 관능 없는 모멸로 더럽혀졌는가! 젊고 아름다운 알키비아데스는 소크라테스의 내면에 있는 관능적인 애정과 지혜에 매료되어, 실레노스처럼 못생긴 이 남자의 정욕을 북돋우어 사랑받고자, 몸을 바싹 붙이고 같은 망토를 두른 채 잠이 들었다. 알키비아데스의 아래와 같이 아름다운 말을《향연》편에서 읽고 나는 뛸 듯 기뻤다.

〈……선생 같은 분에게 몸을 맡기지 않으면 저는 고귀한 현자들에게 부끄러울 것입니다. 선생에게 몸을 맡긴 탓에 무지한 대중에게 부끄러운 것보다 훨씬, 훨씬 더〉……'

슌스케는 눈을 들었다. 유이치는 그를 보고 있지 않았다. 젊은이는 대단히 작은, 잡으려 해도 잡을 수 없는 것을 열심히 보고 있었다. 기찻길 작은 집, 장마로 젖은 뒤뜰에서 주부가 웅크리고 앉아 열심히 화로에 불을 피우고 있다. 흰 부채의 빠른 움직임과 작고 붉은 화구가 보였다. ……생활이란 무엇인가? 그것은 아마도 풀 필요 없는 수수께끼와 같은 것이다, 라고 유이치는 생각했다.

"가부라기 부인은 편지를 보내나?"

슌스케가 갑작스레 물었다.

"일주일에 한 번씩, 아주 긴 편지를 보내죠." 유이치는 가볍게 웃었다. "그것도 항상 부부의 편지가 한 봉투에 들어 있어요. 남편은 한 장, 많아도 두 장일까요. 두 사람 다 질리도록 노골적으로 절 사랑한다고 말합니다. 요전에 온 부인의 편지에는 이런 걸작 한 줄이 있었죠. '당신과의 추억은 우리 부부를 사이좋게 만듭니다'라고요."

"기묘한 부부도 다 있군."

"부부란 다들 기묘하죠." 유이치가 아이처럼 순진하게 대꾸했다.

"가부라기 군은 산림청 같은 데서 잘도 버티는구먼."

"부인이 자동차 브로커를 시작한 것 같던데요. 그걸로 어떻게든 버티는 거겠죠."

"그래. 그 여자라면 잘하겠지. ……그건 그렇고, 야스코도 벌써 만삭이지."

"네."

"자네가 아버지가 된다니. 그것도 기적이군."

유이치는 웃지 않았다. 그는 운하 옆 해상운송업자의 닫힌 창고를 보았다. 비에 젖은 부두에 묶인 두세 척의 배에 쌓인 신선한 목재의 색을 보았다. 흰 상호를 그려 넣은 창고의 녹슨 문은 잔잔한 물가에서 어렴풋이 기대에 찬 표정을 짓고 있었다. 탁한 물속 창고의 우울한 투영을 어지럽히며, 멀리 바다에서부터 무엇이 들어올 것인가?

"자네, 두려운가?"

이 놀리는 듯한 어조가 청년의 자존심을 정면으로 타격했다.

"두려움 따위 없습니다."

"자넨 두려워하고 있어."

"두려울 게 뭐 있습니까."

"충분히 있지. 두렵지 않다면 야스코가 출산할 때 함께 하도록 해. 자네가 지닌 공포의 정체를 확인하는 게 좋을 걸세. ……하지만 자넨 안 될 거야. 자네는 널리 알려진 바대로 애처가니까."

"무슨 말씀을 하고 싶으십니까."

"일 년 전 내 말대로 결혼한 그때, 자네가 극복한 공포의 열매를 다시금 움켜쥐어야 하네. ……자네는 결혼할 때 했던 그 맹세, 자기기만의 맹세를 지키고 있나. 자네는 정말로 야스코를 괴롭히면서, 자기는 괴롭지 않은 채 살 수 있겠나. 자네는 야스코의 고통을 시종일관 옆에서 느끼면서, 그걸 자네의 고통과 혼동하여 그게 부부의 애정이라고 착각하는 건 아닌가."

"뭐든 다 알고 계시면서. 제가 언젠가 인공유산 상담을 한 걸 잊으셨습니까."

"잊을 수가 있나. 나는 단연코 반대했네."

"그렇습니다. ……그리고 저는 말씀하신 대로 했습니다."

열차가 오후나역에 도착했다. 두 사람은 역 너머 산봉우리 사이에 고개를 숙이고 있는 거대한 관음상 머리가 안개 낀 푸른 나무들 사이로 불쑥 솟아 잿빛 하늘에 닿아 있는 것을 보았다. 역은 한산했다.

열차가 출발하고 얼마 지나지 않아, 슌스케는 가마쿠라까지 남은 한 정거장 동안 할 말을 다 해버리기로 작정한 사람처럼 재빠른 어조로 말했다.

"자네는 스스로의 무고함을 자기 눈으로 분명히 확인해보고 싶다는 생각이 들지 않나. 자네의 불안과 공포와 약간의 고통이 실은 아무 이유도 없음을 자기 눈으로 확인해보고 싶지 않은가. ……하지만 자넨 못 할 것 같군. 그게 가능하다면 분명 자네에게 새로운 생활이 펼쳐질 텐데, 하긴 힘들겠지."

청년은 반항적으로 코웃음을 쳤다. '새로운 생활!'이라. 유이치는 각이 잘 잡힌 바지주름을 한 손으로 정성들여 집어 올리며 다리를 바꿔 꼬았다.

"눈으로 확인하라니 뭘 어쩌란 겁니까."

"야스코 씨가 출산할 때 같이 들어가란 말일세."

"어처구니가 없군요."

"자네한텐 무리겠지."

슌스케는 아름다운 청년의 혐오를 노렸다. 화살에 맞은 사냥감을 보듯이 가만히 응시했다. 청년의 입가에는 비꼬는 척하는 당혹스럽고 불쾌한 쓴웃음이 한동안 떠올라 있었다.

타인에게는 쾌락이 수치스러울지 몰라도, 이 부부에게는 혐오가 수치였다. 슌스케는 유이치를 볼 때마다 그것을 꿰뚫어보았고, 야스코가 조금도 사랑받지 못하고 있음을 기뻐했다. 그러나 유이치도 언젠가 그 혐오와 직면해야만 한다. 그의 생활은 언제나 혐오에서 눈을 돌린 채 혐오에 빠져 있었다. 이제껏 얼마나 맛있는 척 혐오만을 즐겨 먹어왔던가. 야스코를, 가부라기 백작을, 가부라기 부인을, 교코를, 가와타를.

슌스케는 감칠맛 나는 혐오를 권하는 이런 교훈적인 친절 속에, 늘 이루어질 수 없는 애착을 숨겨왔다. 무언가가 끝나지 않으면 안 된다. 동시에 무언가가 새로 시작될 필요가 있었다.

……어쩌면 유이치는 그 혐오에서 치유될지도 모른다. 슌스케도…….

"아무튼 전 제가 하고 싶은 대로 하겠습니다. 거기까지 지시받진 않겠습니다."

"됐네……, 그걸로 됐어."

열차는 가마쿠라역 가까이 왔다. 열차에서 내리면 유이치는 가와타가 있는 곳으로 간다. 슌스케는 비통한 감정에 휩싸였다. 그러나 말은 마음과 반대로 냉담하게 중얼거렸다.

"아무튼, ……자넨 못할 걸세."

25장
변화

 그때 슌스케가 한 말이 오랫동안 유이치의 마음에 남았다. 잊으려 했지만 잊으려 하면 할수록 더욱 확고하게 그 말이 눈앞을 가로막았다.
 장마는 좀처럼 가실 줄을 몰랐고, 야스코의 출산도 늦어졌다. 예정일보다 사흘 늦었다. 그뿐이 아니다. 그토록 건강하던 임산부 야스코가 만삭이 되면서 다소 걱정스러운 징후를 보였다.
 혈압이 150을 넘고 발에 가벼운 부종이 생겼다. 고혈압과 부종은 때때로 임신중독증의 전조증상이다. 6월 30일 오후 첫 진통이 있었다. 7월 1일 밤에는 15분 단위로 통증이 엄습해 혈압은 190에 달했다. 더구나 그녀가 극심한 두통을 호소했기에 의사는 임신중독증 징후를 의심했다.
 주치의인 산부인과 부장은 며칠 전 야스코를 자신의 대학병원에 입원시켰다. 진통이 이틀 내내 계속됐지만 분만이 진행되지 않았다.

원인을 찾다 야스코의 치골 각도가 일반인보다 작다는 사실을 알아냈다. 그리하여 산부인과 부장의 주도하에 겸자 분만이 시행됐다.

7월 2일은 장마 동안 종종 찾아오는 무더위가 극성을 부리는 날이었다. 아침 일찍 야스코의 친정어머니가 자가용으로 유이치를 데리러 온 건, 유이치가 전부터 분만 당일에는 하루 종일 병원에 있고 싶다고 했기 때문이다. 사돈들은 예의바르게 인사를 주고받았고, 유이치의 어머니는 자기도 따라가고 싶은데 몸이 아파 혹 폐가 될지도 몰라 고심 끝에 안 가기로 했다고 변명을 했다. 야스코의 친정어머니는 건강하고 살찐 중년의 부인이었다. 차에 타 평소 입버릇대로 유이치를 가차 없이 놀려댔다.

"야스코는 널 이상적인 남편이라고 말하지만 내 눈은 못 속이지. 내가 젊었다면 부인이 있건 없건 널 가만두지 않았을 거야. 여자들이 따라붙어서 힘들지? 한 가지만 부탁하겠는데 야스코를 잘 속여주게. 어설프게 속이는 건 진정한 애정이 없어서야. 난 입이 아주 무거운 사람이니까 나한테만큼은 사실대로 털어놓게. 요즘 뭐 재미난 일이 있지?"

"왜 이러세요. 그런 수법엔 안 넘어갑니다."

양지 바른 데 누워 자는 소 같은 이 여자에게 만약 '사실대로' 털어놓는다면 어떤 반응을 보일까 하는 위험한 공상이 문득 유이치의 마음속에 떠올랐는데, 그때 눈앞으로 뻗은 부인의 손이 돌연 그의 이마에 늘어진 머리칼에 닿아 청년을 놀라게 했다.

"어머, 흰머린 줄 알았네. 머리카락이 반짝여서."

"그럴 리가."

"그러니까 지금 나도 놀랐다니까."

유이치는 작열하는 태양빛 아래 비친 도시를 바라보았다. 야스코가 이 거리의 구석에서 지금도 진통에 괴로워하고 있다. 그러자 그 명확한 고통이 유이치의 눈에 생생히 떠올라, 고통의 무게가 손바닥 위에 올려놓고 잴 수 있는 것처럼 여겨졌다.

괜찮겠지요, 하고 사위가 말했지만 장모는 사위의 불안을 경멸하듯, 괜찮아, 하고 답했다. 여자가 지닌 세상에 대한 낙천적인 자부심만큼, 경험 없는 어린 남편을 안심시킬 것은 없다는 사실을 터득하고 있었기 때문이다.

어느 교차로에서 차가 멈췄을 때, 사이렌 울리는 소리가 들렸다. 돌아보니 잿빛으로 거무스름해진 대로를 명랑한, 거의 동화적인 색채와 광택을 뿜내는 진홍색 소방차가 쏜살같이 달려오고 있었다. 차체는 무서운 기세로 도약했다가 차바퀴가 가볍게 지면에 닿으며 주위에 요란한 진동을 퍼뜨렸다.

유이치와 장모가 탄 차를 소방차가 스쳐지나가자, 두 사람은 달려 나가는 소방차의 꽁무니를 보며 불이 난 곳을 찾았다. 화재는 보이지 않았다.

"멍청하네. 이맘때 불을 내다니."

장모가 말했다. 이렇게 환한 대낮에 근처에 타오르는 불길이 있다면 화염이 보이지 않을 리 없다. 그럼에도 불구하고 화재는 어딘가에 확실히 존재했다.

……유이치는 병실에 들러 괴로워하는 야스코의 이마에 고인 땀

을 닦아주며, 분만 시간보다 먼저 병원에 와 있는 자신을 이상하게 여겼다. 뭔가 위험한 모험을 앞둔 쾌락 비슷한 것이 그를 유혹한 것이 틀림없었다. 어디에 있든 그는 야스코의 고통에서 벗어날 수 없었기에, 그녀의 고통에 대한 친근감이 젊은이로 하여금 아내 옆으로 달려오게 만든 것이다. 평소 그토록 집에 가지 않으려던 유이치가 '집에 가려'고 아내의 머리맡을 찾았다.

병실은 더웠다. 발코니로 통하는 미닫이문은 줄곧 열려 있었지만, 햇살이 하얀 장막을 뒤덮고 있었고, 그 장막은 불 듯 말 듯한 바람을 품고 있었다. 어제까지 비와 냉기가 계속돼 선풍기가 없었다. 안으로 들어온 장모가 곧장 집에다가 선풍기를 가져오라는 전화를 걸기 위해 일어섰다. 간호사는 병실에 없었다. 유이치와 야스코, 단둘이 남았다. 어린 남편이 아내 이마의 땀을 닦았다. 야스코는 깊은 한숨을 쉬며 눈을 뜨더니, 땀에 젖은 수건을 꼭 쥐고 있는 유이치의 손을 느슨하게 잡았다.

"약간 편해졌어. 지금은 괜찮아. 이 상태가 10분 정도 유지될 거야."

그녀는 막 생각났다는 듯 주위를 둘러봤다.

"왜 이렇게 더울까?"

야스코가 편해지는 걸 보는 게 유이치는 무서웠다. 편해진 그녀의 표정에는 유이치가 가장 두려워하는 일상생활의 편린이 엿보이기 때문이다. 어린 아내는 손거울을 집어달라고 남편에게 부탁한 다음, 고통에 헝클어진 머리칼을 빗었다. 화장을 하지 않은 창백하고 다소 부은 얼굴은 그녀 자신조차 고통의 숭고한 성질을 읽어낼 수 없을 만큼 추했다.

"지저분해서 미안." 그녀가 병자만이 가지는 애처로움을 띠며 말했다. "곧 나아질 거야."

유이치는 고통에 찌든 아내의 아이 같은 얼굴을 똑바로 바라봤다. 어떻게 설명하면 좋을까 하고 그는 생각했다. 그가 이 추함과 고통 속에서야말로 이토록 아내 가까이서 인간적인 감정에 젖어들 수 있음을. 아름답고 평화로운 시간 속에 있는 아내는 오히려 그를 인간적인 감정에서 멀어지게 하고, 그가 사랑할 수 없는 영혼만을 떠올리게 한다는 것을. 이것을 어떻게 설명할 수 있을까. 그러나 유이치의 오류는 지금 자신의 상냥함에 세상 보통 남편들의 상냥함도 섞여 있다는 사실을 전혀 믿지 않는다는 점에 있었다.

장모가 간호사와 함께 들어왔다. 유이치는 아내를 두 여자의 손에 맡기고 베란다로 나왔다. 3층 베란다는 안뜰을 내려다보게 되어 있었다. 안뜰 너머로 수많은 병실의 창문과 계단참의 유리창 단면이 눈에 들어왔다. 흰옷의 간호사가 계단을 내려가는 것이 보인다. 계단은 대담하게 경사진 평행선을 창문마다 그렸다. 오전 햇살이 반사되어 그 평행선을 사선으로 잘랐다.

유이치는 격렬한 광선 속에서 소독약 냄새를 맡으며 슌스케의 말을 떠올렸다. 자네는 스스로의 무고함을 자기 눈으로 분명히 확인하고 싶지 않나. '……그 노인의 말에는 언제나 너무도 매력적인 독소가 있다. ……확실한 혐오의 대상에게서 자신의 아이가 태어나는 곳을 보라는 거다. 그 사람은 나라면 그게 가능하리라는 걸 간파하고 있다. 그 잔혹하고 달콤한 유혹에는 의기양양한 자신감이 있었다.'

그는 베란다의 철제 난간에 손을 기댔다. 녹슨 철이 햇살로 데워진 미지근한 감각은, 흡사 신혼여행 때 그가 넥타이를 풀어 마구 때리던 호텔 테라스 난간을 떠올리게 했다.

유이치의 마음에 형언할 수 없는 충동이 일었다. 슌스케가 그의 마음에 그토록 우뚝 솟아, 그토록 선명한 고통과 함께 불러일으킨 기억의 혐오가 청년을 홀리게 했다. 무언가에 반항하고자 하는 마음, 차라리 복수하고자 하는 마음은, 무언가에 몸을 내던지는 마음과 거의 동의어였다. 혐오의 근원을 확인하고자 하는 이 욕구는 쾌락의 근원을 찾아내고자 하는 저 육체의 욕망, 관능이 명하는 탐구의 욕망과 구분하기 어려운 것이었다. 그렇게 생각하자 유이치의 마음은 전율했다.

야스코의 병실 문이 열렸다.

가운을 입은 산부인과 부장을 선두로 두 사람의 간호사가 바퀴 달린 침대를 밀며 병실로 들어왔다. 그때 다시금 야스코는 진통에 휩싸였다. 달려와 손을 잡은 젊은 남편의 이름을, 멀리 있는 사람을 부르듯 큰 소리로 외쳤다.

산부인과 부장은 빙긋이 미소를 지었다. 그리고 이렇게 말했다.

"조금만 더 참으면 됩니다, 조금만 참아요."

그의 아름다운 백발에는 한눈에 사람을 신뢰하게 만들기 충분한 힘이 있었다. 이 백발, 이 연공, 이 공명정대한 이 나라 제일의 선의에도 유이치는 적의를 품었다. 임산부를 향한, 다소 곤란한 분만을 향한, 태어날 아이를 향한, 온갖 배려와 관심이 그에게서 사라졌다. 생각나는 것은 오직 **그것**을 보고 싶다는 마음뿐이었다.

괴로워하는 야스코는 이동침대에 옮겨질 때도 눈을 감고 있었다. 흥건한 땀이 이마를 적셨다. 그녀의 부드러운 손은 다시금 유이치의 손을 공중에서 찾았다. 청년이 그 손을 잡자 핏기가 가신 입술이 고개를 숙인 유이치의 귀가에 다가왔다.

"같이 가. 당신이 곁에 있어줘야 아기 낳을 용기가 날 것 같아."

이토록 적나라하게 마음을 움직이게 하는 고백이 또 있을까. 유이치는 그야말로 아내가 그의 마음 깊은 곳의 충동을 꿰뚫어보고, 그걸 도와주고 있다는 기괴한 상상에 빠졌다. 하지만 그 순간의 감동은 무엇과도 견줄 수 없는 것이었다. 아내의 이런 사심 없는 신뢰에 사랑을 느끼는 남편이라고 하기에는, 옆에서 보기에도 너무나 격렬한 감정이 겉으로 드러났다. 그는 산부인과 부장의 눈을 올려다봤다.

"뭐라던가요."

박사가 물었다.

"아내가 계속 옆에 있어달라고 합니다."

박사는 이 경험 없는 남편의 팔꿈치를 찔렀다. 귓가에 대고 힘 있는 낮은 목소리로 말했다.

"그런 말을 하는 어린 부인이 종종 있습니다. 그걸 진심으로 받아들이면 안 돼요. 그런 일을 했다가는 당신이나 아내나 나중에 분명 후회할 거요."

"하지만 아내는 제가 있어야……."

"부인 맘은 알겠지만 엄마가 된다는 것만으로도 임산부는 충분히 고무돼 있을 겁니다. 당신이, 남편인 당신이 들어간다는 건 말도 안 되는 이야기예요. 지금은 그런 기분이 들더라도 분명 후회합니다."
"저는 절대 후회하지 않습니다."
"남편들은 다들 도망칩니다. 당신 같은 사람은 본 적이 없군요."
"선생님, 부탁드리겠습니다."

그 순간 예의 배우 본능이 유이치로 하여금, 부인을 배려한 나머지 분별력을 잃어버린 어린 남편의 설득할 길이 없는 훌륭한 망상을 연기하게 했다. 박사는 짧게 끄덕였다. 두 사람의 대화를 얼핏 들은 장모는 크게 놀랐다. 무슨 정신 나간 소리예요, 난 사양할래요, 하고 장모가 말했다.

"관두는 게 좋을 텐데. 분명 후회할 거야. 게다가 날 혼자 대기실에 남겨두다니, 정말 너무하네."

유이치의 손과 야스코의 손은 떨어지지 않았다. 그 손이 갑자기 강한 힘으로 당겨졌다고 느낀 건, 두 명의 간호사가 이동침대를 밀기 시작한 탓이다. 방에 있던 간호사가 병실 문을 열어 침대를 복도로 끌어냈다.

야스코의 침대를 둘러싼 행렬은 승강기를 타고 4층으로 올라갔다. 차가운 복도 위를 조용히 움직였다. 복도의 이음매에 침대 바퀴가 살짝 걸릴 때마다, 눈 감은 야스코의 희고 부드러운 턱이 아무 저항 없이 흔들렸다.

분만실 문이 좌우로 열렸다. 장모 혼자 실외에 남겨지고 문이 닫혔다. 장모는 문이 닫히기 직전에 다시 이렇게 말했다.

"자네 진짜 후회할 걸세. 도중에 무서워지면 당장 나와. 알겠지. 난 복도 의자에서 기다릴 테니까."

이에 답하는 유이치의 웃는 얼굴이 마치 스스로 위험에 맞서려는 사람의 미소를 닮은 것이 이상했다. 이 상냥한 젊은이는 자신의 공포를 확신하고 있었다.

준비된 침대 옆으로 이동침대가 끌려왔다. 야스코의 몸이 옮겨졌다. 그러자 준비된 침대 양옆에 세워진 기둥 사이로 낮은 커튼이 쳐졌고, 산모의 가슴 위까지 끌려온 커튼이 기구와 메스의 잔혹한 번쩍임에서 그녀를 지켜줬다.

유이치는 야스코의 손을 쥔 채 머리맡에 서 있었다. 그곳에서 그는 야스코의 상반신과, 낮은 장막으로 야스코 자신에겐 보이지 않는 하반신 양쪽 모두를 볼 수 있었다.

창은 남으로 나 있고 부드러운 바람이 불어왔다. 상의를 벗어 와이셔츠 차림이 된 젊은 남편의 넥타이는 뒤로 넘어가 어깨에 붙어 있었다. 그는 넥타이 끝을 셔츠 가슴에 달린 포켓에 찔러 넣었다. 그 동작에는 어디까지나 다망한 직무에 열중하는 듯한 민첩함이 있었다. 그렇다 해도 유이치가 할 수 있는 건 아무것도 없었고, 그저 땀이 밴 아내의 손을 쥐고 있을 뿐이었다. 이 고통스러워하는 육체와 고통 없이 바라보는 육체 사이에는 그 어떤 행위로도 다가갈 수 없는 거리가 있었다.

"조금만 더 참아요. 곧 끝날 거니까."

다시금 산부인과 부장이 야스코의 귓가에 대고 말했다. 야스코의 눈은 꼭 감겨 있다. 유이치는 아내가 그를 보고 있지 않다는 데에 자유를 느꼈다.

손을 씻은 산부인과 부장은 흰 가운 소매를 걷어 올린 채 두 조수를 대동하고 나타났다. 박사는 유이치 쪽을 조금도 보지 않았다. 수간호사에게 손짓을 했다. 두 간호사가 야스코가 누운 침대의 하반부를 떼어냈다. 상반부 하단에 매달린 뿔처럼 좌우 공중으로 솟은 기괴한 기구에 따라 야스코의 다리가 벌려져 고정됐다.

가슴 위로 낮게 걸린 장막은 그녀 자신의 하반신이 이토록 일개 물질로, 일개 객체로 변모하는 무참한 모습을 산모에게 보이지 않기 위해서였다. 그러나 한편으로 야스코가 느낄 상반신의 고통은 객체로 변모하는 상황조차 알지 못하는 고통, 하반신의 사건과는 거의 관계가 없는 순수하게 정신적인 고통이었다. 유이치의 손을 쥔 악력도 여자의 힘이 아니라, 야스코 자신의 존재에서 빠져나오려 할 만큼 고통으로 맹렬히 날뛰는 힘이었다.

야스코는 신음했다. 온기 가득한 실내에 신음소리가 무수한 풀벌레의 날갯짓 소리처럼 떠다녔다. 끊임없이 몸을 뒤척이려 했지만 여의치 않자, 딱딱한 침대에 축 처져 눈 감은 얼굴을 재빨리 좌우로 휘저었다. 유이치는 생각했다. 작년 가을, 우연히 만난 학생과 한낮에 다카기라초에 있는 숙소에서 시간을 보냈을 때, 꿈결처럼 소방차 사이렌 소리를 들었다. 그때 유이치는 이런 생각을 했다.

'……나의 죄가 불에 타지 않을 만큼 순수한 것이 되기 위해서는, 나의 무고함이 불길을 지날 필요가 있는 게 아닐까? 야스코에 대한 나의 완전한 무고. ……나는 일찍이 야스코를 위해 **새로 태어나고 싶다**고 바라지 않았던가? 지금은?'

그는 창밖 풍경을 보며 눈을 쉬었다. 여름해가 열차 선로 너머 너른 공원의 숲에서 타오르고 있었다. 거기서 보이는 경기장 타원은 빛의 풀장 같았다. 그리고 그곳에 인적은 없었다.

야스코의 손이 다시 유이치의 손을 강하게 잡아당겼는데, 그 악력은 그야말로 그의 주의를 환기시켜서 간호사가 박사에게 건넨 메스가 날카롭게 번쩍이는 것을 보지 않을 수 없었다. 그때 이미 야스코의 하반신에는 구토하는 입과 같은 움직임이 있었다. 그곳에 댄 천은 돛을 닮은 캔버스 천이었다. 카테터를 주입하면서 나온 소변과 머큐로크롬 액체가 그 천으로 흘러내렸다.

머큐로크롬을 발라 진홍색이 된 절개부에서 격렬한 유출이 시작되어 소리까지 들렸다. 국부마취 주사 후 메스와 가위가 절개부를 한층 더 벌리며 피가 천에 용솟음쳐 흘렀을 때, 붉게 뒤섞인 야스코의 내부가 잔인한 구석이라곤 없는 어린 남편의 눈에 그대로 들어왔다. 유이치는 그토록 도자기 같던 아내의 육체가 이렇게 피부가 벗겨져 그 내부를 여실히 드러낸 것을 보자, 더는 그것을 물질처럼 볼 수가 없었고 그런 자신에게 놀랐다.

'보지 않으면 안 된다. 어쨌든 봐야만 한다.' 그는 구토를 참으며 속으로 중얼거렸다. '무수히 붉게 젖은 보석과 같이 빛나는 조직, 피부 아래 피에 젖은 부드러운 것, 꿈틀꿈틀하는 것, ……외과의라면 이런 데 금방 익숙해질 것이고 나도 외과의가 되지 말라는 법은 없다. 아내의 육체는 나의 욕망 앞에서 도자기 그 이상도 아니었는데 같은 육체의 내면이 그 이상일 리 없다.'

이런 강한 척하는 마음가짐도 그가 가진 감각의 정직함 앞에서 곧바로 배신당했다. 아내의 육체 뒤에 숨어 있던 무시무시한 부분은 사실 도자기 이상의 것이었다. 그의 인간적인 관심은 아내의 고통을 느끼던 공감보다 훨씬 더 깊은, 무언의 붉은 살을 향하고 있었다. 그 젖은 단면을 보는데 흡사 그곳에서 유이치 자신을 보도록 끊임없이 강요하고 있는 것만 같았다. 고통은 육체의 범위를 벗어나지 않는다. 그것은 고독이다, 라고 청년은 생각했다. 그러나 훤히 드러난 저 붉은 살은 고독이 아니었다. 그것은 유이치의 내부에도 확실히 존재하는 붉은 살로 이어져, 이것을 보는 이의 의식에도 곧장 전파됐기 때문이다.

유이치는 한층 더 청결하게 빛나는 잔인한 은빛 기구가 박사의 손에 들린 것을 보았다. 그것은 부위를 벌리도록 하는 커다란 가위 모양의 기구였다. 가위의 칼에 해당하는 부분은 완곡한 한 쌍의 커다란 숟가락 형태로 먼저 한쪽이 깊숙이 야스코의 내부로 들어갔고, 다른 한쪽은 교차되어 들어간 후 비로소 지점이 고정됐다. 겸자였다.

어린 남편은 자신이 손을 대고 있는 아내의 육체 멀리 한 끝에, 이 기구가 선명하게 침입해 그 금속 손으로 무언가를 잡아 빼기 위해 뒤적거리는 움직임을 여실히 느꼈다. 그는 아랫입술을 깨문 아내의 하얀 앞니를 봤다. 이런 고통의 한가운데서도 세상에서 가장 사랑스러운 신뢰의 표정이 아내의 얼굴에서 사라지지 않음을 인정하며 키스를 꾹 참았다. 유이치는 그런 다정한 키스마저 충동적으로 자연스럽게 할 수 있는 자신감을 갖지 못했다.

겸자는 살이 질퍽한 곳 속으로 들어가 부드러운 태아의 머리를 찾아냈다. 그것을 끼웠다. 두 간호사가 좌우에서 야스코의 창백한 배를 눌렀다.

유이치는 자신의 무고함을 믿었다. 오히려 바랐다고 하는 편이 적당하다.

그러나 이 순간, 고통의 절정에 있는 아내의 얼굴과, 일찍이 유이치에게 혐오의 근원이었던 그 부분이 붉게 솟아오르는 것을 번갈아 보던 유이치의 마음은 변모했다. 온갖 남녀의 탄성에 떠밀려, 오직 남에게 보이기 위해 존재한다고 여겼던 유이치의 미모는 처음으로 그 기능을 되찾아, 지금 이 순간 보기 위해 존재하고 있었다. 나르시스는 자신의 얼굴을 잊었다. 그의 눈은 거울 이외의 대상을 향하고 있었다. 이토록 가혹하고 격렬한 추함을 응시하는 일이 자신을 보는 일처럼 여겨졌다.

이제껏 유이치의 존재 의식은 남에게 자신을 드러내 보이는 데 있었다. 그가 자신이 존재한다고 느끼는 순간은 분명 남이 자신을 보고 있다고 느낄 때였다. 남에게 자신을 드러내지 않아도 확실히 존재한다고 하는, 이 새로운 존재 의식이 젊은이를 도취시켰다. 말하자면 그 자신이 **보고 있었던** 것이다.

이 얼마나 투명하고도 경쾌한 존재의 본체인가! 자신의 얼굴을 잊은 나르시스는 자기 얼굴이 존재하지 않는다는 생각까지 들었다. 고통에 겨워 자신을 잊은 아내의 얼굴이 만약 한순간이라도 눈을 떠 남편을 보았다면, 그곳에 자신과 같은 세계에 있는 인간의 표정을 쉽게 찾아냈으리라.

유이치는 아내의 손을 놓았다. 새로운 자신에게 닿으려는 사람처럼, 그의 두 손은 땀에 젖은 자신의 이마에 닿았다. 손수건을 꺼내 땀을 닦았다. 그런 다음 공중에 남은 유이치의 손 자취를 붙잡으려 애쓰는 아내의 손놀림을 깨닫고, 주형에 자기 손을 집어넣는 듯이 그 손을 잡았다.

……양수가 흥건하게 흘러내렸다. 눈을 감은 갓난아기의 머리는 이미 밖으로 나왔다. 야스코의 하반신 주변에서 일어나는 작업은 태풍에 저항하는 선박 선원들의 작업처럼 힘을 합친 육체노동에 속하는 것이었다. 그것은 오롯이 힘이었고, 인력이 생명을 끄집어내려 하고 있었다. 유이치는 산부인과 부장의 흰 가운 주름에서도 일하는 근육의 움직임을 봤다.

갓난아기는 질곡에서 벗어나 미끄러져 나왔다. 그것은 희고 아련한 자색을 띤 반쯤 죽은 살덩어리였다. 무언가 웅얼거리는 소리가 터져 나왔다. 이윽고 살덩어리가 울음을 터뜨리더니 울음과 함께 조금씩 홍조를 띠었다.

탯줄이 잘리고 간호사 손에 안긴 갓난아기가 야스코 앞에 나타났다.

"공주님이네요."

야스코는 알아듣지 못하는 것 같았다.

"여자아이예요."

그 이야기를 듣고는 가볍게 고개를 끄덕였다.

이때까지 그녀는 말없이 눈을 뜨고 있었다. 그 눈은 남편도 아이도 보려 하지 않았다. 보더라도 미소를 짓지 않았다. 이 무감동한 표정은 다름 아닌 동물의 표정으로, 인간이 좀처럼 드러내지 못하는 것이었다. 이것에 비하면 인간의 그 어떤 희노애락의 표정도 가면에 불과하다고, 유이치 안의 '남자'는 생각했다.

26장

취기에서 눈뜬 여름의 도래

태어난 아이는 게이코라는 이름으로 불렸고, 일가의 기쁨은 더할 나위 없었다. 그러나 야스코의 생각과 달리 딸이 태어났다. 출산 후 일주일의 입원기간 동안 야스코의 마음은 흡족했지만, 종종 태어난 아이가 어째서 남자아이가 아니라 여자아이였는지 하는 쓸데없는 수수께끼 풀이에 열중하곤 했다. '남자아이를 바란 게 잘못이었을까'라는 생각을 한 적도 있다. '남편을 꼭 닮은 아름다운 아기를 포로로 삼았다고 기뻐했던 건 애초부터 덧없는 착각이었을까.' 아직 분명하진 않지만 그러나 아기의 생김새는 어머니의 흔적보다 아버지의 그것이 더 두드러진 것처럼 보였다. 매일 게이코의 몸무게를 쟀다. 체중계는 몸을 푸는 산모 옆에 놓여 있어서, 산후 건강을 되찾은 야스코가 직접 하루하루 늘어나는 아기의 체중을 그램으로 적었다. 처음에 야스코는 자기가 낳은 아기를 아직 인간의 형태를 갖추지 못한 살짝 기분 나쁜 생명체라고 생각했지만, 첫 수유의 찌르는 듯한 통증과 이어지는 부도덕한 쾌감을 지나 이 기묘하고 기분 나쁜 얼굴의 분신을 마음 깊이 사랑하지 않을 수 없었다. 아직 인간이라고 하기에는 부족한 존재를 주위 사람들과 방문객들이 억지로 인간 취급하며 통하지도 않는 말로 어르기도 했다.

야스코는 이삼일 전까지 맛본 무시무시한 육체적 고통을, 유이치로부터 받은 오랜 정신적 고통과 비교해보았다. 육체적 고통이 다 지나가고 평화를 되찾자, 정신적 고통이 훨씬 더 오래가고 치유도 늦다는 사실에서 오히려 희망을 발견했다.

유이치의 변모를 누구보다 빨리 눈치챈 것은 야스코가 아니라 유이치의 모친이었다. 솔직하고 꾸밈없는 유이치의 어머니는 특유의 단순함으로 아들의 면모를 재빨리 꿰뚫어보았다. 무사히 출산했다는 이야기를 듣고 그녀는 기요를 집에 혼자 남겨둔 채 자동차를 불러 병원으로 달려갔다. 병실 문을 열었다. 야스코의 머리맡에 있던 유이치는 한달음에 달려온 어머니를 껴안았다.

"놀래라. 숨을 못 쉬겠구나." 그녀는 버둥거리며 작은 주먹으로 유이치의 가슴을 쳤다. "내가 아픈 사람이란 걸 잊지 말아다오. 저런, 너 눈이 새빨개. 울었니."

"너무 긴장해서 지쳤습니다. 출산할 때도 쭉 옆에 있었거든요."

"같이 있었다고!"

"그렇다니까요." 장모가 말했다. "아무리 말려도 말을 들어야 말이죠. 야스코는 야스코대로 유이치 손을 놓으려 하질 않고."

유이치의 어머니는 침상에 누운 야스코를 봤다. 야스코는 힘없이 웃고 있었지만 딱히 얼굴을 붉히진 않았다. 모친은 시선을 돌려 새삼 아들을 봤다. 모친의 눈은 이렇게 말하고 있었다.

'이상한 아이네. 그렇게 무서운 것을 본 뒤에 비로소 너와 야스코는 진짜 부부처럼 듬직한 비밀을 나눠 가진 표정을 보이다니.'

무엇보다 유이치는 어머니가 가진 이런 종류의 직감을 두려워하고 있었다. 똑같은 것을 야스코는 **꿈에도** 두려워하지 않았다. 그녀는 고통이 끝난 후에도 유이치를 출산에 함께 데려간 것에 아무런 수치심도 느끼지 않는 자신에게 놀라고 있었다. 그렇게 하는 것만이 그녀 자신의 고통을 유이치가 믿게 만들 수 있다는 걸, 야스코는 어렴풋이 느끼고 있었는지도 모른다.

유이치의 여름방학은 7월 들어 몇 과목 보충을 빼면 이미 시작되고 있었지만, 낮에는 병원에서 보내고 밤에는 놀러 나가는 것이 그의 일과가 됐다. 가와타와 만나지 않는 밤이면 나쁜 습관을 떨치지 못하고 슌스케가 말한 소위 '위험한 관계'를 즐기러 갔다.

르동 외에 다른 몇몇 이쪽 술집에서 유이치는 단골이었다. 어느 술집은 90퍼센트 정도가 외국인 손님이었다. 그중에는 여장을 한 현직 헌병 손님도 있었다. 그는 어깨에 숄을 두르고 이런저런 손님에게 교태를 부리며 걸어 다녔다.

엘리제라는 술집에서 남창 여럿이 유이치에게 가볍게 인사했다. 그도 가벼운 인사로 답하며 웃었다.

'이것이 **위험한** 관계인가! 이렇게 간들거리고 유약한 녀석들과의 관계가.'

장마는 게이코가 태어난 다음 날부터 다시 시작됐는데, 어떤 술집은 뒷골목 노지의 진창 구석에 있었다. 손님 대부분은 이미 취기가 올라 진흙이 튄 바지를 입은 채 들락거렸다. 때론 흙바닥 구석에 물이 차오르기도 했다. 초벽질만 한 벽에 걸어둔 여러 개의 우산에서 빗물이 떨어져 수량이 더욱 늘었다.

아름다운 청년은 초라한 안주와, 그다지 고급스럽지 않은 술을 채운 술병과, 작은 사기잔을 앞에 두고 말이 없었다. 투명하고 연한 노란빛을 띤 술은 얇은 술잔 테두리에 찰랑찰랑 담겨 떨리고 있었다. 유이치는 그 술잔을 봤다. 어떠한 환영의 개입도 허락하지 않는 하나의 술잔이다. 그저 술잔이다. 그 이외에 아무것도 아니다.

유이치는 기이한 생각이 들었다. 그런 것은 이제껏 본 적이 없다는 기분이 들었다. 일찍이 술잔은 유이치가 그리는 환영, 유이치의 마음에 떠오르는 갖가지 사건을 반영하는 거리에 있었다. 언제나 이런 반영을 속성이라 여기며 바라보았지만, 지금 술잔은 훨씬 더 멀리 있고 그저 한 개의 물상으로 존재했다.

좁은 술집엔 손님이 너덧 명 있었다. 그간 유이치는 이쪽 사람들이 가는 술집 어디를 가더라도 반드시 모험을 맛보고 돌아왔다. 연상인 사람들은 달콤한 말로 장난을 치며 다가왔다. 연하인 사람들은 교태를 부렸다. 오늘 밤도 유이치 곁에는 끊임없이 술을 따르며 다가오는 동년배의 인상 좋은 청년이 있었다. 그가 유이치를 사랑한다는 건 유이치의 옆얼굴을 흘끔거리는 그의 눈빛에서 알 수 있었다.

청년의 눈빛은 아름답고 미소는 청결했다. 그게 어쨌다는 것인가. 그는 사랑받기를 바라고 그것이 그리 염치없는 희망은 아니다. 자신의 가치를 알리기 위해 얼마나 많은 남자가 자기를 쫓아왔는지 장황하게 늘어놨다. 다소 시끄럽긴 하지만 이런 자기소개는 게이gay

의 기질이며 이 정도를 가지고 타박하기는 어렵다. 옷차림도 훌륭하다. 몸매도 나쁘진 않다. 손톱은 단정하게 잘랐고 가슴팍에 살짝 보이는 흰 속옷도 청결하다. ……그러나 그게 어쨌다는 것인가.

유이치는 술집 벽에 붙은 권투선수의 사진으로 어둔 눈길을 가져갔다. 빛을 잃은 악덕은 빛을 잃은 미덕보다 몇 백 배는 더 지루했다. 아마도 악덕이 죄악이라고 불리는 이유는 약간의 자기만족도 허락하지 않는 이 반복적인 지루함에 있으리라. 악마가 지루해지는 것은 악행이 요구하는 영원한 독창성에 싫증이 났기 때문이다. 유이치는 모든 과정을 알고 있었다. 혹여 그가 청년에게 합의의 미소를 보낸다면 두 사람은 밤늦도록 차분히 서로 술잔을 기울이리라. 두 사람은 술집이 문을 닫으면 그곳을 나서리라. 술 취한 척하며 호텔 현관 앞에 서리라. 일본에서는 통상 남자끼리 숙박하는 손님도 크게 경계하지 않는다. 두 사람은 심야의 화물열차 기적소리가 가까이 들리는 이층 방 열쇠를 돌리리라. 인사 대신 기나긴 키스, 탈의, 꺼진 불빛을 배신하고 유리창을 밝게 물들이는 광고판, 노후한 스프링이 애처로운 소리를 내지르는 더블베드, 포옹과 성급한 키스, 땀이 마른 후 벗은 몸에 최초로 닿는 차가운 촉감, 포마드와 살 냄새, 끝을 알 수 없는 초조함과 동성 육체의 만족스러운 모색, 남자의 허영에 어긋나는 작은 비명소리, 머릿기름에 젖은 손, ……그리고 가엾고 억지스러운 만족, 엄청난 땀의 증발, 머리맡으로 손을 더듬어 찾는 담배와 성냥, 어렴풋이 빛나는 서로의 젖은 흰자위, 둑이 터지듯 쏟아내는 두서없는 긴 이야기, 그리고 잠시 욕망을 없애고 그저 두 남자아이가 된 것 같은 장난, 심야의 힘겨루기, 레슬

링 흉내, 그 밖에 각종 멍청한 일들……

'행여 이 청년과 함께 나간다 해도' 유이치는 술잔을 응시하며 생각했다. '무엇 하나 새로운 일 없이 여전히 독창성의 요구는 채워지지 않을 것이란 걸 안다. 남자끼리의 사랑은 늘 이렇게 덧없는 것인가. 정사 후 청정한 우애로 끝나는 상태가 남색의 본질인 탓은 아닐까. 정욕이 채워지고 서로 단순한 동성이라는 개체로 돌아가는 고독한 상태, 그 상태를 만들어내기 위해 존재하는 정욕은 아닐까. **이 종족**들은 남자이기 때문에 서로 사랑한다, 라고 생각하고 싶어 하지만 사실은 잔혹하게도 서로 사랑하기 때문에 비로소 남자라는 사실을 발견하는 것은 아닐까. 사랑하기 이전 이 사람들의 의식에는 무언가 대단히 애매한 것이 있다. 이 욕망에는 육욕이라기보다 형이상학적인 욕구에 가까운 것이 있다. 그것은 무엇일까?'

유이치가 세상 여기저기에서 찾아낸 것은 속세를 떠나려는 마음이었다. 사이카쿠의 남색 이야기 속에 등장하는 연인들은 출가하거나 동반자살하는 결말밖에 나오지 않는다.

"벌써 가십니까."

계산을 부탁하는 유이치에게 청년이 말했다.

"네."

"간다역으로 가십니까."

"그렇습니다."

"그럼 역까지 같이 갑시다."

두 사람은 진창의 노지를 빠져나와 가드 아래 혼잡한 술집 거리를 지나 역으로 향했다. 오후 열 시다. 이 거리가 한참 번잡할 시간이다.

그쳤던 비가 다시 내리기 시작했다. 몹시 무더웠다. 유이치는 흰 폴로셔츠를, 청년은 남색 폴로셔츠를 입고 서류가방을 들었다. 골목이 좁아서 두 사람은 한 우산 아래로 들어갔다. 청년이 시원한 걸 마시자고 했다. 유이치는 찬성하여 역 앞의 작은 카페로 들어갔다.

청년은 쾌활한 어조로 이야기했다. 자기 부모님, 귀여운 여동생, 집에서 운영하는 히가시나카노의 꽤 큰 신발가게, 아버지가 자신에게 얼마나 기대를 품고 있는지, 자신이 가지고 있는 소박한 적금. ……유이치는 청년의 아름답고도 서민적인 얼굴을 들여다보며 그의 이야기를 들었다. 이런 청년이야말로 보통의 행복을 위해 태어난 남자다. 그런 종류의 행복을 지키기 위해서는 그가 가진 조건이 거의 완벽했다. 딱 한 가지, 아무도 모르는, 지극히 죄 없는, 비밀스런 결점을 빼고는! 이 결점이 그가 가진 모든 것을 와해시키고, 아이러니하게도 이런 평범한 청춘의 얼굴에 자신조차 의식하지 못하는 일종의 형이상학적인 그늘을 드리웠던 것이다. 그는 마치 고급스러운 이상의 고뇌에 지친 듯 보였다. 만약 이 결점이 없었다면 그는 스무 살에 처음으로 여자가 생겼을 때, 벌써 마흔이 된 남자처럼 자기 자신에게 만족해 그대로 죽을 때까지 같은 만족감을 음미하며 사는 부류의 남자로 자랐을 게 분명하다.

선풍기는 두 사람의 머리 위에서 방정맞게 돌아갔다. 아이스커피의 얼음이 빠르게 녹았다. 유이치는 담배가 떨어져서 청년에게 한 대 얻었는데, 그 순간 만약 두 사람이 서로 사랑해서 함께 지낸다면 어떻게 흘러갈까 상상하니 우스웠다. 남자끼리 청소도 하지 않고 집안일도 소홀히 하며 서로 사랑을 나누는 것 외에는 온종일 둘이서 담배만 태우는 생활. ……재떨이는 금세 가득 차겠지…….

청년이 하품을 했다. 크고 어둡고 윤기 나는 구강 주위로 고른 치열이 둘러져 있었다.

"실례합니다. ……지루한 건 아닙니다. ……다만 어서 이런 사회에서 발을 빼고 싶다는 생각이 드네요. (이것은 gay를 그만두겠다는 의미가 아니라 빨리 정해진 상대와 견고한 생활을 하고 싶다는 의미라고 유이치는 생각했다.) ……저, 마술을 부릴 줄 압니다. 보여드릴까요."

그는 자신이 상의를 입고 있다고 생각하고 가슴 주머니가 있는 곳에 손을 댔다. 그러고는 상의를 입지 않았을 때는 가방 속에 넣어 다닌다고 변명을 했다. 가방은 청년의 무릎 옆에 갈라진 가죽 옆구리를 보이며 늘어져 있었다. 성격 급한 주인이 너무 급하게 버클을 벗겨서 가방이 뒤집히며 내용물이 바닥에 우수수 떨어졌다. 청년은 서둘러 몸을 숙여 주웠다. 유이치는 도우려 하지도 않고 청년의 손이 주워드는 물건들을 형광등 불빛 아래 선명하게 보았다. 크림이 있다. 로션이 있다. 포마드가 있다. 빗이 있다. 오드코롱이 있다. 뭔가 또 다른 크림 병이 있다. ……숙박할 경우를 생각해서 아침에 몸가짐을 위해 들고 다니는 물건들이다.

배우도 아닌 남자가 가방에 넣어 들고 다니는 화장품 도구는 더할 나위 없이 비참하고 보기 흉했다. 유이치가 받은 그런 인상을 눈치채지 못하고, 청년은 병이 깨졌는지 아닌지 확인하기 위해 오드코롱을 전등불 쪽으로 높이 쳐들었다. 삼분의 일밖에 남지 않은 더러워진 병을 보자 유이치는 전보다 두 배는 더 견디기 힘들어졌다.

청년은 굴러떨어진 물건들을 가방에 모두 넣었다. 도우려고도 하지 않은 유이치를 미심쩍게 바라봤다. 그러다 왜 가방을 열려 했는지 새삼 떠올라, 너무 오래 숙이고 있던 탓에 귀까지 빨갛게 달아오른 얼굴을 다시 숙였다. 가방 속 작은 주머니에서 작고 노란 것을 꺼냈다. 붉은 명주실 끝에 달려 있는 그것을 유이치의 눈앞에서 흔들어보였다.

손에 쥐어본다. 누런 실로 엮어 붉은 끈을 단 아주 작은 짚신 한 짝이었다.

"이게 마술입니까."

"네, 누가 줬습니다."

유이치는 아랑곳하지 않고 시계를 봤다. 이제 집에 가야한다고 말했다. 카페를 나왔다. 간다역 표 파는 곳에서 청년은 히가시나카노역 차표를, 유이치는 S역 차표를 샀다. 두 사람은 방향이 같았다. 전차가 S역에 가까워 유이치가 내릴 준비를 하자, 그가 S역 차표를 산 게 역무원에게 같은 행선지를 대는 게 멋쩍은 탓이라고 생각한 청년은 당황했다. 그의 손이 유이치의 손을 꽉 잡았다. 괴로워하는 아내의 손을 떠올린 유이치는 매정하게 뿌리쳤다. 청년은 억지로 웃고 있었다.

"진짜 여기서 내릴 건가요."

"음."

"그럼 저도 따라가겠습니다."

그는 어둠이 내린 한산한 S역에서 유이치와 함께 내렸다. 저도 따라갈 거예요, 하고 과장되게 술에 취한 척하며 청년이 끈질기게 말했다. 유이치는 화가 났다. 돌연 가야할 곳이 생각났던 것이다.

"나랑 헤어지고 어디로 갈 거예요."

"넌 모르는구나." 유이치가 차갑게 말했다. "난 아내가 있어."

"예?" 청년은 파랗게 질려 우뚝 섰다. "그럼 지금까지 날 가지고 놀았군요."

그는 선 채로 울기 시작하더니 벤치가 있는 곳까지 가서 걸터앉아 서류가방을 가슴에 끌어안고 울었다. 이런 희극적인 결말을 지켜본 유이치는 서둘러 그 자리를 벗어나 계단을 올라갔는데, 뒤따라오는 기색은 없었다. 역을 나와 빗속을 달렸다. 모두 잠들어 고요한 병원 건물이 눈앞에 다가왔다.

'여기 오고 싶었어.' 그는 간절히 생각했다. '바닥에 떨어진 그 남자의 가방 속 물건들을 봤을 때부터 무작정 여기로 오고 싶었다.'

원래는 홀로 유이치의 귀가를 기다리는 어머니의 집으로 돌아갈 시각이었다. 병원에서는 묵을 수 없다. 그러나 병원에 들르지 않고는 잠들지 못할 것만 같았다.

현관 숙직은 장기를 두며 아직 깨어 있었다. 그 흐릿하고 노란 불빛이 멀리서도 보였다. 접수창구에서 빠끔히 내다보는 어둔 얼굴이 있었다. 다행히 유이치는 잘 알려진 얼굴이었다. 아내의 출산을 함께 지킨 남편이라고 칭찬이 자자했다. 유이치는 앞뒤가 맞지 않는 구실이긴 했지만 아내의 병실에 중요한 물건을 놓고 왔다고 말했다. 벌써 주무실 텐데요, 하고 숙직은 말했다. 그러나 이 젊은 애처가의 표정이 그의 마음을 움직였다. 유이치는 어슴푸레하게 등불이 켜진 계단을 올라 3층으로 향했다. 그의 구둣발 소리가 심야의 계단을 요란하게 울렸다.

　야스코는 잠들지 않고 있었지만 거즈를 만 손잡이가 돌아가는 소리를 꿈처럼 들었다. 갑자기 두려움이 엄습해 몸을 일으켜 스탠드를 켰다. 그 빛이 닿지 않는 곳에 선 사람의 그림자는 남편이었다. 안도의 한숨을 내쉬기에 앞서 말할 수 없이 격렬한 기쁨으로 심장이 고동쳤다. 폴로셔츠를 입은 유이치의 희고 듬직한 흉부가 움직이며 야스코 앞에 섰다.

　부부는 두세 마디 평범한 대화를 나눴다. 야스코는 타고난 총명함을 발휘해 이런 깊은 밤 남편이 왜 찾아왔는지 묻지 않았다. 어린 남편은 게이코의 유아용 침대 쪽으로 스탠드 불빛을 비추었다. 반투명한 작고 청결한 콧구멍이 성실하게 잠든 숨소리를 내고 있었다. 유이치는 자신의 평범한 감정에 푹 빠져 있었다. 이제껏 그의 내부에 잠들어 있던 감정이 이토록 안전하고 확실한 대상을 찾아내어 그를 도취시킨 것이다. 유이치는 아내에게 부드럽게 작별인사를 했다. 오늘 밤 그에게는 잠들기에 충분한 이유가 있었다.

＊＊

　야스코가 퇴원해 집으로 돌아온 이튿날, 유이치가 일어났더니 기요가 사과를 했다. 그가 넥타이를 맬 때 사용하는 벽거울을 청소하다가 떨어뜨려 깬 것이다. 이 뜻밖의 작은 사건이 그를 웃음 짓게 했다. 아마도 유이치가 거울이 가진 이야기적 마력에서 해방되었다는 표식이리라. 그는 작년 여름, K마을 숙소에서 슌스케가 쏟아낸 찬미의 독에 귀를 더럽히기 시작했을 때, 꽤 은밀한 거울과의 친교의 단서가 됐던 옻칠한 검고 기다란 경대를 떠올렸다. 그 이래 유이치는 남성일반의 습관에 따라 자신이 아름답다고 느끼는 일을 스스로 금지하고 있었다. 오늘 아침 거울이 깨진 뒤 그는 다시금 이 금기로 돌아가려 하는 것일까?

　어느 밤 재키의 집에서 귀국하는 한 외국인을 위한 송별회가 열렸다. 유이치의 집으로도 인편으로 초대장이 왔다. 유이치의 출석은 그날 밤 파티에서 중요한 부분이었다. 그가 오면 많은 손님들에게 재키의 면이 선다. 이 사실을 아는 유이치는 몇 번이나 망설였지만 결국 초대에 응했다.

　모든 것이 작년 크리스마스 gay party와 같았다. 초대된 젊은이들은 르동에 모여 기다렸다. 그들은 모두 알로하셔츠를 입었고 사실상 그건 그들에게 아주 잘 어울렸다. 에이짱과 오아시스의 기미짱 무리는 작년과 다르지 않았지만 외국인 손님들은 모두 달라져 있어서 이 멤버들 덕택에 꽤나 신선했다. 그중에는 처음 보는 얼굴도 있었다. 게이짱이 그랬고 갓짱이 그랬다. 전자는 아사쿠사에 있는 대형 우나기 음식점 아들이고, 후자는 은행 지점장을 맡고 있는 고지식한 유명인의 아들이다.

　일동은 우기의 무더위 속에서 찬 음료를 앞에 두고 시시한 이야기를 하며 외국인들을 태운 차가 오기를 기다렸다. 기미짱이 재밌는 이야기를 했다. 신주쿠의 어느 대형 과일가게 주인이 전후 판잣집을 걷어치우고 이층짜리 건축물을 세우는데, 사장 자격으로 땅에 지내는 고사에 참석했다. 그가 얌전빼는 얼굴로 상록수가지를 바치고 뒤이어 젊은 미남 전무가 똑같이 했다. 모르는 사람이 보기에는 이상할 게 전혀 없는 이 의식은 사실 많은 사람들이 둘러보는 가운데 진행된 '비밀 결혼식'이었기에, 그전까지 오랫동안 연인 사이였던 두 사람은 한 달 전 사장의 이혼이 정리된 후 이 고사의 밤부터 동거에 들어갔다.

가지각색의 알로하셔츠를 입은 팔뚝이 드러난 젊은이들은 익숙한 가게 의자에 나름대로 자세를 잡으며 앉아 있었다. 다들 깔끔하게 면도를 하고, 머리엔 강한 향유 냄새가 났으며, 구두는 새로 산 것처럼 깨끗하게 닦았다. 한 사람은 스탠드바에 팔꿈치를 대고 유행하는 재즈를 흥얼거리며, 솔기가 뜯어진 오래된 가죽 컵을 엎었다 세웠다 하면서, 어른스러운 권태를 흉내내 빨강 초록 점이 박힌 검은 주사위 두세 개를 굴리고 있었다.

그들의 미래야말로 괄목할 만한 것이다! 고독한 충동에 내쫓겨, 혹은 죄 없는 유혹에 몰려, 이 세계로 들어온 소년들 가운데 극소수는 자기들 처지에서 꿈도 못 꿀 외국유학에 당첨되었지만, 남겨진 대다수는 이윽고 청춘을 낭비한 보답으로 의외로 빨리 늙고 추한 제비를 뽑게 되리라. 그들의 젊은 얼굴에는 이미 호기심의 탐닉과 끊임없는 자극의 욕구가 쓸려나간 폐허의 흔적이 있었다. 열일곱 살에 배운 진, 누가 준 외국 담배의 맛, 공포를 모르는 순수함의 가면을 쓴 방탕, 후회의 결실마저 남기지 않는 방탕, 어른들이 쥐어주는 여분의 용돈, 비밀스런 돈의 용도, 일하지 않으면서 주입된 소비의 욕망, 몸을 치장하고 싶다는 본능의 자각, ……심지어 이 밝은 타락에는 그림자도 없었다. 어떤 형태이든 청춘은 완전히 자족하며,

그들은 어디까지나 육체의 순결에서 벗어날 수 없다. 왜냐하면 순결을 잃는다는 것은 일종의 완성이라고 느끼는 것이 보통이나, 완성감을 갖지 못한 그들의 청춘은 무엇 하나 잃어버린 기분이 들지 않았기 때문이다.

"불량스런 기미짱" 하고 갓짱이 말했다.
"풍기문란 갓짱" 하고 기미짱이 말했다.
"돈 밝히는 에이짱" 하고 겐짱이 말했다.
"등신아" 하고 에이짱이 말했다.

이런 서민적인 말싸움은 개를 파는 가게 우리 안에서 강아지들이 치는 장난을 닮았다.

몹시 더웠다. 선풍기는 미적지근한 물 같은 바람을 날라 왔다. 다들 오늘 밤 원정이 내키지 않았지만, 그들을 데리러온 외국인의 차가 두 대 다 오픈카라는 사실이 밝혀진 순간 일동은 기분이 매우 좋아졌다. 이걸로 오이소까지 두 시간 동안 우기를 머금은 밤바람에 머리칼을 휘날리며 수다를 즐길 수 있었다.

*
**

"유우짱, 정말 잘 와줬어."

재키는 천성에서 우러난 우정의 몸짓으로 유이치를 맞이했다. 돛대와 상어와 야자수와 바다 모양으로 된 알로하셔츠를 입은 이 날카로운 직감의 소유자는, 유이치를 해풍이 불어오는 로비로 안내하더니 재빨리 귓가에 대고 물었다.

"유우짱, 요즘 무슨 일 있어?"

"아내가 아기를 낳았지."

"네 아기?"

"내 아기."

"훌륭하군."

재키는 크게 웃으며 유리잔을 대고 유이치의 딸을 위해 건배했다. 그러나 이 미묘한 유리의 마찰에는 두 사람이 살고 있는 세계의 거리를 단번에 느끼게 만드는 무언가가 있었다. 재키는 여전히 거울의 방, 남들에게 보여주는 영역의 삶을 살고 있었다. 아마도 죽을 때까지 그곳에 살리라. 거기에선 설령 그의 아이가 태어난다 해도, 거울을 사이에 두고 거울 뒷면에서 아버지로 살아가리라. 온갖 인간적인 사건이 그에게는 중요함을 완전히 상실하고 있었다…….

뮤지션이 유행곡을 연주하자 남자들은 온통 땀에 젖어 춤을 췄다. 유이치는 창에서 뜰을 내려다보고 깜짝 놀랐다. 잔디가 자란 뜰 여기저기에 풀숲과 키 작은 나무가 우거져 있다. 나무 그늘 하나하나 속에 한 쌍씩 껴안은 그림자가 있다. 그늘 속에 점점이 담뱃불이 보인다. 때때로 성냥불이 피어올라 외국인 얼굴의 높은 코 일부를 멀리서도 분명히 보이도록 했다.

유이치는 뜰 외곽 철쭉 그늘에 선원풍 가로줄무늬 티셔츠가 몸을 떼고 일어서는 모습을 봤다. 상대는 노란 무지 셔츠다. 일어선 두 사람은 가벼운 키스를 하더니 고양잇과 동물처럼 부드러운 몸놀림으로 각기 다른 방향을 향해 달려가버렸다.

잠시 후 유이치는 가로줄무늬 티셔츠를 입은 젊은이가 창문에 기대고 선 것을 발견했다. 마치 아까부터 쭉 거기 있었다는 듯한 자세였다. 작고 정교한 얼굴, 무표정한 눈, 응석받이 같은 입모양, 그리고 치자나무 같은 얼굴색…….

재키가 일어나 그 옆으로 다가가더니 슬쩍 물었다.

"잭, 어디 갔었어?"

"릿지맨이 머리가 아프다고 해서 저 아래 약국에 약을 사러 갔었어요."

상대를 괴롭히려고 일부러 거짓말 같은 거짓말을 내뱉는다. 그 행동에 너무도 잘 어울리는 입술과 인정머리 없이 하얀 이를 가진 이 젊은이가 재키의 연인이라는 것을 유이치는 일찍이 소문으로 들어서 알고 있었다. 재키는 그렇게만 묻고는 얼음을 가득 넣은 위스키 컵을 양손에 들고 다시 유이치 옆으로 와서 귓가로 입을 가져갔다.

"그 거짓말쟁이가 뜰에서 뭘 하는지 봤어?"

"……."

"봤겠지. 녀석은 아무렇지도 않게 내 집 정원에서 그런 짓을 해."

유이치는 재키의 얼굴에 고뇌가 스치는 것을 보았다.

"재키는 관대하네." 유이치가 말했다.

"사랑하는 사람은 언제나 관대하고 사랑받는 사람은 언제나 잔혹하지. 유우짱, 나도 내게 반한 남자한테는 그 녀석보다 훨씬 더 잔혹해." 그러면서 재키는 올 들어 나이 많은 외국인이 자기에게 얼마나 추근댔는지 자랑삼아 하염없이 이야기했다.

"인간을 가장 잔혹하게 만드는 건 사랑받고 있다는 의식이야. 사랑받지 못하는 인간의 잔혹함 따위 알게 뭐야. 예를 들어 휴머니스

트란 남자들은 하나같이 못생겼다고."

유이치는 그의 고뇌에 경의를 표할 지경이었다. 그런데도 재키는 자기가 나서서 몸소 그 고뇌에 허영심이라는 분으로 화장을 하고, 그것을 엉거주춤하고 애매한 일종의 그로테스크한 것으로 만들어 버렸다. 두 사람은 잠시 그곳에 선 채 교토의 가부라기 백작의 근황에 대해 이야기를 나눴다. 백작은 지금도 가끔 교토 시치조의 우치하마 일대 이쪽 술집에 모습을 드러내는 듯했다.

재키의 초상화는 여전히 한 쌍의 아름다운 장식 초 사이에 놓여 있었다. 벽난로 선반 위에 희미한 올리브색 나체가 반짝였다. 벌거숭이의 목에 녹색 넥타이가 단정치 못하게 묶인 이 젊은 바커스의 입가에는 어딘지 모르게 일락의 불후, 쾌락의 불멸 따위를 떠올리게 하는 표정이 있었다. 오른손에 들린 샴페인 잔은 단 한순간도 마른 적이 없었다.

그날 밤, 유이치는 재키의 입장도 생각하지 않고 자신에게 유혹의 손길을 뻗는 수많은 외국인 손님을 무시한 채, 자기 취향인 한 소년과 동침했다. 소년의 눈은 감겨 있었고, 아직 수염이 자라지 않은 윤택한 뺨은 과육처럼 하얬다. 일이 끝나자 젊은 남편은 집으로 돌아가고 싶어졌다. 새벽 한 시다. 그날 밤 안에 도쿄로 돌아가야 하는 한 외국인이 자기 차로 유이치를 바래다주겠다고 나섰다. 유이치는 이 제안을 받아들였다.

예의상 유이치는 운전하는 외국인 옆자리에 앉았다. 불그레한 얼굴을 한 중년의 외국인은 독일계 미국인이었다. 유이치를 은근히 부드럽게 대하며 필라델피아에 있는 자기 고향 이야기를 했다. 필라델피아의 어원은 고대 그리스 소아시아 마을 이름을 딴 것이며 여기서 필라는 그리스어 필레오에서 왔는데 '사랑한다'는 의미이다. 아델피아는 아델포스, '형제'를 의미한다. 그러니까 자기 고향은 '형제애'의 나라다, 라고 했다. 그러고는 한밤의 아무도 없는 자동차도로를 질주하며 한 손을 핸들에서 떼 유이치의 손을 잡았다.

다시 핸들로 돌아간 그 손은 곧장 핸들을 왼쪽으로 크게 꺾었다. 차는 인적 없는 어두운 골목으로 접어들었다. 거기서 다시 오른쪽으로 꺾어 밤바람 살랑대는 숲속 나무 아래 도로에 정차했다. 외국인의 팔이 유이치의 팔을 잡았다. 금발로 뒤덮인 굵은 팔과 젊은이의 긴장된 부드러운 팔은 서로의 눈을 바라보며 한동안 서로를 끌어당겼다. 거구의 힘은 무시무시한 것이어서 유이치는 도저히 적수가 되지 못했다.

불 꺼진 차내에서 두 사람은 서로 하나가 되어 쓰러졌다. 이윽고 먼저 몸을 일으킨 쪽은 유이치였다. 벗겨진 흰 속옷과 연푸른 알로하셔츠를 걸치려 팔을 뻗었을 때다. 아름다운 청년의 맨 어깨가 다시금 정렬에 휩싸인 남자의 입술 힘에 뒤덮였다. 육식에 익숙한 예리하고 거대한 송곳니가 젊고 광택을 띤 유이치의 어깨 살을 파고들었다. 기쁨에 차 터져 나온 행위였다. 유이치는 비명을 질렀다. 한 줄기 피가 젊은이의 하얀 가슴으로 흘렀다.

유이치는 몸을 홱 돌려 일어섰다. 그러나 자동차 천장이 낮은데다가 그가 등지고 있던 앞 유리가 기울어 있어서 완전히 일어설 수는 없었다. 한 손으로 상처를 누르고 자신의 무력함과 굴욕감에 새파랗게 질려 앞으로 몸을 구부린 채 상대를 노려볼 뿐이었다.

유이치가 노려보자 외국인의 눈은 욕망에서 깨어났다. 슬그머니 비굴해져서 자기가 만든 자국을 보고 공포에 휩싸여 몸을 부르르 떨더니 끝내 울음을 터뜨렸다. 그러더니 더 바보 같은 짓도 서슴지 않았는데, 바로 자기 가슴에 달린 작은 십자가 목걸이에 키스를 하고 벌거벗은 채 핸들에 몸을 기대 기도를 했다. 그런 다음 유이치에게 장황하게 하소연하며, 자기 평소 양식과 교양이 이런 마성의 강박 앞에서 얼마나 무력한지를 우둔하게 설명했다. 독선적이고도 비열한 어투였다. 그가 무시무시한 위력으로 유이치를 정복했을 때, 유이치의 육체적 무력함이 자신의 정신적 나약함을 정당화했다는 말처럼 들렸기 때문이다.

유이치는 그냥 빨리 셔츠를 입으라고 권했다. 외국인은 그제야 자신이 벌거벗었다는 걸 깨닫고 옷을 챙겨 입었다. 자신이 벌거벗었다는 걸 깨닫는 데 그토록 시간이 걸렸으니 자신의 정신적 나약함을 깨닫는 데도 꽤나 시간이 필요했으리라. 이런 정신 나간 사건 덕분에 유이치는 아침이 되어서야 귀가했다. 어깨에 생긴 사소한 깨물린 상처는 금세 나았다. 그러나 이 상처를 보고 질투를 느낀 가와타는 어떻게 하면 유이치의 기분을 상하지 않고 자기도 유이치에게 그런 상처를 낼 수 있을까 하고 이리저리 고민했다.

**

유이치는 가와타와의 관계에 두려움을 느끼고 있었다. 사회적 긍지와 사랑의 굴욕에서 오는 기쁨을 엄격히 구별하는 가와타의 방법은, 아직 사회의 현실을 잘 모르는 젊은이의 마음을 혼란스럽게 했다. 가와타는 사랑하는 사람의 발바닥에 키스하는 것조차 꺼려하지 않으면서, 사랑하는 사람이 자신의 사회적 긍지에 손끝 하나 대는 것도 허락하지 않았다. 이런 점에서 그는 슌스케와 대조적이라 할 수 있었다.

슌스케가 유이치에게 좋은 스승은 아니었다. 뼛속 깊은 자기혐오와, 획득한 모든 것을 모멸하는 수법과, 회한이 깊어지면 깊어질수록 현재 한순간을 최고의 순간이라 주장하는 그의 이론은, 유이치의 청춘이 늘 눈앞의 만족을 강요하도록 했다. 또한 청춘에서 변천하는 순간의 힘을 빼앗아, 그야말로 인생의 격정적인 시기를 죽음처럼 정지된 조각상과 같이 부동의 존재로 믿게 만드는 일에 열중했다. 부정하는 행위는 청년의 본능이다. 그러나 시인하는 행위는 결코 그렇지 않다. 자신이 이쪽 사람이라는 것을, 어째서 슌스케는 부정하고 유이치는 긍정하는가. 슌스케가 '아름다움'이라고 이름붙인 청춘의 공허하고 인공적인 특권은 정말로 존재하는가.

슌스케는 청춘의 이상주의를 빼앗아 자신의 것으로 삼고, 그 대신 육체의 형태로 존재하는 유이치의 청춘에 고역을 부여했다. 그것은 평범한 청년이라면 결코 고역이라고 여기지 않을 이상주의에 반대되는 것이었다. 이를 위해서는 거울의 힘을 빌려 이 아름다운 청년이 스스로 거울에 사로잡히게 만들어야 했다. 즉, 다른 모든 것을 희생하더라도 감성이 쥐고 흔드는 현실에 충실하겠다는 태도가 필요했다. 예를 들어 감각의 방탕이나, 우리를 낙엽처럼 이리저리 떠돌게 만드는 관능의 힘이나, 상대성 안에서 떠도는 현실의 그로테스크한 갖가지 변이는, 슌스케에 따르면, 윤리 대신 오직 인간의 완전한 형태와 양식의 아름다움으로 구도하고 규제할 수 있었다. 하지만 완벽한 신체를 갖춘 유이치도 거울 없이는 볼 수 없는 것, 청춘을 부정하는 본능이 때로는 자살이라는 형태로 직접적인 부정을 시도하는 것, 슌스케가 말하는 소위 '생활에 있어서 예술행위'의 부자연스러운 개입 없이는 그 존재마저 믿을 수 없는 무언가가 있었다. 그것이 유이치에게 자신의 육체가 갖는 의미였다. 이것이 한 사람의 시인에게는 시적 재능과 같은 의미이리라.

지금 유이치의 눈에는 가와타의 우스꽝스러운 사회적 긍지가 일종의 필수불가결한 장식처럼 비쳤다. 일단 외모를 꾸밀 줄 알게 된 아름다운 청년은 남자에게 무엇이 여자의 보석이나 모피에 필적하는지를 깨닫게 되었다. 이런 점에서 가와타의 단순한 허영심은 슌스케의 그것보다 훨씬 더 정통으로 와 닿았다. 우둔하고 무의미한 허영심을 학생 신분인 유이치의 마음에 불어넣은 것은 슌스케였다. 하지만 노작가는 허영심이 우둔하다고 여기면서, 청춘의 결벽을 키우는 힘이 정신성의 버팀목이라는 사실을 놓치고 있었다. 유이치에게 정신의 멸시를 가르친 슌스케는 정신을 멸시하는 본능과 특권이 독신에게만 있다는 사실을 고의로 간과한 경향이 있었다.

유이치의 젊고 솔직한 마음은 우둔함을 알면서도, 우둔함을 사랑하는 복잡한 수순을 매우 거뜬히 헤쳐 나갔다. 정신의 조종은 육체의 단순한 본능에 대적하지 못한다. 여자가 보석을 원하듯 유이치에게는 사회적 야심이 싹텄다. 다만 그가 여자와 다른 점은 세상 온갖 보석의 무의미함을 인식하고 있었다는 점이다.

인식의 쓰라림, 청춘을 덮치는 인식의 역겨움을 견디는 행복한 재능이 유이치에게는 있었다. 슌스케의 주선으로 부와 명성과 지위의 허무함, 구원 불가능한 인간의 무지몽매함, 그중에서도 여자라는 존재의 무가치함, 온갖 정열의 본질을 구성하는 생의 권태, 이러한 각종 야함의 인식에 눈떴다. 이미 소년기에 생의 어둠을 발견한 그의 관능은 어떠한 더러움이나 무가치도 자명하다고 견디는 것에 익숙해 있었다. 이 침착한 순결 덕분에 인식은 고뇌를 피할 수 있었다. 그가 본 생존의 무시무시함과 생활의 발밑에 펼쳐진 어두운 심연의 아뜩한 기분은 야스코의 출산을 지켜보기 위한 일종의 건강한 준비운동, 푸른 하늘 아래 운동선수의 명랑한 육체 단련과 같은 것에 불과했다.

그런데 유이치가 품은 사회적 야심은 청년답게, 다소 느긋하고 아이 같은 면이 있었다. 그가 이재에 밝다는 사실은 앞서 밝힌 바와 같다. 유이치는 가와타에게 자극을 받아 사업가가 되기로 마음먹었다.

유이치가 생각하기에 경제학은 대단히 인간적인 학문이었다. 인간적인 욕망에 직접 관여하는지 아닌지에 따라 하나의 체계가 갖는 활력에도 강약이 발생한다. 일찍이 자유주의 경제 발생기에는 경제학이 시민계급의 욕망, 곧 이기심과 긴밀하게 엮여 자율적인 기능을 발휘했지만, 오늘날 시스템이 욕망을 벗어나 기계화하면서 욕망 또한 쇠퇴하여 경제학도 쇠퇴기에 접어들었다. 새로운 경제학 체계는 새로운 욕망을 발견하지 않으면 안 된다. 민중의 욕망의 재발견은 전체주의와 공산주의가 각기 다른 형태로 의도한 바가 있었다.

전체주의는 시민계급의 쇠약한 욕망에 인위적 흥분제와 같은 철학으로 불을 지펴 민중을 결집시키려는 의도였다. 나치즘은 쇠약함을 깊이 이해했다. 유이치는 나치즘의 인공적인 신화, 숨겨진 남색적 원리, 아름다운 청년으로 구성된 친위대와 미소년을 모은 히틀러 유겐트 조직에서 쇠약함에 대한 지식과 지적 공명을 발견했다. 한편, 공산주의는 쇠약한 욕망의 바닥에서 일원화되고 싶다는 수동적 욕망과, 자본주의 경제기구의 모순이 더욱 첨예하게 만든 빈곤의 새로운 강렬한 욕망에 눈을 돌렸다. 이렇게 경제학이 각종 원시적 욕망을 찾아 거슬러 올라간 공포심이 미국에서 너절한 정신분석학의 유행을 가져왔다. 이 유행의 자위적인 점은 욕망의 원천을 찾아 그것을 분석하면서 문제를 해소했다고 믿게 만든 것이다. 경제학부 학생으로서 유이치의 이런 막연한 사고에서는 적잖이 숙명론의 냄새가 배어 나왔다. 그가 가진 관능의 숙명적인 경향 때문이리라. 그에게는 오래된 사회기구의 각종 모순과 거기서 생겨나는 추함이 삶 그 자체의 모순과 추함의 투영으로밖에 보이지 않았다. 사회기구의 추한 투영이 삶의 추함을 나타낸다고는 보지 않았다. 그는 사회의 위력보다도 생의 위력을 느꼈다. 이 때문에 그에게는 인간성의 악이라고 믿는 각 부분과 본능적인 욕망이 동일하다고 보는 경향이 있었다. 역설적으로 그것이 이 청년에게는 윤리적 관심이었다.

  선과 미덕이 쇠락하고 근대에 발명된 수많은 시민적 덕성이 수포로 돌아가 민주사회의 무력한 위선만이 날뛰는 오늘날에는, 모든 악이 다시 한번 에너지를 공급받을 때가 왔다. 유이치는 자신이 **본** 추함의 힘을 믿었다. 수많은 민중적 욕망 옆에 이 추함을 두어보았다. 공산주의의 새로운 도덕률은 민주사회의 죽은 시민도덕 옆에서는 두드러져 보였지만, 혁명의 무수한 수단적 악은 빈곤의 분노가 낳은 복수욕을 빼고는 그들이 옳다고 믿는 목적의식에만 기댄다는 점에서 최상의 것은 아니었다. 최상의 악은 무목적 욕망 속에, 이유 없는 욕망 속에 있는 게 분명하다. 왜냐하면 자손번식을 목적으로 한 사랑, 이윤분배를 목적으로 한 이기심, 공산주의를 목적으로 한 노동계급의 혁명적 정열은 각각의 사회에서 모두 선이기 때문이다.

유이치는 여자를 사랑하지 않는다. 그런데도 여자는 유이치의 아이를 낳았다. 그때 유이치는 야스코의 의지가 아닌, 생의 무목적 욕망의 추함을 봤다. 민중 또한 스스로 알지 못하는 사이에 이런 욕망에 의해 태어나는지도 모른다. 유이치의 경제학은 이렇게 새로운 욕망을 발견하고, 스스로 그러한 욕망의 화신이 되고자 하는 야심을 품기에 이르렀다.

유이치의 인생관에는 젊음에 어울리지 않게 답을 찾는 초조함이 없었다. 사회적인 모순과 추함을 보며, 그 모순과 추함 자체로 변모하고자 하는 괴상한 야심을 품었다. 생의 무목적 욕망과 자기 본능을 뒤섞어 그는 사업가로서 갖가지 천직을 꿈꾸며, 슌스케가 들으면 눈을 돌려버릴 법한 평범한 야심의 포로가 됐다. 오래전 사랑받는 것에 익숙했던 '아름다운 알키비아데스'도, 그렇게 허영의 영웅이 되었던 것이다. 유이치는 가와타를 이용하자는 데까지 생각이 미쳤다.

***

여름이다. 한 달도 안 된 아기는 잠을 자는가 싶으면 울고 우는가 싶으면 젖을 먹을 뿐 별다른 것도 없었다. 그러나 그 단조로운 일상은 아무리 봐도 지루하지 않았다. 아이처럼 호기심에 휩싸인 아빠는 아기가 태어난 이후로 소중히 붙들고 있는 작은 실 뭉치를 보고 싶은 마음에, 꼭 쥔 작은 주먹을 억지로 펼치려 해서 매번 엄마에게 혼이 났다.

유이치의 어머니도 그토록 바라던 것을 볼 수 있었다는 기쁨에 다소 기운을 차렸다. 분만 전 위험했던 야스코의 여러 증상도 출산 후 흔적도 없이 사라져 유이치를 둘러싼 가정은 기분 나쁠 정도로 행복했다.

야스코의 퇴원 전날이자 게이코가 태어난 지 이레가 되는 날, 친정에서 축하 선물로 옷을 보내왔다. 쪼글쪼글한 비단에 미나미 가문의 괭이밥 문장이 금실로 수놓인 예복이었다. 연분홍빛 허리띠에 문장 자수가 놓인 붉은 비단 주머니가 함께 들어 있었다. 이것이 가장 첫 축하선물이었다. 여기저기 친척과 친구들에게서 붉은 비단이며 흰 비단이 왔다. 베이비세트가 왔다. 특별히 문장을 새긴 작은 은수저가 왔다. 이로써 게이코는 말 그대로 실버스푼을 입에 문 채 자라게 되리라. 유리케이스에 넣은 교토 인형이 왔다. 황후인형이 왔다. 아기 옷이 왔다. 유아용 모포가 왔다.

어느 날에는 백화점에서 커다란 붉은색 유아차가 왔다. 그 고급스러운 만듦새에 유이치의 어머니는 깜짝 놀랐다. "누가 이런 물건을 보내셨을까. 어머, 모르는 분이네." 어머니가 말했다. 유이치는 보낸 이의 이름을 봤다. 가와타 야이치로라고 쓰여 있다.

어머니가 부르는 소리에 유이치가 현관으로 가서 유아차를 봤을 때, 문득 선뜩한 기억이 그의 뇌리를 스쳤다. 작년 임신 진단을 받은 후 부부가 야스코의 아버지 백화점에 갔을 때, 4층 매장 앞에서 야스코가 오랫동안 서서 보던 유아차와 똑같은 물건이었기 때문이다.

이런 선물 덕분에 유이치는 어머니와 아내에게 가와타 야이치로와 대강 어떤 관계인지를 큰 지장이 없는 선에서 이야기해야 했지만, 어머니는 가와타가 슌스케의 제자라는 것만으로도 납득을 했고, 유이치가 고명한 선배에게 사랑받는 인품을 가졌다는 데 새삼 만족감을 내보였다. 여름 첫 주말에 가와타로부터 하야마에 있는 잇시키해안 별장으로 초대를 받았을 때도 오히려 어머니가 나서서 다녀오라고 권할 정도였다. 사모님과 가족분들에게도 안부를 전해 달라면서 아들 손에 과자까지 들려 보냈다.

이백 평쯤 되는 잔디 정원을 가진 별장은 집이 그리 넓지는 않았다. 세 시쯤 도착한 유이치는 유리문을 열어둔 툇마루 끝 의자에 가와타와 마주앉은 노인이 슌스케라는 것을 알고 깜짝 놀랐다. 유이치는 땀을 닦으며 두 사람을 향해 해풍이 불어오는 바깥 툇마루로 미소를 지은 채 다가갔다.

가와타는 남들 앞에선 이상할 정도로 감정을 억제했다. 일부러 유이치의 얼굴을 보지 않고 말을 했다. 그러나 유이치가 어머니 말씀을 전하며 과자 꾸러미를 내밀었을 때, 슌스케가 놀려댔기에 세 사람의 마음은 저절로 풀어져 평소와 같아졌다.

유이치는 탁자 위 차가운 음료 컵 옆에 펼쳐진 바둑무늬 판을 봤다. 서양 체스였다. 체스판 위에는 왕과 여왕과 성자와 기사와 문지기와 병졸의 말이 있다.

체스를 하겠느냐고 가와타가 물었다. 슌스케는 가와타에게서 체스를 배웠다. 유이치는 됐다고 대답했다. 그렇다면 바람이 좋으니에서 외출할 준비를 하자고 가와타가 제안했다. 유이치가 오면 셋이서 차로 즈시에 있는 요트 선착장에 가서 가와타의 요트를 타기로 슌스케와 약속했던 것이다.

가와타는 젊어 보이는 화사한 노랑 셔츠를 입고 있었다. 늙은 슌스케마저 와이셔츠에 나비넥타이를 맨 차림이었다. 유이치는 땀에 젖은 셔츠를 벗고 레몬색 알로하셔츠로 갈아입었다.

요트 선착장으로 향했다. 가와타의 다섯 번째 요트는 '이폴리트호'였다. 감춰졌던 이 이름에 슌스케와 유이치가 크게 흥분했다. 거기에는 미국인 소유의 GOMENNASAI(죄송합니다)호나 NOMO(마시자)호라는 요트도 있었다.

구름이 많지만 오후의 태양은 꽤나 강렬해서 바다 멀리 보이는 즈시 해안에는 주말 인파가 상당했다.

유이치의 전후좌우에 있는 것은 이미 의심할 여지없는 여름이었다. 요트 선착장의 콘크리트가 번쩍이는 사면은 그 각도 그대로 물에 잠겨 반쯤 석화한 무수한 조개와 미세한 기포를 품은 미끄러지기 쉬운 이끼로 뒤덮여 있었다. 정박해 있는 수많은 요트의 돛대를 미세하게 흔들며 선체에 파문의 빛을 퍼뜨리는 파도를 빼면, 바깥 바다에서 낮은 방파제 사이를 지나 이 작은 항구의 수면을 소란스럽게 하는 파도는 없었다. 유이치는 입고 있던 것을 모조리 요트에 던져버리고 수영복 한 장 차림으로 허벅지까지 차오르는 물속으로 들어가 이폴리트호를 밀기 시작했다. 유이치는 육지에서는 느낄 수 없는 낮은 해풍이 해면을 통해 얼굴로 부드럽게 불어오는 것을 느꼈다. 요트가 항구 밖으로 나갔다. 가와타는 유이치의 힘을 빌려 배 중앙의 무거운 아연 도금 철 센터보드를 수중에 내렸다. 가와타는 요트에 능숙했다. 그러나 돛을 조절할 때마다 안면신경통으로 얼굴이 일그러져서 입에 꽉 문 파이프를 바다로 떨어뜨리는 게 아닐까 신경을 써야 했다. 파이프는 떨어지지 않았고 배는 서쪽 에노시마를 향해 나아갔다. 그때 서쪽하늘에 높고 장엄한 구름이 펼쳐졌다. 몇 줄기 번쩍이는 빛이 옛날 전쟁화처럼 구름을 뚫고 이쪽으로 향하고 있었다. 자연에 친숙하지 않은 탓에 상상력이 풍부한 슌스케는 짙은 남색 파도로 가득한 먼바다의 해수면에서 첩첩이 쌓인 시체의 환영을 봤다.

"유이치 군은 변했군."

슌스케의 말에 가와타가 대답했다.

"아뇨, 변하면 좋겠는데요. 여전합니다. 이렇게 바다 위에 있을 때나 마음을 놓을 수 있다니까요. ……요전에도, (장마가 아직 끝나지 않았을 때였는데) 제국호텔에 같이 식사를 하러 갔다가 바에서 한잔하는데 한 미소년이 외국인과 함께 들어왔죠. 근데 유우짱하고 쌍둥이처럼 똑같은 옷을 입고 있는 게 아닙니까. 넥타이부터 양복까지, 나중에 자세히 보니 양말까지 똑같았어요. 유우짱하고 그 미소년은 가벼운 눈인사를 나눴는데 둘 다 난처해 보이는 모습이 역력했습니다. ……어, 유우짱, 바람이 바뀌었어. 그 시트를 저쪽으로 당겨주게. 그렇지. ……그런데 입장이 더욱 난처해진 것은 저와 그 모르는 외국인이었습니다. 흘끗 눈이 마주쳤는데 서로 신경을 안 쓸수가 없었어요. 그때 유우짱의 차림새는 제 취향이 아니라 하도 그걸 갖고 싶다고 해서 하는 수 없이 맞춘 미국 취향의 양복과 넥타이였는데, 그때부터 유우짱과 그 미소년은 서로 짜고 둘이서 외출할 때 같은 차림으로 다니기로 입을 맞춘 것 같더군요. 그게 묘한 우연으로 각기 연상의 남자와 나타났을 때 만나버려서, 유우짱과 미소년은 자기들 관계를 스스로 고백한 꼴이 된 거지요. 미소년은 하얀 피부가 눈에 띄게 아름다운 아이였는데, 그 순수한 눈과 애교 넘치는 미소가 미모에 한층 더 생기를 불어넣었습니다. 아시다시피 질투가 심한 저는 그날 밤 내내 기분이 아주 나빴어요. 생각해보세요, 저와 그 외국인은 눈앞에서 배신을 당한 거나 마찬가지니. ……유우짱은 변명하면 할수록 의심을 산다는 걸 알고 있어서 무슨 돌멩이처럼 입을 다물어버립니다. 처음엔 저도 화가 나 불평을 늘어놨는데, 결국은 지쳐서 거꾸로 제가 먼저 비위를 맞추게 됐죠. 늘 똑같은 과정에 똑같은 결괍니다. 때로는 일에도 지장이 생겨서 현명한 판단을 내려야 할 때 생각이 흐려지면 남들이 어떻게 볼지 무서워집니다. 선생님, 아시겠습니까. 저 같은 사업가가 운영하는 큰 조직, 세 개의 공장, 육천 명의 주주, 오천 명의 종업원, 한 해 생산량만 트럭 팔천 대, 그 모든 것에 영향을 미치는 저 같은 인간이 사생활에서 한 여자의 영향 아래 있다면 그래도 세상 사람들이 이해는 해주겠지요. 하지만 제가 스물두세 살 먹은 어느 학생의 지배 아래 있다는 게 알려지면 이 우스꽝스러운 비밀에 세상은 깔깔거리며 폭소를 터뜨릴 겁니다. 우리는 악덕을 부끄러워하는 게 아닙니다. 우스꽝스러워지는 걸 부끄러워하지요. 자동차 회사 사장이 게이라니, 그것도 지나간 일이라면 모를까, 현재진행형이 아닙니까. 백만장자가 도벽이 있다거나, 절세미인이 방귀를 낀다거나, 그런 일과 비슷한 정도로 우스운 일입니다. 인간은 어느 정도까지 우스꽝스러움을 역용해 사람들에게 사랑받기 위한 도구로 쓰입니다만, 우스꽝스러움도 한계를 넘어서면 타인으로부터 웃음을 허락하지 않습니다. 독일에서 3대째 내려오는 크룹프 철공소 사장 크룹프가 지난 세계대전 전에 왜 자살했는지 아십니까. 온갖 가치를 전도시켜버린 사랑이, 그의 사회적 긍지를 송두리째 뽑아버렸습니다. 그를 사회에서 버틸 수 있게 하는 밸런스를 때려 부숴버린 겁니다……."

이런 장황한 푸념이 가와타의 입에서 흘러나오니 진지한 훈시나 연설처럼 들렸다. 슌스케는 맞장구를 칠 틈도 찾기가 어려웠다. 심지어 이 파괴적인 이야기 속에서도 요트는 끊임없이 가와타의 조종에 의해 보기에도 경쾌하게 균형을 되찾으며 나아가고 있었다.

한편 유이치는 벗은 몸을 뱃머리에 눕히고 배가 나아가는 쪽을 가만히 응시했다. 어차피 유이치의 귀에 들어갈 효과를 노리고 있다는 걸 알고 있었기에, 유이치는 중년의 화자와 초로의 청자를 등지고 있었다. 그 광택 있는 등 살갗으로 태양이 내리쬤고, 아직 타지 않은 대리석 같은 젊은 살은 여름풀의 향기를 발하고 있었다.

가와타는 에노시마 가까이에서 북쪽 가마쿠라시의 반짝이는 거리 풍경을 등지고 뱃머리를 남쪽으로 돌렸다. 두 사람의 대화는 시종 유이치를 다루면서도 유이치를 밖으로 밀어냈다.

"아무튼 유이치 군은 달라졌네."

슌스케가 말했다.

"전 잘 모르겠는데. 어째서 그런 말을 하십니까."

"꼭 집어 말할 순 없지만 어쨌든 변했어. 내 눈에는 무서울 정도로."

"그는 이제 아빠입니다. 하지만 아직 아이지요. 본질적으로는 아무것도 달라지지 않았습니다."

"이건 토론거리가 못 되네. 유이치 군에 대한 거라면 나보다 자네가 훨씬 더 잘 알겠지." 슌스케는 용의주도하게 챙겨온 낙타 털 무릎덮개로 신경통이 있는 무릎을 해풍에서 보호하며 교묘하게 주제를 바꿨다. "방금 자네가 말한 인간의 악덕과 교활함의 관계, 나도 거기엔 상당히 흥미가 있네. 우리의 교양 가운데 대단히 정밀하던 악덕에 관한 교양이 현대에는 뿌리째 묻혀버렸지. 악덕의 형이상학은 죽고, 우스꽝스러움만 남아 웃음거리가 되고 있어. 우스꽝스러움은 생활의 밸런스를 엉망진창으로 만들었지만, 악덕이 숭고하기만 하면 생활의 밸런스를 깨지 않지. 이런 이치가 우습지 않은가. 현대에는 숭고한 것이 무력하고, 우스꽝스러운 것만이 야만스런 힘을 갖는다는 천박한 근대주의의 반영이 아니겠나."

"저는 딱히 악덕이 숭고시 되길 바라지는 않습니다."

"지극히 평범한, 최대공약수의 악덕 따위가 있다고 생각하는 건가." 슌스케는 몇 십 년 전 교단에서 쓰던 어투로 말했다. "고대 스파르타의 소년들은 전장의 민첩함을 훈련하기 위해 완벽한 절도를 벌하지 않았지. 한 소년이 여우를 훔쳤어. 하지만 일을 그르쳐 붙잡

했지. 소년은 옷 속에 여우를 숨기고 범행을 부인했어. 여우가 소년의 내장을 물어뜯었네. 그런데도 그는 계속해서 부인하며 고통스런 비명도 지르지 않고 죽었어. 이런 이야기가 미담이 되는 건 극기가 절도보다 도덕적이며 모든 것을 보상하기 때문이라 할지도 모르겠네. 하지만 그게 아니야. 그는 모든 게 드러나 비범한 악덕이 평범한 범죄로 추락하는 게 부끄러워서 죽었어. 스파르타인의 도덕도 고대 그리스와 마찬가지로 탐미적이었지. 정교한 악은 조잡한 선보다 아름답기에 도덕적이네. 고대의 도덕은 단순하고 강력했기 때문에 숭고함은 언제나 정교함 쪽에 있었고 우스꽝스러움은 언제나 조잡함 쪽에 있었어. 하지만 현대에는 도덕이 미학과 멀어졌지. 도덕은 비천한 시민적 원리에 따라 평범함과 최대공약수의 편을 든다네. 아름다움은 과장된 의식이 되고 예스런 것이 되었어. 숭고하거나 우스꽝스럽거나 둘 중 하나야. 이 둘이 현대에서는 같은 걸 의미하지. 하지만 아까도 말했듯이 무도덕한 사이비 근대주의와 사이비 인간주의가 인간적인 결함을 숭배한다는 그릇된 종교를 유포했어. 근대의 예술은 돈키호테 이래 우스꽝스러움 숭배로 흘러가는 경향이 있네. 자동차 회사 사장으로서 자네의 남색 습관이 우스꽝스럽다는 건 숭배받고 있다고 봐도 무방할 걸세. 우스꽝스러움이 미적인 세상이니까. 자네의 교양도 거기에 맞설 수 없다고 한다면 세상을 더욱더 기쁘게 할걸세. 자네가 완전히 무너진다면 그거야 말로 존경에 값하는 근대적 현상이야."

"인간적! 인간적!" 가와타는 혼잣말했다. "우리가 유일하게 도망칠 수 있는 장소, 유일하게 변명의 근거가 되는 건 그거죠. 하지만 인간성을 미끼로 내놓지 않으면 자신이 인간이라는 **사실**조차 깨닫지 못한다니 이거야말로 주객전도가 아닙니까. 사실은 인간이 인간인 이상 세상 사람들이 보통 그러하듯 인간 이외의 것, 신이나, 물질이나, 과학적 진리 같은 걸 채용하는 편이 훨씬 더 **인간적**인 게 아닐까요. 아마도 모든 우스꽝스러움은 우리가 자신을 인간이라고 주장하거나 자신의 본능을 인간적이라고 변호하는 데 있는 것 같습니다. 하지만 그걸 듣는 세상 사람들은 인간 같은 거엔 요만큼도 관심이 없어요."

슌스케가 희미한 미소를 지으며 말했다.

"나는 관심이 아주 많다네."

"선생님은 예외지요."

"그렇지. 아무튼 난 예술가라는 원숭이니까."

뱃머리에서 격렬한 물소리가 들렸다. 돌아보니 유이치가 아마도 자기를 소외시킨 지루한 대화에 질려서 바다로 뛰어들어 헤엄치기 시작한 듯했다. 부드러운 파문에서 미끈한 등 근육과 아름다운 모양의 팔이 번갈아가며 반짝이는 모습을 드러냈다. 수영하는 이가 목적도 없이 헤엄을 치기 시작한 건 아니다. 요트 오른쪽 백 미터 지점에 아까 부두에서도 보이던 기괴한 형상의 외딴 섬이 있었다. 나무라곤 발육이 나쁜 굽은 소나무 한 그루 뿐이다. 그 무인도를 한층 기괴하게 만드는 건 중앙 바위 위에 수평선을 뚫고 솟아오른 거대한 도리이*였다. 아직 완성되지 않은 도리이는 굵은 밧줄에

---

* 신사로 들어서는 길목에 세워진 기둥문.

묶여 있었다.

　구름 사이로 쏟아지는 햇살 아래 굵은 밧줄에 고정된 도리이가 마치 의미심장한 그림자 그림처럼 솟아 있었다. 일꾼들의 모습은 보이지 않고 도리이 너머에 있어야 할 신사도 아직 짓는 중인 듯 보이지 않았다. 따라서 도리이가 어디를 향하고 있는지 분명하지 않았다. 도리이 자체도 그 사실에 무관심한 듯 대상이 없는 예배의 형태처럼 바다 위에 조용히 떠 있었다. 그늘진 도리이는 검지만 그 주위는 석양으로 반짝였다. 그런 바다다.

　유이치는 바위에 닿아 섬으로 올랐다. 아이 같은 호기심에서 도리이가 있는 곳까지 가보고 싶은 충동에 휩싸였을지도 모른다. 그는 바위 사이로 사라졌다가 다시 바위를 올랐다. 도리이가 있는 곳까지 가자 서쪽 하늘 석양을 등지고 선 벌거벗은 청년의 아름다운 실루엣이 떠올랐다. 그는 한 손으로 도리이를 짚고 다른 한 손을 높이 들어 요트의 두 사람에게 손짓했다.

　헤엄쳐 돌아올 유이치를 기다리기 위해 가와타는 이폴리트호를 암초에 걸리지 않을 만큼만 가까이 외딴섬에 댔다.

　슌스케는 도리이 옆에 선 젊은이의 실루엣을 가리키며 물었다.

　"저 녀석은 우스꽝스러운가."

　"아니요."

　"그럼 뭐라고 해야 하나."

　"저 녀석은 아름답습니다. 두렵지만 사실이니 어쩔 수 없지요."

　"그렇다면 가와타 군, 우스꽝스러움은 어디에 있나."

　가와타는 결코 숙이지 않는 이마를 약간 숙이며 이렇게 말했다.

"저는 저의 우스꽝스러움을 구제해야만 합니다."

이 말에 슌스케는 웃음을 터뜨렸다. 그 끝 모를 웃음은 바다 건너 유이치의 귀에까지 닿은 듯하다. 아름다운 청년이 바위를 넘어 이폴리트호에 가까운 해안으로 달려오는 것이 보였다.

일행은 모리토해안 앞까지 가서 절벽을 따라 부두로 돌아갔다. 요트를 정박하고 차로 즈지해안 해변 호텔로 저녁을 먹으러 갔다. 아담한 피서용 호텔이었는데 최근 미점령군이 접수를 해제했다. 접수 중에는 요트클럽의 개인 요트들도 미국인 유람용으로 거둬갔다. 호텔이 풀려나면서 그 앞 해안도 올 여름부터 오랫동안 사람들의 원성을 샀던 울타리가 걷히고 일반인들도 사용할 수 있게 됐다.

호텔에 당도했을 때는 이미 석양이 지고 있었다. 잔디밭에는 원탁 대여섯 개와 의자가 놓여 있었지만 테이블 사이로 서 있는 각양각색의 파라솔은 이미 실측백나무처럼 오므라져 있었다. 해변을 드나드는 사람은 아직 많지 않았다. R추잉검 광고탑 확성기에서는 시끄러운 유행가가 흘러나왔고 빈틈없는 광고 사이사이로 미아를 찾는 방송이 반복되었다.

"미아를 찾습니다. 미아를 찾습니다. 세 살 된 남자아이로 수영모에 겐지라는 이름이 적혀 있습니다. 아이를 보신 적이 있는 분은 R추잉검 광고탑 아래로 와주시면 감사하겠습니다."

식사를 마치고 세 사람은 벌써 어둑해진 잔디 위 테이블에 둘러앉았다. 해안의 인적은 서서히 사라지고 확성기 음량이 줄면서 파도치는 소리만 높아졌다. 가와타가 자리에서 일어섰다. 남겨진 노인과 청년 사이에 익숙한 침묵이 감돌았다.

잠시 후 슌스케가 입을 열었다.

"자네 변했군."

"그렇습니까."

"분명 변했어. 나는 두렵네. 내겐 어떤 예감이 있어. 자네가 자네다움을 완전히 상실하는 날이 오리라는 예감이야. 왜냐하면 자네는 라듐이니까. 방사성 물질이란 말일세. 생각해보면 나는 오랜 시간 그걸 두려워했어. ……하지만 아직 어느 정도까지는 예전의 자네야. 이쯤에서 헤어지는 게 좋을 것 같군."

'헤어진다'는 말이 청년을 실소케 했다.

"헤어진다니, 마치 선생님과 저 사이에 뭔가 있었던 것 같습니다."

"분명 '뭔가' 있었지. 자네는 그걸 의심하는 건가."

"저는 저급한 말밖에 이해가 안 갑니다."

"보게, 그런 말투가 이미 예전의 자네가 아니야."

"그렇다면 뭐, ……입 다물고 있겠습니다."

이런 은근한 대화가 노작가에게는 얼마나 오랜 시간 고민해서 내린 결단에서 나온 말인지 유이치는 알지 못했다. 슌스케는 어둠 속에서 한숨을 내쉬었다.

히노키 슌스케에게는 스스로 만들어낸 깊은 고민이 있었다. 이 망상은 심연을 품고 광야를 끌어안았다. 청년이라면 하루빨리 이런 망상에서 깨어났으리라. 그러나 슌스케의 나이에는 이미 각성의 가치가 의심스러웠다. 깨어난다는 것 자체가 한층 깊은 고민으로 들어가는 것이 아닌가. 어디를 향해, 무엇을 위해, 우리는 깨어나기를 바라는가. 인생이 단 한 번의 망상인 이상, 감당할 수 없는 혼돈 가운데서 인공적인 망상을 세우는 일이야 말로 가장 현명한 각성이 아닐까. 깨어나지 말자고 하는 의지, 낫지 말자고 하는 의지가 지금 슌스케의 건강을 지키고 있었다.

슌스케의 유이치를 향한 사랑은 이런 것이었다. 그는 고뇌하고 괴로워했다. 작품의 미적 형성에 관한 아이러니는 사랑에도 작동했다. 차분한 선을 그리기 위한 영혼의 고뇌는 결국 그 차분한 선 위에서만 자기 고뇌의 진정한 고백을 찾아내는 법이다. 그는 처음에 의도한 차분한 선을 고집함으로써, 고백의 권리와 기회를 손에 넣었다. 만약 사랑이, 이 고백의 권리마저 앗아간다면, 고백하지 못한 사랑은 예술가에게 **존재하지 않는다.**

유이치의 변모는 슌스케의 민감한 눈에 이런 종류의 위험한 예감을 그려보였다.

"아무튼 괴롭지만……." 슌스케의 쉰 목소리가 어둠 속에 울렸다. "……나로서는 표현할 수도 없이 괴로운 일이지만……, 당분간 자네를 만날 수 없을 것 같네. 지금까지도 자네는 말을 돌리며 나를 만나지 않으려 했지. 그건 자네가 만나지 않기로 했기 때문이야. 이번에는 내가 먼저 만나지 않겠네. ……하지만 자네에게 내가 필요한 일이 생긴다면, 나를 꼭 만나야 할 일이 생긴다면, 그때는 기꺼이 만나겠네. 지금 자네는 그럴 리 없을 거라 믿고 있겠지만……."

"맞습니다."

"그렇겠지만……."

슌스케의 손이 의자 손잡이에 놓인 유이치의 손에 닿았다. 한여름인데도 그 손은 무척 차가웠다.

"어쨌든 그때까진 만나지 마세."

"그러시죠. 선생님이 그렇게 말씀하신다면."

먼 바다에는 낚싯배 불빛이 반짝이고, 두 사람은 당분간 다시 맞볼 기회가 없을 어색하고 익숙한 침묵에 빠졌다.

맥주와 컵을 올린 은쟁반을 받쳐 들고 어둠 속에서 다가오는 흰옷의 웨이터를 앞세워 노란 셔츠를 입은 가와타가 다가왔다. 슌스케는 아무렇지도 않다는 표정을 지었다. 가와타가 아까 하던 논의를 다시 끄집어냈고 슌스케는 쾌활하게 비꼬며 응수했다. 애매한 토론은 끝날 줄 모를 것처럼 이어졌으나 이윽고 추위가 심해져 세 사람은 실내 로비로 자리를 옮겼다. 그날 밤 가와타와 유이치는 호텔에 묵고 슌스케에게도 별실을 잡아주며 묵고 가라고 권했으나 슌스케는 이 친절한 제안을 사양했다. 가와타는 운전사를 불러 슌스케 혼자 도쿄로 돌려보내는 수밖에 없었다. 차 안에서 낙타털 무릎덮개로 감싼 노작가의 무릎은 극심한 통증에 시달렸다. 운전사는 신음소리에 놀라 차를 세웠다. 슌스케는 신경 쓰지 말고 달리라고 했다. 양복 안주머니에서 늘 먹는 모르핀 파비날을 꺼내 복용했다. 정신이 아득해지는 진통제 효과는 노작가의 정신적인 통증까지도 멀어지게 했다. 아무 생각도 들지 않게 되자 도로의 가로등 수를 무의미하게 셌다. 나폴레옹이 행진할 때 말 위에서 길가의 창문 수를 세었다는 기묘한 일화를, 몹시도 비영웅적인 그의 마음은 상기하고 있었다.

27장

간주곡

와타나베 미노루는 열일곱 살이다. 하얀 피부에 갸름한 얼굴, 눈매는 상냥하고 웃을 때 보조개가 들어가 아름답다. 모 고교 이학년생이다. 전쟁이 끝나가던 3월 10일, 대공습으로 마을 잡화점 내에 있던 집이 몽땅 불탔다. 부모님과 여동생은 그 자리에서 죽고 그만 혼자 살아남아 세타가야의 친척집에 맡겨졌다. 친척집의 가장은 정부 소속 관리였지만 그리 부유한 편은 아니었다. 식구 하나가 느는 게 결코 간단한 일은 아니다.

미노루가 열여섯 살 되던 해 가을, 아르바이트생을 찾는다는 신문광고를 보고 간다의 한 카페 웨이터가 됐다. 방과 후 그곳에 가서 열 시에 문을 닫을 때까지 대여섯 시간을 일했다. 시험기간 동안은 일곱 시 이후에 집에 가도 좋다는 묵인이 떨어졌다. 급료도 좋았으니 미노루로서는 괜찮은 일자리를 찾은 셈이었다.

카페 주인도 미노루를 마음에 들어 했다. 마흔 줄의 깡마르고 말이 없는 솔직한 남자였다. 오륙 년 전 아내가 떠난 후 쭉 독신으로 카페 이층에 기거했다. 이름은 혼다 후쿠지로라고 했다. 하루는 이 남자가 세타가야에 사는 미노루의 큰아버지 댁을 찾아가 미노루를 양자로 삼고 싶다고 청했다. 이 간청은 타이밍이 아주 좋았다. 곧장 양자 결연 수속이 진행되었고 미노루의 성은 혼다가 되었다.

미노루는 지금도 가끔 가게 일을 돕는다. 하지만 그건 취미로 하는 일이다. 하루하루가 제멋대로인 학교생활 외에는, 가끔 양부와 함께 외식을 하고 극장에 간다. 후쿠지로는 가부키를 좋아했지만, 미노루와 외출할 때는 미노루가 좋아하는 시끄러운 희극이나 서부극 영화를 봤다. 후쿠지로는 미노루에게 철철이 소년다운 옷을 사줬다. 스케이트 화를 사줬다. 이런 생활은 미노루에게 처음 있는 일이라 가끔씩 놀러 오는 큰아버지 댁 사촌에게서 부러움을 샀다.

그러는 사이 미노루의 성격에 변화가 생겼다. 아름다운 미소는 변함없었지만, 고독을 사랑하게 된 것이다. 예를 들어 파친코를 하러 가도 혼자 갔다. 공부할 시간에 파친코 기계 앞에서 세 시간이나 앉아 있었다. 학교 친구들과도 좀처럼 어울리지 않았다.

유연한 감수성에 참을 수 없는 혐오와 공포가 스미면서 불량해지는 세상 보통 청소년과 달리, 자기 장래에 드리운 타락의 환영을 보며 불안에 떨었다. 자신이 언젠가는 엉망이 될 거라는 고정관념에 열중했다. 한밤에 흐릿한 등불을 켜고 은행 근처 그늘 같은 데 앉은 관상쟁이를 보면 공포에 휩싸여, 자기 이마에 비운과 범죄와 타락의 미래가 떠오르는 건 아닐까 싶어 서둘러 그 앞을 지나쳤다.

그러나 미노루는 자신의 밝은 미소를 사랑했고, 웃을 때 보이는 치열의 희고 청결함에 희망을 품었다. 온갖 더럽고 탁한 것들에 반해 그의 눈은 청순하고 아름다웠다. 거리를 걷다 생각지 못한 곳에서 거울에 비친 뒷모습이나, 시원스레 깎아 올린 목도 청순하고 소년답다. 외모가 무너지지 않는 동안은 안심이라고 생각했지만, 이런 안도도 오래 가지는 못했다. 그는 술을 마시고 탐정소설을 탐독하고 담배를 배웠다. 짙은 연기가 가슴 깊숙이 흘러들어 아직 형태를 갖추지 않은 미지의 사념으로부터 무언가를 꾀어내는 듯했다. 자기혐오로 엉망진창이 된 날은 전쟁이 한 번 더 일어나기를 빌며 대도시를 감싸는 거대한 불길을 꿈꾸었다. 그 화재 속에서 죽은 부모님과 여동생을 만날 수 있을 것만 같은 기분이 들었다. 그는 찰나의 흥분과 절망적인 밤하늘을 동시에 사랑했다. 석 달 만에 구두가 못 쓰게 될 정도로, 밤마다 이 마을 저 마을을 쏘다녔다.

학교에서 돌아와 저녁을 먹은 뒤 소년답게 화사한 옷을 차려입고 나간다. 그러면 한밤중까지 아버지의 카페에 나타나지 않았다. 의붓아버지는 마음이 아팠지만 뒤를 밟아보니 계속 혼자여서 질투를 내려놓고 안도하며, 나이 차이가 나는 자신이 좋은 놀이 상대가 아니라는 열등감에 잔소리를 꾹 참고 내버려두었다.

여름방학이 한창이던 어느 날, 하늘이 흐려 바다로 가기에는 너무 서늘했다. 미노루는 흰 바탕에 진홍색 야자수 모양이 들어간 알로하셔츠를 입고 큰아버지 댁에 간다고 둘러대며 외출했다. 피부가 흰 소년에게 셔츠가 무척 잘 어울렸다.

미노루는 동물원에 가고 싶었다. 지하철을 타고 우에노역에 내려 사이고 동상까지 왔다. 그때 구름 뒤에 숨어 있던 태양이 밖으로 나와 높은 화강암 돌층계가 찬란하게 빛났다. 돌층계를 오르다 햇살에 불꽃이 거의 보이지 않는 성냥불로 담뱃불을 붙이고는, 고독한 쾌활함에 차 돌층계를 날듯이 뛰어올랐다.

　이날은 우에노공원에 사람이 많지 않았다. 사자의 자는 모습이 컬러사진으로 인쇄된 표를 사서 인적이 드문 동물원 안으로 들어섰다. 미노루는 진행 방향을 나타내는 화살표에 연연하지 않고 발길 닿는 대로 왼쪽을 향해 걸었다. 뜨거운 더위 속에 떠도는 짐승의 냄새가 자신의 이부자리 냄새처럼 아주 친숙했다. 눈앞에 기린의 우리가 보였다. 기린의 차분한 얼굴부터 목을 지나 등까지 구름 그림자가 드리워 그늘이 졌다. 기린이 꼬리로 파리를 쫓으며 한 걸음 뗄 때마다 장대한 뼈 구조가 흔들렸다. 미노루는 또, 땡볕 더위에 물과 콘크리트 사이를 정신없이 오르락내리락하는 북극곰을 봤다.

　그러다 어느 길로 들어서니 시노바즈연못이 내려다보이는 곳이 나왔다. 자동차가 연못 주변을 달리고, 서쪽으로 도쿄대학 시계탑에서 남쪽으로 긴자 거리에 이르는 울퉁불퉁한 지평선이 한여름 햇살 아래 빛났다. 멀리 성냥갑만 하게 반짝이는 하얀 빌딩이 시노바즈연못의 혼탁한 수면과 나른하게 공중을 떠도는 우에노 모 백화점 광고기구며 그 백화점의 침울한 건물과 대비를 이뤘다.

　여기에는 도쿄가 있고, 도시의 감상적인 전망이 있었다. 소년은 자신이 열심히 돌아다닌 수많은 거리가 이 전망 구석구석에 몸을 숨기고 있음을 깨달았다. 이 밝은 전망 속에서는 여러 밤의 방랑도 사라지고, 자신이 꿈꾸던 저 불가해한 공포로부터의 자유도 자취를 감춘 것처럼 느껴졌다.

연못가 주위를 따라 달리는 전차가 그의 발밑에서 흔들리며 지나갔다. 미노루는 다시 동물을 보러 갔다. 동물 냄새는 멀리서부터 났다. 냄새가 가장 심한 건 하마의 방이었다. 하마 데카오와 사부코는 탁한 물속에서 코만 밖으로 빼고 떠다녔다. 바닥 젖은 우리에 주인 없는 사료통을 노리는 쥐 두 마리가 오갔다.

코끼리는 짚을 한 단씩 코에 말아 입에 넣고는 다 먹기도 전에 다음 단을 집어 올렸다. 가끔 너무 많이 집어서 절구 같은 앞다리를 들어 올려 필요 없는 양을 쳐서 떨어뜨렸다. 펭귄들은 칵테일파티를 하는 사람들처럼 제각기 원하는 방향으로 서서 한쪽 날개로 엉덩이를 치거나 했다. 사향고양이는 빨간 닭 벼슬 먹이가 가득 떨어진 바닥에서 30센티미터 정도 높은 침상에 두 마리씩 앉아 쓸쓸한 듯 이쪽을 보고 있었다.

사자 부부를 보고 만족한 미노루는 슬슬 돌아갈까 생각했다. 입에 넣고 빨던 아이스캔디도 다 녹았다. 그때 근처에 아직 못 본 작은 건물이 있어 다가가니 작은 새들이 있었다. 창문에 카멜레온을 모형화한 유리가 조금 깨져 있었다. 안으로 들어가니 순백의 폴로셔츠를 입은 남자가 등을 돌리고 서 있었다.

미노루는 추잉검을 씹으며, 얼굴보다 큰 하얀 주둥이가 달린 코뿔새를 찬찬히 들여다봤다. 열 평도 채 안 되는 실내는 분주하고 기교 있는 새소리로 가득했다. 영화 타잔에 나오는 밀림의 새소리와 똑같다고 느낀 미노루가 그 소리의 주인을 찾으니 앵무새였다. 조류관에는 앵무새와 잉꼬가 가장 많았다. 홍금강 잉꼬는 날개색이 무척 아름다웠다. 흰 앵무새들은 일제히 뒤돌아 있고 한 마리가 모이통을 망치로 두드리듯 딱딱한 부리로 열심히 쪼고 있었다.

미노루는 구관조 우리 앞에 섰다. 검은 날개털에 뺨만 노란 새가 누런 다리를 횃대에 올리고 검붉은 부리를 벌리더니 "안녕" 하고 말했다. 미노루는 자기도 모르게 미소 지었다. 옆에 있던 순백의 폴로 셔츠 청년도 미소 지으며 미노루 쪽으로 얼굴을 돌렸다. 미노루의 키는 청년의 눈썹 높이 정도여서 돌아본 그의 얼굴이 조금 숙여졌다. 두 사람은 눈이 마주쳤다. 둘 다 눈을 뗄 수 없었다. 서로 상대의 아름다움에 놀랐던 것이다. 추잉검을 씹던 미노루의 입이 움직임을 멈췄다.

"안녕" 하고 다시금 구관조가 말했다. "안녕" 하고 청년이 흉내를 냈다. 미노루는 웃었다.

아름다운 청년은 구관조에서 고개를 돌려 담뱃불을 붙였다. 미노루도 지지 않겠다는 듯 주머니에서 주름이 가득 잡힌 외국담뱃갑을 꺼내 서둘러 추잉검을 뱉고 담배 한 개비를 물었다. 성냥에 불을 붙인 청년이 미노루에게 불을 권했다.

"당신도 담배를 피우는군요."

"네, 학교에선 못 피우지만요."

"학교는 어디?"

"N학원입니다."

"나는" 하고 아름다운 청년이 유명한 사립대학의 이름을 댔다.

"이름을 물어봐도 될까?"

"미노루라고 합니다."

"나도 이름만 말해줄게. 유이치라고 해."

두 사람은 조류관을 나와 걷기 시작했다.

"넌 새빨간 알로하셔츠가 잘 어울리는구나."

청년의 말에 미노루는 얼굴이 빨개졌다.

그들은 서로 다양한 이야기를 나눴고, 미노루는 유이치의 젊음과 담백한 말투와 미모에 매료됐다. 유이치가 아직 못 본 동물들의 우리로, 이미 그것들을 본 미노루가 안내했다. 십 분쯤 지났을까, 둘은 벌써 형제처럼 가까워졌다.

'이 사람도 그쪽이겠지' 하고 미노루는 생각했다. '하지만 이렇게 아름다운 사람이 그쪽이라니 얼마나 즐거울까. 이 사람의 목소리나 웃는 모습, 몸의 움직임, 몸 전체, 냄새, 다 좋다. 빨리 자고 싶어. 이 사람이라면 뭐든 하게 해줄 수 있어. 나의 배꼽을, 이 사람도 분명 귀여워해주겠지.' 미노루는 바지 주머니에 손을 넣고 딱딱하게 아파오는 것의 방향을 잘 바꿔 편하게 했다. 그 주머니 속에 추잉검이 하나 더 남아 있는 걸 깨닫고 꺼내어 입에 털어 넣었다.

"담비 봤어? 아직 못 봤어?"

미노루는 유이치의 손을 끌어 작은 동물의 냄새나는 우리 쪽으로 데리고 갔다. 그들은 잡은 손을 놓지 않았다.

쓰시마 담비 우리 앞에 '이른 아침 혹은 밤, 동백나무 수풀을 걸으며 꽃 꿀을 빤다'라고 적힌 푯말이 걸려 있었다. 작고 노란 담비가 세 마리 있었는데, 한 마리는 입에 새빨간 닭 벼슬을 물고 수상쩍다는 듯 이쪽을 보고 있었다. 보고 있는 인간의 눈과 이 작은 동물의 눈이 마주쳤다. 이쪽이 보는 건 담비가 분명했지만, 저쪽이 인간을 보고 있다고는 단정 지을 수 없다. 그러나 유이치와 미노루는 둘 다 인간의 눈보다 담비의 눈을 더 사랑한다고 느꼈다.

그들의 목덜미가 뜨거워졌다. 태양이 비쳐들었기 때문이다. 태양은 이미 기울었지만 햇살은 대단히 격렬했다. 미노루가 뒤를 돌아봤다. 주변에 인적이 없었다. 만난 지 삼십 분 만에 두 사람은 자연스레 가벼운 키스를 나누었다. '이 순간이 너무 행복해'라고 미노루는 생각했다. 이 소년은 관능적인 행복밖에 배우지 못했다. 세상은 멋졌고 공간은 조용했다. 사자 울부짖는 소리가 들렸다. 유이치가 눈을 들어 이렇게 말했다.

"저런, 소나기가 올 것 같네."

그들은 하늘을 반쯤 뒤덮은 먹구름을 알아챘다. 해는 급속도로 지고 있었다. 지하철역에 닿았을 무렵, 최초의 검은 빗방울이 보도로 떨어졌다. 지하철을 탔다. "어디로 가지?" 남겨질까 두려웠던 미노루가 물었다. 그들은 진구마에역에 내렸다. 비 올 기미가 보이지 않는 거리로 나와 노면전차를 타고 언젠가 유이치가 같은 대학 학생 덕분에 알게 된 다카기초의 숙소로 향했다.

미노루는 그날의 관능적인 추억에 사로잡혀 의붓아버지를 멀리하게 되었다. 후쿠지로는 이 소년으로 하여금 환영을 품게 만들 만한 것이 전혀 없었다. 마을 사람들과의 관계를 소중히 했으며, 마을에 불행한 일이 생기면 곧장 부조금을 싸서 달려가 말없이 한참을 불단 앞에 앉아서 다른 문상객이 꺼려하는 것도 깨닫지 못했다. 게다가 그 뻣뻣하고 마른 몸에는 무언가 불길한 기운이 있었다. 카운터를 다른 사람에게 맡기는 게 불안해서 카페 카운터에 하루 종일 뚱한 표정으로 앉아 있었다. 후줄근한 아저씨가 그러고 있는 건 학생 거리에서 현명한 상술도 아니었고, 더구나 매일 밤 문을 닫은 뒤 한 시간이나 정성 들여 그날의 매상을 계산하는 모습을 본다면 단골마저 발걸음이 꺼려질 게 분명했다.

꼼꼼함과 인색함이 후쿠지로의 자비로움과 앞뒷면을 이루고 있었다. 장지문이 조금이라도 벌어져 있거나 문고리 장식이 비스듬하면 곧바로 일어나 똑바로 해야 했다. 후쿠지로의 고향 아저씨라는 사람이 가게로 와서 저녁식사로 튀김덮밥을 먹은 적이 있었다. 의붓아버지가 그 아저씨한테서까지 덮밥 값을 챙기는 걸 보고 미노루는 놀랐다.

젊은 유이치의 육체는 마흔 줄의 후쿠지로와 비교도 할 수 없었다. 그뿐 아니다. 유이치는 미노루의 머릿속에서 수많은 활극물의 주인공이나 모험소설의 과감한 청년의 환영과 하나가 됐다. 미노루가 되고 싶은 것의 총체가 유이치에게 있었다. 슌스케는 유이치를 소재로 하나의 작품을 꿈꿨지만, 미노루는 수많은 이야기의 소재로 유이치를 꿈꿨던 것이다.

유이치가 날렵하게 몸을 뒤집었다. 소년의 눈에는 젊은 모험가가 닥쳐오는 위험에 반격하는 자세를 갖춘 것으로 비쳤다. 미노루는 자신을 수많은 이야기 속 주인공들이 데리고 다니는 소년 종자라고 생각했다. 주인의 담력에 매료되어, 죽을 때도 주인과 함께 죽겠다고 마음먹는 저 순진한 종자가 된 자신을 상상했다. 이것은 사랑이라기보다 관능적인 충실, 공상에 의한 헌신과 자기희생의 쾌락,

소년으로서는 대단히 자연스러운 욕망의 표출이었다. 어느 밤 꿈에서 미노루는 유이치와 자신이 전쟁터에 있는 모습을 보았다. 유이치는 젊은 미모의 사관이었고 미노루는 미소년 졸병이었다. 두 사람은 동시에 가슴에 총탄을 맞아 서로 끌어안고 키스하며 쓰러진다. 또 때때로 유이치는 젊은 선원이 되고 미노루는 소년 수부가 된다. 두 사람이 어느 열대의 섬에 상륙한 동안, 악랄한 선장의 명령으로 배가 출항해 섬에 남겨진 두 사람은 야만족의 습격을 받는다. 나뭇잎 사이에서 날아드는 무수한 독화살을 커다란 가리비 방패로 막으며 몸을 보호한다.

이런 식으로 두 사람이 함께한 하룻밤은 신화적인 밤이 되었다. 그들 주변에 악의로 가득 찬 도시의 밤이 소용돌이치고, 악한과 원수와 야만족과 자객, 뭐가 됐든 두 사람의 비운을 바라며 그들의 죽음에 쾌재를 부르는 이들이 어두운 유리창 밖에서 눈을 부릅뜨고 안을 들여다보고 있었다. 미노루는 베개 아래 피스톨을 숨겨두고 잠들지 않은 걸 아쉬워했다. 만약 저 옷장 속에 악한이 숨어 있다가 모두 잠든 사이에 옷장 문을 살짝 열고 나와서, 자고 있는 우리 둘에게 권총을 들이댄다면 어떻게 해야 할까? 이런 공상에 아랑곳하지 않고 잠들어 있는 유이치는 누구보다 뛰어난 담력의 소유자라고밖에 여겨지지 않았다.

미노루가 그토록 벗어나고 싶었던 불가해한 공포가 돌연 변모해, 지금은 그 안에 사는 것만으로 기쁨을 느낄 수 있는 달콤한 이야기와 같은 공포가 되었다. 미노루는 신문에서 아편 밀수나 비밀 결사 기사를 마주할 때마다 자기들과 관련이 있는 사건이라고 생각하며 열심히 읽었다.

　소년의 이러한 경향은 유이치에게도 조금씩 전염됐다. 유이치가 일찍이 두려워했고 지금도 두려워하는 저 완고한 사회적 편견이, 이 공상가 소년에게는 거꾸로 몽상을 고무시키는 것, 기이한 적의, 로마네스크적인 위험, 정의로움과 고귀함에 대한 속세 대중의 방해, 야만족의 이유 없이 집요한 편견일 뿐이었다. 유이치는 마음의 위안을 얻었다. 아울러 소년의 이러한 영감의 원천이 다른 누구도 아닌 유이치 자신이라는 사실을 깨닫고 본인이 가진 무형의 힘에 놀랐다.

　"녀석들(소년이 '사회'를 지칭하는 유일한 이름이었다)이 우리를 노리고 있으니까 조심해야 해." 미노루는 입버릇처럼 말했다. "녀석들은 우리가 죽어버렸으면 좋겠다고 생각하니까."

　"글쎄. 녀석들은 무관심할 뿐이야. 그냥 코를 살짝 쥐고 우리 옆을 지나치는 거지." 다섯 살 연상의 형은 현실적인 의견을 말했다. 그러나 이런 의견은 미노루를 승복시키기에 부족했다.

　"쳇, 여자 따위." 미노루는 지나가는 여학생 무리를 향해 침을 뱉었다. 그러고는 주워들은 풍월로 성적인 행위에 대한 욕설을 들으란 듯이 퍼부었다. "……여자 따위, 뭐야. 가랑이 사이에 불결한 주머닐 감추고 있을 뿐이잖아. 주머니에 가득 찬 건 쓰레기밖에 없지."

　아내가 있다는 걸 물론 숨기고 있는 유이치는 미소를 지으며 그 욕설을 들었다.

　전에는 혼자 걷던 밤 산책을, 미노루는 이제 유이치와 함께하게 됐다. 어둔 거리에는 보이지 않는 암살자가 숨어 있다. 암살자는 발소리를 죽이고 두 사람을 따라온다. 그걸 교묘히 따돌리거나 혹은 녀석을 놀리며 가벼운 복수를 하는 게 미노루의 즐거운 유희였다.

"유우짱, 봐봐."

미노루는 자기들이 쫓기고 있다는 것을 더욱 잘 알 수 있도록 작은 범죄를 계획했다. 입에 씹던 추잉검을 뱉는다. 그걸 거리에 주차된 반들거리는 외제 자동차 손잡이에 바른다. 그러고는 시치미 뗀 얼굴로 유이치를 재촉해 걸어갔다.

어느 밤, 유이치는 미노루를 데리고 긴자온천 옥상으로 맥주를 마시러 갔다. 잔을 비운 소년은 태연하게 500cc 맥주를 또 주문했다. 옥상의 밤바람은 무척 시원해서 땀에 젖은 그들의 셔츠가 포대천처럼 이리저리 나부꼈다. 빨강 노랑 파랑 등불은 어둔 거리 바닥을 돌며 흔들리고 기타 연주와 함께 두세 쌍의 남녀가 교대로 서서 춤을 췄다. 유이치와 미노루도 춤을 추고 싶었다. 하지만 여기서 남자끼리 댄스는 어색하다. 사람들이 즐기는 걸 마냥 보고 있자니 궁지에 몰리는 기분이 들어서, 두 사람은 자리에서 일어나 옥상의 어둔 구석 난간에 몸을 기댔다. 여름밤 거리의 불빛이 멀리까지 보였다. 남쪽으로 컴컴한 지대가 눈에 들어왔다. 뭔가 했더니 하마리큐 공원 숲이었다. 유이치가 미노루의 어깨에 손을 두르고 막연히 숲 쪽을 바라보고 있을 때였다. 숲 한가운데서 서물서물 빛이 올라왔다. 처음에는 커다란 녹색 원을 그리던 불꽃놀이는 굉음과 함께 다음엔 노랑으로, 다음엔 당나라 우산처럼 붉은색으로 변하며 무너지듯 사라지고 조용해졌다. 탐정소설의 한 구절을 떠올린 미노루가 말했다.

"저런 식으로 인간들을 모조리 불꽃놀이로 터뜨려 죽여버리면 멋지겠지. 쓸데없는 놈들을 하나하나 다 태워 죽이고 세상에 유우짱하고 나하고, 둘만 남으면 좋을 텐데."

"그럼 아이가 태어나지 않잖아."

"아이 같은 거 필요 없어. 우리가 만약에, 만약에 결혼해서 아이가 태어나도, 아이가 크면 우릴 바보로 여기거나, 그렇지 않으면 우리랑 **똑같아지거나**, 둘 중 하날 테니까."

마지막 말에 유이치는 오싹해졌다. 야스코의 아이가 여자아이였다는 데 신들의 가호를 느꼈다. 청년은 미노루의 어깨를 손으로 부드럽게 감쌌다.

미노루의 여리고 부드러운 뺨과 순진무구한 미소 뒤에 이토록 반항적인 영혼이 숨어 있다는 데 유이치의 불안한 마음은 오히려 위안을 얻었다. 이런 공감은 우선 두 사람 사이에 관능의 결속을 굳히고, 더불어 우정의 가장 실질적인 부분, 남들 보기에 그럴듯한 요소를 키우는 힘이 되었다. 소년의 강한 상상력은 청년의 의구심을 끌고 제멋대로 나아갔다. 그 결과 유이치까지 아이 같은 꿈에 빠져, 어느 밤에는 남미 아마존강 탐험에 나서는 걸 진심으로 상상하다가 잠 못 들기도 했다.

밤늦게 보트를 타러 도쿄극장 건너편 보트가게로 갔다. 보트는 이미 선착장에 정박해 있었고 보트가게 오두막은 불 꺼진 채 자물쇠가 걸려 있었다. 두 사람은 하는 수 없이 선착장 갑판에 앉아 물 위로 발을 달랑거리며 담배를 피웠다. 멀리 도쿄극장도 문을 닫은 뒤였다. 오른편 다리 너머 신바시 무도회장도 문을 닫았다. 물에 비친 빛은 드문드문하고 검은 수면에는 아직 더위가 머물러 있었다.

미노루가 이마를 쑥 내밀며, "이것 봐 땀띠가 났어" 하고 자기 이마에 드러난 불그스름한 땀띠를 보였다. 이 소년은 수첩, 셔츠, 책, 양말, 무엇이든 새로 생긴 것은 잊지 않고 애인에게 보여줬다.

미노루가 갑자기 웃음을 터뜨렸다. 유이치는 미노루의 시선을 따라갔다. 도쿄극장 앞 어둔 길에서 노인이 자전거와 함께 길가에 쓰러져, 허리나 어딘가가 부러진 듯 좀처럼 일어서지 못하고 있었다. 자전거 체인에 문제가 생긴 모양이었다.

"나이 먹어서 자전거나 타니까 저런 꼴을 당하지. 멍청하긴. 강으로 빠져버렸더라면 좋았을 텐데."

쾌활하게 웃는 그 얼굴이, 어둠 속 희고 잔혹한 치아와 함께 너무도 아름다워, 이때 유이치는 미노루가 상상 이상으로 자길 닮았다는 걸 느끼지 않을 수 없었다.

"너한테도 정해진 파트너가 있을 텐데, 이렇게 매일 쏘다녀도 괜찮아?"

"그 자식이 나한테 반했다는 게 약점이지. 그래 봬도 의붓아버지야. 법률상으로는."

'법률상'이라는 말이 소년의 입에서 나오자 몹시도 우스운 말처럼 들렸다. 미노루는 이어서 말했다.

"유우짱한테도 파트너가 있겠지."

"음, 늙은이지만."

"나, 그 늙은이 죽이러 갈 거야."

"소용없어. 죽여도 죽지 않는 놈이니까."

"어째서 젊고 아름다운 gay는 꼭 누군가의 꼭두각시일까."
"그게 편리하니까."
"양복도 사주고, 용돈도 주고, 싫어하면서 정도 들어버리지."
그렇게 말하며 소년은 강 위에 크고 하얀 침을 뱉었다.
유이치는 미노루의 허리를 안고 그의 뺨에 키스했다.
"못살아." 미노루는 조금도 거부하지 않고 키스하며 말했다. "유우짱하고 키스하면 바로 서버리니까. 그럼 집에 가기 싫어진단 말이야."

잠시 후, "아, 매미다" 하고 미노루가 말했다. 노면전차의 굉음이 다리를 지나간 뒤 고요함을 뒤엎듯 잘게 우는 매미 소리가 들렸다. 이 부근에는 두드러지는 울창한 나무가 없다. 어딘가 공원에서 나와 길을 잃은 게 분명하다. 매미는 강가를 낮게 날아 오른쪽 다리 기슭 불나방이 날아드는 가로등으로 향했다.

그렇게 좋든 싫든 밤하늘이 두 사람 눈에 들어왔고, 가로등 불빛에 지지 않게 밤하늘의 별도 아름다웠다. 그러나 유이치는 코끝으로 강의 악취를 맡고 있었고, 두 사람의 달랑거리는 구두는 구정물 바로 위에 있었다. 유이치는 이 소년을 정말로 좋아했지만, '우린 지금 시궁쥐처럼 사랑을 이야기하고 있어'라는 생각을 지울 수 없었다.

어느 날 유이치는 우연히 도쿄 지도를 보고 기묘한 발견에 탄성을 질렀다. 그가 미노루와 함께 나란히 바라보던 그 강물은 언젠가 교코와 걸으며 고지대에서 내려다보던 수로의 물과 이어져 있었던 것이다. 히라카와 문 앞을 흐르는 강물은 오후쿠 다리에서 왼쪽으로 꺾어 에도 다리 부근에서 지류로 나아가 도쿄극장 앞으로 흘렀다.

혼다 후쿠지로는 처음으로 미노루를 의심했다. 무더위가 극심해 잠을 이룰 수 없던 어느 밤, 모기장 안에서 잡지를 읽으며 미노루가 오기를 기다리는 불행한 의붓아버지는 미칠 것만 같았다. 새벽 한 시, 뒷문이 열리고 신발 벗는 소리가 들렸다. 후쿠지로는 머리맡의 불을 껐다. 건넛방 불이 켜졌다. 미노루가 옷을 벗는 기척이 났다. 그런 다음 한동안 시간이 걸린 건 옷을 벗은 채 창문에 걸터앉아 담배를 태우기 때문이리라. 희미하게 옅은 연기가 난간을 타고 올라오는 게 보였다.

벌거벗은 미노루가 침실 모기장으로 들어와 침상으로 들어가려 했을 때. 벌떡 일어난 후쿠지로가 미노루의 몸을 짓눌렀다. 손에는 밧줄을 쥐고 있었다. 미노루의 손이 묶였다. 아직 남아 있는 긴 밧줄 끝으로 잇달아 가슴 부분을 여러 차례 동여맸다. 그사이 미노루는 베개에 입이 눌려 소리를 지를 수 없었다. 후쿠지로가 밧줄을 묶으며 이마로 소년의 입에 베개를 누르고 있었던 것이다.

드디어 몸을 다 묶었을 때, 미노루는 불분명한 발음으로 베개 아래에서 호소했다.

"괴로워. 죽을 것 같아. 소리 안 지를 테니 베개만 빼줘."

후쿠지로는 양자가 도망가지 못하도록 그 몸 위에 올라타 베개를 빼고, 소리라도 지르면 당장 입을 막기 위해 오른손을 소년의 뺨이 있는 곳에 뒀다. 왼손으로 소년의 머리를 쥐고 흔들며 말했다.

"어서 자백해. 누구네 말이랑 뒤엉켜서 뼈와 젖을 흔들고 왔는지.

빨리 다 불어."

　미노루는 머리칼이 쥐어뜯기고 팔과 가슴이 밧줄에 쓸려 어디 하나 아프지 않은 곳이 없었다. 하지만 이 케케묵은 가부키 대사 같은 비난을 들으면서도, 자기를 도우러 달려올 믿음직한 유이치를 상상하거나 하지 않고 현실적인 술수를 생각했다. 머리를 놓아주면 자백하겠다고 미노루가 말했다. 후쿠지로가 손을 놓자 미노루는 축 늘어져 죽은 척했다. 당황한 후쿠지로가 소년의 머리를 흔들었다. 미노루는 밧줄이 심장으로 조여서 숨 쉬기 괴롭다, 줄을 풀어주면 자백하겠다고 거듭 말했다. 후쿠지로가 머리맡에 불을 켰다. 밧줄이 풀렸다. 미노루는 아픈 손목 부위에 입술을 대고 고개 숙인 채 말이 없었다.

　소심한 후쿠지로의 박력은 이미 상당 부분 쇠약해졌다. 미노루가 말이 없자, 이번에는 눈물로 애원하자는 작전으로 책상다리를 한 나체의 소년 앞에서 머리를 숙이고 울면서 자신의 폭행을 사죄했다. 소년의 흰 가슴팍에는 사선으로 연붉은 밧줄 자국이 남았다. 당연한 수순으로 이 극적인 고문도 애매하게 끝났다.

　후쿠지로는 자기 소행이 밝혀질까 두려워 비밀탐정에게 의뢰할 결심이 서지 않았다. 이튿날 밤부터 가게 일을 내팽개치고 다시 사랑하는 이를 미행하기 시작했다. 미노루가 어디로 가는지 알 수가 없었다. 가게에 잘 아는 웨이터에게 돈을 주고 미행을 부탁했다. 충실하고도 재능 있는 이 녀석이 미노루와 함께 있는 사람의 인상착의와 연령, 그가 '유우짱'이라고 불린다는 사실까지 알아내 보고했다.

　후쿠지로는 한동안 들락거리지 않던 저쪽 세계 술집 여기저기를 찾아갔다. 오래전 알던 사람이 지금도 나쁜 습관에서 벗어나지 못하고 있어서, 그 친구를 조용한 카페니 술집으로 데리고 다니며 '유우짱'이 누군지 캐물었다.

유이치는 자신의 신원이 아주 좁은 범위에 알려져 있다고 믿었지만, 사실은 원체 탐색하기를 좋아하는 이 작은 사회에서 그에 관한 사사로운 정보가 널리 알려져 있었다.

이 세계 중년 남자들은 유이치의 미모를 질투했다. 그들이라고 유이치를 사랑하지 않는 건 아니지만, 이 청년의 매정한 거부법이 그들로 하여금 질투에 사로잡히게 했다. 유이치보다 아름답지 않은 젊은이들도 그랬다. 후쿠지로는 의외로 쉽게 많은 정보를 얻었다.

그들은 수다스럽고도 악의로 가득했다. 자기가 잘 모르는 정보에 대해서는 편집적인 친절함을 발휘해 후쿠지로를 위해 다른 새로운 정보를 가진 사람을 소개했다. 후쿠지로는 그 남자를 만났다. 그러자 그 남자는 남의 얘기하기 좋아하고 수다스러운 또 다른 남자를 소개했다. 후쿠지로는 순식간에 열 명이나 되는 미지의 남자를 만났다.

가부라기 백작과의 관계는 물론이고, 그토록 조심하던 가와타와의 관계까지 낱낱이 전해졌다. 유이치가 이 사실을 알았다면 깜짝 놀랐으리라. 후쿠지로는 유이치의 인적관계부터 주소, 전화번호에 이르기까지 남김없이 조사해 가게로 돌아온 뒤 남다른 소심함을 발휘하여 이리저리 비열한 수단을 궁리했다.

28장

청천벽력

유이치의 아버지가 살아 있을 무렵부터 미나미 가문은 별장이 없었다. 피서든 피한이든 아버지는 한곳에 얽매이는 걸 싫어해서 바쁜 아버지만 도쿄에 남고 모자가 가루이자와, 하코네 등지 호텔에서 여름을 보내면 주말에 아버지가 찾아오곤 했다. 가루이자와에는 지인도 많아서 거기서 보내는 여름은 시끌벅적했다. 이 무렵부터 어머니는 고독을 사랑하는 유이치의 습성을 눈치챘다. 아름다운 아들은 사람 만나는 일로 분주한 가루이자와보다 되도록 지인을 마주치지 않는 한여름 나가노의 가미코치 같은 곳에 가고 싶어 했다.

전쟁이 극심해져도 미나미 가문은 피난을 서두르지 않았다. 아버지가 그런 일에는 무관심했기 때문이다. 공습이 시작되기 몇 개월 전인 1944년 여름, 유이치의 아버지는 도쿄의 자택에서 급사했다. 뇌출혈이었다. 굳센 어머니는 주위의 만류에도 죽은 남편의 위패를 지키며 도쿄의 집에서 버텼다. 이 정신력에는 소이탄도 겁을 집어먹었는지 집은 불타지 않고 종전을 맞았다.

만약 별장이 있었다면 그걸 고가에 매각해 전후 인플레이션을 극복할 자원이 됐으리라. 유이치 부친의 재산은 지금 살고 있는 집과는 별개로 동산과 유가증권, 예금 등 1944년에 이백 만 엔이었다. 남겨진 어머니는 위기를 헤쳐 나가려 값나가는 보석류를 처분하면서 값을 후려치는 브로커 때문에 안절부절못하고 있었다. 아버지의 예전 부하에게서 도움을 얻어 재산세도 대단히 유리한 쪽으로 정리가 되고, 예금도 유가증권 등에 따른 정교한 조작을 통해 통화비상조치라는 난관을 빠져나오는 데 성공했기에, 경제가 거의 안정된 후에는 칠십만 엔의 예금과 이런 어수선한 시기에 자란 덕에 이재에 밝게 된 유이치의 재능, 이 두 가지 모두를 얻을 수 있었다. 친절한 조언자는 훗날 아버지와 같은 병으로 세상을 떠났다. 유이치의 어머니는 오래 알고 지낸 하녀에게 안심하고 가계를 맡겼다. 이 사람 좋은 하녀가 회계에 있어 얼마나 무능하고 시대에 뒤떨었는지를 유이치가 알고 놀란 것은 앞서 말한 대로다.

그리하여 미나미 가문은 전쟁 후 한 번도 피서를 갈 기회가 없었다. 가루이자와에 별장이 있는 야스코 친정에서 여름휴가를 초대한 건 유이치의 모친을 기쁘게 했지만, 하루라도 주치의가 있는 도쿄를 벗어날 수 없다는 공포가 더 컸다. 어머니는 게이코를 데리고 둘이서 다녀오라고 젊은 부부에게 말했다. 이런 갸륵한 자기희생적 제안을 하는 시어머니의 표정이 너무도 쓸쓸해 보였기에, 야스코는 병든 시어머니만 남겨두고 갈 수는 없다는, 시어머니가 예상한 대로의 대답을 해서 시어머니를 기쁘게 했다. 손님이 찾아와 야스코가 선풍기와 차가운 타월과 찬 음료를 준비했다. 시어머니는 입이 마르도록 이런 며느리의 효심을 칭찬해 야스코의 얼굴을 달아오르게 했다. 혹시라도 손님이 자기를 이기적인 시어머니라고 생각할까봐, 갓 태어난 아기는 도쿄의 뜨거운 여름에 적응하는 게 낫다는 따위의 앞뒤가 안 맞는 이야기를 꺼내기도 했다. 게이코는 심하게 땀을 흘리는 바람에 땀띠가 생겨서, 온종일 열을 내리게 하는 하눌타리 분가루를 바르고 있느라 흰엿처럼 되었다.

유이치로 말할 것 같으면 처가에 신세지기 싫어하는 독립적인 성격이라 피서 초대에 응하는 걸 반대했다. 가족 사이에서 약간의 정치적 수완에 능한 야스코는 이런 남편에 동의하는 걸 시어머니를 향한 효심으로 위장했던 것이다.

일가는 태평하게 여름날을 보내고 있었다. 게이코의 존재는 더위마저 잊게 했다. 그러나 아직 웃을 줄을 모르는 아기는 동물처럼 진지한 표정을 유지했다. 오미야마이리* 무렵부터 각양각색의 풍차가 돌아가며 달그락달그락하는 한가로운 소리에 관심을 드러냈다. 축하선물 가운데 멋진 오르골이 있어 도움이 됐다.

오르골은 네덜란드제였는데 튤립이 가득 핀 뜰을 갖춘 우아한 농가를 재현한 장난감이었다. 오르골 한가운데 난 문을 열면 네덜란드 복장에 흰 앞치마를 두르고 손에는 물뿌리개를 든 인형이 나와 문틀 근처에 멈춰 선다. 그렇게 문이 열린 동안 음악이 울리는데 네덜란드 민요인 듯 귀에 익숙하지 않은 시골스러운 곡이었다.

* 아기가 태어나 무사히 한 달이 지났음을 신에게 감사하는 풍습.

야스코는 통풍이 잘 되는 이층에서 게이코에게 오르골을 들려주는 걸 좋아했다. 여름 오후, 밀린 공부에 지친 남편이 아이와 엄마의 즐거운 시간에 함께한다. 그럴 때면 정원수를 지나 방을 남북으로 훑고 지나는 바람마저 한층 더 청량하고 기분 좋게 느껴졌다.

"다 아나봐. 이것 봐, 가만히 듣고 있어."

야스코가 말했다. 유이치는 넋 놓고 아기의 표정을 바라보며 생각했다. '이 아기에게는 내부만이 존재한다. 아직 외부는 거의 없다. 외부라고 해봐야 배고프면 찾는 엄마의 젖이나 밤낮으로 막연한 광선의 변화, 풍차의 아름다운 운동, 오르골이나 딸랑이의 단조롭고 부드러운 음악 같은 것들뿐이다. 하지만 그녀의 내부로 들어가면 어떤가! 인류가 시작된 이래 여자의 본능과 역사와 유전이 압축되어 있어 훗날 이 녀석이 수중화처럼 환경이라는 물속에서 확대되어 꽃을 피울 터이니. ……나는 이 녀석을 여자 중의 여자, 미녀 중의 미녀로 만들어주자.'

요즘은 시간을 정해 수유를 하는 과학적 유아법이 한물가서, 게이코가 보채며 울기 시작하면 젖을 물렸다. 얇은 여름옷을 펼치고 드러난 야스코의 유방은 몹시도 아름다웠고, 희고 민감한 피부의 둥근 곳을 달리는 파란 정맥 한 줄기는 맑디맑았다. 그러나 드러난 유방은 언제나 온실 속 잘 익은 과일처럼 땀에 젖어 있어서, 야스코는 희석한 붕산수 적신 가제로 유두를 소독하기 전에 타월로 땀을 닦아내야 했다. 아기의 입술이 닿기도 전에 젖이 배어나와 가슴은 늘 과잉된 풍만함으로 아파왔다.

유이치는 그 유방을 본 뒤 창밖으로 여름구름이 흐르는 하늘을 올려다보았다. 시끄럽다는 감각 자체를 잊어버리게 만들 정도로 매미가 끊임없이 울었다. 게이코는 젖을 다 빨고 아기용 모기장 안에서 잠이 들었다. 유이치와 야스코는 서로 마주보며 웃었다.

유이치는 돌연 나가떨어질 듯한 기분에 사로잡혔다. 이런 게 바로 행복이 아닐까? 아니면 두려워하던 일들이 모조리 벌어져 눈앞에 존재하는 것을 보며 느끼는 무력한 안도감에 불과한 것일까. 유이치는 충격으로 멍해졌다. 모든 결과가 분명한 **외견**을 갖추고 아무렇지도 않다는 듯이 눈앞에 나타났음에 놀랐다.

며칠 후 어머니의 상태가 급격히 나빠졌다. 그럴 때 보통은 의사를 부르던 어머니가 이번에는 완고하게 치료를 거부했다. 이 수다스러운 노부인이 온종일 말을 하지 않는다는 건 여간 상태가 나쁜 게 아니라고 봐야 한다. 그날 밤 유이치는 집에서 식사를 했다. 그리고 모친의 나쁜 안색, 억지로 웃을 때마다 표정에 이는 경련, 눈에 띄는 식욕 감퇴를 보고 외출을 삼갔다.

"오늘은 왜 집에 있니?" 어머니는 집에 눌러앉은 아들을 향해 일부러 쾌활한 듯한 말투로 말했다. "내 몸은 걱정하지 마라. 병 같은 게 아니니까. 내 몸은 내가 제일 잘 알고, 이상하다 싶으면 곧바로 의사선생님을 부르마."

효심 지극한 아들은 그래도 밖으로 나가려 하지 않았기에 현명한 모친은 이튿날 전법을 바꿨다. 아침부터 그녀는 기분이 무척 좋아 보였다.

"오늘은 어쩐 일일까." 하고 기요에게도 조심성 없이 큰 소리로 말했다. "어제는 내가 아직 갱년기를 졸업하지 못했다는 증거였는지도 몰라."

전날 밤 그녀는 거의 잠을 자지 못했는데, 불면에서 오는 흥분상태와 하룻밤 사이에 어느 정도 돌아온 이성으로 훌륭히 연극을 해냈다. 저녁식사를 마친 후 유이치는 안심하고 밖으로 나갔다.

"자동차를 불러줘." 과감한 어머니는 심복인 기요에게 부탁했다. "어디로 가는지는 차에서 말할게." 하고 덧붙였다. 그러고는 함께 나갈 준비를 하는 기요를 제지하며 말했다.

"같이 안 가도 돼. 나 혼자 갈 테니."

"하지만 사모님……."

기요는 깜짝 놀랐다. 유이치의 어머니는 병에 걸린 이래 좀처럼 혼자 외출하는 일이 없었다.

"나 혼자 나가는 게 그렇게 이상한 일이니. 내가 무슨 황태후도 아니고, 야스코가 출산했을 때도 혼자 병원에 가서 아무 일도 없었잖아."

"그땐 집을 지킬 사람이 없었죠. 게다가 두 번 다시 혼자서는 외출하지 않겠다고 저랑 약속하셨잖아요."

여주인과 하녀가 투닥투닥하는 소리를 들은 야스코가 걱정스런 표정으로 시어머니 방에 얼굴을 드밀었다.

"어머니, 제가 같이 갈게요. 만약 기요 씨가 함께 가기 좀 뭣한 자리라면."

"괜찮다, 야스코. 아무 걱정 마." 마치 진짜 딸을 대하듯 감정이 격하면서도 상냥한 말투였다. "돌아가신 아버지 재산 문제로 잠깐 만날 사람이 생겼어. 이런 일은 유이치에게도 말하기 싫으니까. 만약 내가 돌아오기 전에 유이치가 오면 옛 친구가 차로 나를 데리러 왔다고 말해줘. 내가 온 뒤에 유이치가 오면 나도 아무 말 안 할 거고 야스코나 기요도 내가 외출했던 걸 비밀로 해주고. 이것만큼은 약속해줘. 나도 다 생각이 있으니까."

이렇게 우격다짐으로 선언한 뒤 서둘러 차를 타고 나가서는 두 시간 후에 같은 차로 돌아왔다. 그날 밤은 상당히 지친 표정으로 잠자리에 들었다. 유이치는 한밤중에 귀가했다.

"어머니는 어떠셔?" 유이치가 물었다.

"꽤 좋아지신 것 같아. 다른 날보다 빨리, 아홉 시 반쯤 잠이 드셨어." 시어머니에게 충실한 아내는 그렇게 말했다.

이튿날 밤에도 유이치가 외출하자 어머니는 곧장 차를 부르게 하고 외출 준비를 했다. 두 번째 밤은 누가 참견할 수도 없을 만큼 무거운 분위기에서 말없이 진행됐다. 기요는 은빛 물결무늬 허리띠를 내밀었고 그걸 홱 낚아채는 여주인을 두려운 듯 올려다봤다. 그러나 불행한 어머니의 눈은 불길한 열정으로 빛났으며, 사람 좋고 무력한 하녀의 존재 따위는 애초에 눈에 들어오지도 않았다.

그녀는 이틀 밤에 걸쳐 유라쿠초 르동에 앉아 유일한 증거로서, 그곳에 유이치가 나타나기를 기다리고 있었다. 그저께 받은 무시무시한 익명의 편지는 그 밀고가 거짓이 아니라는 증거로 수취인이 직접 편지의 지도에 표시된 수상한 카페에 가서 유이치의 모습을 확인하라고 했다. 그녀는 뭐든 혼자서 해내기로 결심했다. 일가를 덮친 불행의 뿌리가 얼마나 깊든 간에 그것은 모자 사이에 해결할 문제이며, 야스코에게 폐를 끼쳐서는 안 되었다.

한편, 르동 사람들은 이틀 밤에 걸쳐 찾아온 특이한 손님에 놀라고 있었다. 에도시대에는 이런 곳에 남자손님뿐만 아니라 늙은 부인 손님이 찾아오기도 했지만, 현대에는 그런 관습이 사라져 있었기 때문이다. 편지에는 이 카페에서 일어나는 온갖 기이한 풍습과 은어가 적혀 있었다. 한없는 노력이 필요하긴 했지만 미나미 여사는 처음부터 다 아는 손님처럼 가장하는 데 성공했다. 조금이라도 놀라는 모습을 보이지 않으려고 눈치 빠르게 행동했다. 인사를 하러 온 마스터는 품위 있는 노부인의 인품과 소탈한 응대에 매료되어 마음을 열지 않을 수 없었다. 무엇보다 이 초로의 여자 손님은 돈 씀씀이가 좋았다.

"특이한 손님도 다 있네." 루디는 소년들에게 이야기했다. "저런 나이에 뭐든 다 알고 있고 편견이 없어. 저런 사람이라면 다른 손님들도 걱정 없이 놀다갈 수 있으니 괜찮아."

르동 이층은 처음에 여자가 있는 술집이었지만 후에 루디가 방침을 바꿔 여자를 내보냈다. 지금은 초저녁부터 이층에서 남자들이 댄스에 여념이 없었고 여장한 소년이 반라로 춤을 췄다.

첫날 밤 유이치는 끝까지 나타나지 않았다. 이틀째 밤에는 유이치가 나타날 때까지 앉아 있겠다는 결심으로 시중드는 소년 두엇에게 즐기지도 않는 술과 안주를 마음껏 시키게 했다. 삼사십 분을 기다려도 유이치는 나타나지 않았다. 문득 한 소년이 하는 말에 귀를 쫑긋 세웠다.

"어쩐 일이지. 요 며칠 유우짱이 안 보이네."

"그렇게 걱정 돼?" 옆에 있던 소년이 놀렸다.

"걱정은 무슨. 유우짱하고는 이제 아무 사이도 아닌데 뭘."

"말은 그렇게 해도 마음은 어떨지?"

미나미 여사가 은근하게 물었다.

"유우쨩은 유명하다더군요. 엄청나게 아름다운 사람이라지요."

"저 사진 갖고 있어요. 보여드릴까요?" 소년이 말했다.

사진을 꺼내기까지는 꽤나 시간이 걸렸다. 그는 흰 웨이터복 안 주머니에서 먼지 가득하고 지저분한 것들 한 무더기를 꺼냈다. 명함이니 반으로 접힌 구깃구깃한 종잇조각이니 일 엔짜리 지폐 여러 장이니 영화관 프로그램이니 잡다한 것들이 뒤섞인 뭉치다. 소년은 스탠드 불빛 아래로 몸을 구부리고 한 장 한 장 정성스럽게 찾았다. 그 한 장 한 장을 함께 검사할 용기까지는 나지 않았던 불행한 어머니는 눈을 감았다.

'부디 사진 속 청년이 유이치와 조금도 닮지 않은 남자이기를……' 그녀는 마음으로 빌었다. '그렇다 해도 아직 몇 가지 의심의 여지는 남는다. 그래도 사진 속 남자가 다른 인물이라면 당분간은 마음 편히 지낼 수 있겠지. 저 불길한 편지 속 모든 구절이, (증거만 없다면) 한 사람을 타락시키기 위해 쓴 거짓투성이 장난 편지라고 믿어버릴 수 있다. 부디 사진이 본 적도 없는 타인의 모습이기를.'

"있다, 있다!" 하고 소년이 외쳤다.

미나미 여사는 노안을 들어 스탠드 불빛 쪽으로 받아든 명함 크기의 사진을 봤다. 사진 면이 빛을 반사해 잘 보이지 않았다. 각도를 달리하자 흰 폴로셔츠를 입고 웃고 있는 아름다운 청년의 얼굴이 분명히 보였다. 유이치였다.

그것은 참으로 숨이 멎을 듯 괴로운 순간이었기에 모친은 여기서 아들을 마주할 용기를 완전히 상실했다. 이때까지 지켜오던 단단한 마음가짐도 동시에 주저앉았다. 사진은 힘없이 소년의 손으로 돌아갔다. 그녀에게는 웃거나 말을 할 기력이 남아 있지 않았다.

계단에서 구두굽 소리가 들렸다. 새로운 손님이 올라왔다. 그것이 젊은 여자라는 걸 알자 박스 의자에서 서로 껴안고 키스를 하던 남자들이 서둘러 떨어졌다. 여자는 유이치의 어머니를 발견하고 진지한 표정으로 다가왔다. "어머니." 여자가 말했다. 미나미 여사는 새하얗게 질린 얼굴로 여자를 올려다봤다. 야스코였다.

고부가 재빨리 나눈 대화는 비참했다. "이런 곳에 네가 어쩐 일이니." 시어머니가 말했다. 며느리는 대답하지 않았다. 귀가를 재촉할 뿐이었다.

"……이런 데서 널 만나다니……."

"어머니, 돌아가요. 모시러 왔어요."

"여기 온 걸 어떻게 알았어."

"나중에 말씀드릴게요. 우선은 집에 가세요."

두 사람은 서둘러 계산을 하고 카페를 나와 길모퉁이에 어머니가 세워둔 차에 올랐다.

미나미 여사는 좌석에 몸을 늘어뜨리고 눈을 감았다. 차가 달리기 시작했다. 좌석 끝에 걸터앉아 있던 야스코가 시어머니를 챙겼다.

"저런, 땀이 흥건하세요."

야스코는 그렇게 말하며 시어머니의 이마를 손수건으로 닦았다. 이윽고 엷게 눈을 뜬 노부인이 말했다.

"알겠다. 너, 내 편지를 읽었구나."

"그런 짓은 안 해요. 저도 오늘 아침에 두꺼운 편지를 받았어요. 그래서 어젯밤 어머니가 어디에 가셨는지 짐작이 갔죠. 오늘 밤도 모시고 가기는 어려울 것 같아서 뒤따라 들어간 거예요."

"같은 편지가 너한테도 왔다고."

여사는 고뇌하며 짧은 탄식을 내질렀다. "미안하다, 야스코." 그녀는 울면서 말했다. 허무한 사과의 말과 오열이 야스코의 마음에 아프게 울려 대화는 어설프게 끝나고 말았다.

집에 돌아왔지만 유이치는 아직 오지 않았다. 여사가 자기 혼자 일을 처리하려 했던 진짜 이유는 며느리에게 폐를 끼칠 수 없다는 갸륵한 기분보다도, 타인인 며느리에게 얼굴을 들 수 없이 부끄러웠기 때문이다. 이 부끄러움이 눈물과 함께 녹아버리자 유일한 비밀을 나눠가진 야스코가 그녀에게 둘도 없이 소중한 조력자가 됐다. 두 사람은 서둘러 기요를 물리고 별채에서 두 통의 편지를 대조했다. 비열한 익명의 발신자에 대한 증오가 두 사람 마음에 일기까지는 약간의 시간이 걸렸다.

두 통의 편지는 필적이 같았다. 글의 흐름도 같았다. 오자가 많고 문장은 졸렬하기 그지없었다. 군데군데 일부러 자기 서체를 찌그러뜨려 쓴 구절이 있었다.

편지는 흡사 유이치의 행실을 보고하는 것이 의무라도 되는 듯 낱낱이 적혀 있었다. 유이치는 완전히 가짜 남편이며 **결코** 여자를 사랑하지 않는 사람이다. 유이치는 가정을 농락하며 세간을 속이고 있을 뿐만 아니라 타인의 행복한 결합을 찢어놓는 짓도 서슴없이 저지른다. 그는 남자이면서 남자의 노리개가 되어 일찍이 가부라기 전 백작의 페이버릿favourite이었으며 지금은 가와타 자동차 사장의 총애를 받고 있다. 그뿐만이 아니다. 이 아름다운 악동은 늙은 애인들의 은총을 끊임없이 배신하며 손에 꼽기도 힘들 정도로 수많은 어린 애인을 사랑하고는 버렸다. 그 수는 백 명을 넘었으면 넘었지 그보다 적지는 않다. '혹시나 해서 덧붙이자면' 어린 애인이란 모조리 동성이다.

유이치는 그러면서 태연하게 남의 물건에까지 손을 댔다. 유이치 탓에 총애하던 아이를 빼앗긴 한 노인은 자살했다. 이 편지의 발신인도 같은 피해를 입은 사람이다. 이런 편지를 보낼 수밖에 없었던 이유를 부디 이해해 주기 바란다.

만약 이 편지에 불신을 품고 정확한 증언에 의문을 품게 된다면 저녁식사 후에 아래 카페를 찾아가 내가 말한 사실의 유무를 직접 눈으로 확인하시기 바란다. 그 카페에는 종종 유이치가 모습을 드러내므로 거기서 유이치를 만난다면 위의 보고가 입증되리라 본다.

편지의 요지는 이와 같았는데, 이어서 두 통의 편지 모두 르동의 주소를 나타내는 상세한 지도와 르동을 찾는 손님의 의도가 꼬치꼬치 적혀 있었다.

"어머니는 그 카페에서 유우짱을 만나셨어요?" 야스코가 물었다.

처음엔 사진을 본 걸 비밀로 할 생각이었지만 노부인은 자기도 모르게 있는 그대로 털어놨다.

"만나지는 못했지만 사진을 봤어. 거기 있던 불량스러워 보이는 웨이터가 소중히 간직하고 있던 유이치의 사진을."

말을 꺼낸 다음에야 크게 후회하며 변명처럼 덧붙였다.

"……어쨌거나 만난 건 아니니까. 이 편지가 진짜라는 게 판명 난 건 아니지."

그러나 안절부절못하는 눈만큼은 말을 배신하며, 편지가 날조라고 생각하지는 않는다는 본심을 말하고 있었다.

그 순간 미나미 여사는 자기와 마주 앉아 있는 야스코의 얼굴에 동요의 빛이 전혀 없다는 사실을 알아챘다.

"너야말로 의외로 차분하구나. 이상한 일이네. 너는 당사자인 유이치의 아내인데."

야스코는 죄송스러운 듯한 자세를 취했다. 자신의 차분한 모습이 시어머니를 슬프게 만든 게 아닐까 염려되었던 것이다. 시어머니는 덧붙였다.

"이 편지가 다 거짓은 아닐 거라고 생각해. 만약 진짜라면 그렇게 차분할 수 있겠니?"

이 모순 가득한 추궁에 야스코는 터무니없는 대답을 했다.

"네. 어쩐지 전, 그럴 것 같다는 기분이 듭니다."

노부인은 오랜 시간 입을 다물었다. 이윽고 눈을 내리깔고 이렇게 말했다.

"너는 유이치를 사랑하지 않는가 보구나. 더 슬픈 건 이제 와서 그걸 책망할 자격이 누구에게도 없고, 그게 오히려 불행 중 다행이라고 생각해야겠지만."

"아니요." 야스코는 흡사 기쁨에 찬 듯이 울리는 강인한 어조로 말했다. "그게 아니에요, 어머니. 반대입니다. 그래서 오히려……."

28장 청천벽력 **487**

노부인은 어린 며느리의 얼굴 앞에서 머뭇거렸다.

장지문 너머로 게이코가 우는 소리가 들려서 야스코는 젖을 먹이러 일어섰다. 유이치의 모친은 옆방에서 혼자가 됐다. 모기향 냄새가 불안을 부추겼다. 만약 유이치가 이리로 들어온다면 모친이 먼저 몸 둘 바를 모르게 될 듯했다. 르동에 갈 때는 아들을 만나는 일에 분기탱천했던 바로 그 모친이 지금은 아들을 만나는 게 무엇보다 두렵다. 오늘 밤은 어디 지저분한 숙소에서 묵고 집에 들어오지 않는다면 얼마나 좋을까 하고 바랐다.

미나미 여사의 고뇌가 도덕적인 가책에 따른 것인지 아닌지에 대해서는 의심스러운 부분이 있다. 결연한 태도를 드러내는 도덕상의 판단이나 엄숙한 표정을 갖춘 도덕상의 고민 없이, 그저 세상의 흔한 편견을 갖다 붙인 것에 불과한 이 심란한 마음은 혐오와 공포로 일렁였다. 타고난 상냥함은 온데간데없었다.

노부인은 눈을 감고 이틀 밤 내리 본 지옥의 광경을 떠올렸다. 한 통의 졸렬한 편지 외에는 일찍이 예비지식이 없었던 현상이었다. 말할 수 없는 꺼림칙함, 두려움, 기분 나쁨, 추함, 오싹한 불쾌감, 구토를 유발하는 위화감, 온갖 감각상의 혐오를 갖춘 현상이 거기 있었다. 심지어 카페 종업원들이나 손님들이 인간의 평범한 표정, 일상다반사나 다름없다는 듯이 태연한 표정을 짓는 데도 불쾌감이 치밀었다.

'그 사람들은 당연하다는 듯이 살아가고 있어.' 그녀는 화가 나서 생각했다. '거꾸로 뒤집힌 세계는 얼마나 추한가! 그런 변태들이 무슨 생각으로 살든 올바른 건 나고 내 눈은 미치지 않았어.'

그렇게 생각할 때면 뼛속까지 정숙한 여인이었다. 순결한 마음이 정숙한 여인답게 움직이고 있었다. 누구든 스스로 굳게 믿던 생활의 버팀목이 더럽혀진다면 비명을 지르며 결연히 일어나리라. 세간의 어른스러운 남자 중 열의 여덟아홉은 모두 이런 유형이다.

이때만큼 그녀가 동요한 적도 없을뿐더러, 이때만큼 자신이 살아온 수십 년의 세월에 자신을 가진 적도 없었다. 판단은 오히려 간단했다. 저 무시무시하고 동시에 어마어마하게 우스꽝스러운 '변태성욕'이라는 단어가 모든 것을 분명하게 해명한다. 입에 올릴 수도 없는 송충이와 같이 징그러운 말이 자기 아들과 직접적으로 이어져 있다는 사실을 가엾은 노모는 잊은 척했다.

남자끼리의 키스를 보고 여사는 구토가 올라와 눈을 돌렸다.

'**교양**이란 게 있다면 그런 짓을 할 수는 없을 텐데!'

'변태성욕'이라는 말과 우열을 가릴 수 없을 만큼 우스꽝스러운 '교양'이라는 말이 미나미 여사의 가슴속에 떠오른 순간, 오래 잠들어 있던 자긍심이 눈을 떴다.

여사가 받은 예의범절 교육은 소위 좋은 집안 가운데서도 최상의 것이었다. 메이지시대 신흥계급에 속했던 그녀의 아버지는 나라에서 주는 훈장만큼이나 '고상함'을 사랑했다. 그녀의 친정은 모든 것이 고상했고 강아지마저도 고상한 자세를 취했다. 일가는 자기 집 식당에서 가족끼리 식사를 할 때조차 "실례지만" 하고 운을 떼며 먼 데 있는 소금이나 간장 따위를 건네받곤 했다. 미나미 여사가 자란 시대가 꼭 안온한 시대라고 할 수는 없다. 태어나 곧장 청일전쟁에서 승리를 경험하고 열한 살에 러일전쟁에서 승리를 맛봤다. 그녀가 열아홉 살에 미나미 가문 사람이 될 때까지, 부모는 꽤나 감수성이 민감한 이 소녀를 보호하는 데 자기들이 살아온 시대와 사회의 지극히 안정된 '기품 있는' 도덕 외에 그 무엇에도 의지할 필요가 없었다.

결혼하고 십오 년이나 아이가 생기지 않아서 시어머니 앞에서 늘 어깨가 무거웠다. 유이치가 태어나 안심했다. 이즈음 그녀가 신봉하는 '기품'의 내용에 변화가 생겼다. 대학시절부터 여자를 밝히던 유이치 아버지가 결혼 후 십오 년 동안이나 방탕한 생활을 했기 때문이다. 유이치가 태어나서 무엇보다 안도한 것은 더러운 밭에 뿌려진 남편의 씨를 호적에 올리지 않아도 된다는 사실 하나였다.

그녀가 가장 먼저 부딪힌 것은 이런 인생이었지만, 남편에 대한 끝없는 경애의 마음과 타고난 자긍심이 간단히 타협을 이루어 인내에서 오는 관용, 굴욕에서 오는 포용력이라는 새로운 사랑의 태도를 그녀에게 가르쳐주었다. 이것이야말로 '기품 있는' 사랑이었다. 그녀는 세상에 자신이 용서할 수 없는 일은 없다는 생각이 들었다. '품위 없음'을 빼고는!

위선이 취미상의 문제가 되면 큰 사건은 잠잠해지는 한편 사소한 사건은 도덕적인 까다로움이 드러나게 되는데, 미나미 여사가 르동의 분위기에 참을 수 없는 혐오를 느낀 것도 그것을 단순히 취미상의 악으로 가볍게 본 탓이다. 말하자면 그것이 '저급'하기 때문에 용서할 수 없었던 것이다.

이런 경위를 보면 평소 그토록 상냥한 노부인이 아들을 동정하지 않는 것도 납득이 간다. 심지어 그녀는 이토록 혐오스러운 무교양과 저급한 행위가 어찌하여 자신의 가장 깊은 부분을 뒤흔드는 고뇌와 눈물에 똑바로 맞닿아 있는지 의아할 정도였다.

수유를 마치고 게이코를 재운 야스코가 돌아오자 시어머니가 말했다.
"나, 오늘 밤은 아무래도 유이치를 못 만나겠어. 이야기는 내일 내가 할게. 너도 이제 그만 쉬어. 끙끙거리면서 고민해봤자 답이 없으니까."
기요가 불려왔다. 미나미 여사는 취침준비를 서둘러달라고 부탁했다. 무언가에 쫓기는 듯한 마음이었다. 침상에 들자마자 극도의 피로감이 엄습해 흡사 술 취한 사람이 술기운에 곯아떨어지듯 고뇌에 곯아떨어져 푹 잠들 자신이 있었다.

*
**

여름 동안 미나미가는 식사 장소를 서늘한 방으로 옮겼다. 이튿날도 아침부터 무더워서 어머니와 유이치 부부는 툇마루 쪽으로 나온 베란다 의자와 테이블에서 시원한 과일주스와 계란과 빵으로 식사를 했다. 아침식사 때면 유이치는 늘 무릎에 펼쳐둔 신문에 정신이 팔렸고, 오늘 아침에도 신문에 싸라기눈 내리는 소리를 내며 빵가루를 떨어뜨렸다.
식사가 끝났다. 기요가 차를 날라 와 테이블을 치우고는 자리를 떴다.

사람은 생각이 너무 많으면 오히려 엉뚱한 행동을 하기 마련이다. 미나미 여사는 거의 경망스럽다고 할 정도로 돌연 두 통의 편지를 유이치 앞에 내밀었다. 그 모습에 야스코는 격렬하게 가슴이 뛰어 고개를 숙였다. 편지는 신문에 가려 유이치 눈에 보이지 않았다. 어머니가 손에 든 두 통의 편지로 신문 아래를 툭툭 쳤다.

"신문은 그만 접어라. 우리 집에 이런 편지가 왔어."

신문을 가볍게 접어 옆에 있는 의자에 놓은 유이치는 편지를 내민 어머니의 떨리는 손과 긴장한 나머지 엷은 웃음을 띤 듯 보이는 얼굴을 보았다. 수취인 이름이 어머니와 아내라는 것을 보고 봉투를 뒤집어 발신인 이름이 공백인 것도 보았다. 두꺼운 편지를 꺼내 펼치고 다른 한 통에서도 꺼냈다. 어머니가 안절부절못하며 말했다.

"두 통 다 완전히 똑같은 편지야. 나한테 온 것과 야스코에게 온 것이 똑같아."

편지를 읽는 유이치의 손도 부들부들 떨렸다. 읽으며 종종 새파랗게 질린 이마의 땀을 손수건으로 닦았다.

그는 거의 읽지 않고 있었다. 밀고의 내용은 알고 있다. 그보다 이 상황을 어떻게 빠져나갈 것인지 고민했다.

불행한 젊은이는 쓴웃음을 가장한 웃음을 입가에 띤 채 용기를 내 어머니의 얼굴을 똑바로 보았다.

"이게 뭡니까, 어처구니가 없군요. 밑도 끝도 없이 이런 저열한 편지를. ······사람들에게 시샘을 받으니 이런 일을 다 당하는군요."

"아니, 난 거기 적힌 그 저급한 카페에 직접 갔었어. 그리고 이 두 눈으로 네 사진을 똑똑히 보고 왔다."

유이치는 할 말을 잃었다. 어머니의 격렬한 말투와 혼란스러운 표정은 사실 아들의 비극과 한참 거리가 먼 것이었다. 오히려 어머니의 분노는 촌스러운 넥타이를 맸다고 나무라는 것에 가까웠다. 하지만 놀란 아들은 이 사실을 눈치채지 못했다. 성급한 그는 어머니의 눈 속에서 '사회'를 보았다.

……야스코가 소리 없이 울기 시작했다.
평소 눈물을 보이기 싫어하는 야스코는 조금도 슬프지 않으면서 눈물을 흘리는 자신을 의아하게 생각했다. 보이지 않게 눈물을 흘린 건 남편에게 미움을 받고 있다고 생각한 탓이지만, 지금 이 눈물은 이 자리에서 남편을 구출하기 위해 흘리는 눈물이라는 사실을 깨닫지 못했다. 그녀의 본능은 사랑을 위해 훈련되어 사랑을 위해 공리적으로까지 움직이고 있었던 것이다.
"어머니, 그만하세요."
시어머니의 귓가에 우울한 목소리로 그 말만을 빠르게 꺼내고 야스코는 일어섰다. 툇마루 주변을 반쯤 달리듯 빠른 걸음으로 걸어 나와 게이코가 자고 있는 방으로 갔다.

유이치는 할 말을 잃은 채 꼼짝도 하지 않았다. 아무튼 지금 당장 **행동**이 필요했다. 탁자 위에 불규칙하게 겹쳐진 열 몇 장의 편지지를 험악한 소리로 북북 찢고는 흰 줄무늬 유카타 소매 속에 구겨 넣었다. 유이치는 어머니의 반응을 기다렸다. 어머니는 탁자 위에 팔꿈치를 대고 고개 숙인 이마에 손을 댄 채 움직이지 않았다.

한참 후 입을 연 건 아들이었다.
"어머니는 모르십니다. 이 편지가 모두 사실이라고 생각하신다면 어쩔 수 없죠. 하지만……."
미나미 여사는 외치듯 말했다.
"야스코는 어떻게 해?"
"야스코요? 저는 야스코를 사랑합니다."
"하지만 넌 여자를 싫어하잖아. 네가 사랑하는 건 불량한 남자애들이나 돈 많은 늙은이에 중년 남자들뿐이잖아."
아들은 약간의 상냥함도 없는 어머니에게 놀랐다. 사실 모친은 아들과 핏줄로 이어져 있기에, 말하자면 그런 격분이 반쯤은 자신을 향하고 있는 면도 있었기에 스스로 상냥한 눈물을 막고 있었다. 유이치는 생각했다.
'야스코와 억지로 결혼을 시킨 건 어머니가 아닌가. 전부 내 책임으로 돌리다니 너무하군.'
병약한 어머니를 향한 동정에서 이런 항변을 입 밖에 내지는 못했다. 그는 단호한 어조로 말했다.
"아무튼 저는 야스코를 사랑하고 있습니다. 제가 여자를 좋아한다는 것만 증명하면 되겠지요."
이런 해명을 제대로 듣지도 않고 어머니는 협박에 가까운 헛소리를 던졌다.
"……우선 가와타 씨를 만나고 와야겠다."
"그런 **품위 없는 행동**을 해서는 안 됩니다. 가와타 씨는 협박당하는 거라고 생각할 겁니다."

아들의 한마디가 가슴을 찔렀다. 가엾은 어머니는 알아들을 수 없는 말을 중얼거리며 유이치를 남겨두고 자리를 떴다.

아침 식탁에 유이치는 혼자 남았다. 앞에는 빵 부스러기가 떨어진 청결한 식탁보가 있고 들이치는 빛과 매미의 목소리로 가득 찬 정원이 있다. 오른쪽 소매 속 묵직한 종이 뭉치를 빼면 아무 일도 없는 청명한 아침이다. 유이치는 담배에 불을 붙였다. 풀이 잘 먹은 유카타 소매를 걷어붙이고 팔짱을 꼈다. 자신의 청년다운 팔뚝을 볼 때마다 그 건장함에 부푼 자긍심을 느꼈다. 가슴은 무거운 나무판으로 짓눌린 듯 뻐근하고 심장 박동은 보통 때보다 빠르게 뛰었다. 그러나 이 가슴 통증은 기쁨에 대한 기대로 가득 찼을 때와 구분이 가지 않았다. 이 불안에는 오히려 청명한 무언가가 있었다. 그는 담배 한 대가 끝나가는 것을 아쉬워하며 생각했다.

'적어도 나는 지금, 조금도 지루하지 않다!'

유이치는 아내를 찾았다. 야스코는 이층에 있었다. 예의 오르골 음악이 이층에서 희미하게 들렸다.

통풍이 잘 되는 이층 방에서 게이코는 아기용 모기장에 누워 기분 좋은 듯 오르골 쪽을 보고 있었다. 이층으로 올라오며 열렸던 유이치의 마음이 억지 미소를 짓는 야스코를 보고 다시금 닫혔다.

긴 침묵 끝에 야스코가 말했다.

"……나, 그 편지는 아무렇지도 않아. 그저 당신이 가엾다는 생각이 들 뿐이야."

이 동정의 말은 더없이 상냥하게 들렸지만 그만큼 청년에게 깊은 상처를 줬다. 그가 아내에게 바란 것은 진지한 동정보다도 가벼운 경멸이었기에, 상처받은 자존심은 아내를 향해 이유 없는 복수심을 계획하지 않을 수 없을 정도였다.

유이치는 조력자를 원했다. 당장 떠오른 것은 슌스케다. 그러나 이 일의 책임이 반쯤은 슌스케에게 있다는 게 떠오르자 원망스러움이 그 이름을 지웠다. 그는 책상으로 눈을 돌려 바로 이삼일 전 읽은 교토에서 온 편지를 보았다. 가부라기 부인에게 와달라고 하자, 지금 나를 도와줄 수 있는 건 부인뿐이다, 유이치는 생각했다. 그리고 당장 유카타를 벗고 전보를 치러 갈 준비를 했다.

바깥으로 나오자 인적이 드문 노면에 격렬한 태양빛이 반사됐다. 유이치가 나온 건 뒷문이다. 정문 앞에 안으로 들어갈까 말까 망설이는 사람의 그림자가 보였다. 일단 대문 안으로 들어가더니 다시 나왔다. 집 안에서 사람이 나오기를 기다리고 있는 듯했다.

덩치 작은 남자가 이쪽으로 얼굴을 돌렸을 때, 유이치는 미노루의 얼굴을 발견하고 놀랐다. 두 사람은 서로 달려와 악수를 했다.

"이상한 편지가 왔지요. 그거 우리 아버지가 보낸 거야. 유우짱한테 너무 미안해서 집을 뛰쳐나왔어요. 아버지가 스파이를 시켜서 날 미행했나봐. 우리 둘 사이가 다 드러났어."

유이치는 놀라지 않았다.

"그럴 거라고 생각하고 있었어."

"나, 유우짱한테 할 얘기가 있어요."

"여긴 안 돼. 근처에 작은 공원이 있으니 거기서 얘기하자."

연장자답게 냉정한 척하며 유이치는 소년의 팔을 잡고 재촉했다. 두 사람은 서로에게 닥친 위기를 털어놓으며 빠르게 걸었다.

근처 N공원은 원래 N공작 저택의 정원 일부였다. 이십 몇 년 전 공작이 광대한 땅을 분양하면서 연못 주위 경사진 정원 일부를 공원으로 남겨 마을에 기부했다.

수련이 한창인 연못은 아름다웠지만 매미 잡는 아이 두엇을 빼고는 한낮의 여름 공원에 인적은 드물었다. 두 사람은 연못가 경사진 소나무 그늘에 자리를 잡고 앉았다. 오래 손을 보지 않은 경사면 잔디에는 휴지조각과 여름 귤껍질이 흩어져 있고 신문지가 연못가 관목에 걸려 있었다. 해가 떨어지면 공원은 더위를 식히러 오는 사람들로 혼잡해진다.

"할 얘기란 게 뭐야?"

유이치가 물었다.

"있잖아, 나, 일이 이렇게 된 이상, 하루도 그 집에 있고 싶지 않아요. 가출할 생각이야. 유우짱, 나랑 같이 도망치지 않을래요?"

"같이라니……."

유이치는 주저했다.

"돈이 걱정돼? 돈이라면 걱정 마. 봐, 이렇게 많으니까."

소년은 엷게 입을 벌린 진지한 얼굴로 바지 뒷주머니 단추를 더듬더듬 찾아 열었다. 꺼낸 것은 꼼꼼히 싼 돈다발이다.

"들어봐." 유이치의 손에 돈을 쥐어주며 말했다. "묵직하지. 십만 엔이나 있어."

"이 돈 어디서 났어."

"아버지 금고를 털어서 현금을 있는 대로 다 가져왔지."

유이치는 한 달 만에 이 소년과 함께 꿈꿨던 모험의 비참하고 초라한 결말을 마주했다. 그들은 사회를 적으로 돌려세운 겁 없는 행위, 탐험, 영웅적인 악, 죽음을 눈앞에 둔 전우끼리의 한심한 우정, 실패로 끝날 것을 아는 감상적 쿠데타 등등 각종 비극적인 청춘을 꿈꿨던 것이다. 그들은 자신들의 아름다움을 알고 있었고, 자신들에게 어울리는 건 오로지 비극이라는 사실도 알고 있었다. 비밀결사의 소름끼치도록 잔혹한 사형, 멧돼지에게 물려죽은 아도니스의 죽음, 수위가 조금씩 오르는 지하의 수중 감옥, 생사를 보증할 수 없는 동굴 속 왕국의 의식, 지구 멸망, 자기 몸을 던져 수백 명 전우의 목숨을 건지는 영화 같은 일 등 뭐든 위기일발의 영광이 그들을 기다리고 있다고 믿었다. 그러한 파국이야말로 청춘에 어울리는 유일한 파국이며, 그 기회를 놓치면 청춘 자체가 죽음을 맞는다. 청춘의 죽음에 비하면 육체의 죽음이야 그리 감당하기 어려운 것도 아니다. 많은 청춘이 그렇듯이, (왜냐하면 청춘을 살아낸다는 건 부단히도 격렬한 죽음이기에) 그들의 청춘도 언제나 새로운 파멸을 꿈꾸고 있었다. 죽음에 직면한 아름다운 젊은이는 빙긋이 미소 지을 뿐이었다.

……이러한 몽상의 귀결이 지금 유이치의 눈앞에 펼쳐진 것인데, 여기에는 영광의 냄새도 없을뿐더러 죽음의 냄새도 없는 세간의 한 사건에 불과했다. 한 마리 시궁쥐와도 같은 이 지저분한 사건은 신문 한 귀퉁이에 나올지도 모른다. 각설탕만큼 작은 기사로……. 유이치는 낙담했다.

'역시 이 소년이 꿈꾼 것도 안온함에 불과하다. 들고 나온 돈으로 같이 달아나서 단둘이 살자니. 아아, 이 녀석에게 아버지를 죽일 만큼의 기력이 있다면! 그럼 나는 이 소년 앞에 무릎을 꿇었을 텐데.'

유이치는 가정을 꾸린 젊은 남편으로서 또 한 사람의 자신을 소환했다. 그가 취해야 할 태도는 금세 정해졌다. 그런 비참한 귀결에 비하면 위선이 훨씬 더 낫다는 생각이 들었다.

"돈은 내가 맡아둬도 될까?"

유이치는 돈다발을 안주머니에 넣으며 말했다. 소년은 토끼 같은 눈에 순진무구한 신뢰심을 띠며 대답했다.

"좋아."

"난 우선 우체국에 일이 있어. 같이 갈래?"

"어디든 가요. 내 몸도 유우짱한테 맡겼으니까."

"진짜지?"

그는 확인하듯이 말했다.

우체국에서 '급한 일이 생겼으니 당장 와주길' 하고 가부라기 부인에게 어리광쟁이 아이 같은 전보를 보내고 택시를 불러 미노루와 함께 탔다. "어디로 가는 거야?" 하고 미노루는 반쯤 기대를 품으며 물었다. 택시를 세웠을 때 유이치는 운전사에게 낮은 목소리로 행선지를 말했고, 그게 안 들렸던 미노루는 이제부터 둘이 호사로운 호텔에서 묵는 게 아닐까 생각했다.

차가 간다에 가까워오는 걸 보고 소년은 울타리를 넘은 양이 다시 울타리 앞으로 끌려온 것처럼 몸을 바동거렸다. "나한테 맡겨줘,

나쁜 짓은 안 할 테니까." 유이치가 말했다. 소년은 유이치의 단호한 어조에 갑자기 무언가 깨달은 듯이 방긋 웃었다. 이 영웅은 지금 복수를 하러 가는 게 틀림없다고 생각했다.

소년은 의붓아버지의 죽은 얼굴을 상상하며 기쁨에 몸을 떨었다. 유이치가 미노루에게 꿈꿨던 것을 미노루도 유이치에게 꿈꿨던 것이다. 유이치가 나이프를 휘두른다. 무표정하게 의붓아버지의 경동맥을 절단한다. 그 순간 살인자의 아름다움을 떠올리자, 미노루의 눈에 비친 유이치의 옆얼굴이 신처럼 완벽해졌다.

택시가 카페 앞에 섰다. 유이치가 내렸다. 이어서 미노루가 내렸다. 한여름 정오의 학생거리는 행인의 그림자도 적고 한산했다. 태양이 중천에 떠서 길을 건너는 두 사람의 그림자가 거의 없었다. 미노루는 의기양양한 눈을 들어 주위의 이층 삼층 창문을 둘러봤다. 저기서 아무 생각 없이 거리를 내다보는 사람들은 지금부터 우리가 사람을 죽이러 가는 거라고는 꿈에도 생각하지 못하리라. 대단한 일은 언제나 이렇게 환한 대낮에 벌어지는 법이다.

카페 안은 한산했다. 외부의 빛에 익숙해진 눈에는 대단히 어두웠다. 두 사람이 들어오는 모습을 보고 카운터 의자에 앉아 있던 후쿠지로가 벌떡 일어섰다.

"어디 갔었어?"

추궁하듯 미노루에게 말했다.

미노루는 태연하게 후쿠지로에게 유이치를 소개했다. 후쿠지로의 얼굴이 새하얗게 질렸다.

"잠깐 드릴 이야기가 있습니다만."

"안으로 가시죠. 어서 이쪽으로."

후쿠지로는 카운터를 다른 웨이터에게 맡겼다.

"넌 여기서 기다려."

유이치가 미노루를 문 앞에서 기다리게 했다.

유이치가 차분하게 안주머니에서 꾸러미를 꺼내 건네자 후쿠지로는 어리둥절해졌다.

"미노루 군이 댁의 금고에서 꺼냈다고 합니다. 제가 받았습니다만 그대로 당신에게 돌려드리겠습니다. 미노루 군도 궁지에 몰려 이런 짓을 한 것 같으니 너무 혼내진 마십시오."

후쿠지로는 수상쩍다는 듯 말없이 아름다운 청년의 얼굴을 바라봤다. 이때 후쿠지로의 타산은 기괴했다. 고자질이라는 비열한 수법으로 상처를 준 당사자에게 후쿠지로는 첫눈에 사랑에 빠지고 말았다. 그리하여 서둘러 멍청한 농간을 생각해냈는데, 지금까지 있었던 모든 일을 자백하고 상대의 문책을 고스란히 받으며 사람 좋은 성격임을 어필해야겠다는 판단이었다. 우선 사과부터 해버리자. 이 대사는 오래전부터 야담이나 요곡에서 흔히 쓰인다. 형님, 훌륭합니다, 제가 졌습니다, 형님의 넓은 아량에 제 좁아터진 소갈머리가 싫어졌습니다, 쥐어 패건 발로 차건 부디 마음이 풀릴 때까지 하십시오, 하고 말하는 부류다.

후쿠지로에게는 이 연극을 진행하기 전에 정리하지 않으면 안 되는 일이 있었다. 돈을 받았으면 세지 않을 수 없다. 금고에 쌓인 돈은 늘 외우고 있는데 그 끝자리가 맞아야 한다. 그러나 십만 엔이라는 돈은 금방 셀 수 있는 금액이 아니었다. 그는 의자를 테이블로 당겨와 유이치를 향해 가볍게 고개를 숙이고 꾸러미를 열어 정성스럽게 지폐를 세기 시작했다.

유이치는 소상인이 돈을 세는 숙련된 손의 움직임을 봤다. 이 옹졸한 손가락의 움직임에는 그들의 색정과 밀고와 도난을 초월하는 무언가 음산한 진지함이 있었다. 지폐를 다 센 후쿠지로는 두 손을 테이블에 올리며 다시 유이치에게 인사했다.

"분명 맞네요."

"네, 분명히."

후쿠지로는 좋은 기회를 놓쳤다. 그때 유이치는 이미 자리에서 일어섰던 것이다. 후쿠지로에게는 눈길 한번 주지 않고 문으로 걸어갔다. 미노루는 자초지종을, 영웅의 용서할 수 없는 배신을 모두 목격했다. 벽에 등을 대고 파랗게 질린 얼굴로 유이치를 배웅했다. 나가면서 유이치가 인사를 하자 고개를 돌려 눈을 피했다.

유이치는 한여름 거리를 홀로 척척 걸어 나갔다. 그를 미행하는 사람은 없었다. 입가를 누르듯 미소가 떠올랐다. 웃지 말자 싶어 청년은 눈썹을 찡그리고 걸었다. 뭐라 할 수 없는 오만한 기쁨이 차올라 자선의 기쁨이 사람을 오만하게 만든다는 게 납득됐다. 그리고 마음이 편하다는 점에서는 그 어떤 악덕보다 위선이 낫다는 생각에 무척이나 유쾌했다. 이런 연극 덕분에 젊은이의 어깨는 지금 대단히 가벼웠고, 오늘 아침부터 느꼈던 답답증도 순식간에 풀리는 기분이었다. 이 기쁨을 완전하게 하기 위해 무언가 멍청하고 무의미한 쇼핑을 하자는 생각에, 유이치는 작은 문구점에 들러 제일 저렴한 셀룰로이드 연필깎이와 펜촉을 샀다.

29장

기회 창출의 신

유이치의 무위는 완전했고, 이런 위기에서도 더할 나위 없이 평정심을 유지했다. 그저 깊은 고독에서 나온 이 평정심에 속아 넘어간 식구들이, 어쩌면 밀고 편지가 가짜였을지도 모른다고 생각했을 정도로 유이치는 침착했다.

많은 말을 하지 않고 태연히 그날 하루를 보냈다. 줄타기 곡예사처럼 유유자적한 태도로 자기 파멸을 밟고 서서 아침에는 천천히 신문을 읽고 한낮에는 낮잠을 잤다. 하루도 채 지나지 않아 일가는 그 문제를 해결할 용기를 잃고, 그 화제에서 도망갈 일밖에 생각하지 않게 됐다. 아무튼 '품위 있는' 화제는 아니었기 때문이다.

가부라기 부인에게서 답신이 왔다. 밤 여덟 시 반에 도착하는 특급 열차로 상경한다는 전보였다. 유이치는 도쿄역으로 마중을 나갔다.

작은 여행가방 하나 들고 열차에서 내린 부인이 옅은 청색 와이셔츠 소매를 걷어붙이고 제모를 눌러쓴 유이치의 모습을 발견했을 때, 무심히 미소 짓는 그 얼굴에서 어머니보다 더 빠르게 청년의 고뇌를 직감했다. 어쩌면 애써 고뇌를 감추려는 이런 표정이야말로 부인이 일찍이 고대하던 것이었는지도 모른다. 그녀는 높은 굽을 딸깍이며 서둘러 유이치를 향해 걸었다. 유이치도 달려가 눈을 내리깐 채 부인의 가방을 낚아채듯 받아들었다.

부인이 가쁜 숨을 내쉬었다. 예전과 다름없이 자기 얼굴을 똑바로 바라보는 뜨거운 시선을 청년은 아주 가까이에서 느꼈다.

"오랜만이네. 무슨 일 생긴 거야?"

"천천히 이야기하겠습니다."

"아무튼 괜찮아. 이제 안심해도 돼. 내가 왔으니까."

실제로 그렇게 말하는 부인의 눈에는 무엇에도 기죽지 않는 무적의 힘이 있었다. 유이치는 일찍이 그가 손쉽게 자기 발아래 무릎 꿇게 한 여자에게 의지하고 있었다. 아름다운 청년의 힘없는 미소에서 부인은 그가 겪었을 괴로움을 읽었다. 그리고 그것이 자기 때문에 생긴 괴로움은 아니라고 느끼자, 한편으로는 쓸쓸하고 한편으로는 용기가 났다.

"숙소는 어딥니까?"

유이치가 물었다.

"전에 살던 집 안채 숙소에 전보를 쳐뒀어."

두 사람은 그 숙소로 갔다가 크게 놀랐다. 눈치껏 준비한다고 한 숙소 주인이 별관 이층의 서양식 방, 다시 말해 유이치와 가부라기가 애무하는 장면을 부인에게 들켰던 방을 부인을 위해 준비해뒀던 것이다.

숙소 주인이 인사를 하러 왔다. 완고하고 깐깐한 이 남자는 손님을 여전히 백작부인 신분으로 대우하는 것을 잊지 않았다. 주빈의 까다로운 입장을 고려해 부인이 없는 동안 살던 곳을 빼앗기라도 했다는 듯이 황송해하며 자기네 숙소를 남의 집처럼 입이 닳도록 칭찬했다. 그는 도마뱀처럼 벽에 붙어 걸었다.

"가구가 너무 훌륭해서 그대로 쓰고 있습니다. 손님 여러분들도 이렇게 아름답고 고상한 가구는 흔히 보기 어렵다면서 칭찬이 자자하세요. 송구하게도 벽지는 새로 바꿨습니다만, 이 마호가니 기둥의 광택은 말할 수 없이 우아하고 기품이 넘치는지라……."

"그래도 여긴 원래 집사의 집이었어요."

"네, 그렇지요. 그렇게 들었습니다."

가부라기 부인은 이 방을 배정해준 것에 별다른 이의를 제기하지 않았다. 주인이 나가자 다시금 의자에서 일어나 하얀 모기장으로 둘러싸인 침대 때문에 한층 좁아 보이는 고풍스러운 방을 가만히 둘러봤다. 이 방을 몰래 들여다본 후 집을 나와 반년 만에 다시 찾은 방이다. 부인은 이런 우연에 불길한 암호를 읽어내는 성격은 아니었다. 게다가 벽지도 이미 '새로 바뀌어' 있었다.

"덥지. 샤워하고 오는 게 어때?"

부인의 말에 유이치는 다다미 세 장 크기의 길고 가는 서고로 향하는 문을 열었다. 불을 켰다. 서고의 책은 모조리 사라지고 한 면에 순백의 타일이 붙어 있었다. 서고는 마침 딱 좋은 넓이의 욕실로 바뀌어 있었다.

여행자가 오랜만에 찾은 장소에서 처음에는 옛 추억밖에 떠올리지 못하듯이, 자신의 옛 고뇌를 꼭 닮은 고요한 유이치에게만 신경이 쓰였던 가부라기 부인은 그의 변모를 알아채지 못했다. 그는 흡사 자기 고뇌 속에서 어찌할 바를 모른 채 망설이고 있는 아이처럼 보였다. 유이치가 <u>스스로</u> 자신의 고뇌를 **보고 있다**는 것을 부인은 모른다.

유이치가 욕실로 갔다. 물소리가 들렸다. 가부라기 부인은 더위를 견디지 못하고 등으로 손을 돌려 죽 늘어선 버튼을 풀어 가슴팍을 느슨하게 했다. 매끈한 어깨가 반쯤 드러났다. 선풍기는 싫어해서 켜지 않았다. 핸드백에서 은박을 입힌 부채를 꺼내 부쳤다.

'저 사람의 불행과 오랜만에 느끼는 나의 행복, 이 얼마나 잔혹한 대비인가. 저 사람의 감정과 나의 감정은 벚나무의 꽃과 잎처럼 서로 얼굴을 마주할 수 없도록 되어 있다.'

창문 덧문에 나방이 붙어 있었다. 밤의 커다란 나방, 가루를 날리는 그 숨 막히는 초조함을 그녀는 느낄 수 있었다.

'적어도 이렇게 생각하는 수밖에 없다. 지금은 나의 행복감이 저 사람을 고무시키고 있다고…….'

가부라기 부인은 몇 번이나 남편과 함께 앉은 적이 있는 예전 그대로의 로코코풍 소파를 보았다. 그래, **남편**과 앉았던 적은 있다. 그러나 우리는 서로 옷깃도 닿지 않도록 항상 일정한 폭을 두고 앉았다. ……갑자기 그 소파에서 기괴한 모습으로 서로를 끌어안은 남편과 유이치의 환영이 보였다. 그녀의 드러난 어깨가 서늘해졌.

그때 두 사람을 엿본 것은 우연이었다. 한 톨의 의심도 없이 순수한 일이었다. 본인이 거기 없을 때만 분명히 영속적으로 존재하는 행복의 형태를 엿보고 싶다고 바랐지만, 그런 엉뚱한 바람이 불길한 결과를 불러일으켰는지도 모른다. ……그리고 지금, 가부라기 부인은 유이치와 그 방에 있다. 그야말로 행복이 있었을지도 모르는 장소에 개입했다. 행복을 **대신해** 그녀가 있는 것이다. ……참으로 총명한 이 영혼은 자신의 행복감에는 이유가 없다는 것, 유이치는 결코 여자를 사랑하지 않는다는 것, 그런 자명한 현실에 곧장 눈을 떴다. 갑자기 냉기를 느끼기라도 하듯 등으로 손을 돌려 풀었던 버튼을 남김없이 채웠다. 어떠한 교태도 부질없다는 사실을 깨달았기 때문이다. 옛날 가부라기 부인이라면 누군가 단추를 채우고 싶어 하는 남자의 존재를 의식하고 풀어두었을 터다. 그 시절 그녀와 사귀던 남자가 이렇듯 정숙한 행동을 본다면 자기 눈을 의심하리라.

유이치가 빗으로 머리를 정리하며 욕실을 나왔다. 젖어서 빛나는 생기 넘치는 그 얼굴이 언젠가 우연히 교코와 만난 카페에서 가을비에 젖어 있던 모습을 떠올리게 했다.

추억에서 자유로워지고픈 부인은 기교 있는 목소리를 높였다.

"자, 빨리 말해줘. 도쿄까지 불러놓고 또 나를 애태울 셈이야?"

유이치는 사건의 전말을 이야기하고 조력을 구했다. 어떤 형태로든 그 편지의 신빙성을 무너뜨리는 게 급선무라고 생각한 가부라기 부인은 당장에 결심을 굳히고 내일 방문하겠다고 약속한 뒤 유이치를 돌려보냈다. 다소 재미있기도 했다. 원래 가부라기 부인의 성격은 특이하게도 타고난 귀족적 마음과 창녀의 마음이 자연스레 하나로 이어져 있다는 특징이 있었다.

이튿날 오전 열 시, 미나미 가문은 갑작스러운 손님을 맞았다. 손님은 이층 거실로 안내됐다. 유이치의 어머니가 나왔다. 가부라기 부인은 야스코도 만나고 싶다고 했다. 유이치를 빼고 할 말이 있다는 손님과 말을 맞추기라도 한 것처럼 젊은 남편은 서재에 틀어박혀 나타나지 않았다.

다소 풍만해진 몸을 연보라색 정장으로 감싼 가부라기 부인은 주변의 이목을 집중시키는 풍정이 있었다. 미소 띤 얼굴로 차분하고 공손하게 이야기를 시작하며, 또 새로운 추문을 듣는 게 아닐까 싶어 두려움에 떠는 가여운 모친의 기를 꺾었다.

"죄송합니다만, 선풍기는 제가 좀……."

손님이 그리 말했기에 부채가 나왔다. 손님은 부채 손잡이를 느긋하게 흔들며 흘끗흘끗 야스코의 얼굴을 보았다. 작년 무도회 이래로 두 여자가 마주앉은 것은 오늘이 처음이었다. '보통의 경우라면 나는 이 여자에게 질투를 느낄 테지.' 그러나 용맹스러워진 부인은 생각 탓인지 야위어 보이는 이 어리고 아름다운 여자에게 경멸감밖에 느끼지 못했다.

"제가 온 건 유우짱이 전보를 쳤기 때문이에요. 어젯밤, 이상한 편지에 대한 이야기를 다 들었습니다. 그 일로 오늘 서둘러 찾아뵌 거예요. 편지 내용에 제 남편도 관련이 있는 것 같고……."

모친은 말없이 고개를 숙였다. 그러나 야스코는 이제껏 외면하던 시선을 가부라기 부인 쪽으로 당당하게 돌렸다. 그러면서 희미한, 그러나 의연한 목소리로 시어머니에게 말했다.

"저는 자리를 피하는 게 좋겠다고 생각합니다만."

혼자 남는 게 두려웠던 시어머니가 며느리를 막아 세웠다.

"하지만 얘야, 이렇게 부인이 우리 두 사람에게 이야기하고 싶다고 하시는데."

"그래도 그 편지 이야기라면, 더는 듣고 싶지 않아요."

"그 기분은 나도 같다. 그러나 들어야 할 것은 들어두지 않으면 나중에 후회할 일이 생길지도 몰라."

여자들이 이렇게 예의바른 말투로 단 하나의 추악한 말 주변을 심히 완곡하게 빙 둘러 걷고 있는 모습은 아이러니 이상의 무언가가 있었다.

가부라기 부인이 처음으로 이렇게 물었다.

"야스코 씨, 어째서?"

야스코는 지금 부인과 자신이 용기를 경쟁하고 있다는 사실을 느끼고 있었다.

"그야 저는 지금, 그 편지에 대해 아무 생각도 들지 않거든요."

……이 당찬 답변에 가부라기 부인은 입술을 깨물었다. '세상에, 이 사람은 날 자기 적이라고 생각하고 싸움을 걸려고 하는구나.' 그렇게 생각하자 친절한 마음이 싹 사라졌다. 젊고 편협한 아내에게 부인이 남편의 아군이라는 사실을 납득시키는 단계는 생략되었다. 부인도 자기 역할의 한계를 잊고 고압적인 자세로 밀고 나왔다.

"꼭 들어줬으면 해. 나는 좋은 소식을 알리러 온 거니까. 그야 듣는 사람에 따라선 한층 나쁜 소식일지도 모르지만."

"어서 말씀하세요. 기다리는 만큼 괴로우니까요."

유이치의 어머니가 재촉했다. 야스코는 자리를 뜨지 않았다.

"유우짱은 그 편지가 사실무근이라는 걸 설명할 증인이 나 말곤 없다고 생각해서 전보를 쳤어요. 이런 이야길 털어놓는 것도 괴롭습니다. 하지만 불명예스러운 거짓 편지보다 제가 뭐든 다 분명히 말씀드리는 편이 마음이 편할 거라고 생각해요." 가부라기 부인은 조금 주저하더니 놀랄 만큼 열정적인 어조로 거리낌 없이 말했다. "저는 유우짱과 쭉 관계가 있었어요."

가엾은 어머니는 며느리와 얼굴을 마주했다. 이 새로운 충격으로 정신을 잃을 지경이었다. 겨우 정신을 차리고 이렇게 물었다.

"……요즘도 계속 만나셨나요. 봄부터 교토에 계셨잖아요."

"가부라기가 사업 실패 후 저와 유우짱 관계를 의심해서 억지로 절 교토로 끌고 간 거예요. 하지만 저는 틈나는 대로 도쿄에 왔습니다."

"유이치와……" 모친은 말을 꺼내려다가 표현을 찾기가 어려워 '사이가 좋다'라는 애매한 단어를 찾아내고 가까스로 그걸 사용했다. "……유이치와 사이가 좋은 건 당신 혼자인가요."

"글쎄요." 가부라기 부인은 야스코 쪽을 보며 대답했다. "저 말고도 여자가 있겠지만 젊으니까 어쩔 수 없죠."

유이치의 어머니는 얼굴이 빨개져 머뭇머뭇 물었다.

"그 다른 사람이라는 게 남자는 아닐까요."

"어머" 하고 가부라기 부인은 웃었다. 그녀의 귀족적인 영혼이 고개를 쳐들어 저속한 말을 노골적으로 입에 담는 것에 쾌락을 느꼈다.

"······하지만 전 유우짱의 아기를 지웠다는 여자를 둘이나 알고 있는 걸요."

가부라기 부인의 담백한 고백은 효과가 있었다. 지금 만나는 상대의 부인과 어머니 앞에서 꺼낸 이 철면피 같은 고백은, 눈물에 호소하며 훌쩍이는 고백보다도 진짜처럼 이 자리에 어울린다는 점에서 뛰어났다.

한편, 노부인은 너무도 당혹스러워서 어디서부터 어떻게 손을 대야 할지 알 수 없었다. 이미 그녀의 정절 관념은 저 '저급한' 카페에서 태어나 처음으로 충격을 입었기에, 통증으로 마비된 그녀의 마음에는 가부라기 부인이 몰고 온 이 이상한 사태가 도리어 **자연스럽게** 보였다.

미나미 여사는 우선 계산을 했다. 조금이라도 냉정해지려고 노력하면 할수록 경직된 고정관념이 얼굴에 드러났다.

'우선 이 참회에는 거짓이 없다. 세상 어떤 여자가 있지도 않은 자기 정사를 생판 남에게 자백하겠는가. 게다가 여자는 남자를 구하기 위해서라면 무슨 짓을 할지 모르기 때문에, 전 백작부인 정도 되는 사람도 남자의 어머니와 아내를 찾아와 이런 상스러운 고백을 하는 것이다.'

이 판단에는 논리적 모순이 있다. 미나미 여사가 남자와 여자를 논할 때, 그 용어는 이미 상호 정사를 전제로 하고 있기 때문이다.

예전의 미나미 여사라면 유부녀와 유부남 사이의 이런 정사에는 눈을 감고 귀를 닫았을 테지만, 지금은 가부라기 부인의 고백을 인정하려 하는 자신을 돌아보며 도덕관념이라도 고장 난 게 아닌가 싶어 당황했다. 그뿐만이 아니다. 부인의 고백을 그대로 믿어버리고 단번에 편지를 거짓으로 일축하고 싶어 하는 자기 마음에 두려움을 느낀 그녀는, 오히려 그 편지를 뒷받침하는 증거를 고집하고 싶다는 열의에 휩싸였다.

"하지만 제가 사진을 봤어요. 떠올리는 것도 징그러운 그 카페에서, 불량스러워 보이는 웨이터가 소중하게 가지고 있던 유이치의 사진을!"

"그 이야기도 유우짱한테서 들었어요. 그런 취미를 가진 학교 친구가 사진을 갖고 싶다고 하도 졸라서 두세 장 줬던 게 거기까지 흘러간 것 같다고 하더군요. 유우짱이 그런 친구들과 어울려 반쯤 재미로 그 카페에 가서 귀찮게 달라붙는 남자를 털어냈는데, 그 사람이 그런 편지로 앙갚음을 했다는군요."

"어머, 그렇담 유이치는 어째서 내게 그런 변명을 하지 않은 걸까요."

"분명 어머니가 무서웠겠죠."

"저는 잘못된 어미로군요. ……그렇다면 실례 되는 질문입니다만, 가부라기 씨와 유이치의 일도 사실무근인가요."

예기된 질문이었다. 그럼에도 불구하고 가부라기 부인은 평정을 유지하는 데 노력이 필요했다. 그녀는 직접 **보았다**. 사진 따위가 아니었다.

가부라기 부인은 본의 아니게 상처받았다. 거짓증언을 하는 건 결코 부끄럽지 않았으나 그걸 본 이후 자신의 생활에 드리운 허구의 정열, 지금 이 위증을 하는 원동력이 되는 정열을 배신하는 것이 괴로웠다. 언뜻 그녀는 영웅적으로 보였지만, 그녀 자신은 스스로를 영웅적이라고 생각할 수 없었다.

"네. 상상도 할 수 없는 이야기입니다."

야스코는 시종일관 묵묵히 고개를 숙이고 있었다. 그녀가 입도 뻥끗 하지 않는다는 게 가부라기 부인은 기분이 나빴다. 사실 이 사태에 가장 정직하게 반응한 것은 야스코였다. 부인의 증언이 진실인지 아닌지는 중요하지 않다. 어째서 다른 여자가 자기 남편과 끈끈한 관계를 맺고 있는가.

시어머니와 부인의 이야기가 끝나기를 기다리며 야스코는 뭔가 부인을 당혹스럽게 할 질문은 없을까 고민했다.

"저, 이상하게 생각했던 게 있어요. 유우짱 양복 수가 어째서 계속 늘어날까 하고……."

"그거라면" 하고 가부라기 부인이 답했다. "별것 아니에요. 제가 지어준거니까. 뭣하면 양복 재봉사를 데려오셔도 좋습니다. ……제가 직접 일을 해서 좋아하는 사람에게 쓰는 걸 좋아하거든요."

"어머, 당신이 일을 하세요?"

노부인이 눈을 동그랗게 뜨고 물었다. 소비의 화신과도 같은 이 여자가 일을 하고 있다고는 생각하지 못했다. 가부라기 부인은 거리낌 없이 고백했다.

"교토로 간 뒤로 수입자동차 브로커를 시작했어요. 요즘 들어 겨우 제대로 된 브로커가 됐죠."

이것이 유일하게 정직한 고백이었다. 최근 부인은 외제차를 백삼십만 엔에 들여와 백오십만 엔에 파는 상법에 숙달해 있었다.

야스코가 아기를 걱정하며 자리를 뜨자, 그때까지 며느리 앞에서 허세를 부리던 유이치의 모친은 맥없이 쓰러졌다. 눈앞에 있는 여자가 적인지 아군인지 알 수 없어서 누구에게랄 것 없이 이런 말을 내뱉었다.
"전 대체 어쩌면 좋겠습니까. 저보다도 야스코가 가여워서……."
가부라기 부인이 냉철하게 우겼다.
"전 오늘 결심을 굳히고 왔어요. 그런 편지에 벌벌 떠시느니 진짜 사실을 아시는 편이 당신에게나 야스코에게 도움이 될 거라고 생각했습니다. 유우짱은 이삼일 제가 여행을 데리고 가겠습니다. 저도 그렇고 유우짱도 진지한 연애를 하는 사이는 아니니 야스코 씨는 걱정할 필요 없다고 생각해요."
방약무인한 명쾌함에 미나미 여사는 굴복했다. 어쨌든 가부라기 부인에게는 범접하기 힘든 기품이 있었다. 노부인은 모친으로서의 특권을 포기했다. 가부라기 부인에게서 자신보다도 더 유이치의 어머니 같은 모습을 느꼈던 직감은 옳았다. 그녀는 자신이 대단히 우스꽝스러운 인사를 하고 있다는 사실을 자각하지 못했다.
"부디 유이치를 잘 부탁드리겠습니다."

야스코는 잠든 게이코에게 얼굴을 갖다 댔다. 요 며칠 동안 지속되던 그녀의 평화가 와장창 무너졌지만, 지진이 왔을 때 본능적으로 몸을 던져 아이를 지키는 어머니와 같이, 이 파멸, 이 붕괴가 게이코에게는 미치지 않기를 마음으로 빌었다. 야스코는 자신의 위치를 잃어버렸다. 파도에 침식당해 사람이 살 수 없게 된 외딴 섬과도 같았다.

굴욕보다 더 크고 복잡한 것이 몸을 덮쳐 굴욕감은 거의 없었다. 그러나 숨 막힐 듯한 괴로움은 편지 사건 이후, 믿지 말자고 굳게 결심하며 견고하게 유지해온 그녀의 균형을 무너뜨렸다. 가부라기 부인의 기탄없는 증언을 듣는 동안, 분명 야스코의 깊은 곳에서 변모가 일어났는데, 스스로도 아직 그 변모를 눈치채지 못했다.

야스코는 이야기를 하며 계단을 내려오는 시어머니와 손님의 목소리를 들었다. 부인이 돌아가는 거라고 생각한 야스코는 배웅을 위해 일어서려 했다. 부인은 돌아가지 않았다. 시어머니의 목소리가 들리며 복도를 지나 유이치의 서재로 안내되는 부인의 뒷모습이 방을 가린 발 너머로 보였다. '저 여자는 내 집을 자기 집처럼 걸어 다니고 있어.' 야스코는 생각했다.

시어머니 혼자 유이치의 서재에서 나왔다. 야스코 옆에 앉았다. 그 얼굴은 질려 있는 게 아니라 오히려 흥분으로 홍조를 띠고 있었다.

바깥이 태양 볕으로 타오르고 있어 실내는 어두웠다.

잠시 후 시어머니가 말했다.

"저 사람이 어째서 그런 소리를 하러 왔을까. 겉멋이나 취흥으로 할 수 있는 일은 아닐 텐데."

"유우짱이 못 견디게 좋은가 보죠."

"그렇게밖에는 설명이 안 돼."

이때 어머니의 마음에는 며느리에 대한 배려는 차치하고 일종의 안도와 자랑스러움이 일었다. 그 편지를 믿든가 부인의 증언을 믿든가 둘 중 하나를 고르라고 한다면 그녀는 지금 주저 없이 후자를 선택하리라. 아름다운 아들이 여자에게 인기가 있는 건 그녀의 도덕관에서 본다면 선이었다. 말하자면 그녀에게 쾌감을 준 것이다.

야스코는 친절한 시어머니마저 자신과 다른 세계에 있음을 느꼈다. 스스로 자기를 지키는 수밖에 없다. 그러나 일이 되어가는 대로 두는 수밖에 고뇌를 면할 길이 없다는 사실을 이미 경험으로 알고 있었던 그녀는, 이토록 비참한 상황에서도 총명한 작은 동물처럼 가만히 움직이지 않았다.

"이도저도 다 끝이네."

시어머니가 자포자기식으로 말했다.

"어머니, 아직 끝이 아니에요."

야스코가 그렇게 말한 건 오히려 대단히 매서운 말이었지만 자기를 위로하는 거라고 착각한 시어머니는 눈물을 머금고 상투적인 말을 내뱉었다.

"고마워, 야스코. 너 같은 좋은 며느리가 있다니 난 얼마나 행복한 사람이니."

……가부라기 부인은 유이치의 서재에서 둘만의 시간을 갖자, 마치 숲속에 들어온 사람처럼 방 공기를 깊이 들이마셨다. 어떤 숲속 공기보다도 상쾌하고 좋았다.

"좋은 서재네."

"돌아가신 아버지 서재였습니다. 집에선 여기 틀어박혀 있을 때만 편히 숨을 쉴 수 있습니다."

"나도 그래."

이 자연스러운 맞장구는 유이치도 이해할 수 있었다. 타인의 집에 폭풍우처럼 휘말려 예절도 체면도 배려도 수치심도 벗어던지고, 자신과 타인에게 있는 대로 잔혹해져서 오로지 유이치를 위해 초인적인 힘을 발휘한 부인은 비로소 한숨을 돌렸다.

창문은 활짝 열려 있었다. 책상 위에 고풍스런 스탠드와 잉크병과 수북하게 쌓인 사전과 여름 꽃을 꽂은 뮌헨 맥주잔 등 어두운 동판화 느낌의 세밀한 전경 너머로 늦더위의 뜨거운 거리 풍경이 펼쳐졌다. 잿더미 위에 세워진 수많은 목조건물이 오히려 황량한 느낌을 주었고 노면전차가 언덕길을 달려 내려갔다. 태양을 가리고 있던 구름이 흘러가자 전차 선로도, 아직 집이 지어지지 않은 불탄 자리의 초석도, 쓰레기장의 유리 파편도 한꺼번에 가열차게 빛을 발했다.

"이제 괜찮을 거야. 어머니나 야스코 씨도 다시는 확인차 그 카페에 가는 일이 없겠지."

"괜찮겠죠." 청년은 확신을 갖고 말했다. "편지는 두 번 다시 안 올 테고 어머니도 두 번 다시 거기 갈 용기가 없을 겁니다. 야스코는 아마 용기가 있다 해도 결코 그 카페엔 안 갈 겁니다."

"당신, 지쳤구나. 어디 가서 조금 쉬었다 오는 게 좋겠어. 당신하고 상의도 없이 당신을 데리고 이삼일 여행을 다녀오겠다고 어머니께 선언해버렸어."

유이치는 놀란 듯이 미소 지었다.

"오늘 밤 떠나도 좋아. 차표는 내가 아는 사람이 있으니 구할 수 있고. ……나중에 전화할게. 역에서 만나도 좋고. 교토로 돌아가는 길에 시마에 들르고 싶었거든. 호텔방도 잡아둘게."

부인은 가만히 유이치의 표정을 살폈다.

"……걱정할 것 없어. 사정을 다 아는 내가 당신을 난처하게 해서 뭘 어쩌겠어. 우리 사이에는 이제 아무 일도 안 일어날 테니 안심해."

부인이 다시 유이치의 의향을 물었고 유이치는 가겠다고 했다. 사실 그는 이 파국의 갑갑함에서 이삼일이라도 자리를 뜨고 싶었다. 부인만큼 상냥하고 **안전한** 동행은 없었다. 청년의 눈이 감사를 표하려 했기에 이를 두려워한 부인은 서둘러 손을 저었다.

"이렇게 별것 아닌 일로 나한테 은혜를 입는다고 생각한다면 당신답지 않아. 됐어. 여행하는 동안 날 공기라고 생각해줘. 안 그럼 싫어."

부인이 돌아갔다. 배웅을 나간 어머니는 혼자서 또 서재로 들어가는 유이치를 뒤따라왔다. 야스코를 보며 자기 역할에 눈떴던 것이다.

어머니는 서재 문을 등 뒤에서 삼엄하게 닫았다.

"너, 그 부인하고 여행을 간다며."

"네."

"그것만은 그만둬. 야스코가 불쌍하구나."

"그런 거라면 왜 야스코가 직접 말리러 오지 않는 겁니까."

"너도 정말 어린애다. 네가 그래도 여행을 가겠다고 나선다면 야스코 입장이 뭐가 되겠니."

"저는 잠시 도쿄를 떠나고 싶습니다."

"그런 거라면 야스코와 같이 가."

"야스코와 함께 있으면 쉴 수가 없습니다."

가여운 모친은 날카로운 목소리를 냈다.

"조금은 아기 생각도 해다오."

유이치는 눈을 내리깔고 입을 다물었다. 마지막으로 모친은 이렇게 말했다.

"조금은 내 생각도 해줘."

이 에고이즘이 편지 사건 당시 약간의 상냥함도 없었던 어머니를 떠오르게 했다. 효심 지극한 아들은 잠시 침묵한 뒤 이렇게 말했다.

"그래도 가야겠습니다. 이런 이상한 사건으로 저 사람을 괴롭히고 초대에 응하지 않는 건 예의에 어긋난다고 생각하지 않으십니까."

"넌 정말 남첩 같은 사고를 하는구나."

"맞습니다. 저 사람 말대로, 저는 저 사람의 남첩입니다."

유이치는 자신에게서 한없이 멀리 떨어진 모친을 향해 의기양양하게 말했다.

30장

씩씩한 사랑

 가부라기 부인과 유이치가 떠난 것은 그날 밤 열한 시 야간열차였다. 이 시각에는 더위도 한풀 꺾였다. 여행이란 이상한 감정을 불러일으킨다. 떠나온 땅은 물론이고 뒤에 두고 온 시간으로부터도 자유로워진 기분이 든다.
 유이치에게 후회는 없었다. 기괴한 일이지만 야스코를 사랑하고 있었기 때문이다. 표현의 고충으로 인해 형태가 일그러진 사랑의 관점에서는, 청년이 무리수를 두며 여행을 떠난 게 모두 야스코와 이별하기 위해서라고 봐도 좋았다. 요사이 진지해진 그는 위선마저 두려워하지 않게 되었다. 모친에게 선언한 말이 떠올랐다. "아무튼 저는 야스코를 사랑하고 있습니다. 제가 여자를 좋아한다는 것만 증명하면 되겠지요." 그러고 보면 그는 자신을 구원하기 위해서가 아니라 야스코를 구원하기 위해, 가부라기 부인을 번거롭게 했다고 생각하기에 충분한 이유가 있었다.

가부라기 부인은 유이치에게 새로 생긴 이런 마음의 변화를 알지 못했다. 그는 그저 대단히 아름다운, 젊음과 매력이 넘치는, **결코** 여자를 사랑하지 않는 젊은이였다. 이 청년을 다름 아닌 그녀가 구원한 것이다.

심야의 도쿄역 플랫폼을 뒤로하고 열차가 출발하자 부인은 가벼운 한숨을 내쉬었다. 조금이라도 사랑의 기색이 보이면 모처럼 유이치의 안식도 사라져버릴 터다. 열차의 진동으로 두 사람의 맨살 팔이 때때로 서로 닿았지만 그때마다 그녀가 팔을 슬쩍 뺐다. 유이치가 희미한 전율이라도 느끼고 부인의 사랑을 알아채 그를 따분하게 만드는 결과로 끝날까 두려웠다.

"가부라기 씨는 어떻게 지냅니까? 편지가 자주 오긴 합니다만."

"그야 아내 벌이로 놀고먹지. 예전부터 그런 면이 없지 않았지만."

"저쪽 세계 관계도 여전합니까."

"요즘엔 하나부터 열까지 내가 다 아니까 얼굴이 편해 보여. 같이 마을 산책을 할 때도 날 쿡쿡 찌르면서 저 아이 예쁘지 않으냐고 물어. 보면 다 젊은 남자애들이고."

유이치가 입을 다물어버렸기에 잠시 후 부인이 이렇게 물었다.

"이런 이야기, 싫어?"

"그래요." 청년은 여자의 얼굴을 보지 않고 말했다. "당신 입으로 그런 이야기 듣는 건 싫어."

민감한 부인은 제멋대로 구는 이 청년에게서 남몰래 숨겨둔 아이 같은 몽상을 꿰뚫어봤다. 이것은 꽤나 중요한 발견으로 유이치가 부인에게서 어떤 '환영'을 찾고 있음을 의미했다. '조금 더 모른 척하자. 아무런 위험 없는 애인으로 비치도록.' 부인은 다소 만족감을 갖고 결심했다.

지친 두 사람은 이윽고 잠이 들었다. 아침에 가메야마에서 도바행으로 갈아타고 도바에서 시마선으로 한 시간 남짓 달려 본토와 짧은 다리 하나로 이어진 종점 가시코섬에 닿았다. 공기가 맑았다. 미지의 역에 내린 두 여행객은 아고만의 수많은 섬들을 넘어오는 해풍의 냄새를 맡았다.

가시코섬 언덕 정상 호텔에 당도했을 때 부인은 방을 하나만 얻었다. 뭔가 기대한 것은 아니었다. 부인은 자기 사랑의 위치 설정에 난감해 하고 있었다. 이것을 사랑이라 부를 수 있다면 그야말로 전대미문의 사랑이다. 어떤 연극이나 소설에서도 다룬 적 없는 설정이었다. 뭐든 스스로 결정하고 스스로 시험하지 않으면 안 된다. 만일 이토록 사랑하는 남자와 한방에서 자고 아무 일 없이 날이 밝는다면, 이 호된 시련 덕분에, 여전히 부드럽고 뜨거운 사랑이 형태를 찾아 강철로 단련되리라고 생각했다. 한방에 안내된 유이치도 나란히 놓인 두 침대를 보고 망설였지만, 당장에 조금이라도 부인을 의심한 자신을 부끄럽게 여겼다.

그날은 그리 덥지 않고 쾌적하게 맑은 날이었다. 평일 호텔은 체류하는 손님이 주를 이루었다. 두 사람은 점심을 먹고 시마반도 백사장으로 수영을 하러 갔다. 호텔의 뒷문을 나와 아고만을 따라 대형 모터보트로 이동했다.

가부라기 부인과 유이치는 수영복 위에 가벼운 셔츠를 입고 호텔을 나섰다. 정갈한 자연이 두 사람을 감쌌다. 사방의 섬들은 물 위에 떠 있다기보다 육지 여기저기가 물에 잠겨서 바다가 육지를 삼키고 있는 것처럼 보였다. 크게 굴곡진 해안선에 너무 많은 섬들이 가까이 붙어 있었기 때문이다. 이상할 정도로 조용한 풍경은 홍수가 난 곳 한가운데 서 있다는 느낌을 줬다. 동쪽으로나 서쪽으로나 부르면 들릴 만큼 가까운 거리에 생각지도 않게 산골짜기가 있고 그 주변까지 반짝이는 바다가 산재했다.

오전에 수영에서 돌아온 손님이 많아서, 오후에 유이치 일행과 같은 보트로 백사장에 가는 건 너덧 명에 불과했다. 그중 세 사람은 아이를 데리고 온 젊은 부부였고, 두 사람은 중년의 미국인 부부였다. 보트가 자잘한 뗏목을 가르며 고요한 해수면을 달렸다. 양식용 진주 소쿠리를 바다 속에 늘어뜨린 뗏목이었다. 늦여름이라 이미 해녀의 모습은 보이지 않았다.

두 사람은 선미 갑판에 접이식 의자를 내와 앉았다. 처음 보는 부인의 맨몸에 유이치는 감탄했다. 우아함과 풍만함을 동시에 갖춘 육체였다. 강인한 곡선이 몸 곳곳에 탄력 있게 드리워 있었다. 그중에서도 특히 다리의 아름다움은 어린 시절부터 의자 생활을 해온 사람이 가질 법한 것이었다. 아울러 어깨에서 팔에 걸친 선 역시 더할 나위 없이 아름답다. 조금도 늙어 보이지 않는 피부는 태양을 그대로 받아들이려는 듯 햇살을 피하지 않았다. 해풍에 휘날리는 머리칼이 그림자를 드리운 둥근 어깨는 고대 로마 귀족 여성의 흘러내린 옷자락 사이로 드러난 것과도 같았다. 욕망을 품지 않으면 안 된다는 고정관념, 그러한 자승자박의 의무감에서 벗어난 뒤로 유이치는 이 육체의 아름다움을 알게 되었다. 흰 수영복으로 몸통만 가린 가부라기 부인은 걸치고 있던 옷을 벗어던지고, 반짝이는 햇살을 온몸으로 받으며 하나하나 돌아볼 겨를도 없을 만큼 수없이 많은 섬들을 바라보았다. 섬들은 그녀 앞에 줄지어져 있다가 다시 사라졌다. 유이치는 짙은 초록빛 바다 속에 걸려 있는 진주 소쿠리 속에서 몇 개인가의 진주알이 늦여름 태양 아래 여물어가고 있음을 상상했다.

아고만 내에는 또 여러 개의 작은 만들이 있었는데, 그중 하나에서 출항한 보트는 몇 번을 돌아도 여전히 육지에 갇힌 듯 보이는 해수면을 미끄러져 갔다. 진주업자들의 집 지붕이 보이는 섬 둘레가 미로의 울타리처럼 보였다.

"저게 문주란이구나!" 한 승객이 소리쳤다.

섬 한곳에 점점 흰 꽃 부락이 보였다. 가부라기 부인은 제철이 지난 문주란들을 청년의 어깨너머로 보았다.

그녀는 이제껏 자연을 사랑한 적이 없었다. 체온과 맥박, 살과 피, 인간의 냄새만이 부인을 매료시켰다. 그러나 눈앞의 맑고 아름다운 풍광에 마음을 빼앗겼다. 왜냐하면 자연은 거절하고 있었기 때문이다.

저녁나절, 해수욕에서 돌아온 두 사람은 저녁식사를 하기 전에 호텔 서쪽 바에 가서 식전 술을 마셨다. 유이치는 마티니를 주문했다. 가부라기 부인은 바텐더에게 주문해서 압생트와 프랑스 베르무트와 이탈리아 베르무트를 섞어 더치스 칵테일을 만들어달라고 했다.

두 사람은 바다를 떠다니는 석양의 처참한 색에 놀랐다. 테이블 위에 날라져 온 주황색과 옅은 갈색의 두 종류 술은 이 광선으로 진홍색이 됐다.

창문은 골고루 열려 있었지만 바람은 조금도 불지 않았다. 이세 지방의 유명한 일시 무풍 상태다. 모직물처럼 무겁게 늘어져 타오르는 대기도, 몸과 마음이 쑥쑥 자란 젊은이의 건강한 휴식을 방해하지는 않았다. 수영과 입욕 후 다가오는 전신의 쾌적함, 재생의 감각, 모든 것을 알고 모든 것을 용서한 아름다운 여인, 적절한 취기, ……이 **은총**에는 너무도 결점이 없어서 옆에 있는 사람이 불행할 정도였다.

'대체 이 사람에게는 체험이란 게 있을까?' 추한 기억이라고는 없는, 지금도 명징한 청년의 눈동자를 들여다보며 부인은 생각했다. '이 사람은 언제나 그 순간 그 공간에, 순진무구한 채로 서 있구나.'

가부라기 부인은 늘 훌륭히 유이치를 둘러싸고 있는 은총을 지금은 잘 받아들이고 있었다. 그가 은총에 잠기는 방법은 덫에 걸리는 사람과 같았다. 마음을 편하게 먹어야겠다고 부인은 생각했다. 안 그러면 예전처럼 불행한 누름돌과 같은 밀회가 반복될 뿐이다.

이번 도쿄행과 뒤이은 여행은 가부라기 부인의 용맹한 자기 방기로 말미암은 결심이었다. 단순한 억제도 아니고 극기도 아니다. 유이치가 살고 있는 관념 안에서만 살며, 유이치가 보고 있는 세계만을 믿으며, 자신의 희망이 아주 조금이라도 이를 일그러뜨리는 일을 스스로 경계했다. 그리하여 자기 희망에 수치심을 주는 일과 자기 절망에 수치심을 퍼붓는 일이 거의 같은 의미가 될 때까지는 길고도 힘겨운 연마가 필요했다.

그나저나 오랜만에 만난 두 사람에게는 약간의 화제가 있었다. 부인은 얼마 전에 있었던 기온마쓰리 이야기를 했고 유이치는 히노키 슌스케 선생과 가와타의 요트에 동승한 이야기를 했다.

"이번 편지 사건, 히노키 씨는 아셔?"

"아뇨, 왜요."

"그야 당신은 항상 히노키 씨한테 상담을 하니까."

"설마하니 이런 일까지 털어놓진 않아요. 히노키 선생은 아무것도 모릅니다."

"아무튼 그 할아버지는 옛날부터 둘째가라면 서러울 정도로 여자를 좋아했지. 이상하게 여자들은 도망치기 바빴지만."

해는 저물었다. 어렴풋이 바람이 일었다. 해가 떨어져도 반짝이는 물빛은 아직 밝고 멀리 산까지 물빛이 남아 바다가 있는 곳을 알렸다. 섬들 가까이 해수면의 그림자가 깊다. 올리브색 해수면이 반짝이는 물결과 대비를 이루었다. 두 사람은 자리에서 일어나 식사를 하러 갔다.

마을에서 동떨어진 호텔이라 만찬이 끝나자 달리 할 일이 없었다. 두 사람은 레코드를 틀고 사진화집을 뒤적거렸다. 비행기회사며 다른 호텔 안내서를 꼼꼼히 읽었다. 이렇게 아무 할 일이 없는데도 하염없이 깨어 있고 싶어 하는 아이를 상대하는 일을, 유모로 전락한 가부라기 부인이 해주고 있었다.

오래전 승리자의 오만함이라 여겼던 것이 모두 아이의 변덕에 불과했다는 걸 깨달은 부인은 이 발견이 싫지 않을뿐더러 낙담하지도 않았다. 지금은 유이치 혼자 즐거운 듯 밤을 새우고, 차분하게 시간을 보내고, 아무것도 안 하면서 일종의 고독한 쾌활함을 맛보는 일이 모조리 가부라기 부인이 옆에 있다는 걸 의식해서라는 사실을 부인 스스로 터득하고 있었기 때문이다.

……이윽고 유이치가 하품을 했다. 마지못해 이렇게 말했다.

"슬슬 잘까요."

"난 졸려서 눈이 감길 것 같아."

하지만 졸린다는 부인은 침실에 들어간 뒤로 수다스러워졌다. 스스로도 제어할 수 없을 정도로 말이 많아졌다. 각자 침대에 머리를 누이고 가운데 작은 탁자 위 스탠드를 끈 뒤로도 부인은 즐거운 듯 달떠서 이야기를 했다. 화제는 이롭지도 해롭지도 않은 순진한 이야기였다. 어둠 속에서 들려오는 유이치의 맞장구가 뜸해졌다. 마침내 조용해졌다. 고른 숨소리가 방 안에 울렸다. 부인도 갑자기 입을 다물었다. 삼십 분쯤 청년의 규칙적이고 순결한 숨소리를 들었다. 눈은 점점 더 또렷해지고 잠이 오지 않았다. 스탠드를 켰다. 협탁 위에 올려둔 책을 들었다. 그녀는 몸을 뒤척일 때마다 술렁거리는 침구에 전율하며 옆 침대를 봤다.

사실 가부라기 부인은 이 시간을 기다리고 있었다. 기다리다 지치고 기다리다 절망하다 저 기괴한 장면을 엿본 이후로 기다림이 불가능하다는 걸 직시했지만, 그래도 나침반은 북으로 향하듯 그녀는 기다리고 있었다. 그러나 이 세상에 단 한 사람 안심하고 **대화**할 수 있는 여자를 찾아낸 유이치는 더할 나위 없는 신뢰 속에 기분 좋게 지친 몸을 눕혀 잠들어버렸다. 몸을 뒤척였다. 더위에 이불을 젖혔을 때 벗은 몸이 드러났다. 머리맡에 켜진 원형 불빛이 속눈썹 그림자를 길게 드리운 잠든 얼굴과 가볍게 숨 쉬는 흉곽을 고대 금화에 새겨진 부조처럼 비추었다.

가부라기 부인은 자기 몽상에 젖어들었다. 조금 더 정확히 말하자면 몽상의 주체에서 몽상의 대상으로 옮겨갔다. 이 몽상의 미묘한 전위, 꿈속에서 하나의 의자로부터 다른 의자로 바꿔 앉는 것, 이러한 약간의 무의식적인 태도 변화가 부인을 더는 기다릴 수 없게끔 했다. 뱀이 시냇물에 물꼬를 트듯 옆 침대로 건너갔다. 손과 팔꿈치가 휘어지려는 몸을 버티며 부들부들 떨렸다. 그녀의 입술은 잠든 젊은이의 얼굴 바로 앞에 있었다. 가부라기 부인은 눈을 감았다. 입술이 차라리 더 잘 볼 수 있었기 때문이다.

엔디미온은 깊이 잠들었다. 젊은이는 자신의 자는 얼굴로 드리운 그림자와 함께 어떤 뜨거운 밤이 다가오는지 알지 못했다. 여자의 흐트러진 머리칼이 뺨을 간질이는 것도 깨닫지 못했다. 살짝 벌어진 아름다운 입술 사이로 하얀 치열이 촉촉하게 반짝였다.

가부라기 부인은 눈을 떴다. 아직 입술은 닿지 않았다. 이때 예의 용맹한 자포자기가 그녀를 일깨웠다. '만약 입술이 닿는다면 그걸 끝으로 무언가가 날갯짓 소리를 내며 날아가 버리겠지. 그리고 두 번 다시 돌아오지 않을 거야. 언제까지고 끝나지 않는 음악과 같은 것을 이 아름다운 청년과 함께하기 위해서는 손가락 하나 움직여서는 안 된다. 밤이건 낮이건 숨을 죽이고 둘 사이에 티끌만큼의 접촉이라도 생기지 않도록 신경을 써야 해.' ……해서는 안 될 자세에서 제정신이 든 가부라기 부인은 다시 자기 침대로 돌아가 뜨거운 베개에 볼을 대고 금색 원형 부조를 가만히 응시했다. 불을 껐다. 부조의 환영이 여전히 떠올라 있었다. 부인은 벽으로 얼굴을 돌리고 새벽녘이 되어서야 잠이 들었다.

 용맹한 시련은 보람이 있었다. 이튿날 가부라기 부인은 산뜻한 기분으로 잠에서 깼다. 잠든 유이치의 얼굴을 보는 그녀의 눈에 새롭고 확고한 힘이 서려 있었다. 제련된 감정이 있었다. 부인은 주름이 가득 잡힌 희고 청결한 베개를 장난스럽게 유이치의 얼굴로 던졌다.
 "일어나. 날씨가 좋아. 오늘 하루가 아깝지도 않니."
 전날보다 한층 더 산뜻해진 늦여름 하루가 즐거운 여행의 추억을 더했다. 아침식사를 마친 두 사람은 음료수와 도시락을 들고 자동차를 불러 시마반도를 속속들이 둘러보고 오후에 어제 수영을 했던 모래사장에서 배로 호텔까지 돌아갈 계획을 세웠다. 호텔 근방 우카타마을에서 뜨거운 적토에 작은 소나무, 종려나무, 참나리가 여기저기 자란 들판을 지나 항구에 닿았다. 큰 소나무가 자란 절벽 풍경이 황홀했다. 두 사람은 바닷바람을 맞으며 바다 여기저기 흰 파도처럼 보이는 흰옷 입은 해녀들이나, 북방의 곶에 백묵 한 개를 세운 듯 보이는 등대, 해녀가 피운 모닥불이 일렁이며 피어나는 연기를 보았다.
 안내인 노파가 반들반들한 동백나무 잎으로 잎담배를 감싸 피웠다. 나이와 담뱃진으로 더러워진 손끝이 흔들거리며 멀리 희미한 곶의 끝부분을 가리켰다. 옛날에 지토왕이 궁녀들을 데리고 와서

뱃놀이를 하고 칠일 동안 행궁을 거느린 곳이라고 했다.

오래되기도 하고 새롭기도 한 여행의 무익한 지식의 퇴적에 지친 두 사람이 호텔로 돌아왔을 때는, 유이치가 떠날 시각까지 한 시간 정도밖에 남아 있지 않았다. 오늘 밤 교토로 돌아갈 적당한 배를 찾지 못한 가부라기 부인은 홀로 남아 다음 날 출발하기로 했다. 저녁 바닷바람이 잠잠해지기 시작할 무렵 청년은 숙소를 떠났다. 부인이 호텔 아래 있는 역까지 배웅을 나갔다. 전차가 왔다. 두 사람은 악수를 했다. 그때 부인이 갑자기 몸을 돌려 역 바깥 울타리로 가서 배웅을 했다. 부인은 쾌활하게, 그야말로 훌륭하게 **아무 감정도 없이** 오래 손을 흔들었다. 그러는 사이 진홍색 석양이 부인의 한쪽 뺨을 비췄다.

전차가 움직인다. 유이치는 행상과 어부 승객 사이에서 혼자가 되었다. 그러자 이처럼 고귀하고 담백한 우정을 지닌 가부라기 부인에게 감사의 마음이 북받쳐, 이토록 **완벽한** 여자를 아내로 둔 가부라기라는 남자에게 질투를 느끼지 않을 수 없을 정도였다.

31장

정신적 및 금전적 문제

도쿄로 돌아온 유이치는 번거로운 사태를 맞았다. 잠깐 집을 비운 사이에 어머니의 신장병이 악화됐던 것이다.

어디다 대고 어떻게 항의해야 좋을지 알 수 없었던 노부인은 반쯤 스스로를 질책하기 위해 병을 키우지 않을 수 없었다. 마침 현기증이 나서 아주 잠깐 동안 정신을 잃었다. 그 후 희박한 소변이 잇달아 흘렀고 위축콩팥 증상이 고착됐다.

아침 일곱 시에 집에 도착해 현관문을 열어준 기요의 낯빛을 보고, 유이치는 어머니의 병세가 심각하다는 걸 눈치챘다. 문을 열자마자 집안을 떠도는 질병 냄새가 코를 찔렀다. 여행의 즐거운 추억이 금세 마음속에 얼어붙었다.

야스코는 아직 자고 있었다. 새벽까지 시어머니를 간병하느라 지쳤던 것이다. 기요가 목욕물을 데우러 갔다. 할 일이 없어진 유이치는 이층 부부 침실로 올라갔다.

시원한 바람을 들이려 밤새 열어둔 높은 창에서 아침 햇살이 들이쳐 모기장 속을 비추었다. 삼베 요가 똑바로 펴 있다. 유이치의 이부자리가 깔려 있었다. 그 옆에서 야스코가 게이코 곁에 잠들어 있었다.

젊은 남편은 모기장을 들어 안으로 들어간 뒤 자기 침상의 요에 가만히 드러누웠다. 젖먹이 아기는 눈을 뜨고 있었다. 맨살이 드러난 어머니의 팔뚝 속에서 얌전히 눈을 뜨고 아버지를 응시했다. 어렴풋이 젖 냄새가 났다.

갓난아기가 문득 미소 지었다. 흡사 입 주변으로 미소가 방울져 떨어지는 듯했다. 유이치는 손가락으로 가볍게 아기의 뺨을 눌렀다. 게이코는 눈을 떼지 않고 미소를 유지했다.

야스코는 몸을 뒤척이다가 눈을 떴다. 생각지도 못하게 가까이서 남편의 얼굴을 보았다. 야스코는 조금도 웃지 않았다.

야스코가 잠에서 깨려한 그 몇 초 사이에 유이치의 기억이 신속하게 움직였다. 몇 번이나 본 아내의 자는 얼굴, 아무 상처 없이 당당하기를 바라던 얼굴, 언젠가 한밤에 병실을 찾았을 때 놀람과 환희와 신뢰로 가득했던 얼굴이 떠올랐다. 아내를 고뇌에 빠뜨리고 여행을 떠난 주제에, 잠이 깬 아내에게 무언가를 기대한 것은 아니었다. 하지만 용서받는 데 익숙한 유이치의 마음은 절망했다. 무고하다고 믿는 데 익숙한 젊은이는 꿈꾸고 있었다. 그 순간 그는 아무것도 바라지 않았지만, 그러나 간절히 비는 것 외에 다른 뾰족한 수가 없는 걸인의 감정과도 같았다. ……야스코는 눈을 떴다. 무거운 눈꺼풀이 떠졌다. 유이치는 거기서 이제껏 본 적 없는 야스코를 발견했다. 그것은 다른 여자였다.

야스코는 졸린 듯 단조로운, 그러나 약간의 흔들림도 없는 어조로 말했다. 언제 왔어, 아침식사는 했어? 어머니 상태가 너무 안 좋아, 기요한테 벌써 들었어? 하고 조목조목 말을 했다. 금방 아침을 차릴 테니 아래층 베란다에서 기다리라고 했다.

야스코는 머리를 정돈하고 서둘러 옷을 갈아입었다. 게이코를 안고 아래층으로 내려갔다. 아침을 차리는 동안 갓난아기를 남편에게 맡기려고도 하지 않고, 남편이 신문을 읽고 있는 베란다 맞은편 방에 아기를 눕혔다.

아침은 아직 선선했다. 유이치는 자기 불안을 더위에 거의 잠을 이루지 못한 심야열차 탓으로 돌렸다.

'지금 내게는 불행이 걸어오는 확실한 속도, 정확한 템포가 흡사 시계처럼 분명히 느껴진다.' 이렇게 생각하며 청년은 혀를 찼다. '쳇, 아침에 잠이 부족하면 꼭 이렇다니까. **이게 다 가부라기 부인 때문이다.**'

……극도의 피로 속에 잠에서 깨 눈앞의 남편 얼굴을 발견했을 때 야스코가 보인 변화에 놀란 것은 오히려 야스코 자신이었다.

눈을 감아도 세세한 부분까지 그려낼 수 있는 자기 고뇌의 자화상을, 눈을 뜨고 지켜보는 일은 야스코의 생활 습관이 되었다. 이 자화상은 아름답고 화려했다. 그러나 오늘 아침 잠에서 깬 그녀가 본 것은 그게 아니었다. 거기에는 모기장으로 들이친 햇살에 되비쳐 윤곽이 드러나며 석고상과 같은 물질적 인상을 주는 한 청년의 얼굴이 있었다.

야스코는 커피 캔을 열고 흰 자기 드리퍼에 뜨거운 물을 부었다. 손놀림에는 무감동한 민첩함이 있었고 슬픔으로 손가락이 떨리거나 하는 기색은 전혀 없었다.

이윽고 야스코는 커다란 은도금 쟁반에 놓인 아침식사를 유이치 앞으로 날라 왔다.

유이치는 맛있게 아침을 먹었다. 뜰에는 아직 아침의 그림자가 물결치고 있었다. 베란다에 칠을 한 난간이 반짝인 건 늦여름 들어 눈에 뜨이기 시작한 이슬이다. 젊은 부부는 말없이 둘만의 아침을 먹었다. 게이코는 얌전히 자고 있었다. 병든 모친도 아직 자고 있었다.

"어머니는 오늘 중이라도 입원하는 게 좋겠다고 의사선생님이 그러셨어. 당신이 오길 기다렸다가 입원수속을 밟을 생각이었어."

"그렇게 하자."

젊은 남편은 뜰을 응시하며 모밀잣밤나무 가지 끝을 밝게 비추는 햇살을 보고는 눈을 깜박거렸다. 제삼자의 불행, 이 경우는 다름 아닌 어머니 병세의 악화가 부부의 마음을 이어주고, 야스코의 마음도 다시 그의 소유로 돌아왔다는 환상에 빠진 유이치는 평범한 남편들이 하는 교태를 부렸다.

"단둘이 하는 아침식사도 꽤 괜찮네."

"그러네."

야스코는 미소 지었다. 미소에는 단호한 무관심이 있었다. 유이치는 당황했다. 그의 얼굴은 수치심으로 붉어졌다. 마침내 불행한 청년은 연극 냄새가 풀풀 나는 경박한 고백인 동시에, 그가 태어나 여자에게 한 말 가운데 가장 순수하고 성실한 고백이었는지도 모를, 다음과 같은 말을 했다.

"여행 중에도 나는 네 생각뿐이었어. 요즘 이런 저런 일을 겪으면서 비로소 확실해졌는데, 내가 제일 사랑하는 건 역시 너야."

야스코는 침착했다. 그녀는 가벼운, 아무래도 상관없다는 듯한 미소를 지었다. 유이치가 내뱉는 말은 모르는 나라의 언어와도 같았고, 두꺼운 유리벽 너머로 보이는 입술의 움직임밖에 읽어낼 수 없었다. 요컨대 더는 말이 통하지 않았다.

……그런데도 야스코는 이미 태연하게 생활에 안주해 게이코를 기르며 늙어죽을 때까지 유이치 가문을 떠나지 않겠다는 각오를 다지고 있었다. 절망에서 태어난 정숙함에는 그 어떤 불륜도 미치지 못하는 힘이 있었다.

야스코는 절망적인 세계를 버려둔 채 거기서 내려왔다. 그 세계에 살았을 때, 그녀의 사랑은 어떠한 명확한 증거에도 굴하지 않았다. 유이치의 차가운 말투, 매몰찬 거부, 늦은 귀가, 외박, 비밀, 그가 **결코** 여자를 사랑하지 않는다는 것, 이런 명확한 증거들 앞에서 밀고 장 같은 건 사소한 사건이었다. 야스코는 움직이지 않았다. 완전히 다른 세계에 살고 있었기 때문이다.

야스코가 자의로 그 세계에서 내려온 건 아니다. 거기서 끌려 내려왔다고 하는 편이 적당하다. 지나치게 친절했던 남편 유이치는 일부러 가부라기 부인의 힘을 빌려, 이제껏 살아온 작열하는 사랑의 영역, 거의 불가능이 존재하지 않는 투명하고 자유로운 영역에서, 혼잡하고 상대적인 사랑의 세계로 아내를 끌어내린 것이다. 야스코는 상대적인 세계의 증명에 에워싸였다. 오래전부터 그녀가 인식했고 또 친숙했던 저 무시무시한 불가능의 벽에 갇혔다. 거기서 사는 방법은 단 하나. 아무것도 느끼지 않는 것이다. 아무것도 보지 않고, 아무것도 듣지 않는 것이다.

야스코는 유이치가 여행을 떠난 동안 새로 살게 된 세계의 처세술을 몸에 익혔다. 자기 자신조차 결코 사랑하지 않는 여자가 됐다. 정신적인 농아가 된 아내는 언뜻 보기에 무척 건강했고 화려한 노랑 줄무늬 앞치마를 가슴에 두른 채 남편의 아침식사를 날라 왔다. "커피 한 잔 더 할래?" 스스럼없이 그런 말이 나왔다.

방울이 울렸다. 병실의 어머니가 머리맡에 둔 방울을 울리는 소리다.

"일어나셨나보네." 야스코가 말했다. 두 사람은 병실로 갔다. 야스코가 덧문을 열었다. "저런, 벌써 왔니." 노부인은 베개에서 고개를 들지 않고 말했다. 유이치는 모친의 얼굴에서 죽음을 봤다. 부종이 어머니의 얼굴을 밀어올리고 있었다.

**

그해 초가을에는 큰 태풍이 없었다. 물론 태풍이 몇 차례 오긴 했지만 다행히 도쿄를 피했기에 엄청난 수해를 입는 일은 없었다.

가와타 야이치로는 바쁘기 그지없었다. 오전 중에는 은행에 갔다. 오후에는 회의가 있었다. 경쟁사 판매망을 어떻게 뚫고 들어갈 것인지 중역들이 머리를 맞대고 의논했다. 그사이에 자동차 전자장치 하청업체와 교섭했다. 일본에 와 있는 프랑스 자동차 회사 중역과 특허사용료 및 수수료를 지불하는 조건으로 기술제휴를 하는 문제를 논의했다. 밤에는 주로 은행관련 사람을 화류계에 초대했다. 그뿐 아니다. 인사과장이 가져오는 정보에 의하면, 회사 측 정책이 제대로 작동하지 않아 노동조합이 투쟁에 나설 기미가 엿보였다.

가와타는 오른쪽 뺨 경련이 극심해졌다. 견고한 외견을 가진 이 남자의 유일하게 서정적인 약점이 그를 위협하고 있었다. 결코 고개 숙이는 법이 없는 독일풍의 오만한 얼굴, 오뚝한 콧날, 선이 분명한 인중, 테 없는 안경, 이렇게 완벽하게 갖춰진 얼굴의 그늘에 가려, 가와타의 서정적인 마음이 피를 흘리며 신음하고 있었다. 밤에 잠들기 전, 침상에서 횔덜린의 젊은 시절 시집 한 페이지를 외설서라도 들여다보듯 살짝 펼쳐보며 읊조렸다. "에비히 무스 디 립스테 리베 다르벤……." 이것은 〈자연에 부쳐〉라는 제목의 시 마지막 구절이었다. "바스 비아 리벤 이스트 아인 샤테누아" 부유한 외톨이는 침상에서 '녀석은 자유다'라고 하며 신음했다. '젊고 아름답다는 이유만으로 녀석은 내게 침을 뱉을 권리가 있다고 생각한다.'

중년 남색가의 사랑이 뿜어내는 이중의 질투가 홀로 누운 가와타의 잠을 방해했다. 남자가 바람둥이 여자에게 느끼는 질투와, 중년 여자가 젊고 아름다운 여자에게 느끼는 질투, 이 이중의 착잡함에 더해 사랑하는 사람이 동성이라는 기묘한 의식이 사랑의 굴욕을 용서할 수 없는 것으로 확대 해석하게 만들었다. 남자에게 당한 사랑의 굴욕만큼, 가와타와 같은 남자의 자존심을 정면으로 타격하는 일은 없었다.

가와타는 젊은 시절 뉴욕 월도프 아스토리아 호텔 바에서 어느 상인의 유혹을 받던 날을 떠올렸다. 또 베를린의 한 파티에서 알게 된 신사와 그의 자가용 이스파노 스이자를 타고 교외의 별장으로 향하던 밤을 떠올렸다. 연미복 차림의 두 남자는 차내로 비치는 외부 라이트에도 아랑곳하지 않고 서로를 껴안았다. 향수 냄새가 진동하는 그들의 가슴이 서로 닿았다. 세계적 공황이 눈앞에 다가온 유럽 최후의 번영. 귀부인이 흑인과, 대사가 무뢰한과, 왕이 미국의 영화배우와 잠자리를 함께하던 그 시절. ……가와타는 물새처럼 희고 윤기 있게 솟아오른 가슴을 가진 마르세이유의 소년 뱃사람들을 떠올렸다. 또 로마 비아 베네토 카페에서 만난 아름다운 소년을, 또 알제리의 아라비아 소년 알프레드 제밀 무사 사아쌀의 몸을 기억했다.

심지어 유이치는 이 모든 추억을 능가했다! 어느 날은 가와타가 겨우 시간을 쪼개 유이치를 만났다. 영화라도 보자는 가와타의 말에 유이치는 보고 싶지 않다고 했다. 평소 취미도 아니면서 문득 눈에 띄는 당구장으로 유이치가 들어갔다. 가와타는 당구를 치지 않는다. 유이치가 세 시간이나 당구대 주변을 어슬렁거리는 동안 공사다망한 사업가는 빛바랜 분홍색 커튼 아래 의자에서 사랑하는 이의 짓궂은 변덕이 끝나기만을 기다렸다. 가와타는 이마에 핏대를 세우고 뺨을 부들거리며 마음속으로 외쳤다. '다른 사람도 아닌 내가, 이 너절한 당구장 의자에 앉아 기다리고 있다. 어느 누구도 기다려본 적 없는 내가! 손님을 일주일이나 기다리게 하는 것도 서슴지 않는 내가!'

이 세상의 파멸에는 다양한 종류가 있다. 남들 눈에는 꽤나 사치스러워 보이는 파멸을 가와타는 예측하고 있었다. 그러나 그것이 가와타에게 닥친 가장 심각한 파멸인 이상, 그가 이를 피하고자 노력하는 것은 당연한 일이었다.

쉰 줄에 들어선 가와타가 바라는 행복은 생활을 멸시하는 일이었다. 이는 언뜻 보기에 소탈한 행복이며 쉰 살 먹은 남자가 다들 무의식적으로 행하는 일이었지만, 이 남색가의 생활에 대한 반항은 남달라 틈만 나면 감성의 세계가 범람하여 일의 세계로 침투하려 했다. 그는 오스카 와일드가 남긴 저 명언이 실패를 인정하지 않으려는 억지란 걸 알고 있었다.

'나는 내 삶에 나의 모든 천재성을 쏟아부었으나, 내 작품에는 나의 재능밖에 쓰지 못했다.'

오스카 와일드는 그렇게 할 수밖에 없었다. 훌륭한 남색가라면 누구나 자기 내부의 남성성을 인정하고 이를 고집스럽게 밀어붙이기 마련인데, 가와타가 인정하는 남성적 미덕은 집안 내력인 19세기적 근면성에 있었다. 기묘한 자승자박이다! 오래전 무사의 시대에는 여자를 사랑하는 일이 사내답지 못한 일처럼 여겨졌던 것처럼, 가와타도 자신의 남성적 미덕에 어긋나는 정열은 하찮고 연약한 일처럼 보였다. 무사와 남색가가 가진 가장 추한 악덕은 바로 이 연약함이다. 의미는 다르더라도 무사와 남색가에게 '남성'이란 본능적 존재가 아니라, 오히려 윤리적 노력의 결과물에 불과했다. 가와타가 두려워한 파멸은 그의 도덕적 파멸이었다. 따라서 가와타가 보수정당 지지자였음에도 불구하고, 그 정당이 가와타의 적이라 할 수 있는 기성질서와 이성애에 뿌리를 둔 가족제도를 옹호하는 입장이었다는 것 또한 이치에 맞는 일이었다.

젊을 때는 경멸하던 독일식 일원론, 독일식 절대주의가 중년의 가와타에게는 의외로 깊이 박혀 있어서, 풋내기 청년처럼 무슨 일이든 이율배반으로 몰고 갔다. 생활을 멸시할 것이냐, 그렇지 않으면 파멸할 것이냐. 이런 식으로 흘러가는 경향이 있었다. 만약 유이치를 사랑하는 일을 멈추지 않는다면, 자신의 '남성'을 회복하는 일이 불가능할 것이라는 기분이 들었다.

유이치의 환영은 가와타의 사회생활 곳곳에 흔적을 남겼다. 실수로 태양을 직시하고 나면 어디로 시선을 돌리든 태양의 잔상이 보이는 것과 같이, 가와타는 유이치가 올 리 없는 사장실 문소리나 전화벨 소리, 차창 밖으로 얼핏 보이는 거리의 어린 행인들 옆모습에서도 유이치의 환영을 보았다. 그 잔상은 허상에 불과했고, 유이치와 헤어지자는 생각이 들면서부터는 공허함이 더욱 깊어졌다.

사실 가와타는 그가 가진 숙명론의 공허함을 이런 마음의 허무함과 반쯤 혼동하고 있었다. 헤어지기로 결심한 건, 언젠가 식어가는 정열을 마주하리라는 공포를 느낄 바에는, 차라리 정열을 가혹한 수단으로 즉시 말살시켜 버리는 게 낫다는 선택에서였다. 지체 높은 관리와 이름난 게이샤가 죽 늘어앉은 연회자리에서는 젊은 유이치마저 압도당할 다수결원리의 압력이 가와타의 오만한 마음을 짓눌러버렸다. 이미 충분한 저항력을 갖춘 가와타도 속수무책이었다. 외설적인 농담도 담백하게 내뱉는 재주는 술자리에서 인기를 끌었지만, 이제는 그런 마음에도 없는 달변이 가와타를 자기혐오에 빠뜨리게 했고, 최근 들어 무뚝뚝해진 사장의 태도에 연회 담당직원은 간담이 서늘해졌다. 그럴 거라면 사장이 나오지 않는 게 향응 분위기를 더 북돋울 수 있을 텐데, 가와타는 의리가 두터워 나와야 할 자리엔 반드시 참석했다.

가와타가 이런 심경에 처해 있을 때다. 어느 밤, 오랜만에 유이치가 가와타의 자택에 나타났고, 그게 우연히 가와타가 집에 있을 때였기에 헤어지기로 한 결심은 갑작스런 희열로 뒤집혔다. 가와타는 아무리 봐도 유이치의 얼굴이 질리지 않았다. 보통은 미칠 듯한 상상력으로 눈을 떴지만 지금은 늘 보던 것에 취해 있었다. 신비로운 미청년. 가와타는 눈앞의 신비에 취했다. 유이치에게는 오늘 밤 방문이 약간의 변덕에 불과했지만, 그렇다고 자신의 신비로움을 계산에 넣지 않는 사람도 아니었다.

밤이 아직 일렀기에 가와타는 아름다운 청년을 데리고 술을 마시러 나갔다. 그리 붐비지 않는 품위 있는 바였는데, 때가 때인 만큼 이쪽 세계 사람들이 모이는 곳이 아니라 여자가 있는 바로 향했다.

때마침 가와타와 절친한 지인 너덧 명이 술을 마시고 있었다. 저명한 제약회사 사장과 중역들이다. 사장인 마쓰무라는 가볍게 눈인사를 하고 웃으며 스탠드바에 있는 두 사람에게 손을 들었다.

아버지 회사를 물려받은 젊은 사장 마쓰무라는 서른을 조금 넘긴 소문난 멋쟁이에 자신감 넘치는 **이쪽 세계** 사람이었다. 그는 악덕을 자랑삼아 저질렀다. 지배력이 닿는 인간을 이단의 세계로 개종시키거나, 그게 아니더라도 그들이 이단을 용인하게끔 하는 일이 마쓰무라의 취미다. 마쓰무라의 성실한 노비서는 부득이하게 동성애만큼 고상한 것은 없다고 믿으려 노력했고, 어느 틈엔가 이를 기정사실로 믿게 된 지금에는 그런 고상한 소질을 갖지 못한 자신의 비천함을 한탄했다.

얄궂은 상황에 처한 것은 가와타다. 평소 이쪽 방면으로 각별히 신중했던 그가 아름다운 청년을 데리고 나타나는 바람에, 회사 동료와 술을 마시러 온 마쓰무라의 구경거리가 되어버렸다.

잠시 뒤 가와타가 화장실에 간 사이, 마쓰무라가 슬쩍 일어나 가와타의 의자에 앉았다. 유이치의 왼편에 앉은 웨이트리스 앞에서 사무적인 용건이 있는 척하며 활달하게 말했다.

"저 미나미 군, 긴히 논의할 게 있으니 내일 밤 같이 식사라도 하지 않겠습니까."

얼굴을 빤히 들여다보며 한 마디 한 마디 바둑 두듯 신중히 말했다. 유이치는 엉겁결에, "예, 그러죠" 하고 말했다.

"와주신다는 거군요. 그럼 내일 저녁 다섯 시 제국호텔 바에서 기다리겠습니다."

떠들썩한 가운데 참으로 날래고 자연스러운 만남이 끝나고, 가와타가 자리로 돌아왔을 때, 마쓰무라는 이미 자기 자리로 돌아가 담소를 나누고 있었다.

그러나 가와타의 예민한 후각은 서둘러 밟아 끈 담배의 잔향 비슷한 것을 맡았다. 이걸 눈치 못 챈 척하는 게 대단히 괴로웠는데, 이 고통이 계속되면 기분이 나빠질 게 틀림없었고, 상대방도 그걸 깨닫고 자신도 기분 나쁜 이유를 털어놓게 될까봐 두려웠던 가와타는, 마쓰무라에게 상냥히 인사하고 유이치를 재촉해 서둘러 그 바를 나왔다.

가와타는 대기 중인 차로 가서 운전기사에게 근처 술집에 한 곳 더 들르고 올 테니 여기서 기다리라고 하고 다음 술집까지 걸어갔다.

유이치가 털어놓은 것은 그때다. 울퉁불퉁해서 걷기 힘든 보도를 아름다운 청년은 잿빛 플란넬 바지 주머니에 두 손을 찔러 넣고 고개 숙여 걸으며 아무렇지 않게 말했다.

"아까 마쓰무라 씨가 내일 다섯 시에 제국호텔 바에 와달라고 했습니다. 같이 식사하고 싶다더군요." 그러면서 가볍게 혀를 찼다. "곧장 말하려고 했지만 그 바에선 말을 꺼내기가 어색해서."

이 말을 들은 가와타의 기쁨은 이루 말할 수 없었다. 세상 무엇보다 겸허한 기쁨에 젖어든 오만한 사업가는 진심으로 고맙다고 말했다. 자네가 그 말을 털어놓기까지 걸린 시간이 내게는 가장 큰 문제였다, 아까 그 바에 있는 동안은 말할 수 없었으니 자네는 최단시간 안에 고백을 해준 것이다, 라고 말했다. 이것은 상당히 논리적인 협박문구이기도 하고 진솔한 고백이기도 했다.

그다음 술집에서 가와타와 유이치는 아주 사무적으로 만나는 사람처럼 꼼꼼히 내일의 계획을 세웠다. 마쓰무라와 유이치 사이에는 직업상의 연결고리가 없다. 더군다나 전부터 마쓰무라는 유이치를 원했다. 이 초대는 누가 봐도 빤한 공략이다.

'우리는 지금 **공모** 중이다.' 가와타는 믿을 수 없을 만큼 기쁨에 넘쳐 마음속으로 뇌까렸다. '유이치와 나는 공모하고 있는 거다. 우리의 마음은 급속도로 가까워지고 있다.'

웨이트리스를 신경 쓰며 가와타는 마치 사장실에 있는 듯 산문적인 어조로 지시했다.

"자네 마음은 잘 알았어. 마쓰무라에게 전화해 거절하는 것조차 귀찮겠지. ……이렇게 하자. (회사에서 가와타는 '이렇게 하라'는 말은 해도 '이렇게 하자'는 말은 결코 꺼내지 않는 남자다) ……마쓰무라도 한 왕국의 주인이니 간단히 볼 인물은 아니야. 심지어 자네도 이미 승낙을 한 상황이고. ……약속 장소에 가. 함께 식사를 해. 그런 다음 밥을 사주셨으니 술을 대접하겠다고 하고. 마쓰무라는 안심하고 따라오겠지. 가보니 그 술집에 **우연히** 내가 앉아 있는 수순으로. 알겠나. 나는 일곱 시쯤부터 기다리지. ……어디 술집이 좋을까. 내가 자주 가는 곳은 마쓰무라가 경계하고 안 따라오겠지. 그렇다고 내가 한 번도 간 적이 없는 곳에 우연히 내가 있는 것도 부자연스럽고. 모든 게 아주 자연스럽게 흘러가야 해. ……그래. 같이 너덧 번 갔던 쥬렘므라는 바가 이 근처에 있지. 거기가 좋겠군. 만약 마쓰무라가 경계하고 주저하는 것 같으면 가와타랑 온 적 없는 술집이라고 거짓말을 해. ……어떤가. 이 정도면 흠잡을 데 없이 좋은 방책이지."

유이치는 그렇게 하겠다고 말했고, 가와타는 이튿날 저녁에 잡아둔 약속을 내일 아침 당장 취소할 계획에 들어갔다. 두 사람은 알맞게 술자리를 마쳤고, 이어진 밤의 쾌락은 끝날 줄을 몰랐다. 가와타는 잠시라도 이 젊은이와 헤어지려 했던 자신의 마음을 믿을 수 없었다.

이튿날 다섯 시, 마쓰무라는 제국호텔 레스토랑 안쪽에 위치한 바에서 유이치를 기다리고 있었다. 온갖 관능적인 기대로 마음이 부풀고 자부심과 확신에 넘쳐, 사장 자리에 앉아 있으면서도 창부가 되기만을 꿈꿨다. 그는 두 손으로 덥힌 코냑 잔을 가볍게 흔들었다. 약속시간이 5분 지났을 때, 그는 기다림이 주는 쾌락을 흠뻑 맛봤다. 바 손님은 대부분 외국인이다. 잠긴 목소리로 짖어대는 강아지와 같은 영어로 끝없이 이야기를 나누고 있다. 마쓰무라는 5분이 지나도 유이치가 나타나지 않자, 다음 5분도 지난 5분 간 느낀 것과 같은 것을 맛보려 시도했는데, 다음 5분은 이미 변질돼 있었다. 이것은 말하자면 손바닥 안에서 펄쩍펄쩍 뛰는 금붕어처럼, 방심할 수 없는 5분이었다. 유이치가 분명 입구까지 와서 들어오길 주저하는 것만 같아서, 그가 존재하고 있다는 느낌이 주변에 가득했다. 그 5분이 지나자, 이런 느낌은 붕괴되고 다른 신선한 부재의 느낌으로 바뀌었다. 우선 다섯 시 15분까지는 담담한 마음으로 기다리자는 노력이 실감을 얻어, 마쓰무라의 마음은 몇 번이나 심리적 환기작용을 일으켰다. 그러나 이런 임시방편도 20분이 지나자 갑자기 정체되어 불안과 절망에 의욕을 잃고, 이번에는 지금과 같은 고통의 원인이 된 큰 기대를 수정하는 데 여념이 없었다. '1분만 더 기다려보자.' 그는 금색 초침이 60을 넘기는 더딘 시간에 희망을 걸었다. 이렇게 마쓰무라는 이례적으로 45분이나 부질없이 유이치를 기다렸다.

마쓰무라가 포기하고 떠난 뒤 약 한 시간 후에 가와타가 서둘러 일을 마치고 쥬렘므로 향했다. 어쩌다보니 가와타도 좀 더 완만하긴 했지만, 마쓰무라와 꼭 같은 기다리는 자의 고뇌를 맛봤다. 그러나 이 형벌의 시간은 마쓰무라보다 몇 배는 더 길었고, 그 가혹함은 마쓰무라를 뒤덮은 그것과 비할 바가 못 됐다. 가와타는 결국 가게 문을 닫을 때까지 쥬렘므에 있었지만, 상상력으로 인해 한층 더 치솟는 고뇌는 시간이 흐르면 흐를수록 깊이와 폭을 더해 식을 줄 모르고 격화될 뿐이었다.

최초의 한 시간 동안 가와타의 공상 속 너그러움은 끝이 없었다. '식사에 시간이 좀 걸리는 모양이야. 어디 제대로 된 일본요리점에 초대됐나보군.' 어쩌면 게이샤가 나오는 요정일지도 모른다는 생각도 들었는데, 게이샤 앞이라면 제아무리 마쓰무라라 해도 행동을 삼가게 될 터, 이런 상상은 가와타의 입장에서 바람직했다. 시간이 조금 더 흘렀다. 지나치게 늦어지는 게 아닌가 하는 의혹을 꾹 참고 있던 마음이 폭발하면서 새로운 의혹에 잇달아 불을 지폈다. '유이치가 거짓말을 한 건가? 아니, 그럴 리 없다. 녀석은 교활한 마쓰무라를 상대하기에 너무 어렸다. 녀석은 순수하다. 순진하다. 내게 반했다는 건 의심할 여지가 없다. 다만 녀석의 힘으로는 여기까지 마쓰무라를 끌고 올 수 없었던 거다. 아니면 마쓰무라가 내 계략을 꿰뚫어보고 거기 놀아나지 않은 거다. 유이치와 마쓰무라는 지금쯤 다른 바에 있을 것이다. 유이치는 때를 봐서 반드시 내 쪽으로 도망쳐 올 거야. 조금만 더 참자.' 이런 생각을 하면서도 가와타는 후회가 밀려왔다.

'내가 왜 시시한 허영심 때문에 유이치를 마쓰무라의 함정에 빠뜨렸을까. 왜 단호히 초대를 거절하라고 하지 않았을까. 유이치가 전화로 거절하는 건 못 하겠다고 했다면, 점잖지 않은 짓이긴 해도 내가 직접 거절한다는 전화를 할 수도 있었는데.'

별안간 한 가지 공상이 가와타의 마음을 찢어 놓았다.

'지금 어디 침대에서 마쓰무라가 유이치를 껴안고 있을지도 모르는 일이다!'

갖가지 억측이 점차 치밀한 논리를 띠면서 '가련한' 유이치를 형상화하는 논리도, '비열하기 짝이 없는' 유이치를 형상화하는 논리도 각기 완전한 체계를 갖추기에 이르렀다. 가와타는 바 카운터 테이블에 놓인 전화에서 구원을 얻고자 했다. 마쓰무라에게 전화를 걸었다. 열한 시가 넘었는데도 받지 않는다. 금기를 부수고 유이치 집에 전화를 걸었다. 부재중이다. 모친의 병원 전화번호를 알아낸 가와타는 상식이고 규범이고 다 내던지고 병원 전화 교환수에게 병실로 가주기를 청했지만 거기도 유이치는 없었다.

가와타는 돌아버릴 것만 같았다. 집에 가서도 도저히 잠이 오지 않아서 새벽 두시에 다시 유이치 집에 전화를 걸었다. 유이치는 들어오지 않았다.

가와타는 잠을 이룰 수 없었다. 이튿날 청명한 초가을 아침 아홉 시, 수화기 너머로 유이치의 목소리가 들렸을 때, 힐난하는 말은 한마디도 하지 않고 열시 반까지 회사 사장실로 오라고 했다. 가와타가 유이치를 회사로 부른 건 이번이 처음이었다. 회사로 향하는 차 안에서 차창 밖 풍경은 조금도 눈에 들어오지 않았다. 가와타는 하룻밤 사이에 도달한 **남성적인** 결단을 반복해서 중얼거렸다. '한번 내린 결정은 반드시 밀고 나가야 한다. 무슨 일이 있어도 밀고 나가야 해.'

가와타가 사장실로 들어선 건 열 시 정각이었다. 비서가 인사를 한다. 어젯밤 연회에 대리로 보낸 중역에게 보고를 받기 위해 불렀지만 아직 출근 전이다. 대신 다른 중역이 사장실로 한가로이 놀러 왔다. 가와타 야이치로는 성가신 나머지 눈을 감았다. 한숨도 못 잤지만 흥분한 탓에 오히려 머리가 맑았다.

중역은 창가에 기대 블라인드 끈을 매만지며 습관처럼 큰 목소리로 말했다.

"숙취 때문에 머리가 지끈지끈하네. 어젯밤엔 엄청난 사람하고 합석을 해서 새벽 세 시까지 마셨어요. 두 시에 신바시를 나와 가구라자카를 뒤집어엎을 만큼 소란을 피웠다고요. 누굴 만난 줄 아십니까. 마쓰무라 제약의 마쓰무라 군이라고요." 그 소리에 가와타는 아연실색했다.

"어린 사람하고 어울릴 나이는 지났나봅니다. 몸이 버티질 못하겠더군요."

가와타는 꾹 참고 아무 감흥 없는 듯이 물었다.

"마쓰무라 군은 누굴 데려왔던가요?"

"마쓰무라 군 혼자였어요. 그 사람 아버지하고 친분이 두터웠는데, 가끔씩 자기 아버지를 끌고 나오는 기분으로 날 부르는 거겠죠.

어제는 모처럼 일찍 들어가서 목욕이나 하면서 쉴 생각이었는데 불러내는 전화가 오지 뭡니까."

가와타는 기쁨의 탄식을 흘릴 뻔했지만, 또 다른 마음이 완고히 그를 붙들었다. 이 기쁜 소식이 어젯밤 고뇌를 보상해주지는 못한다. 그뿐이 아니다. 마쓰무라가 친분 있는 중역에게 부탁해서 부재를 증명하기 위한 거짓 보고를 하는 걸 수도 있다. 한번 내린 결정은 반드시 밀고 나가야 한다.

중역은 그다음 일에 대해 이런 저런 잡담을 했고, 가와타는 자기도 놀랄 만큼 술술 답변을 했다. 비서가 들어와 손님이 왔음을 알렸다. 친척 녀석이 취직을 부탁하러 왔는데 학교 성적이 변변치 않아서 말이지, 하고 가와타는 얼굴을 찡그렸다. 중역이 서둘러 자리에서 일어났고, 그가 떠나자 유이치가 들어왔다.

초가을 아침 상쾌한 햇살 속에 아름다운 청년의 얼굴은 젊음으로 빛났다. 한 점 구름도, 일말의 그늘도 없이 아침마다 새로 태어나는 그 얼굴이 가와타의 가슴을 옥죄었다. 전날 밤의 피로와 배신, 타인에게 뒤집어씌운 고뇌는 흔적도 없었다. 무릇 인과응보를 모르는 이 청년의 얼굴은 설령 전날 밤 사람을 죽였다 할지라도 변함없으리라. 유이치는 감색 코트에 빳빳하게 세운 잿빛 플란넬 바지의 날을 똑바로 향한 채 조금도 기죽지 않고 가와타의 책상 앞으로 다가왔다.

가와타는 스스로 가장 졸렬하다고 여겨지는 말로 물꼬를 텄다.
"어젠 어떻게 된 건가."

아름다운 청년은 남자다운 흰 치열을 드러내며 미소 지었다. 가와타가 권하는 의자에 앉으며 말했다.

"귀찮아져서 마쓰무라 씨한테는 안 갔습니다. 그래서 가와타 씨한테도 갈 필요가 없다고 생각했죠."

가와타는 이토록 명랑한 모순투성이 변명에 익숙했다.

"어째서 나한테 올 필요가 없었다는 건가."

유이치는 다시 한번 미소 지었다. 그리고 대담한 생도처럼 앉은 의자를 소리 나게 끄떡댔다.

"그야 한 지 얼마 안 됐으니까요."

"자네 집에 몇 번이나 전화를 했어."

"집사람한테 들었습니다."

가와타는 궁지에 몰린 사람이 하는 만용을 부렸다. 갑자기 화제를 건너뛰어 모친의 병세로 옮겨 가더니, 입원비가 부족하진 않느냐고 물었다. 딱히 그렇진 않습니다, 하고 청년이 답했다.

"어젯밤 자네가 어디서 잤는지는 묻지 않겠네. 어머님의 위로금을 주도록 하지. 알겠나. 자네가 납득할 만큼의 돈을 주겠어. 납득이 가면 고개를 끄덕여주게. ……그리고." 가와타는 대단히 사무적인 어조로 말했다. "앞으로는 나와 일절 연을 끊어주면 좋겠어. 나도 깨끗이 미련을 버리겠네. 더 이상 우스운 꼴 당하면서 일에 방해받고 싶지 않으니까. 알겠나."

거듭 주의를 주며 수표책을 꺼낸 가와타는 여기서 청년에게 몇 분이나 시간을 줘야 하나 싶어 청년의 얼굴을 흘끗 훔쳐봤다. 이제껏 눈을 내리깔고 있었던 건 사실 가와타 쪽이었다. 청년은 눈을 들고 있었다. 가와타는 이 순간 유이치의 변명과 사죄와 애원을 기다리면서도 무서워했지만, 젊은이는 당당히 고개를 든 채 말이 없었다.

가와타가 수표 뜯는 소리가 침묵 속에 울렸다. 유이치가 보니 이십만 엔이라고 적혀 있었다. 그는 말없이 손끝으로 수표를 되밀었다.

가와타는 수표를 찢었다. 다음 장에 금액을 적고 뜯는다. 유이치 앞에 내민다. 유이치가 다시 되민다. 대단히 우스꽝스럽고도 진지한 유희가 몇 차례나 반복되었고, 사십만 엔이 되었을 때 유이치의 머릿속에 슌스케에게서 빌린 오십만 엔이 떠올랐다. 유이치는 가와타의 행동에 경멸조차 느끼지 못했다. 젊은이의 마음속에는 아슬아슬한 순간까지 끌고 갔다가 받아든 수표를 눈앞에서 찢어버리고 이별을 고하자는 다부진 생각이 고갤 쳐들었지만, 오십만 엔이라는 숫자에 정신이 든 유이치는 다음 숫자를 기다렸다.

가와타 야이치로는 오만한 이마를 숙이지도 못한 채 오른뺨에 번개와 같은 경련을 느꼈다. 돌려받은 수표를 찢고 새로 쓴 수표 한 장을 책상 위로 내밀었다. 오십만 엔이라고 쓰여 있었다.

청년은 손을 뻗어 이것을 천천히 접은 뒤 양복 안주머니에 넣었다. 일어나 별 다른 뜻 없는 미소와 함께 가볍게 인사했다.

"그럼……, 긴 시간 여러모로 신세가 많았습니다. 자, 안녕히."

가와타는 의자에서 일어설 기력도 없었지만 겨우 손을 내밀며 "잘 가게" 하고 인사했다. 악수를 하며 유이치는 가와타의 손이 부들부들 떨리는 것이 당연하다고 생각했다. 그 방을 나오자 연민의 정이라곤 조금도 일지 않았는데, 이것도 불쌍한 신세가 되는 걸 죽도록 싫어하는 가와타의 행운이라고 유이치는 생각했다. 이 자연스러운 감정은 차라리 우정의 발로였다. 그는 엘리베이터를 좋아했기 때문에 계단을 이용하지 않고 대리석 기둥에 박힌 버튼을 눌렀다.

*
**

유이치의 가와타 자동차 취직 건은 수포로 돌아갔다. 한편 가와타는 오십만 엔으로 '생활을 멸시하는' 권리를 되찾았다.

유이치의 야심은 원래 공상적인 성질이 있었지만, 동시에 공상이 좌절되자 현실로 돌아가기 어려웠다. 상처받은 공상은 상처 없는 공상보다 현실을 적으로 돌리려는 힘이 큰 듯하다. 유이치는 자기 능력에 대한 공상과 자기 능력의 정확한 측정 사이의 낙폭을 줄일 가능성이 일단 끊어진 것처럼 보였다. 그러나 **보는** 것을 배운 유이치는 그것이 애초부터 끊어져 있었다는 사실을 알고 있었다. 한심한 현대사회에서는 이것을 측정하는 것이 우선 필수 능력으로 꼽히기 때문이다.

정말이지 유이치는 보는 것을 배웠다. 그러나 청춘이 한창인 때에 거울 없이 청춘을 **보는** 것은 지극히 어려운 일이다. 청년의 부정이 추상적으로 끝나고, 청년의 긍정이 관능적으로 기우는 것은 이 곤란함에 뿌리를 둔 듯했다.

어젯밤 유이치는 문득 도박을 하고 싶다는 생각에, 마쓰무라와 가와타와의 약속을 둘 다 어기고, 학교 친구의 집에서 아침까지 술을 마시며 청정한 하룻밤을 보냈다. 그러나 이 '청정함'도 육체의 범주를 벗어나지 못했다.

유이치는 자신의 위치를 갈망했다. 거울이라는 감옥을 깨고 나와 자신의 얼굴을 잊고, 그것을 존재하지 않는 것이라 여기며 비로소 보는 이의 위치를 탐색했던 것이다. 그는 거울이 증명하는 육체가 확고했던 위치를 대신할 무언가를 찾아, 사회가 어떠한 위치를 부여해주리라는 어린아이 같은 야심에서 해방됐다. 새삼스런 일이지만 유이치는 한창 청년인 지금 이것을 갈망하며, 자신에게 보이지 않는 상위의 위치에 안착하고자 하는 어려운 작업에 조바심이 났다. 얼마 전까지만 해도 그는 육체로 이 작업을 손쉽게 완수했다.

유이치는 슌스케가 자신을 심리적으로 속박하고 있다고 느꼈다. 우선 슌스케에게 오십만 엔을 돌려줘야 한다. 모든 것은 그다음 일이다.

며칠 후 가을바람이 서늘한 저녁, 아름다운 청년은 예고도 없이 슌스케의 집을 찾았다. 노작가는 때마침 몇 주 전부터 작업에 들어간 원고를 쓰고 있었는데, 이 자전적 평론에 히노키 슌스케는 직접 〈히노키 슌스케론〉이라는 제목을 붙였다. 유이치가 그를 찾아오려 한다는 것을 알지 못한 채, 책상 위 불빛 아래서 미완의 원고를 다시 읽고 있었다. 그는 여기저기 붉은 색연필로 수정을 했다.

32장
히노키 슌스케가 쓰는 〈히노키 슌스케론〉

 지루한 재능, 혹은 재능의 지루함, 이런 것들 속에서 지루함을 벗어날 유일한 방법이 지루함을 뽐내는 일이 되어버린 작가가 있다. 히노키 슌스케가 그렇다는 것은 아니다. 허영심이 그를 이 같은 함정에서 구했다. 지루함을 뽐내는 일도 허영심의 역설이라 한다면, 우리를 구하는 것은 언제나 역설에 빠지지 않을 만큼의 정통적인 얄팍함이다. 히노키 슌스케의 균형은 이러한 얄팍함이라는 신앙에 힘입은 바가 있었다.
 유년시절부터 예술은 그에게 선천성 피부병과도 같았다. 이것을 빼면 그의 전기에서 특기할 만한 사항이 아무것도 없다. 효고현 자산가 집안, 일본은행에서 삼십 년 근무해서 지점장이 된 아버지와 그의 나이 열다섯에 세상을 떠난 어머니에 얽힌 가정의 기억, 순조로운 학력, 우수한 프랑스어 성적, 실패로 끝난 세 번의 결혼, 마지막 사항은 얼마간 전기 작가의 이목을 끌었다. 그러나 그 어떤 전기도 이 비밀에는 가닿지 못한 채 끝났다.

그의 에세이 한 페이지에는 유년시절 그가 어딘지 잘 기억나지 않는 숲길을 걷다가 현기증이 나도록 반짝이는 빛과 선율과 날갯짓을 맞닥뜨렸다는 구절이 있다. 거대한 잠자리 떼였다. 그러나 이토록 아름다운 소절은 이전에도 이후에도 작품 속에 보이지 않았다.

히노키 슌스케는 죽은 자의 구강에서 뽑아낸 금니와 같은 예술을 창시했다. 실용적인 목적을 엄격하게 배제한 인공낙원과도 같은 소설이었다. 여기에는 죽은 듯한 여자, 화석과 같은 꽃, 금속의 정원, 대리석 침상 말고는 아무것도 없었다. 폄하당한 각종 인간적인 가치를 히노키 슌스케는 집요하게 그려냈다. 메이지시대 이래 일본 근대문학에서 그가 자리한 위치는 어쩐지 불길한 구석이 있었다.

소년 시절 그에게 영향을 준 작가는 이즈미 교카였는데, 1900년 작인 〈고야산 스님〉은 여러 해 동안 그에게 이상적인 예술작품이었다. 인간의 수없이 많은 변태 끝에 마지막 하나 남은 인간적인 형태, 육욕을 자극하는 아름다운 여인, 이 유일한 인간으로부터 달아남으로써 간신히 자신의 인간적 형태를 지켜낸 주지승 이야기는 그에게 창작의 근원적인 주제를 암시했다. 그러나 얼마 후 그는 교카의 정서 세계를 버리고, 그와 둘도 없는 친구였던 가야노 하타카즈와 함께 당시 서서히 수입되었던 유럽의 세기말 문학 영향 아래로 접어들었다.

그 당시 습작 대부분이 흡사 사후 전집이라도 되는 것처럼 최근 나온 히노키 슌스케 전집에 들어 있다. 그의 나이 열여섯에 쓴 〈신선 수업〉이라는 짧은 우화가 있는데, 필력은 소박하고 유치해도 무의식중에 훗날 그가 표현하고자 했던 주제를 모조리 담아낸 걸 보면 놀라울 따름이다.

'나'는 신선들의 동굴에서 시중을 드는 아이다. 이곳 산악지대에서 태어나 어릴 때부터 안개 말고는 다른 걸 먹어본 적이 없다. 신선들은 무급으로 부릴 수 있다는 편리함에 '나'를 고용했다. 세상에는 신선들이 안개만 먹고 산다고 알려져 있지만, 실은 인간처럼 채소와 고기를 먹지 않고는 살 수 없다. '나'는 시중드는 아이들이 먹을 식량이라면서—사실 시중드는 아이는 '나' 하나였지만—산자락 마을로 여러 사람 분의 양고기와 채소를 사러 갔다. 하루는 어느 교활한 마을사람이 역병에 걸린 양고기를 팔았다. 이걸 먹은 신선들은 식중독에 걸려 차례차례 죽어나갔다. 독이 든 고기를 사갔다는 사실을 알고 선량한 마을사람들이 걱정스레 산꼭대기로 올라가보니, 안개만 먹고 산다는 불노불사의 신선들은 죄다 죽어버리고 독이 든 고기를 먹었을 시중드는 아이만 건강한 것을 보고 오히려 이 아이를 신선으로 숭배하게 되었다. 아이는 신선이 된 이상 이제 안개만 먹겠다고 선언하고 홀로 산 정상에서 평온히 여생을 보낸다.

여기서 말하고자 하는 건 예술과 생활의 풍자다. 시중드는 아이는 예술가가 생활 속에서 어떤 속임수를 쓰는지 알았다. 예술을 깨닫기에 앞서 생활의 속임수를 배웠다. 그러나 아이는 태어날 때부터 이미 이 속임수의 비법과 생활의 비결을 터득했다. 말하자면 그는 본능적으로 안개만 먹고 살아서, 무의식의 일부가 예술가의 생활에서 최고의 속임수라는 명제를 체현하면서, 무의식이었기에 가짜 신선들의 시중을 들 수 있었던 것이다. 신선들의 죽음으로 인해 그는 예술가라는 의식에 눈을 뜬다. 시중드는 아이는 말한다. "나는 앞으로 안개만 먹겠다. 그동안 먹던 양고기와 채소는 이제 먹지 않겠다. 나는 신선이 됐기 때문이다." 이와 같은 의식화, 천부적인 재능을 최고의 속임수로 이용하는 일, 이로 인해 그는 생활의 속박에서 벗어나 예술가가 된 것이다.

히노키 슌스케에게 예술은 가장 용이한 길이었다. 용이하다는 자각에서 그는 예술가로서 고통의 쾌락을 찾아냈다. 세밀한 조각을 만들 줄 아는 이 소소한 재주를 두고 세상 사람들은 각고면려刻苦勉勵라 한다.

첫 장편 〈악마의 연회〉(1911년)는 문학사에서 고독한 위치에 놓인 걸작이다. 당시는 시라카바파 문학이 융성하던 시기로 같은 해에 시가 나오야가 〈혼탁해진 머리〉를 썼다. 히노키 슌스케는 시라카바파의 이단아였던 가야노 하타카즈와의 교류를 빼면 그들과는 쭉 인연이 없었다.

〈악마의 연회〉는 소설의 방법과 명성을 확립한 작품이다.

히노키 슌스케의 추한 용모는 그의 청춘에 이상한 재능을 부여했다. 그가 적대시한 자연주의 소설가 도미모토 아오무라가 작중에 슌스케를 모델로 한 청년을 등장시켰는데, 이 인물의 데생이 청년시절 슌스케의 풍모와 거의 흡사하다.

'미에코는 이 남자 앞에 앉아 있는 것만으로도 쓸쓸함이 밀려드는 이유가 무엇일까 생각해봤다. "그렇게 집요하게 말씀하셔도 어쩔 수가 없다고요." 하고 몇 번이나 쌀쌀맞게 대답을 해도 남자는 질리지도 않고 쓸쓸함에 휩싸인 표정을 지었다. 궁상스러운 입매, 멋없는 코, 획 젖혀진 얇은 귀, 칙칙한 낯빛에 흰자위만 형형히 빛나고 있는데, 눈썹은 나병환자처럼 있을까 말까 하게 옅다. 생기발랄함이라고는 눈을 씻고 찾아봐도 없다. 쓸쓸함은 이 남자가 자신의 추한 용모를 깨닫지 못하는 데서 오는 게 틀림없다고, 미에코는 멋대로 추측했다.'(아오무라, 《쥐의 침실》)

슌스케는 자신의 용모가 추하다는 사실을 알고 있었다. 그러나 신선들이 생활에 졌다고 해도 시중드는 아이는 지지 않았다. 용모에 대한 깊은 굴욕감은 청춘의 비밀스러운 정신적 활력소가 됐다. 그가 가장 피상적인 문제에서 근원적인 주제로 전개해나가는 방법을 터득한 것은 이 체험에 따른 것으로 보인다. 〈악마의 연회〉는 얼음 같은 여주인공이 눈 밑에 난 작은 검정사마귀 하나 때문에 불행한 운명으로 내몰리는 이야기다. 이 경우 검정사마귀는 운명의 상징 같지만 사실은 그 반대다. 히노키 슌스케는 상징주의와 아무런 관계가 없다. 작품에서 그의 사상은 이 검정사마귀와 같이 무의미한 외면성을 집요하게 밀어붙여 '예술작품의 사상은 형식으로 구체화되어 형식 속에 모습을 감춘다'는 그의 유명한 격언을 이끌어냈다.

그에게 사상이란 검정사마귀처럼 우발적인 원인에서 생겨나 외부 세계와 반응하여 필연이 되는 것으로, 그 자체의 힘은 없는 무언가다. 사상은 허물, 다시 말해 타고난 허물과 같은 것이다. 먼저 추상적 사상이 생겨 그것이 육체화하는 것은 불가능하며, 애초에 사상이란 육체의 어느 부분이 과장된 형식이다. 큰 코를 가진 사람은 큰 코라는 사상을 가지며, 실룩실룩 움직이는 귀를 가진 사람은 무슨 짓을 하건 결국은 실룩실룩 움직이는 귀라는 독창적인 사상을 가진다. 형식이 곧 육체라 해도 지장이 없을 정도로, 히노키 슌스케는 육체적 존재를 닮은 예술작품을 만들고자 했다. 그러나 짓궂게도 그의 작품은 온통 송장 썩는 냄새를 풍기며, 그 구조는 정교한 황금 관처럼 인공의 극치라는 인상을 준다.

〈악마의 연회〉에서 여주인공이 사랑하는 남자에게 몸을 맡길 때, 뜨겁게 타올라야 할 두 육체는 '도자기가 맞부딪히는 듯한 소리'를 낸다.

'왜 그럴까. 하나코는 생각했다. 너무 세게 밀어붙인 탓에 그녀의 치아를 스치며 들썩이는 다카야스의 치아가 모조리 도자기로 만든 의치였던 것이다.'

여기가 〈악마의 연회〉에서 유머러스한 효과를 노린 유일한 지점이다. 품위 없이 과장되고 저속한 분위기가 미문美文 사이에서 돌연 튀어나온 것이었는데, 이 구절은 초로의 남자 다카야스의 죽음을 알리는 복선을 이루고 있다. 죽음의 갑작스럽고 비속한 공포를 독자들에게 전하기 위한 장치였다.

다양한 시대 변화 속에서도 히노키 슌스케는 완고했다. 살고자 하는 의지 없이 살아온 이 남자에게는 천부적인 무관심이라는 재능이 있었다. 더구나 그에게는 작가의 개인적 발전의 정석인 반항에서 모멸로, 모멸에서 관용으로, 관용에서 긍정으로 나아가는 흔적이 털끝만큼도 보이지 않는다. 모멸과 미문美文은 평생 그에게 따라붙었던 고질병이다.

장편소설 《황홀경》에서 히노키 슌스케는 처음으로 예술적 완성에 도달했다. 제목은 감미롭지만 잔혹한 연애소설이다. 《사라시나 일기》의 여주인공처럼 몽상으로 가득한 소년시절을 고향에서 보낸 도모오는 도쿄로 나온 지 얼마 지나지 않아 사소한 일을 계기로 강렬한 육욕적 사랑에 빠진다. 예민하고 유약한 성격 탓에 연상의 여자에게서 벗어나지 못하고 십여 년 넘게 혐오와 권태로 괴로워하던 끝에, 갑작스레 죽은 그녀의 유골을 안고 희희낙락하며 고향인 시골로 돌아가는데, 오백 페이지 가운데 사백 페이지 이상이 끝없는 권태와 혐오로 가득한 생활의 디테일로 넘쳐난다. 이 주인공의 미온적인 생활태도의 완만한 묘사가 부단한 긴장감을 주며 독자를 끌고 간다. 이 신비한 에너지는 정열을 멸시하는 듯 보이는 작가의 태도에 숨겨진, 일종의 방법론적 비밀처럼 보인다.

 소설의 경우, 작가는 자신이 멸시하는 것에 감정이입을 시도하기 마련이다. 이러한 시도는 오히려 유리한 지름길이며, 그러하기에 플로베르는 불후의 오메를 등장시켰고, 릴라당은 《트리빌라 보노메》를 썼다. 히노키 슌스케에게는 소설가가 가져야 할 필수적인 능력이 결여되어 있었다. 자신과 타인을 향한 편견 없는 객관적 태도가, 현실에서는 오히려 현실을 자유롭게 변화시킬 정열로 되살아나는 저 신비로운 능력이 말이다. 소설가를 생활의 소용돌이로 내던지는 저 무시무시한 '객관적 정열', 실험과학자의 정열과 같은 것이 보이지 않는다.

 히노키 슌스케는 자신의 감정을 엄선해 스스로 아름답다고 여기는 것을 예술로, 좋지 않다고 여기는 것을 생활로 구분시켰다. 좋게 말하면 유미적인, 나쁘게 말하면 윤리적인 그만의 기묘한 예술이 성립했다. 그는 처음부터 아름다움과 윤리 사이의 곤혹스런 교배를 포기했다. 그토록 수많은 작품을 지탱해온 정열, 아니 그보다는 이것을 가능하게 한 물리적인 힘의 원천은 무엇일까. 그저 예술가로서 버티고자 하는 금욕적 의지에서 나온 것일까?《황홀경》은 자연주의문학의 패러디와 같은 작품이지만, 일본에서는 자연주의와 반자연주의적 상징주의가 역순으로 유입되었다. 히노키 슌스케는 일본에서 반자연주의가 발족한 시대로부터 다니자키 준이치로, 사토 하루오, 히나쓰 고노스케, 아쿠타가와 류노스케 등과 함께 다이쇼시대 초기 예술지상주의를 이끈 사람이었다. 상징파로부터 일절 영향을 받지 않고 오로지 취미로 말라르메의 〈에로디아드〉나 위스망스, 로덴바흐 등을 번역한 그가 상징파에게서 얻은 것이라고는 반자연주의적인 측면이 아닌, 반낭만주의적인 경향뿐이었다.

그러나 일본근대문학의 낭만주의가 히노키 슌스케의 적수는 아니었다. 낭만주의는 메이지시대 말에 이미 좌절되었다. 히노키 슌스케는 진짜 적수를 자기 마음에 품고 있었다. 히노키 슌스케만큼 낭만주의자의 위험을 온몸으로 느끼는 이는 없었다. 그는 스스로 찔리는 사람이자, 또한 찌르는 사람이었다.

이 세상의 취약한 자, 감상적인 자, 변질되기 쉬운 자, 태만, 방탕, 영원이라는 관념, 미숙한 자아의식, 몽상, 독선, 극도의 자만과 자기비하의 혼합, 순교자 행세, 넋두리, 때로는 '생' 그 자체, ……이 모든 것에서 그는 낭만주의의 그늘을 느꼈다. 그에게 낭만주의는 '악'의 동의어다. 히노키 슌스케는 자기 청춘이 위기에 닥친 요인을 죄다 낭만주의라는 병균 탓으로 돌렸다. 여기서 기묘한 착오가 일어난다. 슌스케가 청춘의 '낭만파적' 위기에서 벗어나 작품 세계에서 반낭만주의자로 살아가면서, 낭만주의 또한 그의 생활 안에 집요하게 살아남은 것이다.

생활을 업신여김으로써 생활을 고집할 것. 이 기묘한 신조는 예술행위를 무한히 비실전적인 것으로 만들어버렸다. 예술로 해결 가능한 것은 존재하지 않는다, 라고 하는 것이 히노키 슌스케의 오랜 신조였다. 그의 무도덕은 마침내 예술상의 아름다움과 생활상의 추함을, 동등한 무게를 가진, 선택 가능한, 그저 상대적인 존재로 만들어버렸다. 예술가는 어디에 위치하는가? 예술가는 흡사 대중 앞에서 요술을 부리듯 가장 냉정한 속임수를 쓰고 있다.

청년시절 자신의 추한 용모를 자각하고 괴로워한 슌스케는, 예술가라는 존재가 매독 병균이 얼굴로 퍼지듯, 정신의 독이 외면으로 퍼진 기묘한 불구자라고 생각하기를 즐겼다. 그의 먼 친척 중에 소아마비로 성인이 돼서도 집안을 기어 다니고 턱이 기묘하게 발달해 새의 부리처럼 돌출된 불행한 이가 있었는데, 이 남자가 생계를 위해 만든 수공예품이 크게 호평을 받으며 팔리는 것을 볼 때마다 그 신비하고 섬세한 아름다움에 가슴이 서늘해졌다.

어느 날 슌스케는 도심의 한 화려한 상점에서 이 수공예품이 앞쪽에 진열된 것을 봤다. 그것은 둥근 나뭇조각을 이어 만든 목각 목걸이와 오르골이 달린 정교한 콤팩트 케이스였다. 제품은 청결하고 화사하여 아름다운 손님들이 드나드는 상점 안에서 확실한 존재감을 드러냈다. 여자 손님들이 많이 샀지만 돈을 내는 건 그녀들의 부유한 보호자임이 틀림없었다. 많은 소설가가 이런 식으로 인생을 투시한다. 그러나 슌스케는 반대 방향으로 눈길을 돌렸다. 여자들이 사랑하는 화려한 물건, 이상하리만치 섬세하고 아름다운 물건, 무위한 장식품, 인공적인 아름다움의 극치에 도달한 물건, ……이런 것들에는 반드시 그늘이 있다. 불행한 세공인의, 눈에 보이지 않는 추악한 지문이 남아 있다. 꺼림칙한 괴물의 흔적이 있다.

'서양봉건시대의 제후는 정직하고 건전했다. 그들은 자신들의 사치스럽고 화려한 생활 어딘가에 반드시 극도의 추악함이 깃들어 있다는 사실을 알고 있었다. 그 증거를 공공연히 드러내고 위안 삼으며 인생의 극락을 완성하기 위하여 기괴한 어릿광대 난쟁이들을 고용했던 것이다. 저 위대한 베토벤마저 내게는 궁정이 애호한 난쟁이의 한 부류처럼 여겨진다.'(아름다움에 대하여)

슌스케는 이어서 이렇게 썼다.

'……추악한 인간이 어찌하여 섬세하고 미려한 예술품을 만들 수 있느냐 하는 건 전적으로 그 인간이 갖는 내면의 아름다움에 달렸다. 문제는 언제나 '정신'이며 순수하고 깨끗한 영혼이다. 그러나 자기 눈으로 그 모습을 본 사람은 아무도 없다.'(아름다움에 대하여)

정신의 역할이란 자신의 무력함을 숭배하는 종교를 유포하는 것이나 다름없다고 슌스케는 생각했다. 소크라테스는 고대 그리스에 처음으로 정신을 가져왔다. 그때까지 그리스를 지배한 것은 육체와 지혜의 균형 그 자체였으며, 무너진 균형의 자기표현인 '정신'은 아니었다. 아리스토파네스가 희극을 통해 야유했듯이, 소크라테스는 청년들을 김나지움에서 아고라로, 육체의 연마에서 사랑과 지성에 관한 논쟁과 자기 무력함의 숭배로 유혹했다. 청년들의 어깨통은 좁아졌다. 소크라테스의 사형은 지당한 일이었다.

다이쇼시대 말기에서 쇼와시대에 걸친 사회변동과 사상적 혼란기를 히노키 슌스케는 멸시와 무관심으로 보냈다. 그는 정신에 아무 힘도 없음을 확신했다. 1935년에 쓴 단편소설 〈손가락〉은 명작으로 불린다. 물의 고장 이타코에 사는 늙은 뱃사공이 이런저런 승객을 태우고 흘러간 옛이야기를 한다. 하루는 보살처럼 아름다운 여자 손님을 태우고 가을안개 낀 수상마을을 안내하다가 물길이 깊숙이 굽어드는 곳에서 뜻하지 않게 꿈처럼 은밀한 관계를 갖는다. 줄거리는 더할 나위 없이 진부하고 고풍스럽지만 글쓴이는 기발한 착상으로 끝을 맺는다. 이 꿈같은 현실을 도무지 받아들일 수 없던 늙은 뱃사공은 여자가 장난스럽게 깨문 자기 검지의 상처를 그날 밤의 유일한 증거로 삼아 상처가 아물지 않도록 노력하다가 결국 염증이 곪아 손가락을 잘라야 하는 지경에 이른다. 이야기를 듣는 이에게 뿌리까지 깊이 잘려나간 섬뜩한 검지 부분을 보여주는 대목에서 끝을 맺는다.

간결하고 잔혹한 문장과 우에다 아키나리*를 떠올리게 하는 환상적인 자연묘사는 일본 특유의 예술성으로 소위 대가의 영역에 이르렀으나, 이 작품에서 슌스케가 의도한 건 문학적 현실을 신봉하는 능력을 상실하고 결국 손가락 한 개를 잃어버린 동시대인을 향한 풍자였다.

전쟁 중 슌스케는 다시금 중세문학세계의 재현을 시도하여 후지

---

* 에도시대 시인이자 이야기꾼. 아홉 편의 괴담을 모은 그의 《우게쓰이야기》는 일본근세문학의 대표작으로 꼽힌다.

와라 데이카의 와카 이론인 십체론*과 이를 다룬 저술 〈구히쇼愚秘抄〉, 〈산고키三五記〉의 미학적 영향 아래 있는 작품들을 써냈다. 그러나 전시 검열이 덮치면서 부모의 재산으로 생활을 유지하며 침묵했고 발표할 의도도 없이 짐승과의 성교를 다룬 소설을 썼다. 이것이 전쟁 후 발표된 18세기 사드후작의 작품에 필적하는 〈윤회〉다.

사실 전쟁 중 딱 한 번, 날카로운 외침으로 가득한 문예시평을 발표한 적이 있다. 우익 청년문학자들이 추진하던 일본낭만파운동에 화가 치밀어 올랐기 때문이다.

전쟁 후 히노키 슌스케의 창작력은 쇠퇴하기 시작했다. 가끔 발표하는 단편적인 창작은 명작에 한참 못 미치는 수준이었다. 전쟁이 끝나고 두 해가 흘러 쉰 살의 아내가 어린 애인과 동반자살한 뒤로는 자기 작품에 미적 주석을 시도하는 정도에 그치고 있었다.

히노키 슌스케는 더 이상 아무것도 쓰지 않는 것처럼 보였다. 문호라 불리는 몇몇 노작가와 함께 자신이 쌓아올린 작품의 성벽 속에 틀어박혔다. 죽음마저도 이 성벽의 돌멩이 하나 움직일 수 없을 만큼 견고한 생애였다. 하지만 세상 사람들의 눈길이 닿지 않는 곳에서는 남몰래 복수를 기획하고 있었다. 그것은 긴 시간 생활 안에 억압돼 있던 낭만적인 충동이었다. 어리석은 행동을 일삼는 건 이 작가의 천성이었다.

늙은 작가를 엄습한 청춘이라니, 이 얼마나 역설적인가! 이 세상에는 신비로운 만남이 있다. 슌스케는 영감의 존재를 믿지 않았지

---

* 헤이안시대에서 가마쿠라시대에 걸쳐 활약한 시인이자 평론가인 후지와라 데이카가 주장한 이론으로 일본의 고전 시 와카가 갖는 유현幽玄, 유심有心, 아름다움麗 등 열 가지 유형을 제시했다.

만, 이 만남의 영묘함에는 마음을 빼앗기지 않을 수 없었다. 슌스케가 청춘일 때 갖지 못했던 그 모든 것을 가진 한 젊은이, 끝끝내 여자를 사랑할 수 없었던 아름다운 청년이 모습을 드러냈을 때, 히노키 슌스케는 자기 청춘의 불행한 거푸집이 놀랄 만한 석고를 출현시킨 것을 보았다. 대리석과 같은 육체로 이루어진 청년의 몸을 빌린 슌스케의 청춘에서, 생활의 공포는 사라졌다. 좋다, 노년의 지혜를 짜내어 이번에야말로 철벽같은 청춘을 살아내리라.

유이치에게 정신성이 없다는 사실은 평생을 정신에 좀먹은 슌스케의 예술이라는 고질병을 아물게 했다. 유이치가 여자를 탐하지 않는다는 사실은 그 욕망으로 생활에 주눅 들었던 슌스케의 나약함을 치유했다. 히노키 슌스케는 평생토록 이루지 못한 이상적인 예술작품을 제작할 계획에 착수했다. 육체를 소재로 정신에 도전하고, 생활을 소재로 예술에 도전하는 매우 역설적인 예술작품을……. 이 계획이 슌스케가 태어나 처음으로 소유한 **조형되지 않은 사상**의 모태가 됐다.

처음에는 제작이 순조로운 듯 보였다. 그러나 대리석이라 해도 풍화를 막을 수 없다. 하물며 살아 있는 소재가 시시각각 변모하는 걸 어찌 막겠는가.

"저는 되고 싶습니다. **현실의 존재**가 되고 싶어요."

유이치가 그렇게 외쳤을 때, 슌스케는 처음으로 좌절을 예감했다.

아이러니하게도 좌절은 슌스케 내부에서도 징조를 보였고, 이것이 몇 배는 더 위험했다. 그가 유이치를 사랑하게 된 것이다.

더욱 우스꽝스럽게도 세상에 이토록 자연스러운 사랑은 없었다. 예술가가 소재에게 느끼는 사랑만큼, 육욕과 정신적 사랑의 완벽한 결합, 이 둘 사이의 경계는 모호하다. 소재가 저항할수록 매혹은 커진다. 슌스케는 끝없이 달아나고자 하는 유이치라는 소재에 푹 빠져들었다.

히노키 슌스케가 제작이라는 행위에서 이처럼 위대한 관능성의 힘을 느낀 것은 이번이 처음이었다. 많은 작가가 육체적 쾌감을 자각하며 청년시대에 제작을 시작하지만, 슌스케는 그 길을 거꾸로 걸었다. 혹은 유이치를 향한 사랑과 육욕에 들볶이며, 비로소 이 '문호'는 소설가가 된 것이 아닐까. 저 무시무시한 '객관적인 정열'이 비로소 슌스케의 체험 속으로 들어온 것은 아닐까.

얼마 안 가 슌스케는 현실의 존재가 된 유이치와 헤어져 고독한 서재 생활로 돌아갔다. 사랑하는 청년을 몇 개월이나 만나지 못했다. 일찍이 여러 차례 시도한 바 있는 도피와 달랐다. 이것은 결연한 행위였다. 더는 '생'에 내던져진 소재의 변모를 참지 못하고 우선은 현실과 단절했다. 육욕이 깊어질수록 그토록 업신여겨온 '정신'에 의지할 수밖에 없었다.

사실 히노키 슌스케는 이제껏 현실과 그리 깊은 단절을 맛본 적이 없었다. 현실이 이토록 관능적인 힘으로 의식적인 단절을 강요한 적은 없었다. 그가 사랑했던 음탕한 여자들이 가지고 있던 관능은 그를 거절하면서도 그녀들의 현실을 쉬이 팔아넘겼고, 이 매매로 슌스케는 얼음과 같은 작품들을 써내곤 했다.

슌스케의 고독은 그것 그대로 깊디깊은 제작 행위가 됐다. 그는 몽상의 유이치를 구축했다. 생에 휘둘리지 않고, 생에 좀먹지 않는 철벽같은 청춘. 모든 순간의 침식을 견디는 청춘. 슌스케의 책상 위에는 늘 몽테스키외의 역사 논설 한 페이지가 펼쳐져 있었다. 로마인의 청춘을 기록한 페이지였다.

'……로마인의 신성한 기록을 보면 타르퀴니우스가 신전을 지으려 할 때, 알맞은 땅이라 여겼던 장소에 이미 수많은 신들의 조각상이 모셔져 있었다. 그 신들이 주피터의 조각상에 장소를 양보해줄지 어떨지 새 울음소리 점술로 점쳐보니, 마르스와 청춘의 신과 테르미누스 신들 이외에 다른 모든 신들은 찬성했다. 이에 세 가지 종교적 고찰이 탄생한다. 첫째 마르스의 후예들은 한번 점령한 땅을 결코 양보하지 않는다는 점, 둘째 **로마인의 청춘은 그 무엇에도 정복당하지 않는다는 점**, 셋째 로마인의 테르미누스 신은 절대 물러나지 않는다는 점이다.'

예술은 맨 처음에 히노키 슌스케에게 실전윤리였다. 오랫동안 생활 속에 버텨온 기분 나쁜 낭만주의를 낭만주의 자체라는 무기로 퇴치한다. 이로써 슌스케에게 청춘의 동의어라 할 수 있는 낭만주의는 대리석 안에 매몰됐다. **영원**이라는 낭만적 관념에 희생된 것이다…….

슌스케는 유이치에게 자신이 필요하다는 사실을 의심하지 않았다. 청춘은 홀로 살 수 없다. 기념비적인 사건이 즉각적으로 역사의 기록을 필요로 하듯, 귀중하고 아름다운 육체에 깃든 청춘은 기록하는 이를 곁에 두어야만 한다. 행위와 기록은 결코 동일인이 할 수 없다. 육체에 뒤따르는 정신, 행위에 뒤따르는 기억, 이것에만 의지하는 청춘의 회상록은 그것이 얼마나 아름답든 허무해지기 마련이다.

청춘의 물방울 하나, 이것은 곧바로 결정이 되어, 불사의 수정이 되어야만 한다. 모래시계의 상반부에서 모래가 쏟아져 내리면, 윗부분에 수북이 쌓여 있던 모양과 똑같은 형태가 하반부에 쌓이듯, 청춘을 다 살아냈을 때 흘러내린 눈물 한 방울 한 방울을 모조리 결정으로 만들어 재빨리 불사의 조각상을 만들어야 한다.

조물주의 악의는 완전한 정신과 완전한 청춘의 육체를 같은 연령대에 만나게 하지 않는다는 것이다. 청춘의 아리따운 육체에 언제나 미숙한 정신이 깃든다고 슬퍼할 필요는 없다. 청춘이란 정신의 대립개념이다. 정신이 아무리 오래 살아남는다 해도, 청춘의 육체가 갖는 정밀하고 미묘한 윤곽을 서툴게 모방할 뿐이다.

청춘을 무의식 상태로 보내는 막대한 낭비. 수확을 고려하지 않는 그 한 시기. 생의 파괴력과 창조력이 무의식 속에서 조화를 이루는 최상의 균형. 이러한 균형은 조형되어야만 한다……."

33장
대단원

밤이 되어서야 슌스케를 찾아간 그날, 유이치는 아침부터 하릴없이 시간을 보냈다. 처가의 백화점 취직시험이 일주일 앞으로 다가왔으나, 장인어른의 배려로 이미 결정된 일이었다. 하지만 형식적으로라도 시험장에 가야 했다. 논의도 하고 인사도 드릴 겸 장인어른을 찾아뵐 필요가 있었다. 더 빨리 가는 게 도리였지만 어머니 병세가 악화되었다는 구실로 미루고 있었다.

오늘도 유이치는 장인어른을 찾아뵙는 게 내키지 않았다. 양복 안주머니에는 오십만 엔짜리 수표가 있다. 유이치는 혼자 긴자로 갔다.

스키야바시역에 멈춰 선 전차가 움직일 기미를 보이지 않았다. 내다보니 사람들이 차도까지 흘러나와 오와리초 방면으로 질주하고 있었다. 맑은 가을하늘에 검은 연기가 치솟았다.

유이치는 전차에서 내려 군중에 섞여 들었다. 오와리초 교차로는 벌써 사람으로 가득했다. 짙은 적색 소방차 세 대가 인파 속에 멈춰

서 있고, 가는 물줄기들이 쏟아내는 장대한 분수가 솟구치는 검은 연기 쪽으로 향하고 있었다.

불이 난 곳은 대형 카바레였다. 유이치가 선 곳에서는 이층 건물에 가려서 가끔 높이 솟구치는 불길만 검은 연기 속에 날름댔다. 밤이었다면 연기 속을 날아오르는 반짝이는 불똥이 점점이 보였겠지만 지금은 무표정한 흑색이다. 불길은 이미 주위 상점으로 옮겨붙었다. 바로 앞 건물 이층에도 불이 붙어 외곽만 남은 듯했다. 외벽 상아색 페인트는 여전히 선명하고 평온하게 일상의 색채를 유지하고 있었다. 군중은 불이 번진 지붕 위에 올라 소방작업에 열심인 소방관의 용기를 입이 마르도록 칭찬했다. 자연의 힘에 목숨을 걸고 맞서 싸우는 작고 검은 인간의 그림자를 보는 일은, 타인을 의식하지 않고 뭔가에 열중하는 진지한 인간을 엿볼 때 느껴지는 쾌락, 그 야비한 쾌락 비슷한 것을 군중의 마음에 안겨주는 듯했다.

화재에 근접한 빌딩에는 개축용 발판이 둘러 있었다. 몇몇이 발판에 서서 불이 옮겨붙는 걸 막았다.

화재는 의외로 큰 소리가 나지 않은 법이다. 폭발음이나 서까래가 타오르며 떨어지는 소리 따위가 여기까지 들리지는 않았다. 나른한 폭음이 낮게 내려온 건 신문사에서 띄운 빨간 싱글 엔진 비행기가 머리 위에서 선회했기 때문이다.

유이치는 볼을 뒤덮는 안개와 같은 것을 느끼며 물러났다. 길가 소화전에 꽂힌 노쇠한 소방차 호스에서 물보라가 뿜어 나와 비처럼 노면에 흩뿌려졌다. 물보라는 의상실 진열장을 가차 없이 적시고, 혹시 불이 붙을 때를 대비해 들고 나온 휴대용 금고와 자기들

소지품 주변에 웅크린 가게 사람들을 집어삼켰다.

가끔씩 불을 끄던 물이 끊겼다. 꼭대기의 물이 순식간에 힘을 잃었다. 그런데도 바람이 부는 방향으로 비스듬히 누운 검은 연기는 잦아들 기미가 보이지 않았다.

"예비 부대다! 예비 부대!"

군중이 외쳤다.

트럭이 군중을 헤집고 들어오더니 후미에서 하얀 투구를 쓴 대원이 무리 지어 내려오는 모습이 보였다. 그저 교통정리를 위해 동원된 경찰부대 하나가 군중에게 공포를 유발하다니 가소로운 일이었다. 군중은 부대가 달려오기 충분한 폭동의 본능을 이미 자기들 내부에서 느끼고 있었는지도 모른다. 차도에 가득했던 사람들은 대원들이 곤봉을 휘두르기도 전에 패배를 깨달은 혁명 군중처럼 우르르 후퇴했다.

그 맹목적인 힘은 엄청난 것이었다. 한 사람 한 사람이 자기 의지를 상실하고 외부에서 오는 힘에 몸을 내맡겼다. 보도 위로 밀어붙이는 압력 탓에 상점 앞에 서 있던 사람들이 쇼윈도에 짓눌렸다.

가게 앞에서는 한 젊은이가 고가의 쇼윈도 유리창 앞에 서서 두 팔을 크게 벌린 채 소리를 지르고 있었다.

"유리라고! 유리!"

유리는 안중에도 없는 불나방 같은 군중에게 주의를 주고 있었다.

떠밀리며 유이치는 불꽃놀이 비슷한 소리를 들었다. 아이 손을 떠난 고무풍선 두세 개가 터지는 소리였다. 유이치는 혼잡한 틈바구니에서 발아래 푸른 나막신 한 짝이 표류물처럼 이리저리 떠밀리는 것을 보았다.

 마침내 유이치가 군중의 지배를 벗어났을 때는 예상치 못한 방향에 서 있는 자신을 발견했다. 그는 헝클어진 넥타이를 고쳐 매고 걷기 시작했다. 더 이상 화재는 보이지 않았다. 그러나 이 소동의 이상한 에너지가 그의 체내로 흘러들어와 설명하기 어려운 쾌활함을 자아냈다.

 갈 곳이 없었기에, 유이치는 한동안 걷다가 크게 내키지도 않는 영화가 걸린 극장으로 들어갔다.

＊＊

 ……슌스케는 빨간 색연필을 옆에 내려놓았다.

 어깨가 심하게 뭉쳤다. 자리에서 일어나 어깨를 두드리며 서재 옆 작은 서고로 갔다. 한 달 전 슌스케는 장서의 절반 이상을 처분했다. 세상 노인들과 달리 나이가 먹을수록 책이 무용하게 여겨졌기 때문이다. 특별히 애착이 가는 책만 남겨두고 텅 빈 서가를 부숴버렸다. 빛이 오래 차단됐던 벽에는 창문을 냈다. 목련잎 우거진 북쪽 창 옆에 밝은 창이 하나 더해졌다. 서재에 놓았던 낮잠용 침대를 서고로 가져왔다. 거기서 슌스케는 편한 자세로 작은 책상에 세워둔 여러 권의 책을 마음 내키는 대로 펼쳐볼 수 있었다.

 서고로 들어간 슌스케는 상단에 불문학 원서들이 꽂힌 서가를 뒤졌다. 찾는 책은 금세 나왔다. 일본종이로 만든 특별소장판《무사 파이디케*》의 프랑스어 번역본이었다. 하드리아누스 황제 시대의 로마 시인 스트라톤의 시집이다. 그는 안티누스를 총애한 하드리아누스 황제의 복고 취미를 흉내내 온통 미소년 노래만 지었다.

> 살결은 보드랍고
> 피부는 벌꿀색이네.
> 린넨 빛깔 머리칼도 아름답지만
> 흑발도 내 맘을 빼앗는다.
> 갈색 눈동자와 결코 헤어질 수 없으나
> 그럼에도 난,
> 칠흑처럼 반짝이는 검은 눈동자를 옆에 두고 아낀다.

벌꿀색 피부와 흑발과 칠흑 같은 눈동자를 지닌 사람은, 아마도 명성 높은 동방 노예 안티누스의 고향인 소아시아 출신이리라. 2세기 로마인이 꿈꾸던 아름다운 청년의 이상향은 아시아인에 가까웠다.

이번에는 서가에서 키츠의 《엔디미온》을 꺼내 거의 외우다시피 한 시구를 눈으로 훑었다.

'……이제 얼마 안 남았다.' 노작가는 마음속으로 중얼거렸다.

'환영의 소재는 빠짐없이 갖춰졌다. 조금만 더 있으면 완성이다. 금강불괴金剛不壞 청춘의 조각상이 탄생하는 것이다. 작품의 완성이 눈앞으로 다가왔다는 두근거림, 이유를 알 수 없는 공포, 아주 오랜만에 맛보는 감정이다. 완성의 순간, 그 최고의 순간에 무엇이 나타날 것인가?'

---

* 고대그리스어로 소년 뮤즈라는 뜻. 그리스의 소년애 서정시를 엮은 앤솔러지다.

슌스케는 침대에 비스듬히 드러누워 내키는 대로 책 페이지를 넘겼다. 귀를 기울인다. 뜰 안 가득 가을벌레가 울고 있다.

서가 귀퉁이에는 지난 달 마침내 완결한 히노키 슌스케 전집 총 스무 권이 꽂혀 있었다. 금박을 입힌 글자의 나열이 어렴풋이 단조롭게 빛났다. 스무 권, 지루한 조소의 반복이다. 못생긴 아이의 턱을 약간의 호의로 어루만지듯 책등 글씨들을 손가락 끝으로 아무 느낌 없이 매만졌다. 침대 곁 작은 탁자 두엇에는 읽다만 책들이 죽은 날개처럼 흰 페이지를 펼치고 있었다.

니조파 가인 돈아頓阿의 가집이나 시가데라志賀寺라는 절의 고승 이야기가 나오는 페이지가 펼쳐진 《태평기太平記》, 가잔법황의 퇴위 이야기가 나오는 《오오카가미大鏡》, 요절한 아시카가 요시히사 장군의 가집, 오래되고 화려한 장정의 《고지키古事記》와 《일본서기日本書紀》가 있었다. 이 책들에는 젊고 아름다운 왕자들이 저지르는 부정한 사랑과 반란 모사의 좌절, 그리고 청춘이 한창일 때 죽임을 당하거나 스스로 목숨을 끊는 내용이 집요하게 반복된다. 가루노미코輕王子나 오쓰노미코大津王子가 그렇다. 좌절된 고대 청춘들의 이야기를 슌스케는 사랑했다.

……그는 서재 문 두드리는 소리를 들었다. 밤 열 시다. 이렇게 늦은 시간에 손님이 올 리 없다. 하녀가 차를 날라 오는 게 분명하다. 슌스케는 돌아보지도 않고 들어오라고 했다. 하녀는 아니었다.

"작업 중이십니까? 제가 갑자기 방으로 올라오니까 밖에 있는 분이 놀라서 절 붙잡지도 못하더군요."

유이치가 말했다. 슌스케는 서고에서 일어나 서재 한가운데 서 있는 유이치를 보았다. 아름다운 청년이 너무나 급작스럽게 나타났기에 펼쳐놓은 책 속에서 튀어나온 것처럼 여겨졌다.

두 사람은 오랜만에 인사를 나눴다. 슌스케는 유이치를 안락의자로 안내하고 자기는 손님을 대접할 양주병을 가지러 서고 찬장으로 향했다.

유이치는 서재 귀퉁이에서 귀뚜라미가 우는 소리에 귀를 기울였다. 서재는 일찍이 보던 대로다. 창문의 세 면을 둘러싼 장식용 선반에는 오래된 도자기들이 위치도 바뀌지 않은 채 놓여 있고 예스럽고 소박한 토용도 그대로다. 계절 꽃은 어디에도 보이지 않는다. 검은 대리석 탁상시계가 침울하게 시간을 운반하고 있을 뿐이다. 이마저도 하녀가 태엽 감는 걸 게을리한다면 며칠 사이에 멈춰버리고 말리라. 일상성과 완전히 동떨어진 늙은 주인이 시계에 손을 댈 리가 없다.

유이치는 다시금 서재를 둘러보며 이곳이 그에게도 이상한 인연이 있는 방이라는 생각이 들었다. 그가 최초로 쾌락을 맛본 뒤 이 집을 방문해 슌스케가 읽어주는 《아관정》의 한 구절을 들었던 곳도 이 방이었다. 또 생의 공포에 휩싸여 야스코의 낙태를 상담하러 왔던 곳도 이 방이었다. 지금 유이치는 과도한 기쁨이나 괴로움도 잊은 채 무감동하고 청명한 마음으로 이곳에 있다. 이윽고 그는 슌스케에게 오십만 엔을 돌려주리라. 무거운 짐을 벗어던지고 타인의 지배에서 완전히 벗어나 자유를 얻으리라. 두 번 다시 오지 않으리라 확신하며 이 방을 나아가리라.

슌스케는 은쟁반에 화이트와인 병과 글라스를 올려 젊은 손님 앞으로 가져갔다. 그런 다음 자신은 류큐 염색 쿠션이 나란히 놓인 창가의 긴 의자에 앉아 유이치의 잔에 술을 따랐다. 손이 너무 떨려 술을 쏟는 바람에, 젊은이는 바로 며칠 전에 만난 가와타의 손을 떠올리지 않을 수 없었다.

'이 늙은이는 갑작스런 나의 등장에 아주 신이 나셨군. 초장부터 돈을 꺼낼 필요는 없겠지.'

노작가와 청년은 건배했다. 슌스케는 이제까지 제대로 쳐다보지도 못했던 아름다운 젊은이의 얼굴을 비로소 바라보며 말했다.

"어떤가. **현실**은 어땠나. 만족스러웠나."

유이치는 애매한 미소를 흘렸다. 생기발랄한 입술이 몸에 밴 빈정거림으로 일그러졌다.

답을 기다리지 않고 슌스케는 말을 이었다.

"뭐 이런저런 일이 있었겠지. 나한테 말 못할 일도 있을 테고, 불쾌한 일, 깜짝 놀랄 일, 아주 멋진 일도 있었겠지. 하지만 어차피 한 푼의 가치도 없는 일이야. 그건 자네 얼굴에 쓰여 있네. 자네의 내면은 바뀌었는지 몰라도, 자네의 외면은 처음 봤을 때와 조금도 달라지지 않았어. 자네의 외면은 아무런 영향도 받지 않았네. 현실은 자네 얼굴에 생채기 하나 남기지 못했지. 자네에겐 하늘이 부여한 청춘의 재능이 있다네. 현실 따위에 결코 정복당하지 않지……."

"가와타 씨하고도 헤어졌습니다."

청년이 말했다.

"잘했군. 그자는 자기가 만든 관념론에 잡아먹힐 남자야. 그자는 자네가 미칠 영향이 두려웠던 게지."

"제가 미칠 **영향**이요."

"그래. 자네는 결단코 현실의 영향을 받지 않지만 끊임없이 현실에 영향을 미치지. 자네 영향으로 그 남자의 현실이 무시무시한 관념으로 바뀌어버린 게야."

이런 훈계 탓에 유이치는 모처럼 가와타의 이름이 나왔는데도 오십만 엔 이야기를 꺼낼 기회를 잃었다.

'이 노인은 지금 누굴 향해 이야기하는 건가? 나인가?' 청년은 의아했다. '아무것도 모르는 시절의 나였다면 그의 기교 넘치는 이론을 이해하려 애썼을 수도 있지. 하지만 내게는 이 노인의 인공적인 정열에 자극을 받을 법한 에너지가 조금도 남아 있지 않다.'

유이치는 무심결에 어둔 방 한구석을 돌아봤다. 노작가가 유이치의 등 뒤에 선 다른 누군가에게 말을 걸고 있는 듯한 기분이 들었기 때문이다.

밤은 고요하다. 벌레소리 외에는 아무것도 들려오지 않는다. 구슬처럼 매끄러운 무게를 지니며 병에서 흘러나오는 화이트와인 소리가 명료하게 들린다. 세공이 들어간 유리잔이 반짝인다.

"자, 마시게." 슌스케가 말했다. "가을밤, 자네가 거기 있고, 와인이 여기 있으니, 세상에 무엇이 부족하겠나. ……소크라테스는 매미소리를 들으며 아침의 시냇가에서 미소년 파이드로스와 이야길 나눴지. 소크라테스는 묻고 답했어. 물음으로 진리에 도달한다는 게 그가 발명한 에둘러 말하는 방법이었지. 하지만 자연으로서의 육체가 지닌 절대미로부터는 결코 답을 얻을 수 없다네. 문답은 같은 범주 안에서만 주고받는 거지. 정신과 육체는 절대로 서로 묻고 답할 수 없어.

정신은 물음밖에 하지 못하지. 답은 단연코 얻을 수 없어, 메아리를 빼고는.

나는 묻고 답할 대상을 고른 게 아니네. 묻는 것은 나의 운명이야. ……거기엔 자네가 있네, 아름다운 자연이. 여기엔 내가 있지, 추악한 정신이. 이것은 영원한 도식이라네. 어떤 수학으로도 서로의 항목을 바꿀 수 없어. 더구나 지금에 와선 나 자신의 정신을 고의로 비하할 생각은 없네. 정신에도 꽤나 좋은 구석이 있지.

하지만 유이치 군, 사랑이란, 적어도 나의 사랑이란, 소크라테스의 사랑만큼도 희망이 없네. 사랑은 오직 절망에서만 싹을 틔우지. 정신과 자연, 이같이 이해 불가능한 것을 향한 정신의 운동이 사랑이야.

그렇다면 왜 묻는가? 누군가에게 질문을 던지는 것 외에 정신이 자신을 증명할 방법이 없기 때문이야. 묻지 않는 정신은 존립 자체가 위태로워지지…….”

슌스케는 말을 끊고 몸을 일으켜 내닫이창을 열었다. 벌레를 막기 위해 쳐둔 방충망 틈으로 뜰을 내려다봤다. 어렴풋이 바람소리가 났다.

“바람이 불기 시작하나보군. 태풍이야, ……더운가. 더우면 열어두겠네만…….”

유이치는 고개를 가로저었다. 노작가는 다시금 창문을 닫고는 청년을 다시 마주보며 이야기를 계속했다.

“……그래서 말이지. 정신은 끊임없이 의문을 만들고 쌓아가야만 해. 정신의 창조력이란 의문을 창조하는 힘이야. 이처럼 정신을 창조하는 궁극의 목표는 의문 그 자체, 요컨대 자연을 창조하는 것일세. 그건 불가능하지. 하지만 언제나 불가능을 향해 나아가는 게 정신의 방법이야.

정신은, ……뭐랄까, 제로를 무한히 집적해 1에 도달하게끔 하는 충동이라 할 수 있겠지.

'자네는 어찌하여 그리도 아름다운가?'

나는 자네에게 이렇게 묻겠네. 자네는 답할 수 있을까? 정신은 본디 답을 기대하지 않네만……."

슌스케의 눈이 가만히 응시했다. 유이치도 맞받아 응시하려 했다. 유이치의 눈은 그러나, 주술에 걸린 사람처럼 그 힘을 잃었다.

아름다운 청년은 저항할 여지도 없이 대상화됐다. 무례하기 짝이 없는 그 눈길. 상대를 돌처럼 굳어버리게 만들고, 상대의 의지를 빼앗아, 상대를 자연에 환원시켜버리는 눈길이었다.

'그렇다, 이 시선은 나를 향한 것이 아니다.' 유이치는 전율했다. '그의 시선은 틀림없이 날 향하고 있지만 그가 보고 있는 건 내가 아니다. 이 방에는 내가 아닌, 또 하나의 유이치가 존재한다.'

자연 그 자체, 고대 조각상에도 뒤지지 않을 완벽함을 지닌 유이치, 눈에 보이지 않는 어떤 아름다운 청년의 조각상을 유이치는 선명하게 보았다. 또 한 사람의 아름다운 청년이 그 서재에 명확하게 존재했다. 슌스케가 '히노키 슌스케론'에서 썼듯, 모래시계 하부에 쌓인 모래가 퇴적되며 만들어진 조각상이 배회하고 있었다. 그것은 정신을 지니지 않는 대리석으로 환원되어, 그야말로 금강불괴, 아무리 봐도 질리지 않는 청춘의 형상이 되어갔다.

……유리잔에 화이트와인 따르는 소리가 유이치를 놀라게 했다.

그는 눈을 뜬 채 몽상에 잠겨 있었던 것이다.

"마시게." 슌스케는 입가로 잔을 가져가며 말을 이어갔다.

"……그러니까 아름다움이란, 알겠나, 아름다움이란 도달 불가능한 차안此岸일세. 안 그런가? 종교는 항상 피안彼岸을, 내세를, 저기 어딘가라는 거리감 안에 두지. 하지만 거리란 인간적인 개념으로 보면 결국은 도달 가능성이야. 과학과 종교란 거리의 차에 불과하네. 육십팔만 광년 저편에 있는 대성운도 마찬가지로 도달 가능성일세. 종교는 도달의 환영이며, 과학은 도달의 기술이야.

그에 반해 아름다움은, 언제나 차안에 있어. 이승에 있고, 우리 눈앞에 있고, 확고하게 손에 쥘 수 있는 곳에 있지. 우리의 관능이 이를 맛볼 수 있다는 점이 아름다움의 전제 조건이야. 관능이 중요한 이유라네. 관능은 아름다움을 분명케 하지. 하지만 결코 아름다움에 도달할 수는 없어. 왜냐하면 관능으로 말미암은 감수성이, 아름다움에 도달하는 걸 가장 먼저 가로막기 때문이지. 그리스인이 조각으로 아름다움을 표현한 건 현명한 방법이었어. 나는 소설가라네. 근대에 발명된 각종 잡동사니 가운데 가장 쓸데없는 걸 직업으로 삼은 남자지. 아름다움을 표현하는 가장 졸렬하고 저급한 방법이라고 생각하지 않나.

현세에 있으면서 도무지 도달할 수 없는 것. 이렇게 말한다면 자네도 납득이 갈 거야. 아름다움이란 인간에게 있어 자연이라네. 인간적인 조건 아래 놓인 자연이란 말일세. 인간 안에 있으면서 인간을 가장 깊숙이 규제하고 인간에 반항하는 것이 아름다움이야. 정신은 아름다움 덕분에 한시도 편히 쉴 수가 없어……."

유이치는 귀를 기울였다. 그는 아름다운 청년의 조각상이 자신의 귓가에서 마찬가지로 귀를 기울이고 있는 걸 느꼈다. 방에는 이미 기적이 일어나 있었다. 그러나 기적이 일어난 뒤에는 일상적인 고요가 주위를 잠식할 뿐이다.

"유이치 군, 이 세상에는 최고의 순간이라는 것이 있네." —— 슌스케가 말했다. "이 세상에서 정신과 자연이 화해하는 순간, 정신과 자연이 교합하는 순간이야.

인간이 살아 있는 동안은, 이걸 표현하는 일이 불가능해. 살아 있는 인간은 그 순간을 맛볼 수 있을지도 모르지. 하지만 표현은 할 수 없어. 그건 인간의 능력을 뛰어넘는 것이라네. 그렇다면 자네는 이렇게 말하겠나? 그래서 인간은 초인간적인 것을 표현할 수 없다고? 그건 틀렸어. 인간은 진정으로 인간적인 궁극의 상태를 표현할 수 없다네. 인간은 인간이 되는 최고의 순간을 표현할 수 없는 거야.

예술가는 만능이 아니고 표현 또한 만능이 아니지. 표현은 늘 양자택일의 기로에 서네. 표현이냐, 행위냐. 사랑의 행위에서도 인간은 행위로써만 인간을 사랑할 수 있어. 그리고 나중에 이를 표현하지.

하지만 진짜 중요한 문제는 표현과 행위의 동시성이 가능한가 하는 점이야. 인간이 아는 단 한 가지는, 그것이 가능한 건 오직 죽음이라는 사실일세.

죽음은 행위이지만, 그만큼 일회적이고 궁극적인 행위는 없어. ……음, 내가 잘못 말했군." 슌스케는 빙그레 웃었다.

"죽음은 사실에 불과해. 행위의 죽음은 자살이라고 정정해야겠네. 인간은 자기 의지로 태어날 수는 없지만, 자기 의지로 죽을 순 있지.

이건 예로부터 온갖 자살 철학의 근본명제야. 자살이라는 행위와 생의 전적인 표현, 이 둘의 동시성이 가능하다는 건 의심할 여지가 없어. 최고의 순간을 표현하기 위해서는 죽음에 기대를 거는 수밖에. 이건 역증명이 가능해.

산 자의 표현 가운데 가장 훌륭한 것은, 기껏 해야 최고의 순간 다음으로 존재하는 것, 생의 전적인 형태에서 알파를 뺀 것이야. 표현에 생의 알파가 더해짐으로써 비로소 생이 완성되지. 표현하는 동안에도 인간은 살아 있으며, 부정할 수 없는 그 생은 표현에서 소외되니까. 표현자는 죽은 척할 뿐이지.

이 알파, 인간이 이것을 얼마나 꿈꾸었는지 모르네. 예술가의 꿈은 언제나 여기 달려 있지. 생이 표현을 옅어지게 하고, 표현의 진정한 적확함을 빼앗는다는 건 누구나 알고 있어. 산 자가 생각하는 적확함은 한 가지에 불과하네. 죽은 자에게는 우리가 파랗다고 여기고 있는 하늘도, 초록색으로 번쩍이고 있는지도 모르지.

이상한 일이야. 이처럼 표현에 절망한 산 자를 다시금 구원하러 오는 게 아름다움이라네. 생의 부적확함을 단호하게 짚고 넘어가야 한다고 가르쳐주는 것이 아름다움이야.

아름다움은 관능성과 생에 묶여 오직 관능성의 정확함만을 신봉하지. 이걸 인간에게 알려준다는 바로 그 점 때문에, 아름다움이 인간에게 윤리적이라는 걸세."

히노키 슌스케는 말을 맺곤 부드러운 미소를 지으며 덧붙였다.

"자, 이제 다 끝났어. 자네가 잠들어버리면 곤란해. 오늘 밤은 서두를 것 없겠지. 오랜만에 와줬으니까. ……술이 지겨우면……."

슌스케는 여전히 가득 찬 유이치의 잔을 봤다.

"……그래, 체스라도 두지 않겠나. 가와타가 알려줬을 테지."

"네, 조금."

"나의 체스 선생도 가와타라네. ……설마 그 사람, 이렇게 깊은 가을 밤, 자네와 내가 단둘이 승부를 겨루라고 체스를 가르친 건가. ……이 체스판은."

그는 고풍스러운 체스판과 흑백의 말을 가리켰다.

"내가 골동품가게에서 찾아낸 거라네. 체스는 지금 내게 거의 유일한 도락인 것 같아. 체스는 싫은가."

"아닙니다."

유이치는 거절하지 않았다. 이미 오십만 엔을 돌려주러 왔다는 사실을 잊었다.

"자네에게 흰말을 주지."

유이치 앞에 룩, 비숍, 킹, 나이트 등 열여섯 개의 말이 늘어섰다.

체스판 좌우로 마시다 만 화이트와인 잔이 반짝였다. 두 사람은 말이 없었다. 상아로 만든 말이 부딪히는 희미한 소리만이 침묵 속에 울렸다.

고요한 가운데 서재 안에 또 한 사람의 존재가 현저하게 느껴졌다. 유이치는 체스판 위 말의 움직임을 응시하는 보이지 않는 조각상을 몇 번이나 돌아보려 했다.

얼마나 시간이 지났을까. 한참인지 잠깐인지 알 수 없다. 만약에 슌스케가 말한 최고의 순간이라는 것이 도래한다면, 이렇게 미처 깨닫지 못한 시간에 왔다가 아무도 모르게 떠날 것이 분명하다. 한 게임이 끝났다. 유이치의 승이었다.

"저런, 졌군." 노작가가 말했다. 그 얼굴은 그러나 희열로 가득했다. 유이치는 슌스케가 이토록 부드러운 표정을 짓는 걸 처음 보았다.

"……아마 내가 너무 취해서 진 것 같군. 설욕전을 치러야겠어. 술을 좀 깨고 나서……."

그러더니 얇은 레몬 조각을 띄운 물병에서 물을 따른 뒤 컵을 들고 일어섰다.

"잠깐 실례하겠네."

그는 서고로 갔다. 얼마 안 있어 침대에 드러누운 발이 보였다. 명랑한 목소리가 서고 쪽에서 유이치를 불렀다.

"한숨 자고 나면 잠이 깰 걸세. 이삼십 분 후에 깨워주게. 알겠나. 일어나서 설욕전을 펼치세. 조금만 기다려줘."

"그러시죠."

유이치는 대답했다. 자신도 창 아래 장의자로 자리를 옮겨 다리를 쭉 뻗고 손으로 흑백 말을 만지작거렸다.

유이치가 깨우러 갔을 때, 슌스케는 대답이 없었다. 죽어 있었던 것이다. 머리맡 탁자에 풀어놓은 손목시계 밑에 휘갈겨 쓴 종잇조각이 있었다.

"안녕히. 자넬 위한 선물이 책상 오른쪽 서랍에 들어 있네."

유이치는 곧장 하녀를 깨웠고 주치의 구메무라 박사가 전화로 불려왔다. 이미 손쓸 도리가 없었다. 박사는 정황을 듣더니 원인불명이긴 하지만 평소 오른 무릎 신경통 발작을 위해 처방받은 진통제 파비날을 치사량 이상 삼킨 자살 같다고 했다. 유서가 없었냐는 물음에 유이치는 아까 그 종이를 내밀었다. 서재 책상 오른쪽 서랍을 열었다. 두 사람은 포괄유증 공정증서를 꺼냈다. 천만 엔에 달하는 부동산과 동산, 그 밖의 재산 일체를 미나미 유이치에게 증여한다는 내용이었다. 증인은 슌스케와 돈독한 전집 출판사 사장과 출판부장이었다. 한 달 전에 슌스케는 이 두 사람과 함께 가스미가세키 공증인 사무소에 다녀왔던 것이다.

부채 오십만 엔을 돌려주려 했던 유이치의 계획은 수포로 돌아갔다. 그뿐 아니라 천만 엔으로 표현된 슌스케의 사랑에 평생 얽매여 살 생각을 하니 우울했다. 하지만 여기서 그런 감정은 어울리지 않았다. 박사가 경찰에 전화를 걸어 형사와 검시의를 대동한 수사팀장이 현장에 나타났다.

검시 조서를 위한 질의에 유이치는 또박또박 대답했고, 박사도 두터운 배려의 말로 거들어줘서 자살방조가 아닌가 하는 의심은 받지 않았다. 그러나 유증 공정증서를 본 경사가 집요하게 망자와의 관계를 물었다.

"돌아가신 아버지의 지인이십니다. 제가 지금의 처를 만날 수 있도록 아버지 대신 돌봐주신 분이십니다. 저를 무척 아껴주셨습니다."

이 유일한 위증을 늘어놓는 유이치의 뺨에 눈물이 흘러넘쳤는데, 수사팀장은 순수하고 아름다운 이 눈물을 직업적으로 냉정하게 판단해 모든 면에서 그가 **무고**함을 인정했다.

발 빠른 신문기자가 달려와 같은 질문으로 유이치를 몰아세웠다.

"포괄유증을 하셨을 정도이니, 선생이 당신을 무척 사랑하셨나봅니다."

다른 뜻 없는 이 말 속에 사랑이라는 한 마디가 유이치의 가슴을 찔렀다.

젊은이는 진지한 표정만 지을 뿐 대답하지 않았다. 아직 집에 알리지 않았다는 사실을 깨닫고 야스코에게 전화를 하러 갔다.

날이 밝았다. 유이치는 피로도 느끼지 않았고 졸리지도 않았지만 아침부터 몰려드는 문상객과 신문기자를 견딜 수 없었기에 구메무라 박사에게 양해를 구하고 산책에 나섰다.

맑게 갠 아침이다. 언덕을 내려가니 노면전차 선로가 상쾌하게 빛나는 니조거리를 지나 아직 인적이 드문 우회도로로 멀리 뻗어 있다. 상점들은 아직 대부분 문이 닫혀 있다.

천만 엔이라, 젊은이는 전차도로를 가로지르며 생각했다. 웃기지 마라, 지금 자동차에 치어 죽으면 다 끝장이다. ……막 문을 연 꽃집에는 꽃들이 흠뻑 젖은 채 축 처져 있다. 천만 엔이면 꽃을 몇 송이나 살 수 있을까. 젊은이는 속으로 중얼거렸다.

형언할 길 없는 자유가 한밤중 우울보다 한층 더 무겁게 가슴을 짓눌렀고, 그 불안이 발걸음을 자못 빠르게 했다. 오히려 밤을 새운 탓에 이런 불안이 생겼다고 생각하는 편이 나을 것이다. 전차가 다가오고 출근하는 사람들이 서둘러 개찰구로 모여드는 게 보였다. 역 앞엔 벌써 구두닦이 두엇이 늘어서 있다. '우선 구두부터 닦고…….' 유이치는 생각했다.

1953년 6월 27일,
고우라에서

QR코드를 스캔하시면 옮긴이의 글을 확인하실 수 있습니다.

금색

2022년 2월 25일 초판 1쇄 발행
2024년 5월 17일 초판 2쇄 발행

지은이 미시마 유키오
옮긴이 정수윤
펴낸곳 큐큐
편집 김경란
디자인 이유나

출판등록 제2018-000043호 2018년 6월 18일
팩스 0303-3441-0628
이메일 qqpublishers@gmail.com

ISBN 979-11-91910-05-6 03830

책값은 뒤표지에 있습니다. 잘못된 책은 구입하신 서점에서 바꾸어드립니다.

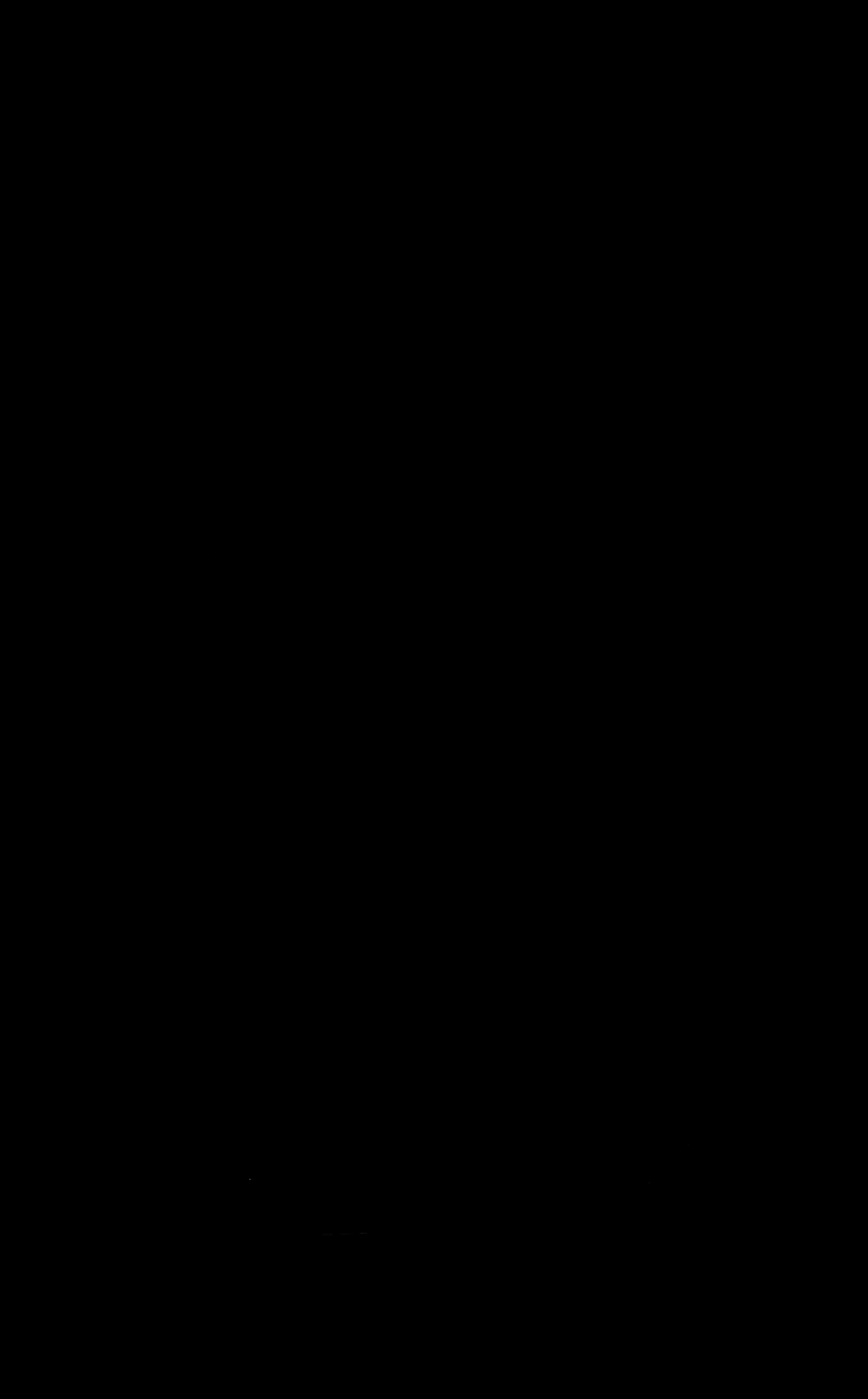